第51批中国博士后科学基金
安徽省省级重点学科阜阳师范学院古代文学学科
阜阳师范学院文学院省级精品课程“中国现当代文学”
资助出版

五色石丛书
WUSESHI CONGSHU

文艺研究新视野

张堂会　著

民国时期自然灾害与现代文学书写

Natural Disaster in Period of Republic of China and Modern Literature Writing

中国社会科学出版社

图书在版编目(CIP)数据

民国时期自然灾害与现代文学书写/张堂会著. —北京：中国社会科学出版社，2012.6
ISBN 978-7-5161-0647-1

Ⅰ.①民… Ⅱ.①张… Ⅲ.①自然灾害—影响—中国—文学—文学创作研究—民国 Ⅳ.①I206.6

中国版本图书馆CIP数据核字(2012)第048625号

出 版 人 赵剑英
责任编辑 郭晓鸿
责任校对 王应来
责任印制 戴 宽

出 版 中国社会科学出版社
社 址 北京鼓楼西大街甲158号(邮编100720)
网 址 http://www.csspw.com.cn
中文域名:中国社科网 010-64070619
发 行 部 010-84083685
门 市 部 010-84029450
经 销 新华书店及其他书店

印 刷 北京市君升印刷有限公司
装 订 廊坊市广阳区广增装订厂
版 次 2012年6月第1版
印 次 2012年6月第1次印刷

开 本 710×1000 1/16
印 张 26
插 页 2
字 数 374千字
定 价 58.00元

凡购买中国社会科学出版社图书,如有质量问题请与本社联系调换
电话:010-64009791

总　序

提起五色石，有谁不想到它源自中华民族借一位创世女神之巨手，谱写出的那篇天地大文章？一两千年前的汉晋古籍记载了这个东方民族的族源神话：当诸多部族驰骋开拓、兼并融合而造成天倾地裂，水灾火患不息的危难时刻，站出了一位曾经抟土造人的女娲“炼五色石以补苍天，断鳌足以立四极”（《淮南子·览冥训》），重新恢复和创造天行惟健，地德载物的民族生存发展的空间。在烈火中创造自己色彩的五色石，凝聚了这种天地创生，刚健浑厚的品格，自然也应该内化为以文学—文化学术创新为宗旨的本书系的精神内涵和色彩形态，探索一条有色彩的创新之路。

经由“天缺须补而可补”成为民族精神的象征，其缺者的大与圣，其补者的仁与智，无不可以引发创造精神和神思妙想的大爆发。何况人们又说女娲制作笙簧，希望在创造性的爆发中融入更多美妙动人的音符？李贺诗：“女娲炼石补天处，石破天惊逗秋雨。”歌咏的是西域乐器箜篌，朝鲜平民乐曲《箜篌引》，可见精神境界之开放，诚如清人所云：“本咏箜篌耳，忽然说到女娲、神妪，惊天入月，变眩百怪，不可方物，真是鬼神于文。”（黄周星《唐诗快》）创造性思维既可以正面立意，又可反向着墨，如司空图《杂言》：“乌飞飞，兔蹶蹶（乌与兔是日月之精），朝来暮去驱时节。女娲只解补青天，不解煎胶粘日月。”当然也可以融合多端，开展综合创新，如卢仝的古体诗：“神农（应是伏羲）画八卦，凿破天心胸。

女娲本是伏羲妇，恐天怒。捣炼五色石，引日月之针，五星之缕把天补。补了三日不肯归婿家，走向日中放老鸦，月里栽桂养虾蟆。”这就把伦常幽默、月宫神话，也交织到炼石补天的神思中了。更杰出的创造，是把炼石补天神话的终点当作新起点的创造。这就是曹雪芹的《红楼梦》，把女娲炼石补天时被弃置的一块顽石当作通灵宝石，带到人间走了阅尽繁华与悲凉的一遭，写成了“无材可去补苍天，枉入红尘若许年”的“天书”与“人书”相融合的精神启示录。由五色石引爆的这些奇正创新，综合创新和跨越式原始创新的丰富思路，应该成为我们书系的向导，引导我们进行根柢扎实，又五彩缤纷的学术探索，或如宋朝一位隐居黄山的诗人所云：“我有五色线，补衮衮可新；我有五色石，补天天可春。”（汪莘，《野趣亭》）

我们处在改革开放的时代，世界视野空前开阔，创新欲望空前旺盛，学理思维空前活跃。伴随着中华民族的全面复兴，思想学术文化已经以其无比丰厚的成绩走入了一个新的纪元。但我们也迎接着全球化和市场化的扑面而来的机遇中的严峻挑战。高科技对文学生存方式的强势介入，市场机制对文学生产的批量性推动，消费时尚对文学潮流的极端吸引，以及网络、图像参与其间的新媒体文学表达形态，包括林林总总的电视文学、摄影文学、网络文学、手机文学、图说文学等形态的火爆滋生，令人深刻地感受到今日之文学已远非昔日之文学了。对于原有的文学格局、形态和秩序而言，这里所面临的泛化性的消解和创新的包容的挑战，严峻地考验着当今学术界的学理担当能力。如果说在某些领域，在某种程度上，也出现了一些与女娲神话类似的“四极废，九州裂，天不兼覆，地不周载”的危机，大概也不应被看作是危言耸听吧。那么，又从哪里找到补苍天的五色石，立四极的鳌足和止淫水的芦灰呢？若能够由此写出女娲炼石补天的新篇，也是本书系不胜翘首企盼的。

令人满怀信心的是，中华民族的生命力和创造力百摧不磨，往往在艰难的挑战中出现超强度的爆发，在爆发中显示了坚毅的魄力和深厚的文化元气。浩瀚雄厚的多地域多民族的历史文化资源和现实文化实践，成为它层出不穷地为人类提供文化经验和创新智慧的不竭源泉。且不说旷世莫比的少数民族神话，即便中原神话虽未衍化为长篇英雄传奇，却散落为遍地开花的民俗奇观。五色石在历朝志怪和许多地理志中，屡有记载，女娲庙在甘肃秦州有，湖北房州也有。女娲抟土造人处据传在汉武帝《秋风辞》吟咏的汾阴，女娲墓则在九曲黄河最大的弯曲处古潼关附近的风陵渡，因为女娲风姓，风陵也就成了娲皇陵了。中华民族是把自己的母亲河和这位创世女神连在一起的。五色石散落之处有广东产端砚的山溪，《元丰九域志》云："端溪山有五色石，上多香草，俗谓之香山。"明代诗人说："女娲炼馀五色石，藏在端溪成紫霞。天遣六丁神琢砚，梦中一笔夜生花。"（张昱，《题端古堂》）既然五色石散落岭南，那么炼石的灶口在哪里？在太行山。明人陆深《河汾燕闲录》说："石炭即煤也……（山西）平定所产尤胜，坚黑而光，极有火力。史称女娲氏炼五色石以补天，今其遗灶在平定之东浮山。予谓此即后世烧煤之始。"五色石通过创世女神之手，成为一种天地交泰的文化生命结晶，它一头联结着赋予人类生存以温暖的"坚黑而光"的能源，另一头联结着文化创造的"梦笔生花"的灵性。在如此浩瀚无垠的天地、人类、历史、文化空间进行新世纪的文学学术创造，尽管阅尽风云变幻的价值重建、形式变换和文学边界模糊，但我们的民族也有足够的底气、智慧和能力，在文学研究中注入充满活力的人类审美本性的精髓，从中焕发出现代大国思想文化的独立品格和创新气象。

明诗有云："五色石堪炼，吾将师女娲。"（周瑛，《至广德作东园书室》）是我们全面、系统、深入地调动浩如烟海的文化资源和创新智慧，拓展新视野，提出新命题，给出新阐释，师法女娲炼石补天的原始创新行为，炼造出一个东方现代大国的思想学术的五色石的时候了。

杨义

2008年6月1日

目　录

序

二十几年前，我在大学课堂上讲到丁玲的小说《水》时，只是征引前人的观点，肯定作品对重大现实题材的敏感与阶级斗争的表现。1998 年，南北方遭遇百年未见的洪灾，在经历了惊心动魄的抗洪之后，重读这篇小说，才意识到其中水灾描写的重要价值。于是，我在一部研究二十世纪三四十年代中国小说叙事的著作中对此有所阐释。但那毕竟只是初步的个案研究，当时想，起码应该写一篇关于 1931 年大水灾的文学表现的专论。可是，一晃几年过去，课题一个压着一个，这个愿望始终未能实现。2006 年，张堂会同志到中国社会科学院研究生院攻读博士学位，我作为指导教师之一，在与同学们的交流中谈到我的愿望与遗憾，很希望年轻人能够来做这项研究，甚至认为可以作为博士论文选题。后来，张堂会同志把博士论文选题定为《民国自然灾害与现代文学书写》，我自然十分赞同。

自然灾害与人类社会密切相关，古往今来的文学不可能对自然灾害视而不见，只不过文学研究对此向来缺少关注而已。迄今为止，中国极少表现自然灾害的文学作品的选本，作品大多散见于作品集与报刊上，寻找资料的困难可想而知。堂会同志开始心里也不大有底，但他韧劲十足，肯下苦功，终于通过多种途径发掘出大量第一手资料，在此基础上予以梳理、阐释、比较、分析，完成了一篇扎实厚重的博士论文。我在导师评语中写道：

现代文学界向来注重人与社会题材的研究，而对自然灾害题材则疏于关注，张堂会博士论文《民国自然灾害与现代文学书写》第一次全面系统地研究现代文学与民国自然灾害的关系，选题具有填补空白的开创意义。

作者视野开阔，学风扎实，追溯了中国文化的灾害观与文学书写传统，考察了民国自然灾害的自然史、社会史文献资料，系统而清晰地梳理了相关文学研究成果，尤其是下苦功、花大气力搜集了大量描写自然灾害的现代文学作品，为论文的成功奠定了坚实的基础。

论文的主要创新点在于：

一、第一次搜寻、汇集如此之多的作品，充分展示出现代作家面对自然灾害的姿态与现代文学书写自然灾害的广阔画卷，不仅丰富了关于现代文学的历史叙述，而且有助于全面深入地认识现代史、正确地把握人与自然的关系，对于在自然灾害背景下如何正确处理复杂的社会问题亦有启迪作用。

二、论文基本涵盖了自然灾害下的经济与民生、人与自然的关系、人与社会的关系、人性状态、社会变革等主要方面与文体风格问题，结构与研究对象切合，内部眉目清楚，前后条脉贯通，逻辑谨严。

三、对于作品的梳理定位准确，辨析清楚透彻。

四、作品的解读论述中贯之以历史眼光，亦饱含深情，史料、理性与感情融为一体，论文充实丰满，观点富于说服力。

论述言必有据，征引确切，写作符合学术规范。

文字流畅，表达准确、生动。

典型作品的审美分析尚可加强。

毕业后，这项研究被列入国家社会科学基金青年项目，这使堂会同志信心倍增，经过两年多的努力，论著内容更为充实，结构也颇为完整。虽然在材料的发掘、意涵的阐释与审美分析等方面仍有延展与深化的空间，但能够做到这样的程度，在我来说，已经品味到意外的喜悦。因此，我乐于向读者推荐这部著作。

不止一次听人感叹说，现代文学题目做尽了。其实不然，这部著作就开辟出一片新的领域。堂会同志已经把探索的目光投向表现自然灾害的当代文学，以他扎实的学风与执著的韧劲，相信他一定会取得新的成绩。

秦　弓

2012年3月10日

绪　论

第一节　项目选题意义

自然灾害总是与人类的生息行止相伴而行，一部人类发展史，即是一部厚厚的充满了哀号与饥馑的灾荒史。几千年来，人类一直与灾害进行不断的抗争，从远古的大禹治水到1998年抗洪，从2003年的阻击“非典”再到2008年的南方抗击冰雪和“5·12”汶川抗震救灾，中华民族是在与自然灾害的不断斗争中发展起来的，在一定意义上说，一部中华文明史就是中华民族同自然灾害斗争的历史。

文学是社会生活的一面镜子，不少作家怀着感时伤世的情怀把自然灾害作为创作的重要主题。中国文学对灾荒的书写一直不绝如缕，从《诗经·小雅·大田》中的“去其螟螣，及其蟊贼，无害我田稚。田祖有神，秉畀炎火”到唐代高适的《东平路中遇大水》、白居易的《采地黄者》；从宋代黄庭坚的《流民叹》、戴复古的《庚子荐饥》到金代刘迎的《河防行》、元代萨都剌的《早发黄河即事》、恭师泰的《河决》；从明代刘崧的《采野菜》、于谦的《荒村》、李岩的《劝赈歌》、许直的《赠辟疆有序》到清代尤侗的《煮粥行》、黄任的《赈粥行》、王之佐的《癸未大水行》、黄爵滋的《南蝗》等，历代文人对当时发生的水、旱、蝗、疫等灾害及其对黎民百姓造成的伤害给予了深切的关注与同情。

民国时期，水旱失时、灾荒频仍，更是牵动了一大批作家的创作情思，他们从各个方面真实形象地刻画出了哀鸿遍野、饿殍塞途的社会现实，揭示了政治窳败以及连年不断的战争等人祸因素加重了天灾，给人民带来了深重的苦难。现代文学提供了许多历史所不具备的细节性与丰富性。丁玲以1931年江淮大洪水为背景写出了标志她风格转向的《水》；田涛写黄泛区人民逃荒的《灾魂》；莎寨写饥荒中的人们偷食地主苜蓿的《四月的苜蓿风》。类似的涉及自然灾害的作品还有陈雨门的《水灾里的流民》、郭伯恭的《放赈》、李辉英的《旱》、沙汀的《土饼》、臧克家的《水灾》、张洛蒂的《卖女》、康濯的《灾难的明天》、陈荒煤的《灾难中的人群》、石灵的《捕蝗者》、刘心皇的《灾民》、林淡秋的《散荒》、萧乾的《流民图》、范长江的《川灾勘察记》、蒋牧良的《雷》等。

今天我们已经远离了那些导致人民流离失所、饿殍塞途的大灾害，生活在幸福之中的人们逐渐淡忘了那些惨痛的灾荒记忆。从文学角度切入中国近现代灾害史，应该成为文学研究的一个十分重要的领域。一方面可以从灾害同文学的互文中深入、具体地去观察近现代社会，揭示人们面对灾害时的精神影像，加深对自然与历史的理解，促进人与人之间的精神交流，有利于社会的和谐发展；同时认识到文学形态的多样性及其具有的丰富功能。另一方面可以对将来的防灾、救灾提供有益的借鉴和启示；再就是促进人们对环境、灾害以及社会发展之间关系的理解，增强人们的环保意识，善待自然和家园，维护可持续发展战略。那种哀鸿遍野、人饥相食的悲惨景象已经一去不复返了，但是自然灾害不可避免，防灾、抗灾、救灾仍然是党和国家的重要工作之一。文学书写就是告诫我们不要忘却曾经饱尝过的那些苦难，不要让这种民族苦难重现。2008年春节南方雪灾和“5·12”大地震再次为我们敲响了警钟，文学研究也要与时俱进，跟上时代的步伐，为人类面对灾害时备足一份精神食粮。

第二节　选题相关研究现状

一　民国时期的研究

民国时期频繁而严重的灾害，对深处其间的学人来说有着切身之痛，因此，真正意义上的灾害研究从民国时期就开始了。竺可桢、李仪祉等在自然科学的领域进行潜心研究，邓云特（邓拓）则从社会科学领域总结救灾治荒对策。竺可桢写了大量的文章从地理学和气象学的角度揭示灾害形成的地理和气象因素，较为系统地梳理了中国水旱灾害史料。他建议设立气象站，对禁屠祈雨等巫术救荒活动进行了批判，给中国灾害研究吹进了科学文明的新风。1937 年，邓云特的力作《中国救荒史》的发表标志着灾荒史研究进入一个新的高峰。作者征引了几千年来丰富翔实的灾荒史料，并对这些史料进行归纳分析，研究得出历史上存在天命主义的禳弭论、消极的救济论和积极的预防论三种不同的救荒思想，以及在这些救荒思想指导下的巫术救荒、消极救荒和积极救荒三种不同的救荒政策。该书时间下限至 1937 年，许多方面还缺乏深入细致的探讨，显得较为粗略，但奠定了中国灾荒史研究的基本框架。冯和法的《今年的灾荒》（1933 年）以及黄泽苍的《中国天灾问题》（1935 年）则直面现实，针砭时弊，也可称为民国断代灾害史研究的警世之作。此外还出现了郎擎霄的《中国荒政史》和《中国民食史》、冯柳堂的《中国历代民食政策史》、陈高佣等的《中国历代天灾人祸表》等研究著作，还有数量不少的单篇研究论文，一起汇成了民国时期灾害研究的可观的高潮。

二　中华人民共和国成立以来的研究

（一）新时期以前的研究

民国时期热闹纷繁的研究局面到新中国成立后渐渐冷却，相当长的一段时期内，涉足灾害领域的研究者并不多。灾害研究方面的成果主要是一些资料的汇编集成，如范文澜、金毓黻主持整理的《中国地震资料年表》（科学出版社1956年版）引起了很大的反响；这类成果还有明清档案馆编辑的《清代地震档案史料》（中华书局1959年版）、60年代初王嘉荫编的《中国地质史料》。齐武的著作《一个革命根据地的成长》（人民出版社1957年版）涉及晋冀鲁豫边区政府的救灾度荒工作。此外，还有一些论文涉及灾荒的研究，如罗尔纲的《清道光年间长江水患的原因》[①]、萧廷奎的《河南省历史时期干旱规律初步探讨》[②] 等，张水良的《第二次国内革命战争时期国民党统治区的灾荒问题》[③] 则对民国时期的灾荒进行了专门的研究。这个时期各地出版的文史资料也对民国时期的灾荒多有涉及，其中大部分是一些当事人的亲历描述，但这些回忆大多带有当时的政治批判色彩，需要甄别才能加以合理的运用。总而言之，这一时期的灾害研究显得相对沉寂，成果也不是太丰富，主要是受制于当时极“左”思潮主导下的社会环境。

（二）新时期以来的研究

新时期以来，随着思想解放和拨乱反正的影响，一些史学界研究者以极大热情投入到灾害史的研究中去，硕果累累并呈方兴未艾之势，有几十部论著问世。人民大学的灾荒研究课题小组成就突出，李文海、林敦奎等的《近代中国灾荒纪年》、《近代中国灾荒纪年续编》堪为代表，它们以编年形式具体再现了各种自然灾害发生的时间、地点、受灾范围和程度、灾区群众的生活情况以及救荒措施和弊端，是近代中国灾害史研究资料的拓荒之作。他们的《灾荒与饥馑：1840—1919》、《中国近代十大灾荒》对中国近代史上历次大的自然灾害做了具体充分的描述和分析，探索我国近代灾荒的规律。此外，邱国珍的《三千年天灾》（江西高校出版社1998年版）以总括形式概述了我国历代灾荒的情况；张水良的《中国灾荒史》（厦门

① 罗尔纲：《清道光年间长江水患的原因》，《江海学刊》1961年第9期。

② 萧廷奎：《河南省历史时期干旱规律初步探讨》，《开封师院学报》1961年第11期。

③ 张水良：《第二次国内革命战争时期国民党统治区的灾荒问题》，《厦门大学学报》1964年第1期。

大学出版社1990年版）反映了1927—1937年自然灾害的情形，是民国灾害研究的重要成果；骆承政、乐嘉祥的《中国大洪水》（中国书店1996年版）通过对雨情、水情和灾情的综合分析，用文字和图表形式，阐明洪水的形成条件、洪水的规模和量级以及成灾的程度，是一部资料性著作；袁林的《西北灾荒史》是区域研究的代表之作（甘肃人民出版社1994年版）；王林主编的《山东近代灾荒史》也从区域的角度对山东从19世纪40年代到20世纪40年代的重大灾荒进行了个案研究；[①] 卜凤贤的《农业灾荒论》则从农业发展与自然灾害关系出发，对灾荒理论和研究方法、历史灾荒发生演变规律、减灾与农村社会发展等内容进行了阐述。此外涉及救灾制度及荒政研究的专著也有多部，[②] 比较突出的是李向军的《清代荒政研究》（中国农业出版社1995年版）等；池子华对灾荒造成的流民问题进行了专题研究[③]；梁长根的《功罪千秋——花园口事件研究》（兰州大学出版社2003年版）对1938年花园口决堤事件进行了专题研究；安德明的《天人之际的非常对话——甘肃天水地区的农事禳灾研究》（中国社会科学出版社2003年版）对灾荒下的农事禳灾进行了深入的探讨。特别值得一提的是夏明方的博士论文《民国时期自然灾害与乡村社会》对自然灾害与民国时期的自然环境、人口变迁、农村经济、社会冲突等之间的关系作了精到的分析，论文入选全国首届百篇优秀博士学位论文。汪汉忠的《灾害、社会与现代化——以苏北民国时期为中心的考察》（社会科学文献出版社2005年版）、张崇旺的《明清时期江淮地区的自然灾害与社会经济》（福建人民出版社2006年版）等在灾害研究方面也都各有建树。近年来从灾害的微观

① 涉及区域灾荒的还有：于德源编著《北京历史灾荒灾害纪年：公元前80年—公元1948年》，学苑出版社2004年版。

② 类似救灾研究的著作还有：孙绍聘：《中国救灾制度研究》，商务印书馆2004年版；蔡勤禹：《国家、社会与弱势群体——民国时期的社会救济》，天津人民出版社2003年版；蔡勤禹：《民间组织与灾荒救治——民国华洋义赈会研究》，商务印书馆2005年版；陈桦、刘宗志：《救灾与济贫——中国封建时代的社会救助活动（1750—1911）》，中国人民大学出版社2005年版；朱浒：《地方性流动及其超越——晚清义赈与近代中国的新陈代谢》，中国人民大学出版社2006年版。

③ 池子华：《流民史话》，社会科学文献出版社2000年版；《中国流民史——近代卷》，安徽人民出版社2001年版；《流民问题与社会控制》，广西人民出版社2001年版。

视角如疫病方面进行的研究也逐渐增多，如余新忠、赵献海等著的《瘟疫下的社会拯救：中国近世重大疫情与社会反应研究》（中国书店 2004 年版）；特别是曹树基等在疫病灾害研究方面有所开拓与深化。[①] 李文海、夏明方主编的《天有凶年：清代灾荒与中国社会》（生活·读书·新知三联书店 2007 年版）从清代的饥荒及其社会影响、清代官府救荒制度与实践、清代基层社会与民间御灾机制、官民合办与中国救荒制度的近代转型等方面展开了对清代灾荒的研究，还从社会记忆、文化认同等方面对灾荒进行观照。复旦大学历史地理研究中心主编的《自然灾害与中国社会历史结构》（复旦大学出版社 2001 年版）也着眼于从社会历史结构的角度研究灾荒。为了响应联合国“国际减灾十年”号召，马宗晋、郑功成主编《中国灾害研究丛书》，分为《灾害学导论》、《灾害保障学》、《灾害历史学》、《灾害统计学》、《灾害社会学》等 12 种，在灾害研究的各个领域有所突破，是自然科学界对灾害研究的理论思考集大成之作。

除了这些专著外，还出现了许多研究灾荒的论文。有的是关于近代灾荒研究的，如李文海的《论近代中国灾荒史研究》（《中国人民大学学报》1988 年第 6 期）和《中国近代灾荒与社会生活》（《近代史研究》1990 年第 5 期）、苏全有的《论晚清灾荒的成因及其影响》（《甘肃教育学院学报》2002 年第 3 期）。综述性的研究有阎永增和池子华的《近十年来中国近代灾荒史研究综述》（《唐山师范学院学报》2001 年第 1 期）、邵永忠的《二十世纪以来荒政史研究综述》（《中国史研究动态》2004 年第 3 期）、苏全有和李风华的《民国时期河南灾荒史研究述评》（《南华大学学报》2005 年第 1 期）、苏全有和闫喜琴的《20 年来近代华北灾荒史研究述评》（《南通航运职业技术学院学报》2005 年第 3 期）。其中，单是涉及民国时期灾荒研究的论文就有 20 多篇，代表性的有王方中的《1931 年江淮大水灾及其后果》（《近代史研究》1990 年第 1 期）、吴德华的《试论民国时期的灾荒》

---

① 曹树基、李玉尚：《鼠疫战争与和平：中国的环境与社会变迁（1230—1960）》，山东画报出版社 2006 年版；曹树基的《田祖有神——明清以来的自然灾害及其社会应对机制》，上海交通大学出版社 2007 年版。

(《武汉大学学报》1992年第3期)、曹峻与翟伟的《试论1927—1937年间中国的灾荒》(《学海》1996年第2期)、敖文蔚与李翔的《民国时期的巫术救荒》(《纵横》2003年第11期)。①

近年来，选择灾荒研究作为学位论文的趋势明显上升。笔者检索了一下，从1999—2010年以灾荒、灾害为主题的博士论文有48篇，硕士论文有200篇。博士论文如何旭娟的《张钫慈善事业研究》(湖南师范大学2010年博士学位论文)、向常水的《民国北京政府时期湖南慈善救济事业研究》(湖南师范大学2009年博士学位论文)、蔡勤禹的《国家、社会与弱势群体——民国时期的社会救济(1927—1949)》(南京大学2001年博士学位论文)、苏新留的《民国时期的自然灾害与河南乡村社会》(复旦大学2003年博士学位论文)、汪志国的《自然灾害重压下的乡村——以近代安徽为例》(南京农业大学2006年博士学位论文)、孙语圣的《民国时期自然灾害救治社会化研究——以1931年大水灾为重点的考察》(苏州大学2006年博士学位论文)、赵艳萍的《民国时期的蝗灾与社会应对》(华南师范大学2007年博士学位论文)。硕士论文中有从媒体传播角度研

① 有关民国时期灾荒研究还有如下的一些论文：王志法的《二十世纪二十年代河南的灾荒》,《许昌师专学报》1988年第4期；张水良：《二战时期国统区的三次大灾荒及其对社会经济的影响》,《中国社会经济史研究》1990年第4期；郑云飞：《中国历史上的蝗灾分析》,《中国农史》1990年第4期；陆传海：《1942和1943年河南严重灾荒》,《郑州大学学报》1991年第1期；江沛：《三四十年代的灾荒与华北农村社会》,《北京档案史料》1992年第2期；叶飞鸿：《河南省的灾荒》,《国史馆馆刊》(复刊)1992年第13期；孙艳魁：《试论抗战时期国民政府的难民救济工作》,《抗日战争研究》1993年第1期；孙子文：《1942—1943年国民党政府救济豫灾述评》,《许昌师专学报》1993年第2期；刘五书：《论民国时期的以工代赈救荒》,《史学月刊》1997年第2期；李文海、夏明方：《邓拓与〈中国救荒史〉》,《中国社会工作》1998年第4期；张俊英：《抗日战争时期河南沦陷区农民徭役负担考》,《史学月刊》1999年第3期；曹峻：《试论民国时期的灾荒》,《民国档案》2000年第1期；夏明方：《抗战时期中国的灾荒与人口迁移》,《抗日战争研究》2000年第2期；彭家贵、王玉娟：《抗战前夕四川大旱灾的报灾与查灾》,《社会科学研究》2002年第2期；赵朝峰：《中国共产党对灾荒的认识(1912—1949年)》,《石家庄经济学院学报》2001年第3期；李德民、周世春：《论陕西近代旱灾的影响及成因》,《西北大学学报》2002年第3期；周长松：《国民政府时期华北平原灾荒概述》,《商丘师范学院学报》2002年第3期；刘玉梅：《简论1928—1949年国民政府的荒政》,《河北大学学报》2003年第2期；苏全有：《有关近代河南灾荒的几个问题》,《殷都学刊》2003年第4期；李勤：《民国时期的灾害与巫术救荒》,《湘潭大学学报》2004年第5期；苏新留：《1929年河南灾民移垦东北述论》,《史学月刊》2004年第9期。

究灾荒的，如葛凤的《〈大公报〉与近代灾荒救济》（山东师范大学2007年硕士学位论文）；[①] 还有的把触角从近代延伸到当代，如王东艳的《济宁地区1959年粮荒问题研究》（山东师范大学2005年硕士学位论文）、赵绍益的《六十年代初期河南省救灾渡荒工作初探》（四川大学2005年硕士学位论文）。[②] 其中，选择民国时期灾荒作为研究对象的多达二十几篇，如安少梅的《陕西民国十八年年馑研究》（西北大学2010年硕士学位论文）、廖武振的《民国时期（1931—1935年）江西灾荒救济研究》（南昌大学2009年硕士学位论文）、冯圣兵的《陕甘宁边区灾荒研究（1937—1947）》（华中师范大学2001年硕士学位论文）、王虹波的《民国时期自然灾害对乡村民生的影响》（吉林大学2004年硕士学位论文）、温艳的《20世纪20—40年代西北灾荒研究》（西北大学2005年硕士学位论文）。[③]

① 从传播学角度研究灾荒的硕士论文还有：董媛媛：《论灾害报道的新闻价值与社会效果》，硕士学位论文，中央民族大学，2006年；蔡虹：《〈申报〉与晚清灾荒救济》，硕士学位论文，山东师范大学，2007年；汪洋：《论改革开放以来〈人民日报〉自然灾害新闻价值观》，硕士学位论文，兰州大学，2007年。

② 涉及近代时期灾荒研究的硕士论文还有如下一些：王国庆：《近代中国社会慈善家群体研究》硕士学位论文，湖南师范大学，2002年；袁滢滢：《近代山东灾荒研究》，硕士学位论文，山东师范大学，2004年；马国喜：《自然灾害与移民冲突——咸丰同治年间苏鲁湖团案》，硕士学位论文，山东大学，2006年。

③ 选择民国时期灾荒作为硕士学位论文的还有如下一些：喻林：《三十年代江西荒政初探》，硕士学位论文，江西师范大学，1999年；刘玉梅：《民国时期河北灾荒研究》，硕士学位论文，河北大学，2001年；章博：《武汉一九三一年水灾救济研究》，硕士学位论文，华中师范大学，2002年；王卫红：《20世纪二三十年代华北乡村危机浅析》，硕士学位论文，山西大学，2003年；张一平：《自然灾害、政治斗争与苏北民生——以1946—1949年国共救荒为考察中心》，硕士学位论文，南京师范大学，2004年；侯艳兴：《河北省难民问题及难民救济初探》，硕士学位论文，河北师范大学，2004年；王晓卿：《20世纪华北地区的水旱灾害及防救措施研究》，硕士学位论文，中国农业大学，2005年；钟启顺：《民国时期湖南自然灾害及社会变迁（1912—1949）》，硕士学位论文，湖南师范大学，2005年；谢秀珍：《灾荒、环境与民国山东乡村社会》，硕士学位论文，山东大学，2005年；苑书耸：《华北抗日根据地的灾荒与救济研究》，硕士学位论文，山东师范大学，2006年；王小静：《1942—1943年河南灾荒研究》，硕士学位论文，山东师范大学，2006年；付春锋：《20世纪20年代甘肃灾荒救济》，硕士学位论文，兰州大学，2006年；刘冬：《北洋政府时期（1912—1927）荒政研究》，硕士学位论文，南京农业大学，2006年；李强：《民国时期西北民族地区灾荒引发的社会问题研究》，硕士学位论文，兰州大学，2006年；朱琳琳：《论华北抗日根据地的救灾运动》，硕士学位论文，郑州大学，2006年；王颖：《自然灾害与地方民生——以1923—1932年陕北地区为例》，硕士学位论文，陕西师范大学，2007年；刘京军：《战争·灾荒·瘟疫——抗战时期馆陶历史之管窥》，硕士学位论文，山东大学，2007年；钟丽：《民国时期山东疫病传播与卫生防疫》，硕士学位论文，山东大学，2007年。

国外学者马罗立（Walter H. Mallory）早在1926年就写出了《饥荒的中国》[①]，直面民国时期中国的自然灾害与饥荒，从经济、天然、政治、社会等方面探讨饥荒的原因，寻求救灾方略。还有学者从理论方面对灾荒进行了宏观研究，如印度的阿马蒂亚·森的《贫困与饥荒——论权利与剥夺》从权利与交换的角度对灾荒与贫困的根源进行了解释，并以孟加拉大饥荒和埃塞俄比亚饥荒为个案进行了分析。[②] 同时，阿马蒂亚·森还和另一位印度学者让·德雷兹合著了《饥饿与公共行为》，对遭遇饥饿时政府干预、市场机制和公众活动的作用进行了评价，对防灾、救灾有一定的启示。[③] 国外也有些学者对灾荒个案进行了具体的研究，如美国彭尼·凯恩的《中国的大饥荒：1959—1961》对中国20世纪60年代的灾荒进行了研究，考察了当时的饥荒对人口和社会的影响。[④]

历史学在灾荒研究方面已经蔚为壮观，并且取得了丰硕的成果。相比较而言，关于灾害的文学研究就显得薄弱得多，几乎没有什么反应和作为。文学研究界对灾荒这一重要的社会现象到现在还持一种漠然视之的态度，这不免令人感到有些遗憾。目前笔者见到涉及文学灾害研究的只有洛保生、张伟丽的《〈聊斋文集·康熙四十三年记灾前篇〉浅探》（《蒲松龄研究》2004年第1期）；杜玉俭、李莉的《唐代文学中灾异观念的表现》（《广州大学学报》2006年第5期）；邓峰的《明末山东灾荒与社会应对——以〈醒世姻缘传〉展现的山东地方社会为中心》[⑤] 以及李文海的《晚清诗歌中的灾荒描写》[⑥]，而他们也只是从历史学的角度对文学稍有关

① W. H. Mallory, *China: Landof Famine*. New York: American Geographical Society, 1926.

② ［印度］阿马蒂亚·森：《贫困与饥荒——论权利与剥夺》，王宇、王文玉译，商务印书馆2001年版。

③ ［印度］让·德雷兹、阿马蒂亚·森：《饥饿与公共行为》，苏雷译，社会科学文献出版社2006年版。

④ ［美］彭尼·凯恩：《中国的大饥荒：1959—1961》，毕健康等译，中国社会科学出版社1993年版。

⑤ 邓峰：《明末山东灾荒与社会应对——以〈醒世姻缘传〉展现的山东地方社会为中心》，硕士论文，北京师范大学，2005年。

⑥ 李文海：《晚清诗歌中的灾荒描写》，《清史研究》1992年第4期。

涉，其主旨也不在于文学研究。当代文学研究中有朱德东、袁艳的《走出饥饿——〈犯人李铜钟的故事〉、〈饥饿的女儿〉、〈粥宴〉之现代解读》[①]、王卓慈的《“灾难”与“抗争”——评长篇小说〈风来水来〉》[②] 以及田萱的《一篇关于生存的诗话寓言——评马玉琛的长篇小说〈风来水来〉》[③]，对描写灾害的当代文学作品进行了解读。另外，灾害学者金磊早就在《全民科学减灾呼唤“灾害文学”》一文中呼吁建设一种灾害文学，认为社会各界需要“灾害文学”，普及国民安全文化素质也需要“灾害文学”，希望由减灾科学家、社会学家、文学家、新闻记者等共同参与，形成多学科的合作联盟。[④] 他认为科学文学是新世纪中国文学发展的希望所在，全社会都要关注扶植科学文化的发展，理解普及国民自护教育的长远及现实意义，有计划地组织开展“灾害文学”的创作活动，希望在21世纪能够把灾害文学发扬壮大起来。[⑤] 他还对灾害文学的创立及发展思路进行了思考和阐述，建议用市场经济的规律及方式启动减灾文化产业，最大限度地开发国民防灾自护投资的心理。[⑥]

秦弓先生在其《荆棘上的生命》一书中对自然灾害与文学的关系作了开掘，并对丁玲的《水》作了令人耳目一新的阐释，[⑦] 贺仲明的《责任与偏向》对20世纪30年代一些描写自然灾害的作品有所涉及，[⑧] 除此之外

① 朱德东、袁艳：《走出饥饿——〈犯人李铜钟的故事〉、〈饥饿的女儿〉、〈粥宴〉之现代解读》，《重庆工商大学学报》2004年第2期。

② 王卓慈：《“灾难”与“抗争”——评长篇小说〈风来水来〉》，《陕西教育学院学报》2005年第3期。

③ 田萱：《一篇关于生存的诗话寓言——评马玉琛的长篇小说〈风来水来〉》，《小说评论》2001年第5期。

④ 金磊、李沉：《全民科学减灾呼唤“灾害文学”》，《上海城市管理职业技术学院学报》2000年第1期。

⑤ 金磊：《新世纪文学的出路：科学文学——兼论灾害文学的创立及发展思路》，《劳动安全与健康》2000年第2期。

⑥ 金磊：《科学文学：新世纪中国文学发展的希望——浅谈灾害文学的创立及发展思路》，《科学学与科学技术管理》2000年第4期。

⑦ 秦弓：《荆棘上的生命：20世纪三四十年代小说叙事》，春风文艺出版社2002年版。

⑧ 贺仲明：《责任与偏向——论20世纪30年代农村灾难题材文学》，《人文杂志》2008年第3期。

对灾害文学的研究可以说是寥若晨星。现代文学研究界关于灾害文学方面还没有专门系统的研究论文，更不要说全面、深入的研究著作了，又何谈去建设灾害文学？也许是人们认为灾害文学内容太悲惨、恐怖，与文学对美的追求相背离，不敢或不愿去面对那些曾经发生过的惨象；也许是认为灾害文学的内涵对整个社会而言微不足道，还不足以成为一种独立的文学题材出现；也许是受制于中国重社会而轻自然的文化传统。最重要的一点就是许多人怀疑灾害文学的艺术价值，认为它们停留于灾害的表象书写，没有经典性的作品支撑。其实深入地挖掘下去，我们就会发现灾害文学作品并不像我们想象的那样单薄，其中有好多为人称道的作品，完全可以和其他经典作品相媲美。近年来，随着重大自然灾害的不断发生，灾害文学格外地引人注目，灾害文学的研究也就理应成为我们考察文学史的一个重要的视野。

第三节　选题研究对象的界定和研究方法

一　研究对象的界定

首先对“灾害”与“灾荒”这两个词语作一些解释。目前，对于“灾害”词条的解释多种多样。张建民认为灾害“是指任何一种超出社会正常承受能力的、作用于人类生态的破坏。这种破坏是由破坏力通过破坏过程最终导致破坏性后果。”[①]《人类灾难纪典》中认为“灾害”是“指给人类生命、财产造成损失的现象和过程。灾害包括两方面的要素：一方面是灾害本身的特征，如地震的里氏级数、烈度，造成洪灾的降雨量、洪

① 张建民、宋俭：《灾害历史学》，湖南人民出版社 1998 年版，第 2 页。

水流量、流速等；另一方面是灾害造成的人类生命和财产的损失情况，即灾情。”[①] 孟昭华认为：“灾害是由某种不可控制或未予控制的破坏性因素引起的、突然或在短时内发生的、超越本地区防救力量所能解决的大量人群伤亡和物质财富毁损的现象。”[②] 延军平则认为“灾害”是指给人类生存带来祸害的现象和过程，包括自然灾害和人为灾害两类；自然灾害则指给人类生存带来祸害的自然现象和过程。[③] 陈玉琼认为“灾害”是与人类社会接触时产生的不均衡状态，给人类的生产和生活带来不同程度的损害，它具有自然科学和社会科学的两重性。[④]《灾害大百科》中则认为“由自然变异、人为因素或自然变异与人为因素相结合原因引发的对人类生命财产和生存条件造成的危害即为灾害”，构成灾害概念的要素有灾因、灾发、灾时、灾强、灾域或灾区、灾果等。[⑤]

“灾荒”与“灾害”看似相同，其实内涵各异，但它们之间又存在着某种关联。马罗立（Walter H. Mallory）从华洋义赈会的实际救灾活动出发，在《饥荒的中国》（民智书局 1929 年版）一书中对其作了一个简略的解释，认为“灾荒者，基于天然原因而致食粮供给之失败也”。著名学者邓拓早在 20 世纪 30 年代便以阶级分析的眼光总结归纳了中国几千年的灾荒史料，对“灾荒”下了一个精辟的定义，认为灾荒“乃是由于自然界的破坏力对人类生活的打击超过了人类的抵抗力而引起的损害；在阶级社会里，灾荒基本上是由于人和人的社会关系失调而引起的人对于自然条件控制的失败所招致的物质生活上的损害和破坏。”[⑥]

“灾荒”实际上是“灾”与“荒”的合称，“灾”即“灾害”，“荒”即“饥荒”。“灾害”“是在一定历史条件下不可抗拒的自然力对人类生存环境、物质财富乃至生命活动的直接的破坏和戕害”。而“灾荒”重点在

① 范宝俊主编：《人类灾难纪典》第 1 卷第 1 编，改革出版社 1998 年版，第 1 页。
② 孟昭华、彭传荣：《中国灾荒辞典》，黑龙江科学技术出版社 1990 年版，第 91 页。
③ 延军平：《灾害地理学》，陕西师范大学出版社 1990 年版，第 1 页。
④ 马宗晋主编：《灾害与社会》，地震出版社 1990 年版，第 291 页。
⑤ 郭强等编：《灾害大百科》，山西人民出版社 1996 年版，第 1045 页。
⑥ 邓拓：《中国救荒史》，北京出版社 1998 年版，第 5 页。

"饥荒"上，"是天灾人祸之后因物质生活资料特别是粮食短缺所造成的疾疫流行、人口死亡逃亡、生产停滞衰退、社会动荡不宁等社会现象"。[①] 由此可见"灾荒"是由于"灾害"引发的，但并不是所有的"灾害"都能造成"灾荒"，只有在其破坏力超过了人类所能承受的限度，造成人与社会关系的失调时才形成"灾荒"的严重后果。比如"5·12"大地震的灾害级别很大，但由于党和政府的精心组织以及社会各界的无私援助，并未形成史书上常见的"哀鸿遍野、饿殍塞途"的令人恐惧的"灾荒"。相反，民国时期由于民穷国破、外患内乱，政治窳败、经济动荡，人民抵御灾害的能力非常薄弱，几乎无"灾"不"荒"。所以，本书在写作过程中涉及民国时期的"灾荒"与"灾害"时并不刻意去强调它们之间的差别，只在一些特殊的情形下才稍作细微的区分。行文时更多地使用"灾荒"一词，一方面是为了强调并侧重于"灾害"的后果；另一方面就是考虑到尽管对"灾荒"的解释已经比较细致和科学化了，但从文学研究角度出发还有不尽如人意之处：即这些定义都还没有涉及人的精神层面，灾害对人类的伤害除了具体的生命、财产损失外，还有无形的看不见的精神的虐杀，精神的"荒芜"、"荒废"也是"灾荒"不可忽视的一面。

灾害可以分为人为灾害和自然灾害两类，本书研究的对象是民国时期的自然灾害与现代文学对自然灾害的书写，范围也只限定在自然灾害之内，包括洪水、干旱、寒潮、雹灾、雪灾、植物病虫害、瘟疫、风暴潮、海啸引起的海水倒灌等。本书把1938年黄河花园口决堤也纳入论述范围，从表面上看花园口决堤是典型的"以水代兵"的人为事件，好像与自然灾害没什么关联，但实际上这次灾害是人力借助自然之势"黄水"才酿成惨绝人寰的大悲剧，致使豫、皖、苏三省44个县市受灾，89万人死亡。在以后的9年中，黄河决口有59处之多，黄泛区备受黄水摧残，加上土地盐碱化，抛荒的土地为蝗蝻滋生提供了天然的温床，几乎无年不灾，而这些都是花园口决口留下的祸根，是人祸引发的天灾。

① 夏明方：《民国时期自然灾害与乡村社会》，中华书局2000年版，第25页。

本书旨在揭示民国时期自然灾害给作家及文学带来的影响，通过对描写自然灾害的现代文学作品进行研究，分析现代作家是如何描写自然灾害，如何表现灾荒下人民的苦难生活，拷问灾荒下的人性，揭示人与自然灾害及社会之间的关系。具体的灾荒事件严格限定在民国时期，至于作品中书写的灾荒则可以适当扩展，并不拘泥于民国时期。为了研究的方便，本书只研究由自然灾害而形成的“灾荒”，其中不包括人为灾害造成的“灾荒”，如由于战争而形成的饥荒等。

二 选题的研究方法

（一）文史互证的方法

本书主要从灾害史的角度出发去考察文学对灾害的书写。文学虽然具有虚构与想象的特性，但也含有真实性，其真实性在于书写历史细节，营造典型环境，再现历史氛围，讲究感情真实与心理真实。选题立论的基础就是建立在大量真实可信的历史资料之上，查阅了第一手信史的原始档案、权威的报纸杂志、政府公报、当时出版的书籍、统计年鉴和年度报告书以及部分方志，力求以史实陈言，以真实可靠的数据说话。同时以文学书写来佐证历史，文史互相参证，用文学的生动形象性来弥补历史细节的不足及其冰冷的一面。

（二）整体研究和个案剖析相结合

民国时期灾害频发，几乎无年不灾，无灾不荒，本书不可能穷尽每一种灾害和每一次灾荒。为了揭示文学对某种类型灾害的书写，就要选择一些具有代表性的灾害作为个案来研究。比如要考察洪水灾害的书写，那么1931年江淮大洪水无论在其发生背景、危害程度还是深远的影响等方面都富有典型性。类似这样的个案还有1938年黄河花园口决堤、1942—1943年河南灾荒等。在侧重个案研究的同时，兼顾灾荒与文学关系的整体研究。比如文学是如何书写灾荒下的人与自然、人与社会、人与人之间的关系的，这些都要求由个案分析走向整体的归纳。

（三）采用比较研究的方法

对描写同一灾害主题内容的作品进行比较，揭示其间存在的不同的美学风格及思想倾向；把不同流派、不同地域的作家对灾害的书写加以比较，揭示其背后的地域差异以及作家主体姿态的多样性。

（四）采用图表和数据统计等研究方法加强人文研究的科学性

自然灾害的分布范围、造成的财产损失、人员伤亡等都要以严格的数据统计为基础，然后在统计的基础上绘制出鲜明直观的数据图，突破以往文学研究的语焉不详的缺陷，加强现代文学研究的科学性。

第四节　本书的基本结构、创新与不足

一　本书的基本结构

本书包括绪论、主体、结语、参考文献、附录等部分。

绪论是对项目选题情况作一些介绍，主要对本书的意义、研究现状、研究方法、对象范围的界定以及创新之处加以说明。

第一章是关于灾害的文化阐释与文学书写传统，从词源学、神话学和人类学角度对灾害的本义与文化原型进行追溯，考察灾害对中国文化的影响，说明“灾害”作为一种早期的文化积淀已经深植于中国文化的脉络之中；同时简略介绍中国文学自然灾害书写的传统，对中国古代文学中有关自然灾害书写内容进行梳理。

第二章是民国时期自然灾害背景下的文学应对，对民国时期发生的重大灾荒进行概述，描述自然灾害背景下作家创作心态的变化，揭示灾害对作家创作的影响。

第三章至第八章是本书的主体部分，研究现代文学对民国时期自然灾

害的书写。第三章是现代文学对民国时期自然灾害下经济与民生的书写，研究自然灾害下的经济与民生，研究灾害中人民食不果腹甚至卖妻鬻子、人食人的悲惨生活。第四章是现代文学对民国时期自然灾害下人与自然的关系的书写，揭示灾害中人与自然的三种关系：屈服自然、征服自然、顺应自然。第五章是现代文学对民国时期自然灾害下人与社会的关系的书写，从灾害打击下的流民及其救济、灾荒下的社会冲突等方面分析灾害中人与社会的关系；第六章是现代文学对民国时期自然灾害下人性的书写，从基本伦理规范失衡、道德沦丧等方面揭示灾害打击下人性卑劣的一面；同时研究在灾害的烛照下人性光辉的一面。第七章是现代文学对民国时期自然灾害下社会变革的书写，论述灾害让人民认识了人祸因素，逐步地走向觉醒与反抗的道路。解放区的生产救荒起到了移风易俗的巨大作用，极大地改变了人们的精神状态，提高了妇女的生产地位。灾荒的救济如同一块试金石，人民群众面对不同政权的不同救灾方式与效果，开始选择自己所属的道路，奠定了中国未来的政治走向；第八章是现代文学对民国时期自然灾害书写的多样性，从作品体裁形式的多样以及作品风格的多姿多彩等方面考察现代文学对灾害的多样性书写。

结语部分总结现代文学对民国时期灾害的书写，说明现代文学书写传统对当代文学的影响与意义，揭示灾荒与饥馑是中华民族记忆深处的隐痛。

此外还有两篇附录，一篇是民国时期规模较大的自然灾害记；另一篇是现代文学描写自然灾害的主要作家、作品编目。

二　创新和不足

本书从灾害史的角度重新发掘并评价以往文学史上一些被埋没的作家作品，勾勒了灾害对作家创作心态的影响，描画了一些作家在灾害背景下人生轨迹的变迁。以往的研究多是从灾害史的角度侧重对灾害本身的单一介绍，注重对灾害自然属性方面的考察研究，没能把灾害与社会文化生活广泛地联系起来，突破不了单一的史学模式，本书打算把灾害放到社会整体文化环境中去考察，关注灾害对人的精神层面的影响，注重对灾害社会文化属性的研究。本书首次从文学的角度对民国时期一些描写自然灾害的作品进行较为具体全面的考察，综合运用历史学、文化社会学、政治学、心理学等相关学科的理论与分析方法，抓住一些典型作品进行个案分析，同时对大量相关类似的作品进行宏观研究，对自然灾害下的经济与民生、人与自然、人与社会、人与人之间的关系进行了较为全面的梳理，对文学与自然灾害之间的关系作一整体、系统的考察，比较同一主题作品之间的美学风格上的差异，揭示历史学和文学想象对同一灾害的不同处理方式。

本书的不足之处是由于精力和时间有限，没能把当代的一些涉及民国时期灾害的文学作品纳入比较的框架，缺乏与外国文学的比较。比如现代文学中关于花园口决堤事件材料不多，而当代作家冯金堂、李凖、邓贤、邢军纪却对此写过很有分量的长篇小说和报告文学。本书采用文史互证方法解读灾害，文学作品的虚构性与史实互证可能有些冲突，很难把作品中的描写与历史作一一对应。由于处处都要涉及灾害史，所以对灾害的史料铺陈相对的就要多些，一些文学作品的分析没能具体展开，论述显得不够充分。由于民国时期的交通不发达、消息闭塞，很多灾害信息不能及时传递给作家，文学方面的材料有限，比如人与自然和谐共生方面以及灾害对作家的影响方面的材料明显不足，致使有些章节没能实现预期的写作目标。由于本人才疏学浅，加之时间紧迫，鄙陋之处当然还有很多，造成了不少的遗憾，只能留待今后再作进一步的充实与完善。

第一章

灾害的文化阐释与文学书写传统

在人类社会前行的过程中曾遭遇了多少天崩地坼、沧海桑田的剧变，自然灾害如梦魇一样如影随形地纠缠着人类。为了生存，人类几千年来一直与灾害不断地进行顽强的抗争，在抗争灾害的过程中历尽了艰辛与悲苦，从而也发展出一套带有灾害意味的传统文化。

第一节　灾害的文化阐释

一　灾害的文化原型追溯

关于灾害的最早的文字记录可以追溯到殷墟甲骨卜辞，其中有好多条相关的记载。“灾”字常见的写法大概有四种：一是如流水形状，好像大水横溢的样子，表示与水有关的灾害；二是水形加声符；三是从“戈”再加上声符，表示与战争有关的灾害；四是从“火”再加上声符，表示与“火”有关的灾害。周人认为“凡火，人火曰火，天火曰灾”，把人为造成的火灾与自然造成的火灾区分得较为清晰。[1]《说文解字》中也解释“灾”字“从一邕隹川”，表示其本义也与水有关，另据《春秋传》说“川邕隹为泽，凶”，说明“灾”即“害”也。段玉裁注说：“害者，伤也。”通过词源学的考察，无论是水或火都是“灾”字、“害”字的本义之源，说明人们很早就对“灾害”的致灾因子有了自己的认识，从今天还习用的“水深火热”、“水火无情”等熟语可见一斑。

中国古代和灾害有关的较为著名的神话有“女娲补天”、“鲧禹治水”、“精卫填海”、“后羿射日”、“夸父逐日”等。“女娲补天”、“鲧禹治水”、“精卫填海”都和洪水灾害有关；“后羿射日”、“夸父逐日”则和干旱之害有关。

《淮南子》中有“女娲补天”的记载：传说在远古洪荒时代，火神祝融打败了水神共工，共工羞愤难当便撞倒了擎天之柱不周山。于是天塌了半边，地也下陷成一条条裂缝，洪水从地底下喷涌出来，山林烧起了大火，猛兽四处横行吞食人民。就在人类面临着空前灾难之际，女娲挺身而出，炼出五彩石修补好残缺的天空，斩下龟的四脚当做柱子支撑起倒塌的半边天，擒杀残害生灵的黑龙，用芦灰堵塞住四处漫溢的洪流。

“鲧禹治水”的神话讲述了鲧、禹父子两代前仆后继终于治理好洪水的故事。远古时候，大地上洪水滔滔，鲧为了止住洪水便偷盗出天帝的宝贝“息壤”（一种能自己生长的土）去堵塞洪水，结果被天帝处死。三年之后，禹从鲧的肚子里生出，子承父业继续治水。禹在治水的八年里三过家门而不入，废弃其父“壅填”之法，使洪水顺着疏通的河道流进了大海，终于治理好了洪水。

“精卫填海”是一则充满悲壮精神的与海水抗争的神话。传说炎帝有一个女儿叫女娃，十分乖巧，被炎帝视为掌上明珠。有一天炎帝不在家时，女娃便独自一个人驾着一叶小舟向东海太阳升起的地方划去，在海上遭遇了狂风大浪，小舟被打翻，女娃也不幸落入海中被海水吞没。女娃死

① 彭邦炯：《甲骨文[illegible][illegible]非[illegible]辨——兼论商人的灾祸观》，《古文字研究》第19辑，中华书局1992年版，第397—398页。

后，她的精魂化作了一只小鸟，花脑袋，白嘴壳，红脚爪，发出“精卫、精卫”的悲鸣，所以人们便称此鸟为“精卫”。精卫痛恨大海夺去自己年轻的生命，为了报仇雪恨，她一刻不停地从她所住的山上衔了石子或树枝展翅高飞到东海，在波涛汹涌的海面上回旋悲鸣着把石子树枝投下去，想把大海填平。大海嘲笑她说：“就凭你这小鸟一百万年也不能把我填平，还是算了吧！”但精卫答复大海说：“你夺去了我的生命，将来还会坑害许多无辜的生命，即使是一千万年我也永不停歇，终究会有一天把你填成平地的！”她成年累月往复飞翔，衔树枝石子扔到大海里，从不停息。后来，有一只海燕为精卫这种大无畏的不折不挠的精神所感动，就与其结成了夫妻并生出了许多小鸟，雌的像精卫，雄的像海燕。直到今天，小精卫们也还在衔石填海继续着她们妈妈未竟的事业。晋代诗人陶潜就高度赞扬了精卫这种悲壮的抗争精神，在其诗中写道：“精卫衔微木，将以填沧海”；后人也常常以“精卫填海”比喻志士仁人不畏艰难从事艰苦卓绝的事业。

不仅是中国才有这种与洪水有关的远古记忆，世界上好多地区都有这种洪水神话。比如古巴比伦神话说人类触犯了天神，众神决定降下洪水惩罚人类的不敬。天神只告诉那些敬神者洪水来临的日期以及教会他们如何制造方舟躲避洪水，后来在七天七夜的大洪水中吉尤苏得拉保全了性命，生物幸免灭绝。希腊神话中说众神开会决定要发洪水灭绝人类，最后只有丢卡利翁和皮拉夫妇得到普罗米修斯的警告，才幸免于难。印度神话中说摩奴捉到一条神鱼将之养大并放归大海，洪水暴发时，这条鱼把他的船带到了喜马拉雅山，才使他逃脱了洪水的袭击。

以色列也有上帝用洪水惩罚人类恶行的神话，讲述了诺亚制造方舟储藏动植物种子，世界才得以延续的故事。《圣经》里《起源篇》第六章至第八章中就有许多有关大洪水的历史：“洪水把地球淹没了四十天；然后水位上涨，方舟暴露了出来，而且被抬到了地球上面。洪水泛滥，水位升得更高了；于是方舟也升到了地表以上。洪水继续在地球上泛滥；整个天堂之下的所有山峦都被淹没了。水位一直升到了十五万尺高；山脉被淹没了。所有在地球上活动的生物都灭亡了，家禽、家畜、走兽和每种在地球上爬行的爬行动物，一切干燥土地上的生物都灭亡了。地表上的所有有生命的物质都被毁灭了，人类、家畜、爬行动物和天上的家禽；它们被在地球上毁灭了：只有诺亚和方舟中和他在一起的生物活了下来。洪水一共在地球上泛滥了一百五十天。”“由于洪水的到来，诺亚、诺亚的妻子、诺亚的儿子们和他儿子们的妻子们一起登上了方舟。正如上帝命令诺亚做的那样，干净的走兽，不干净的走兽，家禽，地球上的每一种爬行动物都一对一对地登上了方舟，都是一公一母，一雄一雌。”“后来上帝想起了诺亚，和每种活下来了的生物以及和他一起在方舟中的所有家畜：上帝让一阵风从地球上刮过，于是洪水缓和了。所有深处的泉源和天堂之窗都关闭了，天上下的雨也停了。洪水逐渐从地球上退去：在一百五十天终结之后，洪水缓和了。在第七个月的第十七天，方舟还停留在 Ararat 山脉上。直到第十个月洪水才渐渐退去：在第十个月的第一天，山脉的顶端显露了出来。”①

这些有关大洪水的神话是自然界洪涝灾害留给先民们的可怕记忆，洪水逐渐成为一种原型积淀在许多民族的神话之中，洪涝灾害的恐慌一直深烙在各个民族的记忆深处。西方洪水神话往往带有一种惩罚意识和原罪意味在里面，和西方的消极逃生比较起来，中国的洪水神话更带有一种积极抗争的意味，从而也说明了中华民族远古先民艰苦卓绝的生存之境。“从比较神话学的立场看，洪水神话是具有世界性的主要神话类型。除了干旱缺雨的非洲外，地球上大部分地区的民族都有其分布流传的迹象。对照之下，中国上古洪水神话与世界上绝大多数民族的洪水神话属于截然不同的类型，简言之，就是治水型和逃生型的叙述差异与思想差异。”②

“后羿射日”反映了人类和干旱作抗争的故事。传说在尧的时候，天空同时出现了十个太阳，这一下大地上的人们和万物就遭了殃。十个太阳像十个火团，放出的热量把土地烤焦了，庄稼也都干枯了，森林着火烧成

① ［美］伊格内修斯·唐纳里：《圣经中的大洪水记录》，伊格内修斯·唐纳里：《亚特兰蒂斯：海底大西洋城的秘密》，余瀛波、刘东屏译，新世界出版社 2004 年版，第 66—69 页。

② 叶舒宪：《洪水神话与生态政治》，《天涯》1999 年第 1 期。

了灰烬，江河湖海干涸了，一些怪禽猛兽也都从森林湖泊中跑出来残害人民。农作物枯萎，河流干涸，里面的鱼也都死了，人类的供给基本断绝。为了外出觅食，有些人被太阳的高温活活烧死了，人们在火海里苦苦地挣扎着。人间的灾难惊动了天帝，天帝派后羿来到人间解救人民。天帝赐给后羿一张弓和一口袋箭，让他带着妻子嫦娥一起来到人间。后羿下到人间立即开始了射日的战斗，他拉开了万斤重的弓弩，搭上千斤重的利箭，瞄准那些火辣辣的太阳射出去，顷刻之间就射去了九个太阳，只留下了一个太阳挂在天上照耀着人间，禾苗得以生长，万物得以生存。后羿的丰功伟绩却受到了其他天神的嫉妒，由于天帝亲信谗言便疏远了后羿，最终把他永远贬斥到人间。后羿只好带着妻子嫦娥隐居人间，靠打猎为生。

“夸父逐日”的神话也和干旱有关。他手拿两条黄蛇去追赶太阳，一路不停，一直追到太阳将要落入的禺谷。他感到口干舌燥，一口气喝干了黄河和渭河之水，还是没有止住口渴。他就想去喝北方大泽的水，结果还没有走到水边就渴死了，长眠于虞渊。他临死之际抛掉手里的手杖，手杖顿时化成了一片桃林，结满了累累的鲜果，为后来追求光明的人解除口渴。晋代陶潜在《读山海经》诗中称赞说“夸父诞宏志，乃与日竞走”。这则神话曲折地反映了远古时代人们同干旱作斗争的精神。

在远古农耕生活中，由于生产力的低下和科学技术水平的落后，人们无法理解洪水、干旱等灾害发生的原因，没有能力抵御灾害的侵袭，便在头脑中幻想出许许多多美丽的神话和传说，企图用幻想中的英雄来战胜自然灾害，维护正常的农业生产。古代好多的神话传说都可以寻找到“灾害”的身影，这些有关洪水、干旱的神话是自然灾害的变相记录，是灾害留给先民们的难以忘却的恐慌记忆，逐渐成为一种原型积淀在神话之中，说明灾害始终是缠绕在远古先民记忆深处的梦魇。

二 灾害与中国文化的思考

灾害在中国古代文化的形成中起着重要的作用，好多文化都带有灾害的影子，例如灾害对中国的卜筮文化、自然科学文化、政治文化都产生了重要的影响。

中国人在婚丧嫁娶、奠基造房或开张剪彩时都喜欢选择一个好日子，可以说无论遇到什么大大小小的事情都喜欢判断一下是吉还是凶，这种卜筮之风已经成为一种民族心理和风俗习尚浸润到中国人生活的各个领域。现在在一些城市的大街小巷或马路边依然可以看到一些手摇羽扇的半仙在为善男信女们算命、测字、看手相，在给他们启示吉凶，消灾避难。其实这种预测吉凶的卜筮文化是和自然灾害紧密联系在一起的。中国有文字记载的文化形态最早可以上溯至殷商时代的甲骨卜辞，那些刻在龟壳上的文字显示着当时人们生活的内容和观念，其中最常见的是“吉”和“凶”两个字。“凶”在远古时代主要是指自然灾害，虽说占卜的是“吉”和“凶”，但实际关心的重点还是“凶”，如果都是“吉”也就没有必要去问断了，占卜吉凶就是要避开灾害，逢凶化吉。因此“凶”（即自然灾害）是中国卜筮文化形成和发展的根本元素。如果一年四季都风调雨顺，也就无须去占卜，当然也就不会有后来形形色色、纷繁复杂的“卜筮文化”。因此《周易·系辞》中说：“易之兴也，其于中古乎？作易者，其有忧患乎？”无论卜筮文化如何演进，它的最初根据却是来源于自然灾害，是为了防患“灾害”的。

《河图》、《洛书》晦涩难解，一直被视为中国的“天书”，是古代中国人的智慧和经验的结晶，其中蕴涵着解读中国文化的丰富密码。金春峰在《汉代思想史》中认为《河图》的数字排列是地之方的简单而形象的数字表现（方之象）；而《洛书》的数字排列则是天之圆的简单而形象的数字表现（圆之象）。按照李泽厚的观点，中国文化具有一种实用理性，所以早期的文化作品一般都有其实用价值，不单纯追求象形或其他的审美价值。《河图》、《洛书》可能是关于中国山川水文的地理图书，是当时人们治理山川的经验总结，是古代治水文化的结晶，可以看做中国自然科学的最早源头。《周易·系辞》中说：“河出《图》、洛出《书》，圣人则之。”这里的“河”指的是黄河，“洛”指的是洛水，说明《图》与《书》是出自河洛，这也说明了黄河和洛水是中国文化的重要源头所在。班固在《汉书·五行志》中说："伏羲氏继天而王，受《河图》，则而画之，八卦是也；禹治洪水，赐《洛书》，法而陈之，《洪范》是也。"可见中国文化与河流、洪水密不可分，从著名的大禹治水的传说也可见一斑。正是因为有洪水之灾，才有了世代不已的治水，才孕育了中国的自然科学文化。"大禹治水"的经验和精神并不仅仅局限于自然科学方面了，它还渗透中国文化的其他方面。

灾害的身影也闪烁在中国的政治文化体系之中。汉代的董仲舒利用阴阳五行学说，构建起一套以"天人感应"为中心的大一统政治思想体系。"阴阳"和"五行"是中国传统文化的重要组成部分，起初是用来反映和指称某种自然现象。《诗·大雅·公刘》有"既景乃岗，相其阴阳"。"阴"指背着阳光的地方，而"阳"则指阳光能够照射到的地方。这种自然本义渐渐引申出其他的诸多意义，"阳"常被用来指称"刚正"，"阴"则通常代表着"柔曲"，"阴""阳"既对立又统一，阴阳调和才能维持正常的状态，阴阳一旦失调就会生出祸害，其中"阴"代表着恶、凶、邪等消极方面，是导致灾害的主要因素。所以中国的"阴阳文化"是和"灾害"分不开的。

"五行"本义是指与人类生活关系密切的五种基本物质。《洪范》中说："水火者，百姓之求饮食也；金木者，百姓之所兴作也；土者，万物之所资生也。是为人用，五行即五材。"五行各自有其用处，同时又是生成万物的"本源"。"五行"后来被广泛地引申开来，其中就包括五行相生相克的思想：即前一物生后一物，依次相生，循环不已；同时前一物胜相间的后一物，如此间胜，循环不已。五行相生相克的思想渗透于中国人生活的各个方面，比如男女之间谈婚论嫁时要找算命先生"合日子"，预测双方的"命"是相生还是相克，然后才能决定是否嫁娶。如果是凶则不宜结合，"克"就带上了"灾害"的性质。

董仲舒把阴阳和五行学说引进了国家的政治运作当中，认为当其相和相生时，上天就会赐福人间；当其相失相克时，上天就会降下各种灾害对人间施以惩罚。一时间谶纬之风大行，每遇重大灾害时，君王就要下“罪己诏”来检讨自己的行为，宣告天下说由于自己的失职引起了上天的惩罚。为了消灾弭害，自己今后要励精图治。不管是否出于真心，也不管这种做法是否有效，每当灾害来临之际，历代统治者都在不断地重复使用着这种救灾方法。一些官员也不会轻易错过“天灾”这个良机，他们往往以天谴为由攻击、倾轧他人。在找寻灾害缘由之际，统治者往往要设祭坛举行祈天、敬神之类的神事活动，祈求神明消灾降福。由于灾民的大量存在，对统治者造成潜在的威胁，时刻提醒他们要反躬自省，加强和改善自己的统治，从而有利于社会的进步。

自然灾害深刻地影响了中国的政治与文化，汉语中“政治”一词中的“治”的本义就在于治水，历朝历代都把治水救灾作为重大的政治来对待。司马迁在《史记》“八书”中列有“河渠书”，记述了大禹治水、李冰凿离堆、西门豹治漳水、秦修郑国渠以及汉武帝发动官员背柴堵复黄河决口的事迹。太史公感叹曰：“甚哉，水之为利害也！余从负薪塞宣房，悲《瓠子》之诗而作《河渠书》。”从这里可以看出中华民族与自然灾害的不断抗争精神，显示了治理江河是中华民族的基本国策。“治”的反义词便是“乱”，意思是指水横行或逆行，没有顺着原先河道所规定的方向正常运行，水流漫出造成泛滥。所以，我们可以看到古代历史中大灾之后往往会有大乱，而经历了大乱之后，往往也会有一种大治。他们的所作所为都与董仲舒的阴阳五行和天人感应的政治学说有关。由此可见，中国古代的政治文化是与自然灾害紧密联系在一起的。有些国外学者甚至认为中国大一统的封建帝国就来源于抗灾救灾的实际需求，因为任何一个四分五裂、地方割据的混乱局面都无法承担起地域辽阔的防灾抗灾工作，只有高度集中的大一统帝国才能有效地去统筹安排大江大河的治理和防患工程。

在文学方面也可以看到灾害的踪迹。古老的神话传说是中华民族文学艺术的源泉和武库，从女娲补天、大禹治水、后羿射日、精卫填海等悲壮神奇的传说中，我们可以找到一个共同的主题：中国古代的英雄都在以不同的方式向着干旱、洪水等自然灾害作顽强的抗争，不像希腊神话中的诸神悠闲自得，总是沉浸在争风吃醋、寻欢作乐中。可见当时中华民族的生存环境要比欧洲民族艰辛得多，远古先民把大量的时间和精力都用在了救灾除害之上了。正是这种恶劣的自然环境孕育了中华民族的文明史，开启了后来瑰丽灿烂的文学艺术的源头，从后来各种各样的“救灾除害”的文学模式中可以察见这种民族心灵的秘史。“救灾除害”的神话原型成为中国文学取之不尽、用之不竭的源泉，后来的中国文学无论是在题材、主题方面，还是文学观念、创作方法与美学追求方面，很多都打上了这种神话原型的烙印，与“救灾除害”的神话原型之间有着很深的渊源关系。从《西游记》中的孙悟空除妖降魔普度众生，到《三国演义》、《水浒传》的善恶奸邪的对立斗争，其实都可以看做人类与自然灾害作抗争的艺术转换与表现。明末的《警世通言》、《醒世恒言》、《喻世明言》，其立意就是为了救世。《醒世姻缘传》、《老残游记》、《红楼梦》和陶渊明的诗歌等，也都或多或少与这种神话原型有关。陈继会在其《二十世纪中国小说文化精神》中认为，20世纪中国小说的文化精神主要体现在“拯救”和“重建”上，[①] 可见中国文学一直到现在都还笼罩在“救灾除害”的文学模式之下，时刻牢记要去“救”点什么。

从甲骨卜辞中我们可以看到“卜筮文化”及其后来的全面发展；从《河图》、《洛书》中我们可以看到“自然科学文化”及其后来的广泛渗透；从阴阳五行中我们可以看到“政治文化”及其在民间的普及；从远古传说中，我们可以看到“救灾除害”的神话原型及其深远影响。所有这些都带有强烈的“灾害”印记，不仅来自灾害，而且表现着灾害。因此，在某种程度上我们可以说“灾害”是中国文化之源，没有灾害，中国文化就完全可能会是另外一个样子。[②]

在“灾害意识”作用下，中国哲人面对着天下大乱的社会灾害，要去

---

① 陈继会：《二十世纪中国小说文化精神》，东方出版社2003年版。

② 陈飞：《天灾文化——面对天灾的思考之一》，范炯主编：《叩问上苍——面对天灾的人类》，中原农民出版社1993年版，第147—148页。

拯救文化、拯救社会、拯救人心。儒家三纲五常的伦理体系目的就是为了防止老百姓犯上作乱成为祸害，可见中国的伦理文化也是中国政治文化的附庸和补充。那些不遵守道德人伦与越轨犯禁的老百姓就成了禽兽不如的人，人民群众的反抗行为和异端思想也被视为“洪水猛兽”，比“天灾”还要可怕，所以邵公的政治名言“防民之口，甚于防川”一直被统治者奉为金科玉律。

“灾害”对中国的文化影响是多方面的，比如素来为外人所称道的中国美食文化，其实最初来源于草根文化。在灾荒饥馑的打击下，老百姓尝试了各种东西来果腹充饥，那些平时令人恐惧不敢吃的东西也都成为灾民的美味佳肴，在此基础上才发展出来所谓的“美食文化”。“灾害”作为一种重要的元素参与形成了中国的“灾难文化”，使中国文化天生具有一种强烈的“灾害意识”，使得中华民族带有一种强烈的“忧患性格”，弥漫渗透到中华民族文化生活的各个层面。离开“灾害”，就不可能真正深刻全面地理解中国文化。

第二节　中国文学自然灾害书写传统

中国文学一直关注着自然灾害，最早反映自然灾害的就是那些远古的神话和传说。女娲补天、大禹治水、精卫填海、后羿射日、夸父逐日等美丽动人的神话，不仅反映了远古先民认识自然和征服自然的愿望，更体现了中华民族祖先不畏艰难困苦、顽强不屈地与自然灾害作斗争的伟大精神。这些远古神话广泛地流传于人民大众之间，给他们以极大的鼓舞和启发，促使人们把神奇的幻想变为现实。这些远古神话成为中国文学发展的源泉，对中国文学的发展影响很大，在题材、主题、观念、创作方法与美学追求方面给后人以无穷的启迪，后世的许多作家都从这些神话中汲取了丰富的营养，创作出优美动人的文学篇章。

一 对各种灾害的描写

中国是一个诗歌的国度，诗歌因其短小、灵活的体裁形式，可以方便快捷地反映现实生活。《诗经》开创了诗歌描写灾害的文化传统，其中有好多关于自然灾害的描写，并且涉及了多种灾害。有描写地震的，如“烨烨震电，不宁不令，百川沸腾，山冢崒崩；高岸为谷，深谷为陵”；① 有描写风害的，如“习习谷风，维山崔嵬。无草不死，无木不萎”；② 有描写霜害的，如“正月繁霜，我心忧伤”；③ 有描写虫灾的，如“去其螟螣，及其蟊贼，无害我田稚！田祖有神，秉畀炎火”④。还有一些诗歌描写了由自然灾害导致的饥荒，如《诗·小雅·雨无正》的作者面对天灾人祸、内忧外患，发出了“浩浩昊天，不骏其德。降丧饥馑，斩伐四国”的质问；⑤《诗·大雅·召旻》则是严重的自然灾害的记录，巨大的灾荒夺去了许多人的生命，造成了人民的四处流亡，“旻天疾威，天笃降丧。瘨我饥馑，民卒流亡。我居圉卒荒！”⑥

在各类自然灾害中，水灾是对社会经济破坏最直接、给人们带来苦难最深重的一种天灾，诗歌中描写较多的就是水灾。天宝四年八月，河南、睢阳、淮阳等八郡发生严重水灾，许多农民田地房屋被淹，人民流离失所，高适的《东平路中遇大水》就再现了这种悲惨情景。“霖霪溢川原，澒洞涵田畴。指途适汶阳，挂席经芦洲。永望齐鲁郊，白云何悠悠。傍沿钜野泽，大水纵横流。虫蛇拥独树，麋鹿奔行舟。稼穑随波澜，西成不可求。室居相枕藉，蛙黾声啾啾。仍怜穴蚁漂，益羡云禽游。农夫无倚著，野老生殷忧。”作者呼吁朝廷关心民众疾苦，减免租赋，“圣主当深仁，庙

① 《诗·小雅·十月之交》，周振甫译注：《诗经译注》，中华书局2002年版，第300页。
② 《诗·小雅·谷风》，周振甫译注：《诗经译注》，中华书局2002年版，第325—326页。
③ 《诗·小雅·正月》，周振甫译注：《诗经译注》，中华书局2002年版，第294页。
④ 《诗·小雅·大田》，周振甫译注：《诗经译注》，中华书局2002年版，第352页。
⑤ 《诗·小雅·雨无正》，周振甫译注：《诗经译注》，中华书局2002年版，第303页。
⑥ 《诗·大雅·召旻》，周振甫译注：《诗经译注》，中华书局2002年版，第492页。

堂运良筹。仓廪终尔给，田租应罢收。我心胡郁陶，征旅亦悲愁。纵怀济时策，谁肯论吾谋！”[1] 诗歌表达了作者对灾民的深切同情，以及为民众立言的可贵品质。白居易的《大水》描写了大水摧毁城池房屋，给人民带来的巨大灾难，表达了关怀民瘼的现实主义情怀，“浔阳郊郭间，大水岁一至。闾阎半飘荡，城堞多倾坠。苍茫生海色，渺漫连空翠。风卷白波翻，日煎红浪沸。工商彻屋去，牛马登山避。况当率税时，颇害农桑事。”[2]

宋代苏辙的《次韵王适大水》形象地描写了洪水拔起大树，冲毁房屋的情形，致使百姓飘散流离，无处投荒。“高安昔到岁方闰，大水初去城如墟。危谯堕地瓦破裂，长桥断缆船逃逋。漂浮隙穴乱群蚁，奔走沙砾摧嘉蔬。……人言西有蛟蜃穴，闰年每与风雷俱。漫沟溢壑恣游荡，倾崖拔木曾须臾。鸡豚浪走不复保，老稚裸泣空长吁。”[3] 宋代另一位诗人陈刚中的《视涝》描写了大水之后“舟行民田中”，在“农夫相对泣，父子饥欲死”的情况下，酷吏不但不体恤灾民的哀告，反而“岂繄竭膏血，直欲剥肤髓”，在天灾人祸的双重打击之下，老百姓几乎没有什么活路。作者恳请“皇心念下民”，蠲免人民的负担。“暨阳古泽中，今岁仍大水。舟行民田中，一浪四十里。农夫相对泣，父子饥欲死。酷吏亦何主，诛求殊未已。岂繄竭膏血，直欲剥肤髓。哀此无告民，有生皆赤子。天灾自流行，助虐亦何理。”

清代曹楙坚的《拆屋行》形象地写出了洪水来临，人们拆屋取材争相逃命的情形，“水连床，床连屋，大儿小儿尽匍匐。床前淅米床上炊，那有干薪一两束？黑夜沉沉儿堕水，夫叫妻号救儿起，不闻儿啼儿已死！邻家有小船，儿女安稳眠。我家无船屋里住，水来更向何处去？不如拆屋取屋材，粗宗细桷并一堆。两头用绳缚做筏，漂东漂西波汩汩，未定一家谁

---

① 高适：《东平路中遇大水》，陈铁民撰：《高适岑参诗选评》，上海古籍出版社 2002 年版，第 42 页。

② 白居易：《大水》，顾学颉校点：《白居易集》第一册，中华书局 1979 年版，第 27 页。

③ 苏辙：《次韵王适大水》，陈宏天、高秀芳校点：《苏辙集》第一册，中华书局 1990 年版，第 233—234 页。

死活？”[①] 陈乐光《湖湘五首》中有一首描写农民因涝灾屡屡播种但却没有收获的情形，“岁岁插湖田，见禾未见谷。昨夜没堤腰，今晨浸牛腹。”沈世瑾的《老农述灾象作》刻画了洪水肆虐、人们饱受摧残的境况，“一雨四十日，低田行大舟。饿犬屋上吠，巨鱼床下游。张网捕鱼食鱼肉，瓮中无米煮薄粥。天寒日短风萧萧，前村寡妇携儿哭。”[②] 谭晓曙写出了大水冲没禾田，农民担忧今后生计的场景，“山洪同时发，水大没田畴。禾苗皆不见，但见起浮沤。去者既浩浩，来者复悠悠。禾田成水荡，农民心上忧。”鲍瑞骏的《禹城道中》写了水灾、人祸交加的情形，“三载野无禾，嗟哉《瓠子歌》。荒墟惟识树，官道乱成河。马向田中渡，车悬艇上过。居人翻习水，愁绝是催科。”[③] 徐兆英的《车行杂咏》描绘了一幅水灾过后，人民卖儿鬻女四方逃亡、饿殍塞途的人间惨象。“去秋黄河决，数县成汪洋，丰堤工未合，满目皆疮痍：男妇多菜色，忍饥死道旁，骷髅乱犬啮，见之酸肺肠。新邳逢父老，招与谈沧桑，佥言去年水，更甚前年荒。老弱相枕藉，少壮逃四方。询知齐鲁地，连年遍哀鸿。贫家鬻小儿，只值三百铜。所以怀春女，多入烟花中，昔为良家女，今学娼妇容。”

1823年，梅雨连绵，江苏震泽先是遭受水患，紧接着又遭受海风、海潮的袭击，致使海堤崩溃。王之佐的《癸未大水行》就描写了海潮肆虐，冲毁农舍、淹没庄稼的巨大威力，老百姓就如同草头的露水一样朝不保夕。面对灾民卖儿鬻女的惨状，诗人急切地呼吁朝廷造册救灾。“迎梅送梅何连绵，大雨廿日成漏天。天瓢翻时兼雨雹，窗棂击断屋瓦穿。一宵海风又暴起，倒挟海潮怒不已。百年老树拔其根，排墙又见桥梁圮。我家正在堰上村，砌砰白浪来打门。下床淫淫水一尺，蛟龙入室驱鸡豚。田禾尽

① 曹楙坚：《拆屋行》，丁力选注、乔斯补注：《清诗选》，湖南人民出版社1985年版．第505—506页。

② 沈世瑾：《老农述灾象作》，丁力选注、乔斯补注：《清诗选》，湖南人民出版社1985年版，第657页。

③ 鲍瑞骏：《禹城道中》，丁力选注、乔斯补注：《清诗选》，湖南人民出版社1985年版，第500页。

没苦营救，救之远近鸣钲喧。连潮堤岸复崩溃，老农无计空声吞。我时登楼起四顾，平野茫茫失村路。阴霭翳空黑于雾，野櫘漂来惨无数。我其鱼乎益惊怖，朝不保暮草头露。民力告疲赋缓输，里正徒传长官谕。可怜十室已九空，炊烟断尽斜阳红。儿女求鬻来市中，仳离乞食嗟奇穷。何人慷慨解施泽，大吏还宜筹善策。眼前火急请发棠，先慰灾黎造灾册。”[①] 赵然的《河决叹》描写了河决之后给人民带来的巨大灾难，奔腾的河水夺去了许多人的生命，活着的则因得不到赈济，在饥寒相逼之下堤上堆满了死尸。“神河之水不可测，一夜无端高七尺，奔涛骇浪势若山，长堤顷刻纷纷决。堤里地形如釜底，一夜奔腾数百里。男呼女号声动天，霎时尽葬洪涛里。亦有攀援上高屋，屋圮依然饱鱼腹；亦有奔向堤上去，骨肉招寻不知处。苟延残喘不得死，四面茫茫皆是水。积尸如山顺流下，孰是爷娘孰妻子？仰天一恸气欲绝，伤心况复饥寒逼！兼旬望得赈饥船，堤上已成几堆骨。”[②] 孙弓安的《堤上谣》描写了堤决后的悲惨情景，“翟家坝，高甲堰；周家闸启桑田变。不死不生堤上坐。君门万里，门远如水。公门万里，门远如水。”[③]

旱灾较水灾发生的概率要小，不像水灾瞬时间就能带来巨大灾害，但长时间的亢旱则会导致赤地千里，容易造成更为严重的饥荒，甚至连树皮草根都被灾民吞食殆尽。好多诗人都反映了旱魃肆虐的情形，旱灾对人们的生存构成了极大的威胁。有一首民谣就描写了明洪武元年（1368年）湖南历史上有名的巨祲——戊申大旱，“麻风细雨英怨天，记住戊申那一年。正月开始断雨脚，九月中旬才阴天。田塍干得节节断，青蛙口里吐青烟。”[④] 农田被晒出裂缝，无法下种，收获无望，造成巨灾。赵元绍的《米贵谣》写出了大旱之下田地干裂，树皮草根都被饥民

① 王之佐：《癸未大水行》，钱仲联主编：《清诗纪事》（十五卷），江苏古籍出版社1989年版，第10798页。

② 赵然：《河决叹》，丁力选注、乔斯补注：《清诗选》，湖南人民出版社1985年版，第430页。

③ 孙弓安：《堤上谣》，丁力选注、乔斯补注：《清诗选》，湖南人民出版社1985年版，第472页。

④《长沙府志（卷37）·灾祥志》，清乾隆十三年刻本。

吃光了，米贵如金。“大云峨峨似山矗，嗟哉阳九逢百六。石焦金烁土龟坼，野火翻飞上茅屋。榆皮已尽草根枯，十丈溪河变成陆。晨起愁看日影红，晚来几见炊烟绿。去年米贱等糠秕，今日糠秕贵如谷。君不见千钱一斗万钱斛，富儿色喜贫儿哭！”[①] 沙张白的《祈雨词》描写了久旱之下，人们击鼓祈雨却毫无结果。“一时不雨三农苦，雨师祠前晨击鼓。鼓声轰轰神不闻，巫传神语上帝怒。龙眠雷默江湖封，赤日团团烈如火。噫嘻吁！旱荒荒杀南亩民，干帝怒者彼何人?”[②] 蒲松龄的《告灾》描写了长时间的干旱致使田无麦禾，报灾到官府却没人相信。“大旱三百五十日，垅上安能有麦禾？报到公庭犹不信，为言庭树尚婆娑。”[③] 屠寄的《饥民谣》描写了旱灾带给人们的痛苦生活，“道旁有饥民，流涕为予说：家在豫晋间，三年不雨亦不雪。薄田数亩禾稼枯，门外剥死青青榆。官长亦知民疾苦，吏胥杂遝仍催租。东家女，西家郎。前年就食之四方。哀哉老弱不中徙，晨昏捧腹徒悲伤。风谡谡，日光射茅屋。家长忍饥不暇哭，牵儿入市无人鬻。”[④]

宋代苏舜钦的《吴越大旱》描写了严重的旱灾引发大面积的瘟疫，死人无数。诗人祈盼能来一阵大雨，消弭疠气，减缓灾情。“吴越龙蛇年，大旱千里赤：寻常粳穄地，烂漫长荆棘；蛟龙久遁藏，鱼鳖尽枯腊。炎暑发疠气，死者道路积，城市接田野，恸哭去如织。……怨怼结不宣，冲迫气候逆，二年春及夏，不雨但赫日。安得凉冷云，四散飞霹雳，滂沱消祲疠，甘润起稻稷，江波开旧涨，淮岭发新碧。使我扬孤帆，浩荡入秋色。胡为泥滓中，视此久戚戚，长风卷云阴，倚柂泪横臆。”[⑤] 张纲孙的《苦旱行》描写了大旱之下，田地干裂，米价腾贵，好多人因热病而死，大地失

① 赵元绍：《米贵谣》，丁力选注、乔斯补注：《清诗选》，湖南人民出版社 1985 年版，第 459 页。

② 沙张白：《祈雨词》，丁力选注、乔斯补注：《清诗选》，湖南人民出版社 1985 年版，第 160 页。

③ 蒲松龄：《告灾》，陈友琴选注：《千首清人绝句》，浙江古籍出版社 1988 年版，第 416 页。

④ 屠寄：《饥民谣》，丁力选注、乔斯补注：《清诗选》，湖南人民出版社 1985 年版，第 697 页。

⑤ 苏舜钦：《吴越大旱》，沈文倬校点：《苏舜钦集》，中华书局 1961 年版，第 19 页。

去了生机。“田中无水骑马过，苗叶半黄虫咬破。五月不雨至六月，农夫仰天泪交堕。去年腊尽频下雪，父老俱言水应大。如何三伏无片云，米价腾贵人饥饿。大河之堧风沙扬，桔槔无用袖手坐。林木焦杀鸟开心，鲂鱼枯干沟底卧。人人气喘面皮黑，十个热病死九个。”[①]

俗话说：“水灾一线，旱灾一片，虫灾无边。”蝗虫的危害性也比较严重，诗歌中对此也多有反映。大诗人陆游的《秋思》认为蝗灾似猛虎，给人民带来巨大灾难，“傍县人来涕泗翻，蝗灾暴虎不堪言。天心似为衰翁地，饱食安眠独北村。”[②] 欧阳修的长诗《答朱寀捕蝗诗》就以“口含刃锋疾风雨，毒肠不满疑常饥”之句描写了蝗虫惊人的啃食能力，告诫人们及早谋划对策，为百姓民生建言献策。“大凡万事悉如此，祸当早绝防其微，蝇头出土不急捕，羽翼已就功难施，只惊群飞自天下，不究生子由山陂。官书立法空太峻，吏愚畏罚反自欺，盖藏十不敢申一，上心虽恻何由知；不如宽法择良令，告蝗不隐捕以时，今苗因捕虽践死，明岁犹免为蝝菑。”[③] 宋代诗人王令对于蝗灾的认识比较科学全面，在长诗《原蝗》中详细描绘了蝗虫由虫卵发展到飞蝗的过程，后来成铺天盖地之势以致来临时把庄稼啃噬殆尽，告诫人们扑灭蝗灾要去除迷信，靠人不靠天。“蝗生於野谁所为，秋一母死遗百儿，埋藏地下不腐烂，疑有鬼党相收持。寒禽冬饥啄地食，拾掇谷种无余遗，吻虽掠卵不加破，意似留与人为饥。去年冬温腊雪少，土脉不冻无冰澌，春气蒸炊出地面，戢戢密若在釜糜。老农顽愚不识事，小不扑灭大莫追，遂令相聚成气势，来若大水无垠涯。蓬蒿满眼幸无用，尔纵嚼尽谁尔讥，而何存留不咀嚼，反向禾黍加伤夷。”[④]

虽然开明的官员及士绅屡屡告诫农人要及早扑灭蝗虫，但民间一直把蝗虫视为神虫，以致有的农人看到蝗虫飞来不去积极扑灭，而是烧香叩头

① 张纲孙：《苦旱行》，丁力选注、乔斯补注：《清诗选》，湖南人民出版社 1985 年版，第 78 页。

② 陆游：《秋思》，《陆游集》第四册，中华书局 1976 年版，第 1808 页。

③ 欧阳修：《答朱寀捕蝗诗》，陈新、杜维沫选注：《欧阳修选集》，上海古籍出版社 1986 年版，第 70—71 页。

④ 王令：《原蝗》，沈文倬校点：《王令集》，上海古籍出版社 1980 年版，第 28—29 页。

祈求神虫飞去。徐照的《蝗飞高》就描写了一个妇人把蝗虫看成神虫，是战死疆场的丈夫尸体上化生出来的，劝儿不要加以伤害。“战士尸上虫，虫老生翅翼。目怒体甲硬，岂非怨飞激？栉栉北方来，横遮遍天黑。戍妇闻我言，色变气咽逆。良人近战死，尸骸委砂砾。昨夜魂梦归，白骑晓无迹。因知天中蝗，乃是尸上物。仰面久迎视，低头泪双滴。呼儿勿杀害，解系从所适。蝗乎若有知，飞入妾心臆。”①

乾隆八年（1743 年），袁枚在任江苏沭阳县令时曾带领民众展开捕蝗运动，并为此写了一首《扑蝗曲》。“亟扑蝗，亟扑蝗，沭阳已作三年荒。水荒犹有稻，蝗荒将无粱。”诗歌一开始就写出了蝗灾的严重形势，显示了蝗灾与水旱灾害之间的密切关联，要求民众紧急行动起来，“焚以桑柴火，买以柳叶筐。儿童敲竹枝，老叟围山冈。风吹县官面如漆，太阳赫赫烧衣裳。折枝探虑损德，惟有杀汝为吉祥。”自己身先士卒带领民众同心同德扑灭蝗虫，使用烟熏火燎和竹枝抽打等各种方法消灭蝗虫。由于受到传统的“天人感应”学说的影响，作者带着强烈的自责心情反思自己的执政能力，祈求“神虫”不要伤害老百姓的庄稼，哪怕牺牲自己也无所谓，“蝗兮蝗兮去此乡，东海之外兮草茫茫，无尔愁兮乐何央！毋餐民之苗叶兮，宁食吾之肺肠！”诗歌充分显示了作者爱民如子的仁爱精神，也反映了人们面对蝗灾时的矛盾心态。

由于生产力水平的低下和政治上的不清明，蝗灾屡屡发生，给人民带来了巨大的灾难。赵执信的《后纪蝗》描写了蝗虫的巨大破坏力，人们的扑打根本不起作用，它们含着锋利的牙齿如同急雨一样落在了田里。“蝗去还复来，飞飞十日不得息。青天无风亦簸扬，赤地有土皆涌溢。山间晓夕相招呼，白发黄头缀行出。拚将妇子死前身，夺取螣螟口中食。长竿缚衣无色新，蝗落如山不畏人。但觉齿牙挟急雨，空悲禾稼失连云。东家田多西家少，打扑不如东家早。岂知灾至两难凭，高原且尽油油草。传闻北飞将入海，形势苍黄那可待？又闻吴楚沴气同，常恐

① 徐照：《蝗飞高》，（清）吴自牧、吕留良、吴之振选，蒋光煦、管庭芬补：《宋诗钞》第三册，中华书局 1986 年版，第 2461 页。

东道由此通。”[1] 黄爵滋的《南蝗》描写江西地区发生的蝗灾，“飞蝗向南行，蝗声所过惟哭声。蝗面人面何狰狞，见者不识闻者惊。捕蝗蝗不避，杀蝗蝗不畏。吴楚闽粤交，惟蝗所食地。”面对蝗灾的肆虐，诗人怀着满腔的愤怒，拔剑质问江神、上帝尸位素餐，却不能庇佑人间。“我欲拔剑索江神，蝗不过江今奚然？尔水尔旱殛我民，尔蛟尔龙惨不仁。复纵飞蝗助尔虐，谬谓上帝不尔闻。呜呼！飞蝗食谷还食人，谷死人死，尔神血食谁复存！”[2]

此外，还有一些诗歌描写了不太常见的灾害。诗人易翰鼎的《大雨雹》描写了咸丰六年（1856 年）六月十九日湘阴的冰雹之灾，“石破天惊飞硬雨，雨所到处风雨从。坚如石子云中移，田伤禾稼园伤果。”谭文瑞的《狂飙灾吹岳阳有感》描写了风灾，记录了狂风给人民带来的危害，“卷土狂风动地来，巴陵全县几罹灾。轮舟木筏逢涛解，屋宇楼台比栉开。多少流亡多少恨，几家幸免几家哀。”沈汝瑾的《风灾行》也对大风造成的灾害作了较为形象的描绘，刻画了人民的悲惨生活，“大风拔木海水高，人畜入水鱼鳖骄，空中似有神鬼号。生者露宿夜枵腹，父子夫妻相对哭，惟望开仓发积谷。十里五里无炊烟，波涛滚滚不见田，县官还说大有年。”[3] 吴嘉纪的《海潮叹》描绘了康熙四年（1665 年）七月三日由飓风引发的海潮灾害，房舍漂没无数，苏北沿海一带数万盐民被淹死，而统治者却不体恤灾情，告灾却遭官长的责骂。“飓风激潮潮怒来，高如云山声似雷。沿海人家数千里，鸡犬草木同时死。南场尸漂北场路，一半先随落潮去。产业荡尽水烟深，阴雨飒飒鬼号呼。堤边几人魂乍醒，只愁征课促残生。敛钱堕泪送总催，代往运司陈此情。总催醉饱入官舍，

---

① 赵执信：《后纪蝗》，福建师范大学中文系古典文学教研室选注：《清诗选》，人民文学出版社 1984 年版，第 310 页。

② 黄爵滋：《南蝗》，钱仲联主编：《清诗纪事》（十四卷），江苏古籍出版社 1989 年版，第 9494 页。

③ 沈汝瑾：《风灾行》，丁力选注、乔斯补注：《清诗选》，湖南人民出版社 1985 年版，第 658 页。

身作难民泣阶下。述异告灾谁见怜？体肥反遭官长骂。”[①] 吴伟业的《海溢》描绘了顺治七年八月，大风引起海溢，造成了巨大的灾难。“积气知难极，惊涛天地奔。龙鱼居废县，人鬼语荒村。异国帆樯落，新沙岛屿村。横流如可救，沧海汗东门。”[②] 沙张白的《大田叹》则描写了农作物的虫害，“大田有螟螣，丰岁无嘉禾。人忽螟食少，我畏螟类多。一螟食一禾，禾存能几何？”[③] 蒲松龄的《蜚虫害稼》描写了蜚虫造成的灾害，“细虫蠕蠕满平田，遥望禾苗亦俨然。一亩芟来无斗粒，奇荒何处吁青天？”[④]（蜚是一种属于蟠类的有害的小飞虫，形状椭圆，发出恶臭，喜食稻花。）

二 灾荒下人民的悲惨生活

在食物仓储不足的情况下，频仍的自然灾害往往会引发严重的饥荒，使得人民陷入巨大深重的灾难之中，人们只能食树皮草根为生，甚至卖儿卖女流浪乞讨他乡，途中饿毙者不可计数，许多诗歌对此作了令人痛彻心扉的描绘与控诉。

在饥饿的驱使下，灾民只能以五花八门的代食品来充饥。白居易的《采地黄者》描绘了在霜灾、旱灾的双重打击下，农民无粮可食，只得到野地里采挖地黄，再拿到官宦人家去换马吃剩下的粮料。“麦死春不雨，禾损秋早霜。岁晏无口食，田中采地黄。采之将何用？持以易糇粮。凌晨荷插去，薄暮不盈筐。携来朱门家，卖与白面郎。与君啖肥马，可使照地光。愿易马残粟，救此苦饥肠！”[⑤] 诗中贫富

① 吴嘉纪：《海潮叹》，钱仲联、钱学增选注：《清诗精华录》，齐鲁书社 1987 年版，第 277 页。

② 吴伟业：《海溢》，钱仲联、钱学增选注：《清诗精华录》，湖南人民出版社 1985 年版，第 489 页。

③ 沙张白《大田叹》，丁力选注、乔斯补注：《清诗选》，湖南人民出版社 1985 年版，第 151—152 页。

④ 蒲松龄：《蜚虫害稼》，路大荒整理：《蒲松龄集》（上册），上海古籍出版社 1986 年版，第 587 页。

⑤ 白居易：《采地黄者》，顾学颉校点：《白居易集》第一册，中华书局 1979 年版，第 19 页。

之间巨大悬殊的社会现实令人震惊，显示了社会的极大不合理。陈沆的《吃草根》描写了人民以草根为食，而官吏却沉醉不知此味。“怪底春光二月好，踏青千里无青草。草根当作麦粮餐，草色都如人面槁。家家妇女驱出门，手皲脚软声暗吞。乐岁欢歌芣苢子，凶年苦劚苣蒿根。毕竟天心仁爱汝，枯田尚有萌芽吐。谁云小草是虚生，攻在饥荒非小补。夕阳归去一肩挑，饱食居然腹不枵。此时长吏方沉醉，可惜不曾知此味。”[①] 乾隆时期亳州诗人吴灏写下了《哭草根》之诗，“树皮既已尽，草根如黄金。终日不盈筐，霜雪沾衣襟。东家食汝死，西家食汝瘖。我欲不食汝，腹饥谁能禁”，[②] 表达了对故里灾民的深切关怀与同情。王惟孙的《掘草根》也描写了婺州发生大旱，人民掘食草根，甚至与富人家的牛马争食而不得的悲惨情景。“朝掘草根，暮掘草根，肠枯欲断，相向声吞。室有老稚，饥饿不能出门，奄奄待绝，莫白博一餐。风吹草号日色昏，望见隔城灯火，高楼大户谁之屋？奚奴喂马，槽中尚余刍粟，以手掬之遭鞭扑，侧足路旁泪蔌蔌。”[③] 魏象枢的《剥榆歌》描写了饥荒下，老翁带着幼儿剥榆树皮充饥的惨状。“黄沙日暮榆关路，烟火尽绝泥塞户。路旁老翁携稚儿，手持短铁剥榆树。我问‘剥榆何所为?’老翁倚马哽咽悲：‘去岁死蝗前死寇，数千村落无孑遗。苍苍不恤侬衰老，独留余生伴荒草。三日两日乏再饘，不剥榆皮那能饱? 榆皮疗我饥，那惜榆无衣。我腹纵不果，宁叫我儿肥。嗟呼此榆赡我父若子，日食其皮皮有儿? 今朝有榆且剥榆，榆尽同来树下死。’老翁说罢我心摧，回视君门真万里。”[④] 严启煜的《榆皮行》描写了人们成群结队剥榆树皮来充饥，还准备去掘鼠来食。“井庐无烟野无草，万户嗷嗷缺一饱。村南村北

---

① 陈沆：《吃草根》，钱仲联主编：《清诗纪事》（十三卷），江苏古籍出版社 1989 年版，第 8786 页。

② 周始：《皖志述略》（上），安徽省地方志编纂委员会出版（非出印字第 136 号），1983 年版，第 141—142 页。

③ 王惟孙：《掘草根》，丁力选注、乔斯补注：《清诗选》，湖南人民出版社 1985 年版，第 395—396 页。

④ 魏象枢：《剥榆歌》，丁力选注、乔斯补注：《清诗选》，湖南人民出版社 1985 年版，第 83 页。

总成群，去剥榆皮行及早。何人括尽榆荚钱？枯干只剩榆皮坚。榆皮可食少官税，悔不种地成榆田。枝头聚雀泣相语：'新长嫩芽君莫取！'雀乎雀乎慎勿争，我辈舍榆方掘鼠。"[①] 韩梦周的《劚石粉》则描写了饥民被迫去劚取石粉作粮食，"三日不食眼花黑，七日不食四体直。安知泥土不得餐，且携长铲劚山石。东舍老翁西舍娘，劚取石粉更无粮。饥来便就山中吃，石粉为饭泉为浆。道旁过者泪如麻，可怜石粉满家家。木皮糠覈尔何物，致使枵腹拚泥沙！"[②]

灾荒之下，好多人家只好卖儿鬻女以求活命，造成了多少生离死别的惨剧。陶澂的《饥民谣》描写了地方官吏腐败，赈粮不能及时发放下去，有些人甚至"愿乞身为奴"。"高原托群命，仳离无安居。三日仅一食，谁复计其余！大府方南来，宣言发仓糈。皇皇感且泣，提挈满路衢。里正仍作奸，公然杂追呼。终岁重剜肉，不得宽须臾。苍天听弥高，吞声行趑趄。艰难已尽骨，愿乞身为奴。"[③] 有的人家被迫卖儿卖女，俞彦的《卖儿谣》就刻画了此种情形，"长者子，与我麋，盈数升，携儿归。儿别母，抱儿啼，出门去，牵父衣，母先绝，父斯须。死亦不恶！君不见，官府催租烈于火，今年不死饥，明年催租来杀我！"[④] 人民即使侥幸不死于饥荒，也难逃官府苛捐杂税的催逼。陈沆的《卖儿女》描写了饥民卖儿卖女、生离死别的凄惨之状，"河南一片荒荒土，满眼流离风又雨。年荒父母竟无恩，卖尽田园卖儿女。可怜父与母，泪落心内苦。岂不恋所生？留汝难活汝。往年生儿如得田，今年生儿不值钱。卖女可得青蚨千，卖儿不足供一餐。大车小车牛马走，儿啼呼父女呼母。役夫努目刀在手，百口吞声面

---

① 严启煜：《榆皮行》，丁力选注、乔斯补注：《清诗选》，湖南人民出版社 1985 年版，第 258 页。

② 韩梦周：《劚石粉》，福建师范大学中文系古典文学教研室选注：《清诗选》，人民文学出版社 1984 年版，第 439 页。

③ 陶澂：《饥民谣》，丁力选注、乔斯补注：《清诗选》，湖南人民出版社 1985 年版，第 120—121 页。

④ 俞彦：《卖儿谣》，陈田辑撰：《明诗纪事》（庚签卷二十），上海古籍出版社 1993 年版，第 2600 页。

色朽。此时父母死更生，食尽还增骨肉情。月黑风寒新鬼哭，饥魂一路唤儿声。”①

在灾荒的打击下，有些人只好背井离乡外出逃荒，过着居无定所、食无定时的受人白眼的乞怜生活。王令的《饿者行》就描写了这种情景，“雨雪不止泥路迂，马倒伏地人下无。居者不出行者止，午市不合入空衢。道中独行乃谁子，饿者负席缘门呼。高堂食饮岂无弃，愿从犬彘求其余。耳闻门开身就拜，拜伏不起呼群奴。喉干无声哭无泪，引杖去此他何如。”② 张养浩的《哀流民操》描写了元文宗天历二年（1329）陕西关中大旱，流民饥寒交迫只得食树皮草根，被迫卖儿鬻女，过着朝不保夕的苦难生活。“哀哉流民！为鬼非鬼，为人非人。哀哉流民！男子无缊袍，妇女无完裙。哀哉流民！剥树食其皮，掘草食其根。哀哉流民！昼行绝烟火，夜宿依星辰。哀哉流民！父不子厥子，子不亲厥亲。哀哉流民！言辞不忍听，号哭不忍闻。哀哉流民！朝不敢保夕，暮不敢保晨。哀哉流民！死者已满路，生者与鬼邻。哀哉流民！一女易斗粟，一儿钱几文。哀哉流民！甚至不得将，割爱委路尘。哀哉流民！何时天雨粟，使女俱生存。哀哉流民！”③ 诗歌采用反复迭沓的手法，读来如泣如诉，对流民的生活寄予了极大的同情。明人李松的《流民叹》对灾民流亡他乡的生活进行了生动的描述，“恻恻背乡井，迟迟行道侧。凶年托此身，乐土是何国？追逐惟妻孥，可怜各菜色。闻道大河南，人家富黍稷。负担不能达，谁知我心亟。裹糗临风餐，蒙尘衣尽黑。日暮宿荒郊，愁吟声唧唧。”④ 诗歌描绘了灾民故土难离但为了生计只得踏上艰难的逃荒之旅，一路上饥肠辘辘、备尝艰辛，但还不知道乐土在何处，心情惶惑不定，对流民的痛苦及悲惨境遇作了形象的描述。

---

① 陈沆：《卖儿女》，钱仲联主编：《清诗纪事》（十三卷），江苏古籍出版社 1989 年版，第 8785 页。

② 王令：《饿者行》，沈文倬校点：《王令集》，上海古籍出版社 1980 年版，第 82 页。

③ 张养浩：《哀流民操》，顾嗣立编：《元诗选》（初集·上），中华书局 1987 年版，第 774 页。

④ 李松：《流民叹》，陈田辑撰：《明诗纪事》（戊签卷十四），上海古籍出版社 1993 年版，第 1664 页。

郑燮的《逃荒行》描绘了一幅惨不忍睹的流民图。逃荒的路途险恶，弃婴满地，灾民历尽艰辛坎坷。"十日卖一儿，五日卖一妇。来日剩一身，茫茫即长路。长路迂以远，关山杂豺虎。天荒虎不饥，奸人饲岩阻。豺狼白昼出，诸村乱击鼓。嗟予皮发焦，骨断折腰膂。见人目先瞪，得食咽反吐。不堪充虎饥，虎亦弃不取。道旁有遗婴，怜拾置担釜。卖尽自家儿，反为他人抚。路妇有同伴，怜而与之乳。咽咽怀中声，咿咿口中语。似欲呼爷娘，言笑令人楚。千里山海关，万里辽阳戍。严城啮夜星，村灯照秋浒。长桥浮水西，风号浪偏怒。欲渡不敢攖，桥滑足无屦。前牵复后曳，一跌不复举。"[①] 陈沆的《逃饥荒》也描绘了流民空腹赶路逃荒的悲苦生活，"救荒古有良有司，今者逃荒官不知。一路嗷嗷男挈女，纷纷避荒如避虎。饿腹况兼行路苦，清晨冲风夜戴雨。只知四方口可糊，谁料饥荒无处无。官府捉人牛马驱，慎莫乞食门前呼。家乡腊前见三白，且可归来食新麦。"[②] 江湜的《哀流民》描写了咸丰时期湖北遭受了巨大的水灾，对灾民逃荒时混乱悲惨的情形作了详细的描述。"寒风飒飒溪声哀，山日下地城门开。居人妇子走相避，云有湖北流民来。流民来，街衢暗惨飞尘埃。累累乎，负者负，拎者拎，破锅敝席肩挑轻。流民入城我出城，可怜满眼流离形。寒者鼻涕长垂膺，馁者瘦骨高峥嵘。病者喘息喉作声，老者足怠儿扶行。"[③] 汤礼祥的《饥民船》描写了饥民乘船成群结队地去逃荒的情形，"饥民船，何连连，船头乞食船尾眠。自从六月遭大水，性命孤悬一船里。船有时而南，船有时而北，有时中流风怒号，大船小船行不得。行不得，泊何许？后村已过前村遥，浪花如雪泪如雨。"[④]

在饥荒的打击下，老百姓受饿挨冻，苦苦地挣扎在死亡线上。鲁一同

---

① 郑燮：《逃荒行》，钱仲联、钱学增选注：《清诗精华录》，齐鲁书社 1987 年版，第 106—107 页。

② 陈沆：《逃饥荒》，钱仲联主编：《清诗纪事》（十三卷），江苏古籍出版社 1989 年版，第 8786—8787 页。

③ 江湜：《哀流民》，钱仲联主编：《清诗纪事》（十五卷），江苏古籍出版社 1989 年版，第 10664 页。

④ 汤礼祥：《饥民船》，丁力选注、乔斯补注：《清诗选》，湖南人民出版社 1985 年版，第 448 页。

的《撤屋作薪》描写了人们拆屋当柴烧的情形，“撤屋作薪，雪霰纷纷。三间老屋昏无灯，朝撤暮撤屋尽破，灶下湿烟寒不温。大儿袒，小儿裸，余草布地与包裹。明日思量无一可，尚有门扉堪举火。”[①] 边瀹慈的《冻婴叹》描写父母剥掉孩子衣服拿去卖，致使孩子冻死在娘怀里。“凶年卖屋不论间，拆墙卖株斤一钱。贫家无屋住山洞，吞声忍饥兼忍冻。生剥儿衣市头卖，买啖树皮安得菜？御寒但盼东日红，连宵积阴号朔风。儿嘶无声战两腿，死抱娘怀作寒鬼。”[②] 刘宰的《开禧纪事二首》叙写了宋宁宗开禧三年（1207）江南连年旱涝，又发生蝗灾，“飞蝗蔽天，食浙西豆粟皆尽”，纷至沓来的灾变，使劳动人民备受摧残，“泥滑滑，仆姑姑，唤晴唤雨无时无。晓窗未曙闻啼呼，更劝沽酒提壶荐。年来贵，无酒沽。”“婆饼焦，车载板。饼焦有味婆可食，有板盈车死不晚。君不见比来翁姥尽饥死，狐狸嘬骨鸟啄眼。”[③] 诗歌以禽代言，描绘了人民的痛苦处境，传达了作者对人民苦难的同情和关怀。

灾荒迫使人民流离失所，给他们的身心造成了巨大的创伤。郑燮的《还家行》描写了山东灾荒后，人们前往辽海逃荒。有些人已经客死他乡，而侥幸归来的却要面对残破的四壁。逃荒归来的丈夫去赎回鬻卖给别人的妻子，妻子的离别给新夫和乳儿带来了巨大的伤痛。孩子抱住亲娘不让其离开，新夫则不忍见那惨痛的离别场面而躲起来暗自伤神。“死者葬沙漠，生者还旧乡，遥闻齐鲁郊，谷黍等人长。目营青岱云，足辞辽海霜，拜坟一痛哭，永别无相望。春秋社燕雁，封泪远寄将。归来何所有，兀然空四墙，井蛙跳我灶，狐狸据我床。……念我故妻子，鬻卖东南庄，圣恩许归赎，携钱负橐囊。其妻闻夫至，且喜且彷徨，大义归故夫，新夫非不良。摘去乳下儿，抽刀断我肠。其儿知永绝，抱颈索阿娘，堕地几翻覆，泪面

① 鲁一同：《撤屋作薪》，钱仲联、钱学增选注：《清诗精华录》，齐鲁书社 1987 年版，第 395 页。

② 边瀹慈：《冻婴叹》，丁力选注、乔斯补注：《清诗选》，湖南人民出版社 1985 年版，第 631 页。

③ 刘宰：《开禧纪事二首》，（清）吴自牧、吕留良、吴之振选，蒋光煦、管庭芬补：《宋诗钞》第三册，中华书局 1986 年版，第 2620 页。

涂泥浆。上堂辞舅姑，舅姑泪浪浪。赠我菱花镜，遗我泥金箱，赐我旧簪珥，包并罗衣裳。'好好作家去，永永无相忘。'后夫年正少，惭惨难禁当，潜身匿邻舍，背树倚斜阳。其妻径以去，绕陇过林塘。后夫携儿归，独夜卧空房，儿啼父不寐，灯短夜何长！"[①]

三　积极的抗争与赈灾

面对天灾，古人也进行了积极的抗争；在抗争无果的情况下，也有一些善良仁义之士采取了积极的赈灾举措。

有些诗歌便表现了古代劳动人民与自然顽强作斗争的精神，希望凭借自己的力量减少灾害带来的损失。明代张羽的《踏水车谣》描写农民与水灾抗争，积极地去车水，希望能够避免前两年所遭受的悲惨境遇。"田舍生涯在田里，家家种苗始云已。俄惊五月雨沉淫，一夜前溪半篙水。苗头出水青幽幽，只恐飘零随水流。不辞踏车朝复暮，但愿皇天雨即休。前年秋夏重漂没，禾黍纷纭满阡陌。倾家负债偿王租，卒岁无衣更无食。共君努力莫下车，雨声若止车声希。君不见，东家妻，前年换米向湖西。至今破屋风兼雨，夜夜孤儿床下啼。"[②] 沈超然的《剮水稻》则描写了人们不畏寒潦，抢割淹没在水中的稻谷，不辞辛劳地把割下来的谷物挂在茅檐下晾晒，珍惜每一粒粮食。"但愁水淹苗，罕见水没稻。农人与天争，不复畏寒潦。低者割其稷，高者连半稿，扰扰乎泥中，颗粒以为宝。半偿租赋半偿债，阴多晴少还愁晒。不见比邻前月禾，萧萧今尚茅檐挂。"[③] 王嘉福的《田车谣》则描写了久旱无雨下，农人早晚忙着往田中车水，"骄阳炙背火云热，手足胼胝筋骨折。"眼看着田中禾苗枯焦心急如焚，累得人困牛乏，回来还要磨陈麦充饥。"朝踏车，暮踏车，辘轳衔尾翻乌鸦，绕畴接岸声咿哑。

① 郑燮：《还家行》，卞孝萱编：《郑板桥全集》，齐鲁书社 1985 年版，第 116 页。

② 张羽：《踏水车谣》，胡光舟、周满江主编，张明非等编注：《古诗类编》（第三册），广西人民出版社 1990 年版，第 623 页。

③ 沈超然：《剮水稻》，丁力选注、乔斯补注：《清诗选》，湖南人民出版社 1985 年版，第 462 页。

自从五月天不雨，大河小河断鱼罟。中田日见稻秧焦，疲尽耕牛人力苦。骄阳炙背火云热，手足胼胝筋骨折。农夫滴泪不成泉，河水干于眼中血。踏车辛苦幸莫论，归磨陈麦充饥飧。荒单欲报无钱买，早晚催租吏打门。”①

清雍正六年（1728），广东四会县发生大饥荒，诗人黄任当时担任四会知县。由于米价过高，老百姓无钱买米饿得连井水都打不起来，生活在水深火热之中。黄任即命令开仓赈粮，举办粥厂，并且还亲自拿出自己的俸禄供养饥民，在此感召下，一些民间懿德之士也加入到赈灾的行列中来。“急令煮饘粥，欢呼遍村市。其曰正赤午，千百若聚蚁。大半老羸多，肩摩足跛倚。叟叟与浮浮，津津干颊齿。……许较两岁禄，兼旬供食指。亦有懿德士，告乏助为理。待汝刈获声，此举我乃已。东郊一以眺，坚好惟糜芑。望岁如望梅，额蹙变色喜。归衙持箪瓢，余沥饱稚子。”② 诗歌较为详细地描绘了当时赈粥的情形，对人民的苦难生活寄予了深切的同情与关怀，体现了作者廉政爱民的高尚情操。宋茗香助教为了赈济灾民卖掉自己的裘皮大衣，汤礼祥的《鬻裘行》就赞扬了其视众身同一身的高尚情怀，而对那些挥霍的豪族加以贬斥。“朝解衣，暮解衣，三朝三暮复何有？但见眼前飒飒西风吹！西风吹，骨欲折，葛帔练裙踏冰雪。翁将何计回阳春？鬻裘不顾妻孥嗔。黄绵大布任携取，直视众身同一身。我对鬻裘翁，重忆披裘客，千金买裘都不惜，却赠歌童五陵陌。道傍冷眼空叹呼，白公大裘今已无。呜呼，白公大裘今岂无！愿君此心终不渝。”③

明崇祯十三年（1630），大江南北飞蝗蔽天，赤旱千里，如皋地区“斗米千钱，僵尸载道”，冒辟疆出于对家乡灾民的同情，“尽废百口之粮，捐金破产，躬自倡率”，开赈当日受惠者即达四千多人。在其义举的感召下，扶军道邻史公、司李佐平汤公等人也都纷纷慷慨解囊相助。诗人许直

---

① 王嘉福：《田车谣》，丁力选注、乔斯补注：《清诗选》，湖南人民出版社 1985 年版，第 457 页。

② 黄任：《赈粥行》，转引自范沛潍编著《诗说中国五千年·明清卷》，河南大学出版社 2006 年版，第 284—285 页。

③ 汤礼祥：《鬻裘行》，丁力选注、乔斯补注：《清诗选》，湖南人民出版社 1985 年版，第 448—449 页。

有感于这种慈善之举，写了《赠辟疆有序》，以此来代家乡灾民表达对冒辟疆等人的敬佩与感激之情。诗歌较为真实地为我们展现了当时严重的灾情，《国榷》里也频频记载了当年朝廷对受灾地区的救赈及蠲免。“黄天蔽视听，虐此无辜民。旱魃吐赤焰，螟蟊飞红尘。平畴一望枯，沟瘠化青磷。为富鲜悯恤，闭籴封高囷。吾党有义府，冒子志嶙峋。倾粮周缺陷，鬻产继宏仁。哀鸿数千百，饱暖生阳春。当事洵乔岳，倚君如其身。帑发恣出入，节慎见经纶。邻邑望风至，广赍饴苦辛。宁止麦舟肋，图绘郑公伦。余亦切同体，胡为徒抚膺？称贷佐毫末，杯水聊相因。君复广同善，四效履层冰。顿使穷乡远，亦得起残生。鸿慈裕经术，真诚贯鬼神。短言代口碑，他年拟勒铭。”[①]

面对灾荒下人民的悲惨生活，一些诗人感到痛心不已，写了许多劝赈的诗篇。蒲松龄的《劝赈》表达了对流民的同情与关怀，“四月流人处处逃，仁人轸恤倍勤劳。已开粥厂捐清俸，人劝乡绅卖豆糕。”[②] 汤国泰写下了一组诗歌，劝勉人们行善，对那些灾民寄予了深切的同情。《道旁妇》是为“劝凶荒宜恤鳏寡也”而作，劝勉凶荒之年应该赈恤鳏寡之人，“道旁妇，苦又苦，鹄面鸠形衣褴褛。饥寒儿女泣呱呱，霜雪风中频索乳。腆颜欲作富家奴，主不相容挈儿女。思卖儿女活已命，肉剜心头难操刀。自甘同死怕生离，搔首空把青天问。”[③]《路旁儿》则为“劝饥馑宜矜孤独也”而作，劝人赈济饥馑中的孤儿，“去冬卖儿有人要，今春卖儿空绝叫。儿无人要弃路旁，哭无长声闻者伤。朝见啼饥儿猬缩，暮见横尸饥乌啄。食儿肉，饱乌腹，他人见之犹惨目。呜呼！儿弃安能已独活，枉抛一腐心头血。嗟哉儿父何其忍？思亲儿在黄泉等。”[④]《卖谷贾》则为“劝荒岁宜赈

① 许直：《赠辟疆有序》，陈田辑撰：《明诗纪事》（辛签卷三），上海古籍出版社 1993 年版，第 2867 页。

② 蒲松龄：《劝赈》，路大荒整理：《蒲松龄集》（上册），上海古籍出版社 1986 年版，第 591 页。

③ 汤国泰：《道旁妇》，丁力选注、乔斯补注：《清诗选》，湖南人民出版社 1985 年版，第 625 页。

④ 汤国泰：《路旁儿》，丁力选注、乔斯补注：《清诗选》，湖南人民出版社 1985 年版，第 625—626 页。

邻朋也”而作，要求人们赈恤乡邻，“桂如薪，米如玉。去秋水为灾，今春雨更酷。贾人摊钱向市头，共道堆金不如谷。垄断收尽仓满盈，坐待价昂方出鬻。果然春来谷不广，价高一日三倍长。贾得钱多会豪友，不醉无归夜聚首。一席糜尽百民膏，转喜钱来非不偶。贫儿一斗欠一钱，诉残穷话贾不怜。吁嗟乎！痛痒伊谁保命全，不将冷眼看眉燃。”①《卖席儿》则为“劝施棺木免暴露也”而作，要求仁义之士对那些灾民的死尸施舍棺木予以掩埋。“城南义冢多于蝶，城内死人棺是席。一张席，钱三百，卖席小儿情何适，笑看抬尸人不绝。有钱买席席作棺，无钱买席委沟边。安得仁人掩埋穴，尸骸不使狐犬食。”②

四 人祸加剧了天灾

自然灾害并不直接导致灾荒，只有在一定的社会因素作用下才会发生灾荒。灾荒与当时的社会政治环境紧密相连，苛捐杂税和贪污腐败行径会加剧天灾给人们带来的痛苦，赈灾不力也加剧了灾民的死亡，有不少诗篇就反映了天灾人祸给人民带来的巨大灾难。

白居易的《杜陵叟》描写了元和三年（808）冬季到次年春季，长江流域发生严重的旱灾，“三月无雨旱风起，麦苗不秀多黄死。九月降霜秋早寒，禾穗未熟皆青干。”唐宪宗下令蠲免该地区的租税，但地方官吏却有灾不报，照旧催租逼税，“长吏明知不申破，急敛暴征求考课。典桑卖地纳官租，明年衣食将何如？剥我身上帛，夺我口中粟。虐人害物即豺狼，何必钩爪锯牙食人肉！不知何人奏皇帝，帝心恻隐知人弊；白麻纸上书德音，京畿尽放今年税。昨日里胥方到门，手持敕牒榜乡村。十家租税九家毕，虚受吾君蠲免恩。”③ 所以等到蠲免诏书下达时已经成了一纸空

① 汤国泰：《卖谷贾》，丁力选注、乔斯补注：《清诗选》，湖南人民出版社 1985 年版，第 626 页。

② 汤国泰：《卖席儿》，丁力选注、乔斯补注：《清诗选》，湖南人民出版社 1985 年版，第 626 页。

③ 白居易：《杜陵叟》，顾学颉校点：《白居易集》第一册，中华书局 1979 年版，第 78—79 页。

文，大多数农民已经被逼得倾家荡产了。诗歌尖锐地揭露了地方官吏的黑暗残暴，反映了天灾人祸给农民带来的双重迫害。何景福的《伤田家二首》也反映了天灾下米价腾贵，虽然朝廷已经明令租税减半，但官府豪强仍苦苦催逼的情形，“春祈秋报一年期，土谷神灵知未知。昨日街头穹米价，三钱一斗定何时。缫车未歇取丝分，私债官逋夜打门。里正不慈胥吏酷，穷民空感半租恩”，[①] 写出了农民所受的赋敛之苦。王弼的《永丰谣》也反映了天灾之后，县官不但不让告灾，反而加紧催租，“永丰圩接永宁乡，一亩官田八斗粮，人家种田无厚薄，了得官租身即乐。前年大水平斗门，圩底禾苗没半分，里胥告灾县官怒，至今追租如追魂。”同时官员、地主、高利贷者互相勾结，无情地盘剥农民，“有田追租未足怪，尽将官田作民卖，富家得田贫纳租，年年旧租结新债。旧租了，新租促，更向城中卖黄犊，一犊千文任时估，债家算息不算母。呜呼！有犊可卖君莫悲，东邻卖犊兼卖儿，但愿有儿在我边，明年还得种官田。”[②] 陈畏三的《哀翁叹》揭露了下面的贪官污吏不顾皇帝的蠲免美意，假造灾籍，对灾民进行敲骨吸髓的压榨，下乡催租捉人，致使好多人家破人亡。“幸逢圣主四聪达，轸念民间赐蠲复。可怜德意经有司，闾阎仅得邀虚福。勘灾造籍空张皇，徒使吏胥饱所欲。钱多腴产称荒芜，贫户水田当肥沃。我名窜入丰收籍，牒诉屡投仍被驳。县官腾檄下乡村，虎疫追征逞诟辱。三日无米交官仓，有吏夜深来捕捉。妇女鸡犬总星散，状男捉去婴敲扑。室中器用任攫攘，破榻折铛旧筐簏。前门后户无一存，犹自呶呶索醽醁。我缘老病得省释，孙幸先时走朴樕。祖孙相对涕涟涟，日日惟将田宅鬻。年荒半价人不售，稍获缗钱买宽狱。十石官租仍尽悬，住房卖去身遭逐。昨来探信到县前，一儿已死一将绫。但见远近纳粮人，人人嗟叹声相属。折钱每石四五千，交米两斛作一斛。官租料必不能偿，拼得全家登鬼箓。”[③]

---

① 何景福：《伤田家二首》，顾嗣立编：《元诗选》（三集），中华书局 1987 年版，第 573 页。

② 王弼：《永丰谣》，顾炎武：《日知录》（卷十），上海古籍出版社 1985 年版，第 809 页。

③ 陈畏三：《哀翁叹》，钱仲联主编：《清诗纪事》（十五卷），江苏古籍出版社 1989 年版，第 10972—10973 页。

张笃庆的《勘灾吏》描写了久旱之下老百姓要求官府赈济，而勘灾的官吏一方面花天酒地，另一方面又怕担责任而敷衍了事，要求他们卖掉田地。“火云何烈烈，千里无寸苗。狂飙暗白昼，赤日缠山腰。无食昔所叹，忧旱多辛艰。……黾勉报旱灾，小字达中丞。曰遣邻邑吏，勘灾到荒城。亦不闻省郊，亦不闻履亩。张皇饬厨传，殷勤接酒杯。”[①] 戴复古的《庚子荐饥》记述了宋理宗嘉熙四年（1240）浙东一带出现的严重饥荒，“乘时皆闭粜，有谷贵如金。寒士糟糠腹，豪民铁石心。可怜饥欲死，那更病相侵。到处闻愁叹，伤时泪满襟。”就在“饿走抛家舍，从横死路岐。有天有雨粟，无地可埋尸”的惨状之下，“官司行赈卹，不过是文移”[②]，揭露了官府赈灾的欺骗行为。于谦的《荒村》揭露了人民在旱蝗之灾打击下卖掉儿女完粮纳税，而官吏却不肯报灾，“村落甚荒凉，年年苦旱蝗。老翁佣纳债，稚子卖输粮。壁破风生屋，梁颓月堕床。那知牧民者，不肯报灾伤。”[③]

由于吏治的腐败，即使能够开仓放赈，灾民也得不到多少接济。查慎行的《赈饥谣》就描写了官仓的盘剥与弄虚作假行为，造成了“役胥自饱民自饿”的情形，“官仓征去粒粒珠，两斛米充一斛输。官仓发米半粞谷，一石才舂五斗粟。然糠杂秕煮淖糜，役胥自饱民自饿。吁嗟乎！眼前岂无乐国与乐土，不如成群去作仓中鼠。”[④] 方泽的《买米谣》描写了水灾后官仓粜出的米中米少灰多，“渔阳岁俭水灾被，青黄不接食翔贵。官仓出米取价廉，务要粜平贫民沾。年深廒底粟红腐，买来扬簸半灰土。米少灰多那忍说，此灰都是农夫血！”[⑤] 景星杓的《籴官米》揭露了在籴官米过程中官府的残暴与欺诈，灾民宁愿饿死也不愿去就官仓。“鸡鸣风凄凄，饿夫

---

① 张笃庆：《勘灾吏》，福建师范大学中文系古典文学教研室选注：《清诗选》，人民文学出版社 1984 年版，第 255 页。

② 戴复古：《庚子荐饥》，金芝山校点：《戴复古诗集》，浙江古籍出版社 1992 年版，第 72 页。

③ 于谦：《荒村》，林寒、王季选注：《于谦诗选》，浙江人民出版社 1958 年版，第 33 页。

④ 查慎行：《赈饥谣》，丁力选注、乔斯补注：《清诗选》，湖南人民出版社 1985 年版，第 226 页。

⑤ 方泽：《买米谣》，丁力选注、乔斯补注：《清诗选》，湖南人民出版社 1985 年版，第 287 页。

悲语妻：侵星籴官米，归来鸡还栖。此去夕不返，应恐魂来归。不见邻家老，头裂缘鞭笞。又闻寡妇儿，践成足下齑。始贪官米贱可食，何知浥烂掺糠秕！况复临险阻，畏若虎穴跻。还期相守分饿死，何复就尔官仓为？”[①] 郑世元的《官赈谣》则描写了官员在赈灾过程中虚张声势、大肆扰民的行径。“黄须大吏骏马肥，朱旗前导来赈饥。饥民腹未饱，城中一月扰。饥民一箪粥，吏胥两石谷。我皇圣德仁苍生，官吏甚勿张虚声。”[②]

那些饥肠辘辘的灾民本身已经够可怜的了，但他们在接受官府的赈济中还要时时遭受难堪的侮辱，有时甚至还被横加刁难，不得加入受赈的饥民册当中。黄裳的《赈饥》描写了一个饱受饥饿摧残的老翁，因为长得骨干雄壮而为胥吏责骂，不能列入饥民册当中。“东家老翁更歔欷，无食无儿常苦饥。县胥里正各需勒，艰难得入饥民册。可怜生成体素丰，皮肉消尽骨干雄。昨朝点视遭官骂，不得将名饥册挂。”[③] 王嘉福的《粥厂谣》通过对灾民领粥惨象的描绘，与赈粥官员淫逸残暴的形象进行对比，入木三分地刻画了赈灾过程中那些惨无人道的恶劣行径。“赈饥民，官煮粥。半杓石灰一杓粥，熬作泥浆果人腹。北风森寒肌起粟，胥吏重裘饱酒肉。长官排衙开册读，两边唱筹依次续。弱者趑趄遭詈辱，强者提筐往而复。路旁老翁形瑟缩，鼻观闻香遥注目，饥焰中烧直前掬，官怒擒前命鞭扑，老翁仆地吞声哭。昨朝里正点村屋，老翁无钱名不录；今晨横被官刑酷，忍饥归医杖疮毒。呜呼！此是赈饥民，煮官粥。”[④]

陈佩珩的《分饼叹》描写了1848年安徽巢县水灾后的饥荒情况，“大雨滂沱弥月息，湖水陡高数十尺。万姓人家万姓田，沧海茫茫变一夕。三

① 景星杓：《籴官米》，福建师范大学中文系古典文学教研室选注：《清诗选》，人民文学出版社1984年版，第171页。

② 郑世元：《官赈谣》，丁力选注、乔斯补注：《清诗选》，湖南人民出版社1985年版，第278页。

③ 黄裳：《赈饥》，丁力选注、乔斯补注：《清诗选》，湖南人民出版社1985年版，第273页。

④ 王嘉福：《粥厂谣》，丁力选注、乔斯补注：《清诗选》，湖南人民出版社1985年版，第457—458页。

年三叹三水灾，今更水灾胜畴昔。昨朝我进南门城，四野居民衢巷塞。忽见中有分饼人，鹄面鸠形泪双滴。与儿饼兮女大号，与女饼兮儿又哭。一饼哪够两人分？一饼哪够两人食？女号儿哭刺娘心，一般同是心头肉。”灾民为了一块饼是分给儿子还是女儿而备感煎熬，读来凄怆感人。诗歌揭露了地方官吏不肯赈济灾民，竟然挪用救灾钱粮去改造县衙，“泣对两儿毋相攘，传闻赈粥将开仓。夫呼妇前休乱语，开仓改造官衙房。仓空雀鼠亦饥散，那有饼粮活四方?”致使皇帝的赈灾美意难以实现，最终成为画饼，“万里君门遥复遥，义粟仁浆终画饼!”[①] 贝青乔的《蠲赈谣》描写了一些人不顾灾民死活，草草办赈，致使“饥户糜骨填勾塍”，但却假借赈灾之绩谋求升官的欺骗行径，“饥户一箪粥，蠲户百石谷。朝闻饥户啼，暮闻蠲户哭。城中派蠲何扰扰，城外发赈何事草？堂皇坐者顾而嘻，尽瘁民依心可表。心可表，情弗矜，蠲户含咽卖田产，饥户糜骨填勾塍。明年荒政叙劳绩，拜章入奏官高升。”[②]

一些贪心的商人囤积居奇，抬高粮价，加重了灾荒的严峻形势。嘉庆十三年（1808），湖南全省境内从 4 月一直到 7 月都久旱不雨，田苗枯槁，赤地千里。在严重的饥荒下，富商囤积居奇不肯粜米，老百姓只得以观音土为食物，乐钧的《观音土行》就记载了这悲惨的一幕，“凶年无钱人食苦，凶年无钱人食土。和糖作饼菜作羹，充肠不及官仓鼠。此土寻常不曾生，饥人曾以观音名。云是菩萨所潜赐，杨枝洒地甘如饧。吁嗟呼！富家有土连郊坰，富家有米如坻京。米价日高不肯粜，坐视饿殍填沟塍。”[③] 吴蔚光的诗《囤户叹》就痛斥了那些投机取巧的奸商，把他们看成蠹虫、民贼。“食叶则有螟，食节则有蟹。吁嗟兮囤户，实乃民之贼。取禾三百廛，安坐不稼穑。较量极合升，蓄积过万亿。所望岁歉收，斗米贯钱直。市价

① 陈佩珩：《分饼叹》，钱仲联主编：《清诗纪事》（十五卷），江苏古籍出版社 1989 年版，第 10865 页。

② 贝青乔：《蠲赈谣》，丁力选注、乔斯补注：《清诗选》，湖南人民出版社 1985 年版，第 562 页。

③ 乐钧：《观音土行》，丁力选注、乔斯补注：《清诗选》，湖南人民出版社 1985 年版，第 428 页。

一腾踊，顿取数倍息。圣人重仓储，意在活邦国。或以勤补助，或以权假贷。诚恐灾洊臻，草野多菜色。此辈至贪吝，设心复何刻？居奇巧射利，恶似含沙蜮。其名托贸迁，其罪胜掊克。元气相流通，往往为尔塞。庶几怒雷霆，昊天予诛殛！”[①] 范来宗的《米商叹》也写了商人唯利是图，内心甚至存有希望年荒而害怕丰收的阴暗心理。“子年大水没陇亩，米高居奇金满斗。丑年春夏二麦无，米商贩载盈江湖。嗟哉若辈心计甚，但愿年饥怕岁稔。”[②]

地方官吏不肯为民众谋福利，水利不兴，一遇到水旱失时便难免酿成灾荒。柳树芳的《苦旱行》就讽刺了这种临时抱佛脚的做法，“吾思备旱之策先导水，疏通沟洫江湖平。白渠溉田决为雨，苏堤卫水湖澄清。纵有灾沴不为害，天定每以人力争。平时不讲临事晚，嗟此水利何由兴！”更有甚者，在大型的水利工程中玩忽职守、中饱私囊者比比皆是。何栻的《河决中牟纪事》揭露了以河道总督慧成为首的治河大员玩忽职守、贪渎搜刮，导致黄河中牟的决口近两年才堵复，酿成河南、安徽、江苏三省很多良田被淹，无数灾民流离失所。“黑云压堤蒙马头，河声惨揵云中流。滛霖滂沛风飕飕，蛟螭跛扈鼋鼍愁。陨竹揵石数不售，公帑早入私囊收。白眼视河无一筹，飞书惊倒监河侯。一日夜驰四百里，车中雨渍衣如洗。暮望中牟路无几，霹雳一声河见底。生灵百万其鱼矣，河上官僚笑相视。鲜车怒马迎新使，六百万金大工起。”咸丰元年八月，黄河在江苏丰县北岸决口。夏实晋在《避水词》中揭露了决口的主要原因，“御黄不闭惜工材，骤值狂飙降此灾。省却金钱四百万，忍教民命换将来。”原来是一些治河官员为了省却一些工料费而随意改变旧制，但却造成了无数人的死亡。[③]

一些奸佞残暴之徒借水利工程沽名钓誉，对劳动人民敲骨吸髓。黄生的《筑堤谣》揭露了官府在筑堤过程中的残暴行径，一堤的修成建筑

---

① 吴蔚光：《囤户叹》，丁力选注、乔斯补注：《清诗选》，湖南人民出版社 1985 年版，第 374 页。

② 范来宗：《米商叹》，丁力选注、乔斯补注：《清诗选》，湖南人民出版社 1985 年版，第 372 页。

③ 李文海：《晚清诗歌中的灾荒描写》，《清史研究》1992 年第 4 期。

在万民伤残的血泪之上，而护堤使者却仍然能够加官晋爵，“官家费金钱，役夫抱空肚。肚饥手慢杵力微，瘦躯那复受棰楚？破衣当风不掩胫，死便埋作堤下土。堤工告成万民残，护堤使者仍加官。”[①] 黄任的《筑基行》描写官员借筑基而对劳动人民大肆盘剥。为了筹集工钱，一些人家田园卖尽；且工时漫长，累及老弱病残。“筑基本护田，卖田为筑基。哀此眼前疮，却剜心肉医。绥邑之井税，两围大藩篱。堤防一以溃，千顷皆汙池。今年困淫潦，冲决势不支。粒食望已绝，预算金钱糜。县帖昨催筑，先相度土宜。……基长冬日短，促迫忧稽迟。夜役犹继晷，及老羸妻儿。或有募壮士，傭值倾家赀。堤上月皎皎，堤下水漪漪。绵亘百千丈，官夸如京坻。岂知一丸泥，千万人膏脂。筑基复筑基，筑完亦伤悲。今年筋力竭，岁修无了期。田园斥卖尽，安用筑基为？”[②]

灾荒产生了大量的流民，这些不安定的人群对统治者构成了极大的威胁，统治者不是积极地去赈济百姓，而是命令各地官员限制流民的流动，以强制手段不准入境或抓住遣返原地，好多诗歌都提到了这种情形。蒋兰畬的《山村》一诗云：“荒村日暮少行人，烟火寥寥白屋贫。小队官兵骑马过，黄昏风雪捉流民。”[③] 俞樾的《流民谣》也写道：“不生不死流民来，流民既来何时回？欲归不可田汙莱，欲留不得官吏催。今日州，明日府，千风万雨，不借一庑。生者前行，死者臭腐。”作者最后发出慨叹，“吁嗟乎！流民何处是乐土。”[④] 贝青乔的《流民船》描写了江北流民蜂拥下江南的凄凉状况，“江北荒，江南扰。流民来，居民恼。前者担，后者提，老者哭，少者啼。爷娘兄弟子女妻，填街塞巷号寒饥。饥肠辘辘鸣，鸣急无停声。昨日丹阳路，今日金阊城。城中煌煌宪谕出，禁止流民不许入。”[⑤]

---

① 黄生：《筑堤谣》，丁力选注、乔斯补注：《清诗选》，湖南人民出版社 1985 年版，第 114—115 页。

② 黄任：《筑基行》，钱仲联、钱学增选注：《清诗精华录》，齐鲁书社 1987 年版，第 97—98 页。

③ 蒋兰畬：《山村》，丁力选注、乔斯补注：《清诗选》，湖南人民出版社 1985 年版，第 646 页。

④ 俞樾：《流民谣》，丁力选注、乔斯补注：《清诗选》，湖南人民出版社 1985 年版，第 585 页。

⑤ 贝青乔：《流民船》，丁力选注、乔斯补注：《清诗选》，湖南人民出版社 1985 年版，第 557 页。

申涵光的《哀流民和魏都谏》描写了流民辗转流离，到处被驱赶而无所皈依的凄惨情景，“流民自北来，相将南去。问南去何处，言亦不知处。日暮荒祠，泪下如雨。饥食草根，草根春不生。单衣曝背，雨雪少晴。老稚尪羸，喘不及喙，壮男腹虽饥，尚堪负载。早春粮，夕牧马，妪幸哀怜，许宿茅檐下。主人自外至，长鞭驱走，东家误留旗下人，杀戮流亡、祸及鸡狗，日凄凄，风破肘，流民掩泣，主人摇手。”[①] 鲁一同的《小车辚辚》描写了县官驱逐逃荒的难民，致使许多人死亡，灾民无处可去。“小车辚辚，女吟男呻，竹头木屑载零星，呕呀啁哳行不停，破釜堕地灰痕青，路逢相识人，劝言不可行：南走五日道路断，县官驱人如驱蝇，同去十人九人死，黄河东流掩哭声。车辚辚，难为听。”[②] 边瀹慈的《济源民》描写了济源县民在灾情严重的情况下，结队逃荒，请求官府给牒就食他省。但到了直隶地界不被接纳，总督还拿着官牒质问豫府，济源县令为此被撤职，那些逃荒的济源难民被各州县饬令遣回原籍。“久不雨，奈何许？西舍东邻卖烟釜，提孤儿，抱稚女，哭诣县庭求作主。官无粮，谁活汝？许给官符去乡土。就邻求食邻怒嗔，遽执官符驰上闻。官言赈恤有分域，各食尔土毋杂纷。递付疲车送归里，道远囊空卖妻子。归来四壁一身孤，历尽艰难仍一死。生不若中泽鸿，身傅两翼高腾空，忍饥犹得飞西东。”[③]

在天灾人祸的煎熬逼迫下，老百姓既无法获得适时的救济，又不能逃亡他乡富裕之地就食，只能坐等饿死了。尤侗在《煮粥行》里就写尽了灾荒之下灾民惨痛的经历，官府的赈粥根本无法满足灾民的生存需求，灾民大批地死去，而那些逃荒的人却又没他们的容身之地。“去年散米数千人，今年煮粥才数百。去年领米有完衣，今年啜粥见皮骨。去年人壮

① 申涵光：《哀流民和魏都谏》，丁力选注、乔斯补注：《清诗选》，湖南人民出版社1985年版，第111页。

② 鲁一同：《小车辚辚》，钱仲联、钱学增选注：《清诗精华录》，齐鲁书社1987年版，第395页。

③ 边瀹慈：《济源民》，丁力选注、乔斯补注：《清诗选》，湖南人民出版社1985年版，第630页。

今年老，去年人众今年少。爷娘饿死葬荒郊，妻儿卖去辽阳道。小人原有数亩田，前年尽被豪强圈。身与庄头为客作，里长尚索人丁钱。庄头水涝家亦苦，驱逐佣工出门户。今朝有粥且充饥，那得年年靠官府。商量欲向异方投，携男抱女无车牛。纵然跋涉经千里，恐是逃人不肯收。”①

五 灾害下贫富强烈的对比

灾荒下，一方面是灾民卖儿卖女，流离失所，饿殍塞途；另一方面则是富人和官员的骄奢淫逸。许多诗歌都通过对比手法来表现社会的贫富悬殊，揭示了灾荒的阶级根源。

《水浒传》里梁山英雄白胜所唱的《赤日炎炎似火烧》在民间广为流传，反映了宋代贫富阶级之间的巨大差异。“赤日炎炎似火烧，野田禾稻半枯焦。农夫心里如汤煮，公子王孙把扇摇。”元代萨都剌的《鬻女谣》描写了在饥荒打击下，穷人家只能靠卖女儿活命。“道逢鬻女弃如土。惨澹悲风起天宇。荒村白日逢野狐，破屋黄昏闻啸鬼。闭门爱惜冰雪肤，春风绣出花六铢。人夸颜色重金璧，今日饥饿啼长途。悲啼泪尽黄河干，县官县官何尔颜。金带紫衣郡太守，醉饱不问民食艰。”② 诗歌通过对比的手法，描写了红楼歌女、皇宫宫女以及河道中鬻女三种女性之间迥然不同的生活，揭示了当时的贫富悬殊和阶级对立，对官员们饱食终日不问人民疾苦的行径进行了无情的讽刺与谴责。他的另一首《早发黄河即事》则较为详细地描绘了农民在天灾人祸之下的悲惨生活，与贵族子弟荒淫奢侈的生活进行了鲜明的对比，揭示了当时社会的贫富不均造成的阶级矛盾，体现了作者关怀民瘼的人道主义精神。“长安里中儿，生长不识愁。朝驰五花马，暮脱千金裘。斗鸡五坊市，酣歌醉高楼。绣被夜中酒，玉人坐更筹。岂知农家子，力穑望有秋。短褐常不完，粝食常不周。丑妇有子女，鸣机

① 尤侗：《煮粥行》，丁力选注、乔斯补注：《清诗选》，湖南人民出版社1985年版，第86页。

② 萨都剌：《鬻女谣》，顾嗣立编：《元诗选》（初集·中），中华书局1987年版，第1193页。

事耕畴。上以充国税，下以祀松楸。去年筑河防，驱夫如驱囚。人家废耕织，嗷嗷齐东州。饥饿半欲死，驱之长河流。河源天上来，趋下性所由。古人有善备，鄙夫无良谋。”[①]

贝青乔的《雨中作》对水灾中的贫富差别作了尖锐的对比，穷人葬身鱼腹，富人却在雨中赏景饮酒，“田野夫如何，水至荡为薮。浪头一丈高，漂没大堤柳。十室仅有存，多半向城走。汩汩鸣澌中，觳觫对鸡狗。画船尔何人？看水到村口。坐赏天上雨，满引杯中酒。”[②] 沈汝瑾的《祈雨叹》描写了大旱之下农民断屠祈雨，而官吏却每天花费万钱大宴宾客。“祈雨欲活田中禾，断屠循吏迎天和。数十鸡鹜抵一豕，杀生更比平时多。骄阳如火绕绿莎，旱魃一吸干天河。官厨宴客食肥肉，日费万钱犹不足。”[③] 他的另一首《舟中观刈禾》描写了水灾下，农人忙着在没腰的深水中割稻，而城中的贵人却在赏菊听戏。“孟冬稻熟水未缩，田家只在水上宿。腰镰入水水过腹，水底毒蛇咬人足。割得禾头载破船，推船缆向垂杨边。城中贵人正赏菊，醉听红袖调三弦。”[④] 陈均的《踏车叹》也描写了农民在水灾之下竭尽全力地去踏车抽水，“朝餐未食饥欲踣”；而长官却在船上歌舞宴客，讨厌去听农人踏车的秧歌声，把船移到垂杨的深处。“溪水清，田水浊，腰挂横辕足转轴，妇子唱歌声似哭。去年雨少枯我苗，平畴俱作龟文焦。今年雨多水过腰，大麦烂尽蝌蚪跳。雨少踏水入，雨多踏水出，两胫青苔背赤日，朝餐未食饥欲踣。长官宴客张水嬉，管弦响遏行云飞，清歌颇厌秧歌恶，一舸垂杨深处移。”[⑤] 更有甚者，一些统治者对灾民的死活视而不见，面对路旁遍地的死尸还大发淫威。陈沆的《狗食人》为我们描绘

---

① 萨都剌：《早发黄河即事》，顾嗣立编：《元诗选》（初集·中），中华书局 1987 年版，第 1195 页。

② 贝青乔：《雨中作》，丁力选注、乔斯补注：《清诗选》，湖南人民出版社 1985 年版，第 555—556 页。

③ 沈汝瑾：《祈雨叹》，丁力选注、乔斯补注：《清诗选》，湖南人民出版社 1985 年版，第 658 页。

④ 沈汝瑾：《舟中观刈禾》，丁力选注、乔斯补注：《清诗选》，湖南人民出版社 1985 年版，第 657 页。

⑤ 陈均：《踏车叹》，福建师范大学中文系古典文学教研室选注：《清诗选》，人民文学出版社 1984 年版，第 507 页。

了一幅人间地狱般的流民生活图景，“汝南人瘦万狗肥，前有饿者狗后随。忽然堕落沟中泥，狗来食人啮人衣。顷刻血肉无留遗，残魂化作风与灰。狗饱狗去摇尾嬉，余者尚充鸦雀饥。我行见之心骨悲，徒有恻怆无能为。”京城来的大官对沿途灾民尸体满道却视而不见，照样盛气凌人、耀武扬威，“大官北来何光辉，清道翼以双绣旗。从者飞语里卒知，为我亟去道旁尸，毋使不祥触公威”,[①] 对统治者不顾人民死活的丑恶行径进行了严厉的批判与谴责。

① 陈沆：《狗食人》，钱仲联主编：《清诗纪事》（十三卷），江苏古籍出版社 1989 年版，第 8786 页。

第二章

民国自然灾害背景下的文学书写

第一节　民国时期自然灾害概述

民国时期是中国历史上多灾多难的时期之一，自然灾害频频发生，给人民的生命财产带来了极大的危害。科学工作者通过对我国几千年灾害史的分析发现三个重大灾害群发期，即夏禹宇宙期（约四千年前）、两汉宇宙期（公元前206年至公元220年）、明清宇宙期（公元1500—1700年），近代以来的100多年里也有两个较小的灾害群发期，其中有一个高潮就发生在民国时期，大约在1920—1937年。

为了形象地说明民国时期自然灾害的严重性，我们可以通过下面统计的民国时期各省区受灾县数的数据图表来加以说明。

由图表可以看出，在民国短短的37年期间，中国境内可以说是灾害丛生。灾害的种类繁多，既有水灾、旱灾、风灾、雹灾等各种气象灾害，还有地震、泥石流等地质灾害；既有蝗灾、螟害、鼠灾、瘟疫等生物微生物灾害，也有土地的沙漠化、盐碱化等灾害，并且这些灾害大多并不是以单一的形式出现，常常是祸不单行、连续不断或交相发生。在所有的灾害中，

表 2—1　　　　1912—1948 年各省区历年受灾县数综计表

地区	灾型	水	旱	虫	风	雹	冷	震	疫	其他	分计
黄河流域	河北	752	350	338	10	118	21	14	22	29	1510
	山东	462	341	125	12	46	11	48	14	1	812
	河南	681	858	226	101	142	55	3	80	1	1782
	山西	355	444	68	7	84	35	6	55	3	1050
	陕西	346	569	162	216	333	284	31	99	14	1233
	甘肃	81	311	22	13	170	23	161	24	12	760
	小计	2677	2873	941	359	893	429	263	294	60	7147
长江中下游地区	江苏	272	142	167	30	10	—	8	79	2	560
	浙江	394	129	63	53	5	—	—	69	—	709
	安徽	430	350	168	21	16	—	2	29	—	835
	江西	464	229	119	11	—	—	1	44	—	832
	湖北	454	442	101	41	3	2	3	45	21	1010
	湖南	772	417	121	18	9	9	2	29	15	1199
	小计	2786	1709	739	174	43	11	16	295	38	5145
西南地区	四川	502	834	6	4	34	1	73	35	1	1289
	贵州	112	154	1	1	29	—	7	1	33	602
	云南	131	51	1	1	7	47	83	2	12	552
	小计	745	1039	8	6	70	48	163	38	46	2443
华南地区	广西	249	174	—	8	1	1	1	9	—	494
	广东	459	36	21	65	5	1	10	16	4	712
	福建	176	60	1	34	—	—	28	86	—	357
	小计	884	270	22	107	6	2	39	111	4	1563
东北	东北	316	44	9	—	21	1	5	29	—	400
总计		7408	5935	1719	646	1032	491	486	767	148	16698

资料来源：夏明方的《民国时期的自然灾害与乡村社会》，中华书局 2000 年版，第 34 页。

说明：

1. 灾型："冷害"包括霜、冻、雪灾，"其他"包括酷热、鼠害、山崩、陨石、沙灾及其他灾型不确定者。表中的"分计"系某省区某年受灾县数之和，无论灾型多少，均以 1 县计算，故不等于各类型受灾县数之总和。

2. 省区：河北包括京兆、察哈尔、热河等，山西包括绥远，甘肃包括宁夏和青海；福建包括台湾，东北包括黑龙江、辽宁、吉林三省；缺新疆、内蒙古及西藏等省区。

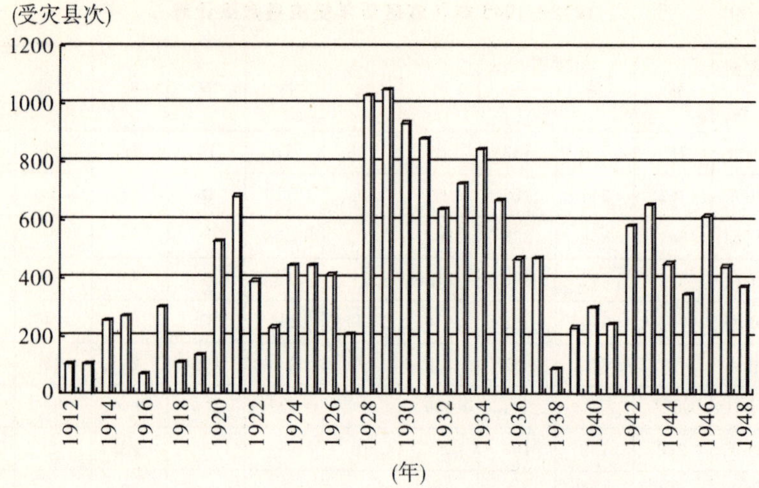

图 2—1　1912—1948 年历年受灾总县次变化图示

资料来源：根据夏明方的《民国时期的自然灾害与乡村社会》附表“1912—1948年间各省区历年受灾县数统计”中的统计数据绘制而成。

表 2—2　　1912—1948 年中国遭受各类灾害县数统计

灾型	水灾	旱灾	虫灾	风灾	雹灾	冷害	地震	疫灾	其他	总计
受灾县次	7408	5935	1719	646	1032	491	486	767	148	16698

资料来源：据夏明方的《民国时期的自然灾害与乡村社会》第 383 页图表统计数字绘制。

最为严重的是水灾，全国共有 7408 县次受灾，年均 200 县次；其次是旱灾，共有 5935 县次受灾，年均 161 县次；排在第三位的是虫灾，共有 1719 县次受灾。据吴福祯《中国的飞蝗》一书统计，以 1920 年、1927 年、1929 年、1933—1936 年、1942—1947 年、1949 年这 14 个年头计算，全国共有 1269 个县遭受蝗灾，年均受灾达 91 县次。[①]

从图 2—1 中，我们可以更加清晰地看出民国时期自然灾害的频发性与普遍性。在 1912—1948 年的 37 年期间，各类灾害总计受灾县次为 16698，即平均每年有 451 县次受到灾害的侵扰。按照民国时期的行政区划，全国

① 吴福祯：《中国的飞蝗》，上海永祥印书馆 1951 年版，第 2—6 页。

共有县级行政区划2000个左右，最高时期如1920年北京政府时期为2108个，1947年国民政府时期为2246个。平均起来，全国每年都有1/4的土地处于灾害的蹂躏之下。在灾害频发的年份，全国竟有一半的国土笼罩在灾害的阴影下，如1928年有1029县次受灾，1929年有1051县次受灾。

表 2—3　　清嘉道、同光及民国时期各地区受灾比重变化表　　（单位：%）

地区 / 年份	黄河流域		长江中下游地区		西南地区		华南地区		东北地区		总计
	县次	比例	县次	比例	县次	比例	县次	比例	县次	比例	
嘉道年间（1796—1839）	5140	55.57	3715	40.17	71	0.77	110	1.19	213	4.30	9249
同光年间（1861—1895）	8512	49.26	7334	42.25	594	3.44	644	3.73	194	1.12	17278
民国时期（1912—1948）	7147	42.8	5145	30.18	2443	14.63	1563	9.36	400	2.40	16698

资料来源：此表数据来源于李向军的《清代荒政研究》、李文海等的《中国近代灾荒纪年》、夏明方的《民国时期的自然灾害与乡村社会》。

从受灾的区域分布来看，民国时期的自然灾害还是集中在黄河流域，其次是长江中下游地区，与清朝嘉道、同光时期的格局基本相同，但也出现了一些变化，从表2—3中可以看出，黄河流域以及长江中下游地区在全国受灾总县数中各自所占的比例与以往相比呈明显下降的趋势。清朝嘉道、同光到民国时期，黄河流域六省受灾比例分别为55.57%、49.26%、42.8%，依次下降了6.31和6.37个百分点，前后期相差12.68个百分点；长江流域在同光年间一度上升了2.18个百分点，但到民国时期也下降了9.36个百分点，而华南地区、西南地区、东北地区均有所上升，分别为8.17、13.86和0.10个百分点，其中华南地区、西南地区的上升速度尤其迅速，竟达到原来的8倍和19倍。灾害自北而南、从中心向四边区域扩散，从一个侧面反映了晚近中国自然灾害的普遍化的特征。[①]

下面以河北省为例来说明民国时期灾害的一般情形。河北省在民国时期的38年中，除1941年没有灾情记载外，其他年份几乎无年不灾，并且常常是多灾并发。如1929年河北灾情几乎遍及全省，水灾、旱灾、蝗灾多

① 夏明方：《民国时期的自然灾害与乡村社会》，中华书局2000年版，第36页。

灾并发。春夏两季酷旱异常，蝗蝻迭起，发生蝗虫者至90余县，从6月到9月持续时间长达4个月之久；旱蝗之后，继以大水。南部各县以旱蝗为重，东北各县以水灾为重。7—8月，河北数次暴雨，山洪暴发，各河均告泛滥，如永定河、大清河、滹沱河、南北运河、潴龙河、子牙河、滦河、减河、唐河、箭杆河及黄河等，河北全境有129个县，而本年受灾的县则有117个，无灾者只有12个县，出关逃荒者达20余万人。[①] 1933年，河北水旱蝗等灾害多灾并发，“旱灾则一县无有”，而尤以蝗灾水灾为最重。全省80余县遭受蝗灾，被害农作物面积达2452487亩，损失1249909银元。蝗灾之外，夏秋之季又大雨连绵，南运、北运、永定、大清、滹沱、子牙、蓟运各河并各支流，决口多者达六七十处，水灾达22县。[②] 1935年，河北省诸灾并发，自春至夏，旱魃肆虐，风雹为灾，虫害、时疫流行甚广；冀南春间因前年贯台决口未堵，继续受黄灾，入夏后黄河泛滥，大部分地区均转旱为涝，黄河、永定河、北运河、滹沱河等相继溃决，全省被水旱风雹灾者共计80余县，灾民128万余人。[③] 在诸多灾种中，以水灾、旱灾、蝗灾为主，民国38年间，共发生水灾年份33年次，旱灾18年次，蝗灾22年次。遭受水灾的县份累计达到913个，遭旱灾县份498个，蝗灾409个。[④] 这些数据表明，位于中国北部的河北地区并没有出现人们常说的“南涝北旱”的局面，反而是遭受了严重的水灾，水灾的危害程度远远超过了旱灾和蝗灾，成为对河北危害最大的灾种。纵观河北民国38年的灾害史，有19个年份遭受了特大灾害和大灾害，平均每2年一次；其中特大灾害年13个，平均每3年发生一次，这与晚清直隶平均每2.4年发生一次大灾害，每6.4年发生一次特大自然灾害相比，灾害的发生频率显然越来越高。另外，遭灾范围也越来越广，河北民国38年期间共计约有1640多个县份遭受一种或几种自然灾害的侵袭，平均每年有43个县份遭

---

① 李文海等：《近代中国灾荒纪年续编》，湖南教育出版社1993年版，第241—243页。

② 同上书，第379—381页。

③ 同上书，第466页。

④ 池子华、刘玉梅：《民国时期河北灾荒防治及成效述论》，《中国农史》2003年第4期。

灾，也就是说，河北每年大约有 1/3 的县份在遭受着各种自然灾害的侵袭，灾害的严重程度由此可见一斑。[①] 从河北省的例子可以看出民国时期几乎无年不灾，并且常常是多灾并发；灾种以水灾、旱灾、蝗灾为主；灾害发生的频率越来越高，波及的范围也越来越广，灾情呈现出愈演愈烈之势。

上面以河北作为区域案例来说明民国时期的灾情，下面则以 1928—1930 年发生在华北、西北的旱灾作为灾型案例，以期对民国时期自然灾害的危害性有一个感性的了解。此次旱灾涉及面积较广，陕、甘、豫、晋、察、绥、皖等省均遭大旱，其他数省均有波及，一时间万里赤地，造成了惨绝人寰的大饥荒，灾民达 3400 万人，在这场旱灾中丧生的人数大约有 1000 万。

1928 年，绥远全省有十七个县和乌兰察布、伊克昭两盟的十三旗都遭受了严重的旱灾，其中绥西的萨拉齐（今内蒙古土默特右旗）、包头、武川、固阳（今属包头）、大佘太（今属乌拉特中旗）一带灾情最为严重。大佘太、东胜两县，数百里人烟断绝；边塞重镇萨拉齐、托克托两地，牛羊骆驼被人们烹食殆尽，灾民只好吃苜蓿、蒺藜来充饥。有的人甚至去捡拾卤地上的硷葱种子为食，吃下去变得面目青肿，即使是这种有毒的东西也卖到八角一斗的价格。有些灾民与鼠争粮，去挖食老鼠洞中的存粮，结果引发了鼠疫。边陲的乌兰察布、伊克昭两盟牛羊灭绝，一时间瘟疫蔓延。1929 年秋，旱荒从绥西转向绥东，归绥（今属呼和浩特市）、集宁、丰镇、凉城等地发生了异常酷烈的灾情。据记者调查，“统计全绥人口约二百五十万，现在灾民一百九十万，占百分之八十”，灾民生计“山穷水尽”，“甚至大人食小孩，活人食死尸。至食树皮草根，在绥省不以为奇。前中央派员及各国传教士曾先后调查，认该省灾情之重，实居华北第一。”[②] 美国新闻记者斯诺以生动的笔触为我们展示了比这些枯燥数字更为形象的灾区图景：“我来到了戈壁大沙漠以南炙热的城市萨拉齐。在这里，

---

① 池子华、刘玉梅：《民国时期河北灾荒防治及成效述论》，《中国农史》2003 年第 4 期。

② 《时事月报》1929 年 11 月。

在中国西北，我目击数以千计的儿童死于饥荒。这场饥荒最终夺去了五百多万人的生命。”“萨拉齐是内蒙古最富饶的贸易中心之一。但是从1924年起，久旱无雨。今天，饥荒的魔影实际上威胁着中国的四分之一的土地。这是一幅令人毛骨悚然的图景，一切生长的东西，仿佛都被新近爆发的火山灰烬一扫而光。树皮剥落殆尽，树木正在枯死。村子里，大多数泥砖房屋已经倒塌。人们把房上的不多几根木料拆下来，胡乱地卖几个钱。”[①] 从斯诺的笔记中我们对绥远的灾情有了一些初步的感性认识，但绥远灾情远远不止他描述的这些。从1929年到1930年，绥远地区又连续遭受了洪水、旱霜和风雪的侵袭。

地处华夏腹地的河南，旱情同绥远相似，中原大地也是赤地千里，两河沃壤尽成焦土，同时多灾并发。在这场大灾荒中，几乎无县无灾。河南全省总共118个县，在1928—1930年的大旱中，被灾县份竟然多达112个，灾民累计达到三千五百五十万人，相等于全省人口，这个可以从下面的表中清晰地显示出来。灾情最严重的地区是豫西21个县和豫西南南阳各属，1928年因旱、蝗、风、雹相继为害，粒米未收；第二年自春至夏滴雨未降，风、蝗肆虐。豫北的原武、阳武（今合为原阳）、封丘、延津、新乡等处，1928年半年不雨，10月中旬勉强种下晚麦。1929年春，风沙骤起，高地的麦苗连根拔起，低田沙积数尺，升合未收。北部其他各县也是旱魃为虐，蝗蝻遍野，或冰雹成灾。豫东各县1927年以来雨水不足，蝗灾四处蔓延。[②]

《河南各县灾情状况》和一些报刊资料对当时一些县乡的灾情作了简略的描述：

洛阳：1928年夏麦只两成，秋禾干死。东南两乡略有水田又遭蝗害。1929年干燥多风，麦无一粒。南关赵姓绝粒三日投井死。西关王冯氏冻饿

① ［美］洛易斯·惠勒·斯诺：《斯诺眼中的中国》，王恩光、乐山等译，中国学术出版社1982年版，第36—37页。

② 河南赈务委员会编：《河南各县灾情状况·豫灾弁言》，1929年版；《中国华洋义赈救灾总会丛刊》，甲种第27号，第27—28页。转引自李文海等《中国近代十大灾荒》，上海人民出版社1994年版，第179页。

而死。南乡王姓绝粮多日全家饿死。因饥饿而投井服毒悬梁自尽的日有所闻。

表 2—4　　　　　　河南省 1927—1937 年灾害状况表

灾种	1927 年	1928 年	1929 年	1930 年	1931 年	1932 年	1933 年	1934 年	1935 年	1936 年	1937 年
水	11	2	18	—	85	17	44	31	60	4	—
旱	9	104	111	104	—	50	11	11	7	89	20
风	—	3	21	—	—	—	6	—	1	—	—
雹	2	13	4	25	5	3	—	—	3	5	—
虫	2	66	25	—	—	—	18	—	—	6	—
冷害		4	—	—	—	—	40	—	—	—	—
地震	—	—	—	—	—	—	1	—	—	—	—
疫灾	—	—	—	—		30	—	—	8	—	—
其他	—	—	—	—	1	—	—	—	—	—	—
总计	21	112	111	112	85	114	68	42	79	110	20

说明：其中有的县是多灾并发，同时遭受多种灾害，总计时也只按一个县来计算。

资料来源：武艳敏：《民国时期社会救灾研究》，第 20 页，复旦大学 2006 年博士论文。

新安：民初以来凶荒连年。1928 年春旱夏雹，地面积雹厚 3 寸，秋天大旱铄金，蝗蝻蔽日，晚禾净尽，1929 年春全县绝粮，报名赴东北屯垦者达数千户。

灵宝：1928 年以来连年亢旱，夏麦、秋谷、棉苗全枯，荒山常见婴儿残骸，每日饿死数十人。

陕县：遍地大饥。县西郭姓将饿死的老母用芦席掩埋后，全家十三口服毒自尽。又有马姓将 7 岁幼子、3 岁幼女抛进河里，夫妻悬梁自尽。东南头峪镇、宫前镇一带方圆五六十里百余村庄，人烟灭绝。①

我们同样可以把外国记者的记述与河南有关灾情相印证。1929 年，《法兰克福日报》的记者史沫特莱对河南的灾情也曾作了形象的描述：河南“是军阀混战、河水泛滥、饥馑连年的重灾区。好几百万农民被赶出他们的家园，土地卖给军阀、官僚、地主以求换升斗粮食，甚于连最原始简

① 李文海等：《中国近代十大灾荒》，上海人民出版社 1994 年版，第 179—180 页。

陋的农具也拿到市场上出售。儿子去当兵吃粮，妇女去帮人为婢，饥饿所逼，森林砍光，树皮食尽，童山濯濯，土地荒芜。雨季一来，水土流失，河水暴涨；冬天来了，寒风刮起黄土，到处飞扬。有些城镇的沙丘高过城墙，很快沦为废墟。"①

自然灾害给人们的生命财产带来了极大的危害，由于社会动荡不安，社会救济不力，一遇灾害，便是流民遍地、饿殍塞途。

表 2—5　　1912—1948 年历年灾民总数阶段变动表

项目类别		1912—1919 年	1920—1927 年	1928—1937 年	1938—1941 年	1942—1948 年
省次	总数	9	36	118	11	61
	年平均	0.89	4.5	11.8	2.75	8.71
灾民（人）	总数	16973782	113138390	448830530	22189102	251001135
	年平均	2121723	14142299	44883053	5547276	35857305

说明：（单位：每年每省 10 万灾民＝1 省次）

资料来源：夏明方：《民国时期自然灾害与乡村社会》，中华书局 2000 年版，第 74 页。

表 2—6　　1912—1949 年死亡万人以上重大灾害的地理分布

灾型	黄河流域			长江中下游地区			西南地区			华南地区			东北地区		
	次	人数	%	次	人数	%	次	人数	%	次	人数	%	次	人数	%
旱灾	3	1353000	88.3	3	151186	1	1	1150000	7.5	2	518000	3.4	—	—	—
水灾	9	1440306	57.2	10	779167	31	4	44000	1.8	6	221000	8.8	2	32534	1.3
疫灾	5	426000	40.4	4	160000	15.3	5	129000	12.2	1	1500000	14.2	3	189000	18
震灾	5	3760000	91.3	—	—	—	2	36000	8.7	—	—	—	—	—	—
冷害	1	1500	4.8	—	—	—	1	300000	95.2	—	—	—	—	—	—
飓风	1	50000	23.3	3	86896	40.5	—	—	—	1	77900	36.3	—	—	—
混合型	1	818189	68.2	3	359484	30	1	20665	1.7	—	869	—	—	550	—
总计	25	16655495	79.2	23	1536733	7.3	14	1679665	8	10	967769	4.6	5	222084	1.1

资料来源：夏明方：《民国时期自然灾害与乡村社会》，中华书局 2000 年版，第 78 页。

从表 2—5、表 2—6 中可以看出民国时期灾民以及死亡人数的大概情形。在 1928—1937 年这一阶段，灾害较多，平均每年有 11.8 个省遭受灾

① 史沫特莱：《中国的战歌》，《史沫特莱文集》第 1 卷，袁文、梅念等译，新华出版社 1985 年版，第 48 页。

害的摧残，流民总数年均多达 44883053 人，年均受灾人数占总人口的 8.79%。从造成人员重大死亡的灾型次数来看，水灾是第一位的，其他依次为旱灾、地震、飓风和冷害。但危害性最大的是旱灾，虽然发生的次数不是最多，但导致的死亡人数却排在诸灾之首，占全部死亡人数的 72.48%。从灾型灾次及死亡人数的地理分布上看，黄河流域成灾次数最多，死亡人口占绝大多数，南方各地成灾次数也不少，而死亡人数加在一起还不到前者的 1/4。除了飓风、寒潮偏于东南或西南，疫灾和地震偏于西北地区外，无论是水灾，还是旱灾，造成的死亡人数均以黄河中下游地区为高，是中国重大灾害的策源地。四季如春的云南却遭受了罕见的特大寒潮的侵袭，这种奇特的现象证明了民国时期气候变化的强烈不稳定性。疫灾的分布较为匀称，爆发时间也较为集中。无论是北方还是南方，旱灾的危害性都比较明显。①

这就是民国时期自然灾害的大概面貌。

第二节　民国时期自然灾害背景下的文学书写

在民国自然灾害频发的情形下，许多作家的人生轨迹都与灾害、灾荒相交织，饥饿与苦难成了他们心头挥之不去的阴影，积淀在他们的内心深处，深深地影响了他们的创作，他们以不同的方式作出了自己的文学应对。

沙汀的创作与四川的自然灾害紧密地联系在一起，正是重返遭受灾荒的故园之旅才使他寻回了那片乡土，写出了一些属于自己的地道的四川故事，找到了自己文学的落脚点。1936 年，沙汀在母亲谢世半年后，接到大哥的汇款就从上海返回故乡去奔丧，给母亲办了一场体面的丧事。在家里

① 夏明方：《民国时期自然灾害与乡村社会》，中华书局 2000 年版，第 75—79 页。

等着卖田的日子里，他开始透过茶馆这一扇窗口去观察与思考故乡与社会，同时有机会漫游故乡。有一天，舅舅郑慕周家里来了两个客人，他们是四川赈会派下来调查北川灾情的官员，准备让舅舅关照一下。沙汀闲着没事，就和这两个人一起去北川看看。他们来到了北川县城，到处都是空荡荡的，只有二十多户穷得揭不开锅的人家。沙汀住在邮政局的一座破院子里，曾和省里来的人一起去近郊的山区查灾。他在街上经常能碰上流浪的儿童，在墙角边看见老人倒毙的死尸，给他留下特别深刻印象的是一个老太婆半裸着身子，僵卧在那里，身上的衣服已经被人给扒开了。那些饿倒在河滩上的人，还没断气就有鸟雀来啄食。邮政局长夫妇是一对从异地迁来北川的忧郁的知识分子，良心还未泯灭，对大灾之后的社会现实感到震惊，对县长和联保主任这些在灾荒中还肆意搜刮群众的官老爷们感到失望和无奈，陷入了一种深深的精神苦闷之中。这些观感和印象成就了他的小说《苦难》，作品生动形象地塑造了大灾之后陷入茫然、孤寂之中的邮政局长的形象，对灾民的苦难生活也作了入木三分的刻画，特别是那个老太婆的尸体在作者构思时又晃动在眼前，那荒凉破败的北川县城也化为《苦难》中这样的景物描写："市街是破烂而可怜，原来的屋脊只剩有一片燃烧过的发赤的瓦砾，断墙和破灶，比沙漠还荒凉。"

经过这次家乡之行，他耳闻目睹了那些以搜刮灾民为天职的下层统治者的骄横无耻，对灾荒下的社会现实有了更深刻准确的认识，给其文学创作带来了变化的契机，促使其创作彻底地转向自己的乡土。回到上海后，他连续写了好多暴露灾区生活的小说。如1936年7月写的《灾区一宿》反映了自己和省调查人员去郊区山村查灾的情况，刻画了一个忘恩负义而又凶狠无耻的山沟地主贺幺夹夹的形象。他为了娶一个招安军队里的寡妇太太，把自己的大老婆赶走了。由于他一只脚在逃匪时踢坏了不能走，灾荒来临时只能靠回来的大老婆照顾他。大老婆靠挖一些芭蕉头和卖家私来维持家庭生计，每次来回都要跋涉二十里的山路，很是辛苦。可就是这样一个妇人，回来晚了却遭到丈夫的责骂。丈夫从齿缝间恨恨地骂道："我怕你栽了岩哩!"原来她拿一个坛子上城去卖，在路上把它跌碎了。丈夫逼视着她骂道："你是人，还是木头呢?"妇人回答说天太黑了，丈夫喊叫起来"天黑你就该打碎它呀！明天还是给我滚!"并且准备去扑打那妇人。他还假仁假义地向别人诉苦，说是自己可怜她，好心好意地叫她回来住。放赈人员对此都看不下去，对这个地主无耻的行径感到深深的憎恶，反对发赈票给他。小说的人物和故事就来源于这次北川查灾之行。同样得益于这次北川查灾的还有11月写的小说《为了两升口粮的缘故》，作品描写了瞎地主陈邦福为了两升玉米，狠心地杀害了自家的佃客——一个贫苦的老太婆，结果被查灾的特派员发现。瞎地主嚎叫着交代自己的罪行，哭诉着自己的不得已，"难道我愿意么？……我原先也是有吃有喝的！……我从来没害过人!"这个故事也直接来源于查灾时别人告诉他的材料，小说原名就叫《查灾》。但沙汀站在左翼作家的立场上，对当时四川灾荒下的农村社会作了自己的政治解读，在作品中把那为了两升粮食就轻易杀人的对象安放到一个地主身上，带有明显的左翼社会剖析的色彩。

沙汀的代表作《代理县长》也是采自北川的查灾见闻，现实生活中确实有这么一个代理县长，是一个活生生的喜剧人物。他和县长都是外地人，县长借口到省里请赈就溜走了，把事情都推给了他这个代理县长。他住在用竹子扎成的被称为"灵房"的县衙门里，夜里常被四面山风兜头灌下来，把篾笆上糊着的纸吹破，害得他在床上蜷做一团睡不好觉。但他却满不在乎，习惯于过"烂帐日子"。他对省里来查灾的人员大言不惭地宣称要禁止灾民出境，要"从疲狗身上炼它三斤油"。他非常自信地留守在荒凉贫困的灾县，脸孔上整天堆着生动丰富的表情，"要哭有哭，要笑有笑"。这个人引起了沙汀极大的兴趣，其身上带有一种"泼皮"劲儿，集中体现了灾荒贫困之下四川地方统治者的蛮和蠢。这个人洗脸有一种特别的派头，喜欢把脸浸进滚烫的开水里，然后用毛巾反复揉搓着发炎的鼻子，好像在水里搓洗衣服一样。最后还要把毛巾的一角塞到鼻子里不停地转动，像打扫烟筒一样。这个精彩的洗脸细节几乎是原封不动地安放在了作品中的"代理县长"身上。但引发作者创作动机的是另外一个人，他是北川县政府的一个秘书。"此人头发蓬松，穿一件褪色的长袍，拖起一双布鞋，手提一副猪膘满街去借锅炒。这个人的形象立刻吸引了我，我觉得这位提着猪膘满街喊着借锅的国民党县政府秘书，的确充分而又尖锐地集中了一些国民党官吏的流氓气和市侩气。跟着，我就依据我的生活经验分析了这位秘书的历史和身世，这个家伙可能是兵痞子出身，不但不学无术，而且欺骗拐诈无所不为。我就决定拿这个人物作为我小说的主角。”[①]作者把秘书身上的流氓气、市侩气都安放到代理县长身上，让人感到既可憎又可笑。如果作者没有亲自感受灾区那些盘剥灾民的苛政，亲耳听到让灾民掏钱买票候赈的丑闻，这个苦寒已极的灾县和令人厌恶的内地父母官的形象就不会那么鲜明地展现在我们眼前。[②]

此外，还有好多作家与灾害、灾荒有着不解之缘。1931 年 4 月到 8 月，一场百年不遇的特大水灾几乎席卷了整个神州大地，在中国历史上留下了惨痛的记忆。从南到北，珠江、闽江、长江、淮河、黄河、松花江、嫩江泛滥，到处是洪水横流、大地陆沉的景象，有 23 个省出现了灾情，尤其是江淮流域更是遭受了惨重的创伤。“湘、鄂、赣、浙、皖、苏、鲁、豫等江淮 8 省 642 县，约计 60％的县 5311 万居民被灾，16662 万亩农田被淹，42 万余人葬身浊流，直接经济损失 22.84 亿银元。另据估算，长江中下游地区有 205 个县，5089 万亩农田化为泽国，被淹房屋 180 万间，灾民 2855 万人，淹死 14.5 万人，直接经济损失 13.45 亿银元。”[③] 面对如此巨大的水灾，在那么多的血泪与灾难面前，人们不可能无动于衷，许多人用各种各样的方式表达对灾情的关注与对灾民的帮助。例如，8 月 30 日在中央大戏院举行了大型的赈灾义演，日场除放映了明星的新片《碎琴楼》外，电影明星郑正秋、胡蝶等还登台表演应时剧《秋水怨》。有的学校还将灾情编入教材，围绕赈灾展开一系列的教学、宣传、筹募等活动，如国立北平师范大学附属第二小学在 9 月 14 日至 20 日举行了赈灾教育周活动。

---

① 沙汀：《谈谈人物的创造》，《西南文艺》1953 年 6 月号。

② 有关沙汀与北川灾情的部分参见吴福辉的《沙汀传》，北京十月文艺出版社 1990 年版，第 142—159 页。

③ 夏明方、康沛竹主编：《20 世纪中国灾变图史》，福建教育出版社 2001 年版，第 149 页。

有两位年仅十一岁的小学生，通过自己的想象绘制了两幅水灾图，把灾区水势浩渺、灾民浮沉于波臣的惨景勾勒于笔端。

图 2—2

资料来源：《大公报》1931 年 9 月 26 日。

1931 年发生大水灾之际，赛珍珠的《大地》正在美国风行一时。《大地》中描写了多灾多难的中国农村生活，涉及了水涝、旱灾、鸦片、兵匪等天灾人祸的方方面面，特别是灾荒下饥民的惨象给人留下了深刻的印象。当水灾发生时，那些读过《大地》的美国人对处于水灾之下的中国灾民就有了较为真切的感受，纷纷表达了自己对水灾的关切之情，踊跃地捐款。因此，在国际社会为水灾的捐款中，美国人的捐赠占了绝大部分。美国红十字会还特意写了一封长信给赛珍珠，赞扬了她的《大地》的艺术感染力，称正是有感于王龙一家受灾的故事，才有了那么多美国人的慷慨解囊。面对此情此景，一向情感丰富的作家不会对生活中这样重大的事件坐视不管。1931 年大水灾刚刚发生，女作家丁玲就与冯达到灾区调查走访灾情，在当年的夏天就写出了标志其风格转向的小说《水》。她要为遍地的流民塑造一个群像，要为她的家乡湖南的灾民呐喊。这次水灾中，她的家乡湖南属于重灾区。湖南从 4 月下旬就出现了异乎寻常的大雨，遭遇了罕见的洪灾，到六七月份，湘、资、沅、澧等河同时暴涨，加上江水倒灌，湖潦四漫，农民顽强抗争却无济于事，好多地方垸倒堤溃，全省都沦为泽国，受灾县市达 66 个，受灾人口有 636 万，淹没农田 1180 万亩，死亡

54837人。特别是她的出生地临澧所属的常德地区垸溃堤决，生者流离转徙，死者随波漂荡，灾情更是惨不忍睹。澧县，“7月上旬大雨连绵，溇、澧诸水并发，至8月11日，又遇狂风暴雨，各垸水面纵横二三十里，波涛汹涌，米乡尽化水乡。居民或沿堤露宿，或栖息屋顶，一任雨漂水流。”常德，“自5月下旬到8月中旬，暴雨四次，全县62万人口，灾民50余万，3000余人葬身鱼腹。县城被大水包围了两个多月，洪水只低于城头二尺，城内水深没顶，居民在城墙上搭棚居住。”汉寿，“全县330余垸全部冲毁，50余乡不见踪迹，一些人烟稠密的集镇屋倒堤塌，人畜漂流，只剩下几株老树在波涛里低昂扶摇。山坳里石岩边，堆积着一层又一层的败墙残壁、人畜浮尸。”① 丁玲对于家乡的水灾不可能没有听闻，她把刚学到的左翼社会分析的观点融入创作中，写出了水灾里难民的痛苦生活和他们的觉醒与反抗。因此，《水》一发表即受到左翼文坛的激赏，茅盾、冯雪峰等都发表评论，高度赞扬了《水》的“转变”性，标志着左翼文学告别了“革命加恋爱”的模式。

鲁迅先生对水灾一向就很关注，对水灾下的灾民也格外同情，其日记里有过多次为水灾捐款的记录，例如1915年为广东水灾捐款、1919年为湖北水灾捐款、1921年为直隶水灾捐款，他的杂文《我要骗人》就融入了那些捐款赈灾的生活印象。杂文描写自己去电影院看电影时被一个十二三岁的女孩子捉住，原来是小学生在募集水灾的捐款，因为冷鼻子冻得通红。当“我”说没有零钱时，她的眼睛里流露出了非常失望的神情。“我”觉得对不起她，就带她进了电影院，买票后给了她一块零钱。这个小女孩非常高兴，称赞“我”是一个好人，还给“我”写了一张收条，说只要拿着这收条，无论到哪里都不必再捐款了。于是“我”就成了所谓的“好人”，轻松地走进里面了。作者议论说政府的“水利局”每年从人民身上收税去治水，可却发生了这样大的水灾。有一个慈善团体演戏筹钱，因为只筹到二十几元，衙门就发怒不肯要了。遭受水灾的难民成群地跑到安全

① 夏明方、康沛竹主编：《20世纪中国灾变图史》，福建教育出版社2001年版，第168—170页。

之处，被认为有害治安，就用机关枪去扫射。“然而孩子们不知道，还在拼命的替死人募集生活费，募不到，就失望，募到手，就喜欢。而其实，一块来钱，是连给水利局的老爷买一天的烟卷也不够的。”[①] 作者明明知道这一块钱的捐款不会到灾民的手里，只不过买了这天真烂漫的孩子的欢喜罢了。1921 年以后，我们从日记里就很少看到他为水灾捐款的记录了。他对国民政府的一些救灾口号和措施极为反感和不满，如《集外集拾遗补编》中的杂文《水灾即建国》就批评了国民党所谓的“水灾建国”的谬论，讥讽《建国月刊》上那些“光辉灿烂”的水灾摄影的插图说尽了“建国”的本色。他对青年人创作的水灾木刻也非常关注，曾写信关心郑野夫木刻作品《水灾》的出版，出版后还让其寄给自己一本；对刘岘的《黄河水灾图》也加以点评，认为其第二幅最好，而第一幅则未能表现出“嚎叫”来。

面对 20 世纪 30 年代报纸上铺天盖地的水灾消息，特别是 1931 年危害好几个省的江淮大洪水，鲁迅先生不可能无动于衷，现实的焦虑触发他要去创作一个与水灾有关的作品，他多么希望现实当中能有一个救民于水深火热的英明政府，可观察到的却尽是失望，于是他只好把现实的希冀安放到古人的身上。1935 年他创作了小说《理水》，描写了为救滔滔洪水中的灾民而摩顶放踵的大禹的形象，其中就折射了他对现实当中的水灾的观察与思考。如其中写到两位胖胖的专员考察水灾时的情形：他们被一二十个穿虎皮的武士簇拥着，被迎接到最高巅的石屋里去了。吃过面包以后就开始考察，得到的汇报却是“灾情倒并不算重!”因为他们的粮食还可以敷衍，面包是每月会从半空中掉下来，鱼也很肥。至于那些下民们有的是榆叶和海苔，味道倒并不坏，还别有风味。有的还说榆叶里面含有维他命，海苔里有碘质，可以医治疾病，这些食物都极合于卫生。饮用水是一万代也喝不完，只不过含一点儿黄土罢了，可以在饮用前蒸馏一下，但老百姓冥顽不灵，不愿照办，就弄出数不清的病人来。他们还把水灾的责任推卸到老百姓身上，说洪水也是老百姓自己弄出来的，水还没来的时候他们懒

---

① 鲁迅：《且介亭杂文末编·我要骗人》，《鲁迅全集》第 6 卷，人民文学出版社 2005 年版，第 505 页。

着不肯填，洪水来了的时候他们又懒着不肯岸。就这样水灾考察专员十分用心地听了下面人员汇报了小半天，结束时叫他们合拟一个公呈，加上一个条陈，历数着善后的方法，随后大员们就下船去了。随后的几天他们不是因为路上劳顿不办公，就是因为游山玩水累了不见客，直到第五天才传见下民的代表，让他们把自己吃的东西呈送上一份。各路考察大员回京后，品鉴着灾民送上来的食物，畅谈自己沿途所见风光。这是一幅典型的现实讽喻的漫画，活画了当时国民政府漠视民命、上下敷衍塞责的丑态。官员沉湎于案牍公文的往来，救灾流于形式，徒有其表。小说中描写了一个大员已经拟好了募捐的计划，准备开一个奇异食品展览会，另请女隗小姐来做时装表演，只卖门票，并且声明会里不再募捐，来看的人就可以多一点。这些为了赈灾而举办的演出对鲁迅来说并不陌生，他在《社戏》里面就提到"我"的第二次看中国戏的经历，起因就是有一年为了募集湖北水灾捐款，可以花两元钱买一张戏票去看名角演戏，为了对劝募人聊以塞责，"我"就买了一张票去看演出。作家把对水灾里中国现实的愤慨与希冀都投射到自己的作品当中了。

作家孙大珂的家乡滨河地处苏北，那里经常发生蝗灾，1933 年夏季遭受了严重的干旱，又引发了大面积的蝗灾，给农民带来了巨大的浩劫。家乡严酷的灾荒触发了他的创作冲动，他决心要以蝗灾为主题写一篇反映灾民痛苦生活的小说。于是，他就用笔名"石灵"写了一篇小说《捕蝗者》。由于作者在 1932 年就已经参加了"左联"，这篇小说显露了作者鲜明的左翼社会分析与批判的锋芒，具有极强的现实针对性，揭露了反动统治者在巨大的天灾面前不但见死不救，反而对农民加紧掠夺。蝗灾过后，县长才派专员下来捕蝗，并发布告示让老百姓好好接待。地处中原的作家李季于 1938 年进入延安抗日军政大学学习，1942 年至 1947 年到了陕北三边（安边、靖边、定边）从事教育和新闻工作。1946 年陕北三边地区闹蝗灾，一些愚昧的百姓认为蝗虫是"神虫"，不敢扑打，于是边区政府积极地组织、引导农民进行灭蝗斗争，破除迷信偏见。李季就根据现实生活，以喜剧的笔调创作了小说《老阴阳怒打"虫郎爷"》。小说描写陕北三边一个名字叫水漫凹村庄里的捕蝗斗争，通过鲜明的对比，用事实来教育那些迷信的群众，收到了宣传、指导现实工作的功效。1942 年 7 月，阿英率领全家由沪抵达苏北根据地阜宁，听到当地百姓纷纷传颂着阜宁民主政权首任县长宋乃德的光辉业绩，到处流传着“宋公堤”的佳话。于是，他专门花了一个多月时间，收集苏北行政公署宋乃德县长鞠躬尽瘁修筑海堤为苏北人民谋幸福的动人事迹，在《新知识》上发表长文《苏北伟大的水利工程建设——宋公堤》，以此表达根据地人民对共产党领导的抗日政权的赞叹与感激之情。同时他还创作了大型话剧《宋公堤》，在阜宁抗日根据地演出，受到了群众的热烈欢迎。此外，他还花了三个月的时间辑录了一卷《海啸诗钞》，来铭记历史上那些由海啸所带来的苦难记忆。

作家冰心的生活也与灾荒有着紧密的关联。冰心并不是我们想象中的闺秀派作家，早在燕京大学时，她就积极地参加社会活动，在一些赈济灾民的活动中显得非常活跃。1920 年北方五省发生大旱，燕京大学为了赈灾，女校和男校共同组织文艺募捐会，冰心把比利时作家梅德林克的剧本《青鸟》从英文译成中文，并在 11 月 27 日参加了该剧的演出，筹得募款 1200 元左右。12 月 18 日是燕大旱灾纪念日，燕大召开救灾大会后，冰心和同学拿着钱罐和几十个纪念章，去到各女校为灾民募捐。早晨的天气很冷，风也很大，她们扛着燕京大学的旗子，风尘满面地站在街上，但却精神百倍。作者不由地赞叹这些同学：“可敬呵！中国的将来，都在这些青年人身上。”她们走到东长安街，风推着她们在走，对面说话都听不见，抱着钱罐的手也僵了，但一点也不退缩，“风呵，再大一点，我要请你试一试青年的精神；风呵，再大一点，我们要借着你，预备和万恶的社会奋斗！”为了纪念燕大同学半年来服务北方五省一千五百万灾黎的工作，她们出版了《燕大青年会赈灾专刊》一书，冰心还为此书专门写了一篇《发刊词》，对于燕大的赈灾工作提出了自己的要求：“实地服务的工作，不单是发几句悲悯的言词，挥几行同情的眼泪；或是散放几斗的粮米，捐助几块的金钱，就完了事的。是要完全的抛掷自己在他们中间，分担他们的忧患，减少他们的疾苦，牵扯他们到快乐光明的地上来。”对于同学们和自己所做的赈灾工作感到由衷的赞叹，“这工作里的绝大的牺牲，就是体力，时间，精神，经济，我们学生所最宝贵，所最不忍牺牲的，也就是体力，时间，精神，经济。然而这一次我们男女两校几百人的同学，为着要履行我们的校训，竟然欢欣勇敢的抛掷了自己，也将这一切都牺牲了。”她期望后来的同学能够知道在1921年的时候，社会服务的精神已经蓓蕾萌茁；鼓舞着他们为了“以真理得自由而服务”的校训而努力。后来，她写了《旱灾纪念日募捐记事》一文，对自己在旱灾纪念日的那次募捐活动作了形象的回忆与记录。她们来到了女高师的幼稚园和附属小学，“这些可爱的小孩子，蜂蚁似的，把我们都围住了，一片‘给你们钱’的声音，颤动我们的耳鼓，这真是天使的歌声，天国的音乐。我的感想，泉水似的奔涌出来，间不容发之顷，竟没有沉思默味的工夫，只得任它又奔泻了去。”“人类不是应当互助相爱的么?”在这些笔调里流露出的是冰心以后文学作品中对“童心”赞美的萌芽，同时也是她对“爱”的初步的诠释。作者写完这篇文章，抬起头来看见了大礼堂对面匾额上的“见义勇为”四个大字。正是在对灾民的关切与同情之中，冰心有机会随着赈灾的同学走出校园，接触社会，开始对现实与人生的思考，其作品的视野才不拘囿于狭窄的个人生活，具有开阔的视野，成为当时问题小说的首席作家。

1934年，她应平绥铁路局长沈昌先生之约，与雷洁琼、顾颉刚、郑振铎、陈其田、赵澄、吴文藻等一行八人组织了一个“平绥沿线旅行团”去考察平绥沿线的风景、古迹、建筑、风俗、宗教以及经济物产的状况。他们从7月7日出发，18日到平地泉，后来因故折回；8月8日第二次出发，于8月25日结束行程，两次共历时六个星期，自清华园站至包头站，还到了云冈、百灵庙等处，途经平绥全线。回来之后，冰心写出了《平绥沿线旅行纪》。在文章里，作者对于灾民生活的关注一直没有改变，在包头考察了试验的稻田，那里准备安插一批由于黄河水灾而迁来的灾民。此外，她还考察了义赈工程民生渠。民生渠是在1928年绥省大旱的情况下，由李培基主席倡议用以工代赈的方式开凿而成的。1929年冬天，由省府与中国华洋义赈救灾总会合作商办贷款及工程事宜，1931春天，傅作义、王靖国在其两个师内抽调士兵四千人历时六个月完工。由萨县磴口村黄河沿着瓦窑口起，一直到托县城南直入黄河，总长一百九十五里，流经的熟地约有四万余顷，成功后水力能达到者至少也有两万余顷，是一项造福百姓的工程。作者对此渠也感到深深的遗憾，“但因当时急于救灾，测量方面未免疏忽，渠道太高，水不能入，至今尚未收灌溉之利，极为可惜。”在对受灾同胞的关爱之中走向文坛的冰心，其内心深处始终流淌着真挚的爱心，典范地践行了文如其人的名言，在日后的文坛上展现了自己的绰约风姿。

面对生活中的灾害与人民的苦难生活，一些诗人奋笔疾书，写下了许多与人民心息相依的诗篇，表达他们对灾民的同情与对社会的愤慨。1937年，四川发生了严重的旱灾，艾青特意为此写了诗歌《死地——为川灾而作》，详细地描绘了四川严重的旱情。到处都燃烧着饥饿之火，大有一触即发之势，诗歌对灾荒下人民的痛苦生活寄予了深切的同情。

没有雨滴
甚至一颗也没有

看见的到处是：
像被火烧过的
焦黑的麦穗
与枯黄的麦秆
与龟裂的土地……

于是他们——千万的“地之子”
伸出无数的手
像冬天的林木的枯枝般的手
向死亡的大地的心脏
挖掘食粮……

于是他们
相继地倒毙了！
——像草
像麦秆
在哑了的河畔
在僵硬了的田原。

而那些活着的
他们聚拢了——
像黑色的旋风
从古以来没有比这更大的旋风
卷起了黑色的沙土
在流着光之溶液的天幕下
他们旋舞着愤怒，
旋舞着疯狂……

我说
如有人点燃了那饥饿之火啊……

一九三七年六月三十日[①]

20世纪30年代是自然灾害频发的一个高峰时期，特别是地处腹地的中原河南遭受了严重的灾荒，人们与自然灾害苦苦搏斗，但最终还是陷入破产的地步，卖儿卖女，被迫到处漂泊流浪，沿街乞讨。中原诗人面对家乡的苦难，创作了大量的表现灾荒的诗歌，形成了一个辉煌灿烂的中原诗歌群落。苏金伞的《春荒》描写了农村荒凉破败的惨景，春荒之下人们只能以树皮来维生，饿死的人一天比一天多了起来。陈雨门的《难妇》描写

---

① 艾青：《死地——为川灾而作》，《中国新文学大系1927—1937·诗集》，上海文艺出版社1985年版，第131—135页。

了逃荒的难妇抱着孩子，瘫软地呆坐在街头看着人来人往。张洛蒂的《卖女》写了父亲忍痛卖掉自己的女儿，买些粮食回家度荒，到家发现妻子已经吊死在了梁上。刘心皇的《犬吠》则描写了在饥饿逼迫下出现的人食人的惨剧，甚至亲人之间也相互吃了起来。诗人傅尚普看到报纸上记载的吃人惨事有感而发，写出了诗歌《吃人》，描述了灾荒下那惨绝人寰的一幕。

凭眼力看不断灰色的天线，
咆哮的西风纵黄河在人间飞漫；
万顷田畴在干旱下都化为灰尘，
希望的秀实一粒也不曾收回。

大众哭干了眼泪的汪洋，
饿儿叫断了慈母的愁肠；
树皮草根于今都已经吃尽，
田野里只剩下惨白的树身。

村庄里早就听不见犬吠，
每个人都带上枯郁的面具；
饿腹痉挛着送来灵魂的晕眩，
一家人的嘶叫声混作一团。

凄惨的日子展开到无限，
每个人都图谋生命的残延；
世界上哪还有可吃的东西，
不！还有可吃的人类自己。

最初是同伙杀食陌生的人，
不久便成了自相杀死的残忍；

然而饥寒的痛苦仍是无限，
老母妻儿也化作块块的粪便。

灾荒一连串的只顾降临，
村庄剩给了凄凉的阴森；
怒吼的西风仍然从黄河弥漫在天空，
听不见号寒啼饥的哀声，只送来阵阵的鬼鸣。

1936年3月作[①]

中原诗人为我们描绘了一幅幅人间灾难图，他们多么希望人民能早日脱离这种苦海。程率真的《一只神奇的手》就表达了自己对家乡人民的同情与悲悯。

一只神奇的手
满想撑住将坍的天
可是，再也推不开眼前的灾难

一只神奇的手
满想揩干灾民的眼泪
可是，再也挡不住溃决的河水

一只神奇的手
满想把“支那”涂得光彩美丽
可是，再也洗不净脸上的污泥

1935年10月18日于漯河[②]

---

① 傅尚普：《吃人》，周启祥编：《三十年代中原诗抄》，重庆出版社1993年版，第377—378页。

② 程率真：《一只神奇的手》，周启祥编：《三十年代中原诗抄》，第188—189页。

刘心皇曾写过一首《中原30年代诗歌出土纪念》，这首诗歌对20世纪30年代中原诗人的创作进行很好的概括和总结，赞扬了诗人们面对灾害所表现出的关心社会现实与民生疾苦的创作态度，对他们爱国爱乡的精神致以敬意。

回想30年代中原的诗坛，
许多年轻的诗人，
为时代作画像，
为人民的苦难作代言人尽了力量。
……
正当外祸在边境燃烧，
天灾接踵而来使人民痛苦操劳，
旱灾使河水干枯，赤地千里，
水灾又使平地三尺浪湮没房舍田地！

蝗灾是蝗虫遮天盖地而来，
把并行叶脉的植物啃吃得叶碎根开！
那雄厚的虫群使人民惊慌的抵抗变成枉然，
那虫群吞食了人民的粮食造成了大灾难。

如此的人祸，
如此的天灾，使30年代的中原沉入不幸的深渊，
诗人们把这些景象痛苦的织入诗篇。……[①]

不光是诗人们对灾民的生活寄予了极大的同情，一些富有正义感的记

① 刘心皇：《中原30年代诗歌出土纪念——贺周启祥先生中原文学资料的钩沉工作》（代序），周启祥主编：《30年代中原诗抄新编》（豫内资料准印通字汴发第9503号），1995年印，第1—3页。

者更是对灾荒和人民的生活给予了特别的关注与报道，甚至为此付出了不同寻常的代价。1942年12月，张高峰作为《大公报》战地记者被派赴河南，他被眼前河南的灾情深深地震撼了，“今日的河南已有成千上万的人正以树皮（树叶吃光了）与野草维持那可怜的生命”，村里的小孩一个接一个地饿死，村民吃了带毒的野菜而麻痹浮肿。有些灾民在吃一种用杵臼都无法捣碎的干柴，一位老农夫说：‘我做梦也没有想到吃柴火，真不如早死！’”大灾之下，人口买卖盛行，人民铤而走险，“在河南已经恢复了原始的物物交换时代。卖子女无人要，自己的年轻老婆或十五六岁的女儿，都驮在驴上到豫东驮河、周家口、界首那些贩人的市场卖为娼妓。卖一口人，买不回四斗粮食。……没有彻底救济办法，粮价不会跌落的，灾民根本也没有吃粮食的念头，老弱妇孺终日等死，年轻力壮者不得不铤而走险。这样下去，河南就不需要救灾了，而需要清乡防匪，维持地方的治安。”即使在此饥荒下，政府当局还是照样征兵、征粮不误，不管百姓死活。“灾旱的河南，吃树皮的人民！直到今天还忙着纳粮。”记者怀着悲愤的心情写下了《豫灾实录》的通讯，刊登在1943年2月1日的重庆《大公报》上，署名高峰。在这篇报道的结尾，记者怀着沉重的心情写道：“严冬到了，雪花飘落，灾民无柴无米，无衣无食，冻馁交迫。那薄命的雪花，正象征着他们的命运。救灾刻不容缓了！”①

第二天，主编王芸生本着“文人论政”的习惯写了一篇社评《看重庆，念中原》，把政府逼粮行为与“石壕吏”相对比，“饿死的暴骨失肉，逃亡的扶老携幼，妻离子散，挤人丛，挨棍打，未必能够得到赈济委员会的登记证。吃杂草的毒发而死，吃干树皮的忍着刺喉绞肠之苦。把妻女驮运到遥远的人肉市场，未必能够换得几斗食。这惨绝人寰的描写，实在令人不忍卒读。而尤其令人不解的，河南的灾情，中央早已注意，中央的查灾大员也早已公毕归来，我们也曾听到中央拨了相当数额的赈款，如此纷纭半载，而截至本报通讯员上月十七日发信时，尚未见发放赈款之事，千

① 高峰：《豫灾实录》，《大公报》1943年2月1日。

万灾民还在眼巴巴的盼望。这是何故？尤其令人不忍的，荒灾如此，粮课依然，县衙门捉人逼拶，饿着肚纳粮，卖了田纳粮。忆童时读杜甫所咏叹的《石壕吏》，辄为之掩卷叹息，乃不意竟依稀见之于今日的事实。”他有感于重庆豪门显贵的骄奢淫逸，联想河南的灾情，提出征收权贵显宦资产的建议，“一般摩登的食品店，卖空了架子还有人买，人们宁愿今天先撂下花花绿绿的钞票明天再来拿货。尽管贵，总有人买。这情形若叫河南灾民听见，不知作何感想？”“河南的灾民卖田卖人甚至饿死，还照纳国课，为什么政府就不可以征发豪商巨富的资产并限制一般富有者‘满不在乎’的购买力？看重庆，念中原，实在令人感慨万千！”[①] 结果，这篇社评戳到了国民党政府权贵的痛处，蒋介石竟然不顾公意，以国民政府军事委员会名义悍然下令将《大公报》停刊三天，主编王芸生也被蒋介石取消赴美的行程。记者张高峰被国民党当局视为“危险分子”加以迫害，在其后的一年多时间里在河南就遭到四次逮捕，身心交瘁，但总算侥幸得以脱险。

除了张高峰对河南灾情作了披露外，还有一个记者李蕤（另一笔名“流萤”，原名赵悔深）在南阳的《前锋报》上连续发表了十多篇关于河南灾荒的系列报道，对灾荒下人民的苦难生活作了形象的描绘，对国民政府的救灾不力作了抨击，为河南灾荒的救灾工作献言献策。1942年冬，李蕤因为有事外出去西安，旅途中耳闻目睹了大批灾民逃难到西安的惨剧，就情不自禁地写了一篇题为《无尽长的死亡线》的通讯投稿到《前锋报》，为灾民呼吁。1943年2月19日、20日的《前锋报》上登载了这篇报道，拉开了报道河南灾荒的序幕。“陇海铁路，在灾民的心目中，好像是释迦牟尼的救生船。他们梦想着只要一登上火车，便会被这条神龙驮出灾荒的大口，到安乐的地带。从八月份起，我便看到这些破破烂烂的人群，在开车之前，冲锋似的攀援到火车的顶盖上。头顶上炎炎烈日张着火伞，脚下是烙人皮肉的炙热的镔铁，人们肩挨肩地在一起堆砌着，四周乱七八糟地堆满他们所有的财产：土车、破筐、席片，以及皮包骨的孩子。”[②] 社长李

---

① 《看重庆，念中原》（社评），《大公报》1943年2月1日。

② 李蕤：《无尽长的死亡线》，《前锋报》1943年2月19日。

静之非常欣赏李蕤的文学才华与热情，亲自写信委派他为《前锋报》的特派记者，希望他能沿着陇海线到灾情最严重的地区采访，继续写些披露灾情的报道。李蕤不顾个人的安危，毅然接受了《前锋报》的聘任，一个人骑辆旧自行车就踏上了奔赴灾区的采访旅程。从1943年3月25日至4月2日，他赶赴灾情严重的偃师、巩县、汜水、广武、郑州等地进行实地采访，连续写下了《暗哑的呼声》、《走出灾民的"大聚口"》、《风沙七十里》、《从巩县到汜水》、《惊人的"古董集"》、《雨天绝粮记》、《"死角"的弦上》、《友情的巨手》、《灾村风景线》等多篇灾区通讯，以"流萤"的笔名在《前锋报》上陆续发表。这些通讯以行云流水的笔触详述了他在灾区的所见所闻，对灾情进行了深入细腻的描摹，读之不觉令人悚然心动。比如在《雨天绝粮记》里记者怀着沉痛的心情写道："虽然已经到了暮春三月，但乡村的萧条冷落，却如同秋天。从这村到那村，几里地逢不到一个行人，一进村落，立即映上眼帘的是剥光皮的榆树。村里没有鸡啼、没有犬吠，广场上也再看不见一个牛羊牲畜。大门上，一家、两家、三家……家家挂着锁，有的用土坯封住，也有些敞开的，但大半连门也没有，因为里面没有一点怕人偷的东西，所以把门也劈劈当柴卖掉了。"[①] 1943年5月，《前锋报》将流萤的这9篇通讯连同之前写的《无尽长的死亡线》结集成册，由李静之作序，以《豫灾剪影》的名字出版。此书在当时引起了不小的反响，"有的学校教师，把其中的单篇选为国文教材，在课堂上为学生讲授；有的青年因受其影响走上新闻战线。"除此以外，李蕤还写了揭发国民党贪污腐败的《粮仓里的骨山——汝南灾情与大贪污案》，这是他5月初回汝南老家奔丧期间根据旅途见闻而写成的，连载于5月15日和16日的《前锋报》上。"这些麦，都是他们私自以大斗大升剥来的，这，国家没有多得到一粒，人民却是额外负担。这五万九千斤粮食，谁也不敢保证，在新堤的土里躺着的没有它们的主人!"[②] 读来让人悲愤不已。

① 李蕤：《雨天绝粮记》，《前锋报》1943年4月16日。

② 李蕤：《粮仓里的骨山——汝南灾情与大贪污案》，《前锋报》1943年5月16日。

李蕤的灾情报道触怒了河南省的新闻检查处，《前锋报》被罚停刊三天。李蕤能在国民党无所不用其极的新闻封锁中，把1942—1943年河南大灾荒的历史书写保留下来，真是一个奇迹与特例。李静之在1943年5月为流萤的《豫灾剪影》写的序言里赞扬了作者生动的文笔，“如果这本小册子尚有一看的价值，我不愿说是因为作者的文笔流利，写得生动，是因为写的是灾情，内容太充实，故事太动人了。当然我也知道，没有作者流利的文笔，决不会将故事写得这么动人。有了真实的内容，再出以流利生动的文笔，才能令人看了文字的记载，比实地看到那些故事更为感动。”① 流萤的《豫灾剪影》的价值不仅仅在于其文学价值，其真正的价值是为后人记录并保留了一份关于河南灾荒的珍贵历史，其史料价值远远大于其文学价值。作者自己也谦虚地说过，“这些报告，文字粗糙，也许不配陈列在文学的殿堂里。我写的时候，也完全没有从这方面考虑过，只不过为这次灾荒留下一个粗略的剪影而已。”② 正如李静之所说的那样，“从前在史书上、古人诗文中看到的形容灾荒惨状的记载，总以为是文人过甚其词，现在竟有事实把不能令人相信的记载壮述都一一为之证实。同时使我们知道河南这次灾情之惨，确是空前。对这惨重的灾情，我们不但呼吁救济，而实地看看，据实择要记载，写成实录，使远方人，后代人借以明了河南灾情的实相，并替国家保留几片段史料，也是我们义不容辞的职责。”③ 的确，如果没有其他具体的历史材料作为佐证，我们今天面对《豫灾剪影》里那些具体形象的报道，也几乎不敢相信这是曾经发生过的历史事实，也还以为是文人的“过甚其词”，是作者的一种文学想象与虚构。李蕤非常自谦，这一点从其笔名“流萤”的来源可以得到印证，“在黑暗如漆的旧社会，我们文人手里的一支笔即使是为人民发言，它的力量是多么微弱啊！因此，我写这些报告的时候，

① 静之：《〈豫灾剪影〉序言》，前锋报社1943年版。

② 李蕤：《〈豫灾剪影〉重印后记》，《河南文史资料》第13辑，河南文史资料编辑部1985年版，第53页。

③ 静之：《〈豫灾剪影〉序言》，前锋报社1943年版。

署名是‘流萤’——署这个名，一方面为了减少无谓的麻烦，一方面也表示这些文章并无烛照出黑暗现实的力量，只不过是划破黑暗夜空的一缕萤光而已。”[①] 因此，每次在填写创作成果时，他往往对早期的《豫灾剪影》弃之不论，但其强烈的社会责任感以及为民请命的勇气就是在今天读来，也仍然让人肃然起敬。如果没有李蕤的长期翔实而生动的跟踪报道，河南灾荒的真相就有可能被长期遮蔽，沉甸甸的河南人民血泪史在后人的书写中只能是轻描淡写、一笔带过。范长江在四川发生干旱之际，也曾不辞辛劳、千里奔波，写下了著名的通讯《川灾勘察记》，详细描述了灾荒下人民的苦难生活，揭露了国民政府不但不积极救灾，反而趁火打劫征收苛捐杂税，陷人民于水深火热之中，为旧社会人民的痛苦生活留下了一页难忘的记忆。

面对民国时期的自然灾害，沙汀对灾害下的人物丑态进行了真实的描写，风格偏于直刺；鲁迅借历史题材的小说对现实进行婉讽；丁玲对1931年的大水灾进行调查，写出了灾民的集体反抗精神；艾青以及一些中原诗人对发生的水、旱、蝗灾进行了诗性的表达；冰心通过自己的募捐与创作，流露出自己的爱心；李蕤、范长江等的新闻通讯形象生动地反映了灾荒下人民的苦难，留下了一份珍贵的历史记忆。

① 李蕤：《〈豫灾剪影〉重印后记》，《河南文史资料》第13辑，1985年版，第52页。

第三章

民国自然灾害下经济与民生的文学书写

自然灾害使得本来就已十分脆弱的国民经济日益凋敝，人民毫无抵御灾害的能力，生存形势更趋恶化，只能默默地承受灾害的巨大打击，饱尝生活的苦难与艰辛。

第一节　自然灾害下日益衰败与萧条的经济

民国时期频仍的自然灾害给国民经济造成了巨大的创伤，尤其是农业生产损失惨重。农民房屋财产被冲没，乡村水利工程及基础设施被毁，大片良田被淹或遭受酷热的干旱，造成了难以计算的损失。据不完全统计，“1927 年鲁晋豫陕冀 5 省旱灾，财产损失达 1300 万（银）元；1931 年江淮水灾损失估计在 50 亿（银）元以上，仅农产品损失即达 4 亿余（银）元；1933 年仅黄河决口损失即高达 2 亿余（银）元；1934 年水旱虫灾的 14 省损失达 10 亿（银）元。”[①] 由于严重的饥馑，大批灾民被饿死或外出逃荒，

① 曹峻：《试论民国时期的灾荒》，《民国档案》2000 年第 3 期。

农业生产力受到严重损伤。在动荡不安的社会环境下，大片良田荒芜，耕地面积日减。据国民党土地委员会对14省89县的调查，从1923年至1933年荒废的耕地占原有耕地面积的10.64%，而新垦地仅占8.91%。[①] 1931年陕西19县荒地平均占总面积的70%，国民政府主席林森在视察陕西后感慨万千："汽车直驰40分钟之时间，而不见地面青苗。"即使受灾较微之地带，播种"亦只十之二三"。在素为"灌溉便利物产丰富"的渭河两岸，1933年还有16万亩无人耕种的荒地。[②] 据国民政府1929年、1931年调查，21省567县有荒地1300余万亩。[③] 在灾害的破坏下，农民无力投资农业，土壤肥力下降，导致农作物大幅度减产。如陕西农民在1930年大旱之后，多数农民没有肥料、种子、农具和耕牛，许多家庭只能以人代牛，勉强进行再生产。"其法以两人扛一长椽，下拖一犁，前者挽，后者推，行颇迟，数步一歇，汗如雨下，间有小孩帮耕挽犁者。"[④] 1928年大旱，陕西收获不足一成，多数县当年未播种，几年无收成：河南收成不足二成，九分之一的县全无收获；1929年全国的收获量仅占平常年量的66%。1931年江淮水灾，苏、赣、皖、浙、湘、鄂、豫、鲁八省受灾最为严重，各种农作物年产量占平常年景的比例是：稻米占38%，高粱、小米占29%，棉花占24%。[⑤]

自然灾害导致农业的衰落，而农村的日益破产又直接或间接地影响到城市，造成城镇工商业的凋敝，使得大批工厂减产、停产，生意惨淡。例如1931年江淮大水灾期间，湖北武汉三镇因大水关闭了一批工厂，工人大批失业。1934年遭受水旱灾害的省份有20多个，甚至中国工业的中心——上海，各部门的开工率也非常低下，针织业、纺织业等21个工业部门开工率，均未能维持原有水准，其中生丝业甚至只有20%。[⑥] 在此打击

---

① 章有义主编：《中国近代农业史资料》第三辑，上海三联书店1957年版，第904页。

② 《大公报》1933年3月15日。

③ 苑声：《我国垦荒事业的失败原因》，《中国经济》第5卷第5期。

④ 《中山日报》（陕西）1930年10月23日。

⑤ 邓拓：《中国救荒史》，北京出版社1998年版，第180—181页。

⑥ 《1934年中国经济年报》第一辑，上海生活书店1935年版。

下，民族工商业也迅速地衰落。1931年江淮大水灾期间，江南富庶之地的镇江，“商业日趋衰败，营业萧条”，各商号“因营业不振金融奇紧”[①]。

在自然灾害的打击下，本身就已经脆弱不堪的国民经济更是雪上加霜，变得日益衰败与萧条，许多文学作品都描述了此种破败的经济图景。

臧克家的诗歌《年关》描写了年关时期的惨淡景象，都市和乡村到处都弥漫着萧条之气，人们被迫走上险路，一把菜刀能使一个老实人变成强盗，许多人熬不过年关。

你问我，
年关的日子有多么紧？
这顶好问你自家。
问都会里和乡下的人。

一张一张的红条封死了
一家一家商店的大门，
“歇业”是一首血泪的长诗，
不尽的悲痛要你去沉吟。

希望在每个人的脚步上挣扎，
转过了一千个圈，终归摔倒在地上！
在乡村，柴门里主人逃债远去，
狗比猛虎抱住了要账的杆子。

女人的单裤在狂风里打起了灯笼，
无可奈何的跑西跑东，
“人情薄似秋云”不是一句空话，

① 朱其华：《中国经济危机及其前途》，新生书局1932年版，第324页。

金钱的颜色这时最发明。

死里求生，人心挺上了险道，
一柄菜刀把一个老实人变成了强盗。
年关并没有谁在把守，
可是多少生命过不去这关口！①

刘心皇的诗歌《嘱咐》写了水旱之后农村的萧条情形，许多殷实之家也已经衰败，走上借债的道路。父亲借了二十元钱供孩子上学，母亲叮嘱出门上学的儿子要好好地学习，不辜负家人的希望，而邻居家的老三已经辍学在家耕田。

如今的年头比不上往常，
以前村中的人，
都是喜气洋洋，
只因前年的水灾，
去年的大旱，
人人的悲苦挂在脸上！
吃的都没有，
更不说衣裳！
那里还有钱，供儿子上学堂
方才借来的二十元大洋，
你父亲已用尽请托的力量！……②

蔡一木的诗歌《故乡》描写了和以往不一样的故乡，肥沃的良田变成了一片汪洋，秀丽的龙岗如今是荆棘丛芒，澄澈的淯水显得异常凄凉。大

---

① 臧克家：《年关》，《申报·自由谈》1935年2月7日。

② 刘心皇：《嘱咐》，《黄流》（开封）第2卷第1期，1935年12月1日。

大小小的村庄荒凉一片，三分之二的居民都已逃亡。

啊！我听说，
故乡已变了模样，
土地、房产、……
没有人头与当！
娇滴滴的女郎，
只能换几块现洋，
树叶、榆皮、……
统统都摘个净光。

啊！我听说，
故乡已变了模样，
往年十室九满仓，
现在家家闹饥荒。
衙役们还要勒索，
逼迫着预征税粮，
匪徒们还烧杀讨帮饷，
唉！不成了模样，故乡！

1935年11月改定于开封[①]

苏金伞的诗歌《春荒》描写了一幅破败乡村的典型图景：锅已生锈，牲畜卖光，纺车弃置在墙角，人们以榆钱充饥，路上饿死的尸骨越来越多。

锅儿生了锈，
粮囤早作了饥鼠的猎场；

① 蔡一木：《故乡》，《黄流》（开封）第2卷第1期，1935年12月1日。

一只驴价已吃光了，
夜间也听不见，
隔壁踢槽的蹄声。
而缫丝的纺车也弃置墙角，
几亩荒田不值一文；
轮到榆钱证人的贫富，
待柳絮成棉，
水萝卜开了花时，
路旁的尸骨就一天比一天多了。[①]

灾荒期间，好多农民被迫去借印子钱或高利贷来维持生产，大小投机者趁火打劫，这无异于火上浇油，害得许多农民只好卖田典地。“灾情最严重的时候，在这个黑暗的国家里出现一群贪婪者。他们以免收拖欠的租金或只付几个铜板的方式、从饥饿的农民的手里收购了成千上万亩土地，等到旱情解除时再租给佃户。”[②] 流萤在通讯《暗哑的呼声》中揭露了投机取巧的奸商囤积居奇、操纵粮价，而为富不仁的地主乘机放剥皮钱。“旱魔直接吸干了地面的水分，使禾苗枯死，而直接吸干农民的血的却是这些两腿动物。”罗洪的小说《稻穗还在田里的时候》则描写了灾害下高利贷者的盘剥情形。农民春发一家靠借债度日，同是农民出身但靠给丘八带路而发迹的同伴福源上门催还欠债，说春发借的那笔钱是陆三爷的，现在催着要还。要是在这个月底还不还，那么稻熟时就要以他家的稻子作为抵偿，收起的稻子全归了别人。这样一来，春发家连地租也交不起，更不要说一家的米饭了。一急之下，春发生了一场病，可福源照样到病床前逼债，并且振振有词地对春发说，“病只管病，债总得要还的”，“说老实话，有钱人会生慈悲心，穷人也不会借债了。”福源还乘机说陆三爷是嫌一分

① 苏金伞：《春荒》，《山雨》（开封）第1卷第4期，1935年6月。

② 洛易斯·惠勒·斯诺：《斯诺眼中的中国》，王恩光、乐山等译，中国学术出版社1982年版，第39页。

三的利息太少，不肯继续转期续借，所以才催着还债。福源拍着胸口说凭自己的面子可以到陈大爷那借钱，“一分半利息是借了就走的。”原来他不是要归本，而是要加上二厘的利息，“这小子倒实在心狠！”

范长江在武胜看到的情形更糟，在自然灾害的打击下乡村经济已经处于崩溃的边缘，中小地主阶级也都纷纷破产。“中等以上地主，本多有私人堡寨，私人家丁，今则因为无粮欲遣散家丁，而又无资可遣。且往往有世代相承关系甚久之家丁，今逼而遣散，往往令其全家守寨痛哭。有中小地主欲将其土地强让予佃户，自求脱身，而佃户亦无力承受。”[①] 而那些贫苦农民在想尽了一切方法之后，把居住的房屋也给拆了，卖光了木料、竹竿、瓦、草，然后就和故乡告别了！有的老街上有一半的房子空了，其中有些人是死了，有些人是逃了，而逃出去的大半也都死了。

吴组缃的许多小说都描写了在自然灾害的打击下经济萧条的景象，并在不景气的经济中挖掘人情人性的变异。《天下太平》描绘了一幅经济萧条、天下并不太平的人生图景，讲述了农民王小福从“大朝俸”沦落为小偷，后来和庙顶上的神物一起坠毁的悲惨经历。由于水旱无常、经济衰颓，王小福所在的布店纱布滞销，店铺只好关门停业。虽然他在店里已经干了二十多年的店伙，并且升到“朝俸”的位置，还是失业赋闲在家。由于没有谋生之道，全家就指望大肚子的女人做女红来养家糊口。为了减轻家庭负担，他顾不上自己大朝俸的体面和尊严，到山上采蕨挖笋去街上出售，并让自己的孩子和老娘也都到街上卖油条。后来由于妻子临产，加之老娘又感染痢疾死掉了。他只好借高利贷来安葬老娘，用家中的旧衣破被来偿还利息，连仅有的一口米也被债权人搜刮走了。无奈之下，他偷了邻居家的一床旧被和半罐米，结果让人发现了，被绑吊起来痛打一顿。他所在的丰坦村的古庙顶上竖着“一瓶三戟”，上书“天下太平”四个大字，被村民们当做保佑本村太平的神物。王小福在村里再也抬不起头来，为了准备外出的盘缠，他半夜里爬上庙顶拆下“一瓶三戟”，结果与之一同坠

---

① 范长江：《川灾勘察记》，沈谱编：《范长江新闻文集·上卷》，中国新闻出版社 1989 年版，第 554 页。

毁。这篇小说带有浓郁的象征味道，“一个安守本分、由命信神的老中国儿女，竟然同作为神权象征、镇压全村的神物同归于尽，它意味着旧世界及其处世原则是在血迹中动摇和崩毁的。”[①]《天下太平》揭示了灾荒下的经济衰败，冲击了人们对神圣道统的信仰。

小说《樊家铺》则展现了社会经济的衰败掐断了家庭血缘伦理的维系，上演了女儿为了金钱杀死母亲的人伦悲剧。线子嫂在地处城乡交通要冲的樊家铺上开了一间小饭铺，由于经济的衰败，几乎无人光顾。她的丈夫小狗子因为租种城里赵老爷的田地整天被逼交租，只好铤而走险结伙去抢尼姑庵的私藏，结果被抓进大牢。因为母亲在城里赵老爷家做女佣，手里积攒了些钱，线子便向母亲借钱搭救丈夫。可母亲为人比较吝啬刻薄，觉得女婿给她丢脸，加上这几年稻子不值钱，丝茧也卖不出去，赵老爷被土匪惊吓逃到上海，自己也丢了差事，儿子又从杂货店失业回家，所以她宁愿把钱拿去城里“摇会”，也不肯借钱去搭救女婿。当母亲从城里“摇会”拿了五十元钱归来夜宿在自家时，线子去摸母亲藏在包头里的钞票，在争夺中，线子拔出烛台铁签把母亲杀死了。线子放火烧了茅棚，拿钱去赎救丈夫，而这时因“土匪”攻城，她的丈夫也从牢里逃了出来。小说生动地展现了一幅经济枯竭的萧瑟图景，到处都笼罩在动荡不安之中。如果不是稻价暴跌，线子丈夫的欠租也不会“只好拿命抵还了”；正是城乡经济的严重破产，才把老实本分的农民驱赶到上山为“匪”的道路。农民惊叹着“稻贩子都要吃人了”，老太婆唠叨着“大家一样了，都要饿死了”，佛门尼姑也叹息着“大劫要到了”。在这种惶恐不安的社会动荡之中，母女之间的伦理之情被冰冷的金钱法则所击碎。樊家铺的衰落正是整个中国社会经济衰落的象征，小狗子铤而走险、线子弑母，反映了一种人人自危、无法自保的生存困境和社会现实。

小说《一千八百担》描写了拥有两千户人家的宋氏家族的一次宗祠集会，展示了乡村经济正处于风雨飘摇之中。小说的副题为“七月十五日宋

① 杨义：《中国现代小说史》第二册，中国社会科学出版社 2007 年版，第 273 页。

氏大宗祠速写”，在对来去匆匆的众多人物的速写中，描绘出了一幅行将崩溃的经济图景。大家的眼光都盯住了一千八百担稻谷这桩族产，各有各的打算。义庄管事柏堂把持族产，挪用资金去做蜜枣、茶叶等生意，还放高利贷给穷人和佃户，为了培英学校开学而借债，一分八的利息他却开二分的账，是侵吞宗族公产的大蛀虫。他把一千八百担义庄租谷囤积起来以谋私利，没想到“稻价跌得这样子，政府还借大批美国麦”，价格从两块五、两块二一直下跌到一块八角，今年又遇到大旱，籽草不收，一下子乱了马脚。宋氏家族中有好些子孙由于经济衰退，各自经营的田产和店铺都不景气，已到了山穷水尽的地步了，便纷纷乘机要求公分这一千八百担义庄族产。商会会长子寿担心自己店面上的债务快要显露出来，便怂恿纨绔子弟松龄以安葬先人骨殖急需用钱为由，让他把自家的竹山抵押义庄存谷，还假惺惺地说松龄不愿让别人占便宜，而硬要把这个好处留给义庄，所以一定要成全他。在省城里教书的“好子弟”叔鸿，由于万源油坊的倒闭，他的二千二百元存款也泡汤了，打官司的结果就是以油坊主人的田地作抵偿，可“这年头，田是个倒霉东西，是个瘟神，谁见了，谁怕”。他急需钱布置家用和做盘缠，所以也借机要卖三十亩田给义庄，否则就借五十担稻。他本来家境很富裕，可一百多亩田去年完粮纳税后反而倒贴了几十块钱，今年旱情严重更没有指望。祖上积下的一些财产与人合股开了几个店也都血本无归：合茂糟坊在北伐军到境那年倒闭了，不但入股的五百大洋全没了，还摊了一百多元债；同甡布店在去年做了一批茧子生意，一下子又蚀了五千，只分了点卖不掉的洋货布匹回家；福康的一笔存款由于店主还关押在衙署里，也根本没指望；恒丰烟店的一笔情况也不妙，三老爹开的这个店半开半关地支撑着，而三老爹凭着自己年尊辈长，利也不付本也不还，害得他只好“硬起颈子去吃这口冷粽子”。这一班宋氏子孙，除了做讼师的子渔、当区长吃公事饭的绍轩、把持义庄的柏堂，几乎没有一个不在喊着“穷”！从他们的谈话中，透露了农村经济破产的信息。小说写出了一幅凄凉破败的景象，“连阡累陌的田禾，有的呈着老绿色，矮矮地拥挤在干裂的土壤上面，像初春的麦苗；有的虽也结了稻，但只是一些灰白的壳子，干瘪得犹如老婆婆的乳房，有的是早变成焦枯萎黄的槁草，挺直着头和腰，在微风中轻飘飘地摇摆着了。”祠堂漏雨也没人修，宗族学校培英小学的教员钟点费减到一角五还维持不下去，眼看就要停办了，自卫团也解散了，佃户也都要求退佃准备逃荒，村子里秋瘟蔓延。最后，在宋氏叛逆子孙竹堂的发动下，一大批赤膊无法生存的穷汉冲进祠堂谷仓，把这一千八百担义谷给硬“借”走了。

小说《黄昏》描写一个阔别家乡的游子“我”风尘仆仆地在黄昏时分回到故乡，详细地记述了从各个方向陆续传来的不同声音。小说通过“我”的耳闻目睹描绘了一幅日益破败的乡村图景，“全景式”地展现了20世纪30年代中国农村经济萧条凋敝的情景。纨绔子弟家庆膏子在叫喊着卖鱼，他原本是书香后裔，祖上做过内阁中书，由于自小就抽鸦片推牌九、养鸟斗蟋蟀、勾引女人，破落后靠捕鱼和偷窃维持荒唐的生活；穷困潦倒的天香奶奶和桂花嫂子正在打着锣、砍着刀板咒骂，原来她们被人偷去了三只猪和七只鸡；三太太在街上嘶哑地喊着凄惨的招魂声，她的儿子开店折本，被债主追逼存款告到县衙，夫妻双双自杀，只留下一个小孙子正在出天花却没有钱医治，只能跑到街上来招魂；松寿针匠因失业回家，被媳妇哭闹逼得发疯，发出阴惨的、鬼哭似的笑声；老八哥敲锣传呼村民带着锄头畚箕去筑堰，提到了政府为了“复兴农村”从美国借了五千万棉麦，稻价暴跌，抱怨说“年成好有什么屌用?”传达出外国棉麦倾销造成谷贱伤农、丰收成灾的信息。作者集众声于一人之耳，写出了农村破产的凄凉景象，“我觉得我是在一个坟墓中，一些活的尸首在呻吟，在嚎啕，在愤怒地叫吼，在猛力挣扎。”感叹“家乡变成这样了，几时才走上活路?”

其中提到的丰收成灾的情形，是由于自然灾害形成的一种发展幻象，是由多方面的合力造成的，夏明方对此曾作过精辟的分析。[①] 由于粮食匮乏导致人口大量死亡或外出逃荒，灾区对粮食的需求也随之减少，灾情便有所缓和。洪水泛滥带来的淤泥可以增加田地的肥力，或者由于持续干旱

---

① 夏明方：《民国时期自然灾害与乡村社会》，中华书局2000年版，第176—179页。

导致田地得到休耕，灾后便会带来一定程度的增收。灾后为了维持简单再生产和自身的生存，农民只好把收获的谷物出卖以换取现金购置生活与生产的必备品。尤其是灾荒期间缓交的租税或为租用耕牛、购置种子肥料和生活必需品而赊欠的旧债、高利贷等，逼迫农民把刚刚打下的谷物出卖，以换取货币来还债，致使农民“虽吃谷亦不得不贱价出售”。[①] 1931 年大水灾后，一些商人囤积居奇，“大订期米”，没料到来年收获前后米价逐渐走低，只得大量抛售，致使许多米商叫苦不迭，“亲见乡间百业不振，而以米业为甚”。[②] 特别是以美国为首的世界资本主义国家的洋米、洋麦借灾荒之际源源不断地倾销到中国来，据有关资料的统计，1931 年进口洋米 1282 万担，小麦 27183088 市担；而到了 1932 年，则分别增加到 2684 万担和 30269446 市担，创下了抗战以前粮食进口的最高纪录。[③] 在此冲击下，国内原本相对过剩的粮食市场更是雪上加霜，粮价犹如江河决堤一泻而下，这种跌落情形直至 1934 年下半年才告完成。由于资本主义商品倾销的影响，农村生活用品的价格总的来说也有所下降，但这类生活资料的市场需求过大并且又无法补偿，因而跌落毕竟有限，有些物品的价格反而上涨。[④] 这种价格变动情形可以从金陵大学卜凯教授的调查反映出来，他曾对河北省盐山县 1920 年大灾前后的粮食和生产资料的价格进行过数据统计。从下面两种物品价格的对比中可以看出：喜获丰收的农民一方面要承受粮价下跌带来的收入减少的痛苦，同时还要承受由于生活用品价格上涨而带来的支出日益增加的痛苦。进时一重盘剥，出时又是一重盘剥，无论受灾还是丰收，农民始终生活在艰难窘迫之中。“从完整的意义上来说，1932 年‘丰收成灾’所反映的物价变化过程，实质上是前一个过程的逻辑性延续，两者一前一后，涨跌交错，形成一个完整的灾害型生产相对过剩危机，而

① 《中央日报》1932 年 10 月 23 日。

② 吴觉农：《中国今日食粮问题》，上海太平洋书店编：《中国民食问题》，上海太平洋书店 1933 年版，第 92 页。

③ 许道夫编：《中国近代农业生产及贸易统计资料》，上海人民出版社 1983 年版，第 123、128 页。

④ 张培刚：《民国二十三年的中国农业经济》，《东方杂志》第 32 卷第 13 号，1935 年 7 月 1 日。

由此形成的两种急剧变动的逆向剪刀差，也同时完成了对灾区社会经济的最为彻底的破坏。”“这种相对过剩，就其产生的最终根源来说，只是旧中国农业生产不足危机的一种虚幻的表现形式，是由生产不足危机在特定条件下派生出来的一种危机形式。”[①] 因此，姜解生把当时的丰收成灾看成中国农业恐慌的新姿态，“它不是由于生产手段底改进而产生，却是在偶然性的比较顺利的自然条件底下才形成”。[②]

表 3—1　　1919—1921 年盐山县八种物品价格（1914 年 1 元大洋＝100 铜圆）指数变动表

物品	车	犁	耙	工价	玉蜀黍	高粱	小麦	黄豆	1 元大洋＝多少铜圆
1919 年（灾前）	120	125	120	150	140	156	165	183	100
1920 年（灾时）	53	63	60	150	220	218	225	283	104
1921 年（灾后）	167	188	160	250	180	175	160	217	119

资料来源：卜凯著：《河北盐山县 150 农家之经济及社会调查》，金陵大学农林丛刊第 51 号，1929 年 9 月刊印。参见夏明方《民国时期自然灾害与乡村社会》，中华书局 2000 年版，第 179 页。

吴组缃曾经表达过自己的创作思想：“从经济上潮流上的变动说明这些人物的变动和整个社会的变动。”[③] 他的小说以严谨的现实主义态度和客观冷静的笔调，反映了 20 世纪 30 年代水旱灾害下急剧破产的皖南农村生活，描绘了农村丰收成灾的凄凉情景，从经济的视角去透视乡村各个阶层所面临的经济困境，描绘了传统风俗人性的变异，形象地展现了中国乡村经济日益败落萧条的凄凉图景。

第二节　自然灾害下人民的苦难生活

许多通讯和报告在第一时间内生动形象地报道了灾害给人民带来的

① 夏明方：《民国时期自然灾害与乡村社会》，中华书局 2000 年版，第 178—179 页。

② 姜解生：《一九三二年中国农业恐慌底新姿态——丰收成灾》，《东方杂志》第 29 卷第 7 号，1932 年 12 月 1 日。

③ 茅盾：《〈西柳集〉》，《茅盾全集》第 20 卷，人民文学出版社 1990 年版，第 277 页。

痛苦生活。范长江在《川灾勘察记》里记述了一种令人感到惊奇又心酸的现象："成都街上的公共厕所，常常门上贴着'内有产妇'。这是各地灾民孕妇，因为生活无着，虽身怀六甲已到临盆，而仍不能不乞食城中，无家可归，往往在街中突感腹痛，只好避入厕中，以厕所为产房。街坊邻里，有发现之者，乃贴条嘱他人勿再入内，或略送饭食，以供其生活。记者在某一条街上，同一日中，曾发现三处之多。"① 1942—1943 年的河南灾荒期间，流萤在南阳的《前锋报》上连续发表了十几篇有关通讯，后结集为《豫灾剪影》出版。"自然的暴君，从去年起，开始摇撼了河南农民的生命线。旱灾烧死了他们的麦子，蝗虫吃光了他们的高粱，冰雹打死了他们的荞麦，到秋天，最后的希望又随着一棵棵的垂毙的秋苗枯焦。他们被赶上了死亡的路途。"② 河南人民不会怨天尤人，只会默默地忍受。他们在不能节俭中再节俭，从三顿饭改成两顿，到两顿饭改成一顿，不吃油盐和菜，然后就是吃谷皮、麸皮和饲养牲畜的草料，再后来连这些东西也没有了，"他们开始吃草根，剥树皮，嚼树叶，用平常牲畜都不吃，只能作肥料的东西来填入他们的肠胃。"以此维持性命，梦想着能度过荒年。

韩秀峰的诗歌《灾民》描述了水灾下人民的苦难生活，他们时刻面临着饥饿与死亡的威胁。

不必说一天一个饱，
一碗菜汤往哪里找?
当北风咬着他们的瘦肉，
叫苦的喊声响彻了天空；
昨天死了个铁匠老七，
今早老七嫂也断了气儿!

① 范长江：《川灾勘察记》，沈谱编：《范长江新闻文集·上卷》，中国新闻出版社 1989 年版，第 556 页。

② 流萤：《暗哑的呼声》，《前锋报》1943 年 4 月 6 日。

赵石滚午前得了急病，

没出半天也送了命，

死人的衣服都剥得干干净净，

饿狗在尸体边摆开战场，

几个活孩子也被它们衔跑，

大人们追赶也不生效。

有一个乞妇向我诉说：

她居住在山东××府，

四百个村庄都被大水淹没，

老头子田青，

被抓去干修堤的苦工；

婆婆还在张家坟那里呻吟叫饿，

还等着她能拿回去一块干馍。[①]

一 灾民日常生活举步维艰

灾后粮价腾飞，粮食一日一价，甚至一日数价，人们根本无力去购买粮食，生活举步维艰。“一袋面粉，索价是一千二百元，如果有熟人可托，有小钞可拿，也许一千元可以买到。麦子每市斗三百元，高粱面每斤二十五元。”[②] 实际上粮价的涨落，已经和百分之七十的人没有直接的关系了，灾民们根本没有能力去支付高昂的粮价。他们只能去寻觅另外的食料市场了，“别处的榆皮面，在集市上仿佛不是主力，而在郑州却占着绝大的优势，随处可以见到把铁鏊子支到街边烙榆皮饼的摊贩，讲究的还把饼里包上枣泥馅子，这是最上等的食品。另外，韭菜根、蒲草根、花生壳、枣核、甘蔗皮、柿蒂、红薯秧……也都罗列着，这些东西，当然也是备价才

① 韩秀峰：《灾民》，《大华晨报》（郑州）副刊《沙漠诗风》第9期，1936年3月13日。

② 流萤：《“死角”的弦上》，《前锋报》1943年4月21日。

能得到的。红薯秧每斤便要十元，所以这些东西仍是中间层灾民的食品，只有两只瘦手的人仍然无缘问津。”[①] 在灾区，用榨油剩下的渣滓做成的麻糁饼卖八元一斤，河里的苲草也要三元钱一斤，甘薯根磨成的面粉卖十元一斤，榆皮面也要五元钱才能填一次肠胃。

在粮价飞涨的情形下，许多人家只好靠出卖土地和典当物品以维生。流萤在通讯《惊人的“古董集”》中就描绘了灾民含泪忍痛贱卖心爱的物品，展示了一幕凄凉的人生图景。汜水县的“古董集”坐落在城东北角的一个空地上，平时是个人迹罕至的地方，但现在到处都是摩肩接踵的买主和游人，市场里物品齐全，简直就是一个河南的“先施公司”，除了太摩登的装饰品不大多见之外，其他什么东西几乎都能买到。“有大清皇帝赏的红缨帽，上面还插着翎毛，也有烫得整整齐齐的西装，有金钱绣成的‘凤冠霞帔’，也有薄得透肉的旗袍”，有单有夹有棉，有几百年前的，也有刚从身上脱下来的，式样、新旧各不相同。最多的是女人的衣服，尤其是那些早已过时的妇女的嫁妆。“这些东西，在平常，都是终年压在箱子的最底层，每一年只是拿出来晒一晒便又装进去的，现在却都拖了出来。”这些摆出来的货物价格低廉得令人吃惊，“一个五尺长的男人夏布大衫，卖一百五十元，这是当地半市斗米的价钱；一个又宽又大的女人洋布衫，卖五十块钱，是当地一市升多米的价钱，不够一个人一天的饱饭。我看到一个老太太卖掉了三个有颜色的绸子袄，统共得到一百五十元钞票，一个女人卖掉了她陪嫁的一张桌子、两把椅子、一个大柜，统共得一百四十元，没卖之前，她眼巴巴地希望顾主，但卖出去之后，却流起眼泪，因为这仅有的最后的财富，只够她的四五个孩子吃一天米粥。”许多“书香之家”在灾荒中也衰败了，被迫贱卖自己喜爱的书籍，书籍也成了“古董集”上一种重要的商品。“我曾看见一个人以十五块钱买走一个老太婆的三十二册《文献通考》，一个人以八十元的代价买走了一部三册的丙种《词源》。至于那些残书古画，更便宜得令人吃惊，

① 流萤：《“死角”的弦上》，《前锋报》1943年4月21日。

常常有三五元便购得一个名人的手笔。一幅刘墉的字，有人以十五块钱出卖，他的字卖不够一斤馒头钱，这决不会是刘墉活着的时候能想得到的。”①

沙汀的一些小说里也描写了灾民无法生活，只好变卖家居财物的惨剧。《苦难》中描写了那些年老多病的农人要走四五十里的山路，并且冒着严寒来到深谷一般的城市里变卖物品。那些邻县过来的小贩用几角玉米就换去他们所有的可怜的财产，有的是一杆猎枪，有的是几根半新的屋料。其中写到一个肩背铁锅手提一串零星铁器的跛腿老人特别引人注目，他正在向一个头戴皮帽的外地小商人苦苦地哀告着多加几个钱，但又突然地嚎哭起来，声调里充满了愤怒，“唉，就是泥巴做的，也不止才换半升玉米呀!”《土饼》中写灾民吃光了侥幸剩下的桌、椅、板凳、农具、石磨以及一口祖传的板箱和两三只瘦狗，又开始拆房子，把那些从房子上拆下来的檩子、屋椽和破旧的门板劈开，准备拿到集市当柴卖掉。小说里也同样地描绘了一个热闹、奇异的交易市场。许多相似的人群，护卫着臃肿的大车，疲倦地赶到集市，他们的脸色像是腐败了的枯叶，颧骨高高凸出。他们有的是从三四百里开外赶来的，互相之间也不询问说一句话，连看也不看一眼，只是顽强地挣扎着。有的人和肩上扛着的家私一同倒下去，也引起不了别人的注意。只有碌碌的车轮声，仿佛是从地底下发出来的，像是大地在生命的重压下哭泣一般。他们终于艰难地来到了古老的帝都，来到了这个奇异的市场。“没有柜台，完全是露天的，从古老的城垣伸展到郊外去，有几里长。货物则尽是破旧的家什，从屋椽到地板，从神龛上的铁磬到拌粪用的钉耙，五光十色。卖主们枯坐在货物投出的阴影里，有的还拿窗子、门板隔出一片空间，安置下妇女和小孩。”主顾非常稀少，有人卖掉了一些桌椅和板箱，其他人都会射出羡慕的眼光，好像别人已经爬上河埠，自己还在恶浪里浮沉一般。他们寻找一切机会来兜售自己的货物，任凭那些马贩子的克扣盘剥，

① 流萤：《惊人的“古董集”》，《前锋报》1943年4月15日。

就这样有些人还是卖不出自己手里的货物，在集市上守了一个多月。一个捧着脸坐在地上的老农蓦地仰起头，对着夕阳绝叫道："饿死人罗！……"到处都是这种可怕的生命的哀鸣。

吃饭成了灾荒中人们的头等大事，也是最令他们头疼和伤心的事情，灾民只能以五花八门的代食品来果腹充饥。1920 年西北大旱时，青海的灾民把草根、树皮都吃尽后，就煮鞋底皮来充饥。甘肃的饥民吃光草根、牛筋后，千里精赤，野无青草。张恨水在 1934 年游历西北之后，被陇东、兰州、河西等地的灾荒景象震惊了，在其长篇小说《燕归来》开头就写了一首诗描述饥民被迫拆屋卖梁的情景："卖了耕牛卖种粮，几天未吃饿难当！看来一物还能卖，爬上墙头拆屋梁。"人们在没有什么可食的情况下只好去吃树皮，"大恩要谢左宗棠，种下垂柳绿两行。剥下树皮和草煮，又充菜饭又充肠。"[①] 民国 18 年大旱时，陕南流传着这样的诗句："赤地遍山乡，潸然泪数行，树皮剥吃尽，豆渣是膏粱。弃女母垂泪，抛儿父断肠。斯民何不幸？搔首问穹苍。"道出了灾民吃光树皮后，忍痛抛儿弃女的惨状。范长江在通讯《川灾勘察记》中对于灾民的食物作了细致的描述："在最紧急的时期，饥民是饥不择食，我亲见两株被剥了皮的枇杷树，至于梧桐树和芭蕉树已经早吃光了。吃过苧麻头的老头对我说：'心里有些发慌！'""四川乡民平时有在夏季吃'凉粉'的习惯。即糊口之外尚有余裕时，往往磨豌豆等为粉，煮熟冻之成糕，和油醋酱等调味品食之。饥荒中有'新凉粉'出现，有人把黄葛树（南洋温带榕树的变种）皮烤干磨粉来作凉粉。潆溪河有好几棵黄葛都被灾民剥皮了。"[②] "灾民提供我们看的食料，初时我不大敢相信。苧麻头，棕树心，地瓜藤、梧桐树皮、枇杷树皮……我真有几分怀疑这些东西如何可以下咽，然而灾民很迅速的从家里拿出制好了的树皮来了。罐子里，坛子里，篾兜里，尽装的这些'食料'。一位农妇还很快的从河边扯了七八种野草来，并为我说明每

① 张恨水：《燕归来》，安徽文艺出版社 1986 年版，第 1 页。

② 范长江：《川灾勘察记》，沈谱编：《范长江新闻文集·上卷》，中国新闻出版社 1989 年版，第 499—550 页。

种野草的吃法！”[1]

流萤的《豫灾剪影》对此也作了生动形象的历史记录，描述了哀鸿遍野的惨景，灾民只能以树叶、野草、麦苗等代食品充饥。

> 从汜水到荥阳，从郑州到广武，在千千万万的村落中，山崖上，深涧里，陌头和阡边，都有饿得皮包骨的人，提着破篮子，拿着镰刀或系着钩子的长竿，在四处寻觅，捕捉能够救命的东西。
>
> 榆钱，那是“山珍海味”。去年秋天已经攀折苦了的树刚刚发出一些猫耳朵，立刻又被人攀掉。柳叶、杨叶、杏叶、李叶、柿叶……都是人们猎取的资料。每一株树上，都找不到春色的痕迹。
>
> 地上的小草，在平日，只有很少几种可以下锅，但在今年，连那有怪味的“米蒿子”，含苦味的“麦石榴”，牛都不肯尝的“野菊花”，甚至人人知道有毒的“猫儿眼”，……都一钻出土便被挖去。他们更从几尺深的土层里，掘出蔺草根，茅草根，芦苇根……
>
> 按季节计算，农历四月大麦会黄穗，人们多么盼望四月啊！但是农村里的大麦田，十块地有九块的麦苗被挖去，它们在两个月前已经被人吞下肚里了。
>
> 豌豆的苗，扁豆的苗，带着将要开花的骨朵，一筐筐陈列在街市上。它们是一个月后便会结出豆子的，但饥饿的人们却偷偷地铲掉它们，农人们为了怕别人白白偷掉，也只好咽着泪把整亩的苗全铲下来，以青草的价钱卖出去。[2]

人们为了填饱肚皮，想尽一切办法。湖岸的垂杨柳早被人攀折了新枝，只剩下秃秃的树干。河里的小船比从前更多了，但上面蹲着的已不

① 范长江：《川灾勘察记》，沈谱编：《范长江新闻文集·上卷》，中国新闻出版社 1989 年版，第 556 页。

② 流萤：《灾村风景线》，《前锋报》1943 年 4 月。见《河南文史资料》第十三辑，1985 年版，第 36—37 页。

是悠悠张网捕鱼的渔夫，而是些拿着长竹竿打捞苲草（鱼腥草）的穷人。有些人竟然从几十里甚至几百里以外的荥阳、广武等地黎明前就动身赶到巩县来，用一元钱两斤的价格往家中搬运苲草，“推的推，担的担，路上扯得如一条绳一样。”在东边没有水的山岭地带，这腥黏的苲草也成了珍贵的食物，成了大宗的“进口”货物。从前人们常说“百里不运粮”，认为粮食太重，路途遥远便无利可图，但今天竟有几百里外运苲草的事。[①]

记者在漯河到汝南的公路上看到许多妇人无力地举着竹竿采摘树叶，树干都被采得光秃秃的，年老的妇女背着刚采的树叶饿死在树根边。

> 公路两侧，种植带有带刺的洋槐，那些树因为不知经过多少人的攀折，上面已秃得如同老年人的头发，但是每一棵树的带刺的枝柯之间，总还站着举着长竿攀折的人。桑树、柳树、臭椿树、开着大紫花的桐树……都是他们的猎取物。
>
> 有几个妇人，在大风中举着长竿，西风掀起她们的破烂的衣服，露出令人可怕的肋条。她们的身子比竹竿还轻，还没有举起竹竿，她们已在风中跌倒了。
>
> 在树上的，有许多便大把地吞吃那从树上刚摘下的树叶子。有一个年老的妇人，攀折了一捆树叶子，还在肩上背着，却在树根边死掉了。[②]

赵文甫的诗歌《采蒿》也描写了村妇采摘野蒿回去充饥的凄惨景象。

> 我看见一些村妇在地头采蒿，
> 衣衫破烂百结，脸乌黑，……
> 那干枯无力的手，

---

① 流萤：《从巩县到汜水》，《前锋报》1943年4月14日。
② 流萤：《粮仓里的骨山》，《前锋报》1943年5月15日。

拿着一把不太锋锐的铲刀，
肩上背着一束蒿草。
忽看到远天的彩云，
又惊奇那披绡的妖娆；
她们低下头去，
也许回忆或伤心着什么？
从她们的眼角，
开始有簌簌的泪水坠落。[①]

刘哲生的诗歌《“燕支”》描写了以妇女化妆颜料著称的“燕支”竟也成了饥民的口腹之物，可仍然救活不了那么多灾民，结果是死尸遍地。

“燕支”淡黄色的古味，
飞上樱唇；
——然而，这里有的是：
蓬头妇，瘦黄的脸，逃难者的哀泣，
呜咽着是匈奴的悲曲。

苦嚼着咽尽了红蓝树的皮。
（不是苦涩，是那么香甜）
颓坍的村落，盖上
仍旧是“燕支”色的夕阳，
归牧的时候，
死尸点点——不是迷途的羔羊。[②]

---

① 赵文甫：《采蒿》，周启祥主编：《三十年代中原诗抄》，重庆出版社 1993 年版，第 217—218 页。

② 刘哲生：《“燕支”》，《大华晨报》（郑州）副刊《沙漠诗风》第 20 期，1936 年 5 月 29 日。

记者在偃师县发现好多人在拣雁粪，淘洗里面未完全消化的粮食颗粒和草种吃。

> 河滩的风砂，隐没了远山和村庄，河边的一切都看不清楚。在远远的沙滩上，时常依稀望到有蠕动的黑影。
>
> “这样大的风，河滩上还落那么多的雁！”我随便说出来。“雁么？那都是人哪！”那佝偻的老头说：“都是些女人和小孩子们在拾雁粪，——这年景，什么东西都叫人想法子吃遍了。”
>
> “什么？雁粪中吃么？”
>
> “嗯，中！有什么不中？还有人吃观音土哩！——他们拾了雁粪，回去用水淘淘，里面还能淘出没有消化完的草籽。”[1]

周启祥的《农村夜曲》同样提到了老爷爷靠捡拾粪便来维持生计的悲惨情形。

> 在死默中的大大小小村庄
> 那龙钟的老爷爷还不死心
> 在那大声号叫着的北风里
> 仍捡寻着鸟、雀、狐、鼠的粪便
> 很艰难地晃荡着枯瘦的身子
> 抖索地又回到破旧的屋间[2]

有些人实在无法找到可以吃的东西，只好靠吃土来充饥。民国18年陕西大旱时，关中地区道路两旁的树都是白晃晃的，树皮都被剥光当粮食了。在陕西马嵬坡杨贵妃墓前，记者看到一些妇女和儿童正在墓上拣

① 流萤：《风砂七十里》，《前锋报》1943年4月10日。

② 周启祥：《农村夜曲》（又名《农村十二月曲》），原刊于《诗场》第1—3期。周启祥主编：《30年代中原诗抄新编》（豫内资料准印通字汴发第9503号），1995年印，第476页。

拾土块往嘴里送，记者就好奇地问他们难道土还能当饭吃吗？他们就说这墓上白色的土是贵妃娘娘用过的粉，吃一点就能止住饥饿。“丘陵边山许多人家吃水都成问题，还有的人饥饿难忍，以白土（所谓的‘观音面’）代食，暂时达到充饥，一两天后腹胀死亡，其状甚惨。”[①] 沙汀的小说《土饼》描写了一个受灾的农妇找不到可以吃的东西，只能用黄土做成的泥饼来哄骗安慰饥饿的孩子。许多地方的灾民都有过吃观音土的经历，观音土是一种由岩石风化而成的黏土，土质较普通石质为细，又比普通泥土为纯，赤色的被称为“观音高粱”，白色的被称为“观音米”。灾荒来临之际，灾民认为这些土是观音菩萨点化成的粮食，当饥肠辘辘时就纷纷争着去掘食。“鳅鱼塘附近，每日有几十百人在掘土。其食法，系磨粉作饼，甚至随掘随吃。此种观音土绝无养分，可以填满胃囊，消减饥饿感觉，而绝对不能消化，发生营养作用。人食后日见消瘦，大便闭塞。坠肠烂肛门者甚众。这里因掘土过深，石岩崩落，曾压死四十余人，内以儿童为多。有人破脑，有人折肢，而未死之同伴，与续来之掘观音土者，因饥饿所逼，仍在新死者之旁继续其‘寻食’工作！”[②] 有的灾民竟然饿得去啃枕头，流萤为我们描绘了一个令人凄怆的故事。有一个老太婆孙子被饿死了，儿子给她留下一些卖老婆的钱就独自逃荒去了，现在那些钱已经被吃光了，“她说她八九天没有吃粮食，从前总是跟着人家往黄河滩上挖蔺草根，这两天下雨没去，什么都没下肚。今天早上因为饿得实在难耐，想起儿媳卖走之后，还留有一个破枕头，里面装的是秕谷糠，便把枕头拆开，弄了点‘谷脑’磨了磨，吃了以后，立刻又泻又吐。”[③]

这些还是靠自己力量能够弄到的东西，尤为可悲的是有些灾民甚至要为一把树叶、树皮或野草牺牲自己的尊严或性命。流萤的《灾村

---

① 文芳主编：《天祸》，中国文史出版社 2004 年版，第 248 页。

② 范长江《川灾勘察记》，沈谱编：《范长江新闻文集·上卷》，中国新闻出版社 1989 年版，第 556 页。

③ 流萤：《雨天绝粮记》，《前锋报》1943 年 4 月 16 日。

风景线》描绘了一幅悲惨的画面，一个小孩为了去偷一把树叶竟然在半夜里冒着大风爬上几丈高的大树。“有一天夜里，西风吹得非常凶，把月色都吹得昏茫茫的，夜半起来解手，看到大门外的大榆树梢头，挂着一团黑色的影子，在树梢上随着狂风摇摆。厉声恫吓，才知道树上是一个小孩，他姓田，爹爹逃荒到外省去了，妈妈病在床上，他没有办法，半夜冒着大风爬上几丈高的大树来偷一把树叶。他才十一岁，瘦得皮包骨头，谁也不知道他是怎样爬上这样高的大树的。”[①] 而在四川南充，城里的公路上有很多梧桐树，在灾情紧急时，灾民便蜂拥进入城内，争剥梧桐树叶。公园里的先被剥尽，然后便径直进入民宅，遇到有人阻挡，灾民们则大呼：“我们只剥树皮，并不希望在你们的树皮之外想其他东西。”[②] 莎寨的小说《四月的苜蓿风》描写了北方农村由于天灾而致荒年，穷苦的农人只好夜里去偷李财主家地里的苜蓿来充饥。农家少女春杏偷苜蓿时被人抓住，遭到了地主家的狗腿子阿八等人的蹂躏，被吓出病来。春杏爸联合几个青年农民暗杀了阿八，乡公所贴出告示到处通缉凶犯，许多偷苜蓿的农民都被抓进监狱里。被饥饿逼得快要发疯了的农民终于不顾一切地敲起锣来，大家一起冲向李财主家的苜蓿地抢了起来。春杏妈由于饥饿，赶到苜蓿地时狂笑一声就饿晕在地上。而春杏则在恐惧和饥饿中一命呜呼，春杏爸狠心地放火烧了自家的房子，“火葬”了春杏。

如果把灾民们的食物表列出来，一定会令生活在幸福中的人叹为观止。他们吃干了的柿叶、剥下的柿蒂、蒺藜捣成的碎粉，吃麦苗，捡拾鸟雀狐鼠的粪便，淘吃里面未被消化的草种，吃观音土和黏腥的荇草，吃枕头里面的秕谷糠，吃苧麻头、棕树心、地瓜藤、梧桐树皮、枇杷树皮等等，不可胜数。范长江在《川灾勘察记》里面记述仪陇南部一带灾民所吃

---

① 流萤：《灾村风景线》，《前锋报》1943 年 4 月。见《河南文史资料》第十三辑，1985 年版，第 37 页。

② 范长江：《川灾勘察记》，沈谱编：《范长江新闻文集·上卷》，中国新闻出版社 1989 年版，第 548 页。

杂草，多至七十余种，和神农尝百草已经相差无几了！

人们往往会为精美绝伦的中国美食文化感到自豪，惊叹中国人在吃方面的聪明和智慧，可是我们有没有想到今天那些所谓的“山珍野味”里面曾经包含了灾民多少的辛酸和痛楚。人们也许还会赞叹中国人顽强的生命力，吃这些东西都能活下来。但“人终究不是牲畜，牲畜的饲料他们不能消化，肥料更不能消化，于是他们开始贫血，瘦弱，疾病，然后面部浮肿，而迅速地死亡。”[①] 草根、树皮等代食品缺乏人体所必需的养料和微量元素，如脂肪、蛋白质、氨基酸等，久食之后会令人日渐消瘦，导致各种疾病，甚至致人死亡。饥民吃了树皮、野草后都会产生大便秘结、人软无力的症状，有的甚至中毒而死，如汉中留坝的饥民采挖野菜而食，中毒致死者有五千余人。至于号称“神仙面”的观音土，人食后完全无法解下大便，很多人被活活地胀死了。记者斯诺曾描写饱受饥饿的儿童和妇女的形象：“我看见一个全身赤裸、胳膊细得象树枝一样的儿童，由于以树叶和木屑充饥，他的肚皮鼓胀得象一个气球。”“许多长期以野菜充饥的儿童都显露出饥饿的烙印。他们面孔浮肿，一双双失去中国儿童向来具有的机灵好奇特点的眼睛，眼泪汪汪。”“我们遇见两个年轻的妇女，她们瘦得象中国肉食店里悬挂着的腊鸭。她们的肤色一个样，没有衣服可穿。她们的乳房干瘪瘪的，象抽出了东西的纸袋一样垂在胸前。”[②]

二　畸形繁荣的“人市”和娼妓业

灾荒期间，许多贫苦人家只能忍痛卖儿鬻女以求生存。人也被当成一种商品在市场上自由买卖，一些灾区出现了专门买卖人口的场所——人市，人口买卖一时畸形繁荣。大灾过后，卖人之事在杂志和报纸上时

① 流萤：《喑哑的呼声》，《前锋报》1943年4月6日。

② 洛易斯·惠勒·斯诺：《斯诺眼中的中国》，王恩山、乐光等译，中国学术出版社1982年版，第37页。

有所闻。浙江孝礼大旱之后，米价飞涨，农民无法生存，纷纷带着孩子到城里出售，价钱“以一岁二元计，至多不超过二十元”。[①] 被誉为人间天堂的杭州竟也发生卖儿卖女的惨剧，当地的农民也都到城里去卖子鬻女以求生存，“尤以十岁左右女孩为多，鬻于官贵人家为婢女，价至多不过二十元。”江苏高淳农民“系女于林，弃子于途，卖妻于人者，不一而足”。[②] 那些被卖作婢女的妇女地位极为低下，在主人家里稍不如意就会遭到毒打，甚至遭受针刺、棒打、火烫等非人的摧残与折磨。1930 年 1 月至 10 月，中华慈幼协济会接到上海市虐待婢女案有二十余起，虐待手段骇人听闻。[③] 上海这座近代中国最文明开化的城市尚且如此，其他地方就可想而知了。鲁迅先生强烈地谴责了这种虐待婢女的行为，对她们的悲惨遭遇报以深深的同情。他在《南腔北调集·上海的少女》中写道：“在人类中的富户豪家，也一向以童女为侍奉，纵欲，鸣高，寻仙，采补的材料，恰如食品的餍足了普通的肥甘，就想乳猪芽菜一样。现在这现象并且已经见于商人和工人里面了，但这乃是人们的生活不能顺遂的结果，应该以饥民的掘食草根树皮为例，和富户豪家的纵恣的变态是不可同日而语。”[④] 最为凄惨突出的是 1929 年西北大旱，陕西人口买卖盛行。在人市上，被卖的妇女或小孩身上插着草标，明码标价。妇女的价格两至三元不等，儿童的价格则更低。当时市场上小麦的价格是每斗十二元，一个妇女或儿童的身价尚不及一斗小麦的三分之一。张恨水曾经描写武功人市上小孩低廉的价格，“树皮剥尽洞西东，吃也无时饿越凶；百里长安行十日，赤身倒在路当中！死聚生离怎两全？卖儿卖女岂徒然！武功人市便宜甚，十岁娃娃十块钱！”[⑤] 当时西安、周志、武功、礼泉、眉县、蒲城等地的人市一时人贩云集，这些人贩大多是从

---

① 达生：《灾荒打击下的中国农村》，《东方杂志》第 31 卷第 21 号，1934 年 11 月 1 日。

② 许涤新：《农村破产中底农民生计问题》，《东方杂志》第 32 卷第 1 号，1935 年 1 月 1 日。

③ 中华慈幼协济会编：《慈幼月刊》第 8 期，1931 年 1 月。

④ 鲁迅：《南腔北调集·上海的少女》，《鲁迅全集》第 4 卷，人民文学出版社 2005 年版，第 579 页。

⑤ 张恨水：《燕归来》，安徽文艺出版社 1986 年版，第 1 页。

附近的河南、山西等地赶过来的，远的如北平、天津、山东等地也有人贩来陕西贩运人口。一开始十余岁的女孩还能卖到七八元或五六元，后来则分文不要，任人领去。贩卖东去之妇女，每日平均在二百人以上，仅陕西一省出卖的妇女就达到二十多万。[①] 当时陕西省国民政府也曾发出通令严禁贩卖人口，追查缉拿人贩。但令人痛心的是这些禁令仅仅是一纸空文，政府还趁机从中渔利，抽取人头税。1931年，于右任向南京政府报告灾情，他引用当时陕西旅平赈务会的报告说："两年之内由陕卖出之儿女，可稽者四十余万，除陕西省的收税外，山西每人五元，税收近200万。"[②]

文学作品对此类畸形的人市交易作了真切的描述。李尹实的诗歌《卖儿》描绘了一个汉子硬着喉咙叫卖筐中的孩子，售价仅为九元，周围也没有人感到可怜。

> 我看见，看见——
> 都市的街头上，人丛中央
> 卖孩子的那个人，
> 伸出黑瘦的手，
> 向筐中的孩子指点，
> 对众人挂出了爬上穷苦的脸。
>
> 我也听见，听见——
> 那汉子硬着喉咙叫卖；
> 一声声地热泪流了出来；
> 是一个"人"哪，价格降到九元，
> 一群陌生的观众有谁说声可怜？
> 啊！穷人家的孩子没生个"贵脸"，

① 蒋杰：《关中农村人口问题》，国立西北农林专科学校出版委员会1938年版，第197页。
② 郭琦、史念海、张岂之：《陕西通史（民国卷）》，陕西师范大学出版社1997年版，第169页。

在烦嚣的都市上，

满眼里仍是一阵黑暗。[①]

张洛蒂的诗歌《卖女》描写了一个父亲为了换几天的温饱，狠心以五元的价钱连哄带骗地把女儿卖到城里的青楼中。女儿以为去找自己的姐姐，还负在父亲的肩头上嬉笑，而父亲的心却像刺进了一把钢刀，归途中耳边始终旋绕着女儿的哭声，但又自我安慰，认为这样总比在家饿死要好。当他背着高粱回家时，发现妻子已经饿得受不了吊死在梁上，读来让人欷歔不已。

他负着七岁的姑娘踏上门前的大道，

时候是清晨，满地冰雪，霜结树梢；

他沉重的脚步，踏碎了道上的冰雪，

他的心也像脚下的冰雪一样粉碎了。

他的发上有朵朵的霜花在微笑！

……

他走出吃人的城门，踏上了旧道，

女儿的哭声还在他的耳边旋绕！

“姣姣，我是养活不了你啦！

你不要哭，比饿死家中好。”

女儿像仍在自己的肩上哀号。

他背着高粱，推开自己的家门，

发现了妻在梁上悬吊！

“亲人，你别怕饿死，粮食已到！”

他的头晕眩了，不能向下再说。

① 李尹实：《卖儿》，周启祥主编：《三十年代中原诗抄》，重庆出版社 1993 年版，第 281—282 页。

只听见女儿的声音“妈妈”的乱叫。[①]

蒋牧良的小说《旱》也描写了老实勤谨的农民金阿哥在大旱之下卖掉女儿的凄惨故事。金阿哥用母亲一百元棺材的本钱做抵押，租佃耕种了地主赵大爷的六十亩地，由于久旱不雨，禾苗枯焦，眼看就要血本无归。他到处借钱来车水救苗，但左右碰壁，还被人家屈辱地赶了出来。他在走投无路的情形下，只有忍痛卖掉十四岁的女儿，“送掉一个救一家”。他害怕妻子不答应，就拿起小刀胁迫妻子，如果不许卖女儿就要杀掉妻子，妻子一开始坚决不同意。于是他就威胁要杀全家，从最小的孩子杀起，女人最终屈服了。于是，他带着女儿一路去追赶老鸨春生嫂回城的轿子，女儿跌跌撞撞地跟着他跑，最终追上了老鸨。因为是送上门的买卖，老鸨还推三阻四乘机压价，最后以十二串钱的身价成交。金阿哥背着这十二串铜板往回赶，女儿的影子老是在面前晃动。他捶着自己的脑袋，痛骂自己是刽子手，把女儿给推下了火坑。金阿哥在幻觉中看到女儿“那无邪的微笑渐渐地收敛起来，红晕也渐渐地淡了，淡到和春生嫂那张脸一样，狰狞得象个夜叉。接着，她忽然皱着眉毛，呻吟着，在红脂白粉的深坑里打滚子。”金阿哥在自己头上擂了几十拳，也没有撵开这种幻影。他拼命地忍住自己的眼泪，可眼泪却如脱了串的念珠怎么也抑制不住。最后，他在路上狂奔起来，拼命去想女儿平日的一些坏事，借此忘掉女儿，可想来想去的都是一些好处，女儿不偷懒，也不淘气，每天都是天真地笑着，没有穿过新衣服，花过一分钱。他的心痛得厉害，头也晕了，那颗快要碎了的心还沉浸在往事的温习之中。小说把一个被逼入绝境貌似暴虐的父亲舍不得孩子的不忍之心刻画得淋漓尽致。

在灾荒期间卖出去的大部分都是妇女，而这些卖出去的妇女中又有很大一部分流向了青楼妓院；还有一些妇女为饥饿所逼也沦落风尘，例如

---

① 张洛蒂：《卖女》，周启祥主编：《三十年代中原诗抄》，重庆出版社 1993 年版，第 265—266 页。

"冀南大名等县，灾民中之青年妇女，多售屋卖淫，其门口恒贴以'灾民住宅，君子请进'等字样"，[①] 所以民国灾荒期间的娼妓业也呈现出畸形繁荣的局面，成为一道抢眼的风景线，好多文学作品对此都作了生动的反映。流萤的通讯描写了许多穷人家的姑娘因为旱灾，被迫加入到这种特殊的"人肉市场"，但因为从事这种职业的人太多，每天的所得仅仅是一斤六两米，并且还是生意好的时候。

> 在巩县，这个小的街市，以往并没有多少娼妓，但在今天，却每家旅社都充斥着猥亵的影子和淫秽的笑声。
>
> 一个旅社里，差不多二分之一的房间都变成她们的寮窟，她们有些是从郑州来的，有些是从小县里来的，因为那些城市已经旱成钢铁，养不活她们。有的则是刚从乡下来的"后备员"，脊梁上还垂着红绿头绳的大辫子。
>
> 所以，在灯火四明的时候，你听到的是连房的笑声，天明的时候，听到的却是下流的咒骂或呜咽的啜泣。自然，这一斤六两米并非天天都能换来，还有几天都"出不去"的姑娘，还有生意不好的时候呢。[②]

刘心皇的诗歌《卖笑的女人》描写了在连续三年的水、旱、蝗灾下，一些人家被迫卖儿卖女来活命。那些被卖掉的女子沦为街头卖笑的女人，被当成赚钱的机器，在别人的羞辱里隐忍着讨生活。她们追问谁是自己幸福的杀手，准备让他来偿还自己被蹂躏的屈辱。

> 水、旱、蝗虫，连续三年，
> 这是上天降下的灾荒，
> 造成野台戏上唱出的景象：

---

① 许涤新：《农村破产中底农民生计问题》，《东方杂志》第32卷第1号，1935年1月1日。

② 流萤：《风砂七十里》，《前锋报》1943年4月10日。

"大户人家卖田地，小户人家卖儿郎！"

……

卖了儿女的不断哭泣，

不知流落何方？

被卖了的女儿被当作赚钱的机器，

在街头装笑脸向丑陋的人招手。

路人指着羞辱："卖笑的女人！"

她隐忍着，心里在想：

"谁是我幸福的杀手？

会有一天，要他清偿被羞辱蹂躏的总账！"[①]

他的另一首诗歌《冷的街心》描写了刚从旅店里接客出来的女人，她已经摆脱了传统的贞洁观念，并不为自己的行为感到羞耻，摸着挣来的一沓钞票，认为是良心钱，并为此而感到骄傲。诗歌把女人的沦落和乞丐的挨门乞讨并置在一起，说明灾荒期间这两种行为没有什么不同，都是为了活命糊口，令人感到苦涩。

披着麻袋的乞儿，

从破庙里走到街心，

一步一颤抖的盘算，

是谁叫我跌入"数大门"的命运？

一个娇小的女人，

从旅店里跳进冷的街心，

迎面的冷风把她吹醒，

① 刘心皇：《卖笑的女人》，《大华晨报》副刊《沙漠诗风》第3期，1936年1月31日。

摸着那一叠钞票，

是良心钱哪，还不该骄傲吗？[①]

三　弃婴满地，饿殍塞途

灾荒来临之际，乡间到处都是啼饥号寒的哭声，到处都是鸠形鹄面的身影，弃婴满地，饿殍塞途。萧乾的《流民图》描写了灾荒期间一个可怜的弃婴形象，他张大口喝着米汤，狼狈地往嘴里塞馍馍的情形，别人问他姓啥，他也顾不上回答，等吃饱有力气后才环顾四周，哭着要找妈妈，读来令人心酸。

不知是有意还是无意，他爹妈把他丢在路旁。他啼哭了一整天，这时，已声嘶力竭了，就蜷卧在地上，泪痕斑斑的小脸蛋儿沾满了泥巴，耳叶后还贴着一块膏药。他弯着泥污的腿，张大了口喝着米汤。一只小手扶着碗边，另外一只还牢牢地抓住半个馍馍，不时狼狈地往嘴里塞。[②]

流萤在《风砂七十里》中也描写了一个一岁多的小孩被父母遗弃在路旁，身子下面还垫着一块棉絮，两只小手在空中乱抓。

走到一个大坡的下面，突然听到拐弯处有喑哑的哭声，寻声走近一看，一个一岁多的小孩子在地上躺着，两只小手向空中抓着，他的父母已不知道哪里去了。他身子下面，还垫着一块乌黑的棉絮，大约是母亲扔下他的时候，还怕他受冷，但她能帮助他的，大概也只有这一点力量了，蓦然我想起了冰心女士写的《母爱》，那里边说天下的

① 刘心皇：《冷的街心》，《大华晨报》（郑州）副刊《中原文艺》第4卷第8期，1936年3月2日。

② 萧乾：《流民图》，肖凤主编：《萧乾名作欣赏》，中国和平出版社1998年版，第113页。

母亲，对于子女的爱都是一样的长，宽，厚，而今天在这婴儿前面，我感到，饥饿把人性饿疲乏了。[①]

范长江的《川灾勘察记》描写了许多可怜的被遗弃在街上的小孩，有的还显得懵懂无知，在马路上无忧无虑地看着周围的商店和行人，还不时地捉纸片和树叶玩，根本不知道已经被遗弃，更不知道什么是天灾。

乡下人以为城里人有饭吃，父母养不起的子女，都带到城中，弃之街上。故灾童满街，衣食起居皆无人照料，任其匍匐，饥渴则号哭，有仅一二岁之幼童，知识还待启蒙，而灾荒的环境，已逼他们走上不幸之路了。一个被弃的女孩，在洋槐树下啜泣，问她的妈妈，她说："妈妈没有吃，嫁人了！"有些一二尺高的灾童，在街上东立立，西立立，不知呼唤，不知求怜。有些灾童饿困在商店门口，现出欲动无力，不动又无人理的苦境。有一天在靠河的街上，发现一个新弃的不幸男孩，他最多不到一岁，他用他的小手在马路上抓地灰，又在身上擦擦，用奇异的眼光看着商店，看着行人，风吹来的纸片和树叶，只要在他四周掠过，他总要用小手去追捕。他还不知道他已经被弃，他更不知道什么叫天灾……[②]

而对于那些已经懂事的孩子，父母要把其丢弃的话就会有些麻烦。当时《陕西赈务汇刊》记载的一则故事读来令人不寒而栗。1929 年，绥德县有一位妇女，其丈夫饿死家中，她抱着三岁的儿子逃荒，跟随逃难的人群走了三天三夜。由于饥肠辘辘，劳累交加，这位妇女只好将孩子丢弃在路旁的河滩上。小孩见母亲远去，便在后面哭喊着来追她。儿子撕心裂肺的哭声使她又不忍心将之丢弃路边，可自己又实在没有

① 流萤：《风砂七十里》，《前锋报》1943 年 4 月 10 日。
② 范长江：《川灾勘察记》，沈谱编：《范长江新闻文集·上卷》，中国新闻出版社 1989 年版，第 548 页。

力量带上他，无奈之下，她将儿子抱起来掷入河中，然后投入逃荒的队伍。[1]

在灾荒的打击下，老百姓就如经霜的树叶，默默无声地飘零，“饿殍塞途”是新闻和报纸中最常见的字眼，流萤的通讯集《豫灾剪影》充分展现了这幕人间惨剧。在《从巩县到汜水》中，记者描述了在洛口镇看见的一个十四五岁的小孩，因为饿得太厉害已经虚弱得不能走动，瘦得简直难以形容，他的躯干几乎完全萎缩了，就如一绺干柴。他生活已经不能自理，连大便都屙在裤子上。他的母亲一边替他收拾，一边诅咒着说：“早该死了，还不快死!”尤其令人可悲的是有些灾民一息尚存，竟然就被活埋了。记者在一条几丈长的街上就见到六个走不动的灾民和四条死尸。“四条死尸中，使我最难忘的是一个白头发的老婆婆：脸向着天，牙齿上爬满了苍蝇，上体在破烂的衣服下裸露着，胸部还起伏着，证明呼吸并未停止。但是，该街的甲长为了怕担负他那条街饿死人的罪名，已经用十三块钱雇了两个穷人掩埋她，当往高粱秆箔上放的时候，她还呻吟挣扎着，我想替她说个人情，用这钱给她买些吃的东西，看是否会活转来，但谁也不睬，在她的呻吟声中，两个人已经抬着她，背上铁锨走了。掩埋死人的短工，在市面已成为一种职业。”[2] 在《粮仓里的骨山》中，他记载了汝南的一个风景区“南湖”，那里果木成林，花卉满园，向来是游人盘桓的好地方。但在灾荒期间，在南面不远的新堤上却隆起了无数的新坟。因为死人太多，只能草草掩埋，有的外面露着头发，有的被野犬扒开。瘟疫开始蔓延，但是每天的黎明总还有几辆马车把尸体拖往城外，添加这瘟疫的酵母。《“死角”的弦上》描写郑州灾民的尸体太多，根本就无暇掩埋。一开始国际救济会的人看到自己门口的死尸还很不忍心，派人把尸体抬去掩埋。谁知从此以后，清早一开门，发现门口的死尸比头天还多，害得他们也不敢多管了，只得给县政府打电话请求援助。“我昨天只见到还剩一丝气的人眼巴巴地望着救济会粥厂的墙，希望能够进去，但谁会料想到连死

---

① 席会芬、郭彦森、郭学德等著：《百年大灾大难》，中国经济出版社 2000 年版，第 55 页。

② 流萤：《粮仓里的骨山》，《前锋报》1943 年 5 月 15—16 日。

后的尸身还要躺在国际救济会的门口等待掩埋呢?”由于路上的死人太多，行人对此已经司空见惯，根本就不能引起一丝的叹息与同情，“在公路一侧的流水沟里，或石桥的下面，不断地看见半毙的无人理的婴儿，和被剥得精光的尸体，乌鸦在上面盘旋着，野狗看到过路的人，依然肆无忌惮地大嚼。路人因为对这已经成为习惯，谁也不为这停留一下脚步或去叹息一声，便又匆匆地赶他们的路了。”[①]

周启祥的诗歌《在祖国赤贫的农村里》是中国农村形象的缩影，在那里年年闹灾荒，天天都上演着饥饿的悲剧，征丁催款依旧如狼似虎地进行，最后只弄得“尸体遍地，空荡的村庄如洗”。

在我底祖国赤贫的农村里
年年都上演着灾荒的悲剧
年轻人脸色铁青、骨瘦如柴
老汉妇孺也奄奄一息待毙

在我底祖国赤贫的农村里
天天都上演着饥饿的悲剧
那最好的沃土长满了蒿草
鼠雀狐兔出没着、屋间破碎

在我底祖国赤贫的农村里
时刻都上演着死亡的悲剧
征丁催款如火如荼般进行
尸体遍地，空荡的村庄如洗[②]

---

① 流萤：《粮仓里的骨山》，《前锋报》1943年5月15—16日。

② 周启祥：《在祖国赤贫的农村里》，周启祥主编：《三十年代中原诗抄》，重庆出版社1993年版，第496页。

四 自杀、掘墓、食人等人间地狱般惨景

灾荒期间，许多人都被贫困和饥饿逼得精神崩溃，产生了轻生的念头，甚或发生杀人、食人的悲剧。范长江的《川灾勘察记》讲述了许多惨绝人寰的悲剧，令人恍惚置身于一个魑魅魍魉的非人世界。一位中年妇女在河边洗衣服，因为长期的饥饿，头昏目眩，无力自持，结果跌入水中。旁边的人赶紧把她救起放到岸上，她躺了很久才神志清醒，看看自己一身的湿衣和饿得苍白的肤色，叹息道："把我救起来后，又怎样办呢?"有一个世代书香之家断粮已久，其家的女儿就到邻居家偷了一些食物回家供养亲人，结果被她的父亲发现了。因为一向以名门自重，其父就把女儿给杀了。这件事情被告知于官府，官府也没有办法。还有一位佃农夜里去偷主人家的稻草，被主人发现，就询问其原因，佃农回答说是偷回去作食物。主人听了不大相信，佃农就把自家吃剩下的食品拿给主人看。主人感到很痛心，非常同情他们的遭遇，就借了两斗玉蜀黍给佃农。一家八口人吃了一些天，借来的粮食眼看就要吃尽了，佃农就让儿子把剩下的几升拿到集市上去卖，买了少许白米以及猪肉回来煮粥给家人饱餐一顿。佃农在粥里偷偷地放了毒药，除了一个小女孩因为早睡没吃之外，当晚全家七口人都中毒而死。还有一位农妇养活不了年幼的儿子，就用三条甘薯恳请一个乞丐把儿子带到别的地方以求活命。这个乞丐数日后连自身也无法养活，就把小孩杀掉放到锅里煮食，结果此事被过路人发现，乞丐慌乱中把小孩的头足丢弃，惊慌而逃。[①]

一些饥民为了活命，竟然做出掘墓盗尸之类不可思议的举动，有些人甚至冒着"大逆不道"的罪名挖掘自己的祖坟。有的是为了盗取衣物等殉葬品，有的是因为物资匮乏而抛尸劈棺作燃料，还有的就是饿急了偷食死

---

① 范长江：《川灾勘察记》，沈谱编：《范长江新闻文集·上卷》，中国新闻出版社1989年版，第554—555页。

尸。据1946年6月5日《广西日报》记载，蒙山县有的灾民挖掘新坟，盗取死人的衣物和陪葬品来变卖充饥，已有三个人被捕送到乡公所处理。他们交代在一个月内连续挖掘九处坟墓，因人死后肉体肿胀，盗墓者取不出来时就将死者的手斩断，人死后还遭如此惨刑，真是令人悲哀！1931年大水灾期间，灾民生活物资严重匮乏，武汉有些灾民看到铁路边上有许多浮棺，经常抛尸劈棺以作燃料，急赈会曾经致函陆海空军总司令行营办公厅，“令军警严加禁止”，同时致函红十字会汉口分会收埋。国民党元老于右任在三原老家的坟茔也未能幸免，他曾经写诗描述过灾民掘墓挖坟的现象，“发冢原情亦可怜，报恩无计慰黄泉。关西赤地人相食，白首孤儿苦暮年。”[①] 于右任年幼丧母，是伯母把他一手抚养成人。灾荒期间，他伯母的坟墓被灾民破坏了，于右任得到消息时心情万分悲痛，后来回到老家给伯母上坟时含悲忍痛赋成此诗。流萤在通讯《喑哑的呼声》里描写了更为悲惨的情景，有些灾民无粮可吃，竟然去掘食死尸。“在黄泛区，野犬吃人吃得两眼通红，有许多濒死但还能蠕动的人都被野狗吃掉了。在郑州市，有成群的乞丐掘食死尸。”[②]

沙汀的小说《为了两升口粮的缘故》描写了瞎地主陈邦福为了两升玉米，狠心地杀害了一个穷老太婆，结果被查灾的特派员发现。瞎地主号叫着交代自己的罪行，哭诉着自己的不得已，“难道我愿意么？……我原先也是有吃有喝的……我从来没害过人！”他的另一篇小说《苦难》写了灾荒期间把人肉当成牛肉卖的故事。尖山子有一家店铺把人肉当成汤锅肉卖，六百钱一碗，起初大家还以为吃的真是牛肉，但后来有人一想灾荒期间哪里有这么多的牛肉，就钻进店里去仔细地查看，结果发现沙锅里正燉着一个滚烂的人脑壳！人们才恍然大悟，“难怪有点腥气，吃起来绵扯扯的。”刘心皇的诗歌《犬吠——“前夜篇”之七》则描写了饥饿的灾民饿得瘫痪在墙角，野狗上前撕咬还余口气的活人，而那些还能行动的人则把

① 于右任：《斗口村扫墓杂诗（二）》，庞齐编：《于右任诗歌萃编》，陕西人民出版社1986年版，第211页。

② 流萤：《喑哑的呼声》，《前锋报》1943年4月6日。

狗驱赶开去，把狗撕咬过的人头抛到锅里煮吃，野狗在旁边狂吠，而人的嘴则代替了犬的嘴。

> 犬吠抓破了夜的面孔，
> 许多人被饿火烧残；
> 像得了瘫痪。
> 在墙角落里滚动，
> 更发出微弱的叫喊；
>
> 犬咬住了人的头颅，
> 一片一片地把干瘪的皮撕下；
> 咀嚼着，
> 嘴里滴着血，
> 能行动的人驱逐了犬，
> 犬成群的在一旁狂吠，
> 把头颅抛在锅里，
> 人的嘴代替了犬的嘴。①

在饥饿难熬之际，有些人竟连自己的亲人也不放过，比史书中记载的“易子而食”更加骇人听闻，连“易”也不“易”了。流萤的通讯《喑哑的呼声》就写了亲娘吃亲女的人伦惨剧。

> 郑州马永道夫妇，亲自动手煮吃了他们的亲生女儿香菊；在洛阳，有个洛阳籍的灾民亲手杀死他的一妻二子后投井。这些事实，如果不是亲听亲见，我们恐怕会惊奇为鬼世界的传说吧！古书中有“析骨而爨，易子而食”，读之常觉毛骨悚然，现在竟会有了亲娘吃亲女

① 刘心皇：《犬吠——“前夜篇”之七》，周启祥主编：《三十年代中原诗抄》，重庆出版社1993年版，第251—252页。

的事，连“易”也不“易”了。[①]

今天，我们透过泛黄的纸页读着这些恍如隔世的文字时，很难想象民国时期我们的先辈曾经遭遇了怎样的灾难，很难相信那些骇人听闻、惨绝人寰的悲剧竟然在现实生活中多次上演。

① 流萤：《暗哑的呼声》，《前锋报》1943年4月6日。

第四章

民国自然灾害下人与自然关系的文学书写

当自然灾害来临时，不同的人往往表现出不同的态度。有的人慑于大自然的肆虐与淫威，对自然怀着一种本能的敬畏心理，往往屈服于自然，不敢与之抗争，听天由命，信仰发生偏移，迷信盛行。有的人则抱着誓死一斗的心情去与自然灾害作斗争，想方设法去改造、征服自然，减轻灾害带来的损失。有的人则在血泪中学会顺应自然，珍惜爱护自然，希望达到与自然和谐共生的理想状态。随着人们面对灾害时心境的变化，人与自然之间的审美关系也会发生相应的变化。

第一节　畏惧自然，听天由命

由于民智低下，生产力不发达，在突如其来的洪水、地震、蝗灾、冰雹、瘟疫等灾害的打击下，灾民往往会惊恐不安，习以为常的社会秩序和心理规范受到巨大的冲击。一方面会产生大量的迷信思想，另一方面容易滋生听天由命、意志消沉等灾民意识。

一 信仰偏移，迷信之风盛行

灾害发生后，许多人的信仰发生偏移，想在频仍的灾害中寻求帮助和精神的慰藉，抓住一根救命的稻草，迷信巫术之风在灾害期间非常盛行。在20世纪30年代灾荒接连不断之际，胡适就曾谈及中国人利用各种各样的迷信来对付灾荒与疾病："天旱了，只会求雨；河决了，只会拜金龙大王；风浪大了，只会祷告观音菩萨或天后娘娘；荒年了，只好逃荒去；瘟疫来了，只好闭门等死；病上身了，只好求神许愿。"[①] 胡适的话道出了大多数灾民的心态，在灾害发生后意志消沉、情绪低落，不是积极地去救灾，而是奉行"听天由命"的迷信思想。

由于最常见的是水旱灾害，抬龙王祈雨求晴是最为盛行的一种迷信活动，民国历史上这类荒诞不经的事情屡屡发生，尤为令人可笑的是一些政府官员也参与其中，甚至是"率先垂范"。1931年武汉发生大水灾，有人说此次水灾是龙王爷显灵，原因是汉口人把龙王庙毁掉了，所以龙王要降大水来淹没汉口以示惩罚。当地的老百姓便在武汉警备司令夏斗寅组织下，在汉江岸边的龙王庙旧址上摆设香案敬奉香火，对着江心三跪九叩，祈求龙王爷饶恕并保佑他们。1926年春夏之交，闽北、闽西10余县山洪为灾，入夏之后又三月不雨，四十多个县田亩干焦，疫疠流行，米价腾飞，素以产米著称的富庶之地反而要向海外采购。在此情况下，"官民上下除从事祷神念经外，别无良策，每日钟鼓震天，锦旗载道，昇大小神像满街奔走。"全城几乎没有一处不在举行祈雨运动，制造了种种神话。具有讽刺意味的是不但没有求来雨，反而求来了蝗虫，"适西北两乡近有蝗虫发现，千万成群，漫空蔽日，扫食禾稻，顷刻一空。"[②] 1926年，河南省大部分地区自春至夏发生严重的亢旱，5月20日，省府派员在中牟县贾鲁河边的辛庄举行了祈雨仪式，全省禁屠宰三日。本年山东也是旱涝相煎，

① 胡适：《胡适论学近著》，商务印书馆1935年版，第638页。

② 《申报》1926年9月4日。

灾情比河南更为严重。当时统治山东的督办张宗昌宣布禁屠祈雨，“率军政长官，日日徒步赴城内龙神庙祈雨。……张宗昌以龙神庙龙王无灵，已用绳锁锁押，声言非下雨不开释。26日下午，西关忽发现白花蛇一条，长约尺许，识者谓系黄河大王，河务局遂派人迎往局内，供之桌上，扶乩祈雨。大王降坛，自称朱大王，谓山东将来不惟不旱，且有水灾，吾特来救此一方人民。张宗昌派副官长李于清前往祈祷礼拜，大王允即落雨，但至今日仍是赤日当空，达华氏90°。”[①] 当时山东的代理省长林宪祖也曾派员“赴邯郸县迎铁牌到济祈雨”，但直到6月下旬，仍然是烈日当空，“商埠之井，十干其九。水每担需铜元十枚尚浑浊不可饮。而青州以西泰安以北，秋禾未种，野无青草。”[②]

蒋牧良的小说《旱》详细地描绘了迎龙王祈雨的场面和过程。由于久旱不雨，禾苗枯焦，金阿哥作为“纠首”带领村民在炎热的太阳底下祈雨。小说总共十一章，竟用了三章的篇幅来描写迎龙王祈雨的仪式，充分展示了这种“求雨”的风俗文化。祈雨的队伍浩浩荡荡地从庙里把龙王爷接回村庄，有的手持金刀钺斧的仪仗，有的打着红旗，如同店家的酒旗在空中招展，还有一些孩子扛着“肃静”、“回避”的脚牌。十来个道士身着五颜六色的道袍，手执朝笏跟在仪仗队伍后面。道士后面是那些粗脚粗手的黄脸汉子，他们统统穿着祖宗三代传下来的长褂子、双梁鞋、老棉布袜子，因为求雨时必须穿得整整齐齐，不能戴草帽，也不能擦汗，如果违背了规矩，龙王爷就会生气。他们抬着龙王爷的轿子，鸣锣放铳，一路焚香，“至心皈命”地迎接龙王爷。龙王爷的轿子刚抬到村口的桥上，村里人老远就举着一串万子头的鞭炮迎了过来，全陇上男女老少都恭恭敬敬地跪在地上等龙王爷。一色的骨牌凳子上面摆着大大小小的香炉，烟雾缭绕。村人公请谢六秀才来主祭，老头穿得一本正经，头上戴着红顶子，穿了黑袍褂，跪在香案前带领大伙准备行礼。鸣炮放铳后，有人唱礼“初上香”、“再上香”、“三上香”，唱一句，谢六秀才就跪拜一下，其他人在后

① 《申报》1926年6月1日。

② 《申报》1926年6月27日。

面“恭而也敬的把脑袋向地下捣”。“空气显得非常严肃，除了给米汤浆硬的衣服有些响声之外，静寂得象整个陇上的人都睡着了似的。”谢六秀才提起了全副精神念着那篇四六文章的求雨疏，“一字一眼响得嘹嘹亮亮，一如六月里的知了叫。”等他念完后，村民也在人堆里喊着：“龙王爷爷大显威灵！龙王爷爷救救我们！”举行求雨仪式后，他们顺着原路再把龙王爷给送回龙王殿。由于天气炎热，好多人的衣服都粘在皮肤上，走路特别难受，要不是迎龙王，他们早把衣服剥光了，“石板路上尽是些雨滴似的汗水，一路给洒得斑斑点点。”一个年事已高的老头子谌太爷不听劝阻硬要来迎香拜庙，还没到半山腰就气喘吁吁，举起满是青筋的手想去揩揩脸上的汗，举到半空又记起今天是求雨，就又立刻把手放下来。金阿哥抱怨“花户不齐心，玷秽了龙王爷爷”，才导致龙王爷不显灵；而谌太爷则大骂村里的一个老太婆祥训嫂，原因是求雨时她把在城里当老鸨的女儿接回村，弄脏了村子才致使龙王爷不下雨。如果明天再求不来雨，他甚至要去找祥训嫂拼命。下午四点多钟，金阿哥和大伙才把龙王爷送到了龙王殿，然后等待安神以后的卦头。宗一道士站在大殿中间，闭上眼睛，把两个手板塞在大袖子里，嘴里念着诀，然后把竹篼丢到地上，“又是三个阳卦”，道士告诉大家，“菩萨说的一四七有雨下。”求雨的人没人再问，都苦笑着溜出了庙门。小说对农民祈雨的风俗作了详尽的描绘，写出了农民久旱之下求雨的虔诚畏怯的心理，展示了一群老中国儿女在天灾面前顺天从命的可悲画面。

石灵的小说《捕蝗者》总共七节，前面就用了整整三节的篇幅详细地描写了农民久旱之下举行“抬龙王”、“刨旱魃”祈雨的迷信活动。从端午节到六月十几，一个多月没有落过一滴雨。村上一些爱热闹的青年在老年人的怂恿下，挖了黄泥仿照画中的龙的形状塑了一条泥龙，用蛋壳涂上墨圈作为龙眼，放在一条又宽又长的木板上，在前面摆设香炉焚烧香火。他们挑选了十来个壮汉抬着这条泥龙，前面由一队头戴柳条帽的儿童开道，从东庄到西庄挨门逐户地讨钱和粮食，拿讨来的东西去买香烛，“供奉着这个泥塑的然而被认为主宰着农民的命运的怪物。”吝啬节俭的农民对此也格外慷慨，乐于赞助，很是热闹了几天。可香烧了不少，雨还是一滴没下，人们的热情就渐渐地冷淡了下来。一个年逾六旬的李三老爹对此现象非常不满，认为他们只是当儿戏闹着玩，“叫几个孩子爬在地下打几个滚，那就算磕头：嘻嘻哈哈，不三不四地，穿着鞋的也有，哪像求雨？娘儿们冲着龙头站，不遭雷打，算好事！”一点也没有虔诚之心。回想自己小时候求雨的情形，白天陪着泥龙晒，晚上伴着泥龙露，没人敢怠慢，所以在两月零一天之后就求来了雨，现在才求十来天，还不到半个月，菩萨怎么肯开恩呢？村里人无奈之下又想到了抬龙王，龙王爷是不能轻易抬的，不到万不得已时不能动它，因为它的脾气特别坏，惹恼了它，要么是给你干旱到底，要么是一连下个几十天。在一个大清早，人们焚香叩头，十来个人用一张木桌把龙王爷从庙里抬了出来，“桌上端正地坐着那位头戴学士帽似的冕旒，身穿海水纹的花袍的龙王；他的面孔是白的，两道黑眉，微微吊上，斜飞向额角，眼皮下垂，注视着鼻准，像也悲悯着这无可奈何的人间似的，鼓着那永远不张开的嘴。仿佛也知道，因了人世的灾祲，自己也落了难，不得不现身在毒热的太阳下，来尝一尝那烤炙的滋味；他左手抱着笏，右手松着拳，都仰放在膝上，表示一无办法。”李三老爹让人闪开，并叫娘儿们把孩子都带到一边，以免触了忌讳。龙王爷被抬到古庙前面的广场上，放在一根朱红的旗杆下，面朝南方，从日出到日落都可以晒得着。有人拿来一面杏黄旗，高高地扯在旗杆上随风抖动，并从庙里抬出一个笨重的大铁香炉放在龙王架前。一片锣声响起，一些人成排地跪下去磕头；一些人抱着成捆的香纸投到大铁炉中，一时火焰冲天；还有一些人在广场上无目的地东奔西跑，场面热闹非凡。当太阳渐渐升高时，人们头上开始冒汗了，便纷纷地各自回家。“那广场上只留下了龙王爷，在毒日的威逼与香火的利诱中，板着哭笑不得的面孔，一声不响地坐在那张破板桌上。”于是每天都有人去看龙王有没有出汗，如果龙王被晒得出汗了就表明要下雨了。可每天都是失望的消息，越是烧香，龙王爷的脸越干。有人气愤不过，便夜里拿着草鞋偷偷地去掴龙王的嘴，第二天还能看到龙王脸上的泥底印子，可就是没有一点汗迹。终于有一天龙王发汗了，可是却空欢喜一场，晴朗的天空里连瓜子大的云彩都没有，太阳照样放着刺目的光芒。有人哀叹道："唉！遭劫了，天意要灭这方人。"

抬龙王祈雨无效后，他们又决定聚集起来去刨旱魃。旱魃是传说中一种能引起旱灾的怪物，是人死后一百天内所变。变为旱魃的死尸不会腐烂，坟头渗水，坟上不长野草，旱魃鬼夜间还会往自己家里挑水和粮食等东西。只有把旱魃刨掉烧了，天才会降雨。他们扛着铁锨、铁锹等农具先在龙王庙前汇合，聚齐以后就如海水沸腾般地涌向田野，准备去刨张四财主的坟。因为有人发现只有张四财主的坟头是潮的，肯定是旱魃无疑；有人则说有几次天变阴的时候，许多人都看见其坟头上站着一个黑人在向四面八方朝拜，拿起黑扫帚和黑畚箕对着云彩扫，几下子就把云彩给扫散了。还有人说看见张家大门口的路上洒了一路的粮食，从很远的地方一直洒到他家门里面，是旱魃把别处的粮食摄回家时漏下来的。旁边有人附和说自己也看过两次，开始以为是他家打碾，后来才知道他家人还在床上没起来呢，再说打碾也不能天天早晨都打呀。刨坟的队伍浩浩荡荡地行进在原野上，嘈杂的喧嚣声洋溢了四野。"走到那个黄土堆近边的时候，像预备歼灭巨敌似的，猛然地发了一声喊，包围了上去。践着那久干的新土，泥面直向半空中喷。"有人上去一锹就把坟顶铲开了，其他人七手八脚地把各自的农具伸了下去，由于坟的面积不大，好些人在后面叫喊着别吃独食，让自己也刨几锹。黄土堆不一会儿就被铲平了，露出了生着绿苔已经有些腐烂的棺木。有人就惊叹说长起绿毛了，如果再过几天不刨就要出来吃人了。有人就在棺材头狠狠地劈了一下，棺盖上立刻裂开了一条缝。有人又来了两锹，说要打得他万年不翻身。人群骂够了看厌了之后，就带着各自的农具懒洋洋地四散回家了。而过了不久，在刨开的暴露的棺材旁，张家人在哀哀地哭着，筹划着改葬的事情。小说具有浓厚的乡土气息，详尽地叙述了祈雨中各种迷信活动，描画了一幅旱灾下骚动纷乱、灰暗麻木的民俗图，让人对灾荒下民众的愚昧偏执痛心不已。

除了水旱灾害发生时举行祈雨求晴的迷信活动外，遇到蝗灾、疫灾、冰雹等其他灾害时，一些人也都借助各式各样的迷信活动来禳灾，比较常见的是把蝗虫看成神虫来顶礼膜拜。1934 年夏天，江苏因严重的亢旱导致禾苗枯萎，河道干涸，发生了大面积的蝗灾。淮阴、阜宁、泗阳等 20 多个县到处都是飞蝗跳蝻，伤害禾苗。1934 年 8 月 19 日，上海《新闻报》记载："江苏海州城北庄发现蝗蝻"，"现已吃尽秋禾，灾象甚重，乡民抬土神游行示威"，借此来消灾弭祸。由于蝗虫习性奇特，平时根本见不着踪影，一旦发生，跳蝻往往片刻之间就"积地没膝"，而飞蝗则又"蔽天遮日"，造成极大的灾难和饥荒。由于民智低下，人们无法解释这种奇怪的现象，长此以往就产生了一种恐惧心理，把蝗虫看做神虫，认为蝗灾是神灵谴罚，非人力所能避免，只有烧香求神保佑了。民间的蝗神信仰传统已经根深蒂固，全国各地到处都建有反映蝗神信仰的腊八庙、刘猛将军庙。1931 年 6 月 6 日，上海的《时事新报》记载江苏江北一带发生蝗灾，"各县愚农，迷信极深，当飞蝗飞落时，多焚香祝拜，冀其飞去。"李季的小说《老阴阳怒打"虫郎爷"》就描写了发生蝗灾时，一些不去积极捕蝗，而是希望通过烧香求神来退蝗虫的可笑场面。由于天旱少雨，陕北一个叫水漫凹的村庄发生了几十年不遇的蝗灾。年轻人主张打蝗虫，而上了年纪的人却认为"那是神虫，越打越多哩；想要退蝗虫，还是要靠神仙才行"。于是，在赵阴阳的带领下，许多老人来到了西山上，摆上供桌，桌上放着一只活羊。老阴阳跪在虫郎爷的牌位前，其他人跟着跪在后面，点上香，把给虫郎爷上的表和祭文烧了，敲钟打鼓唱着表章："愚民万死，得罪上天。天降蝗虫，民遭劫难。野草吃尽，禾苗将完。民为邦本，以食为天。五谷不收，民运难堪。祈神开恩，救苦救难！"由于延误了捕蝗的大好时机，赵阴阳自家西山上的那块庄稼也被蝗虫吃光了。

有时即使有科学的宣传与治蝗团体的提倡，治蝗也会遇到很大的阻力。民国时期，村民对治蝗工作多有抵触情绪，担心治蝗会殃及自家田地，治蝗委员的工作得不到理解和支持，还经常受到农民的责骂，"好狠心的委员，左不划，右不划，单划到我的稻田里掘沟，我不是该死吗。哼！治什么蝗虫，不靠天收，看你治得了不！”[①] 许多地方的领导人都是热衷醵神建醮的领头人，他们往往发动村民百般阻挠治蝗工作。有时连治蝗人员的人身安全都受到威胁，治虫指导员陈家祥就遇到过这类事情，他带人在江西湖口指导治蝗，曾经劝阻当地的联保主任停止建醮。结果几十个农民手持铁锹、锄头等农具闯入他的休息室，破口大骂他的治蝗方法是骗人的，不会有什么效果，责问他为何阻止他们建醮。[②] 灾民将时间与精力投入到求神禳灾上，往往会延误治蝗的大好时机。

疫灾也是经常发生的一类自然灾害，它就隐藏在人类的身边，时刻威胁着人类的生命安全。瘟疫曾给我们的祖先留下了太多的伤痛，他们对瘟疫一直是严阵以待，留下了许多难以磨灭的记忆。一些习俗和信仰之中就遗存着有关瘟疫的鲜活记忆，比如傩舞就是古人驱除疫病的一种巫术仪式，《礼记》中有“傩，人所以逐疫鬼也”的记载。《吕氏春秋·季冬纪》有“腊岁前一日，击鼓驱疫，谓之逐除”的说法，《墨子·尚同》则曰：“天之有疾病祸祟，必斋戒沐浴，洁为酒醴、粢盛以祭祀天鬼，则天能除之。”王安石的《元日》中写道：“爆竹声中一岁除，春风送暖入屠苏，千门万户曈曈日，总把新桃换旧符。”反映了人们正月饮屠苏酒和挂桃符来驱瘟避邪的习俗。《千金要方》卷九“辟温”说：“辟疫气，令人不染温病及伤寒，岁旦屠苏酒方。”我们熟悉的《水浒传》也是以瘟疫开头的，写仁宗皇帝请张天师祈神驱除瘟疫，发生洪太尉误走妖魔之事，引出梁山好汉的故事。

民国时期由于社会生产力低下，人民群众的生活条件恶劣，加之医学技术水平不发达，政府在医疗卫生上的投入又极为有限，人民的卫生意识十分淡薄，极容易引发大规模的疫情。根据夏明方《民国时期自然灾害与乡村社会》一书有关资料的统计，1912—1949 年的三十八年期间，死亡人数超过万人的巨大灾害就有 75 次，其中疫灾 19 次，占重大自然灾害的

① 小山：《治蝗琐记》，《江西农讯》1935 年第 12 期。

② 陈家祥、钟秀群：《湖口彭泽治蝗纪实》，《江西农讯》1935 年第 1 卷第 12 期。

25%，平均每两年就有一次重大疫情发生。特别是1932年有一次以霍乱为主的全国性大疫灾，死亡估计40万—50万人，波及范围最广，死亡人数最多。[①] 疫情发生后，国民政府抗灾、救灾的能力也极为薄弱。1906年，中央才有卫生行政机构；到了1934年，全国共有医师7881人，药师380人；[②] 1947年，全国也只有16所省级传染病院。[③]

因此，疫情发生后，民众多用驱疫避鬼的迷信方式来救灾。比如在1932年的大霍乱中，在天津地区，"一般无知愚民，遂竞相传说，一则谓'瘟疫下界'，再则谓'闹白莲教'，愚民之感觉恐慌者颇众。各地民众多悬挂旧历新年所贴'吊旗'，据云可以禳免杂灾，日前更有小报大登特登，谓'白莲教将出世，凡某家门上抹有血迹者，数日内必致死亡净尽，其预防方法，为用红棉纸将灶口封闭，可以免灾。'"[④] 在包头地区，"惟人们迷信颇深，认为疫疠之来，冥冥之中必有鬼神主持其间，故日来大打其所谓善会，邀集喇嘛僧道，聚而捧经，间杂以乐器，其热烈不下民六绥远省鼠疫最烈时之情况。"[⑤] 现代文学对此没有漠然视之，对天花、疟疾、霍乱、鼠疫等疫灾下的迷信疗法作了生动形象的反映。

方光焘的小说《疟疾》讲述了一个30来岁的农村妇女患了疟疾已经十几天了，可是她却不请医生来看病，在家里苦苦地挨着，一方面是不相信请医服药的科学治疗的方法，另一方面也是不愿多花钱。这时，另一个妇女吴妈就告诉她一个方法："我的阿狗去年也是生了一个多月的寒热病，后来我带他逃到他姊丈家里才躲脱了。"她听信了吴妈的建议，忍痛离别自己的幼子，回娘家去"避避"，以为这样就可以把病躲掉了。可是，等她到了娘家以后，她还是觉得渐渐怕冷起来，后来身上感觉越来越冷，身子渐渐地发起抖来，她才明白自己的病并没有被躲掉，疟疾还是照样发作了。她后悔自己空逃出来，反累得自己的孩子在家哭闹。后来发起热来，

① 余新忠、张笑川等著：《瘟疫下的社会拯救》，中国书店2004年版，第280页。

② 《申报年鉴》，上海申报年鉴社1936年版，1296页。

③ 《中华年鉴》，中华年鉴社1948年版，第1851、1854页。

④ 《大公报》1932年6月19日。

⑤ 《大公报》1932年7月23日。

昏昏沉沉地讲了许多呓语。听到别人家的门响，便以为是自己的孩子来了，催促侄女去开门。侄女告诉她不是自家门响时，她便发怒说："我死都死了，难道你不许我和儿子见一面么?"听到隔壁小孩哭声便骂侄女说："我的阿六，哭到那个样子，你们还不替我抱来么?你们不要那样忍心，快替我抱来我要给乳他吃。"她的嫂子只好托人雇了一顶轿子把她送回家了。小说生动形象地给我们描绘了疟疾病人的特征以及当地"避病"的习俗。疟疾在民间又称打摆子、发疟子、发寒热，它是一种由疟原虫经由蚊子作为传播媒介而引起的传染病。疟疾开始发作时，病人会突然感到畏寒，四肢发抖，发烧达到40℃或更高，可能会伴有谵妄、惊厥等症状，高烧后全身大汗淋漓，体温迅速下降至正常，病情就会明显好转。这些症状我们都可以从小说中这个妇女身上体现出来，特别是她生病后惊恐、担忧、孤独的心理刻画得非常细腻，她对儿子的牵肠挂肚与恋恋不舍都在她发烧时的呓语中传达出来了。

鲁彦的小说《岔路》描写了一场可怕的鼠疫，"这是鼠疫，可怕的鼠疫！它每年都来，一到春将尽夏将始的时候。它毁灭了无数的生命，直至夏末。它不分善和恶，不姑恤老和幼，也不选择穷或富。谁在冥冥中给它撞到，谁就完了，决没有例外。"袁家村里经常发现一个家庭不止死一个人，另一个村庄吴家村有一个十六口人的大家庭全都断了气。鼠疫为典型的自然疫源性疾病，野鼠、旱獭、家鼠都是鼠疫重要的传染源。鼠疫一般先在老鼠间流行，然后主要以鼠蚤为媒介，再把病菌传播给人类，造成鼠疫的人间大流行。从小说描写的症状来看，这里爆发的极有可能是败血型鼠疫，"白发的老人，强壮的青年，吮乳的小孩，在先后的死亡。一秒钟前，他在工作或游息，一秒钟后，他被强烈的燃烧迫到了床上，两三天后，灵魂离开了他的躯壳。"败血型鼠疫又称暴发型鼠疫，所有人群对此种鼠疫都容易感染，无性别、年龄的差别。此种鼠疫因免疫功能差，菌量多，毒力强，所以发展极速。患者常常突然发高烧体温上升，神志不清，出现谵妄或昏迷现象，多在发病后24小时内死亡，很少超过3天，病死率高达100%。因患者皮肤广泛出血、淤斑、紫绀、坏死，故死后尸体呈紫黑色，俗称“黑死病”。预防和治疗鼠疫主要是要注意卫生，切断鼠与人之间的传染源，接种有关疫苗，实行严格的消毒与隔离，对感染者应用一些敏感的抗菌药物。在小说中，虽然鼠疫每年都爆发，袁家村和吴家村的村民却并不懂得这些积极的预防和治疗道理，却偏相信关帝爷能够驱散这害人的鼠疫，于是他们决定请出庙里的神像“关帝爷”出巡。但这两个村庄却为哪个村人当正总管以及关帝爷首先巡祈到哪个村发生争执，按照以往情形应该是年老的吴家村的吴大毕担任正总管，吴大毕最终谦让着把这个总管位子让给了比自己年轻的袁家村的袁筱头，因为他觉得袁筱头在这次禳灾活动中打通县府的关节，出了许多力，理所当然地应该担任正总管。但这却激怒了吴家村的年轻人，认为这样做坏了老规矩，让他们今后抬不起头来。于是，他们暗暗地要出这口气，与袁家村人要一争高低。以往神像都是先到袁家村，供奉一天后再顺路转到吴家村。今年可不同了，在通往袁家村和吴家村的岔路口，祈神的队伍发生了骚乱，吴家村的人执意要把关帝爷的神像先抬到自己的村子，两个村的人发生了激烈的争执。他们各自为了维护本村的名誉，互不相让，最后刀枪相见，发生了严重的械斗，“鲜红的血在到处喷洒”，“宁可死得一个也不留”。两村的首领吴大毕和袁筱头也被疯狂的人群挤倒在烂田中呻吟着，低微的声音从他们受伤的口角边颤动了出来，“关帝爷救我们两村的人!”而此时，“关帝爷愤怒地在路旁蹲着，他的一只眼睛已经受了石子的伤，他的一只手臂和两只腿子被木杠打脱了。他本威严地坐在神轿的椅子里，可是现在神轿和椅子全被拆得粉碎，变成了武器。强烈的太阳从上面洒到他的脸上，他的脸同火一样的红，愤怒地睁着左眼，流着发光的汗。”小说生动地描述了浙东农村祈神禳灾的风俗，展示了在鼠疫的威胁下人与自然、生存与死亡的矛盾，最终被宗族的权势和名誉的矛盾所代替，给人以强烈的震撼，让我们领略了旧中国农村的封建迷信和宗法家族制度的严重危害。

沈从文的中篇小说《泥涂》描写了长江中部一个大市镇的贫民窟里天花流行、死者相藉，他们的住所遭到水淹，之后又发生了一场大火，写尽了劳动人民所遭受的种种苦难，穷人的生命真是朝不保夕。“九月来，在这些仿照地狱铺排的区域里，一阵干燥，一阵霪雨，便照例不知从何处而来的流行病，许多人家小孩子都传染着天花。这病如一阵风，向各处人家稠密的方面卷去，每一家有小孩子的，都不免有一个患者，各处都可看到一些人，用红纸遮盖着头部，各处看到肿胀发紫的脸儿，各处看到小小的棺木。百善堂的小棺木，到后来被这个区域贫人领用完了。直到善堂棺木领完后，天花还不曾停止流行，街头成天有人用小篮儿或破席，包裹了小小的尸身向市外送去。每天早上，公厕所或那种较空阔地方，或人家铺柜门前，总可以发现那种死去不久、全身发胀崩裂、失去了原来人形、不知什么人弃下的小小尸骸。”天花是由天花病毒引起的一种烈性传染病，其病毒能对抗干燥和低温，一般可存活数月至一年半之久。天花主要通过飞沫吸入或直接接触而传染，天花病毒有高度传染性，不分男女老幼包括新生儿在内，均能感染天花。天花的主要症状是发高烧，体温急剧升高时可出现惊厥、昏迷现象，病人常感到头痛，四肢及腰背酸痛、乏力，皮肤出现脓疱样丘疹，脓疱愈后会结痂、脱痂，遗留下麻点。重型天花病人常伴有并发症，如败血症、骨髓炎、脑炎、脑膜炎、肺炎等，这是天花致人死亡的主要原因。接种天花疫苗是预防天花的最有效办法，对于天花患者要进行严格的隔离，病人的衣物用具、排泄物、分泌物等要彻底消毒。对患者除了采取对症疗法和支持疗法以外，口腔、鼻、咽、眼睛等部位要保持清洁，重点是预防病人发生并发症。但对于小说中贫民窟中的穷人来说，这些是根本不可能的事情。他们只能听天由命，希冀能有一阵大风刮去散播天花的小鬼。“一切人都只盼望刮风，因为按照一种无知的传说，这种从地狱带来的病，医药也只能救济那些不该死的人，但若刮了一阵风，那些散播天花小鬼，是可以为一阵大风而刮去，终于渐渐平复的。”可是这阵风却没有如期而至，“这收拾一切的风，应当在什么时候才来？上帝在这里是不存在的，这地方既然为天所弃，风应当从哪儿吹来？自然的，大家都盼望着这奇怪的风，可是多数人在希望中就都先死去了。”他们的生活太穷苦了，所居住的地方卫生条件十分恶劣，根本就不能保持必要的清洁。得了天花的小孩四容发热口渴，家里连口热水都没有，她娘只好拿一个罐子到另外一个正在烧水的人家讨了些温水。他们住的地方本身就比较低洼，附近一些地方由于连日雨水已经汇积成小湖，快要灌到他们的小屋里来了。现在由于附近的工厂大通公司挖沟排放积水，那些水都流向这边低处来，许多人家立刻都进了水。他们组织起来到警察所去责问厂家的欺压，却得不到一点的支持与同情。紧接着，他们又遭受了一场火灾，有一个妇人手上抱着刚出痘疹的孩子，因骤然火起受了惊吓，跑出来又被风一吹，孩子还抱在手中就断气了。一个姓张的师爷忙着救火，不料被一块砖头给打闷了，抬回去不久就死了。这些苦难中的人们相濡以沫，问讯别人的灾情，聚集起来吊慰死者，俨然忘了自己所遭遇的不幸。

吴组缃的小说《黄昏》还写到了一种用招魂治疗天花的习俗。一个老太太由于儿子媳妇的自杀，毫无能力医治得了天花的小孙子福宝，只能跑到大街上用嘶哑的声音召唤被鬼带走的灵魂，“福宝子呀，你上学放学，大路小路上受了吓，跟奶奶回家呀！福宝子呀，你墩上水边，攀高下低，狗子猫儿，牛羊牲口，吃了吓，奶奶的万年火照你回家呀！福宝子呀，你明处暗处，受了惊吓，跟奶奶的万年火回家做太公呀！”这声音来回地喊着，到后来低哑得听不清字眼，只成了一片模糊凄切的哭啜声，散布到模糊的昏暗里。

灾荒发生之后，迷信之风盛行，出现了这些形形色色、五花八门的巫术救荒方式。究其原因，一方面是由于灾害频发，国力不振，根本无力救灾。“中国人因为热爱大自然的美丽，同时感觉大自然力量之不可抗拒，心里慢慢就形成了一种强烈的宿命论。无论人类如何努力，大自然不会改变它的途径。因此，洪水和旱灾都不是人力所能控制的，人们不得不听任命运的摆布。既然命中注定如此，他们也就不妨把它看得轻松点。天命不可为，何必庸人自扰？”[①] 蒋梦麟的这段话道出了大多数中国民众的心理。民众只好把希望寄托在某种虚无缥缈的神秘力量上，祈求风调雨顺、安居乐业。

① 蒋梦麟：《现代世界中的中国》，学林出版社 1997 年版，第 164 页。

另一方面就是强大的传统的因袭作用，由于教育不昌、民智低下，民众缺乏一种科学的观念，只能因袭继承传统的鬼神崇拜的信仰。“植树节所种的几株树，也不足以挽回天意”，鲁迅先生对此有过感叹：“报上往往说：‘近来天时不正，疾病盛行’，这岂只是‘天时不正’之故，‘天何言哉’，它默默地被冤枉了。”[①] “至于水旱饥荒，便是去拜龙神，迎大王，滥伐森林，不修水利的祸祟，没有新知识的结果。”[②] 那些庄严神圣的仪式和肃穆庄重的气氛，已经内化成一种精神符号渗透到民众灵魂的深处。好多民俗中都蕴含着灾民的敬天保命的思想。山东滕县由于雹灾频发而产生了一种祭雹的民俗，于每年四月初一举行祭祀雹神的仪式，并宣读祭文。其中有一条祭文如下：

> 今有××村善士×××统领合村民等，谨以香茶果供、金银宝马，敢昭告于沧浪之神（指雹神）台前，曰：盖闻民为国本，食为民天，芸芸众庶，温饱所愿。雹冰斯降，实生眼前，哀鸿遍野，妻离子散。伏乞尊神，幸加重怜，五风十雨，赐我丰年。我悲愚民，谨且蔬荐，神其有灵，享我蒸献。
>
> 尚飨！[③]

这则祭文典型地表达了灾民祈求风调雨顺以求温饱的心理，其背后反映了民间普遍的鬼神崇拜现象。赵文甫的诗歌《祭灶》描写了民间祭灶的习俗，灾民们在灾荒中只会虔诚地焚香叩头祈求，在这种习俗背后传达出一种深深的无奈与麻木。

> 一束束黄表化为白灰随风飘扬，

---

① 鲁迅：《且介亭杂文二集·“靠天吃饭”》，《鲁迅全集》第6卷，人民文学出版社2005年版，第379页。

② 鲁迅：《坟·我之节烈观》，《鲁迅全集》第1卷，人民文学出版社2005年版，第123页。

③ 李乔：《中国行业神崇拜》，中国华侨出版公司1990年版，第344页。

一个个心愿也随灶王到了天上；
最后再叩上个“千斤头”吧！
那颤动的哀音仍然蠕动在咽喉。

不知道谁家的香肉美酒迎走了灶君，
致使人间的“穷鬼”们年年徒祷无神；
千万不可有这样的思想，
“挨饿是命，只求作一个神前的顺民”。[①]

再一方面就是政府为了维护其统治和尊严，大力宣扬天命论，将天灾下人民的苦难归因于那些虚无缥缈的神仙鬼怪，通过祭祀鬼神的仪式来转移民众的愤懑情绪，让他们安于现状，以此维护现有的统治秩序。1924 年夏，湘江流域发生水灾，省长赵恒惕率队前往南岳祈晴。长沙天晴水退之际，长沙知事曹献廷不但没有迅速组织救灾，反而不惜耗费人力财力，大张旗鼓地组织群众搞迷信活动，通讯《长沙水灾中之怪剧》就为我们描绘了这一荒诞的场景。7 月 14 日，他在城内外组织了 250 多个团队，手持乐鼓仪仗，扮作鬼怪唱着小调，游神者达 3 万余人，总计耗费数万元。省署居然派出军警到场，以军乐队为前导。姓陶和姓李的两个真人各自乘坐八个人抬的绿呢轿子，每乘轿子都有数名武装军警护卫。[②] 同样的水灾同样的怪事在江西也发生了，是年夏天，江西境内霪雨不止，山洪暴发，赣江、鄱阳湖同时泛滥，造成了江西五十年来未有之大水。面对如此严重的灾情，地方当局除了呼吁请求赈济外，与湖南省的做法可谓异曲同工。他们也是竭尽全力一味祈求上苍庇佑，设坛求晴以禳灾。地方官员“斋戒沐浴，亲往省城隍庙，进香虔求放晴，并禁屠三日，延僧 7 人，道士 8 人，设坛诵经”[③]。鲁迅先生对统治者求神的“虔诚”心态作了一针见血的剖

① 赵文甫：《祭灶》，周启祥主编：《三十年代中原诗抄》，重庆出版社 1993 年版，第 215 页。
② 《长沙水灾中之怪剧》，《申报》1924 年 7 月 22 日。
③ 《申报》1924 年 7 月 11 日。

析："然而看看中国的一些人，至少是上等人，他们的对于神，宗教，传统的权威，是'信'和'从'呢，还是'怕'和'利用'？只要看他们的善于变化，毫无持操，是什么也不信从的，但总要摆出和内心两样的架子来。"①

秦似的杂文《祈雨和掘水》就辛辣地讽刺了国民政府这种劳民伤财、愚弄民众的迷信之举。大旱之下，政府用飞机把能海法师接到重庆去祈雨讲经，在抗战时期经济极为困难的情形下花去了二百多万元。结果还真的下了一点雨，于是能海被一些阔佬们捧上了天，大有"救国苏民非斯人而谁"之概。他的讲经布告一登出来，每日必告客满，好多人是从近郊或邻县请了公假专程赶来听的。就在老百姓无粮可食，辗转飘零死于沟壑之际，这一批人却不肯施舍一分钱给灾民，而是毫不吝惜地拿出一大笔出世的本钱，作者辛辣地讽刺说和尚办银行也为期不远了。同样是和尚，却并不都能像能海那样风光。杂文里就写了另外一位名僧巨赞法师在西山受难，有民众控告他毁损乳泉洞。因为去年天旱，山水枯竭，山顶上的小沙弥苦于要到山下很远的地方挑水，就把泉底掘深一点，结果也无济于事，水源反而不济。天旱缺水，如果都能像能海那样披上法衣，建坛打醮，一番求神拜佛就有了雨水，不但众僧可以放声地念阿弥陀佛，大小居士也可兴高采烈奉陪前座，同襄善举，何至于害得小沙弥要掘开泥土去寻觅几勺饮水呢？作者通过对比，形象地戳穿了求佛祈雨的骗人把戏，"不管你是肥头油脸地为地狱装潢，还是相信人间确有着实在的活路，总之，那件袈裟是大可以脱下来的了。"政府这种巫术救荒的欺骗性做法有时连他们自己都看不下去。1934年，江苏春天苦旱，夏季酷热，久旱不雨，田土龟坼。京、沪一带"各界人士鉴于天灾之严重，纷起而作求雨之举，宗教团体竟有茹素斋戒，设坛祈祷者"，由108名道士举行禳灾祷雨大醮，时间长达7天7夜。"迎神赛会无虚日，迷信之风一时大盛，社会秩序为

① 鲁迅：《华盖集续编·马上支日记》，《鲁迅全集》第3卷，人民文学出版社2005年版，第346页。

之骚然。”[1] 当时居住在南京的国民党元老邵元冲在日记中感叹云：“连日盛暑，农田龟坼，殊伤农事，乃崇异端者，尤日以膜拜为事。国将亡，听于神，恫矣。”[2] 1933 年黄河水灾时，借着国民政府行政院长孔祥熙的后台，不懂水利的孔祥榕竟然担任了黄河水灾救济委员会工赈组组长。他毫无水利知识，平时迷信至极，每次主办堵口工程时，都大搞“扶乩”活动，在工地上设立临时的“大王庙”，把一些从水里爬出的蛇、蛤蟆、老鳖、蜥蜴等东西当做“大王爷”、“将军”等来敬奉，为它们尚飨供祭、搭台演戏。[3] 难怪曾任国民党中央委员的覃振不无愤怒地指出：“水患绝非天灾，乃由于治水未努力。”

存在决定社会意识，社会意识又反过来作用于社会存在。民国时期自然灾害下一系列积重难返的社会现状造成了迷信的盛行，而这种迷信之风又导致了人们不敢与灾害抗争的逃避心理，延误了救灾的大好时机，反过来加重了灾荒的后果，人民生死都不能自顾，哪有条件去接受科学的观念。如此循环往复，人民始终生活在迷信与灾荒的桎梏之下。

二　意志消沉，灾民意识严重

在自然灾害狂暴肆虐的打击下，许多人会产生一种不健康的心态。有些人意志消沉，不去积极地抗灾救灾，而是消极地等待救援，人生的价值取向出现扭曲，甚至失去生存的勇气与信心。“磁武南贾壁村一个灾民，自四二年救济以来，共给了他二百斤粮食与代食品，最后他还是饿死了。杨家掌一个懒老婆，有地十余亩，荒了不种，他却讨吃，要求救济，经过再三动员还不大理。”[4] 黄均宰在《水患诗》里描摹了苏北灾民对人生的绝

---

① 《申报》1934 年 6 月 25 日。

② 王仰清、许映湖标注：《邵元冲日记》，上海人民出版社 1990 年版，第 1135 页。

③ 钱钢、耿庆国主编：《二十世纪中国重灾百录》，上海人民出版社 1999 年版，第 253—254 页。

④ 晋冀鲁豫边区政府：《太行区四二、四三两年的救灾总结》（1944 年 8 月 1 日）。参见河南省财政厅、河南省档案馆合编《晋冀鲁豫抗日根据地财经史料选编》（河南部分）（二），档案出版社 1985 年版，第 171 页。

望心理，“洪泽已倾三百里，笙歌犹艳一家欢。燕巢破屋愁无主，鬼哭荒原悔作人。”[①] 王子平先生早在《地震社会学初探》中就用“灾民意识”这一术语来概括这些灾民的心态，即灾害发生后灾区人民普遍存在的一种消极的社会心理。[②]

民国灾荒期间，有的人认为“与其将来饿死，不如现在尽其所有，大吃大喝，饱餐一顿”，好多农民抱着今朝有酒今朝醉的想法，及时行乐。大灾过后，许多农民抱残守缺，不思进取，不去设法补种受灾的禾苗从而减少一些损失，而是随意抛荒。在皖北、苏北一带，“连年歉收好像上帝所为，于是人们吃掉耕畜，吃光种籽，卖掉土地，用尽钱财。”[③] “早死晚不活”，灾民之间普遍有一种末世思想。很多人出入寺庙，寻求精神慰藉；或者吸食鸦片，精神委靡；有的堕入邪路。在苏北地区，烟、赌、娼与土匪同样盛行，据记载，三四十年代的徐州，烟民人数曾达到了徐州市民总数的10%，足见烟毒流布之广。[④] “一部分人对生活不感兴趣，尽想死的办法。有的全家睡到炕上不起，等饿死在炕上，自己烧死的，自己掘坑等着死了有地方安息。”[⑤]

据记者流萤在通讯《风砂七十里》的调查，1943 年河南大灾荒期间，“在巩县，这个小的街市，以往并没有多少娼妓，但在今天，却每家旅社都充斥着猥亵的影子和淫秽的笑声。”还有些人对灾荒束手无策，只能抱头痛哭，甚至悬梁自尽或跳井自杀。江苏溧阳一个农户在“食粮已尽，告贷无门”的情况下，“一家八口闭门服毒”。[⑥] 民国时期，这种“闭门服毒”、“阖家自杀”的现象在灾区时有所闻。1930 年春荒期间，高邮县民张大发当掉棉袍去买米，“因少铜元两枚，米店不肯与米，张乃愤愤而归，

① 黄均宰：《金壶七墨全集》，金壶浪墨卷三，第 63 页。

② 王子平等：《地震社会学初探》，地震出版社 1989 年版，第 159—161 页。

③ 池子华：《中国近代流民》，浙江人民出版社 1996 年版，第 78 页。

④ 《徐州民政志》，中国文史出版社 1992 年版，第 452 页。

⑤ 《徐达本关于沙区救灾工作的通信》（1943 年 3 月 9 日）。河南省财政厅、河南省档案馆合编：《晋冀鲁豫抗日根据地财政经济史料选编》（河南部分）（四），档案出版社 1985 年版，第 138 页。

⑥ 章有义：《中国近代农业史资料》第三辑，上海三联书店 1957 年版，第 790 页。

购面数斤，砒霜一包，掺入面内，令家人做饼充饥。一家食后，均相继毙命”。[①] 其实张家并没有陷入活不下去的绝境，家里还有田地十余亩，但由于灾民意识致使全家八口枉送了性命。还有些灾民流落他乡，由于没有一技之长，只能从事一些低级的职业，如拉车、当小贩或做佣工，甚至沦为乞丐、娼妓等，经常遭遇歧视与难堪，这些都加重了灾民在天灾面前畏缩保守与自轻自贱的消极心理。

范长江的《川灾勘察记》就写到一个农家在借来的两斗玉蜀黍快要吃尽时，父亲让儿子拿剩余的去换些白米及猪肉回家煮粥饱餐一顿，在粥里偷偷地下了毒，造成全家七口中毒而死的惨剧。张洛蒂的诗歌《卖女》写了一个父亲用卖女儿的五元钱买些高粱回家时，却发现妻子已经自己吊死在梁上了。流萤的《灾村风景线》则讲述了一个老头出钱请人把自己活埋的故事。

> 南山有一个姓朱的老头，没儿没女，平常靠他的两亩山地生活，在大灾中，两亩地卖完了，钱吃了一大半，还剩六十元。他想：六十元用尽后，也仍然难逃一死，死后连人掩埋也没有，与其到那时候狼拉狗嚼，还不如现在早死。结果他情愿出六十元钱，请人把他活埋了。而也竟有那样的人，因为饿，便贪图这几个钱，当真地把这老头活埋了。[②]

这些都鲜明地反映了一些人在自然灾害面前毫无斗志，不敢与之抗争，只能被动地屈服于自然的淫威，在自然面前俯首称臣。

---

① 《高邮·毒毙全家之惨闻》，《申报》1930年3月24日。

② 流萤：《灾村风景线》，《前锋报》1943年4月，见《河南文史资料》第十三辑，1985年版，第40页。

第二节 与自然顽强地抗争

面对天灾，人们的表现也并非都是听天由命、坐以待毙，有很多人是顽强奋起，全力以赴地投入到对洪水、干旱、蝗虫的抗争之中，希望凭借自己的力量战胜天灾。刘心皇的诗歌《石头列车——黄河堵口记》就描写了人们顽强地与浪涛作斗争，群策群力，搬运石头，最终堵复了黄河决口。

哗哗啦啦震惊了这寂静的荒郊，
小石头车，咬着轻便的铁轨，
两个人推着飞样的奔跑，
努力前进要挡住黄河的浪涛。

黄河的性情是到处崩流，
不预先围堵，人们的生命难保，
我们无休止的干，虽说筋疲力尽，
痛苦不堪总比被黄河吞去的好。
……
相信不久一定成功，
那时候，会唱着歌，漫步田垄，
牛王桥头的血汗，不会付诸东流，
大家欢呼着看被堵黄河缺口。[①]

① 刘心皇：《石头列车——黄河堵口记》，《大华晨报》（郑州）副刊《中原文艺》第5卷第9期，1936年6月6日。

王亚平的诗歌《黄河英雄歌》以饱含深情的笔触描绘了黄河沿岸群众抢险守堤的英雄事迹。诗歌描写了一种热火朝天的与黄河作斗争的场景，几百万群众日夜分布在几百里长的黄河大堤上护堤守堤，有时打着灯笼、火把察看险情，进行抢险，画面波澜壮阔。诗歌形象地塑造了王虎这位“守堤模范”和“抢险英雄”，通过他的英勇事迹和行为来展现这场艰巨伟大的治黄斗争，歌颂了翻身农民为了广大人民的利益，舍生忘死、英勇顽强地与黄水作斗争的崇高品质。经过重重周折和艰难险阻，他们终于粉碎了蒋介石反动集团决堤放水，企图把解放区的人民以及村庄和良田葬身鱼腹的阴谋，战胜了如同洪水猛兽般的黄患。

柳倩的三幕诗剧《防守》写灾后乡民奋力抢险救堤，终于遏制了洪水。1935 年中秋，众乡民在月夜之下的黄河岸边打着灯笼，守护大地，虽然几夜未合眼，但他们却斗志高昂，发誓与大堤共存亡。在政府不供应护堤材料的情形下，他们把自己家的房屋拆了，猪圈扒了，把那些材料运到大堤上堵复决口，但后来还是没能避免溃堤的危险，洪水汹涌而下，漫流遍地。水灾中，一群农妇面对荒芜的家园大骂起来：“防水捐，年年出，国防捐，逼得哭，防水年年大水来，防国只杀自家人，怎不见鬼子占国土？关内千人哭，关外万人哭，三千万人有愤怒，有人在流血，有人被杀戮，乡亲们异口同声喊出：可耻就是不抵抗，伤心最是出卖国。”俞工程师劝大家离开这里到南方去，可大家都不听他的话，谁也不愿意离开。俞工程师就想出了一个急救的办法，在村庄外筑一道套堤，这样就可以救起一百多个村庄。于是，他们就一齐行动起来，决定筑堤抗洪。农民李阿哥被洪水冲走后幸运地生还了，还救了邻居的孩子，而自己的儿子却还爬在树梢上等待着他去援救。由于东面的堤防出现险情，他在去救儿子的途中返回，催促大家赶快做好抢险的准备，而等到他再去时，儿子已经被洪水冲走了。他们筑堤把大水逼到另外的赵庄，赵庄的村民就来破坏他们的工作，截走了他们的麻袋、木桩，发生了械斗，互相开枪射击。众人一边堵着漏洞，一边开枪还击。农民张长顺见情况十分危急，就脱下衣服跳入汹涌的激流之中，众人也都纷纷跳下去加入堵漏的行列。赵庄那边也停止了打斗，还送来了麻袋、木桩。他们打桩的打桩，堆麻袋的堆麻袋，齐心合力参与抢险堵漏，最终在昂扬的打夯号子声中，洪水开始平静起来。

丁玲的小说《水》描写了人们在洪水中困兽犹斗的场景。“飞速的伸着怕人的长脚的水．在夜晚看不清颜色，成了不见底的黑色的巨流，吼着雷样的叫喊，凶猛的冲击了来。”护堤抢险的人群发狂地吼叫着，如同潮水一样涌到铜锣捶得最紧最急的堤边来。无数的火把照耀着，人群慌急地跑来跑去。他们运着土块和碎石，还有的人就近将脚边田里的湿泥连同肥沃的稻苗也大块地锄起，不断地倒在那新发现的漏洞口上。黄色的水流像山涧里的瀑布从洞口上激冲下来，人们不停地倒土块，几十把锄头随之跟上去把土块捶实。水暂时止住了，人们刚松一口气，可是在不远的地方又发现了一个小孔，水又哗啦啦地流出来，一转眼，小孔就扩大了好多，人们又急忙地去挖土填堵漏洞，每个人心头都填满了焦急，有人便骂起来。“那些女人，都拖着跑掉了鞋的赤脚，披散了长发，歇斯底里地嘶着声音哭号，喊着上天的名字，喊着爸妈，喊着她们的丈夫，喊着她们的儿子，她们走到堤边，想挤了进去。”可是她们却被男人们骂着用手推走了，认为她们帮不上什么忙，赶快带着老人小孩逃跑，不要管他们。洪水不断朝着这不坚固的大堤无情地冲下来，人们还是舍不得丢掉这堤逃走，他们还要死守大堤，期望着水退。锣在不停地敲着，火把照得更亮了，人们密密层层地守着，而新的管涌还是不断地发现。“在这夜晚，在这无知的，无感觉的天空之中，加重了黑暗，加重了彷徨，加重了兴奋。在那些不知道疲倦的强壮的农人身上，加重了绝望，加重了广大的彻天彻地的叫号，那使鬼神也不忍听，也要流出眼泪来的号叫。时间在这里停住，空间压紧了下来，甚至那些无人管的畜群，那些不能睡，拍着翼四方飞走的禽鸟，都预感着将要开演的惨剧而发着狂，而不知所以的喧闹起来了！”虽然最终徒劳无功，堤坝溃决，但小说精彩地刻画出了一群在绝望、凄惨的氛围中与洪水抗争的勇士的形象。他们与死神搏斗，在死神的唇吻中苦苦地挣扎，他们忘记了一切，心中只有一个意念，那就是要活，要逃出死亡的阴影。小说赞扬了人类在自然的淫威下不屈不挠的抗争精神。由于没有政府强大的支援，光靠民力是无法抵御那滔滔洪水的，失败的命运也就在所难免了，萧乾的《流民图》里也提到类似的情况。那些流民和其他同胞一样，也曾有过温暖的家园。可是横暴的黄河红了眼，夺取了他们所有的一切，还逼使他们爬上门框、炕沿、屋顶、墙头甚至树梢，威胁着要他们的命。他们不甘屈服，连着好几个昼夜，老少合力担土负石，拼命想堵上决口，为了生存而与自然顽强地抗争。但是由于没有政府的支援，民力毕竟有限，孤单散漫的人力就越发微弱了。最终他们张着两只泥污的手溃退了下来，流落到城里。

在久旱无雨的情况下，好多人都拼命地去车水，积极顽强地与灾害抗争，尽量减少天灾造成的损失。李辉英的小说《旱》就讲述了农民王阿兴一家在旱灾面前不畏艰难，尽力地去车水的故事。为了保住一点点的收成，他们一家从早到晚地去往稻田里车水。别人家多是用牛车水，可自己家的牛已经卖掉偿还东家的欠债了。为了应对到来的灾荒，他们家在吃饭方面尽量缩减开销，每餐除了糠麸夹杂的米饭外，只有一碗咸菜汤。就在这样吃不饱饭的情形下，他们父子俩每天都要比别人多车几个钟头的水，到后半夜回家时已经累得像牛皮糖一样软了。

叶紫的《丰收》中也描写了云普叔一家玩命地车水救苗的情景。田里许多地方已经晒出了许多道裂缝，像一条条野兽张着嘴，喷出阵阵的热气，禾苗的叶子已经卷了筒，垂头丧气地在向人们诉说它的痛苦。谁都不肯眼巴巴地望着它干死，就是拼了性命也是要挣扎一下！云普叔带着两个儿子扛着长车、车架和车叶子来到池塘边车水。太阳晒得人脊背一阵阵的刺痛，地上的泥土都烫得发了烧。汗水从头顶一直流到脚跟，嘴里也时常冒出缕缕的青烟。水车踏板就像一块千斤重的岩石，脚下也渐渐地沉重了，他们只好拼着性命去踩踏，一阵阵的酸痛由脚筋传到全身直至头顶，像是有人拿着一把小刀在那里割肉挖筋一般的难过。小儿子少普还没有发育完全，自己又衰老得挨不起这种劳作。可是他不能气馁，坚持忍受下来，让儿子们鼓起勇气，催着他们用劲，自己也咬紧牙关用力踏下去。

“真是痛的忍不住了，才将那含蓄着很久了的眼泪流出来，和着汗珠儿一同滴下。”连日的辛劳，他们都弄得同跛脚人一样了。但是一天工夫车下来的水，只够维持一天禾苗的生命。中午的饭送到地头吃，晚上还要趁着风清月白来加班。雄鸡啼过两次了，云普叔就从黑暗里爬起来，望望还没有天亮就悠长地舒了一口冷气。日夜的辛劳使他真有些感到支持不住了，周身的筋骨在梦中都隐隐地作痛，但他无论如何也不肯懈怠一刻工夫，或说几句关于疲劳、痛痒的话，因为他是家里的精神支柱，绝不能倒下。虽然天还没有亮，他不得不忍心地将儿子们统统叫起来。小说刻画了一个勤勉不已的老农形象，虽在水旱灾害的连续打击下，但仍然怀着卑微的生活希望。

面对铺天盖地的蝗虫，人们也不甘示弱，顽强地与之搏斗，尽力地减少损失。石灵的小说《捕蝗者》描述了人们在黑压压的蝗虫面前，明知以人力去驱赶蝗虫于事无补，但也还是要拼命地挣扎努力一下，因为干旱了这么多天，枯瘦的庄稼再也经不起蝗虫的一啃了。农民们拿着各种各样的东西，跑到田地里驱赶蝗虫。田野上到处飘扬起红色的布旗，还有人把衣服绑到长竿上挥舞着，敲锣的敲锣，没有锣的就用面盆或羊油桶来代替。人们在田里疯狂地奔跑着，到处都是驱赶蝗虫的“饿希、饿希”之声。“凡是锣声与旗帜所到的地方，那灰色的蝗阵，就呼地一声飞起，落到另一块田里。倘使那里无人照顾，或来迟了一步，那么那些仅有的蒙太阳的殊恩遗留下来的青叶与嫩头，就立刻被啃光了，像些细长的木桩凄惨地立在田里。”李三老爹的两个儿子挥舞着布旗，在田里从东到西来回不停没命地狂奔着，三老爹跟在后面敲着羊油桶。可那些可恶的蝗虫好像故意和他们捣乱，他们跑到东面，那些小东西就呼的一声飞起落到西面；他们跑到西面，蝗虫又飞到东面去了。这样的拉锯战累得他们满头是汗，不停地喘着粗气，但他们并没有停下来。三老爹一开始还可以坚持，但究竟年老力衰，加上太阳渐渐毒辣起来，跑到第三遭的时候就再也撑不住了，眼前一黑昏倒了，心里乱搅好像要呕吐，可又吐不出来。他竭力地咬紧牙，挣扎着爬到田里，用那只剩下光杆的玉蜀黍掩蔽住自己的身子，不让儿子看到。他坐在那里，仍加紧不停地敲着那羊油桶。就这样，李三老爹带领两个儿子在田里与蝗虫苦苦地战斗了八九天，渐渐地支持不住了。他一天比一天瘦，脸色灰黑，眼睛也深陷下去毫无神采，手指细得如同鸡爪，猛然看上去像一具骷髅的标本，只不过包裹着一张又枯又皱的脏皮罢了。两个儿子都劝他不要到田里去了，可他却说："你叫我不要来？直截了当，你拿把刀杀了我就是了。"终于有一天，他晕倒在地里，经过兄弟俩手忙脚乱地一番安置，好容易才缓过气来，但他还是张着散了光的眼，手指着田里的高粱吃力地说"赶……赶……"，最终累倒在田里。虽然他们并未能完全消除蝗灾，但那种拼劲死力与蝗虫顽强搏斗的精神还是让人敬佩不已。

李季的小说《老阴阳怒打"虫郎爷"》也描写了陕北一个名叫水漫凹的村庄如何治蝗驱蝗的故事。在边区政府派来的王区长、董营长的指导下，村里的年轻人坚决主张扑灭蝗虫，他们想了好多方法驱赶蝗虫，各自有明确的分工，有的负责挖窖，有的负责驱赶蝗虫。他们拿着母猪刺、马茹刺、榆树条、刺棒棒等不停地把蝗虫往窖里赶，一窖就能埋掉三升多蝗虫，大概有五万只左右。年轻人唱着董营长教给的打蝗虫的曲儿越打越有劲，蝗虫也越来越少了。

蝗虫是害虫，遍地都发生，
绿格蓁蓁的庄稼，快呀快吃净！
尔今新社会，政府为人民，
发动了大家，打呀打蝗虫。
不怕蝗虫稠，就怕不动手，
人人齐心干，一定能消灭完。

山上打净了，他们就下到滩里打。他们用事实行动教育了那些靠烧香求神退蝗的老人，逐渐地加入灭蝗的队伍之中。村里开大会，全体动员打蝗虫，决定"男女老幼齐动员，男人挖坑坑，女人赶蝗虫"。

第三节 正视大自然的力量，与自然和谐共生

灾害导致了生态环境进一步恶化，而生态环境的恶化引发并加剧了天灾，形成了连锁反应。“灾害除了对人类与人类社会产生危害性后果外，它对自然生态环境同样有很大影响，并通过自然生态环境功能结构的破坏反作用于人类与人类社会。”[①] 北方地区向来是我国生态环境比较脆弱的地区，一旦发生持续不断的干旱和饥荒，森林植被和野生动植物资源就会遭到巨大的浩劫。比如陕北是我国三大生态环境脆弱带之一，土地沙漠化和水土流失严重，好多地方都是不毛之地，遍地黄沙。1929 年西北大旱，引发了严重的大饥荒。灾民吃光了树皮、草根，猎杀了大批动物，而这些恰恰是万物得以生长的基础，生态链基本中断，严重地破坏了生态的平衡。就连地处中原腹地的河南也难逃一劫，史沫特莱在《中国的战歌》里就描写了这种自然灾害带来的生态恶果。1929 年，河南饥荒对生态环境造成了严重的影响，“饥饿所逼，森林砍光，树皮食尽，童山濯濯，土地荒芜。雨季一到，水土流失，河水暴涨；冬天来了，寒风刮起黄土，到处飞扬。有些城镇的沙丘高过城墙，很快沦为废墟。”[②] 当然，我们不能站在今天的立场去苛责那些饥饿的难民，连树皮、草根也不让他们吃。夏明方先生道出了被人类大量的同情所掩盖的一个残酷的现实：“干旱引起饥饿，饥饿吞噬了植被，植被的丧失又招致更大的灾害，于是人类便在一轮又一轮因果循环的旱荒冲击波中加速了自然资源的覆灭，并有可能最终覆灭人类自身。”[③]

---

① 曾维华、程声通：《环境灾害学引论》，中国环境科学出版社 2000 年版，第 21 页。

② ［美］史沫特莱：《史沫特莱文集》（第一卷），袁文、梅念等译，新华出版社 1985 年版，第 48 页。

③ 夏明方：《民国时期自然灾害与乡村社会》，中华书局 2000 年版，第 50 页。

人类社会必须注意可持续发展，要学会尊重自然规律，不能毫无节制地掠取、支配自然，不能把人和自然截然地对立起来，否则只能破坏自然的生态平衡，遭到自然无情的“报复”。恩格斯在《自然辩证法》中的论述可谓切中肯綮：“美索不达米亚、希腊、小亚细亚以及其他各地居民，为了得到耕地，毁灭了森林，但是他们做梦也想不到，这些地方今天竟因此而成为不毛之地，因为他们使这些地方失去了森林，也就失去了水分的积聚中心和贮藏库。”人类往往会为自己的幼稚行为付出沉重的代价，“我们不要过分陶醉于我们人类对自然界的胜利。对于每一次这样的胜利，自然界都对我们进行报复。每一次胜利，起初确实取得了我们预期的结果，但是往后和再往后却发生完全不同的出乎意料的影响，常常把最初的结果又消除了。”①

巴人的小说《灾》描写了商人利欲熏心，不顾村民的死活，砍伐了山上所有的树木，长期的干旱又下了大雨，结果引发了山体滑坡，整个村庄都被塌下来的山石掩埋了。万竹村的玉喜祖上靠做竹木生意起家，祖业传到他这一代越做越大。由于他上过洋学堂，手段更加精明，他不像祖父和父亲那样把从土地上赚来的钱又投到土地里。他在乡间开了一家钱庄，还在宁波开了一家木行。玉喜先生去年看中了后石塨村后面的一块大松林，预算山上的松树有大钱可赚。可是后石塨村的村民都反对卖掉松林，认为那会破坏村庄的风水。他就贿赂后石塨村的族长和管账先生，居然在全体村民的反对声中把那片山林给买了过来。然后，他让人把山上的树木全部砍倒，扛到村尾的一个土湾里，郁郁葱葱的山林变成了一座秃顶山。今年烤了整整一夏的太阳，入秋后还是骄阳肆虐，一连三个月都没下雨，枯溪里的石子都被烤得冒白烟。由于溪水不涨，那些木料无法通过竹筏运出去。玉喜担心木料给晒裂了，就派管家去查看。管家回来汇报说那些木头全干得发火了，又吞吞吐吐地说出了另外一个令人可怕的消息，“那给我们砍去了松树的那块山呀，这里面的山土，全给晒得裂开了。村里人说，

---

① 《马克思恩格斯选集》第4卷，人民出版社1995年版，第383页。

那山上有一大垛酥岩，那哄哄地象有水响着的响水岩，一块块岩石，都给晒得掉下来了呢。”玉喜好像听了一个神奇故事一样，不以为然地笑着说，“呵呵！有这么厉害!”就在一乡人的祈雨的心快要给太阳烧焦了的时候，老天开始降雨了。不料，雨越下越大，越下越凶，狂暴的风把山上的竹子都连根拔了起来。山涧里浊浪滔滔，水流漫山漫谷地怒泻狂奔着。第三天夜里，人们听到了震耳欲聋的“轰隆……轰隆”的声音，好像天塌了一样。后石墈村村民从梦里惊醒，还以为是出蜃呢。当地村民认为有一种蛰伏在地下，下大雨时会振着银白的鳞甲，吐着光芒万丈的电光，准备出海去跳龙门，跳龙门时一定要跳过三座剪刀山，过了剪刀山的关口，蜃便会成龙了。如果遇到屋子、桥梁之类的障碍物，只要用它的银枪似的尾巴一扫，屋子、桥梁都会轰然倒塌。出蜃时，不能点灯，不然会引得蜃发怒。结果，好多人家连灯也没来得及吹灭，整个村庄就被山石掩埋了，除了一个老太婆躲在桌子底下幸免于难外，全体村民无一幸免。邻村一些有着侠义心肠的人自动地来发掘这“人圹”，而木材商人玉喜也正在山脚下指挥人搬运木料、扎竹筏，准备利用上涨的溪水把砍下的木料运送出去。玉喜对着那些挖掘人圹的人说：“是出了蜃呵!”老管家也赔着笑脸说自己早料到了，“这山头，赤光光的晒上了三个月，连岩头也给晒酥了咯。”玉喜先生骂了一句“狗屁”，就立刻斥责制止了那老管家的说话。“从那些竹筏上的树木，想到那后石墈村的山上的松林，想到这全后石墈村人的死亡，想到这被压没的村子已变作了土石堆的‘人圹’”，那些挖掘尸体的人握紧手里的锄头，绷着脸在心底哼道，“难道这算是天灾吗?”

在严重的自然灾害面前，人们开始意识到植树造林涵养水土的重要性。河南救灾分会从1922年至1925年在惠济河沿岸利用以工代赈的方式雇用灾民植树造林，“统计前后所种不下二万九千余株”。此外，1926年又在开封西门外置地1000多亩用以植树造林。[①] 江西救灾分会也积极提倡植树运动，号召各互助社积极行动起来，要求每个社员栽十棵树以防旱涝[②]。

① 中国华洋义赈救灾总会编：《救灾会刊》1926年2月号。

② 中国华洋义赈救灾总会编：《救灾会刊》1932年4月号。

李荷珍小朋友在1947年植树节所作的小诗《造林！造林!》，就反映了人们对水、旱等自然灾害的科学认识，呼吁人们植树造林，将来不但有花可看，还有果实可采。

啊哟，水灾！
人民漂浮哭哀哀；
啊哟，旱灾！
人民眼看田裂开；
啊哟，荒灾！
人民饥饿苦难挨。
这是什么在作怪？
不是神仙不是鬼，
谁叫大家树不栽！
——来，今天植树节，
拿起锄头把树栽，
不但有花可看，有果可采，
还有用不尽的木材。[1]

灾害给了人类社会和生态环境以巨大的打击，人们在血的教训面前开始正视自然的力量并反思自己的行为，学会顺应自然，与自然和谐共生。流传在徽州地区的一首民谣就反映了人们制止乱砍滥伐树木，珍惜保护森林资源的可贵习俗。“吃了封山饼，记住护森林。若要乱砍树，要拖家中猪。”[2] 每年冬令季节，徽州地区都要举行一些封山育林的仪式，如民谣里提到的吃饼封山和杀猪封山。吃饼封山是指在封山前，先从各家各户或宗祠里拿出一笔钱买饼分发给大家吃，每人大概发半斤左右，称为护林饼。在吃了护林饼以后，如果发现有谁违反规定，私自上山砍伐林木或砍竹挖

① 李荷珍：《造林！造林!》，《小朋友》1947年第830期。
② 安徽省地方志编纂委员会编：《安徽省志·民俗志》，方志出版社1998年版，第207页。

笋，这笔饼钱就罚谁来出。杀猪封山是指先由族长征集钱款，买几头猪来宰杀，用猪头来祭山，用猪血来书写封山的碑牌，请全村的男子喝血酒，吃封山肉，宣布禁山和封山的规约。在此之后，如果有谁违反了山规，私自上山砍柴挖竹，就将其家的猪拖到山上宰杀祭山，然后分给全村人吃。除了这两种主要的封山仪式外，还有一种打锣封山。乡公所派专人串村走户，一边鸣锣，一边喊叫所有封山的地名以及禁山规约，同时还立木碑、石碑于各要道路口和山界，标出禁山范围。如有违反者则处以罚款，还让他敲锣串村承认自己的错误。封山中做到赏罚分明，罚款的一半用来奖励检举者，另一半用于乡村宗族的公益事业。因此，民国时期皖南徽州地区还能保存住一些成片的森林，除了皖南地区特殊的有利于树木生长的地理环境外，与徽州地区封山育林的习俗以及严格的保护措施有很大的关系。在这些绵延传承的农业民俗中，反映了农民求神保佑、祈福禳灾的心理，积淀着他们顺应自然规律，与自然环境和谐共存的科学经验。

秦似的杂文《祈雨和掘水》写了“懂得一点科学原理并且去信奉它”的桂平西山的巨赞法师，为了保护被灾民剜剥得只剩半边的古松，把伤口用“两合土”封了，一方面帮助树身有了支持力；另一方面让偷柴的人再也砍不进去。为此，他还立起了一道道篱笆栅栏，阻止灾民侵害寺庙周围的山林和茶树。“他一个皈依了佛门的身体，理智上却要皈依科学。”因此，他才能不顾一切地去卫道，不过卫的是保护植被涵养水土的“自然之道”。

第四节　人与自然间审美关系的变异

朱光潜先生在《我们对于一棵古松的三种态度》中举了一棵古松的例子，形象地说明了人与自然之间必须保持一种“距离”才能形成一种审美关系，如木材商人在对古松的商业考虑中就产生不了审美态度，同样一个植物学家脱离不了植物学家的心习，知觉到的只是一棵叶为针状、果为球状、四季常青的显花植物。而画家则聚精会神地观赏古松苍翠的颜色、盘曲如龙蛇的线纹以及它的昂然高举、不受屈挠的气概。“这棵古松并不是一件固定的东西，它的形象随观者的性格和情趣而变化。各人所见到的古松的形象都是各人自己性格和情趣的返照。”[①]

面对相同的灾害景象，由于位置和处境的不同，人们观照的态度会发生很大的变化。在自然灾害中有许多人置身灾害之外，对灾害中的美景产生兴味，甚至是灭顶之灾的洪水也成了一些人的审美对象。巴人的小说《灾》就描写了万竹村的村民大水之后，男女老少都站在岸上观赏山洪的情景。他们高声喊着：“看潮来呵，看潮来呵！”山洪像海潮似的声势凶猛地直往前奔，村口的大路本来高出溪床五丈多，现在水头已经和路口一平了。对面山上的田畈，沙墩外的滩田全被淹没了。从远处石楼山上挂下的一条大洪流，就像一条直通上天的河道，水流湍急地狂奔而来，漫过石楼山脚下的村庄，漫过田畈，与这条溪上的狂潮合流。“他们忘却了另一种灾难，陶醉在眼前的壮观里。”由于山洪威胁不到自己的生命安全，村民们才能有此闲情去观照凶猛的洪水，借此壮观的景象超越对洪水的恐惧。作者把村民观赏景物的热烈情形与对上游灾民的无动于衷作了对比，批评了人与人之间的冷漠自私。人们看着这肆无忌惮的洪流，嘀咕着，叹息着，惊惶着。有人看见水中流过一口大橱，又有人看见冲下来一头牛，还有人看见一领蓑衣。“大家猛然想起蓑衣下会有和自己一样的一条生命”，于是有人说蓑衣下恐怕还有人吧！然而另外又有人喊道，还有木料！那些坐在石鼓上或骑在石狮上的男人关心或不关心地说着叫着，女人们则大都从眼前的壮观景象中梦想起了什么，就窃窃私语地起来。有的说自己昨晚起床解手，发现鞋子被水漂走了。有的说自己偶然把手伸到床外，才发现床边全是水，差点淹到床上把自己漂走。又有人说自己第二天醒来发现鞋子流到了门外，尿壶也流到小竹椅上坐着，像个小泥菩萨似的，她们都哈哈地放声笑了起来。在这笑声里，上游灾民那些无辜的生命和可怜的家居

---

① 朱光潜：《谈美》，安徽教育出版社 2006 年版，第 10 页。

财物就这样随着洪流漂远了。

靳以的小说《人间人》描写了一个大学的文学院主任刘文涵博士带着家眷和仆人到山上别墅过夏，无视灾民的痛苦，能够闲情逸致地在大雨中欣赏雾雨茫茫，仿佛米芾山水画般的雨景。早晨起床后，他静静地站着，从肥大的芭蕉叶的空隙间看着远近的山峰，云雾锁住了山腰，只露出如画的峰头，玉带一般的云气，蜿蜒尽致地在空中飘浮着，缠绕着尖削的山峰。“对这些美的景物，他永远能欣赏，也懂得如何欣赏，他的修养与天才已经造成了高深的鉴赏能力。”所以，当他看到报上刊登的救灾活命的消息很气愤，他不大相信，决定一文不捐，以免肥了赈款老爷们的腰包。从报纸上得知仆人的家被黄河决口所淹也不为所动，只是轻描淡写地说：“水头只有七八尺，不会淹到楼上的，顶多有点不方便也就是了。”仆人几乎要哭出来地回答说：“老爷，我们那里没有楼呀！”他的太太这时也颇感兴趣地插进来，说怎么连楼房都没有，还说：“那也不妨事，躲在屋顶上，挨上个两三天，自然会有人来救的。”“我们那里只有茅草房，禁不住一阵水，走得快的还能逃到十五里外的黑沙屯，要不就一定得淹死！”仆人实在忍不住了，眼泪直流下来，拿手擦着哽咽着退了下去。这种关心，颇带有晋惠帝问饥民“何不食肉糜”的风范。于是，他们照样安闲地欣赏雨中美景。他在廊前召唤妻子，指着远山说：“你看那山头，你再看那树，象不象米芾的山水？”这时“云气正在恣情的翻滚，冥冥中象有一位具有匠心的神人，把那白茫茫的气这里放一堆，那里安一朵，映衬得底下的山峰和树木更加峻峭，更加清秀。”妻子被这美景打动了，不觉失口说道：“涵，真是美，我们真是美！”

雨又不间断地下了一整天，他们晚饭后舒适地坐在沙发里喝着浓咖啡。“他们都想着世界上没有大不了的事，即使有二十丈高的洪水冲了来，也还不能沾湿他们的鞋底。”可是仆人送来的晚报却打乱了他们恬淡的心境，报上醒目地刊登着一则新闻，说山洪暴发冲断了东西两条铁路，水退不下去，两星期内都不能行车。他的脸色突然大变，因为这样一来，他不能赶回去为校长太太祝寿，这将严重地危及自己院长的地位。他如同放在热水里的螃蟹无地可钻，在房间里忽横忽直地踱起步来，开始悔恨不该到山上来，叹息今年“流年不利”。虽然清风吹动着肥大的蕉叶，发出沙沙的声音。远远近近都响着急雨打山石的声音，一片嘈杂。狂风还助着威，松涛雄壮地响着。他却再也无心观赏雨景了，对一切都没有了兴趣。“没有景物，没有诗意，现实的危机把什么都活生生地绞断了。”

同样的景物因为欣赏者心境的变化，发生了审美的巨大变异，萧乾的《流民图》里描写了一个与之相似的情形。一开始，记者还能够怀着兴致去欣赏沿路的风景，“这是一条漫长而异样的路。宿羊山虽遥遥在望，但它的倩影却永远那么辽远得不可捉摸。我们是用极复杂的心绪向它迈进。论景色，在江北那算够幽美的了。运河沿岸常有曲折蜿蜒的航路，船平稳地驶着，偶尔有不知名的水禽擦着席蓬掠过。大自然对两个月来这个角隅人们的遭遇似乎无动于衷。秋风仍慵懒地吹着，远地似有盲卜者敲着铜钹。立在船头四瞩，周围真的是秋水共长天一色！宿羊山依然隐在远树的帷幔后面。”可是到后来面对水灾下那些惨痛的景象，记者便不再为这自然的美所诱惑了。“我知道那片涟漪秋水下面淹没着千百户人口的粮食，也明白宿羊山麓等待着的不是采药的童子，不是灿烂的晚霞，而是一群嗷嗷待哺的灾胞。岸上踟蹰徘徊着的老人，在山水画家看来也许是可以用来点缀风景，但那老人却是在痛惜着他那淹没了的田园。”通过自然景色的对比，写出了人与自然之间的审美态度的巨大差异。

第五章

民国自然灾害下人与社会的文学书写

在自然灾害的侵袭下，产生了大量的流民，他们饱尝了人世的苦难与哀愁。不同的政权和组织都相应地采取了一些救济措施，各自产生了不同的救济效果。由于一些人祸的因素，加剧了天灾造成的危害。在此情况下，社会环境急剧恶化，越轨犯禁之事层出不穷，社会矛盾激化，冲突不断。

第一节　灾害下的流民

一　流民的流迁去向

灾荒下的流民为了求得生存，成群结队地迁徙漂流，虽然其流迁有着很大的盲目性，但其去向也大致遵循着一定的规律。池子华先生对此作了总结：经济落后地区流向经济发达地区；人口高压区流向人口低压区或负压区；避重就轻、避荒逐熟，趋向于去边远地区；涌向城市，有一种趋于向城市聚集的向心运动。

（一）奔向城市、充斥劳动市场

大多数流民都趋于奔向城市，找寻生存的机会。由于没有一技之长，很多人只能从事最低级、笨重的体力活来养家糊口。拉人力车是大多数流民选择的一种谋生之道，好多文学作品都有过形象的反映。陈雨门的诗歌《洋车夫》描写了水灾后的难民当车夫的情形，刻画了他们拉车的劳累与心痛，根本不敢去奢想明天会怎样，因为城市的街头到处都浮动着乡下来的灾民。

疲倦的街灯映晕疲倦的街，
无语的车辆辗碎白昼的残哀；
被芭蕉扇挥不走啮人的蚊虫，
一阵热风吹来一天劳瘁的心痛。

梦里回到家乡会哭醒双眸，
仅有家产已随黄水漂流；
谁敢想起明天难卜的阴晴，
无依的乡下人成群的在街前浮动。①

随梦醒的诗歌《车夫》也写了水灾后的流民来到城里拉车，无论阴晴，一天到晚的在街上奔跑，吃不上一顿饱饭，穿着衣不蔽体的破衣裳，夜里只能睡在车斗里。

阳光跳上了地平线，
他健壮的腿开始在街上乱转；
从白天一直到晚间，

① 陈雨门：《洋车夫》，周启祥主编：《三十年代中原诗抄》，重庆出版社 1993 年版，第 163 页。

汗珠儿荡落在他的面前。

洪水来淹没了故乡，
就终天奔跑在大小街道上；
没有能够吃上一顿饱饭，
夜间睡在车斗里，心也不能安详。

有时候，暴雨飞降，
他光着脚，裸着胸膛；
晴天，那衣不蔽体的破衣裳，
也叫风吹得乱闪飘荡。①

刘心皇曾经连续写过两首关于车夫的诗歌。第一首描写了一位被洪水淹没了家园的少年来到陌生的城市，凭借自己的力气靠拉租来的人力车谋生，一天辛苦所得只够填饱自己的肚皮，梦里都在想何时自己能够坐在车上。

洪水湮没了他少年的梦想，
来到陌生的城市，
老人们可以乞讨，要人怜悯，
自己年轻租来人力车在街上奔驰。

辛辛苦苦跑了一天，
喂饱了肚子，缴了租钱，
晚上睡在车斗里做了大梦，
哪一日自己也能坐在车上？②

---

① 随梦醒：《车夫》，《大华晨报》（郑州）副刊《沙漠诗风》第 9 期，1936 年 3 月 13 日。
② 刘心皇：《车夫（一）》，《大华晨报》（郑州）副刊《沙漠诗风》第 9 期，1936 年 3 月 13 日。

第二首描写了拉车人与坐车人之间的不平等，车夫在太阳底下汗流满面，主顾却催促再跑快一点；车夫在大雨中还流着汗水，主顾却躲在车篷里叫喊。

在太阳下汗流满面，
主顾在车上喊着："快呀，快呀！"
自己傻呼呼地想着："都是人，为啥不平等？
为什么他坐在车上，我当马牛？"

在倾盆的大雨天，
雨水把汗水冲洗，
主顾躲在车篷里，雨声掩盖了他的叫喊，
雨水迎面打来。我希望它冲去人间的不平。①

除了拉车外，还有些流民靠从事一些小买卖来养家糊口。李季同的诗歌《挑贩》描写了挤进城市挑着担子叫卖东西的流民，拖着疲乏的脚步在长街短巷里干枯地喊叫着，为了一家人的命运，忍累挨饿，街头的狗使他从懵懂中清醒了过来。

为了活着，
挤进了这城圈，
一家人的命运，
寄给了挑着的一担！
游遍了短巷长街，
疲乏的步声和着干枯的叫喊。……

---

① 刘心皇《车夫（二）》，《大华晨报》（郑州）副刊《沙漠诗风》第9期，1936年3月13日。

担子老没有减轻，

脚步不敢歇停，

一声、两声……混进了懵懂，

不！这许是梦。

街头的狗，

给了他一个饥饿的清醒，

黄昏逃逝了，

夜并没有放松。①

海若人的诗歌《脚夫》描写了靠替人赶脚拉车养活一家老小的脚夫的形象。他历尽艰辛，忍受着长途跋涉的巨大痛苦，只为那路尽时的工钱。

两条肌肉累累的膀臂架稳沉重的车把，

血网蒙着眼睛爆出火花；

热辣辣地万里长的地皮也要奔走，

只要路尽时把钱扔下。

一团模糊的影子爬上了眼皮，

破席上横卧着垂危的老妻，

干瘪的手指还计算着丈夫脚下的路程，

又有几只黑瘦的小手拉紧了衣角哭泣。②

还有些流民流落到城市，根本就找不到什么工作，只有忍饥挨饿，被卷入死亡的地狱。刘心皇的《灾民》描写了无家可归的灾民插入都市的街心，却得不到应有的同情，人肉与荣誉在灾荒下都变得廉价起来。

① 李季同：《挑贩》，《河南民报》副刊《秋鹰》第18号，1935年5月27日。

② 海若人：《脚夫》，周启祥主编：《三十年代中原诗抄》，重庆出版社1993年版，第409页。

无家的人像蚂蚁，
一联队、一联队，
插入了都市的街心。

泪，烧着心、烧着眼底，
干燥的天哪，
失去了活跃的能力。

人肉、荣誉，
廉价的年哪！

不见同情的影子，
寂寞掩盖了心灵，
黄病的脸上刻满了皱痕。[①]

傅尚普的诗歌《灾后》描述由于干旱造成了严重的饥荒，人们只得以观音土为食，吃尽了树皮草根，逃荒到异乡，可异乡同样遭受着灾荒；漂泊到都市，都市也到处是失业的工人。

不能静静地等待着饿死！
家乡里还有人把观音粉当作饭吃；
想来也只有逃离到异乡，
谁料异乡的灾荒同故乡一样：
只好再漂泊到都市的街心，
都市里塞满一批批失业的工人。……
腹中的饥饿痉挛着喷着酸水；

① 刘心皇：《灾民》，《大华晨报》（郑州）副刊《新诗世纪》第6期，1935年7月4日。

饿了的孩子吮吸着慈母的乳头哭干了眼泪，
异乡的街头使他们抬不起软瘫的腿；
每个人都涂满脸可怜的憔悴。
小孩大人都叫喊着饥——
看样子，恐怕要一齐卷入死亡的地狱。[①]

（二）流徙于乡村之间，就食、移垦于他乡

灾荒期间，还有许多人流徙于乡村之间，希望到富庶地区找口饭吃，或者移民到无灾地区进行垦殖。陈雨门的诗歌《秋》写了一群流落在外的灾民，在秋风里受着蚂蚁样的罪孽，饿着肚子，吹着冷风，不敢提起黄河底下的家乡，那里同样有一个令人难堪的秋天。

秋，扫尽了落叶，
秋，迎来了雪；
秋，……
秋风里，有一群蚂蚁样的罪孽。

黄河底下，是他的家吗？
终日流浪，是他的生涯吗？
这，还去问谁？
“谁，是谁害了他。”

空肚子填满了愁，
街头风，吹冻了泪流；
“不要提起家乡吧！”

① 傅尚普：《灾后》，周启祥主编：《三十年代中原诗抄》，重庆出版社1993年版，第381—382页。

家乡里，同样有一个难堪的秋。[①]

在当时贫弱的社会经济状况下，到处都差不多，异乡也根本不是流民的天堂。王兆瑞的诗歌《异乡》写了遭受水灾的流民流浪异乡，异乡的土地也是光秃秃的一片，流民难以用自己的一双手获得足够的食物。

从前幸福是柄无边的伞，
他们生活得那样香甜；
平常的人，原没有多大希冀，
高粱窝窝会吃出酥人的滋味。

但如今这只能当个梦去想，
说出来怕有人笑你荒唐；
是天上泻下来的一股天水，
淹没了家乡也淹没了田庄。

异乡的土地是光秃秃的，
连仅有的树木也剥尽了皮；
虽然男的、女的都有一双手，
一双手可难满足个肚饥！

掘草根，炸弹和骷髅一齐出了世，
一片哀愁开花到眼底；
灾难像一张巨人的掌，
它掩住了这里也掩住了那里。[②]

---

① 陈雨门：《秋》，《河南民报》（开封）副刊《平野》第8卷第7期，1934年11月16日。

② 王兆瑞：《异乡》，周启祥主编：《三十年代中原诗抄》，重庆出版社1993年版，第202—203页。

有的流民迁移到人烟稀少的地区进行垦殖或经商，最为典型的就是“走西口”与“闯关东”。“西口”指的是河北张家口以西的长城沿线关隘，因为自明代以来，北方地区的人们习惯上把长城沿线的关隘俗称为口，称张家口为东口，张家口以西的各口尤其是较为险恶的杀虎口叫做西口。山西民歌《走西口》就典型地反映了那些被迫离家出走口外的流民的形象，在小妹妹的千叮咛万嘱咐中，可以看到走口外的艰辛与危险。

哥哥你走西口，小妹妹我实在难留，
手拉着那哥哥的手，送哥送到大门口，
汪汪的泪水止不住地流，
有两句知心话，哥哥你记心头；
走路要走大路，不要走小路，
大路上人儿多，能给哥哥你解忧愁；
歇息要平地歇，你不要靠崖头，
恐害怕千年的崖头，单等人来走。

这首民歌是以山西太原的姑娘孙玉莲为原型创作的，她与丈夫太春新婚不久就遇上了歉年。“咸丰正五年，山西省遭年限”，太春为生活所迫离别新婚燕尔的妻子，走西口去挣钱养家。玉莲苦苦挽留不住，于是依依不舍地惜别送丈夫去走西口。“走西口”的流民主要来自山西西北部的一些地区，如河曲、保德、平鲁、朔县等，还有就是陕西北部的榆林、定边、神木等地。因为这些地区属于黄土高原地带，到处沟壑纵横，植被稀少，雨量不足，生存条件十分恶劣。一遇灾年，逃荒移民就在所难免。民国时期还有好多民谣都反映了这种走口外的情形，如晋西北民谣唱道“河曲保德州，十年九不收。男人走口外，女人挖苦菜”。此外还有“万般出于无其奈，扔下亲人走口外”。有一首河曲民歌就反映了这些流民走西口所从事的艰辛劳作与险恶的处境。

在家中无生计西口外行，
一路上数不清艰难种种。
小川河，耍一水，拔断几根，
翻坝梁，刮怪风，两眼难睁。
回头看，扔妻子，撇父母，实实惨心。
此一去，东三天，西两天，无处安生。
……
大青山，背大炭，压断背筋，
高塔梁，放东羊，冷寒受冻。
遇瘟疫，遭瘟病，九死一生，
沙蒿塔，碰土匪，几乎送命。①

“关东”则是指吉林、辽宁、黑龙江和内蒙古东部地区，因为这些地区位于长城山海关以东，故称关东。关东地区土地肥沃，有着丰富的金矿和人参等资源，对那些无路可走的灾民来说是个极具诱惑的地方。一开始清朝统治者为了保护他们祖先发祥的“龙兴之地”，设置了很多禁区，派旗兵镇守，严禁汉族流民入关，很多流民都是非法迁移到东北，所以叫“闯关东”。到后来这些措施收效不大，清政府只好采取“收募为民”的手段，将流民登记入籍，设立州县加以管理。19 世纪 60 年代以后，为了应对沙俄的威胁和日益严重的东北边疆的危机，清政府接受了一些大臣的建议，废弃了维持 200 多年的封禁政策，转而实行积极的移民垦边政策。山海关的大门对移民敞开了，但“闯关东”已经成了一个约定俗成的词语，专门指流民出关到东北谋生。“闯关东”的流民大多来自直隶和山东，特别是山东地区为最多。山东地区由于军阀连年混战，土匪横行，加上人地矛盾突出，水、旱、蝗灾频发，民不聊生，好多灾民被迫去闯关东。山东移民在东北独占鳌头，也与其便利的交通有关系。他们“闯关东”的路线

① 柳陆、涛松：《走西口之一》，《东方艺术》1995 年第 4 期。

有两条，一条是水路，一条是陆路。其中，水路是最主要的也是较为便捷的出行路线。水路也被称为东路，从山东半岛到辽东半岛最近的距离只有90海里，如果顺风的话，坐船一个晚上就可以到达，加上船票较为低廉，是大多数灾民的首选路线。流民一般先步行到烟台、威海、天津、青岛等港口，再坐船到东北；也有的流民在沿海的各个渡口如龙口、兰家口、刘家旺等地坐船到东北；还有的从济南小清河坐小船到羊角沟，再坐轮船到东北。陆路又叫西路，因为距离东部沿海较为遥远，山东西部、河南、山西一带的灾民只能沿着官道步行到东北。随着铁路交通的发展，从陆路去东北的移民也逐渐多了起来，但还是较水路为少。

王统照的小说《沉船》就描写了理发匠刘二由于天灾加上重赋、军阀混战等原因，被迫典田卖猪准备了微薄的川资，带着家人去“闯关东”，准备走水路坐船到东北，由于乘坐超载的日本小火轮而丧生。小说诗意地描写了他们故土难离的乡愁，对不可预知的未来怀着一种困惑和茫然。“北望故乡，都隐藏在远天的云树下面了；一段数说不出的乡愁，在他呆笨的心中起了微微的动荡。”“忧郁的已往，具茫的未来，全个儿纵横交织在他的心网中。”日本商船把中国人的生命看得比猪狗还低贱，小火轮严重超载，小小的船竟搭载了四五百人，遇到风浪，几乎全部葬身波涛。小说在看似偶然的海难中反映的却是农民的必然归宿，他们流离失所、成群结队地逃往异地去逃荒求生，然而更多的新的灾难在等着他们。小说充分地展示了北方农村的穷困破败和动荡不安，写出了流民的辛酸与血泪。

端木蕻良的长篇小说《科尔沁旗草原》则描写了几百年前从陆路“闯关东”的情形，其前三章详细地叙写了一群山东流民“闯关东”的艰辛之旅。小说形象地反映了洪水肆虐的情形，“一道吃人的黄流，带着不可抵抗的威力，忽地从不知是什么地方冲出来。水在吼着，一切都在惨烈地号叫，绿铅似的大水，混合着泥屑，砂粒，向人类直灌。茅屋冲去了，三个月的小驴驹冲去了，大贞的针线包也不见了。一切的东西，都变了次序，变了颜色。”大水统治了两个月，许多人都被大水裹挟走了。他们失去了自己的家园，开始了成群结队地“闯关东”。“每个人都带着那不可描画的愁惨，每个人都刻着一脸的悲苦，在饥馑里，在瘟疫里，在高山的竣险里，在河水的迂回里，爬向那关外的荒原去。”一路上，他们经历了重重险阻与考验。首先是出奇的暑热，即使到了夜晚也不减弱，从树林后越过漫岗和旷场，爬到了每个人的身上。人们都不停地发喘，挥舞着手来扇风。一些年迈的老人和羸弱的小孩，经不起热浪的窒息，悄悄地死掉了，这“热灾”令他们重新感到了与水灾一样的恐怖。他们找到了一处清澈的溪流，有的人扑通一声跳到水里半天没上来，原来是心脏麻痹死掉了。人们在水里畅快地洗浴，冲洗掉酷热和疲倦，驱赶开心头笼罩着的死亡阴影。可是瘟疫又紧接着盯上了这群经历了酷暑后变得衰弱的人群，青蝇带着瘟疫的种子没命地追咬着人群和马匹。瘟疫随着一个老妇人的死而迅速地蔓延，三天之内便死掉了五个人，特别是一个健壮的小伙子也死掉了，令人大感震惊，“每个人都感觉到有在一分钟消逝生命的可能。”于是，有人半夜里悄悄地起来插上三根剥光了的蒿秆，堆起了三座砂堆，祈求鬼神保佑他们平安到关东。一位丁老先生以灵官附体的术数，治愈好了一个被瘟疫夺去幼子的疯妇，被视为“半仙”，而瘟疫也在他们快到科尔沁旗草原时萎缩得不敢再肆虐了。

（三）沦为社会次生群体，充当乞丐、娼妓、迷信职业者、流氓、小偷等

许多人是因为灾害被临时抛入流民的行列，大多没有谋生的本领和技能，只能沦为社会次生群体，去充当乞丐、娼妓、流氓、小偷等。好多文学作品都描写了乞丐的悲惨生活，对他们的不幸遭遇给予了巨大的同情。刘心皇的诗歌《乞丐》写了受人嘲笑的乞丐叩门乞讨，却处处遭到冷遇，虽然不甘心于受人嘲弄，但由于饥饿却挺不起腰杆。

人家跟着我，指指点点的讥笑，
我想还他们以傻笑，就是笑不出来。
告别残冬，春天露出了温柔的笑脸，

同是一样的人，我为何要向人乞怜？

一家一家的叩门叫喊，
有的回应，有的装着听不见，
在人们多变的脸上，
我看见了冬天和夏天。

讥笑轻视使我心烦，
健康的胃，使我挺不起腰杆，
我也会奇想幻想，想东想西，
忽然笑了起来，我想起终有一天会变天！[①]

刘暄的诗歌《打花鼓》则描写了打着花鼓乞讨的两个异乡的小孩，挨门逐户敲锣打鼓地使出自己学来的本领，可从街西到街东，还讨不够买馍的钱，只好强忍着泪水继续乞讨下去。

从哪里来的这两个异乡的孩子？
当面前还系着花围腰，
发辫垂到屁股边，
学会了这一套本事是哪一年？
贴着门户，一声鼓、一声锣
一声叹。
店主东高兴，就赏他个铜钱，
不喜欢，黑黑脸子一顿叱，
两个孩子，默默不语再向前，
从街西头行到东头，

① 刘心皇：《乞丐》，《大华晨报》（郑州）副刊《沙漠诗风》第18期，1936年5月15日。

数数手中的钱，还不够买餐充饥的馍，

低着头的两个人，强忍着将涌出的泪，

这年头，在他们身上刻着伤痕，

转一个角，抹个弯，又走了一段。[1]

从两个小孩一声鼓、一声锣的表演中我们自然而然地会想起那著名的凤阳花鼓，想起那熟悉的《凤阳歌》，“说凤阳，道凤阳，凤阳本是好地方。自从出了朱皇帝，十年倒有九年荒。大户人家卖田地，小户人家卖儿郎；奴家没有儿郎卖，背着花鼓走四方。”凤阳花鼓为二人戏，一般由两个人配合一起表演，如夫妇、母女、妯娌、姑嫂等，一个人右手拿着鼓条击鼓，另一个人敲着小锣，最为常见的表演形式是男的敲锣，女的击鼓，然后在锣鼓的伴奏下，采取男女对唱或一人独唱的形式表演。凤阳花鼓已经变成了一种流动的乞讨文化符号，在其背后蕴含了淮北流民多少辛酸与悲苦，正如一首花鼓里所唱的那样，“白云千里过长江，花鼓三通出凤阳。凤阳自出朱皇帝，山川枯槁无灵气。妾生爱好只自怜，别抱琵琶不值钱。唱花鼓，渡黄河，泪花却比浪花多。”

凤阳所属的淮北地区本来是一个物产富饶的富庶之地，有“走千走万不如淮河两岸”的说法。但后来由于生态环境恶化，自然灾害连续不断，“大雨大灾，小雨小灾，无雨旱灾。”民国时期，淮北地区生态环境进一步恶化，造成了一轮又一轮的流民潮，好多人只好外出行乞为生，诗歌《江北儿》就描述了他们凄惨、悲苦的乞讨生涯。

江北儿！江北儿！

朝朝暮暮行乞为生涯，

垢面出泥掌，追尾轻车驰；

此岂天性然，而竟甘如饴。

① 刘暄：《打花鼓》，《河南民报》（开封）副刊《风雨周刊》第9卷第8期，1935年4月3日。

君看支草以为棚，彼父彼母方酣嬉，
有时托钵示家范，哀哉教养兼亲师！
又闻濒淮多水旱，十口从来有九饥。
贫民竞就富民食，虽富宁能遍布施，
何以图两全，患难与共之，
牵裾别乡井，相率逃荒时，
逃荒需挟官文书，贪吏因缘巧猎资；
人持一纸钱数百，盈千盈万肥其私。
吏肥民愈羸，有司安所司，
年年空放灾后赈，终令满目皆疮痍。①

王亚平的诗歌《两歌女》描写了两个歌女面对着现实的灾荒，只能用生命的灵机换取别人的喝彩，用青春的妩媚来获得糊口的食粮，但比起那些惨死异乡或是逼良为盗、忍痛做娼的流民则要幸运得多了。

一声声，一句句，
抑扬的音符在冷清
空气里飘扬。
全没有一点羞愧，
毫不勉强。
艰苦经历，
使她们长大胆量；
万千嘲笑，
使她们忘记处女的娇样，
尽情地唱吧，
尽情地舞吧，

① 渐：《江北儿》，《生活》卷一合订本，上海生活书店1933年版，第227页。

用生命的灵机换取别人的喝彩，

用青春的妩媚卜得餬口的食粮。[①]

由于乞丐众多，即使抱有同情心的人也无法周济过来，所以好多人对于这些流民的行乞就远远躲开，唯恐避之不及，而有些流民的乞讨甚至到了惹人生厌的地步。林淡秋的散文《饥饿的古城》就描写了在绍兴遇到这一令人尴尬的情形。“在这饥饿的古城，尤其在比较热闹的大街上，你不管走到哪里，总有几个‘行尸走肉’紧紧钉住你，忽而跑到你的右边，忽而跑到你的左边，忽又跑到你的前面。你走得慢，他们也走得慢，你走得快，他们也走得快，你走进店铺里，他们就等在店门口。你对他们瞪眼睛，说硬话，不成；对他们说软话，说袋里没有零钱，更不成。”作者对这些如影随形的人群留有深刻的记忆，同时带着巨大的同情和深深的忏悔与自责。“活人的笔尖永远描写不出他们的声音，描写不出他们的眼光，因为这是一脚踏进了阴间的人的声音和眼光。这声音和眼光直到今天还紧紧钉住我的灵魂，仿佛笑我小气，骂我冷酷，象对待死尸一样，没有一点同情和怜悯。”[②] 其实作者也没有什么办法，他当时也的确没有零钱，艰难的旅途还横在他的面前，对于数量惊人的乞丐一个人一时一地的义举确实也是无补于事的。

女性本来就是弱势人群，在灾荒期间她们的生活就更加地悲惨。刘心皇的诗歌《老乞妇》就描写了一个年老的妇女坐在街头伸着枯手向人乞讨，可得到的却是白眼和冷笑，心里如同剑刺。

秋天，笑声冲破了云痕

满地枫叶哀泣谁问？

饱经风霜的眼，张望

① 王亚平：《两歌女》，《王亚平诗选》，中国文联出版公司 1986 年版，第 23—25 页。

② 林淡秋：《饥饿的古城》，《林淡秋选集》，浙江文艺出版社 1983 年版，第 299 页。

街头匆匆的行人
枯手向前一伸："父老们
可怜我这残废的身"

白眼一闪飞去了
继续听到一声冷笑
手与咀颤动着，失望的
一剑扎在她苍老的心间

夜里，枕着臂膊
铺了大地，盖着清白的天
颤动的咀，从不曾说过
生活下去的厌倦

讥笑似的秋天将要埋葬
狂舞的乱草碎在土壤[①]

陈雨门的诗歌《难妇》也描写了一位难妇的凄惨形象，她披头散发，脚裂得开花，带着瘦弱的孩子，瘫软地坐在街头呆看着来来往往的人群。

也难怪使你一见惊讶，
角黍样脚上绽开了花；
压着土的头发披散满脸；
头上黑方布在迎风招展。

瘦孩子偎依在胸前，

① 刘心皇：《老乞妇》，《大华晨报》（郑州）副刊《新诗世纪》第13期，1935年8月22日。

嗡嗡乳头瞪大了眼；

她瘫软地坐在街头，

呆看人群往来的流。[①]

在这些流民当中，还有好多妇女被迫沦落风尘。在前文提到的刘心皇的诗歌《卖笑的女人》就描写了水、旱、蝗灾下被迫沦落街头卖笑营生的妇女，隐忍地在别人的羞辱里讨生活。他的另一首诗歌《冷的街心》则描写了一个敢于挑战世俗贞操观念，敢于特立独行的现代女性。她刚从旅店里接客出来走到冰冷的街心，摸着刚挣来的一沓钞票，认为那是自己的良心所得，应该为此而感到骄傲。

（四）沦为兵匪

在灾荒的打击下，许多灾民被逼上梁山，铤而走险去打家劫舍当土匪或者去吃粮当兵，充当军阀混战的炮灰。英国学者贝思飞在《民国时期的土匪》中曾精辟地论述了这一现象，“贫困，总是土匪长期存在的潜在背景，而饥饿又是通向不法之途的强大动力。”[②] 可谓是一语中的。因此，灾荒期间也是土匪横行的时期。例如民国时期河北经常遭遇灾害，年成歉收，那些找不着其他出路的农民便去当兵或投身为土匪，致使河北的土匪队伍异常庞大。据1928年上海《民国日报》的记载，“该省充当土匪者有五百万之众。”那些拉杆的匪首也正是以此为诱饵，招募苦苦挣扎的灾民入伙，在土匪中流传着的一些顺口溜就清楚地反映了这一点。东北土匪中流传着这样的顺口溜，“当胡子，不发愁，进了租界住高楼；吃大菜，住妓馆，花钱好似江水流。枪就别在腰后头，真是神仙太自由。”1934年8月11日的《北华捷报》上曾记载了一则土匪招募新众的说辞：“你多么贫穷！如果你跟我来，你会得益匪浅！如果你想喝，就有大碗酒，如果你想吃，就有大块肉，如果你想玩，有的是姑娘。”

---

① 陈雨门：《难妇》，周启祥主编：《三十年代中原诗抄》，重庆出版社1993年版，第156页。

② ［英］贝思飞：《民国时期的土匪》，徐有威、李俊杰译，上海人民出版社1992年版，第10页。

贫穷是滋生土匪的渊薮，范长江在《饥饿线上的人》里就讲述了一个农民被饥饿所迫去当土匪的惨痛经历。“1937 年春荒期间，一位官员对一个四川农民变成了土匪而不继续种地表示惊讶，这个农民告诉他：‘你看我的肚子就会明白’。情况确实是这样，在对这个农民执行死刑后进行的尸体解剖中，发现他的胃里除了草之外，没有其他任何东西。”[①] 阿英也曾提到那些不甘死去的人被迫沦为盗匪，其遭遇令人悲哀。“他们没有武器，没有大的希望，甚至于仅仅想劫得盐蒿子回去，使在饥饿着的全家能以度命。”[②] 周启祥的诗歌《农村夜曲》里写到饥饿的农民为生活所迫，那些年轻人只好去当土匪或当炮灰。

贫困的农村，饥饿的农民们
劳动的果实都不属于自己
他们也都没有自己的名字
是一群会说话的牛马奴隶
今后日子将如何生活下去
大雁也拖一路的哭声远飞……

农民靠土地劳动，活不下去
饥饿把年轻人从故乡赶走
随土匪或当炮灰都无所谓
人生可选择的道路并不多
就到处流浪混日子等死吧
失去了一切的信心和勇气[③]

---

① 范长江：《饥饿线上的人》，《汗血月刊》1937 年 7 月第 9 卷第 4 期。

② 阿英：《春荒及其救济的断片》，《阿英全集》第 4 卷，安徽教育出版社 2003 年版，第 342 页。

③ 周启祥：《农村夜曲》，周启祥主编：《30 年代中原诗抄新编》（豫内资料准印通字汴发第 9503 号），1995 年印，第 474 页。

姚雪垠在少年时代曾被土匪绑票，这种惊心动魄的记忆一直潜藏在他的心底，促使他在抗日战争末期动笔写了长篇小说《长夜》，1947 年由上海怀正文化社出版。小说通过陶菊生的一段生活经历，详细记述了一支土匪的活动情形，对天灾下兵匪横行的局面作了出色的描绘，展现了一幅动荡不安的北方农村生活画卷。小说形象地揭示了天灾之下人们无法生存，年轻人只能沦为兵匪的悲剧命运。"《长夜》的时代正是中国农村因军阀混战频繁、帝国主义加紧经济侵略，加上其他各种人祸天灾，进入大崩溃的黑暗时期。内地没有现代工业，城市不能吸收农村的失业人口，农民失业后或者逃荒异地，或者大批饿死，而年轻男人最方便的道路是吃粮当兵或当土匪。那时到处城镇有招兵旗。吃粮当兵，一打败仗可以变为土匪，土匪一旦收抚就成了兵。"①

二 流民的生活惨象

每一次大的自然灾害之后，都会引起一批灾民离开家园，外出逃荒求生，造成流民遍地的惨象。臧克家的诗歌《难民》描述了流民典型的生存状况，写尽了流民的悲惨命运。因为灾荒，他们只得背井离乡，踏上了永无止息的流浪之旅。他们忍饥挨饿、孤寂无助，被人视为异端，"人到那里，灾难到那里"，到处都不肯接纳他们，世界之大，却找不到一寸容留他们的立足之处。回首故乡，"阴森的凄凉吞了可怜的故乡"，"猛烈的饥饿立刻又把他们牵回了异乡"，异乡也不接纳他们。乌鸦都有巢可归，而他们却被当地人以"年头不对，不敢留生人在镇上"为由，被人用枪拒之门外。

> 日头堕到鸟巢里，
> 黄昏还没溶尽归鸦的翅膀，

① 姚雪垠：《为重印〈长夜〉致读者的一封信》，《长夜》，人民文学出版社 1981 年版，第 7 页。

陌生的道路无归宿的薄暮，

把这群人度到这座古镇上。

……

一只灰色的影子，手里亮着一支长枪。

一个小声，在他们耳中开出天大的响：

“年头不对，不敢留生人在镇上。”

“唉！人到那里，灾荒到那里！”

一阵叹息，黄昏更加了苍茫。

一步一步，这群人走下了大街，

走开了这异乡，

小孩子的哭声乱了大人的心肠，

铁门的响声截断了最后一人的脚步，

这时，黑夜爬过了古镇的围墙。①

他们在暮色苍茫里“一阵叹息”，沉重的铁门声斩断了最后的一丝希望，他们只得在黑夜里绝望地离开这座古镇。诗歌以质朴、凝重的语句，赤裸裸地呈现灾荒下流民的苦难与哀伤。

李尹实的诗歌《流浪者的哀歌》同样以沉痛的笔调写出了流民到处流浪彷徨的情形，倾诉了流民的痛苦与哀伤。

忘怀了，忘怀了我穷荒的故乡，

眼帘下浮着渺茫；

小径上刻满了我的足迹，

夜风吻着我彷徨，

流浪者的身旁啊！

枯树上不少的寒鸦和我一同哀伤。

① 臧克家：《难民》，《中国新文学大系续编》第八集，香港文学研究社 1968 年版，第 291 页。

……

流浪在沙漠茫茫、人海迷漫的都市，

低下头彷徨在夜的路上；

是谁家无归，仍在徜徉着的白鹅，

结了队哀唱；

流浪者的心弦啊！

弹着飘零曲的悠扬；

悲哀紧压住我的歌喉，

流浪者的哀歌已不能再唱。[①]

京派作家田涛的小说《灾魂》描写了黄泛区灾民逃荒的悲惨过程，刻画了在水灾中苦苦挣扎求生的流民形象。黄河溃口，汹涌的黄水席卷了大地上的一切生命，春子一家由于慌乱中爬到了门口的老白杨树上才从洪流中侥幸逃生。母亲把老白杨当做神树，说："这棵杨树有神灵呀，年代久了，它身上住着大仙。"所以下来后就跪着给树磕头。他们待在树上好多天，靠吃白杨树的树叶和树皮维生，稍不留意就有可能掉到滚动的黄水里。春子的母亲在树上抱着九个月的小弟弟，结果疲乏中打了一个盹，手里的孩子便掉到黄水里去了。母亲被恐怖的黄水给吓破了胆，吵闹着要离开家园外出逃荒。可父亲却执意不走，他们挖出埋在泥沙底下霉烂的小麦高粱充饥，后来在连野菜也挖不到的情形下，只好烧了房子，推着独轮车踏上了漂泊流离的逃荒之路。由于新堤溃口，他们被怒吼的黄水赶到了一座破庙里，父亲蹚着很深的河水想找点东西吃，差点被冲走。母亲吓得疯子一般蹿过去拼命地把丈夫拉了上来，哭诉着埋怨丈夫是想丢下一家老小不管去寻死。结果，父亲生气地出走，母亲也生病快要烧死了，夜宿在寨墙外一个看守红薯的窝棚里，被人发现呵斥着要赶走。父亲到底舍不得自己的家庭又转回来，从田野里采了草药熬给母亲喝。凄厉的北风像锋利的

① 李尹实：《流浪者的哀歌》，《大华晨报》（郑州）副刊《沙漠诗风》第4期，1936年2月7日。

刀子一样割着人们的皮肤，他们就铺了一些干草，睡在一座漏风的碉堡里，春子带着哑巴弟弟去讨饭回来给父母吃，慢慢地熬过了悲惨的寒冬。紧接到来的是可怕的春荒，再也讨不到什么东西了。父女俩夜里去偷人家田里的麦穗，碰到了饿急的母亲也在田里偷麦穗。结果父亲的胳膊被看青人的子弹打伤，溃烂成一个可怕的血洞。麦穗也吃光了，父亲不能行动，便开始埋怨母亲当初不该出来。他们被迫在女儿身上想办法，把十五岁的春子卖给了当地的一个老乡绅刘大爷做妾，得了一百五十元来养家糊口。

春子到了一个与原来比起来简直是天堂般的处所，却引不起自己一点兴致，心里充满了恐怖和生疏感。"她很想念她的父母与她纯朴的哑巴开罗弟弟，她愿意再回到那个破烂的碉堡中睡在那肮脏的干草上，她到这里以后，仿佛进到囚牢里一般，每天都有人监视她的行动，她每天都在那监牢里哭泣着……"哑巴也很想念自己的姐姐，父母就带他去探亲，对一个面目狰狞的看门人说自己女儿就嫁给了这里的刘老爷。看门人却骂道："呸！你这臭女人，是灾区里逃出来的叫化子吧，刘老爷会要你们叫化子的女儿！快点滚开，别麻烦。"他们被拒之门外，只好流着眼泪又慢慢地回到所住的碉堡去。小说为我们描绘了一幅悲凉凄惨的黄泛区流民图。"中国农民为了最卑贱的生存，曾经付出了包括传统人生方式、道德信条、伦理情感在内的何等沉重的代价！正是这类饥饿而冒险、鬻女以求生的支付中，中国农民显示了极其顽强坚韧的生存意志。那株付出了树叶和树皮，依然耸立在黄泛区的精灵一般的老白杨树，就是这种蕴涵着执著的生存意志的'灾魂'的象征物。"[①]

对于这些难民们，竟然还有人觉得他们受的苦不够，还要把他们作为谋利的工具。流萤在《无尽长的死亡线》里就描写了有些奸商化装成难民，混在里面夹带鸦片、白银，这样就容易混过检查人的眼睛。结果这群奸商发了财，却苦了老老实实的真正的难民。那些负责检查的人又有了一种谋利的借口，对任何一个难民都要搜查无数次。"即令有最后的一文钱，

① 杨义：《中国现代小说史》第三册，中国社会科学出版社 2007 年版，第 83 页。

也要被搜出去。”记者还曾亲眼看到“一个麻脸的兵大爷，逼着一个妇女到屋子里去，脱她的裤子搜查”。范长江在《川灾勘察记》中也写了那些在贫苦的灾民身上打主意的工人贩子，导致了大批灾民的死亡。“重庆的苦力阶级，本来不少，已是天灾下准备牺牲的基本群众。各地逃来重庆的灾民，又是不绝于途。同时成渝路有开工的消息，许多招摇撞骗的工人贩子，到处招来些饥饿与半饥饿之人，故一时重庆人满。地方上虽曾多方收容，大力救济，但因救济组织之力量有限，因此城区各街上路死之灾民，每日多者至几百之多，平时亦在数十近百之谱。”① 这么多数量惊人的死尸，以致埋不胜埋、葬不胜葬。以前是用木船运到下游的乡间挖一大坑集中掩埋，后来才开始在重庆对岸江北县的郊外修建火葬炉，为了方便和节省便采用火化的方法。但重庆提倡火葬和普通的火葬大不一样，普通火葬是为了卫生，而重庆的火葬里面包含了流民至深的惨痛在里面，实际上是死亡太多之意。

靳以的《珠落》描写一个因饥荒逃难出来的山东流民，最终陷没在生活的泥泞里，犹如一颗光洁的珠玉落到了污泥之中。一个山东汉子因家乡饥荒出来逃荒，就在市郊的贫民草棚前摆了一个小吃摊。“我”经常在他的摊上拿银元兑换一些铜钱，逐渐地和他熟悉起来。他每次都额外地多加一个铜元给我，然后憨厚地对我说：“你先生不知道，那里面少了一个。”“我”了解到他曾经有过三个孩子，但都没有养活，所以就对六岁的独子特别宠爱。这个山东汉子有着一个卑微的希望，那就是盼望幼子快快长大成人，帮助自己打理生意，开店赚些钱回家乡养老。不料后来爱子病死，他神经错乱用刀劈妻子，被收容起来送到了疯人院。“我”因为选修社会问题课来到疯人院，他抓着“我”叫号着：“你可怜我吧，他们把我的孩子藏起来了，把我一个人关起来，你把门替我打开，你听，我的孩子哭了呢!”在他的身上体现了中国农民强烈的故土难离的观念，尽管被灾荒驱赶到异地，但养儿防老、落叶归根的念头深深地烙在他的心底。然而，就

① 范长江：《川灾勘察记》，沈谱编：《范长江新闻文集·上卷》，中国新闻出版社 1989 年版，第 561—562 页。

这么点卑微的希望也最终被穷困、饥饿和疾病所绞杀。靳以在其《黄沙·后记》里的一段告白可以用来作为那些流民苦难生活的总结："这一些人物和遭遇都是我在这个好社会上不为人所注意的角落寻出来的。他们活在那里，不为人知道，不为人注意，他们就是想叫一声也为人掩住了嘴，说是那样会扰乱了社会的安宁与成功。"

韩秀峰的诗歌《无名的死尸》描写了流民深夜无处可栖的惨象，他们只能在冷风中流落街头、蜗居墙角，被活活地饿死冻毙，被人用一捆稻草和一张破席送往荒坡。

暗灰色的面庞浮一层艰辛，
手捏一把鼻涕，双颊上刻着泪痕；
深夜和冷风伴送他到街口，
犹豫像索练牵萦在心头。

……

太阳从东海里爬出，带着愤恨，
怒视着大街上来往的人们；
屋角下的死尸被陌生的眼睛围着，
一捆稻草，一张席把他送往荒坡。[①]

第二节　灾害下的救济

面对严重的灾情和遍地的流民，各种政权、组织和民间机构都会相应

① 韩秀峰：《无名的死尸》，《大华晨报》（郑州）副刊《沙漠诗风》第12期，1936年4月3日。

地采取一些救济措施。中国传统上是一个靠天吃饭的农业大国，奉行的是以农立国的政策。频发的自然灾害极大地影响了农业的生产，一旦遇上严重的灾荒就会产生大量的流民，对社会稳定构成了极大的威胁，有时甚至引发农民大起义，明王朝就是由于陕西大旱，在流民起义的号角声中逐步走向灭亡的。所以，灾荒时刻威胁着统治者政权的安危，历朝历代对灾荒都非常重视，有着严密的防灾、报灾、救灾的政策与法令，形成了一套高度成熟的保障机制，也就是人们常说的“荒政”，即救荒之政。先秦时期就有了荒政的萌芽，经历了汉魏的初步发展时期，到了宋代就已经发展成熟，明清则更加完善发达。荒政包括两个方面，一方面是在平时就积极备荒，建立许多仓储，可以分为官仓和民仓两类，丰年存进谷物，荒年歉收时粜出谷物或直接开仓放粮，可以起到救灾和平抑粮价的积极作用。另一方面是灾情发生时积极救灾、赈灾，大概分为报灾、核查、蠲缓钱粮、赈济几个阶段。首先是报灾，即地方政府把所遭受的灾情自下而上逐级呈报；其次是核查，就是各级部门对灾情进行具体细致的核实和查证；再次就是减免或缓征灾区百姓应纳的钱粮赋税。各个阶段有着不同的措施与规定，例如赈济是一个比较关键的环节，直接关系到许多人的生死。赈济有许多种形式，可以分为急赈、工赈、放贷和移民就食等。急赈就是在灾情紧急的情况下直接发放粮食或银钱给灾民度荒，或者设立粥厂、收容所救济那些无家可归的难民；工赈即以工代赈，就是灾民接受国家雇用，在从事一定的生产劳动后才能获得一定的钱粮赈济；放贷就是国家先借给灾民银钱、种子等帮助灾民恢复生产，然后按照丰收的情形再加收一定的利息。移民就食就是把灾区的老百姓疏散迁往到未受灾的生活较为富庶的地区度荒。民国时期由于民族国家的衰弱，军阀混战，政令不畅，好多荒政制度与措施已经名存实亡，对灾民的救济也就收效甚微。

一　不同政权的救济方式和不同结果

民国时期存在着不同的政权组织，有国民党领导下的国民政府，有共产党领导下的边区政府，甚至在一段时间内还存在着日伪政权组织。

（一）国民政府对灾民的救济

好多文学作品都描写到国民政府在灾荒中对灾民的救济，其救济方式和传统荒政没有多大区别，主要有急赈、工赈、移民就食、放贷等几种。

急赈的主要形式有几种：发放赈款或食品救济灾民；设立粥厂施粥；设立收容所收留难民。萧乾在《流民图》里描写发放馍馍给灾民的场景，那种如临大敌和一丝不苟的神情令人震惊。在一块铺有草席的空地上，堆满了小山一样的黑馍馍。绿头苍蝇成群地飞来，叮在那些馍上，四周围聚着一群群灾民。一声号令，难民的组长便依次来领馍。发馍的士兵一五一十地数着，然后扔到各个口袋里。“组长睁大了眼睛点着数，难民组员在人丛里也不放松地守着。少了一个馍馍在他们是受不住的一桩损失！”范长江在《川灾勘察记》描绘了一次施粥的场景，那些嗷嗷待哺、虚弱不堪的流民让人为之动容。“源源而来的灾民，鸠形鹄面，扶老携幼，呼娘唤女，挤满了城边一大广场。一位中年妇女，手里抱着一个小孩，背上还背了一个，她自己已经饿得东歪西倒，为了她心爱的孩子，也得挣扎到集合场。八九十岁的老翁，眼睛已看不大清了，还由他的孙女扶着来领粥票。许多无父母的灾童，在饥饿与疫病交相攻击下，到了粥场已经倒卧不能起了。”① 他们这样辛苦奔忙一次又能有多大作用呢？他们只能领到一张价值一分二厘五毫的粥票，可以换来一碗粥，并且要十天半月才能放一次粥。难怪作者慨叹，“一碗粥要管十天半月，真乃太难了。”

刘心皇的诗歌《第一天》写到了以工代赈的救济方式，描写了一群遭受水灾的流民结束了凄惨流浪的生活，终于第一天有了自己的工作，他们努力地在工地上劳作，发誓要把公路修好。但在劳动的过程中，还是无法忘记以往水灾留下的痛苦记忆，他们用努力和壮歌来鼓舞自己，期盼能够出现一片自由的天地。

---

① 范长江：《川灾勘察记》，沈谱编：《范长江新闻文集·上卷》，中国新闻出版社 1989 年版，第 555 页。

第一天

风吼着、太阳藏在云里

我们一大群人

用力地使着掘地的工具……

唉！用劲地掘着石子

也蒙遮不住悲凄的记忆

洪水咆哮着翻了起来

灾难的鞭打在脸上和心底

……

我们用努力

我们用壮歌

全不能消灭了记忆

到什么时节才出现我们的自由天地[①]

范长江在《川灾勘察记》里记述了修路工赈中存在的一些弊端。潆溪河的灾民一开始听说修路给工赈钱，就去参加筑路工程。他们没有口粮盘缠，地方的保甲长就让乡民为其先凑垫一下。他们外出做完工后陆续回来了，已经过了二十多天了，但还不知道应得的工资在哪里！而川鄂路的工赈存在的弊病就更多了。有的路段的工人每天能得到一角五分的工钱，有的路段则能够得到一角八分五，但也仅能解决本人的吃饭问题，没有什么剩余。在工赈名义下，有些农民的遭遇很是悲惨。“做工得报酬，本是世界常理，然而自义务征工法实行到四川后，许许多多的农民被征调到远方修公路，自己的口粮，自己的劳力，自己的工具，自己的路费，一切都是自己办妥，远去他乡。大多数贫农备不起口粮，只好枵腹从公，既无住所，又无医药，只好一批一批地告别人间了。”政府现在实行的所谓的工

① 刘心皇：《第一天》，周启祥主编：《30 年代中原诗抄新编》（豫内资料准印通字汴发第9503 号），1995 年印，第 249—251 页。

赈，和过去义务征工大体上一样，做工当中没有口粮，没有住处，只是在干活期间，每人每天可以得到一角多的工资。这低廉的工资在旱后物价腾飞之际，自己都难求一饱，更别指望能给家里带来多大的帮助。尤其是工赈的条件十分恶劣，“工人沿路借人家寄宿，无被无草，疾病传播甚速，故工人多带药罐做工。甚至有若干工人，每日除单纯吃稀饭外，白盐亦无缘入口。所以参加工赈的工人，十天八天之后，得病的很多。”①

在灾荒严重的情形下，由于人口分布不均以及交通运输能力有限，将大批的救灾物资运到灾区很困难，一些急赈措施很难奏效，根本无法解决灾民的吃饭问题。于是政府就组织一批又一批的灾民迁移到生活相对较好的地区去就食，以缓解受灾地区的饥荒压力。萧乾的《流民图》描写了遭受水灾的鲁西难民被政府转移到他乡就食，形象地描述了他们在济宁等车时拥挤、混乱的惨状，以及对自己的未来与去向茫然无知的怅惘之情。在济宁火车站，站台上、铁轨旁、田塍上、郊野的坟堆上，到处都是一眼望不到边的难民。地上到处都是肮脏的屎迹，人们竟然就在那上面铺着草卷、席子、破被，无精打采地蜷伏着。“饥饿夺去了他们奕奕的目光，也夺去了他们生存的魄力。大头瘦脸的婴儿抓着松软无乳的奶头，非等绿豆蝇叮得太厉害才哭叫一声。苍老妇人扶着拐杖，阖目想念着她们几代人创建的家园。八十岁的老翁仰头只是‘天哪，天哪’地叹息着。”② 远处还不停地有船漂来靠岸，又一批流离失所的流民挤上了站台。“几百只、几千只失了光芒的眼睛向着铁道那端时刻瞭望。他们的希望都寄托在那辽远的铁道尽头，满以为只要登车而去，一定就可以睡在房顶下了。”火车进站时，拥挤的灾民扶老携幼蜂拥而上，向着那黑色的巨物移动。一时间是喊声震天，人人都担心被遗落在后面。当娘的一手抱着小的，一手牵着大的；媳妇搀着婆母，儿子扶着老娘，背了长长的席卷，扛着水灾里捞出的粗重的农具，向车门挤去。有的人挤上去就感到非常庆幸，而没有挤上去

① 范长江：《川灾勘察记》，沈谱编：《范长江新闻文集·上卷》，中国新闻出版社 1989 年版，第 544 页。

② 萧乾：《流民图》，肖凤主编：《萧乾名作欣赏》，中国和平出版社 1998 年版，第 112 页。

的则心怀怨恨地坐在地上。一个老妇人虽然挤上去，却丢了一只鞋，只好光着一只肥尖的小脚。他们也不知道火车把他们带到什么地方，“可怜的流民，像一片片浮萍，茫然地在灾难中漂流。”

李蕤在《无尽长的死亡线》里也写到河南灾民转移到陕西就食，反映了灾民在车站等车的混乱状况以及坐车惨死的具体情形。“陇海铁路，在灾民的心目中，好像是释迦牟尼的救生船。他们梦想着只要一登上火车，便会被这条神龙驮出灾荒的大口，到安乐的地带。从八月份起，我便看到这些破破烂烂的人群，在开车之前，冲锋似的攀援到火车的顶盖上。头顶上炎炎烈日张着火伞，脚下是烙人皮肉的炙热的镔铁，人们肩挨肩地在一起堆砌着，四周乱七八糟地堆满他们所有的财产：土车、破筐、席片，以及皮包骨的孩子。”特别惊险的是火车要开时，从上面吊下一个系着半边的竹筐，车下面一个白发苍苍的老太太从几尺开外就把一个小孩抛进竹筐里，那孩子两脚向前蹬着，上面人飞快地把竹筐向上拽，眼看孩子就要跌下来，车上车下的人都惊呼起来。然而那老太婆却毫无惊慌的表情，手里已经又抱着一个孩子等着竹筐再落下来。“他们仿佛是铁石人，既没有表情，也没有恐惧。”好多人攀着栏杆坐在车顶上或坐在车厢连接处，有许多人从车上摔下来，血肉模糊地躺在洞口前、天桥下。夜晚下起了雪，坐在火车顶盖上的灾民更是难熬，有许多人连饿带冻就死掉了。在灾民眼中被看成生命线的陇海铁路成了许多灾民生命的终结线。那些侥幸到达西安的灾民，也没能得到当局有效的安置，宽阔繁华的街道上看不见难民，“原来是人家为了市容的雅观，根本不准这些破烂的人群到市内去。”灾民都集中在西安的东关和北关，他们的住处实在可怜，“有许多人，在平地上挖出一条小沟，再从小沟掘挖小洞，一家人便蛇似地盘在里面。”“‘不到黄河心不死’，逃到西安的人，才算灰心绝望到极点，有许多是活活饿死，有些则是一家人集体自杀。”①

中国历史上早在周代就有了放贷救济灾民、帮助灾民恢复生产的规

① 李蕤：《无尽长的死亡线》，《前锋报》1943年2月19日。

定。《周礼·地官》保息之政记载“四曰恤贫”，注解为“贫民无产业者稟贷之”；荒政十二有“一曰散利”，注解为“散利贷种食也”。注疏为“丰时敛之，凶时散之，其民无者，从公贷之。”据《汉书·昭帝纪》中的记载，昭帝始元二年（公元前125年）春天，朝廷曾遣使放贷赈济无种食的贫民，并在秋后的诏书中说：“往年灾害多，今年蚕麦伤，所赈贷种食，勿收责。”唐太宗贞观二十二年，也曾下诏贷种食赈济水灾下的贫民。宋代的散文大家曾巩在任越州知府时，曾出官粟五万石，贷给灾民作为粮种。据《明史·食货志》记载，朱元璋在洪武年间孝感发生饥荒之际，也曾让地方官员开仓赈贷，并责令户部：“自今凡岁饥，先发仓庾以贷，然后闻，著为令。”清代对于借贷则有更加严密的制度和明确的规定，在《荒政例则》中规定，在遇到农民贫乏无力购置种粮时，地方官可以开仓放贷。利息按照不同的收成来计算，收成在八分以上的归本时要偿还利息，而收成只有七分的，则可以免还利息。收成六分的，分两年还清本钱；收成五分以下的，则本钱缓还，等到来年秋后再说。[①]

民国时期，国民政府为了帮助灾民恢复生产，在急赈、工赈之外，还实行了所谓的农赈，其实也就是借贷的别称，并在受灾省份设立农赈局，配备一个农赈委员，此外还有救济水灾委员会等临时成立的组织。1931年水灾期间，国民政府救济水灾委员会就把美麦一万六千八百吨拨交华洋义赈会，分配给安徽一万一千八百吨，江西五千吨，除了两千二百吨磨成面粉分配外，其余都按每吨七十四元的价格出售换成现款，用来放贷以复兴安徽、江西两省的农村。这本来是好事，但其弊端也非常明显，灾情减缓之后，国民政府为了讨好美国，财政部还拟继续大借美麦、美棉，这样一来导致了美棉、美麦在中国的大量倾销，美国把其在世界经济危机中的损失转嫁到中国老百姓的身上，农产品价格大跌，一时间丰收成灾，许多农民借贷后即使遇上丰年也无力偿还贷款，好多文学作品都对此作了反映。

1932年，曹聚仁署名陈思在《涛声》的10月1卷27期上发表杂文，

---

① 邓拓：《中国救荒史》，北京出版社1998年版，第380页。

犀利地讽刺了这种情形，文章题目是《米、麦与鸦片》。作者辛辣地讽刺道："要奖励洋米源源进口，惟一的办法是加重内地的米捐。譬如安徽的米价，每石一元八角，每石抽捐三元，那么，上海的米商自愿多运洋米，不会去运内地的米了。将来上海以洋米进口而保持平价，内地以米不得出口而保持平价，诚求天下太平之大道也！"作者以敏锐的眼光洞察了在这些打着慈善幌子的义举背后深藏着的倾销实质："在圣人的书里，从未有'倾销'字眼；有之，则'救灾恤邻，国之本也'。洪水泛滥于中国，有尧舜之君，叫后稷借美麦以拯灾黎；在美国是救灾恤邻，在中国是皇恩浩荡。"这样一来可坑苦了那些农民，"今年麦价便宜，明年麦价还要便宜；从此黎民不必稼穑，得以温饱，非大同之世，能得这样吗？"在美麦、美棉大借款之后，好多农民只能咀嚼丰收成灾的苦果。吴组缃的好多小说都提到了皖南农村美麦倾销所造成的破产情形。《黄昏》借那些敲锣去筑堰抢险的农民之口，写了政府为了"复兴农村"，从美国借了五千万棉麦，致使稻价暴跌，即使"年成好有什么屌用"，揭露了美麦倾销造成的谷贱伤农的现象。《樊家铺》也描写了由于稻价下跌，农民辛苦所得仅够偿还贷款。小说里一再写到稻价大跌，从两块五一直跌到一块六。稻价如此低贱，只够偿还城里砻坊"放青"的贷款。当时放给他们时是两块五的价格，现在收进时连一块六都不肯要，这样他们连东家的地租都交不起来。他们只好去找那些稻贩子希望能够多卖点钱，可稻贩子也只肯出一块六的价，那些农民都叫嚷起来："稻贩子！稻贩子！都要吃人了！""一块六，还只肯一块六？和城里砻坊里的价钱一样？""想发财！一块六！做乱梦么！"他们丰收的梦幻就这样破灭了，被迫铤而走险，走上结伙抢劫的道路，被抓进监牢。《一千八百担》里也写了稻价暴跌，使许多人都措手不及。义庄管事柏堂囤积了一千八百担义谷，本希望能够发一笔财以谋私利，却没想到"稻价跌得这样子，政府还借大批美国麦"，价格从两块五、两块二一直下跌到一块八角，使得他在宗族成员面前很被动，处处授人以话柄。

郭伯恭的诗歌《放赈》揭露了这种借美麦放贷的虚伪本质，写了地主李大爷借青黄不接的放赈之机，以五升美麦的价格换取灾民的一亩好地，村人们还都夸大爷是个好人，而李大爷却盼望着今年仍不落雨，明年再来一次放赈！

委员们说：“这是美麦，
我们政府特为你们百姓借来”；
老百姓都不问怎样偿还，
生命总算又向前延长了几天。

二斤麦子推磨成了面，
搅绊些树叶，够混上十来天？
这以后呢？以后
没有人敢往底下打算！

半月后，李大爷向大伙买地，
老黄土一亩换五升麦子，
村人们都说大爷是个好人，
在青黄不接的关口作好事。

多少人都感谢着李大爷，
要不是他，全家人都得饿死！
但李大爷的心里却在想：
愿今年仍不落雨，明年再来一次放赈！[①]

王亚平的诗歌《破旧的机杼》描写了一个靠纺织为生的家庭今昔截然不同的生活，在形象的对比中揭示了洋布的倾销给农民带来的巨大灾难，

① 郭伯恭：《放赈》，周启祥主编：《30年代中原诗抄新编》（豫内资料准印通字汴发第9503号），1995年印，第73—74页。

在土布换不到一星柴米的情况下，农妇只好忍痛把心爱的机杼劈做柴烧，就像宰杀自己亲爱的儿郎一样。

忍痛把机杼劈做柴烧，
宛似宰杀我亲爱的儿郎。
机杼，二十年前为买你，
曾卖掉俺嫁时的首饰、衣裳。
……
谁料到过剩的洋布卷入乡村，
希望，象狂风扫灭残余的烛光，
土布再不能换到一星柴米，
城里的布市也筑起高大的围墙。

连年荒旱炙掉阡陌的禾苗，
繁重的捐税蚀去农村的健康，
纵有伶俐的身手已无处施展，
坐看杼被尘封，机身上结出蛛网。

不敢回忆这二十余年变幻的时光，
生活会如此翻出离奇的花样，
忍痛把机杼劈做柴烧！
宛似宰杀我亲爱的儿郎。[①]

实际上，民国时期国民政府的放贷所起的作用微乎其微。例如，1934年安徽大旱，国民政府救济水灾委员会对受灾严重的十五个县总共发放贷款十五万元，规定每一个互助社以150元至300元为限，平均起来每一个

① 王亚平：《破旧的机杼》，《王亚平诗选》，中国文联出版公司1986年版，第59—60页。

社员只能领到五元，而事实上这些贷款又往往为乡村地主豪绅所把持，贫苦农民反而不容易得到救济。贷款手续繁多，等农民贷出款时，农事往往已经被耽误了。由于灾后农民物资普遍缺乏，大部分农民多用贷款来购买粮食或清偿旧债，实际应用到生产方面的只有极小一部分。再加上外来洋货的冲击，农产品价格跌落，更使许多农民陷入了无法还清贷款的悲惨境地，由此不难想见国民政府放贷救济灾民的实际效果。[①] 所以，在当时的文坛上“丰收成灾”成为文学的一个热点，《现代》杂志上发布的一则“告读者”消息中说：“近来以农村经济破产为题材的创作，自从茅盾先生的《春蚕》发表以来，屡见不鲜，以去年丰收成灾为描写重心的更特别的多，在许多文艺刊物上常见发表。本刊近来所收到的这一方面的稿件，虽未曾经过精密的统计，但至少也有一二十篇。”描写谷贱伤农的较为著名的有叶紫的《丰收》、茅盾的《春蚕》、叶圣陶的《多收三五斗》、洪深的《香稻米》等，此外还有荒煤的《秋》、白薇的《丰灾》、罗洪的《丰灾》等，一时蔚为大观。

（二）中国共产党领导下的民主政权对灾民的救济

真正能够正视灾情，勇于承担救灾重任并取得切实救灾成效的是中国共产党领导下的民主政权。民主政权对灾民的救济方式主要有急赈、工赈、社会互济、生产自救，还有其他一些救济方式如移民就食、放贷、平粜等。虽然他们本身的经济基础薄弱，还处处受到国民党或日伪的经济封锁，但他们能够充分发动民众进行生产自救，探索出一条与国民政府完全依赖政府赈济大不相同的救荒道路。

边区政府进行了多种多样的赈济灾民的活动。例如，1941 年冬到 1942 年秋，太行区雨雪很少，各地发生旱灾，春秋两季歉收，秋后麦子又未种上，更使灾期延长，灾荒更趋严重化。边区政府相继把工作重心转移到救灾上来，成立了各级救灾委员会统一领导救灾工作，派人分赴各地调查灾情，及时制定有效的救灾对策。政府首先拨粮、拨款赈济灾民，并减免公

① 邓拓：《中国救荒史》，北京出版社 1998 年版，第 392—393 页。

粮，保证“不饿死一个人”，极大地稳定了民心。1942年秋季，太行区一次即减免五、六专区公粮四万五千石，随后两年中，又减免公粮十四万零五百石。1943年全区的公粮负担总计比上年减少了近1/5，太岳区同期则减少了1/3，冀南区则减少了2/3。太行区总共下发了二千万元贷款用于救灾，赈贷的粮食达三十八万零六百石，如以全区三百万人口计算，平均每人可得一斗三升的粮食，而同期每人每年负担不超过三斗小米，换言之即两年中人民的负担有21%都用于直接的赈济了。[①]

边区政府有条不紊地展开了一系列救灾举措：有计划地做好逃荒灾民的安置与移垦工作；以工代赈，兴修水利，组织恢复生产，广泛开展灾民自救工作；大力扶植灾民发展副业和手工业；厉行节约，开展社会互济、互助运动。

边区政府在交通要道上设立了许多招待站，每三四十里就有一个，供应过往灾民的住宿、柴火、水，少数则补给一些饭食。确需逃荒的灾民由政府负责开好证明，到达非灾地区后再由当地政府审查登记，然后分配安置到各村，每个非灾县按当地居民数目的3%安插灾民。边区政府发动原有住户“准备欢迎会，物色住地，预备粮食”，“借给家具、耕具，以安灾民迁徙心理”，组织灾民参加各种生产。对落户的灾民，吸收他们参加村中政治、教育、娱乐活动，使其享有与当地村民一样的公民待遇与权利。三月份下了一场雪，太行区拨款3万元外加300石小米作为资送路费，动员灾民回乡春耕。一些民谣就反映了这些安插灾民对共产党和边区政府的无限感激之情，绥德移民在歌谣中就唱到：“咱来边区才一年，赤手空拳把家安：有吃有喝且不讲，还当了自卫军连长……水有源，树有根，麻雀儿还报奶娘的恩：共产党对咱这样好，叫咱八辈子也忘不了。”[②]

根据地的经济收入有限，不可能长期维持单纯消极的救灾方式。为了从根本上救济灾民，边区政府鼓励并帮助灾民实行自救，把救灾与生产结

---

① 齐武：《一个革命根据地的成长》，人民出版社1957年版，第168页。

② 寒枫：《农民谣》，《解放日报》1943年7月24日。

合起来，改变了灾民坐等援助的依赖心理。边区政府以工代赈组织灾民修河筑堤，兴修水利，积极预防干旱灾害，争取农业增产。太行区为此共发放贷款二百三十五万元，粮食二十万斤。涉县漳南大渠宽五至七尺，堰高八尺，北起温村、南到茨村岗上，全长二十六里零四十丈，开凿此渠共用工十一万五千零五个，开支款二百八十万元，粮食五万六千斤，能浇地三千三百二十亩。1942 年因干旱麦种没能下播，太行区组织农民提前春耕，可有些灾民早已将种子吃完，牲畜、农具也都卖掉了，饿得无法下地劳动。太行区提前发放春种贷款三百万元分配灾区，贷给灾民购买种子、农具、牲畜、肥料。另拨救灾贷款十万元，专给一部分极贫困灾民。同时为了让群众吃上饭有力气耕作，又配合春耕发放赈济粮五百石，三次贷粮五千四百石，帮助灾民恢复生产。边区政府党政军还直接参加生产，帮助群众春耕夏收。有的地方由于没有耕牛，部队战士还去帮群众拉犁，当起“光荣的耕牛”。为了粉碎敌人的“大扫荡”，各机关还停止一部分办公时间，连续一周到驻地附近去帮助老百姓送粪下种，师部还特从其他区调来两个团背着粮食前往帮助五、六专区春耕。在党政军民一齐努力奋斗之下，五、六专区的春耕下种工作本来预计七天完成，结果五天即完成，有的甚至三天就完成任务。等到敌人五月“大扫荡”之际，种子已经播种下去了，粉碎了敌人的阴谋破坏。1943 年 8 月 4、5 日下了一场雨后，太行区就立刻组织群众对枯死的玉茭、谷子、南瓜等地进行突击改种或补种，要求在十天内完成晚熟庄稼及蔬菜的抢种、改种、补种的任务，以此度过灾荒。为了完成这一任务，分局还特意指令党、政、军、民、学等机关团体尽量减少办公时间，将所余人力、畜力帮助群众突击补种。由于军民团结合作，全区的抢种在十天内胜利完成。“据不完全统计，五专区磁武用荞麦种二千一百三十五斤，补种了一千四百三十三亩三分。用蔓菁籽五千零九十六斤十一两，补种了两万零三百八十四亩，用萝卜籽一千零四十四斤十二两，补种一千零四十七亩。涉县共补种菜一万六千八百零三亩三分。偏城补种二千九百二十五亩。全区共补种七万多亩。六专区共补种荞麦一万零八百九十三亩，补种菜一万八千九百七十二亩，萝卜三千四百五十一亩五分。”“五专区全区共收秋菜一万万一千九百万斤，全区灾民从年冬到今春，几乎家家都靠吃菜过活。”[①]

范长江在《苏北根据地观感》中高度赞扬了中国共产党领导下的抗日民主政权兴修水利、防灾除弊的伟大事业：“经济建设事业亦已部分实行，如苏北阜宁以东之海滨，海啸每发，辄淹数县。过去修海堡者数十年未尝完成，盐阜区行政公署于数月之内筑成二百余里长堡。后数日海啸大发，但数百万居民已可高枕无忧矣。民众感激，乃以该公署主任宋乃德之姓名称该堡为‘宋公堡’，与宋代范仲淹在苏北所筑之‘范公堡’先后辉映。”[②]与此相辉映，阜宁地区还流传着这样的民谣：“由南到北一条龙，不让咸潮到阜东，从此无有冲家祸，每闻潮声思宋公。”[③] 阜宁地区是苏北一个河汉纵横、水网密布的水乡，射阳河以及废黄河流经此地，历史上水患灾害频发。特别是沿海地区屡屡发生海啸，遭受严重的潮灾，汹涌的海潮越过堤防，往往会淹没大片的房屋和田地，伤及人畜。县志里记载的崔桐的一首诗就描写了这种海潮带来的灾难，“今岁东隅厄，伤心北海翻，万民葬鱼腹，百里化龙门。”一些官吏决心修建海堤根治水患以兴利除弊，其中较为著名的就是文学家范仲淹主持修建的范公堤。与“范公堤”一同传为佳话的是共产党领导修建的“宋公堤”。中国共产党领导下的阜宁民主政权首任县长宋乃德倡议修建海堤，得到了各界的积极响应。在资金严重不足的情况下，民主政府发行公债100万元，调集民工近万人，于1941年5月15日开始施工。在修堤过程中，他们克服了粮草不足、雨水连连和海潮汹涌等各种各样的困难，同时还要对付日伪的“扫荡”和国民党以及土匪的破坏，但宋乃德不畏艰险，亲赴工地监工督导，终于在7月31日建成完工。由于这座海堤修建得质量非常好，高大坚固，

① 晋冀鲁豫边区政府：《太行区四二、四三两年的救灾总结》（1944年8月1日）。河南省财政厅、河南省档案馆合编：《晋冀鲁豫抗日根据地财经史料选编》（河南部分）（二），档案出版社1985年版，第160页。

② 范长江：《苏北根据地观感》，沈谱编：《范长江新闻文集·下卷》，中国新闻出版社1989年版，第1005页。

③ 韩建勋主编：《盐城人物志》，江苏教育出版社1991年版，第213页。

已经福佑了海滨人民安居乐业长达半个多世纪。当地人民十分怀念和爱戴宋乃德这位共产党人，因此把海堤称为“宋公堤”。著名戏剧家阿英专门花了一个多月时间搜集宋公修堤的感人事迹，编写了剧本《宋公堤》，同时还在《新知识》上发表长文《苏北伟大的水利工程建设——宋公堤》，以此表达根据地人民对共产党领导的抗日政权的赞叹与感激之情。

边区政府大力扶植灾区人民发展纺织、运输、榨油、造纸、煤窑等农村副业和手工业，不但增加了灾民的收入，帮助他们度过了灾荒，还打破了敌人的经济封锁，其中运输和纺织两项成绩尤为突出。太行历史上素有“东人吃西米”、粮价东贵西贱之说，边区太行分局组织灾民从西线抢购大量粮食运输到东线。“总计从四二年十月到四三年五月底，灾民共赚运输费合小米三万五千余石，按脚夫每日一斤米计，可解决五万三千人三个月的食用。”[①] 不但稳定了粮价，还解决了一部分灾民的食粮问题。太行区还贷花贷粮给农户，组织妇女开展纺织运动。“为此乃规定由公家贷花贷粮，每斤花纺成线，发工资米二斤，线织成布，发工资米一斤。工商局派了九十多个干部，专门下去指导，从四二年秋后开始，经半年的努力，得到了很大的成绩。”到 1943 年 9 月，太行区仅五、六两专区就有 44567 个妇女从事纺织，共纺花织布 316505 斤，获得工资 500936 斤小米；到 1944 年 4 月底，全区有二十多万妇女参加纺织，纺织收入共计三百四十万斤小米。从林北县桑耳村灾民桑汉堂的家境变化可以看到纺织生产给他家带来的巨大变化，他家共有四口人，在未组织纺织前讨饭吃；参加纺织后，每天有二斤米的收入，除了每人每天吃六两外，还剩半斤。从二月到五月，他家共纺花一百二十斤，获得二百四十斤米，除去吃掉的还结余六十斤米，能吃到七月底，一家的灾荒就这样度过了。[②] 晋察冀边区也大力发展纺织业和运输业，1943 年春季的三个月当中，仅北岳区的三、四、五专区就有

① 河南省财政厅、河南省档案馆合编：《晋冀鲁豫抗日根据地财经史料选编》（河南部分）（二），档案出版社 1985 年版，第 139 页。

② 同上书，第 143 页。

"两万以上的妇女参加了纺织工作，上万的群众参加了运销工作，得到盈利和工资不下六十万元。"①

康濯的小说《灾难的明天》就以此为背景，描写了在严重的灾荒期间，边区政府组织发动人民救灾度荒。1942 年大旱，冀察晋边区的一个村里的大水井都打不出水来。许多人都眉头紧皱地唉声叹气起来，政府发的一点赈灾粮早吃光了。他们只好靠烂枣、糠粑和野菜来塞肚子，可到了秋天野菜也都没了。这时人心开始动摇，有人把自家的大锅卖了，有人把屋上的几根梁木也卖了，还有人把不够法定年龄的闺女往外村送，有的人嚷着要偷偷地逃去敌区逃荒。边区政府又加发了一批救灾粮，嚷着逃荒的人才少起来。为了填饱肚皮，老实巴交的农民祥保把自家的老驴都卖了。在一片逃荒的嚷嚷声中，他的老婆春妮也为之动心，硬逼着他去逃荒，说"哪块黄土不埋人?""饿死在外面，比呆着受罪强!"并且以离婚相威胁，而一向都看不惯儿媳妇的婆婆则坚决反对逃荒，并对儿媳破口大骂。在这种情况下，村农会主任老吴就出来组织大家进行生产自救，发放贷款，动员男人去跑运输、妇女搞纺织，帮助灾民度过灾荒。为了给村民树个榜样，他就找祥保合股外出搞运输，祥保从没出过远门不大愿意去，老吴就鼓励他说："我出牲口你跑道，赚了，对股劈；赔了嘛，贷款路费都算我的!"祥保被说动了心，就赶着牲口去跑运输，结果第一趟就赚回了半斗玉米，信心十足，放言要赚回一头驴来。村妇救会组织妇女参加纺织，春妮也开始学起了纺线，老吴还劝导她："你娘是老把式，跟她学学。"婆婆看到自己的手艺又发挥作用了，便开始指点春妮，晚上还点灯对纺，展开生产竞赛。小说充分地展示了边区政府进行生产救灾的救济方式，赞扬了老吴脚踏实地的救灾态度和方法。

1943 年的大灾荒期间，边区政府号召各界行动起来，节衣缩食以救济灾民，提出了每日节省小米二两、一两、五钱的捐救口号。所有党、政、军领导下的成员都自动地参加了这一运动，时间上少则两个月，多的则达

① 劳农：《目前生产救灾工作的几个问题》，《战线》第 105 期，1943 年 3 月 15 日。

八个月。节约方式很多，有冷食一日，省得柴火费救灾者，有食糠三日拿余米救灾者等。为了进一步节约口粮，边区部队机关还发起采野菜运动，大批采集野菜、树叶作为代食品。1943 年秋天，仅太行部队采集的野菜，就在一百万斤以上，太岳部队从 1943 年后半年到 1944 年春，节约救灾的小米，共达十万零六千七百九十七斤。[①] 边区政府对群众也提出了社会节约的要求，反对大吃大喝，劝止迷信摆贡及祭礼，提倡婚丧节俭朴素，在灾荒严重时还下令取缔了大道两旁一些大村庄集镇肉铺和饭铺，禁止卖油条、肉包、羊汤、杂烩等。在节余粮食之外，还发动了捐款运动。如抗大六分校的五毛钱运动，陆中的一角运动。在募捐方面，进行了广泛的社会动员。在灾区提倡“急公好义，仗义疏财，富济贫，有济无，亲戚相助，邻里互济”；在非灾区提出“一把米能救活一家人，一斗糠穷不了一家”的口号，开展“一把米”、“一升糠”及某些地区的“一个窝窝”的运动。据不完全的材料统计，三专区各县共募捐小米 690 石，糠 30 万斤。四专区各县“一把米运动”募捐小米 300 石。一专区各县“一把米运动”捐米 350 石，糠 20 万斤。一般劝募，共粮食 410 石，糠 114880 斤。这些米和糠，在春季分别支援了五、六专区。

钟纪明、李维翰的戏剧《三石粮》描写了边区政府为了防旱备荒，大力提倡婚事俭办。一对年轻人小红和徐有娃在此号召的影响下，准备节俭举办自己的婚事。但徐有娃的父亲徐焕亭怕别人笑话自己，执意要卖掉三石粮来给自己儿子办一场像样的婚礼，逼着有娃去卖粮食。有娃的母亲回忆起往年饥荒下所受的苦难，试图以此劝说丈夫改变主意，但没能成功。最后有娃把要卖的粮食放到舅舅崔主任开的义仓里存了起来，以备度荒。经过舅舅崔主任苦口婆心的劝说，徐焕亭终于打消了大张旗鼓办喜事的念头。在有娃结婚的那天，崔主任向亲朋好友宣讲了存粮备荒的严峻形势，大伙都明白了婚事从简的意义和道理，并没有因为婚礼招待的简陋而不高兴，父亲徐焕亭也感到轻松了许多。

---

① 齐武：《一个革命根据地的成长》，人民出版社 1957 年版，第 189 页。

二　民间团体的救济

灾荒发生后，除了当地的政权组织对灾民进行救济外，一些民间机构和团体也对灾民进行积极的救济。中国古代由于小农经济非常脆弱，一遇灾害便会导致饥荒，而政府又不可能完全负起救济的责任，这时便相应地开展一些民间救济来补充政府的不足。

民间救济首先是从宗族内部开始，形成一种家族自救的传统。由于有着宗族血缘关联，家族救济很容易得到家族内部成员的认同。一些大家族都有购置的族田，用族田的收入救济贫弱和那些遭遇灾害无法生活的族人。一些宗族还专门设立了义仓，将义仓收获所得借贷赈济那些遇到灾害濒临破产的族人。族田是在宋代以后才逐步兴起的，族田分为两种，一种是普遍存在的专门用作祭祖开支的祭祀田，也称为祭产或祀田，它的数量一般不大。一种是由族内有地位、家境殷实的人捐钱购置或大家合伙捐钱购置的田地，用来赈恤孤寡或接济那些贫穷无法自足的族人，或作为其他公益之用，这种赡族田也被称作义田或义庄。义庄本来是指掌管族田及租米分配的机构，但后来不加区别，把义庄和赡族田看成一族土地的通称。族田义庄之举创始于北宋范仲淹。宋仁宗皇祐二年（1050），范仲淹在苏州长洲、吴县购置田地十多顷，将每年田地所得的租米作为各房族人衣食、婚嫁和丧葬之用，始称“义庄”。义庄收入不仅仅用来赡养族人，后来还扩大到赈济当地贫苦百姓和培养本族士人，义庄发展成为宗族治理的一个重要纽带，起到强化宗法关系、维持社会稳定的作用。吴组缃的小说《一千八百担》对义庄就多有描写，义庄的一千八百担财产要维修祠堂、兴办学校，此外还要救济生活困难的族人，甚至遗老鑫憔老头子还要提议领取古稀俸，说明宗族义庄曾经对老幼妇孺提供一些生活保障和福利待遇，这些都是一种典型的家族民间自救的反映。家族间的救济可以保护家族内部的族人免遭饥荒，同时还可以集中家族的力量去兴建一些小型的水利工程，而这些工程单靠一些个体农户是无法完成的。除了宗族内部的救济外，还有一些扩展到宗族外部的互助救济组织。

到了近代，国外的一些救济机构和模式也被大量效法，救济和慈善组织更加的普遍，诸如育婴堂、养济院、普济堂、红十字会等也都纷纷涌现，像红十字会和华洋义赈会等机构在民国时期的灾荒救济中都发挥了重要的作用。流萤在《友情的巨手》中描写了那些不辞劳苦的国际友人的形象。在1942—1943年河南灾荒的救济中，许多外国牧师组织起来，通过设立粥厂、办收容所、建难童学校等方式来安置救济灾民。其中，郑州的国际救济会的救灾工作入手最早，成绩也是最好的。“他们已经办起的，现有四个粥厂，容四千人，一个难童学校，男女生共八百人，另外有两个收容所，有一千零八十人。统计起来，共计五千八百八十人靠着国际友人的帮助得以不死。”[①] 郑州的国际救济会当中除了樊神父是意大利人以外，委员们差不多都是来自英国或美国，其中美籍的有牧师谢可法、索俄西，还有卓教师和吴教师。他们为了灾民一天到晚不停地奔走劳碌着，不遗余力地抢救那些处于死亡威胁中的难民。七十多岁的谢可法老牧师尤其令人敬佩和感动，他一个人独立负责发放郑州、广武、荥阳等八个重灾县的救济金四十万，另外还经手发放麦款十八万、公教医院三万、灾民诊疗所三万，“总计起来，连粥厂、收容所、难童学校，每月开支二百四十多万，但负会计责任的人，只是年逾七旬的谢可法老牧师一人，他的口号是：救灾要‘直接送入难民口中’，决不主张发放的过程手续繁复，拿这个钱开支到发放的过程上，尤其害怕沉淀到经手人手里。一个人一个月经手两百多万的开支，这是如何可惊的事，按中国的习惯，这庞大的开支不知得多少人经手呢。”[②] 让人更加感动的是，他们不但不辞劳苦地救济灾民，而且还彼此之间展开了认真的竞争，都想为各自所在地的灾民多争一些救济金。国际救济会在河南原来只有一个地方分会，地址设在郑州，因此英美援华会拨给河南的救济金全都汇寄给郑州。郑州的国际救济会准备在麦熟的两月前扩大救济，打算用五百万的巨款收容五万灾民。王普霖牧师来河

① 流萤：《友情的巨手》，《前锋报》1943年4月17日。

② 同上。

南视察的时候，洛阳、许昌、漯河等地也都纷纷请求援助，于是他决定把国际救济会救济金的一半分给这些地方，另一半分给郑州。王普霖牧师的这种决定是为了救济更多的河南灾民，但他的做法却引起了郑州几位牧师的不满。他们就对王普霖牧师说："有人说你是灾民的福星，依我们看你是郑州灾民的祸星。""你为什么分出郑州的灾款，觉得灾情轻么？要人证要物证？如果想看死尸，今晚一夜就可以给你招到一千。"他们的责难让王普霖老牧师感觉非常难受，便对他们说："我是凭着良心做事的，这里惨，所以你们独分一半，其他各处统共才分一半，他们也一样地惨啊！"对比国民政府的救灾，记者不禁感叹道："用的是友邦的钱，救的是我们的人，他们不仅不辞烦劳，而且还那么认真地竞争着，相比之下，我们中国人，尤其是负有人民生命责任的人，是应该知所惭愧，知所感奋的。"[①]

由于灾民众多，也给这些民间救济带来了许多尴尬难为之处。比如，国际救济会的人员看到许多难民的尸体躺在门口觉得于心不忍，就派人抬去掩埋。可谁料从此以后，救济会门口的死尸比头天还多。有人知道这里肯埋，便把死尸搬到这里，害得他们也不敢多管了。以至于出现了这样的事情，"昨天发现这两具死尸，给县政府打了电话，今天还在这里。"在国际救济会难童学校的井边有一个十八九岁姑娘的死尸，一只胳膊已经被狗吃掉了，尸体血肉模糊地暴露着。作者慨叹说："我昨天只见到还剩一丝气的人眼巴巴地望着救济会粥厂的墙，希望能够进去，但谁会料想到连死后的尸身还要躺在国际救济会的门口等待掩埋呢?"[②] 有人曾埋怨国际救济会固然在郑州救了不少人，但也因为他们多死了许多人。因为他们收容灾民的人数控制得非常严厉与苛刻，说收四千人那么连四千零一个也不收。可是四周的灾民听说郑州有粥厂，就都成群结队地往郑州跑，来到这里又进不去，好多都饿死在国际救济会的门口。作者议论说："我们是四万万人口的大国，我们有自己的政府，救人民于水火使之不死，本来是最起码

---

① 流萤：《友情的巨手》，《前锋报》1943年4月17日。

② 流萤：《"死角"的弦上》，《前锋报》1943年4月21日。

的责任。而我们却无力做到，使外国人的布施成了高不可攀的德泽，使人家感到善门难开的苦恼，作为一个有血性的中国人，谁不感到羞愧呢？”[①] 此外，国际救济会的难童学校只收留儿童，那些被幸运地收留在墙里面的儿童生活无忧，而他们的家长却是另外一种情形，七八百个孩子当中三分之二都没了爹娘，而在冬令之前大半的孩子是有父母的，但经过一个长冬，他们的父母饿死的一天比一天多起来，每天都有小孩哭着要求救济会施舍棺材给他们的父母。“许多衣衫褴褛的人，在门口张望，因为那里面有他们的欢蹦乱跳的孩子，但他们却空着肚子，吐着黄水，有的上午还在门口张望，下午便死掉了。”[②] 记者离开学校出来时遇到两个女孩，扯住自己的衣裳哭着哀求能把她们也收进去；还有四五个灾民跪下来请记者写张纸条把他们送到粥厂去。“我不敢看他们希望的眼神，只好给他们一些小小的施与。这墙里面是个生的圈子，可惜太小了，不，可惜墙外的人太多了。”[③]

第三节　灾荒愈演愈烈的人祸因素

民国时期，不仅仅是自然灾害频发，同时在灾害中还夹杂着人祸的因素，致使灾荒愈演愈烈。比如 1931 年大水灾，“此次水灾灾区遍十六省、灾民达七千余万，受祸之惨，为数百年来所未见，然天灾之为害，未尝不因人事之未至而益烈，苟政治修明，应用二十世纪进步之科学方法从事建设，培植森林，疏浚水道，修筑堤防，虽不能完全避免天灾之侵害，要亦当减少损失之数至最低限度，而且事后之救济与原气之恢复亦较易为力也。顾国内频年战事，百废莫举，各地方官对于水利堤工，亦鲜防患未

① 流萤：《“死角”的弦上》，《前锋报》1943 年 4 月 21 日。
② 流萤：《友情的巨手》，《前锋报》1943 年 4 月 17 日。
③ 同上。

然，一旦灾害之来，实难于应付。此次全国几于大半陆沉之巨祸，虽曰天灾，究亦人力未尽之故耳。”[①]

印度学者阿马蒂亚·森对于灾荒形成的原因做过精辟的论述，他认为饥荒意味着饥饿，反之则不然。饥饿是指一些人未能得到足够的食物，而非现实世界中不存在足够的食物。“虽然饥荒总是包含着饥饿的严重蔓延，但是，我们却没有理由认为，它会影响到遭受饥荒国家中的所有阶层。事实上，至今还没有确凿的证据表明，在某一次饥荒中，一个国家的所有社会阶层都遭受了饥饿。这是因为，不同社会阶层对食物的控制能力是不同的，总量短缺只不过使各阶层对食物控制能力的差异明显地暴露出来而已。”[②] 这就说明灾荒现象的出现不是粮食供给不足，而是取决于不同阶层的人们对粮食的支配和控制能力，这种能力表现为社会中的权利关系，而权利关系又决定于法律、经济、政治等方面的社会特性。具体分析民国时期灾荒形成的原因是一个很复杂的问题，其中涉及政治不清、军阀混战、兵匪横行、水利失修、民智低下、囤积居奇等各个方面，也与救济过程中的漠视民命、赈灾不力、贪污腐化等因素有很大关系。

“苛政猛于虎”，国民政府的横征暴敛、苛捐杂税繁重，导致大批农民破产。范长江就描写了一些地方官员在灾情严重之际“救灾不忘收税”，还把它奉为政治格言。国民政府沿袭了北洋军阀的预征制度，预征的年限少则一年，有的竟长达三四十年，比如乐至县在 1936 年已经开始预征 1978、1979 年这两年的欠粮。“民国才二十六年，而在二十四年时，已收到民国六十八年。钱粮岁数大过实际民国岁数约三倍，这是四川政治的奇迹之一。而尤其的，是此种预征钱粮，二十四年已明令豁免，到二十六年灾荒如此严重期中，反而强收旧欠。民间无力，往往因三五元之欠数，动

① 中国历史第二档案馆：《民国以来历次重要灾害纪要（1917—1939 年）》，戴秀荣选编，《民国档案》1995 年第 1 期。

② ［印度］阿马蒂亚·森：《贫困与饥荒——论权利与剥夺》，王宇、王文玉译，商务印书馆 2001 年版，第 58—59 页。

辄被关押，押后不给伙食，要自备食费，勒索至每日五角至一元之多，这比入监狱还低一等，因为在监狱中还有人给饭吃。”[1] 一些国民党军阀巧立名目，加收各种苛捐杂税。广东军阀陈济棠统治的潮梅地区，“税捐的名目特别多，乡村的房子要抽税，吃点心也要抽税，乡村游神要抽税，妇女正月探亲也要抽很重的捐，大大小小差不多几百种。”[2] 难怪人们要惊呼“民国万税”了，这些“赋税的名字绝顶的聪明人也记不完”，农民即使遇上丰年到头来也一无所有。程率真的诗歌《收获》就反映了农民在丰年也一无所获，时刻濒临破产的悲惨命运。

想起了也真够令人心酸，
原来农人们把麦子一斗斗卖个干净，
完了粮银，出了捐款，
赋税的名字绝顶的聪明人也记不完；
地主和债主再要去一半，
农人的手中已经没有一文钱。
没奈何，只好去推推担担，
在肩膀头上磨下几文血汗钱；
就这样养活儿女，一步步向前，
请看那饥饿的脸，
灰暗里永笼罩着一个悲惨！
不要说这收获时期的可喜，
如今再也找不到农人的笑颜。……[3]

军阀割据、互相混战也是导致灾民遍地的一大原因。马罗立在《饥荒

① 范长江：《川灾勘察记》，沈谱编：《范长江新闻文集·上卷》，中国新闻出版社 1989 年版，第 542 页。

② 《国民党统治下广东潮梅的苛捐杂税》，《红色中华》第 187 期，1934 年 5 月 11 日。

③ 程率真：《收获》，《海星》（开封）第 1 期，1936 年 7 月 16 日。

的中国》中对于1925年四川发生的饥荒作过如下描述："在一九二五年里，中国中部，发生过一次饥荒；讲到那次饥荒，贵州和四川两省底启衅，也是其所以发生的原因之一。贵州底军队，起初侵入四川底南部，但一经开战后，重被驱逐出来。当这支军队溃退的时候，将凡是宜于负重的牲畜，一概满载着谷粒，携带出境。驱逐邻军出境的四川军队，因为一路上所获给养过少，于是逞其战胜余威，立即将该地被抢剩的食粮，全部提去，忍使那班和两方军事当局毫无关系的无告良民，惨受饥荒底侵迫。"[①] 军阀割据致使政令不畅，导致救灾物资无法运输到灾区。1929年西北大旱时，"积大米的商人、放高利贷的人和地主，他们由武装警卫保护着，大发横财。令人吃惊的是，就在这些城市里，官员们还在和歌妓舞女跳舞打牌。成千上万吨小麦和小米无法运给灾民，因为西北的一些军阀扣留了他们的全部铁路车皮、不放一节往东驶去，而国民党的一些将领则不让车皮西去，因为他们担心车皮会被对方扣留。"[②] 特别是陕西地区的军阀为了自身利益，鼓励当地农民大量种植鸦片，结果灾荒来临时全省竟无多余的粮食可调剂。贵州地区，"粮食是本地出产，向极便宜，米每石不过两三元。后因烟禁废弛，人民趋利，概把种粮食的土地改种鸦片，加之兵匪之乱，价值遂飞涨不已。民国十年秋，米每石涨至三十六元，为黔省亘古未有的现象，令人惊叹。年底，据各县知事报告，因缺食饿死的约五六万人，生计的困难可想而知了。"[③] 这种强行勒令或鼓励种植罂粟的政策带来了严重的后果，"许多生产谷米的田地，变而生产鸦片，成为民食缺乏的原因。"[④]

四川省在灾情严重的情况下还强派鸦片与强验地契。"鸦片系由禁烟机关按月派到县政府，县政府派区公所，区公所派联保主任办公室，联保主任再派之于人民。所有地方政府均成为派烟机关，失掉地方政府应有之

① ［美］马罗立（W. H. Mallory）：《饥荒的中国》，吴鹏飞译，民智书局1929年版，第101页。

② ［美］洛易斯·惠勒·斯诺：《斯诺眼中的中国》，王恩光、乐山等译，中国学术出版社1982年版，第39页。

③ 于曙峦：《贵阳社会的状况》，《东方杂志》第21卷第6号，1924年3月。

④ 人民出版社编：《第一次国内革命战争时期的农民运动》，人民出版社1953年版，第371页。

尊严。”各县派多少鸦片，根据登记、统计的瘾民数字来定。于是在各种力量的奖掖下，许多县为了邀功就多报数字，导致各县所派鸦片的数量惊人。“如重庆市每月销售额为十四万两，每年销售额为一百六十八万两，每两以批价二元二角计算，即重庆市区，每年在鸦片一项，应负担三百六十九万六千元！武胜如此小县，每月亦派一万五千两，即每月应纳鸦片款三万三千元，每年应交三十九万六千元。全省合计每月销五百余万两，全年六千五百余万两，每两仍以批价二元二角计，如全部都换回现款，每年可得一万万四千四百万元。”这些烟款，只能从那些善良的并不吸食鸦片的人民身上来收取，给人民造成了巨大的负担。“收缴烟款之多少，为地方官吏成绩好坏之考勤标准，逼使地方官吏为自身计，便不顾人民死活。其销烟不力者，则记过等处分随之而来，在急如星火之催款令下，各级地方机关均皆为此而奔忙。”① 在灾情严重的同时验换地契，收取验契费，给民众又带来一大负担。“百元以上之地契，每张收工本及验换费各一元五角，即共计三元，百元以下之地契单，收工本费一元五角。”“对于此时之川民，却非同小可。因‘百元以上’代表四川极大多数土地所有权单位，而且‘百元以下’之土地所有权单位，主要为中下层农民，彼等已食树皮泥土，试问有何力量可以纳此重捐？政府催逼验契，农民有将地契奉送催款人者，更有趁此机会故意犯法者，他们希望被拘入狱，以求得囚粮一饱。”

军阀之间的混战导致了水利设施年久失修，有的甚至遭到人为的严重破坏，对水旱灾害起不到应有的调节功能，加大了灾荒发生的概率。1924年，吴佩孚把保护黄河大堤的柳树砍伐卖掉，筹集军费500余万元，对黄河沿岸人民的生命安全视而不见。② 30年代初，蒋介石曾将武汉用于修筑堤防的数千万之积存金全部挪用军费，对全国发生的大洪水置若罔闻。③

---

① 范长江：《川灾勘察记》，沈谱编：《范长江新闻文集·上卷》，中国新闻出版社1989年版，第558—559页。

② 守愚：《直系余孽对河南民众之剥削》，《向导》第186期，1927年1月31日。

③ 陶直夫：《1931年大水灾中中国农村经济的破产》，《新创造》1卷2期，1932年5月。

1933年5月，四川军阀刘文辉以水代兵将灌县都江堰掘毁，使内江之水涌入外江，致使川西36县良田非涸即涝，不能耕种。[①] 更为悲惨的是1938年，蒋介石为了阻止日本人的进攻，实施以水代兵的战略部署，悍然下令让部队扒开黄河花园口大堤，“泛区人民因事前毫无闻知，猝不及备，堤防骤溃，洪流踵至，一泻千里，席卷而下，人畜无由逃避，尽逐波臣；财物田庐，悉付流水。当时澎湃动地，呼号震天，其悲骇惨痛之状，实有未忍溯想。闻多攀树登屋，浮木乘舟，以侥幸不死，因而仅保余生……辗转外徙者，又以饥馁煎迫，疾病侵寻，往往横尸道路，填委沟壑，为数不知凡几。幸而勉强逃出，得达彼岸，亦皆九死一生，艰辛倍历，不为溺鬼，尽成流民。”[②] 花园口决堤使得黄水肆虐，造成了惨绝人寰的特大悲剧，河南、安徽、江苏三省所属44县5.4万平方公里土地遭受黄水冲击，89万人在黄水中丧生，形成了长达400多公里的黄泛区。自此一直到1947年黄河归豫鲁故道，黄水在泛区泛滥达9年之久。河南首当其冲，有“20县受灾，675万亩耕地被淹，117万人逃往，32万余人死亡。”[③] 作为此次灾荒的见证人，诗人臧克家曾这样描写黄泛区的悲惨景象：“对于这次以八九十万人民的生命和无法估计的财产供作牺牲的人造黄泛，我也是它的一个见证人。我在豫东虽然只见到了它的一点余波，那景象已经够动魄惊心的了。举目茫茫，一片黄汤，树木的梢头挣扎出水面遥遥地向人招手，日用家具象小船随波漂荡，时而看到人的尸首和死了的家畜互相追逐着，好似恋恋地舍不得分开。平地上行船，高的屋脊鱼似的掠船而过。在退了水的土堤上，走动着一些无衣无食无家可归的受难者，他们有的睡在露天里、有的在树上打一个吊铺。时间仿佛倒退了一万年，二十世纪的人民在过着原始时代的生活。”[④] 面对黄泛区流民遍地的惨象，《河南民国日报》一位

---

① 阳春：《中国经济的和财政的破产》，《斗争》第39期，1933年12月19日。

② 《河南省黄泛区灾况纪实》，河南省社会处1947年辑印。转引自《黄泛区人民的血海深仇》，《河南日报》1962年7月17日。

③ 河南省水利厅水旱灾害编辑委员会编：《河南水旱灾害》，黄河水利出版社1999年版，第50页。

④ 臧克家：《毛主席向着黄河微笑》，《人民文学》1955年10月号。

署名"冠生"的记者曾经写了一首诗，诗歌描述了他所观察到的情形："黄水望无边，灾情实堪伤，村村皆淹没，家家尽饥荒，贫者本苦难，富者亦无粮，结队离田园，流浪至何方？忍饿暑天行，面瘦黑又黄，偕妇载婴儿，啼号道路旁，日落原野宿，辗转秋风凉，流民成千万，何处是安乡！"更为令人气愤的是，政府曾多次下令"登记灾民，护送外出"，但河防部队私自把守渡口，灾民没钱就不让通过，接送灾民的船只也被用作走私船，灾民只好望船兴叹，他们被迫"扶老携幼，泥水涉渡，辗转数十天尚不得登岸者，随处可见"。他们还对到灾民处卖食物的人严加盘剥勒索，更加重了灾民的负担，"彼等规定来往灾民处之贩卖蒸馍及零食者，每人过渡一次，亦须交纳渡口捐三元"，因此，三角一个的蒸馍到达三里之外的灾民处，就要加价卖到五角，"其情之惨，可谓吮血吸髓"。[①]

一些不法奸商唯利是图，在灾荒期间囤积居奇，致使粮价飞涨，人民无法购买到相应的粮食，也是加重灾情的一个方面。还有一些商人乘机勒索，逼迫农民在灾荒中卖掉其心爱的土地。斯诺在其调查报告中曾指出这一点，"灾情最严重的时候，在这个黑暗的国家里出现一群贪婪者。他们以免收拖欠的租金或只付几个铜板的方式、从饥饿的农民的手里收购了成千上万亩土地，等到旱情解除时再租给佃户。"[②] 郭伯恭的诗歌《放赈》就描写了地主李大爷借青黄不接的放赈之机，把灾民的土地收买到自己手中，并且盼望着老天不要落雨，明年再来一次放赈！美国画家格兰姆·贝克曾描述了在河南大饥荒中发生的这种情形："囤积者们囤积小麦，等着饥馑促使小麦价格飞涨。然后他们用获得的暴利低价购买土地、儿童和那些快要饿死的人的其他财产。据说，有钱的富人在西安附近设立了几个大规模的组织，派出代理人前往灾区削价购买土地和奴仆。"[③] 熊佛西的独幕

---

① 《豫皖黄泛查勘团查勘报告书》之《灾民外逃情形》，黄河水利委员会档案馆，档案号MG4·1—124。

② ［美］洛易斯·惠勒·斯诺：《斯诺眼中的中国》，王恩光、乐山等译，中国学术出版社1982年版，第39页。

③ ［美］格兰姆·贝克：《一个美国人看旧中国》，朱启明、赵叔翼译，生活·读书·新知三联书店1987年版，第352页。

剧《囤积》就描写了人民整日处于饥饿之中，而一些贪官却欲借机囤积发财的丑剧。1940年夏，农民田顺子一家无米下锅，刚生产的媳妇也断了奶水，孩子饿得哇哇大哭。他只好出去借粮，不久就用上衣包着几升米回来了，而联保周主任也随后跟来准备抓捕他，说他抢了李局长家的粮车。顺子便呼冤枉，说是别人用自己的镰刀割破了粮袋。小学教员陈新明也劝联保主任放了顺子，去打击那些发国难财的奸商土豪。这时，某局长的管家张三爷恰好也来找周主任托他多买些米，周主任没答应。陈教员痛斥正是张三爷这些人害得老百姓无法生活，周围的群众在陈教员的带领下喊着“打倒囤积粮食的汉奸”追打张三爷。一些商人的肆意妄为，也加剧了天灾的后果。茅盾的《霜叶红似二月花》里描写了江南大雨后，惠利轮船公司的经理王伯申不顾两岸农民的利益，让轮船在河道中肆意行驶，致使河水溢出两岸，淹没了许多农田。

国民政府漠视民命，赈灾不力，在救灾过程中敷衍塞责、互相推诿扯皮，没能真正行动起来，即使仅有的一点救灾行动也落不到实处，救灾款项被层层截留挪用，甚至被个别官员中饱私囊，出现了许多贪污腐化的案例，这些与灾情的扩大有着极大的关系。

在1942—1943年河南灾荒期间，国民党不但不积极去救灾，还漠视河南人民的生命，对河南的灾情实行严密的新闻封锁。1943年2月1日，重庆《大公报》上刊登了高峰的一篇题为《豫灾实录》通讯，掀开了被重重帘幕遮蔽的河南灾荒的一角。紧接着主编王芸生又写了一篇社评《看重庆，念中原》，把政府逼粮行为与《石壕吏》相对比，为河南灾民鼓与呼。结果，这篇社评戳到了国民党政府权贵的痛处，蒋介石竟然不顾公意，以国民政府军事委员会名义悍然下令将《大公报》停刊三天，以示惩戒。结果这一消息引起了《时代》周刊记者白修德的注意，他克服了重重困难险阻，亲赴灾区去探明真相。他在通讯里对河南灾荒作了措辞严厉的指责，认为这场惨绝人寰的大灾荒本来是可以避免的，“我的笔记在告诉我，我只是报道亲眼所见和经过验证的事实。然而，这些事实却连我自己都感到难以置信。狗在路旁啃着人的尸体，农民在夜幕的掩护中寻找死人身上的肉吃。无尽的废弃村庄，乞丐汇聚在每一个城门口，弃婴在每一条道路上号哭和死去。没有什么方式能描绘出河南大灾荒的恐怖。更具讽刺意味的是，被指望用以缓解饥荒的春麦，此时还在田地里泛着青色，要等到两个月后才能成熟。而最可怕的结论是，这场灾难本来是可以避免的。”[①] 这篇措辞尖锐的报道深深地刺痛了正在访美的宋美龄，她气急败坏地给《时代》的老板亨利·卢斯打电话，要求他解聘这个鲁莽的小记者，遭到卢斯的严词拒绝。白修德回到重庆后把自己灾区见闻报告给史迪威将军和美国驻华使馆，还接连拜会了时任国民政府军政部长的何应钦、立法院长孙科、四川省政府主席张群等。对于“任何一个愿意听他讲话的人”，他都要迫不及待地向他们倾诉中原的灾情。“只要河南的无政府状态不终止，我就要继续我的徒劳的呼喊，并且希望有可能动员起美国的新闻舆论。”就像他自己在回忆录中所说的那样：“当我设法要见到蒋介石并告诉他河南发生的一切时，我完全无法控制心中的愤怒。我几乎像是发了神经病一般地吼叫着说：‘人民正在死去！人民正在死去！’”[②] 他后来又去谒见蒋介石，蒋介石用僵硬的握手表示礼节，然后就坐在他的高靠背椅上，脸上带着明显的厌烦神情听白修德描述河南的灾情，起初无动于衷，后又否认征收了河南农民的税。当白修德告诉河南发生吃人的事情时，蒋介石矢口否认说在中国绝不会发生这样的事情。白修德说自己看见狗在路边吃人，蒋介石也说不可能。白修德就把一直等候在隔壁接待室的福尔曼叫进来，“他的照片清晰地显示了狗在扒出来的死尸旁馋涎欲滴的情景。这个最高统帅的脚踝开始轻轻地痉挛起来，是一种神经质的颤动。他问这幅照片是在何处拍摄的。我们告诉了他。他掏出他的小印戳，拿起毛笔，记下笔录。他询问官员们的名字，还想要更多的名字，要我们为他提供一份详尽报告，不要把人的名字遗漏了。就象他本人陈述一项声明似的，他只是无精打采地说他已告诉军队为人民节约粮食了。他还向我们道谢，并夸奖我说‘比我派出去的任何一个调查员’都能干。从我领进去到被领出来只有

① 宋致新编著：《1942：河南大饥荒》，湖北人民出版社 2005 年版，第 18 页。
② 同上书，第 35 页。

20 分钟的时间。”[①]

《豫灾实录》的报道并没有夸大和虚报灾情，国民党政府也并不是不知道这一点。一些高级官员早在 1942 年就已知晓了灾情，何应钦在致赈灾委员会委员长许世英的信中就谈及此次旱灾：“顷接洛阳曾总司令万钟午养（7 月 22 日）电称：窃维河南素称农产丰稔之区，乃今岁入春以还，雨水失调，春麦收成仅及二三成，人民已成灾黎之象。近复旱魃为虐，数月未雨，烈日炎炎，千里赤地，禾苗既悉枯槁，树木亦多凋残，行见秋收颗粒无望，灾情严重，系数年所未有，尤以豫西各县为最。人民生活不堪其苦，相率逃灾。”[②] 关键是主编王芸生的社评《看重庆，念中原》的尖锐言辞刺痛了国民党政府，社论不留情面地指摘重庆阔人奢华的生活，而河南三千万同胞深陷灾荒，时刻面临着饥馑死亡还要交粮纳税，《石壕吏》所写情景“竟依稀见之于今天的事实”。“看重庆，念中原，实在令人感慨万千！”其实重庆豪贵的骄奢淫逸比王芸生所说的有过之而无不及，有知情者回忆：“凌勉三那时是重庆大同银行的经理，一日他从香港乘飞机回重庆，起飞前中央信托局托他带给孔祥熙一个洋铁桶，到重庆下机后，接洋铁桶的人才告他说，桶里装的是活螃蟹。”[③]

以蒋介石为代表的国民党政府从上到下一开始就对灾情漠不关心，不愿闻灾、救灾。河南早在 1941 年就已经呈现灾象，河南省政府主席李培基却好大喜功，不察民情。他不但隐瞒灾情，还拼命地征粮，按额完成了当年的征粮任务，受到嘉奖。河南各地方政府也曾向省政府报灾，而省府对此充耳不闻。1941 年当灾荒刚发生时，遭灾的扶沟、许昌等县曾向省府报灾，省政当局以麦苗茁壮（实际秀而不实），“误认各县系避免多出军粮，故意谎报灾情，公文往返，拖延勘查，不肯据实转报中央”，结果坐视灾情恶化。[④] 1942 年二麦歉收之后，秋收又告绝望，李培基还是向中央报告

---

① ［美］白修德：《中国抗战秘闻——白修德回忆录》，崔陈译，河南人民出版社 1988 年版，第 145—146 页。

② 李文海等编：《近代中国灾荒纪年续编》，湖南教育出版社 1993 年版，第 553 页。

③ 张仲鲁：《1942 年河南大灾的回忆》，《河南文史资料》第 53 辑，1995 年印，第 196 页。

④ 《粮政近况——徐勘部长在参政会报告》，《大公报》1942 年 10 月 24 日。

说“河南的粮食收获还好”。李培基等不但自己隐瞒灾情避不上报，还压服地方不让报以实情。“灾后，许昌县府行文上报该县饿死人数为五万余人，当时被认为是已经缩小的数字，但文到省府后，省府认为所报太多，予以驳斥，令再重报。”[①] 由于河南省当局隐匿不报灾情，国民党中央政府按照上报数字给河南摊派军粮。为了征齐军粮，各县都派员催逼，可田里根本就没有那么多粮食，好多农民只能卖掉一切能卖的东西来交粮，弄得倾家荡产，家破人亡。下面是许昌县征粮的具体情景：“当时的许昌县长是河南省内乡县的王恒武，他预报当年许昌的农收为八成，不料旱、蝗连续成灾，不仅只许昌一县，从郑县沿平汉线到许昌附近的各县，麦的收成大都是一成许，秋收则还不到一成，拥有数百亩地的富农还能够有些可吃的东西，贫户人家就不免要饿肚子了。这还是灾况初形成时候的较好现象。王恒武为了做官，不敢实报灾况，只是狠着心按预报的八成数字催农人缴粮，缴不够的派地方自卫团的团勇挨户坐催。所说的坐催，就是住到欠缴实物的农民家里，吃着农民的，要着农民的，农民宁可自己没有饭吃也不能不先打发催粮的人走，于是乎卖衣物，卖牛马，卖耕具，卖掉一切可卖的东西来购粮缴粮。”[②] 这无疑是雪上加霜，在灾民口里夺食。蒋介石对灾情也是漠然视之。1942 年 8 月，河南省灾情调查委员会鉴于灾情日趋严重，公推了三个代表到重庆报灾请赈。蒋介石“不惟拒见他们，还进一步禁止他们在重庆公开活动，宣传灾情”。[③] 2 月 4 日国民党《中央日报》为了掩盖国民政府不恤民命、救灾不力的真相，刊登了一篇文章来反驳《大公报》，竟然说“河南人民所受之苦痛”是“天降大任之试验”，而“中国正是一个天将降大任的国家”，应该像孟子所说的那样，要“经受种种（天）之磨炼，增益其所不能”。[④] 古代发生灾荒时，皇帝大臣都还要反

① 张仲鲁：《关于一九四二年河南大灾的见闻》，《开封文史资料》第 5 辑，1987 年印，第 72—73 页。

② 杨却俗：《忆民国三十一年河南的一次浩劫》，《河南文史资料》第 48 辑，1993 年印，第 93 页。

③ 张仲鲁：《关于一九四二年河南大灾的见闻》，《开封文史资料》第 5 辑，1987 年印，第 74 页。

④ 《赈灾能力的试验》，《中央日报》1943 年 2 月 4 日。

躬自省，认为是“天象示警”，而国民党政府却把自己的责任推得一干二净，真是千古奇文。“一夫独唱，万众齐喑，千百万个中原同胞在临近死亡之时，连呐喊几声的权利也被剥夺了。”[①]

随着灾情的恶化以及媒体的曝光，在社会舆论压力下，国民党也不得不做出一些相应的救灾姿态。国民政府委派中央监察委员张继、党政工作考核委员会秘书长张厉生到河南查勘灾情，宣慰灾民。二张于 10 月 18 日晚抵达洛阳，河南人民一开始就把二张看成重庆派来的救世主，蒋鼎文、李培基等军政大小官员以及各界代表 2000 余人到车站欢迎，闻讯赶来的灾民也云集车站，夹道欢呼。二张抚慰了灾民代表，晚上还接见了绅士代表，并向他们详细询问了灾情，转达了中央对豫灾的关切及愧意。但随后 10 月 22 日，张厉生在洛阳会议上说：“河南固然遇到了灾，但是军粮既不能减，更不能免，必须完成任务。虽有灾应救，但不能混为一谈；同时也不应对灾荒夸大其词，过分宣传，以免影响抗战士气。他还表示，他受党和领袖的栽培及多次提拔才有今天，他一定实事求是，忠于党，忠于领袖。”[②] 他的一席话让河南人民又陷入了冰冷的深渊，原来二张勘灾是幌子，其真实的意图是来为中央催粮。在查灾的路上看见灾民在扒食树皮，张厉生却诬蔑说是地方上故意做样子给他们看的。所以张继眼中的河南灾情就平淡得多，“豫省虽亢旱成灾，但各地情形尚称良好，至灾区善后问题，中央及邻省均在办理中，本年豫省冬耕业已竣事，耕地较去岁增加甚多，如雷雨及时，则豫省明夏丰收已可预卜。”[③]

国民党政府并不是没有能力赈灾，而是不愿意切实地去实行。国民党军政人员生活并不贫困，“孔祥熙以行政院长身份盛宴招待一个英国访华团，在宴席上，他夸耀着说，中国地大物博，抗战数年还是鸡鸭鱼肉，山珍海味，要吃什么，就有什么，不像英国那样，战时每人

① 李文海等著：《中国近代十大灾荒》，上海人民出版社 1994 年版，第 270 页。

② 张仲鲁：《1942 年河南大旱灾片断》，文芳编：《天祸》，中国文史出版社 2004 年版，第 321 页。

③ 《宣慰豫灾——张继等抵西安》，《大公报》1942 年 11 月 5 日。

每周只能配给一个鸡蛋。孔祥熙哪里知道河南灾民在数千里外受的是怎样可怕的灾难?”[①] 郑州的军政要员设宴招待记者白修德，让他品尝富有河南风味的莲子羹、辣子鸡、豆腐煎鱼，还有炸春卷、热馒头、栗子炖牛肉，外加两道汤和洒满了白糖的馅儿饼，这是白修德“平生吃到的最漂亮、也最不忍吃的一席菜”。这顿饭让白修德越发认清了这次灾荒的原因，得出了灾荒是可以避免的结论。美国人格兰姆·贝克也曾得出相似的结论:“在此后两年的河南大饥荒中，死亡的总人数高达二三百万人，在第一年可能就死了近一百万人。这样一场大灾难可能不完全是人为的;但很明显，如果不是人为因素的话，可能不会死那么多人。”[②] 更为滑稽的是本国的灾荒都自救不暇，对之实行新闻封锁，宋美龄和一些国民党高层人物却成立了一个“印度饥荒救济委员会”去救济印度灾民，标榜虚伪的慈善。格兰姆·贝克对此有过辛辣的嘲讽:“当时中国的河南省也处于饥荒之中，其程度和孟加拉邦同样严重。由于河南地处前线，没有什么外国贵宾前往，重庆国民党就不承认河南发生了饥荒，而且禁止报刊提到此事。当然也不可能有什么‘河南饥荒救济委员会’。我并不怀疑在‘印度饥荒救济委员会’中有一些正人君子，也相信这个委员会能把从重庆募捐到的钱送到加尔各答，拯救不少印度饥民。但问题在于这个委员会是由国民党高级头面人物负责的。他们肯定了解中国的河南发生的事情。这些人做出一副姿态来关心一个外国所遭受的苦难，与此同时，却将本国人民所遭受的苦难的事实严格保密。实际上，正是这些人应该对本国人民所遭受的苦难负相当的责任。”[③]

令人痛心的是国民政府官员在赈灾救济中贪污、克扣、盗用钱粮等腐败现象层出不穷，酿成了许多政治丑闻。重庆国民政府甚至利用饥荒来发财，侵吞海外捐款。德国人王安娜揭露了一个现象，“海外响应救济机构

---

① 张仲鲁:《1942年河南大灾的回忆》,《河南文史资料》第53辑，1995年印，第196页。

② [美] 格兰姆·贝克:《一个美国人看旧中国》，朱启明、赵叔翼译，生活·读书·新知三联书店1987年版，第352页。

③ 同上书，第377页。

的号召，捐款救灾，这些钱在法定的金融市场上换成中国货币，但汇率只及黑市兑换价、亦即实际价值的十分之一。这就是说，政府的银行至少吞没了救济金的一半。”[①] 后来国民政府拨给河南的救济款还没有政府银行通过不正当兑换而得的黑色收入多，而赈灾款往往又被下面官员侵吞挪用。1942 年，重庆国民政府贷款一亿两千万元法币给河南，此款交由河南农工银行行长李汉珍与省政府秘书长马国琳经手，办理平粜救灾。李、马联手盗用一部分平粜款，从洛阳贩卖美金公债到重庆做投机生意。直到 1943 年河南灾情即将解除时，才从外省购来一批发霉的小麦，强令以高价配售给各县。[②] 1943 年 3 月，重庆中央政府曾拨给河南 2 亿元救济款（实际只有 8000 万元），但即使是这点钱也没发挥多少作用，“当地官员把这笔钱存入银行，让它生息增值；同时又为怎样最有效地使用这笔钱而争吵不休。在一些地区，救济款分配给闹饥荒的村庄，地方官员还要从中扣除农民所欠的税款，农民实际能得甚少。”[③] 白修德发现这些赈灾款都是面值 100 元的大钞，需在银行兑成小票才能在市场流通，而“一张 100 元的大票只能兑换回 83 元的小票——1 元的、5 元的和 10 元的”，银行便从中侵吞了大量救济款。[④] 赈灾中，贪污盗用救济款和赈灾物资的现象比比皆是。河南省灾情调查委员会副主任委员王汝泮，贪污 200 万元救济款，回许昌老家买了 500 亩地。后来，国民党中央派梁实秋来鲁山追查此事，结果不了了之。[⑤] 据记者流萤的通讯《粮仓里的骨山》报道，汝南县十九店仓库主任付伯明，把平时积蓄有待荒年放赈的积谷一千五百余石小麦信手挥霍，盗用一空。预计从此时到麦熟，每人只要有一斗麦便足以维持生命，也就是说一千五百石小麦可以救活一万五千人。因此，《汝南日报》上大声疾呼

① ［德］王安娜：《中国——我的第二故乡》，李良健、李布贤校译，生活·读书·新知三联书店 1980 年版，第 377 页。

② 梁鑫：《河南农工银行与李汉珍》，《开封文史资料》第 4 辑，1986 年印，第 101 页。

③ 李文海等编：《近代中国灾荒纪年续编》，湖南教育出版社 1993 年版，第 555 页。

④ ［美］白修德著：《中国抗战秘闻——白修德回忆录》，崔陈译，河南人民出版社 1988 年版，第 141 页。

⑤ 司殿选：《200 万元赈济款之谜》，文芳编：《天祸》，中国文史出版社 2004 年版，第 341—344 页。

地说："如果判傅伯明的罪，便是应判杀死一万五千人的罪！"确实，"如果这一千五百石谷不吞到他一个人的肚子里，汝南街头的灾民准会被收罗得干干净净。"汝南县田赋管理处科长李东光，私自将公仓小麦盗卖五万九千斤。这些小麦都是他们私自以大斗大升剥夺来的，国家并没有多得到一粒，人民却是额外增加了五万九千斤粮食的负担，"谁也不敢保证，在新堤的土里躺着的没有它们的主人！""'人民罄其所有，贡献国家'，那是应该的。为了抗战建国大业的完成，他们什么话都没有说。但是，贪官却戴着国家的帽子，利用政府交给他的职权，在人民的沉重负担外更剔尽他们的骨缝，把千万人的脂膏都吞进他一二人的肚子，这是如何可怕的事！"[①] 范长江在其通讯中指出四川旱灾的扩大化与某些权贵有着直接的关联，"最下游的西岸，苍崖翠壁间罗布着无数的琼楼玉宇。熟悉的人可以指出哪一座是某将军的住宅，哪一座是某要人的娇窝。每座宅第动辄花费几万几十万的建筑费。这些钱是怎样来的，与现在吃树皮草根泥土的灾民有绝对的关联。热心筹款的人二角三角的募捐，不如拍卖一座别墅来得有力量！"[②]

许多文学作品都描写了赈灾过程中的阴暗面，使得灾民得不到应有的救济，致使灾荒愈演愈烈。蒋牧良的小说《雷》借雷电这种自然现象，含蓄巧妙地揭露了一些放赈的官员借救济灾民发灾难财的真面目。小说写乔世伦和另一个姓王的团总在发给灾民的三百担赈米中做手脚，在赈米中倒进了许多河沙和糠秕，把先领来的两百担米当做三百担发，克扣了一百担。乔世伦就拿着还没领取的一百担赈米的收据，准备到洪口镇去找县里派下来放赈米的专员韩八太爷去提取，其实这一百担已经和灾民没有什么关系了，已经是他和王团总的囊中之物了。恰巧韩八太爷出去找祖师殿的元真道士谈禅去了，乔世伦只好扫兴而归。在回来的途中，天气突然大变，一时间电闪雷鸣、风雨大作。特别是那震耳的响雷使他胆战心惊，他为人很迷信，听前辈说雷公专门喜欢劈那些不孝敬父母和做了亏心事的

① 流萤：《粮仓里的骨山——汝南的灾情和大贪污案》，《前锋报》1943 年 5 月 16 日。

② 范长江：《川灾勘察记》，沈谱编：《范长江新闻文集·上卷》，中国新闻出版社 1989 年版，第 561 页。

人。他就联想到灾民领赈米时发现了河沙起来闹事，王团总就吓唬说他们是造反，要去镇里请兵来镇压，结果这事情被打压下去了，那些灾民就骂他们要“遭雷劈”。乔世伦想这下子给灾民“骂灵了”，惶恐地瞟着天上的雷公有没有下来。“眼前一丛一丛的小树和柴草，给风扫得那么前仆后仰的。可是乔世伦看来不是小树和柴草，是许多灾民饿得那么东倒西歪，踉跄地领了赈米回来，看着他们烧成饭，可又咽不下去。小孩子咽呀咽的，两个眼睛发了白，老太婆给哽死在路边上，躺得东一个西一个的。不到一会，这些灾民都变成了死尸，又一会变成了骷髅，最后又变成了冤鬼。”他就发了疯地跑了起来，可衣服却被树枝挂住了，他疑心是给后面的鬼给抓住了，他狂叫着“不要抓住我，赈米不是我一个人……”猛然一道电光紧接着就是一个暴雷，把他吓得要死。在惊魂未定之中，他跑到了一个叫祖师殿的庙里，双膝跪在祖师爷爷的香案前不停地把脑壳往地上捣，嘴里一边在忏悔，请祖师爷爷保佑，不要让雷公爷爷来劈他。就在他神志恍惚之际，他的面前出现了一个尖脸长髯貌似“雷公”的幽灵，隔着一丈多远伸出一个指头指着他，发出幽灵般的声音说他吞蚀赈米要遭天谴，该把那张一百担米的收据送了出来。说着那个长胡子的幽灵就荡到了他的跟前，他赶紧把藏有收据的油纸包扔了出去就逃跑，在惊骇中碰着一个蒲团跌在地上，然后就昏了过去。小说在结尾巧妙地点出，祖师殿中的幽灵并不是什么“雷公”，而是被人们称为大慈善家的赈济专员韩八太爷，他偶然之中发现了乔世伦的秘密，于是就装神弄鬼、趁火打劫，把一百担米的收据抢到自己的手中，并且命令米船连夜开回城里，侵吞了乔世伦和王团总克扣下来的赈米。小说结构十分巧妙，通过一个喜剧性的情节，在结尾之处才含蓄地点明真相，韩八太爷是个美髯公。小说把一群赈灾当中发昧心财的小丑形象置于雷电的庄严道义审判之下，无情地揭露和嘲讽了救济当中的腐败现象。

林淡秋的小说《散荒》描写了灾荒之年，政府宣布“散荒”来救济灾民，人们满怀希望焦急地盼望着政府散荒官员的到来，到处都传闻着“散荒人今朝要来了呀！白米，衣服，洋钿，样样都会带来散给我们”。有的听说赈灾人员要到每家每户仔细核查受灾情况，饭箩、衣箱、食橱都要亲手翻看。于是，许多人都连夜把家里仅有的一些财产藏起来，千方百计要把自家装得最穷。“不到半个时辰，一切装着冷番薯的饭箩，都倒得空空的了，樽罐里的冷番薯干粥都换上麦皮羹，食橱里都剩着一碟烂盐菜，衣箱里都剩着一两件破烂的衣衫。”阿六嫂想来想去也想不出方法把自己家里装得更穷，一切都没有了，饭箩本来就是空的，没有食橱，一只破板箱里也是空空的，一家人的衣服都穿在身上了。最后，她瞧见角落里卖了许多次都没卖出去的两片麦磨，想到这不大好，“有麦磨的人家是有饭吃的人家!”于是就把它搬起来藏到柴堆里。在人们的翘首期盼中终于等来了散荒官员，阿六嫂逼着病后皮包骨头的丈夫去领赈米，而丈夫在没有吃饱和穿暖的情况下来回要走六十里的路。可等到头却是空欢喜一场，每家每户只能领到几升米，这对于灾民来说等于杯水车薪，根本无济于事。阿六就向散荒人员提出抗议，要他们加米、加钱或要衣服，在毫无结果下就和他们吵骂起来，被官兵用枪托给打了，并抓了起来。阿六嫂听到这一消息，就像有无数的铁锤在敲着自己的脑袋，经受不住打击就昏了过去。她醒了以后愤怒地抓起别人代领来的赈米冲到门外，把白米倒进了污水沟里。灾民在事实面前终于明白，政府的赈济只是欺骗愚弄人民的把戏，倒掉赈米这一行为倾泻出了他们满腔的愤懑，在灾难面前他们逐渐醒悟过来。

石灵的小说《捕蝗者》描写了农民遭受旱灾，接踵而来的又是严重的蝗灾。李三老爹一家与蝗虫展开了顽强的搏斗，拿着面盆挥舞布条在田里来回奔跑赶蝗虫，可由于蝗虫太多，任凭他们怎么追赶也无济于事，那些干旱后仅存的一些枯瘦的庄稼也被蝗虫啃得差不多了。而这时家里又传来不幸的消息，县警察队的一队士兵开到乡下如狼似虎地催缴“清乡费”，经过一番威逼恐吓后实在榨不出一点钱，就把他家里仅有的一头牛给强行牵走了，逼迫他家拿钱去赎。结果，李三老爹衰弱多病的身体经受不住这接二连三的打击，死在了赶蝗虫的田地里。他的两个儿子没有钱安葬父亲，只好忍痛把牛卖掉，央求人先写了契条拿了些钱去交清乡费，找人到警察队疏通，送了两块钱的好处费才把牛赎出来。看到有人这么快就来赎牛，惹得那些兵士眉开眼笑，嘲讽地骂着说李三老爹的家人是“贱骨头”，“真是属雄黄牛的呀，不打不屙屎的东西!”于是，李三老爹的家人，这些贱骨头们，“话也不敢回，含着泪，像脱逃似的，轻轻地溜走了。”农民们拼尽死力与蝗虫搏斗，但却并未能消除蝗灾。直到李三老爹死了七天之后，蝗虫才开始渐渐稀少，又过了十几天连蝗虫的影子都看不到了，蝗虫已经飞往别处就食去了。令人意想不到的是蝗灾过后，县长竟然发布告示，派专员下来监督灭蝗除害的工作，还要求人们务必殷勤招待。

> 照得神农尝草，始有五谷降生。后稷教民稼穑，方知春耕夏耘。圣迹流传百世，厚泽及于万民。少壮常致温饱，老弱得免饥馑。乃查蝗蝻一物，专门为害苍生。过处遮天蔽日，六足四翅飞行。如果任其停落，百谷佳禾立尽。近来本邑各地，此种现象繁生。县长自莅兹土，即抱爱民以仁。今者夙夜忧思，深怕灾象酿成。一旦稍有疏忽，禾苗绝难幸存。窃恐民间捕蝗，难免玩忽因循。特派专员前往，监督除害运动，该员所到之处，务宜招待殷勤，切勿观望犹豫，其各毋违凛遵!
>
> 县长周济成印
>
> 民国二十二年七月二十七日

这个告示对历经旱灾、虫灾的农民来说无疑又是雪上加霜。本来三老爹的两个儿子就一直担心风水先生的警告，说他爹的祭日“犯五七”，即人死后的每一个七天的末一日如果是七、十七、二十七即为“犯七”，当地有死人要遇险的迷信说法。三老爹死后的“五七”正好赶上“七月二十七”，为了破解这个不吉利的日子，头一天他的两个儿子就买来两张蓝纸做了三十五面三角小旗，又买了一张黑纸做了一把伞，并且用芦柴做了柄。到了“五七”这天早晨，天还没怎么亮，弟兄俩就带着纸旗和纸伞，到了三老爹的坟前。他们把纸伞插到坟上向南的地方，然后绕着坟走着，每走一圈，就在坟上插一面纸旗，嘴里还念着：“风来了，旗下躲！雨来了，伞下躲！老爹呀，没风没雨过关吧。”他们虔诚地为死去的父亲祈祷，希望父亲在阴间遇到什么灾难能自己跳出困厄。而他们自己在阳间的压迫却并不是自己所能左右的，他们上坟回来看到许多人围在一起正读县长的告示，落款的日期“二十七”几个字是临时加上的耀眼的朱书，看来这个让他们提心吊胆的“五七”是怎么都躲不过去的。这真是一个绝妙的结尾，照应了“捕蝗者”的题目，让我们明白了到底谁在捕蝗？既含蓄又带有幽默，辛辣地讽刺了反动当局在天灾面前见死不救，反而对农民进行无情的掠夺，揭露了他们“救灾除害”的欺骗行径。

易巩的《杉寮村》描写了广东潮汕地区客家农民的苦难生活，揭露了那些虚伪、凶残的赈灾者不顾灾民的死活，借赈灾之际大发灾民财。在隶属于风淳县的一座客家山村的张氏宗祠里，居住着张二婆一户人家。她的儿子被日本人抓走后，只能靠着能干的媳妇黄育叶下田劳作或外出当挑夫来养家糊口，同时还要带着五岁的儿子阿明牯。由于米价飞涨，家境日益艰难，黄育叶靠着自己的倔犟、勤劳担起家庭的重任。“她警惕得像头猎狗似的，整天睁大眼睛，竖起耳朵，到处探询可以赚钱的门路。”可是却常常几天都找不到活路，经常和婆婆吵架，只好到野外挖掘野生的“黄狗头”和采摘一些簕竹笋来维生。在这种情形下，豪绅陈瑞庭和李庆材成立了“潮州义民救济会”，而客家乡长张明达等人也成立了所谓的“平粜委员会”，名义上是来救济灾民，其实是打着救济的幌子来中饱私囊，榨取灾民的血汗钱。在杉寮村的平粜委员会举办的平粜中，张阿婆拿着钱早早地就来到关帝庙前准备买平粜米，结果没有买米证被推搡了出来，还遭到一顿责骂。原来，张明达他们的平粜委员会从县里领来一百石救济米，一部分留给了乡公所，一部分凭买米证都假公济私地平粜给自己的亲戚朋友了，后来还把这些平粜米走私贩卖到沦陷区大做投机生意。许多客家人拿出三块钱，暗中托求和自己有点亲戚关系的潮州义民，让他们冒名顶替一个名额，这样就可以到陈瑞庭的义民救济会购买到一斗平粜米。于是张阿婆也拿着三元钱去找自己的堂表侄李庆材，想以“潮州义民”的名义买一斗平价米。李庆材投靠了陈瑞庭在义民救济会谋了一个总务股长的职位，他实际上并不打算救济灾民，而是拿一千二百多个报名入会的灾民所交的几千元钱去帮陈瑞庭做“买禾花”的生意，也就是乘灾民在青黄不接之际以极低的价格把他们田里的稻子给买下来，收获后归自己所有。一场台风毁坏了田里所有的稻子，给杉寮村的人民带来深重的灾难，而且还带来了更加令他们恐惧的消息，办理平粜救济的张明达乡长由于贪污走私平价米连夜逃走了，而收买灾民禾花的陈瑞庭和李庆材也相继携款潜逃。张二婆经受不住这巨大的打击精神失常了，“她发起疯来便乱跳乱叫，眼珠闪着绿光。她有时披头散发，一边哭、一边用脑袋猛撞在墙上；有时却脱掉上衣，横躺在街上。如果有谁走近看她，她会突然跳起来，追着那个人大叫：‘还我钱来！还我谷来！’”在这种腐败虚伪的赈灾活动中，精神失常的张二婆是许许多多灾民的化身，他们在鬼魅横行的世界里苦苦挣扎，成了国民党统治区司空见惯的一道风景线。

沙汀的小说《代理县长》描写了一个在灾民身上打主意的代理县长的形象，揭露了政府对灾荒之下的灾民竭泽而渔，讽刺了统治者暴虐无耻的统治行径。军官出身的康县长当初接受赴灾区的委任时表示要大干一场，不过一走进这残破的城市，他又立刻灰心了，“马上冷了半截”，因为他“连做梦也没有梦到会这样糟！”于是他就开始清查这门款子、那门款子，看出实在没有什么油水就开溜了。他宣称自己到省城去请赈，但实际是去活动行政经费了，一去就是两个多月，临走时让县政府秘书贺熙代理自己的县长职务。这个代理县长贺熙对本地出现的严重灾情没有什么作为，只是喜欢每天拎着一串咸肉到百姓家中做饭。他借“为地方保存点元气”的幌子，贴出禁止灾民出境的告示，但又不能供养他们。他派联保主任带人把守要道，禁止灾民外出逃荒，每个灾民要交出五角钱的买路费才允许出境，以致酿成民变，几条破枪根本挡不住愤怒的灾民，他们把联保主任打得头破血流。联保主任曾感慨地谈及早先承办赈务的黑幕，说他们常用八角的升子发赈，并且只有自己的亲族佃户有份，还有让老百姓先出钱买了票据来领赈的。代理县长被一种灵感所激动，“觉得要是叫灾民买票候赈，这倒是一桩十分可靠的办法。”他想到了劝诱灾民买票候赈的计划，大声地嚷道："瘦狗还要炼他三斤油！"杨义先生对此评论道："小说结尾这种一针见血的语言，使全篇的题旨升华到一种象征性的哲理境界，它既形神毕露地写出了这个'贫寒老爷'盘剥民脂民膏的卑鄙嘴脸，又画龙点睛地戳穿了民生凋敝的旧中国环境中当权者竭泽而渔的末代暴君式的统治权术。"①

丘东平的小说《火灾》描写救济当中的虚伪则更加令人惊悚，在阴冷的令人窒息的氛围中形象毕露地刻画了慈善家的丑恶嘴脸，描绘了一幅如地狱般可怕的灾民受难图。小说描写了梅冷镇罗岗村的慈善家陈浩然召集族人开会，商议清明节去祖坟举行大祭扫。二月十九日祭扫那天，当校长的大儿子陈国让带领一百多名童子军吹奏着军乐走在前面，七十户族人则抬着猪、羊、鹅、鸭以及三十多台祭席跟着去上坟，一路上浩浩荡荡甚是惹人注目。在一派庄严肃穆的气氛中，陈浩然开始主持祭礼。这时忽然涌出漫山遍野的灾民要来掠夺祭品，"他们半点也不知羞耻，瞪着贪馋的锐眼，张开着嘴巴，滴着涎沫"，准备抢食这些祭品。地保陈百川暴跳着让手下人把这些"土匪"抓起来，族人肆意地殴打着这些灾民，把他们踩踏在脚下，许多破烂的衣服、箩子和竹筐也被抛到半空中，最后绑回了三十多个"俘虏"。在审讯的过程中发现他们不过就是邻县的灾民而已，有一个妇女抱着被打死的小孩冲过来，要和陈浩然拼命，被陈浩然的儿子一拳给打死了。陈浩然担心命案事发，就接受了姻亲林昆湖秀才的建议，以慈善家的面孔出现，搭起一个棚子设立了一个灾民收容所，每天供给这些灾民两顿稀饭，并派人严密地把守不让其出去。林秀才出这个主意并不是想收容灾民，也不是要帮陈浩然的忙，而是有他自己的考虑，"这个收容所正是猪栏，在猪栏里养着的猪，总不会没有用场！"他偷偷地跑到梅冷镇去寻找从灾民身上赚钱的门径，结果利用灾民开办"缝衣场"和"电心制造场"的计划都泡汤了，就贴出一张"特种人工供应所广告"，"启者，敝所现养成特种人材多名，以备各界雇佣，各界诸君举凡遇有人力不敷或感受其他苦恼者，请移玉来敝所接洽，当别有佳境而获意想不到之功也！特

① 杨义：《中国现代小说史》第二册，中国社会科学出版社2007年版，第322页。

种人工供应所主人静庵启，地点梅冷归丰三条巷第二巷内十一号”。但广告并没有起多大作用，林秀才有些心灰意冷。一位从东京帝国大学毕业回国的医生要采集人体的“骨骼标本”，让林秀才为他找死尸，恰好一个看守灾民的壮汉奸污了一名灾妇，扼死后弃尸河边。林秀才就领着医生去剥取女尸的骨骼，拿到了六十元钱。由于担心灾民变乱，地保就放火烧了收容所，那些灾民便化为了一堆堆的焦黑的尸骸。小说结尾写慈善家陈浩然“实在经不起这震人魂魄的灾难”，做了一件感动人心的事情，拨款买了一口棺材将三堆焦骨好好埋葬。小说用一种忧愤、凄厉的笔调暴露了乡村豪绅草菅人命，却又假装慈善的虚伪丑态。

此外，民国时期教育落后，民智低下，迷信之风盛行，导致一些灾民面对天灾只知道求神拜佛，延误了救灾的大好时机，像我们前面所提到的各种各样的巫术救荒就是一些典型的例子。特别是日本的侵略加剧了中华民族整体生存的艰辛，举国抗战耗费了大量的人力财物，致使政府不能有效地进行救灾，这些因素都导致了灾荒的愈演愈烈。

第四节　灾害下的社会冲突

在严重的灾荒下，社会环境不断恶化。一方面表现在社会治安恶化，越轨犯禁之事层出不穷，匪患四起，灾民哄抢食物行径风行；另一方面表现在社会矛盾激化，灾民抗租抗税斗争不断发生，甚至发生暴动，与当局发生严重的流血冲突。

一　社会治安恶化

（一）兵匪祸患四起

正如英国学者贝思飞所说的那样，“贫困，总是土匪长期存在的潜在背景，而饥饿又是通向不法之途的强大动力。”灾荒愈严重，匪患愈厉害。陈雨门的诗歌《除夕》通过对比的手法，描写了在匪患的威胁下，家家户户紧闭大门，再也没有了几年前除夕时热闹的景象，一年到头的忙碌，换来的却是一肚子的饥荒，村里好多人都逃走了，每座上了锁的房屋都有一个凄凉的故事，谁也不敢预想明天会怎么样，没有几家敢点油灯，时刻留心着远近的狗叫声，担心土匪来袭击与抢劫，天明时庆幸仍是一场虚惊。

如今可变了样：
再也找不到往昔的景象，
虽然依旧整月整年的忙；
忙东忙西却忙来一肚子饥荒。
小孩子在颤声微问：
“为啥今年封紧了大门?”
大人们表示不要乱问话，
青色的脸给一团沉闷。
那是一朵美丽的幻影，只在孩子的梦里开花；
是几年前的除夕，
醒来全不见了根芽；
也不知村里人逃往何方?
一所房锁一个凄凉。
谁也管不了明天就是新年，
春风里会带来多少吉祥?
如果你不怕麻烦，
也不妨向大野里看看：
那满地霜杀后的荒草，
水过后的一片沙滩。
有几条灰冷的巷中，

有几家还能愁对一盏颤跳的豆油灯？
在留心着远近的声声犬吠
到天明又庆幸着仍是一次虚惊。[①]

民国时期，军阀混战产生了许多的兵匪。有些溃退的士兵因为有枪械，其危害性比土匪有过之而无不及。还有一些部队与土匪暗中串通，在暗中给土匪以支持，形成了兵匪一家的现象。刘心皇的诗歌《夕阳——“前夜篇”之九》就描写了人们在枪声中惊悸不安，贫弱的百姓无处逃避的凄惶景象。

夕阳落了，
牵走了人们的心。

这夜，
谁不惊悸。
枪声像旧历年的“鞭炮”，
哭叫的声音，
惊天动地。

不知道哪是兵，
哪是匪？
都一样的躲避，
天地虽大，
贫弱人失去了住地。

夕阳落了，

① 陈雨门：《除夕》，周启祥主编：《三十年代中原诗抄》，重庆出版社 1993 年版，第 156—158 页。

牵走了人们的心。[①]

闻一多的《荒村》描绘了兵灾之下乡村人烟断绝、十室九空的凄惨景象。农民们抛弃了心爱的土地去逃难，村庄是一片荒凉，蛤蟆蹲在甑上，水瓢里开着白莲，桌椅板凳在田里堰里飘着，门框里嵌着棺材，窗棂上镶着石块，镰刀快锈出了泥，渔网在灰堆里腐烂。那些失去了主人的家畜也都饱受着战乱的磨难，在寒冷和黑暗中回忆着往昔主人的温存，挤在一起流下了热泪。到处都是这种破败不堪、古怪阴惨的景象，让人目不忍睹。诗歌采用白描的手法，在朴素的语句里写尽了战乱下乡村的荒凉和悲哀。

他们都上那里去了？怎么
蛤蟆蹲在甑上，水瓢里开白莲；
桌椅板凳在田里堰里飘着；
蜘蛛的绳桥从东屋往西屋牵？
门框里嵌棺材，窗棂里镶石块！
这景象是多么古怪多么惨！
镰刀让它锈着快锈成了泥，
抛着整个的鱼网在灰堆里烂。
……
这景象是多么古怪多么惨！
天呀！这样的村庄留不住他们；
这样一个桃源，瞧不见人烟！[②]

臧克家的《答客问》描写了农村在兵灾和水灾的打击下已经失去了往

① 刘心皇：《夕阳——“前夜篇”之九》，周启祥主编：《三十年代中原诗抄》，重庆出版社1993年版，第253页。

② 闻一多：《荒村》，臧克家编选：《中国新诗选》（1919—1949），中国青年出版社1956年版，第43—45页。

日的平静，农民被饥荒折腾得疲弱不堪，尤其是不安的社会环境使得他们太阳一落山就心惊肉跳，头侧在枕头上一直听到五更。

> 八十老妪口中的故事，
> 已不是古代的英雄而是他们自己，
> 她说亲眼见过长毛作反，
> 可是这样的年头真头一回见！
> 凭着五谷换不出钱来，
> 不是闹兵就是闹水灾，
> 太阳一落就来了心惊，
> 头侧在枕上直听到五更，
> 饥荒像一阵暴烈的雨滴，
> 打得人心抬不起头来，
> 头顶的天空一样是发青，
> 然而乡村却失掉了平静。

冯沅君的散文《劫灰》追忆了自己故乡被土匪劫掠的经过，可以说是中国现代史上匪患的鲜明缩影。她出身河南唐河县一个大家族，其家族拥有大量的田产，招致土匪嫉恨并结下了仇怨，于是土匪声称要来寻仇。十岁的她就和家人、邻居到处藏匿躲避，结果是虚惊一场，土匪并没有来，原来是仇家造谣故意放出的风声。作者描绘了土匪来临时风声鹤唳的气氛，刻画了乡民在匪患的威胁下惶惶不可终日的不安处境。一个母亲怕被土匪发现，就紧紧地捂住了小女儿的嘴不让她啼哭，结果把女儿活活地给闷死了。作者又追忆了十五岁时土匪袭击村寨而逃难的过程，这一次可不是虚惊，而是武器装备充足的“白狼”部下。好多乡民藏好自家的钱物，加入了逃难的行列，根本不知道何时才能安宁，只能听天由命。土匪到处进行大规模的劫掠，威逼自己的故乡祈宜镇，经过一番艰苦的反抗，村寨最终还是被土匪攻破。土匪开始大肆地屠杀，家园被焚毁、劫掠一空。作者记下了浩劫后那些令人怵目惊心的惨象："铁头穿胸的尸骸，栋燃梁焦的房屋，呼儿唤女的哭声，构成比书上描写的地狱还惨毒万倍的景象……院中的尸骸都抬走了，火也熄了，然而由大门到里面都是血迹和衣服和打碎了的家具之类。每个家里都堆了好些半烧毁的木器。院墙角发现了一只耳朵，客房内条几上发现了许多肉屑……厨房有血污的下衣，肉屑大概是刘家三少的。他也是绅士之一，治土匪是顶出名，顶能干的。所以他们特地把他抓在他们的首领面前乱刀剁碎了……血污下衣怕是兴隆太家姑娘的……她在二门下吊着……"散文描写了土匪横行、祸乱乡间的图景，乡村时刻处在动荡不安之中，到处是一片劫灰，逼使大量的人们离家逃难，社会秩序日益走向崩溃的边缘。

1928年陕甘大旱之际，张恨水对灾荒下兵匪为害百姓的行为作了形象的揭露。

> 平民司令把头抬，要救苍生口号哀；
> 只是兵多还要饷，卖儿钱也送些来。
> 越是凶年土匪多，县城变作杀人窝！
> 红睛恶犬如豺虎，人腿衔来满地拖！
> 平凉军向陇南行，为救灾民转弄兵；
> 兵去匪来屠不尽，一城老妇剩三人！[①]

郭伯恭的诗歌《民隐》则描写了剿匪的大兵开到镇上，让每户人家出钱出粮，增加了剿匪捐，不但不能保民平安，在已经遭到土匪祸害的人们身上又加上了一层深重的灾难。

> 听说镇上来了大兵，
> 人们都是万头攒动；
> 这个说："土匪许要闻风逃走！"

① 张恨水：《燕归来》，安徽文艺出版社1986年版，第1页。

那个说："从今或许就要太平？"

一会儿、村长拿着公函挨户传看，
说是："款项又增加了剿匪捐。"
派各户每亩出钱五百，
还有八斤的白面。

村人们满怀希望，
顿时全变成了失望。
说什么为民请命，
还不是小百姓们遭殃。

金二嫂更泪珠满眼，
向村长乞求说："可怜，
我们人、上月被匪拉走，
无钱呵！现在尚未赎还。"

村庄眼一瞪："这是国家的大兵，
奉命剿匪、为着我们百姓，
一点子剿匪费你怕得出？
你去镇上向旅长求情。"

金二嫂知道枉然，
低下头心中痛酸；
无奈何，七借八凑，凑足了两串五，
又一夜黑里推磨了四十斤白面。[①]

① 郭伯恭：《民隐》，周启祥主编：《30年代中原诗抄新编》（豫内资料准印通字汴发第9503号），1995年印，第72—73页。

（二）哄抢食物

灾荒期间，一些饥寒交迫的灾民得不到应有的救济，被迫去抢粮和吃大户，各地不断发生灾民哄抢食物的行为。1931 年，江西景德镇灾民迫于饥饿，“初抢米店，继抢食店，全镇各店内，凡可食之物，不问生熟，均被抢一空”。据统计，1934 年豫、皖、苏、浙、粤、桂等省共发生抢米事件 25 起，吃大户的 64 起，少则十几人，多则 2000 余人。[①] 1928 年陕西大旱时，陕西救灾委员会上呈豫陕甘赈灾委员会，其电文中就描述了灾荒下骚乱的情形，迫切呼吁政府进行救济。“据最近各县来函，有谓有全家五六口人，饿死净尽者；有谓有十余口人，饿死净尽者。哭声震野，惊惧无状，间有积储之家，饥民啸聚抢劫，或将全家人杀毙者，亦有所闻；市镇买卖零食者，如稍现外，必被饥民抢食，无法可办。其他树皮莱根，采掘殆尽，空余赤地千里，树多赤身枯槁。径阳三原一带，麸糠油渣，亦已买绝，遍野凄凉，不忍目睹。至若教育士子，多离散归家，商业则市廛萧条，农家则辞退雇佣，客民则多运载出境，而纷扰之状，又不堪详述矣。……上各种情形，凡居守无粮可食者，则千万人，已成普遍现象，其流离道途，似匪似民，蚁聚蜂屯，呼吁无告者，实在不计其数。”[②]

一些新闻通讯里对这类事件多有报道。流萤在《风砂七十里》为我们描述了一个令人心痛的故事，“在十字路口，一个老头伏地痛哭，肩上搭着一个空的口袋。原来他卖了锄头镰刀，换了一升米，正预备回去，救一救病中的孙孙，不料走到这里，被一个乞丐从后面抽开扎袋口的绳，米撒了一地，于是四围的小孩一窝蜂围上来，乱抢乱抓，等到警察赶来，用棍子把小孩子赶散的时候，他的米已经所剩无多，早被那些孩子连生土吃掉了。”[③]

范长江的《川灾勘察记》中也多次提到了灾民哄抢食物的行为。小贩

---

① 《新中华报》1934 年 9 月 12 日。

② 《陕灾救委会呼吁迫切》，《申报》1928 年 12 月 10 日。

③ 流萤：《风砂七十里》，《前锋报》1943 年 4 月 10 日。

在重灾区域卖食物，要用铁丝网罩上，否则会被饥民一哄而光。甚至在街上吃饼时稍不留神，就会有人在后面把未吃完的部分抢去，以致发生了许多令人啼笑皆非的事。“某军失业书记官，生活无着，乃将其所着哔叽裤当得一元余，尽买麦饼，欲卖饼以为生，乃甫将麦饼买好，即被饥民蜂拥而上，抢去大半！同是饥寒人，互解心中苦，警察捕去几个抢饼的饥民，他们已把饼放进胃囊里，大家只好叹气，不了了之。”[①] 甚至有些树皮也是灾民争抢的对象，南充城里的公路上梧桐很多，在灾情紧急时，灾民蜂拥入城，争着剥食梧桐树叶。公园里的树已经被剥尽了，就直接闯入民宅，遇到有人阻挡，灾民则大声呼叫说他们只剥树皮，并不会拿其他东西。“武胜县政府内有几棵芭蕉，曾招来三四千的灾民，占领了大堂，声言非要芭蕉充饥不可。平日政府所有之一切压力，到此都失效，还是自动把芭蕉挖出送去，才算了事。”银行运米的船只也被饥民抢过几次，押米的武装卫士曾开枪打死几人，但是饥民并不因同伴被打死就被吓得不饿了，因此抢米的事件还是时时发生。记者到内江的那天晚上，有人回来说“河街子饥民又来兜米”，口气很是平淡，这些事情在此地已经是见惯不惊了。从嘉陵江上游驶下来的运萝卜船只在武胜曾到遭灾民的抢劫，“运萝卜的船只，知道沿路灾民太多，不敢靠岸过宿，把船停在河心。然而灾民竟不管河水的深浅，男女老幼都一齐蜂拥向船而去，因而溺死者不少。治安当局出而镇压，也没有人肯如平时那样听任指挥，有抢得萝卜之饥民，警察强其退还，乃将所持萝卜每个皆猛咬一口，意在即令退回，物主亦无法再卖，或可因而惠赐以供一饱。”[②]

一些小说也描写了饥民被饥饿所迫，聚集起来去抢食物。莎寨的小说《四月的苜蓿风》描写北方农村遇上荒年，农民只好去地主家田里偷苜蓿充饥，一个农家少女春杏甚至为了一把苜蓿遭到了狗腿子的蹂躏，许多偷苜蓿的农民都被逮捕入狱。小说结尾写到这些濒临死亡的饥民终于发动起

---

① 范长江：《川灾勘察记》，沈谱编：《范长江新闻文集·上卷》，中国新闻出版社 1989 年版，第 562 页。

② 同上书，第 555 页。

来，冲向苜蓿地哄抢起来。吴组缃的小说《一千八百担》里写了天气大旱，“连阡累陌的田禾，有的呈着老绿色，矮矮地拥挤在干裂的土壤上面，像初春的麦苗；有的虽也结了稻，但只是一些灰白的壳子，干瘪得犹如老婆婆的乳房，有的是早变成焦枯萎黄的槁草，挺直着头和腰，在微风中轻飘飘地摇摆着了。”在米价腾飞的情况下，好多佃户要求退佃逃荒。小说结尾写到一大批赤膊无法生存的穷汉，在宋氏叛逆的子孙竹堂的发动下，有的用烟煤石灰涂成各种鬼脸，有的把箩篓畚箕戴在头上，学着“目莲戏”中小鬼那样一晃一闪地跳着、嚷着，敲着锣鼓、吹着尖锐的口哨，拿着木桶、畚箕、箩篓，还有挑着箩筐、抱着麻袋的，把祠堂门前堆满了。当义庄管事柏堂和区长绍轩恫吓他们是强盗不想活了时，这群汉子把他们俩抓住绑起来扛到了龙王台上。然后这群饥民就冲进了祠堂谷仓开始疯狂地抢粮，像旋风似的往里面卷，把这一千八百担义谷给硬“借”走了。荒煤的小说《灾难中的人群》写了一群灾难中的流民等待着政府的赈济，可却得不到应有的救济。为了生计，忍痛让自己的妻女们遭受施粥人员的肆意蹂躏。最后施粥厂也给拆了，他们无处栖息，只好到处流浪，许多人在途中死去，到了秋天瘟疫又夺去了许多人的性命。他们不愿走上死路，一群人终于嚷了起来，“不能就这么等着死啊！”他们被逼上梁山，一齐冲向了省城。在省城里，店家都在忙着筹备中秋节，期待弥补大水淹没所带来的损失。“城内外，街前后，兵士都背枪，充实了子弹；中秋节是近了。”

一些戏剧也描写了饥民抢夺食物的场面。旅冈的三幕剧《水》描写了1931年春夏之交，湖南洪水泛滥，许多人在防洪堤上忙着护堤抢险，突然锣鼓声紧密地响起来，大堤出现了险情，男人们让妇女带着老人小孩逃难，那些妇女哭哭啼啼舍不得自己的丈夫，最终还是被男人们给赶走了。大家伙一边抢险，一边愤愤不平，从天灾一直骂到人祸，历数了那些官兵、地主们的罪恶。最终大堤决口，洪水汹涌而出，人们四散逃命。这群逃难的人流来到了镇外，镇长和官府的救灾人员哄骗他们说不久就会有粮食。同时派军警四处巡逻，防止饥民起来暴动。这群饥饿的灾民慢慢醒悟过来，认识到自己的贫苦处境正是那些官府和富人剥削压迫造成的。他们在饥饿的驱使下，把军警、法令置之脑后，一起向地主的粮仓冲去。沈泳清执笔的独幕剧《抢米》描写了奸商囤积居奇，愤怒的饥民把米店抢劫一空。故事发生在1939年底的上海，因为这些天已经有多家米店被抢、米商遭到暗杀，米店老板张仁义神色凝重，他叮嘱伙计们要严加防范，还特意请巡捕房对自己的米店加以保护。伙计陈友声和李怒雷谋划着帮老板囤积大米，然后高价抛售，以期获得老板的奖赏。两个衣衫褴褛的老太婆拿着两毛钱来米店买米，遭到两个伙计的傲慢拒绝，说要四毛钱才能起量，老太婆窸窸窣窣地从怀里摸出几张钞票和代价券，可他们却拒收代价券，老太婆在苦苦哀求无告下愤怒地离开了米店。米商邱清阴来到米店和老板张义仁密谋囤积粮食、高价抛售，他们得意非凡，仿佛已经看到雪白的银元流入了自己的腰包。而米店外早已聚集了一群饥饿的难民，他们手里拿着口袋、面盆等家什，在刘四的带领下高呼“饿死了，饿死了!”他们一齐向米店涌来，冲破阻挠，把米店抢劫一空。

二　社会矛盾激化

（一）抗租抗税等斗争不断

在灾荒的年景下，政府不顾人民的死活横征暴敛，苛捐杂税多如牛毛，一些灾民为了生存，不得不奋起进行抗捐抗税的斗争。据统计，从1922年至1931年共发生了197起反抗斗争，其中反抗地主压迫的有59起，因天灾引起的有62起，反苛捐杂税的有38起，因水利引起的有16起，其他22起。1936年农民抗租抗税斗争多达62起，其中苏州的21起中直接因灾荒而引起的就有4起。另据中国经济情报社所作的统计，1934年因为抗租抗税而发生的骚动就有35次，其中江、浙两省竟有21次。1934年1月23日，浙江余姚千余农民因为“拒付租金，发生暴动，捣毁乡长房屋，并与警士顽抗。双方开火约半小时之久”。3月14日，同一个地方的农民“反对征收酒捐，拘捕乡民，各执农具，破门而入乡长家，大呼打倒败类乡长，取消酒捐，释放被拘乡民”[①]。江苏苏州的农民因为灾荒与租税过重无以为生，爆发了两次大规模的暴动。“第一次农民暴动，自（一九三四年）十月十九（日）夜半开始发动，直至二十二日始渐平息。参加暴农达四千余人之伙，暴动范围横亘凡五十余方里。”[②]苏州的农民因为催甲报荒不实，将成色定得太高，1934年10月19日晚在外跨塘、斜塘、车坊各乡鸣锣聚集，发生暴动。一夜之间就纵横二十余里，在此范围内的那些催甲无一幸免。如果催甲家是独宅居住，就纵火焚烧掉；如果左右有邻居的，则拆其房屋家具，放到其他地方烧毁，后经县政府弹压才告平息。但到12月2日晚间，又有四个村六户催甲之家遭到农民焚烧，总共烧毁房屋六十余间。同时一些地方的农民派人查看经过的船只，如果见到有乡下农民进城去交租的就坚决劝其登岸拒交，天堂里的农民纷纷展开抗租焚屋的行动。常熟农民因为地主收租严厉，11月8日，一千多农民鸣锣集中，拥入郑义庄闹荒。县政府派区长下乡调处，未能解决。9日早晨，张家市集合一千多个白发斑斑的老农，以身抵租，拥满郑义庄中，家具被毁，深夜未散。[③]

范长江在《川灾勘察记》中曾提到那些“救灾不忘收税”的政治格言，其中乐至县在民国24年竟然预征了民国“67”、“68”年的欠粮。好多农民都拒交税款，被政府关押后还要自备食费，勒索至极。政府强迫农民验换地契以收取验契费，致使许多已经靠食树皮泥土的灾民被迫起来反抗，有些人将自家地契直接就奉送给那些催款的人，还有些人趁此机会故意犯法，希望被抓进牢里，以求得囚粮一饱。刘心皇的诗歌《黎明》就描绘了农人在遭遇水、旱、蝗等天灾的同时，还被逼缴纳各项捐税。因为实在没有东西可抵捐税，善良的人们被收税的人带走，全村镇都笼罩在一层愤怒的空气之中。在天灾人祸的双重打击下他们开始觉醒，准备勇敢地投

① 章有义：《中国近代农业史资料》第三辑，上海三联书店1957年版，第1019页。

② 吴泽：《中国农业劳动现况及农业劳动阶级在民族解放运动中的地位》，《劳动季报》第11期，1937年5月。

③ 许涤新：《农村破产中底农民生计问题》，《东方杂志》第32卷第1号，1935年1月1日。

入战斗，流血事件开始在乡间疯狂上演。

祖父流着贫苦人共有的酸泪，
对着收捐款的喝人血泪的人，
枯手在面前摇摆像风吹腊叶，
颤栗的嘴唇荡出哀情的话语：
“几年来上天与人成了大仇敌，
水灾旱灾交递着像暴风吹来。
蝗虫吃尽了田禾又降下了冰块，
我们紧紧腰带准备度过天灾。
谁知道今天又加上匪乱兵燹，
一家十口人没吃过一顿饱饭。
请到家里检查一番有些什么，
就请一下子拿了去抵上捐款”
……
认识了在苦海里翻身的人们，
把狠毒的妖孽砍碎了才甘心。
荒芜广阔的土地上泛起了血，
映着乡村人们的紫酱色的脸，
蹴着脚拍拍胸脯指一指落日，
时间在天帝哭丧着脸的秋季。
谁还能说距黎明之村还很远，
流血事件疯狂般在乡间演变。[①]

（二）冲突不断升级

在严重的灾情下，社会矛盾会不断地激化，灾民有时甚至会发生暴

① 刘心皇：《黎明》，《海星》（开封）创刊号，1936 年 7 月 16 日。

动，与统治阶级发生严重的流血冲突。一些灾民在四处逃荒中往往遭到驱赶，与当局经常发生冲突。1934 年 8 月，江苏溧阳一万多饥民流亡到无锡、南京等地，与军警发生了严重的冲突，军警向灾民开枪射击，灾民则用砖头、石块回击，双方均有伤亡。同年河南西华两千多灾民乘车前往武汉逃生，与铁路当局发生冲突。1935 年，湖北省一万多灾民逃往武汉谋生，被军警驱赶而引发大规模的冲突。① 1936 年，江苏泗阳修河的民工数千人与军警发生大规模的冲突。随着国民党的倒行逆施，内战愈演愈烈，工商企业纷纷倒闭破产，大批工人失业，农业生产衰退，物价飞涨，人民生活极其困苦，1946 年各地饿死人数多达 1000 万。灾民的反抗斗争在国统区反内战、反饥饿、反迫害运动中走向高潮，对瓦解国民党反动政权起了强大的推动作用。

洪深的剧本《五奎桥》描写了江南农村久旱成灾，农民与乡绅地主围绕拆桥与护桥展开了尖锐的斗争。江南某县城外住着二十多户人家，由于适值盛夏大旱，眼看桥东面四百多亩水田里的稻苗就要旱死，农民们就想去租水龙船来浇田。但有一座五奎桥挡住了水龙的去路，船高桥洞狭小过不去。农民就主张把桥拆掉让船摇到桥东去救田，可是却遭到了周乡绅的极力反对，因为这座桥是他祖上状元公修建的，纪念自家三代出了五个进士，所以叫五奎桥。周乡绅派两个长工日夜守桥，还带着法院的王老爷来威吓农民。李全生挺身而出带领农民冲破种种阻挠，勇敢地驳斥了周乡绅，最终在锣鼓声中强行拆掉了“五奎桥”，痛打了周乡绅和法院来的人，打击了地主豪绅的士气和威风。台湾作家马木枥的小说《西北雨》描写了农民在久旱无雨之际，急切地需要水来浇灌田地，但却因为没有钱交租，眼睁睁地看着沟里的水任意长流却不能使用。期盼当中的西北雨一直没下，一些农民在旱情的逼迫下，聚集起来商议去偷放沟水来浇自己的田地。在偷水的过程中被人发现，他们便与看水的警察搏斗起来，后来遭到了大部队的围攻，他们高喊着：“左死右死呀！我们拼一拼最后的命运！”

① 章有义：《中国近代农业史资料》第三辑，上海三联书店 1957 年版，第 790 页。

于是，“空气里充满着连续不断的咆哮，钉钉铛铛、挣挣扎扎、轧轧轹轹……五行相杀相克的声，凶暴暴的，一齐象天雷般地裂出来，宛然一阵狂风暴雨，破坏一切，残踏一切，冲洗一切，凶狂得起着无数的愤怒的泡沫。”到了天亮时，这一带的田地完全变成乱蓬蓬的荒埔了，金黄色的稻子被践踏得东倒西歪，令人感到惋惜。

更为激烈的是许多灾民自发组织起来，与国民党武装部队进行对抗。例如豫西的老百姓到处截击溃败的国民党士兵，缴获他们的枪械、大炮和电台，甚至枪杀部队官兵，给国民党军队造成重创，戏剧《桐柏民变》就迅疾地反映了河南灾民围攻国民党部队的这段历史。《桐柏民变》讲述了中央军28师师长赵东威坐镇中原，不顾洪水造成的灾荒，在许多老百姓都饿死的情况下还逼粮催款，残酷杀害了要求减缓捐税的陈万年以及家中无粮交款的刘有德等农民。但他一听说日本人来了，便吓昏过去，弃城而逃。逃跑的路途中，士兵周德胜抢夺难民的包袱，另一个士兵李登高打死难民张大娘，抢走其女儿小梅。农村士绅李伯年痛恨中央军不打鬼子却欺压百姓，就与另外的两个士绅魏德福、孙成双商量，决定联合起来拿起土枪、大刀和中央军拼命。他们拿着这些原始的武器缴了中央军的械，号召用这些武器去打日本鬼子。赵东威得知其部队被缴枪异常愤怒，命令副官赵振平派兵血洗桐柏山。赵振平抓获了3600多群众请师长赵东威处置，赵东威命令机枪手开枪扫射，有的士兵不愿枪杀老百姓推说手指负伤无法开枪，结果被赵东威下令砍了头。其他机枪手便向群众开枪扫射，顿时血流成河。中央军的暴行激起了老百姓极大的义愤，大家推举李伯年当头领与中央军进行斗争。李伯年因年纪较大，便让孙成双来领导。孙成双与附近几个村庄的群众联起手来，决定一齐动手向中央军发难。他们包围了28师，收缴了中央军的枪械，用乱刀砍死了师长赵东威。孙成双消灭28师后扩大队伍，准备把日本鬼子赶出河南、赶出中国，得到了群众的热烈响应。

据《河南抗战史略》记载：“一九四四年河南战役爆发后，国民党军队畏敌如虎，一触即溃，逃至豫西伏牛山区，杀人放火，抢劫民财。豫西民众在求生不得的情况下，纷纷揭竿而起，围攻祸国殃民的国民党军队，收缴其枪支弹药……一向暴戾恣睢的屠夫汤恩伯唯恐被激怒的民众活捉，吓得化装成伙夫只身潜逃。……汤恩伯的嫡系第十三军，民愤最大，不管到哪里，民众认出来就打。后来十三军的官兵每到一地就诈称是第八十五军。民众一想，'八五一十三'（即八加五等十三），还是这帮坏蛋，仍旧围打不放。就这样，十三军残部被群众打得无处藏身。"① 为什么河南人民对汤恩伯的部队民愤那么大，这与其在河南灾荒期间的暴戾恣睢有关。汤恩伯的嫡系部队十三军形如土匪，纪律败坏，横行乡里，连"农民喂养的猪、羊、鸡、鸭亦无不尽量搜刮。尤其可恶的是捕人一只鸡，还要勒索二十个鸡蛋"②。其部队到处抓人当兵，"入伍时几十个人绑在一起，把新兵当作犯人看待。路上倒也没什么，但大小便必须同时，非常不便。夜晚宿营，才准解开。有逃跑的，抓回来就是枪毙，如果能给带兵的行些贿（三五十元不等），就暗中释放，沿途他们再抓人补上。"③ 这样强征来的兵又怎么会为国舍命，怎么不闻战而逃呢？

尤其是汤恩伯灾荒期间所做的几大"德政"真是害民不浅。第一件是在灾情极端严重时候，他在叶县兴办"边区学校"收容战区流亡学生。他把叶县的古迹寺庙拆除净尽用其砖瓦建造校舍，木材由周边各县按照规定尺寸无偿捐送。各县木材奇缺，筹办不易。即使勉强凑足额数送到叶县，还要对接收人员送礼行贿，否则即令所选木材合乎规格也百般刁难不予验收，强迫再送好的木料来。这样三番两次来往换送，逼得老百姓人病畜亡，有冤无处申。就是这样一个耗工巨大的边区学院成立不久，汤恩伯在日本人攻来之际竟率众不战而逃，"边区学院"也遂寿终正寝。第二件是他为个人行车方便，强征民工翻修洛阳到叶县的公路。其实原有的石子路面虽有些破损，但汽车依然可以行驶，不过开快时车有点颠簸。当时通过

① 《河南民变》，中共河南省党史资料征集编纂委员会该书编写组编：《河南抗战史略》，河南人民出版社1985年版，第311页。

② 张仲鲁：《关于一九四二年河南大灾的见闻》，《开封文史资料》第5辑，1987年印，第65页。

③ 张洛蒂：《难忘的一九四三年》，《河南文史资料》第13辑，1985年印，第64页。

这条路的客车每天对开也不过就三四辆，军车也不多且不经常行驶，普通军运都靠牛车。汤恩伯由于经常通过此路，在灾情奇重、哀鸿遍野之时，竟大动干戈翻修这条公路，强迫民工义务劳动。沿线布满爪牙，他们借监工之名行敲诈之实，某一路段完工后如不对监工送礼行贿，就不给开竣工证明，民工只得长期驻守不敢撤离，沿路民工恨之入骨却敢怒而不敢言。第三件是“以工代赈”，大修黄河。1943 年春灾情发展到顶点，人民大批死亡，汤恩伯害怕敌军渡河进犯，强征远近各县民工数万人大修黄河。当时有人曾在鲁山问黄委会主任张含英这项工程的效用，其回答是效用不大。人民在此生死存亡关头，救死已属不暇，哪有余力去修黄河。老百姓明明知道汤恩伯翻云覆雨，以工代赈只不过是骗人圈套，但是慑于他的淫威，谁也不敢违抗。民工被迫赶赴工地，很多倒毙在半途而无人过问。那些到达工地者也多因瘦弱无力、口粮不给，每天都有许多人倒毙河沿。结果是工程并未做好，而死亡者不计其数。“这样的兴师动众而无功，在汤恩伯只是司空见惯，无足为奇，而在老百姓所受痛苦，则是千秋万载永世不忘！”①

除此劳民伤财的几大“德政”之外，汤恩伯还沽名钓誉地开办了孤儿院。但这是一个什么样的孤儿院呢？我们可以借助美国记者白修德的报道来了解一下：“在我的记忆中，中央政府汤恩伯将军办的孤儿院是一个臭气熏天的地方。连陪同我们参观的军官也受不了这种恶臭，只好抱歉地掏出手绢捂住鼻子，请原谅。孤儿院所收容的都是被丢弃的婴儿，四个一起放在摇篮里。放不进摇篮的干脆就放在稻草上。我记不得他们吃些什么了。但是他们身上散发着呕吐出来的污物和屎尿的臭气。孩子死了，就抬出去埋掉。”这样的孤儿院的实际救助效果可想而知，说不清到底是救了孤儿还是害了孤儿。汤恩伯在河南一手遮天，别人如何敢说他的坏话。国民参政员郭仲隗在重庆开会时，弹劾了汤恩伯祸国殃民、不战溃逃的罪行。汤恩伯便派人对郭下毒手，“翌年春，仲隗从重庆回

① 张仲鲁：《关于一九四二年河南大灾的见闻》，《开封文史资料》第 5 辑，1987 年印，第 67 页。

豫，途经汤部王仲廉驻防之陕南龙驹寨时，汤曾派人刺杀仲魄，幸被发现，未遭毒手。”①

戏剧《桐柏民变》是在真实的历史事件发生一年后就写出的，可以说是较为翔实地用文学的方式展现了那段历史，驳斥了河南人民反抗国民党军队残暴统治就是汉奸的不实之词。戏剧《桐柏民变》严格地遵循历史事实，反映了灾荒之下官逼民反的严酷现实。1942年国民党在桐柏山区设立“豫鄂边区游击总指挥部”，目的是防止共产党在那里建立抗日根据地，总指挥是何海章。他为了建造军房派民工到很远的地方去采伐木材，冬天又派民工到几百里外的地方去烧炭，运回指挥部取暖。他所征派的木材、木炭往往超过实际需要的很多倍，多余的就转化成了他私人的财产。副官何堃养了一百多只鸭子，每天都要老百姓无偿地送四五担粪蛆作为喂鸭子的饲料，少了就要被打骂。“当地的妇女也经常被征去指挥部缝军衣做布鞋，有人请求拿回家去做，或早去晚归，好照顾家务和小孩，也不得允许，一去就是十天半月，才得回家。其中稍有姿色的，遭奸污回家后，心怀羞愤，甚至有自杀的。”② 1944年7月21日，在小学教师王川的组织下，当地七千余农民进攻总指挥部，活捉了总指挥何海章，当场处决了作恶多端的何堃等十多名官兵。国民党第五战区司令长官部听信了逃脱的何章海的诬告，认为是共产党蛊惑、煽动农民聚众作乱，“立即命令第六十九军第二十八师前往镇压，第二十八师在桐柏山区大肆屠杀民众。天河口一带，凡在十岁以上的男女，均不能幸免，被杀害的民众达五千余人。被烧、被抢的人家不计其数。这是抗日战争时期，国民党军队制造的镇压民众的最大惨案。”③ 随后，就如同戏剧《桐柏民变》所写的那样，国民党军队的血腥屠杀并没有吓倒人民，他们开始了更大规模的

① 郭海长：《郭仲隗弹劾汤恩伯》，宋致新编著：《1942：河南大饥荒》，湖北人民出版社2005年版，第172—173页。

② 金汉鼎：《1944年天河口民变记实》，《文史资料选辑》第40辑，文史资料出版社1963年版，第237页。

③ 《河南民变》，《河南抗战史略》编写组编：《河南抗战史略》，河南人民出版社1985年版，第312页。

反抗斗争，几万民众团结起来将国民党第二十八师全部缴械，并杀死该师师长。他们并没有把缴获的枪械拱手送给日本人，而是以“反对军队勒派壮丁，反对不抗日的军队”为号召，组织起了豫南农民救国军，活动于四望山、吴家大店、汪溪店、天河口、应家店一带，开展抗日救国、保境安民的斗争。

第六章

民国自然灾害下人性的文学书写

苦难最能考验人性的真面目，灾荒往往会造成人类的基本伦理规范失衡，导致人性发生畸变。有的人为了活命无所不用其极，抢夺食物，卖妻鬻子，甚至发生掘墓盗尸与“人食人”之类违背人伦的惨剧。灾荒也能照亮人性光辉的一面，在困难来临之际，许多人能够扶危济困、相互关怀，共渡难关，人与人之间的亲和力得到增强，甚至会产生一种灾时共产主义的现象。

第一节　人性变异的一面

一　感情麻木，缺乏温情

大灾之下生存极端艰难，粮食与钱物就显得极端宝贵，人与人之间往往会为了一点活命的东西而相互争夺，导致人与人之间的敌视与互相猜忌。许多灾民到处哄抢别人的食物，而有些被抢的人也是处境艰难。

前面我们提到过好多这样的例子，比如一个老头卖掉锄头与镰刀，买了一升米准备回去救病中的小孙子，可是却被其他灾民给抢吃了，只能伏地痛哭。而一个失业的书记官因生活无着，把所穿的哔叽裤当掉去买饼为生，可所买的饼却被饥民蜂拥而上抢去了一大半！流萤在《走出灾民的“大聚口”》中就描写了饥民和一个白发老者争抢一块硬饼的故事。一个黄瘦的中年人用一条布衫换了一块饼，却被一个头发雪白的老人给抢走了。中年人追赶上老头，像风里的芦苇一样把他按倒在地。“那老头是什么也不说，只死命地握着他手里的一块硬饼。这时，一阵风似地从四周跑过来十几个人，也有大人也有小孩，一齐加入了这个斗争的漩涡。但他们既不是帮助那老头，也不是帮助那瘦子，几十双手几百条指头都攒集在老人手里那块硬饼上。几秒钟后，那块硬饼成了碎末，被大人小孩们连尘埃一道吞进口里。瘦子光着脊梁丧气而去，老头昏迷不醒地躺在地上，鼻孔里流着血。”[①] 萧乾在《流民图》里写了一个刚从鱼台逃上来的老太婆，饥饿和灾难让她变得多疑。她用破衫前襟兜着发给她的黑馍，倚着铁道旁的电线杆不停地发抖。她闭着眼，嘴里念叨着：“我七八十岁的老太婆，受这个罪！”当她领到黑馍馍放到怀里时，她用枯柴般的手牢牢抓着，死命地向嘴里填，胸脯的瘦骨即刻起了痉挛，她恨不得一口把馍馍全都吞下去。这时旁边有个妇女劝她慢些吃，她赶快勒紧前襟，狠狠地瞪了那妇女一眼，还以为是要来抢她的那份。

灾荒之下生存日益维艰，许多人对别人的苦难和生命漠然视之，麻木让人们失去了应有的同情和怜悯之心。许多诗歌都描写了那些可怜的乞丐得不到同情，到处遭遇白眼。随梦醒的诗歌《乞丐》描写了乞丐生活里充满白眼，喊破喉咙也惊醒不了富人的睡眠，只得每天与狗争食。

吃着讨来的残饭，

① 流萤：《走出灾民的“大聚口”》，《前锋报》1943年4月8日。

走起路来也怯怯地靠近墙边；

每日几乎总得与狗争食，

生活里充满了白眼。

“老爷、奶奶”地叫了好多遍，

也不容易看到人家的笑脸；

除非你有警报器的喉咙，

才能喊破富豪的睡眠。①

刘如水的诗歌《求乞者》写了躺卧在街上的乞丐，从天明求乞到黄昏也没有人给予一点同情，连小金鱼、百灵鸟、狮子狗都比自己强，人与人之间的感情反倒比不上人与动物的关系，他终于明白“同类相爱，完全是说谎者的高歌”。

街上充满了杂踏的脚步，

灰尘的跳跃，以及车轮的叫

嚣。谁肯注目一条土色的

动物？更可藉口未曾听到

他的呼号。现在是欲取先

给的世道，一颗施不望报

的善心，的确，也难得寻

找。从天明到黄昏，铜色希

望支持了我的头晕，夜的

静寂曾迫我求乞于死神；

路灯光亮却使我再看几天

人世的残忍！小金鱼，百

① 随梦醒：《乞丐》，《大华晨报》（郑州）副刊《沙漠诗风》第18期，1936年5月15日。

灵鸟，狮子狗，都比我强
似万倍，人与人，人与物
是不是应该畛域不分？今
我已明白什么叫做人；只
有力可使自己生活。
我不能再躺卧在街边发出无力
的呻吟！同类相爱，完全
是说谎者的高歌。虽仅余
一口气息，决要作雷声般
吆喝，谁甘心就这样过？[①]

吕之芜的诗歌《末路》写了遭受水灾的妇女在街灯下抱着孩子徐徐蠕动，凄惨地呼叫以寻求帮助，但却没有人肯用慈善的心肠来看她一眼。

深巷中怒叫着尖厉的朔风，
电杆上散落着点点的“鬼灯”；
一个伶仃的妇女在灯下徐徐蠕动，
凄惨的呻吟冲破这黯夜的寂静。

憔悴的面孔嵌着两颗干枯的眼珠，
瘦削的骨架撑不起褴褛的衣服；
蓬乱的毛发活像个野鬼，
怀里的孩子哭破血红的小嘴。

她的眼里恍惚想起被黄河洗涤的家乡，
想起了丈夫被水吞咽的惨象；

① 刘如水：《求乞者》，《河南民报》（开封）副刊《风雨周刊》第8期，1934年6月2日。

老父弱母还不知道在地狱或是天堂?
只把她和孩子剩给了苦难与荒凉。

深巷中满布着风声和点点的“鬼灯”,
灯光下依然蠕动着瘦削的阴影;
凄惨的喊声虽然是可怜的叫唤,
从没有人肯用慈善的心肠来看她一眼。①

陈雨门的诗歌《春》写了春荒之下，人们饥肠辘辘，两个村庄甚至为了一棵白榆的树皮而大动刀枪。

有几家听鸟声的圆，雨声的碎，
或瞧着暖阳铺上绿茵的妩媚;
脱掉一冬的开花袄。
像脱掉满身欠债的累赘?
你可不要作不经的梦想,
梦里会见到千万个面孔的杏黄,
也像你正恨这夜短天长;
忍着空肚子来一枕梦绕黄粱!
那你一定会发笑,
不——是小孩子的胡闹。
为了一棵白榆的树皮,
东村和西村也值得大动枪刀!
谁说不是呢?
春风到处送下温暖,
春色也涂出各样的新鲜;

① 吕之芜:《末路》，周启祥主编:《三十年代中原诗抄》，重庆出版社 1993 年版，第 399—400 页。

但不知是哪个，

向山海关瞟了一下泪眼。[①]

朱彝尊曾写过诗歌《题施粥厂联》对施粥人员进行劝诫，要求他们尊重难民的人格，不要侮辱耻笑落难之人。“同是肚皮，饱者不知饥者苦。一般面目，得时休笑失时人。”诗歌表现了作者对灾民的同情和关爱，体现了追求人格平等的思想，具有一定的警世作用。荒煤的短篇小说《灾难中的人群》描写了灾民不但不能借粥厂以延生，反而遭受了更多的困苦。赈灾施粥人员对灾民不但毫无同情之心，还趁火打劫，玩弄与欺骗灾民，根本不把灾民当做独立平等的人来看。他们凭借自己的权力，肆意地侮辱那些可怜的难妇。“你妈的！谁白玩你的？瞧！钞票，米票子都有！白米票！比你底肉还白！”“女人也笑了；但泪珠子滴落下来，象哭。”他们熟悉地把女人拖进了棚子里，嘴里面还在嘲笑着：“咯！咯！这么脏！谁高兴来哩，还这么板着脸！”“女人又笑了，但还是滴落着泪。眼闭了，死了似的。”那些丈夫们怀着羞愤的心情彷徨在土坡上，眼都涨红了，但为了全家的生计只好悄悄地躲开。“天还是那样的天，夜还是那样的夜。一群就这么活着！”其中就写了一个汉子贵生忍受别人污辱的眼光与嘲笑，但那些人给自己老婆的却是假的票子，领粥时粥厂的人还奚落他，要他给自己的女人吃饱些，不要饿瘦了。他握紧了拳头，可一想到孩子只好赔着笑脸。小说充分展示了那些粥厂负责人倚仗权势滥施淫威，揭示了他们身上人性的变异，突出了他们的无耻与残忍。

灾荒之下，一些富人缺乏应有的同情心，根本不管灾民的死活，只顾自己穷奢极欲。范长江在通讯里曾写到那些一掷千金买笑买醉的军阀，“灾情虽重，而利用灾情以致富者，仍不乏其人。某下野军人，去年囤米，曾赚三十余万元，特别从上海用飞机接去一著名妓女，到成都享乐，费去数万金。一部分军人，在成都仍大肆欢乐。仿上海开设华贵奢侈之沙利文

① 陈雨门：《春》，周启祥主编：《三十年代中原诗抄》，重庆出版社 1993 年版，第 155—156 页。

饭店，每日赌博动辄十数万元之出入。上海某著名舞女亦曾被由空中迎去，热闹一番，数万法币，因彼而消费!”[①] 萧乾在《流民图》中也写了一些富户只顾自己行乐，不愿捐助难民。“在暮色苍茫中，我们走进碎石小道的宿羊山镇了。我们走过富户的门前时，在灯火辉煌中，畅快的笑声荡漾着。他们巍峨的瓦房四周都筑着炮台，上面日夜有人守望着。这次邳县成灾，向富户募集救济粮，面现难色的也颇不少。这些富户多拥有五六百顷地，一家便占据一整个村庄。庄丁平日打杂，遇到佃户抗租或袭击时，那些壮汉子便是机关枪小钢炮的操纵者了。胆小的地主远躲在上海租界里，留在庄上的，便以藏书、种菊一类雅士安闲地消磨他们无忧无虑的日子。”作者望着那森凛凛的朱漆大门，不由得吞了一口冷气。[②] 流萤也在其通讯里写了那些投机取巧的奸商，不但没有同情之心，而且还成了天灾的帮凶。“对于这次浩劫，除了‘冥冥者天’之外，我们不能忘记另外的帮凶。那些投机取巧的奸商们，利用这个机会，把粮囤集起来，把生活线抬到天上，那些富而不仁的地主，乘这个机会放剥皮钱。在灾区，粮食会一分钟一个价钱。借一百块钱，麦天要还两斗麦。这些恐怕也不是后方所能想象的事。旱魔直接吸干了地面的水分，使禾苗枯死，而直接吸干农民的血的，却是这些两腿动物。从来便以吸食人血自肥的人，旱灾使他们更加肥大，他也帮助了旱灾，加速人们的死亡。”[③]

沉重的苦难使得许多人把别人的生死看得轻如鸿毛，对一些灾民的悲惨遭遇置若罔闻。前面我们提到的靳以的小说《人间人》里的一个大学教授就是这样的人。在席卷全国的大水灾中，他连一文钱也不捐，当听说仆人的家乡被洪水所淹时，他安慰仆人说水头只有八尺，可以躲到楼顶，顶多有点不方便就是了。当仆人说家乡没有楼房时，他的妻子也感兴趣地插进来说：“那也不妨事，躲在屋顶上，挨上个两三天，自然会有人来救

① 范长江：《川灾勘察记》，沈谱编：《范长江新闻文集·上卷》，中国新闻出版社 1989 年版，第 539 页。

② 萧乾：《流民图》，肖凤主编：《萧乾名作欣赏》，中国和平出版社 1998 年版，第 120 页。

③ 流萤：《喑哑的呼声》，《前锋报》1943 年 4 月 6 日。

的。”仆人哭着回答说：“我们那里只有茅草房，禁不住一阵水，走得快的还能逃到十五里外的黑沙屯，要不就一定得淹死！”仆人家乡的水灾丝毫不影响他们欣赏雨中美景的心境，“他们舒适地坐在沙发里喝浓咖啡。他们都想着世界上没有大不了的事，即使有二十丈高的洪水冲了来，也还不能沾湿他们的鞋底。”从中，我们看到了富人对灾民的冷漠与麻木。流萤在一篇通讯里提到一个老太婆还没断气就被人给活埋了：“一个白头发的老婆婆：脸向着天，牙齿上爬满了苍蝇，上体在破烂的衣服下裸露着，胸部还起伏着，证明呼吸并未停止。但是，该街的甲长为了怕担负他那条街饿死人的罪名，已经用十三块钱雇了两个穷人掩埋她，当往高粱秆箔上放的时候，她还呻吟挣扎着，我想替她说个人情，用这钱给她买些吃的东西，看是否会活转来，但谁也不睬，在她的呻吟声中，两个人已经抬着她，背上铁锨走了。掩埋死人的短工，在市面已成为一种职业。”[①] 好多灾民去剥死尸的衣物，甚至对还能动弹的人也照样下手，流萤的《“死角”的弦上》就曾写到这样的例子：“有一个年老的人，大约是才昏厥不久，四肢还会动弹，但身上却已经被剥得一丝不挂了。”前面还提到一个老头因害怕死后尸体无人掩埋，为了不被野狗撕食就出钱请人活埋自己，而一些灾民贪图一点工钱真的挖坑把老头给活埋了。

灾荒之下，亲人之间也会为了一点食物和金钱而丧失日常的温馨，往往会争吵不休，变得暴虐无常，甚至发生人伦惨剧。好多作品都写到了灾荒对亲情伦理的腐蚀与瓦解，如易巩的小说《杉寮村》写出了灾荒之下婆媳之间争吵不断，而这些争吵的内容与主题完全是生计的艰辛激发出来的。婆婆听出媳妇的话里有些自大，因为平时要靠媳妇做挑伕挣钱来养家。她就骂媳妇有什么了不起，跳起来用手指戳着媳妇的脸骂道：“你不干我便要饿死了是不是？你说，开耕到现在，你下过几天田？你去做挑伕赚钱？哼，说得好听呵！我问你赚过多少钱回来？”婆婆责怪媳妇说和她一起去挑东西的人早就回来了，可她却不知到哪疯玩去了，直到天黑才回

---

① 流萤：《粮仓里的骨山》，《前锋报》1943 年 5 月 15—16 日。

来，不顾家庭和孩子。而媳妇也不甘示弱，蹦跳起来，扬起眉毛，左手叉腰，张大喉咙抛出毒辣的词语来回敬婆婆的责骂。“激烈的争吵就这样开始了，照例要持续几个钟头，有时甚至整天整夜。”婆媳之情被这煎熬的岁月黯然销蚀了。沙汀的小说《灾区一宿》描写地主贺幺夹夹赶走自己的大老婆，娶了一个招安军队里的寡妇做太太。灾荒期间，这个太太离他独自而去，大老婆好心好意地回来照顾跛脚的他，却因为跌碎一个坛子而遭到丈夫的责骂。

田涛的小说《灾魂》描写了在洪水的袭击下，夫妻之间因为逃荒的事情而争吵不断。妻子因为被那汹涌的黄水吓碎了魂魄，坚决要离开家园去逃荒；而丈夫却故土难离，不愿去逃荒。因为实在没有东西可吃，他们一家被迫推着独轮车走上了流亡的泥泞之路。每当面对生活的艰辛之际，父亲都会抱怨不该出来，甚至有一次走进激流中寻死，不想再过问妻子和儿女了。当父亲听说新堤决口有危险时，就催促妻子快点走，而妻子说自己的脚都磨肿了走不快。丈夫便跺着脚埋怨妻子，妻子就顶了一句，让丈夫别管她们先走好了。“丈夫生了气，焦灼的把背上一些破烂衣服都抛下来，怒声咆哮着”，说了句“不管你，我就不管你”，就气冲冲地什么也不管地往前走了。妻子见丈夫扔下东西，也赌着气不理丈夫，结果丈夫气得头也不回一直走得没了踪影。一日夫妻百日恩，可这对儿水灾之下的夫妻已经被饥荒逼得快要发疯了，平日的恩情被连续不断的争吵所代替。田涛的长篇小说《沃土》也描写了北方农村仝云庆一家人因为自然灾害不断，加之军阀混战，使得他们整天都要像牛马一样去辛勤劳作，一家人之间也不断地发生争吵。小儿子盛地因为贪玩，让麻雀偷吃了卖场上的麦子，结果被父亲毒打了一顿，而母亲为此哭诉起来，说如果想把孩子打死，还不如先把自己的老命给送走。父亲拼命地催促儿女们干活，不让他们得到足够的休息，母亲也为此和父亲吵架，埋怨要把儿女们都给累死，骂丈夫是“死驴，骆驼精”，“恨不得把一家人都使死才甘心”。孝顺严刻的大姐姹仙也常常为了农事而责骂妹妹们，而三妹春絮也毫不让步，经常和她顶撞对骂。一家人之间的亲情往往为生活的艰辛所冲淡，饥荒的日子使他们本已不平静的生活又平添了许多争吵。

吴组缃的小说《樊家铺》写了在生活日益艰难的逼迫下，线子嫂因母亲不肯借钱给她去救因抢劫被捕的丈夫，与其母亲发生矛盾，在抢夺母亲包头里的钱时，拔出烛台铁签把母亲杀死了。灾荒腐蚀了这一对母女之间的亲情，为了生存互不相爱，终于酿成有违人伦的惨剧。林淡秋的小说《散荒》曾写到一个长工阿二与妻子是一对非常要好的夫妻，可灾荒中因为一个南瓜给狗偷吃了，就用厨刀把老婆砍死了，满地是血。蒋牧良的小说《旱》描写了大旱之下，贫苦农民金阿哥为了救田里的稻苗，拿刀胁迫妻子答应卖掉自己的女儿去筹集车水的费用。当他带着卖女儿的钱赶回来准备车水时，同是贫苦之人的谌太爷欺负金阿嫂一个妇人在家，带领儿孙强行去车该金阿哥使用的井塘里的水，严重的旱灾使乡亲邻里之间也失去了同情之心。金阿哥赶回来用卖女儿的钱向抢水者打去，并从家中拿出刀来准备拼命。他们对灾难的主要责任者赵太爷不敢反抗，却在同是贫苦不幸的人之间鸡争狗斗。张铁夫的小说《荒年》曾写了一个六十多岁的老头，他在村子的北边发现了一块观音土，全村的人都争着去挖，一直到地下冒出水来。在挖夺争抢中，老头被一个年轻的汉子用铁铲砍破了头。失踪和卖人的故事不断发生，一个十五六岁的孩子到舅父家走亲戚，就再也没回来，原来是被舅父给卖了，因为舅父全家人已经三天没吃饭了。

二　人性的扭曲与畸变

联合国粮食和农业组织执行委员会主席卡斯特罗在《饥饿地理》中曾谈及饥饿对人类品格的破坏，“没有别的灾难能像饥饿那样地伤害和破坏人类的品格”，“人类在完全饥饿的情况之下，所有的兴趣和希望都变为平淡甚至消失”，“他的全副精神在积极地集中于攫取食物以充饥，不择任何手段，不顾一切危险”，人们“对于环境的一切刺激所应有的正常反应完全丧失消灭。所有其他形成人类优良品行的力量完全被撇开不管。人类的自尊心和理智的约束逐渐消失，最后一切顾忌和道德的制裁完全不留痕迹”，人们所做的一切越轨犯禁行为，“或多或少都是饥饿对于人类品格的平衡和完整所起的瓦解作用的直接后果”[1]。灾荒使得人性幽暗卑劣的一面得到极其明显的彰显，给人类社会造成极大的精神戕害并带来极为严峻的后果。在灾荒逼迫下，许多人的人性发生严重的扭曲与畸变，人们可以抛弃妻子或者卖儿卖女去求生，甚至发生人食人的惨剧。

释敬安的《江北水灾》描写了父母无力抚养子女，只得出卖亲生骨肉的残酷现实，“饥来欲乞食，四顾无人炊，儿乳母怀中，母病抱儿啼，仓卒骨肉恩，生死终乖离，不如卖儿女，瘵此须臾饥，男儿三斗谷，女儿五千赀。”[2] 钧天的独幕剧《卖儿声》描写了父母为了一点干粮和一块钱，狠心地卖掉了女儿。在寒冷的傍晚，一个衣衫褴褛的少女正在拾柴，远处的母亲提着篮子，里面放着年幼的小弟弟，在喊着“有没有人要哟……卖哟卖孩子哟”。饥荒逼得他们家已经卖掉一个大男孩了，现在又要卖掉这个不满三个月的小儿子。半夜里有几个逃兵路过此地，当爹的怕小孩饿死，就恳请逃兵把孩子买去，可他们自身都难保，哪里还顾得上一个婴儿。一个逃兵盯住了他们已经十五岁的女儿，就对他们说：“我还有一块钱和一点干粮，你们若愿意，这姑娘可以跟着我们走。”母亲用颤抖的手接过干粮，说：“往年生儿，如同新置产业一般，今年生儿真不值半文钱了。”李尹实的诗歌《荒村》描写了灾荒下一幅人性变异图，三月里的春天带给农民揭人皮的灾难，“丈夫顾不上自己的妻子，孩子也喊不应他的爹娘，妈妈还从哪里去找到她的儿郎！”倔犟的农夫变得最不守“本分”，拿起锄头来也可以杀人，邻村还传来了人吃人的消息。

乡间的情况真是一言难尽，
今年的生活比不上往年，
这三月里的春天，揭人皮的灾难；

---

① ［巴西］约绪·德·卡斯特罗著：《饥饿地理》，黄秉镛译，上海三联书店 1959 年版，第 63—64 页。

② 释敬安：《江北水灾》，《甲寅杂志》1914 年第 1 卷第 2 号。

往常还有糊口的糠米，
虽然地主官吏苛逼，还有“乐捐”的把戏；
今年早已消失厨房轻袅的炊烟，
连孩子们也挂起了苦脸；
南村吃完草根，还啃光了树皮，
（这也算不得稀奇）。
北村还有人吃人的消息。
懦弱的由瘦饿死，
青壮的漂了出去。
这样饥荒的年光里，
丈夫顾不上自己的妻子；
孩子也喊不应他的爹娘，
妈妈还从哪里去找到她的儿郎！
饥饿动荡了农村，
美丽的田园交给了罪恶和凄凉；
倔强的农夫最不守“本分”。
往日的锄头，今天也能拿来杀人；
他再不忍回忆家乡。
……
凄凉压着寂寞的村庄，
蜘蛛的网子锁住了坍倒的茅房。[①]

马斯洛的层次需求理论表明，在正常的社会环境下，人们往往会有多种的需求，可分为不同的层次和结构。如果遇到外力的冲击就会导致需求层次的降低，引起心理活动的失调或重整。民国时期严重的自然灾害使人们丧失了最基本的生存条件，在食品极度匮乏的时候，人们的需求结构必然降低到

① 李尹实：《荒村》，周启祥主编：《三十年代中原诗抄》，重庆出版社 1993 年版，第 286—288 页。

最原始、最低级的生存需要的层次上，发生人食人的现象也就难以避免了，饥饿瓦解了人们日常形成的道德准则和美好品格。灾荒使得人们的伦理道德一步步地沦丧，食人现象一开始还只发生在陌生人之间，基本上恪守着传统的“孝”的原则，亲人之间还存在着一种“血浓于水”的骨肉亲情。随着饥饿的一步步升级，骨肉亲情也弃之不顾了，父母、子女的肉也照样能够下咽。刘心皇的诗歌《西门外——“前夜篇”之八》描写父母忍受不了饥饿的折磨，一边吃自己的孩子，一边大哭，使人灵魂深处受到极大的触动。

西门外，
建筑了一口大锅，
里面塞满了死人的尸体；
枯槁的人们，围着那口锅，
围着那口锅，
拿着人腿或臂膊，
在一旁大嚼。
有一个人嚼着，哭着，
“想不到，
我会吃亲生的孩子”；
天哪！
就看着叫人都饿死完吗？[①]

流萤在通讯中描写了许多人食人的惨剧，甚至许多是亲人之间的骨肉相残。“在隆冬那些时，吃人肉的事是常常有的。下午倒一个死尸，夜里便会少一只大腿或臂膀。被枪毙的罪犯，如果当时没有亲属去收尸，第二天便被肢解了。”“去年冬天，落雪天气，县政府逮捕了一个杀人犯。主犯是个老太婆，她住在东陈庄，她的丈夫叫马永道。他们因为饿得太狠，把

① 刘心皇：《西门外——“前夜篇”之八》，周启祥主编：《三十年代中原诗抄》，重庆出版社1993年版，第252页。

亲生女儿杀死煮吃了。老头吃了女儿虽然换了一饱，但最后还是饿死。老太婆被捕的时候，身上还搜出人肉一包。”[①] 而在那些马路边风尘中的饺子摊上，以及流动的“大锅菜”挑子上，有人常常吃到带指甲的肉。《风砂七十里》也描写了亲人相食的惨象，其中提到两个故事。一个是在巩县东山，有一个农民“预备把他的十四岁的女儿勒死，到市上卖掉换成粮食，但又怕被人发觉，便打死了一条野狗拉回家中，准备夜里下手把女儿杀死，和狗一并煮熟去卖。但是女儿已有觉察，趁他去打水磨刀的时候，乘势逃去。这个人回来后看见没有了女儿，知道事情不妙，便也跑了。”另外一个故事发生在洛河北岸，一个男人把自己的两个孩子杀掉了，一个九岁的女孩和一个十五岁的男孩。女人抱着一个最小的孩子逃到了邻居家里，等到五邻四舍都被惊动跑过来看的时候，这个“凶手”已经把自己“就地正法”了。[②] 虎毒还不食子呢，人们竟然到了杀食自己孩子的程度，这是一些多么可怕的情景。灾荒冲决了传统道德伦理的堤防，致使人性的残忍与冷酷从内心升腾而出。“在实际生活中，被突如其来的灾害摧毁于基本物质生活条件的人们，常常在无奈中显露出其动物性野蛮、残暴和为求生存不择手段的一面。长久以来维系人类社会的基本伦理和社会规范，无法抵挡生存竞争的残酷。”[③] 当最基本的需求都不能满足时，伦理道德对人的约束作用已经变得微乎其微了，作者把灾难中人性的扭曲畸变表现得淋漓尽致，读后令人不寒而栗。

第二节　人性光辉的一面

灾荒能使人性卑劣的一面发挥到极致，但灾荒也同样能使人性复苏，

① 流萤：《“死角”的弦上》，《前锋报》1943 年 4 月 21 日。

② 流萤：《风砂七十里》，《前锋报》1943 年 4 月 10 日。

③ 江沛：《二十世纪三四十年代华北区域的灾害与农村社会变动》，张国刚主编：《中国社会历史评论》第 3 卷，中华书局 2001 年版，第 264 页。

在幽暗中烛照出人性的光芒。芷茵的独幕剧《米》写了米行老板高文甫囤积了几十万包大米，准备高价抛售，但在儿子高定远的开导下良心发现，低价开仓售米，稳定了上海的米价，使许多人避免了妻离子散的悲剧命运。1939年初夏，上海高福记米行老板高文甫感到春风得意，一方面是上海米价飞涨，他手里囤积了几十万包大米，如果高价抛售出去必将大发横财；另一方面是自己失散了二十年的儿子高定远终于找到了，自己生意上总算有了一个得力的助手。车夫把少爷高定远接回了米行，父子见面格外高兴，高文甫准备让儿子继承自己的事业。这时新近暴发的米商钱鹤山打电话给高文甫，兴奋地谈论他们的生意，他们囤积了全上海的三分之一的粮食。儿子高定远听了感到非常不满，就劝父亲将囤积的粮食低价卖出去，接济那些穷苦的百姓。高文甫听了很不理解，不能同意儿子的想法。高定远就拿自家的例子来劝导父亲。原来二十年前高文甫是一家米店的穷伙计，因为米价上涨就请求老板发些米贴，被老板辞退了，妻子活活饿死。高文甫把儿子寄放在朋友家外出谋生，导致后来父子失散。当年因为奸商抬高米价逼得父亲妻离子散，而现在父亲却扮演了当年奸商的角色。儿子痛陈家史深深地触动了高文甫，他犹豫了半天，经过激烈的思想斗争，他内心深处的人性终于复苏，战胜了自己的贪欲，决定开仓低价售米以压低全市的米价，解除那些贫苦百姓的灾难。虽然遭到奸商钱鹤山的持枪威逼，他们父子也不为所动，人性的光辉压倒了贪欲的炽焰。

一些穷困潦倒沦落为乞丐的灾民为了生计，迫不得已做了一些错事，但他们的内心深处仍然散发着人性的光芒。台静农的小说《被饥饿燃烧的人们》叙写了“我”返回故乡的见闻，描写了一对贫穷夫妇的悲剧。由于旱灾，“田里被野火烧了似的，没有一个谷实，仅仅有的是一田枯黄的瘦短的荒草。”农民被迫卖掉自己的耕牛来维系生活，有的只好外出逃荒。老柯夫妇就是在这个时候讨饭来到了“我”的家乡，后来落户于此靠理发为生。他们在死亡线上苦苦地挣扎着，虽然贫穷不幸，但依然保持着农民的朴实和忠诚，到别人家里理发从来不做鼠窃狗偷之事。可后来实在没办法了，为了家里受饿的妻子，老柯顺手牵羊偷了“我”家一点米，被发现后跪着忏悔，哭诉自己一时糊涂，做了丢脸的事情。有一次替“我”家打扫院子，他看到腊肉想到过年了就心一动，又做了丢脸的事情。虽然没人发现其行为，但他还是主动地跪倒在地，向母亲坦白自己的错误。老柯本不愿做偷偷摸摸之事，但为了饥饿的妻子被迫违背良心，之后又陷入深深的自责之中，其苦难令人为之心酸。

蹇先艾的《乞丐》描写了一个农民外出逃荒，妻子被强盗“拉肥猪”拉走了，欠下了客栈老板好几块钱的房钱饭费，老板娘就出主意哄骗他把女儿秀妹卖给苏家公馆做婢女。他卖了女儿后，一直幻想着等有钱再把女儿给赎回来，可后来苏家公馆从乡下搬到省城去了，连见一面的机会也都被剥夺得干干净净。他整天流落在大街上，从一个体魄强健的农夫，变成了一个枯瘦如柴的乞丐，头上生疮弄得满头癣疥，被人喊作安癞壳。他发现自己栖居的包子铺对面有一个机房，里面有一个女孩。一瞥见那小女孩的身影，女儿被卖时那幕生离死别的景象就浮现在眼前，“小女儿双脚乱跳，哭死哭活，使劲拉着父亲的衣襟不放他走……”于是，他心里怀着一点小小的希望，想法接近机房里的小女孩，哪怕和她谈上几句话，这样也等于见着他被卖出去的女儿了，良心上可以获得些许安慰。可那个女孩看见他那可怜的样子，赶紧扔一个小铜元给他，阻止他的上前。“但是安癞壳却并不去把那个铜钱拾起来，连视线都不向铜元瞥一瞥。”他两只眼睛盯住小女孩走上前，口里亲昵地喊道“小姐”，结果把小女孩惊骇得逃走了。为此，他心里不快活了好几天。当他再次发现小女孩出来时，“安癞壳像发现了深山宝藏一样的欢欣，脸上露着微笑，鼓起勇气，跑到她面前，想向她跪下来，想向她忏悔他自己的罪孽。”小女孩被吓得一连半个月也没露面，害得他整天失魂落魄。有天夜里，他偷偷地来到机房想看望一下那个小女孩，就像一个小偷一样爬上柜台往里偷偷地张望，听到里面有微弱的呻吟声，发现了一个药罐，才知道小女孩生病了，“乞丐的眼睛紧贴着板壁，眼泪水顺着板壁，一颗一颗地滴下来。”最后，这个可怜的乞丐被一个巡逻的警察误当做小偷给枪毙了。“第二天，镇上的人们发现了那个乞丐的尸体横卧在大街中间，血迹染满了他那件补了重重的破棉袄。”

章泯的独幕剧《弃儿》描写了饥饿的灾民为了孩子不被饿死，含悲忍痛地把其抛弃，但最后被人抱走的一刻，母亲舐犊之情爆发出来，发出耀眼的人性的光芒。在古庙走廊的角落里，一群饥饿的灾民栖息在那里等待施粥，到处是沉重的叹息和呻吟声。一阵钟声响起，那些灾民都疯抢着奔去领粥，只有一个老妇人和年轻的媳妇没动，她们担心被扔在车站里的孩子是否有人领养，还能不能再见上一面。那些领粥的人陆续回来，说粥里有沙子，大人马马虎虎地能吃下去，小孩就无法忍受了。有人就说幸亏自己没有孩子，要不跟着一起遭罪。远处传来了孩子找妈妈的凄惨的哭叫声，这正是他们丢弃的孩子，婆媳俩的心被深深地刺痛了。当有人领着孩子来到这群灾民前让人认领时，少妇情不自禁地冲上前抱住了孩子，在一旁的婆婆急坏了，赶快上前让来人把孩子带走，说自己的媳妇刚死了孩子，疯疯癫癫的错把别人的孩子当成自己的了，并把媳妇给拉了回来。小孩被人拉走了，一路不停地哭喊着要妈妈，老太婆望着远去的孙子只能暗自啜泣。少妇听着孩子撕心裂肺的哭叫“妈妈，妈妈”的声音，内心的痛苦一下子爆发出来，用手在自己的身上拼命地乱抓，喊叫道：“我要撕下我身上的肉来养他……我能养活他……我的孩子……我的孩子……”

甚至在那些打家劫舍的匪徒身上也能见出人性的光芒，张铁夫的小说《荒年》就刻画了一个良心未泯的土匪形象。在荒年之际，“我”们家的小屋里整天都充满着大人们的叹息和弟弟妹妹的哭泣，有一天弟弟用铁铲在墙角缝里挖出了一个小布包，里面还有五块钱。父亲回想起来是祖母替人纺花积攒下来，怕祖父把它花完就偷埋在那里的。于是，“我”和父亲就拿着这五块钱外出去贩卖粮食，每次都要跑八九十里，花费两三天时间。在一个下着蒙蒙小雨的日子，“我”和父亲卖了粮食回来，在路上遇到了两个劫匪，一个满脸横肉，长着络腮胡子，大概有三十多岁，另一个有二十来岁的样子。年长的劫匪拿着枪威逼着我们不要动，让年轻的过来翻我们衣兜里的钱。父亲哀求他们说这年景大家都不好过，不要把钱都拿去，不然家里老婆孩子会饿死的。那年轻的劫匪低着头不愿动手，慢慢地说："有啥法子呢？还不都是被饿逼的。狗急了还跳墙哩！"由于担心年长的劫匪会揍死自己或者以后不要他了，内心经过一番痛苦的煎熬后，他从父亲身上把钱掏走了。两个人走开以后又折回来，拿枪的年长的劫匪怕留下祸根，准备结果"我"们的命。年轻的替"我"们求情，经过一番争执，他们跑回来用绳子把"我"们绑起来。年长的把父亲绑得紧紧的，还用口袋蒙上父亲的头。那个年轻人故意给我绑轻些，还对父亲说："有啥法子呢？也该着你倒霉，只要有一线路也不干这营生，家里的老奶奶两天没吃饭啦，还害着疯癫病。……但愿荒年快些过去！"他说年长的土匪分给他的也不多，偷偷地在父亲的衣袋里留下了一个小纸卷。等劫匪走远后，"我"轻松地就解开了绑绳，然后艰难地帮父亲解开了绑绳。回到家后，父亲在衣袋里发现了一个小纸卷，原来里面包着的是三块钱。他竭力地去追想着那个给他钱的年轻的劫匪，叹息说："天底穷人还是怜恤穷人的，他们是好人呵！只要还有好人，我们便不会饿死。"年轻的劫匪虽然被迫深陷污泥，但依然有着同情之心，不愿多取钱财与害人性命，其内心深处还不失人性的光辉。阿英先生曾描写了那些被迫沦为盗匪的人群身上所散发出来的悲悯与同情。一群盗匪光顾了一个七口之家，发现室内一无所有，锅盖生尘，坛罐也都空空的。这家人全都无力地躺在地上，眼光迟钝，一问才知道他们家已经三天没吃东西了。"看着那些可怜的孩子，连这一班匪徒们，也竟有些不忍心起来，反而从自己的腰带里，拿出了一张五元的票子，交给睡在地上的主人：'你去买些东西，给孩子们度度命吧。'"①

在放赈过程中也出现了一些关怀民瘼，急灾民所急，想灾民所想，能够身体力行、严于律己的办赈人员。中国华洋义赈会创始人之一的章元善先生，在长期的办赈生涯中对办赈人员的资格有过严格的要求。他认为募赈难，放赈也甚是不易。放赈人员经手大宗款项，负着出生入死的责任，同修牙补眼一样是一种专门技术人员，他们应该有自己特殊的资格。救灾

① 阿英：《春荒及其救济的断片》，《阿英全集》第4卷，安徽教育出版社2003年版，第342—343页。

服务人员，除了具备应有的普遍常识、专门学问、处世经验等条件外，最要紧的还是人格。[①] 他自己率先垂范，身体力行。民国时期主持全国赈务的中央赈务委员会委员长许世英也是这样的一个人。他在山东兖州勘灾时写了一首《赈灾纪事》，以此来警戒自己和手下的办赈人员要为灾民着想，表明自己对赈灾的基本态度。

救灾如救火，救人须救彻。
查灾要查明，放赈要放洁。
布粟与金钱，毫厘悉膏血。
苟使一念差，必丧一身节。
操行罔或愆，勤劳以补拙。
春日不畏雨，夏日不畏热。
秋日不畏凉，冬日不畏雪。
手泽及穷氓，足迹遍陋穴。
卖妻弗得生，弃子复自诀。
要得大慈悲，普救哀遗孑。[②]

他要求办赈人员把救灾视同救火，行动要迅速；要洁身自好、清廉自律，同时还要不畏严寒酷暑，能够吃苦耐劳，并怀有一颗普救众生的慈悲之心。他本人也是严格按照这些要求去身体力行的，《廿四年视察黄河水灾》就反映了他为灾民奔波辛劳的身影，表现出其一心为民的高尚情怀。

千里征车赋远游，洛阳城阙百花稠。
抚怀王业成周盛，极目秋光缠涧浮。
海内徒余丧乱感，江南况有别离愁。

① 章元善：《国难中的救灾问题》，《独立评论》第12号，1932年8月7日。

② 许世英：《赈灾纪事》，政协安徽省文史资料委员会编：《许世英》，中国文史出版社1989年版，第173页。

斯民昏垫谁为主？憔悴秋风老白头。[①]

他虽然官至赈务委员会总长，但却家无余财、两袖清风，既没房产，也无现金。在担任赈务委员会委员长期间，按照政府颁布的《文官俸给暂行条例》的规定，他应该享受较高的官俸，可他却自请减半，同时又以其半数资助属下。他家所过的生活不过是中等人家的小康水平，时常感到经济上的拮据。他移居香港后，还曾长期以卖字为生。[②] 后来有人在回忆中也指出："身为赈务委员会长的许世英，收入不多，生活不太稳定，靠亲友周济度日。"[③] 他自己曾说过："我五十年从政，从不曾取过公家一分一毫非分的钱财，这是我心里一直觉得安宁的。"[④]

共产党人在救济百姓的过程中更是身体力行，体现出关怀民瘼、爱民如子的高尚情怀。1943 年苏中地区发生严重的春荒，"地方工作的同志，在春荒的过程中，他们每一个人，都是不惜劳瘁地在灾区奔走，调查，慰问，分头的散发粮食。在严重的期间，甚至整日整夜的工作，连睡眠的时间也没有。他们半夜三更，也要去访问被灾者。停在每一家的门前，倾听着里面的呻吟，推开门去殷勤慰问，调查人数，开发粮单。有时，在路上，看见那些睡在地上的灾民快死了，更是急不择地的自己动手，为他们煮米汤，煮豆汁，亲自灌到他们的嘴里去，慢慢地待他们的苏醒，来救活他们。尤其是海边，午夜荒凉，数里始得一屋，而他们，也是餐风饮露，毫不畏惧，无日无夜的奔走救援。"[⑤]

① 许世英：《廿四年视察黄河水灾》，政协安徽省文史资料委员会编：《许世英》，中国文史出版社 1989 年版，第 158 页。

② 许华：《对父亲的点滴回忆》，政协安徽省文史资料委员会编：《许世英》，中国文史出版社 1989 年版，第 176 页。

③ 檀鹤泉：《许世英生平点滴》，政协安徽省文史资料委员会编：《安徽文史资料》第 7 辑，1982 年印，第 20 页。

④ 沈寂：《许世英生平》，政协安徽省文史资料委员会编：《许世英》，中国文史出版社 1989 年版，第 54—55 页。

⑤ 阿英：《春荒及其救济的断片》，《阿英全集》第 4 卷，安徽教育出版社 2003 年版，第 347—348 页。

第七章

民国自然灾害下社会变革的文学书写

自然灾害带给人类的不仅仅是苦难，也还带来其他方面一些意想不到的内容。中华民族在救灾的过程中引入了一些西方先进的救灾理念和制度（如华洋义赈会的成功运作就是一例），加快了中国步入现代化的进程，有利于增进民族凝聚力。灾害对人类具有极其鲜明的警醒与启示作用，面对严重的自然灾害，人们的精神受到了极大的震撼。一些灾民开始明白自己所遭受的苦难并不仅仅是天灾造成的，还有其他方方面面的人祸因素在内，他们开始明白世间的真相，逐步走向觉醒与反抗的道路。生产救荒起到了移风易俗的巨大作用，许多农民破除了迷信思想，投入积极的生产劳动之中，改变了他们的精神状态，特别是一些妇女也走出家庭，从事力所能及的生产劳动，极大地提高了她们的地位。灾荒的救济如同一块试金石，人民群众面对不同政权的救灾方式与效果，开始选择自己所属的道路，奠定了中国未来的政治走向。

第一节　觉醒与反抗

列宁曾经主张不去救济帝俄时代的灾荒，因为他认为灾荒恰是革命的最好条件，是群众反抗与革命心理的催化剂。1891 年至 1892 年，伏尔加河流域发生了大灾荒，列宁反对一些知识分子去救济灾民，认为灾荒可以毁掉俄国古老的农民经济，为社会主义发展扫清道路。民国时期的灾荒在一定程度上也促进了社会的某种变革，因为巨大的灾难触发了灾民关于人生的思考，使好多人迅速走向觉醒与反抗之路，许多中原诗人在 20 世纪 30 年代都用自己的笔书写了这一倾向。

傅尚普的诗歌《灾后》描写了在日益艰难的生存处境中，灾民开始觉悟了，明白自己所遭受的不幸既有天灾，更有人祸的因素在内，为什么有的人吃饱享福，而有的人却要饿死。他们开始认识到社会是大家的，没有少数人压迫大家伙儿的道理。于是他们团结起来，一致向着大众的公敌死拼，准备向着真理的道路迈进。

也许正因为惨苦的身世，
尝遍了恶劣环境的遭遇；
现在，每个人已不再是无能的傻子，
让人家享受不尽荣华、自己等着饿死？
他们明白了、觉悟了、认清了……
真理在昭示着奋起；
社会是大家的，没有少数人
没有少数人压迫大家伙的道理。
谁应该享福、谁应该饿死？
努力是大家的。
不允许少数人把持着势力，
来戕害自己的兄弟。
他们深信、还这样作着，
手扣着手、心连着心……
一致向着大众的公敌死拼，

一致向着真理的道路迈进。[①]

王兆瑞的诗歌《自伙儿的告语》描写了灾荒下的流民被迫流浪他乡，决心团结起来，手扣手、心靠心，使出全身的力量，给旧有的世界来个翻身。

不要害怕也不要烦焦，
你看眼前的春光多好；
村舍里跳不出一条瘦狗，
极目处尽是一片荒草。

不要怀念我们的家乡，
家乡也不过这个模样；
门前的石头在晒太阳，
春风不翻麦浪在翻草浪。

不要浪费你的眼泪，
过往的伤痛会把心追碎；
谁知道我们的路有多长，
你应该运上全身的力量。

也不要叹说前途的险恶，
辽阔的宇宙下哪里能够驻脚？
让我们手扣手、心靠心，
给旧有的世界来个翻身。[②]

---

① 傅尚普：《灾后》，周启祥主编：《三十年代中原诗抄》，重庆出版社1993年版，第382—383页。

② 王兆瑞：《自伙儿的告语》，《海星》（开封）创刊号，1936年7月6日。

焦伟真的《难民底歌》描写饥饿残酷地折磨着人们空虚的心魂，但租税不减。他们开始觉醒，不再受欺骗与麻醉，看破了压迫者是豺狼一群，不愿再做驯顺的奴隶，准备用一颗暴跳的心去迎接大刀长枪与毒弹的威淫。

朝朝夜夜饥饿狂烧着空虚的心魂，
年年月月税吏来敲打残破的柴门。

我们都是上帝底子孙啊！为何受饥饿于租税的榨压，
还要唯唯地去歌诵那驯顺的奴隶之条文？

饮醉了我们底血液，食饱了我们底肉肌，
还想来麻醉我们底灵魂？

去吧，我们再不受你们底欺骗与诱引，
早已看破你们只不过是豺狼一群！

尽管去夸耀你们那大刀长枪与毒弹之威淫，
来吧，我们只有这一颗暴跳的心！①

傅尚普的《生命的哀祭》描写月夜郊外遭受灾荒蹂躏的饥民，他们在思考是谁剥夺了他们的血汗结晶，不打算做懦弱的饿死鬼，要用自己的热血去开辟生活的真义。

是谁剥夺了你们的血汗结晶，
让你们饿死在苦难的火坑？

① 丽波女士（焦伟真）：《难民底歌》，周启祥主编：《30年代中原诗抄新编》（豫内资料准印通字汴发第9503号），1995年印，第98页。

你们不也曾叫喊过吗！
可有谁来应你们一声？

若说盗匪是你们的生路：
对！残暴的枪刺就更歹毒！
假使静静地等着饿死，
是鬼，也笑骂这懦弱儿子。

反正你不该生在这年头，
拳打脚踢都须忍受！
闭一只眼、缄默了口；
不要问那镣铐磨断的时候。

显然，这生活要把你们推入死亡，
往日工作的下贱都成了现在的梦想；
死去吗？不！鲜血永远是热的，
在热血的澎湃里，去开辟你们生活的真义。[①]

甚至那些躺卧街头的乞丐也要奋起一搏，刘如水的诗歌《求乞者》就写了这样一个乞丐，他从天明求乞到黄昏，虽然街上充满了杂沓的脚步，但却没有人给予一点同情，他终于明白人世的残忍，自己连那些小金鱼、百灵鸟、狮子狗等小动物都不如，“同类相爱，完全是说谎者的高歌”。只有力可以使自己活下去，他不愿躺卧街边发出无力的呻吟，虽然仅余一口气，也要作雷声般的呐喊，不甘心就这样过下去。

我已明白什么叫做人；只

① 傅尚普：《生命的哀祭》，《大华晨报》（郑州）副刊《新垦》第2期，1936年1月12日。

有力可使自己生活。
我不能再躺卧在街边发出无力
的呻吟！同类相爱，完全
是说谎者的高歌。虽仅余
一口气息，决要作雷声般
吆喝，谁甘心就这样过？[①]

程率真的诗歌《歌》描写了流血出汗的人们养活不了自己，变成了沿街乞讨的穷光蛋，但他们的头颅会变成炸毁黑暗的炸弹，终有一天，他们会把套在身上的枷锁弄断，伸腿把地球踢翻。

莫鄙笑我们是穷光蛋
莫笑我们沿门讨冷饭
我们的头颅，会变作——
炸毁黑暗的炸弹

莫鄙视我的模样儿丑陋
莫笑我是个无力的狱囚
有一日，我会把铁索弄断
一伸腿踢翻了这个地球[②]

范长江在《川灾勘察记》描写了"叫花子"身上所爆发出来的力量。当地的一些绅士富商对街上的乞丐不屑一顾，认为他们只不过是一群"叫花子"，不知道严重的天灾下他们身上所积聚的能量。有一个店主踢了一个灾妇一脚，男女大小灾民皆为之不平。由于南充街上的灾民太多，他们立刻就集结成一大群，向这个店主示威说："如果我们是一二个穷人，听

① 刘如水：《求乞者》，《河南民报》（开封）副刊《风雨周刊》第8期，1934年6月2日。
② 程率真：《歌》，周启祥主编：《三十年代中原诗抄》，重庆出版社1993年版，第179—180页。

你打死丢到河里也没人管。现在我们这样多的人，你愿意打死，就请你们都打死好了！”

晁文玲的诗歌《别了亲娘》描写了与母亲永别后，乞讨于人间的女儿变得更加的坚强，带好年幼的弟弟妹妹，掩埋掉自己的伤悲，决心投入社会的集团去做一番事业。

别了，亲娘！
我们永远不再相会！
思想装入了我的精髓。
我面颊上挂着两颗辛酸的泪：
捧着被你遗弃的心，
寒颤颤地走向人间行乞。

别了，亲娘！
女儿决不负你生前的嘱语。
我要带着我幼小的妹妹弟弟：
努力小心走入社会的阶梯，
借春风，寄语你：
你的四个孩子是永不吃人家笼内的米！

别了，亲娘！
往昔尽是眼泪埋在生活里，
现在儿撞入社会的潮流国家的集团去！
做一番人类的事业掩埋着自己的伤悲。
将来放在回忆内也是甜蜜！
母亲，你生前可曾感到这个滋味？[①]

① 晁文玲：《别了亲娘》，《河南民报》（开封）副刊《文艺》第3卷5期，1935年3月4日。

杨骚的长篇叙事诗《乡曲》描写了在兵匪、捐税、灾荒等天灾人祸煎熬下，农村田野荒废，到处是一派民不聊生的凄惨情景。在干旱的打击下，故乡田废地荒，村民只好以草根、树叶为食，而繁重的苛捐杂税对灾民更是敲骨吸髓。觉醒了的农民老三到处奔走，揭露土豪劣绅勾结官兵盘剥压榨农民的罪行："他们指上闪耀的钻石是我们的汗滴；她们脸上鲜红的胭脂是我们的血液。他们吃的是我们的肉；他们穿的是我们的皮。我们终年在做活，但始终在饿……我们非捣烂吃人的他们这一窝。"在老三的号召与带领下，整个村庄开始骚动起来，人们拿起了锄头和铁锹冲到了镇上，"成百整千的人头像山泉奔涌，在那蜿蜒从村里走入镇上的路当中，哦，这奔涌的洪水将冲破一切堤防！哦，这巨大的流火将烧毁一切野原！""狗在吠，人在嚷，拥挤的锄头在响。沙在飞，灰在扬，爆破的愤怒冲天。"他们用锄头砸开了地主土豪的谷仓，带去的米袋里装满了粮食。"这是饿鬼们第一次吐出的恶气，是奴隶们第一次勇敢的叛逆，哦，是饿鬼们奴隶们第一次的胜利。"作者以雄伟的气势展现出灾民抢粮的风潮，朴素、坚实的诗句中流泻出人民为生存而反抗的意志。

林淡秋的小说《散荒》描写了灾荒之下，人们怀着殷切的希望等待赈灾人员的到来，可到最后盼来的却是极度的失望，每家只发一点点米，对饥饿至极的灾民来说等于杯水车薪。农民阿六提出抗议，要求多加点赈米或衣物，结果被官兵打伤并抓走了。他的老婆阿六嫂在这严酷的事实面前开始觉醒，明白政府的赈济只不过是骗人的把戏，就愤怒地把领到的赈米倒进了门前的污水沟里，以此表达自己的抗议。在严峻的灾荒面前，这些贫苦的农民逐渐觉醒，勇敢地走上了反抗之路。

第二节　移风易俗

在同自然灾害作斗争的过程中，好多陈旧的风俗习惯受到了冲击。有的破除了封建迷信思想，敢于和灾害作斗争，积极地进行抗灾救灾；有的在灾荒中参加生产劳动，提高了自己的地位，在精神上获得了解放和新生；还有的婚事从简，戒除大操大办的陋习，对于移风易俗起了巨大的作用。

长期以来，由于农民得不到足够的教育，对自然灾害认识不清，养成了一种迷信的思想。比如，好多农民都把蝗虫当成神虫来看待，蝗灾来临时不敢扑打蝗虫。但在积极的救荒过程中，人们逐步地认识到蝗虫不是什么神虫，只要有了科学的预防和扑打方法，蝗灾是可以避免或减轻的。许多作品都反映了根据地政府积极扑打蝗虫，用事实教育群众，使他们改变了对蝗虫的迷信看法。李世昌等人的《神虫》描写了1944年8月左权县五区遭受了严重的蝗灾，一个叫王二马的老汉平时迷信鬼神，说蝗虫是神虫，让大家用杏黄旗、桃弓、柳箭等宝物来镇住蝗虫。不但没起作用，蝗虫反而愈镇愈多，铺天盖地而来，把王老汉家的田地都遮没了，地里的杏黄旗也被盖住了。在严酷的事实面前，人们明白了只有靠“打”才能消灭蝗虫。王老汉的老婆、儿子、媳妇、孙子在内的全家人一起上阵，参加区长领导的打蝗运动。经过紧张的扑打，收到了初步的成效。王老汉在事实行动的教育下，终于转变了迷信观念，拿起作为“镇物”的木板打了起来。

苏东风的《捉害虫》描写了政府宣传教育老百姓不要迷信害虫，要积极地去捉虫，使老百姓的迷信思想得到转变。拜泉城郊的一个村庄里庄稼生虫，农民马大婶说是因为去年扒了小庙得罪了菩萨造成的，只有求神原谅才能消灾。政府下了紧急命令，让村干部带领大家捉害虫。城区小学的杜校长带领学生来帮村民捉害虫，村主席认为捉虫没有用处，一些农民也不让捉虫，说那些虫子是虫王爷放的野马，到时自动就收回去了。杜校长向农民宣传说只有破除迷信捉虫子，才能保证今年的好收成，可许多人都不加理睬。杜校长决心用实际行动来启发教育群众，让学生下地捉虫并且不要踏坏庄稼，组织学生总结讨论捉虫的方法，引得许多农民前来观看。范老师借机向他们宣传科学的道理，介绍报纸上捉虫的方法，并且举例说太平村给虫王爷上供，但麦子还是被吃光了，要农民们赶紧下地捉虫。农民张永贵听信了马大婶的话，在田地里插了小旗并上供，但庄稼还是被虫子吃光了。看到学生捉过虫子的庄稼长得非常好，他很悔恨，气得把小旗扯得粉碎，把神牌摔在地上踩了起来。经过事实的教育，农民们开始明白迷信神虫、给其上供只能骗人又害己。妇女会也号召妇女们下地去捉虫，于是家家户户都开始行动起来，张永贵喊着“捉虫去啊”！大伙儿就一齐冲向田里去捉害虫。

李季的小说《老阴阳怒打“虫郎爷”》也描写了在边区政府的领导下，人们改变了迷信蝗虫的思想，对蝗虫进行积极的扑打。1946 年 7 月，陕北三边地区干旱少雨，发生了严重的蝗灾，遍地禾苗都遭了殃。一个名叫水漫凹的村庄围绕如何治蝗发生争议，青年人与老年人分成了两派。年轻人在边区政府派来的王区长、董营长的指导下坚决地主张扑灭蝗虫；而以赵阴阳为首的老年人认为蝗虫是神虫，越打越多，只有烧香求神才能退蝗。于是，老年人在赵阴阳的带领下到了西山，跪在虫郎爷的牌位前，烧香并唱读祭文，祈求神虫消灾。年轻人则唱着董营长教给的打蝗虫的曲儿，越打越有劲，蝗虫也越来越少。

> 蝗虫是害虫，遍地都发生，
> 绿格蓁蓁的庄稼，快呀快吃净！
> 尔今新社会，政府为人民，
> 发动了大家，打呀打蝗虫。
> 不怕蝗虫稠，就怕不动手，
> 人人齐心干，一定能消灭完。

过了几天他们之间的较量就有了分晓，东山上的蝗虫是越打越少，几乎被扑灭干净了；而西山上，“越念祭文，蝗虫越厉害”。在事实的教育下，一开始想靠跪求神仙退蝗的老人们一个个地溜走了，加入灭蝗的队伍之中。赵阴阳自己家西山上的那块庄稼也被蝗虫吃光了，于是赵阴阳承认自己“人老骨头硬，越老越没用”，跪求神仙开恩是没有用的。他怒气冲天，把虫郎爷的牌位给扯了个粉碎，把剩下的几块木座也扔到灶火中给烧了。

许多农民由于长期囿于自给自足的小农经济的限制，具有一种狭隘、保守的观念。在生产救荒中，他们拓宽了眼界，提升了自己的地位，精神上获得了新生。康濯的小说《灾难的明天》描写了边区政府组织人民救灾度荒，不但使得他们走出了灾荒的阴影，而且使他们走出了精神的困境。祥保身上具有农民的保守、狭隘的眼光，从没出过远门，因此当村农会主任老吴动员他外出搞运输时，他不大愿意去。老吴鼓励他说：“我出牲口你跑道，赚了，对股劈；赔了嘛，贷款路费都算我的！”于是祥保就外出跑运输，第一趟就赚回了半斗玉米，变得信心十足，还放言再跑几趟就能赚足一头驴钱。本是腻腻糊糊过了半辈子的男人，整天夹在母亲和妻子之间唯唯诺诺，母亲骂他没出息、不争气，连个媳妇也管不住；而媳妇呢又说他不进步、窝囊，没个男子汉劲头。现在他终于挺直了腰板，可以放声说话了。村妇救会组织妇女参加纺织运动，祥保的妻子春妮要学纺线。老吴对她说：“你娘是老把式，跟她学学。”儿媳就拿着纺车央求婆婆教她，婆婆觉得自己有了价值和地位，得到媳妇难得的尊重，在故意憋气了一阵后，看到媳妇技法不对，就忍不住地在一旁指点她。婆婆也主动要求参加纺织，于是婆媳之间白天纺，晚上还点灯对纺，展开了无形的竞赛。一对本来争吵不休，互相看不顺眼的婆媳和解了。灾荒曾使得这个家庭发生激烈的矛盾与冲突，媳妇威逼丈夫要外出逃荒，不然就离婚，母亲责骂儿子没出息管不住老婆；而生产救荒挽救了这个行将崩溃的家庭，使得祥保们克服了保守狭隘的农民性格，妇女们也在劳动中提升了自己的地位，重新找到了自己的价值，走出了精神的困境，开辟了新的人生路程。

正如边区政府当时的救灾总结中所说的那样：“由于纺织工作的开展，家庭生产关系也改变了，妇女不只在家庭的经济地位提高，政治社会地位也提高了，增进了家庭的和睦。”[①] 林漫的小说《家庭》也讲述了一个相似

① 河南省财政厅、河南省档案馆合编：《晋冀鲁豫抗日根据地财经史料选编·河南部分（二）》，档案出版社 1985 年版，第 143 页。

的故事，描写一个家庭在生产救荒中婆媳关系得到了改善，劳动妇女的地位和精神境界都得到了提升。年轻的媳妇小庆娘与婆婆关系一向不和，婆婆嫌媳妇不听话，经常跑到外面开会，丈夫又性格沉闷，一家几口人整天说不上几句话，加上遇到灾荒饿肚子，都紧绷着脸，憋着满肚子的气，家庭关系很僵硬。在妇救会主任倡导纺线救荒下，媳妇从二十五里外的娘家把纺车搬回来，开始纺线织布。媳妇兴高采烈地整理着从合作社领来的棉花，满身的疲倦都溶解在脸上的微笑里。婆婆一开始认为这将是一场落空的胡闹，心理有说不出的嫌恶，疼惜灯油，嘴里咕哝着“五毛钱一两，什么紧要的公事，耗油费灯的……”困坐的丈夫也粗声粗气地说“睡觉!”但媳妇很执著，她相信妇救会主任的话，相信纺织生产可以战胜灾荒，不能光靠政府救济，也不能光等男人弄粮食来。不和睦的家庭让她感觉很苦恼，说什么也要搞成功。她克服了日久生疏的困难，腰酸腿麻地纺了一天，到天黑拿秤一称，竟有六两多。媳妇兴奋得连饭都不吃，不顾天黑就把线送到合作社去了。回来的时候，欢喜得像小孩子似的嚷叫：“娘，你看，合作社当下就发的工钱，换成斤半玉茭子，你看!”婆婆简直有点不相信自己的眼睛了，颤抖地摸着一粒一粒金黄的玉茭子。沉默的丈夫没有说什么，眼睛里却闪着光彩，整天盘旋在他脑袋里的四口人的生活，如同放开的发条一样松弛了。政府贷给了他一笔运销贷款，他参加了运销小组。这样一来，一家人的生活完全没有什么问题。婆婆就让媳妇教她学纺线，可惜手不太灵便老是断线，看着媳妇熟练的动作，有着说不出来的羡慕。她高兴自己有这么一个能干的媳妇，心里奇怪过去为什么老是不满意媳妇。媳妇从合作社回来时，婆婆主动地端上一碗豆腐给媳妇，媳妇又推让着给婆婆，一家人其乐融融。小说赞扬了边区政府生产救荒的方针政策，通过一个家庭成员之间关系的改变，反映了劳动妇女地位的提高，展现了生产救荒给人们带来的崭新的精神风貌。

钟纪明、李维翰的《三石粮》则写了防旱备荒下，年轻人一改陈规陋习，婚事从简。小红姑娘敲锣召集大家来听她读报，学习报纸上提出的防旱备荒的号召。未婚夫徐有娃来找她，说父亲准备卖掉三石粮给他们操办喜事，小红说要响应上级号召，不能卖掉三石粮食，喜事应该从简。有娃的父亲徐焕亭来找有娃去卖粮，大伙儿就批评小红没有阻止他们父子卖粮，心存偏向。有娃和母亲反对父亲卖粮，母亲回忆起当年饥荒之下所遭受的苦难，以此来劝说父亲改变主意，而父亲坚持卖粮来办一场像样的婚礼。有娃在卖粮的路上遭到别人的嘲笑，那些人把自家的余粮送到义仓里以备度荒。有娃和小红找到了舅舅崔主任，把粮食放到他开的义仓里存了起来。在舅舅苦口婆心的劝说下，徐焕亭终于打消了大张旗鼓办喜事的念头。结婚的那天，客人邻居都过来向徐家贺喜，乡领导也来了，徐焕亭感觉对不住大家，就让有娃偷偷地到集市上赊肉买酒来招待大伙儿，被舅舅崔主任拦了回来。崔主任向大伙儿解释了当前存粮备荒的严峻形势，并请大伙儿不要嫌徐家吝啬。大伙儿都说婚事从简是应该的，他们很高兴，徐焕亭听了也感到轻松了许多，终于松了一口气。

在灾荒的推动下，一些古老陈旧的风俗开始为人们所抛弃。绥德的党政军民要为徐特立七十寿辰祝寿，徐老写了一首自寿诗答谢，反映了边区政府节约度荒的移风易俗之举。

> 我今年七十，客绥避兵荒。
> 党政军民学，群议称寿觞。
> 苦乐两相形，不觉倍感伤。
> 却之感不恭，请勿事铺张。
> 瓜果代鸡鸭，清茶代酒浆。
> 题字代寿联，词短意更长。
> 诗文写性情，所贵非颂扬。
> 纸笺不拘格，百纳愈琳琅。
> 不落旧窠臼，吾党破天荒。
> 祝寿破常例，推广到婚丧。①

---

① 徐特立：《七十客绥，哀吕梁灾民并自寿》，《十老诗选》，中国青年出版社 1979 年版，第 166—167 页。

第三节　奠定中国未来的政治走向

在灾荒的救济中，不同的政权采取了不同的救济措施，取得了大不相同的救济效果。正是在灾荒的救济中，人民群众一目了然地看清了哪个政权是真心地关心民生疾苦，选择了自己的未来归属，为中国未来的政治走向描画出了一个清晰的轮廓。

1939 年，苏北发生了海啸，给滨海人民带来了巨大灾难。国共两党都应地方士绅之请，先后修筑了两道海堤，但两堤的质量和效果却是天壤之别，一个被当地人讥讽地称为“韩小堤”，另一个则被赞誉为“宋公堤”。“苏北不幸兵事未戢，秋收未熟，又遭风灾。缘于本年八月二十九日晚，飓风骤袭苏北沿海一带，潮汛与风信一致冲击，暴雨兼注，海湖水位激高数丈，亘三昼夜始稍杀，演成海啸惨灾。以致南通、如皋、东台、盐城、阜宁、涟水、灌云等县滨海居民不及逃避，被淹没者约一万数千人，尤以阜盐东灌四县为重。即以阜宁一县而论，事后掩埋尸体达四千余具，随潮漂没者尚不在内。”[①] 当地士绅杨芷江、汪继光、张惠卿等一同到省府兴化请求修复堤堰，但韩德勤忙于搞反共摩擦，根本无心修筑海堤。杨芷江等人四处奔走游说，滞留兴化长达四个月之久。杨芷江先生曾写了一首《旅居偶兴》的诗歌，描述了他们白天到处奔走于大小衙门，晚上住在一艘船上类似囚徒的遭遇。“一舱共起卧，终日类幽囚。作嫁为人事，积逋未自谋。月轮五度满，车辙四方留。差有慰情处，海防堤复修。”[②] 最后迫于舆论的压力，韩德勤答应拨款 20 万元修堤。由于国民党的腐败不堪，这 20 万元几经克扣，实际拨付不到 14 万元，除去行政费用最终不足 10 万元。

① 《苏北七县海啸受灾实况》，《新闻报》1939 年 10 月 22 日。

② 杨湘：《旅居偶兴》，转引自《阿英全集》第 4 卷，安徽教育出版社 2003 年版，第 354—355 页。

这些款项也没能全部用到修堤上，致使修堤标准一降再降，堆身比原计划小三分之二，长度比原计划缩短了十分之三，原计划挖土20余万方，结果只挖了5万方，工程草草完工，修筑的海堤低于海潮高潮位，根本不能起什么作用，老百姓讥讽地称此堤为“韩小堤”。杨芷江等人再次请求省府拨款增高海堤，省府批示“应毋庸议”。国民党的这座腐败工程遭到了大自然的无情嘲讽，当年即被海潮冲决，溃没得不见踪迹，致使苏北沿海地区的人民仍然生活在海啸的浓重阴影之下，好多人只得背井离乡逃往江南觅食。杨湘先生对此感到无比的心痛与愤怒，写了一首诗表达自己对国民党的失望与愤慨之情，“去年海潮平地溢，今年潮水亦如之。槁余苗莠同时没，劫后黔黎逐日移。捍患未周无远虑，堤防重决有深悲。桑田坐看成沧海，庐舍行将痛离别！”①

1940年10月，共产党在苏北建立了抗日民主政权，原八路军第五纵队供给部长宋乃德当选为中共阜宁县首任县长。在一些地方士绅的建议下，宋乃德将修复海堤作为新生政权的头等大事。他组织召开了参议会，讨论由地方议员田厚斋、邓松三、计雨亭提出的修堤案，决定以盐税作为抵押发行公债，筹集修堤款项，过后由政府偿还，不给人民增加一丝一毫的负担。抗日民主政权为此成立了专门的修堤委员会，由宋乃德兼任主任，负责监督指导修堤工作。在修堤过程中遇到了重重困难，比如经费不足、民工难征、土匪破坏、阴雨连绵等，宋乃德矢志不渝，带领人民克服了重重困难，最终修筑了一道高标准、高质量的海堤。在8月中旬来临的海啸中，其水位超过1939年6寸，时间也比1939年的海啸延长了20分钟，但海堤却坚如磐石，经受住了大自然的严峻考验。

当地人民感念共产党人宋乃德县长的恩德，将海堤誉为“宋公堤”。当地人民一直流传着这样的民谣：“由南到北一条龙，不让咸潮到阜东，从此无有冲家祸，每闻潮声思宋公。”杨湘等也献诗赞扬了以宋乃德为首

---

① 转引自《阿英全集》第4卷，安徽教育出版社2003年版，第356页。

的共产党人的艰苦廉洁，“军书正旁午，兴言筑海堤。筹赀罄思虑，堪线逐涂泥。手足成胼胝，面目又黑黧。……况复廉而明，高风不可跻。”[①] 怀砚楼主写了《颂陈军长》一诗，表达了苏北人民对共产党人的感激之情。“壮气凌云志，雄才一代中。孤军驱暴虏，只手拯哀鸿。苏北干城重，淮东障海功。生灵数百万，翘首仰英风。”[②] 文学家阿英先生在其文章中高度赞扬了共产党人的这一壮举：“这是共产党、八路军、新四军，在苏北（也可以说是在华中）最早的、最伟大的，为提倡生产运动所进行的水利工程建设事业。后来虽继续不断地在各个地方有很多同样的建筑，但工程之浩大，影响地区之广泛，修筑过程之艰苦繁难，却还没有可与这一回比拟的。在它的修筑过程之中，不但要以最大的力量和纷至沓来的自然暴力斗争，同时还要用最坚决的意志，和国民党以及敌伪斗争，甚至于关于食粮、饮水、烧草一些枝节问题的解决，也都是饱经了极艰苦的历程。”[③]

面对海啸，国共两党在苏北人民面前交出了各自不同的答卷。“‘韩小堤’和‘宋公堤’可以看做国共两党治理自然灾害中争夺民心的两个标本。这两个鲜活的标本生动地反映了历史转折年代国共两党在处理人和自然矛盾过程中，在对待人民群众疾苦的态度、政治的清明廉洁、执政者的献身精神、实事求是的科学态度、调配资源的社会动员能力等方面的差异，这些差异造成了民心向背，造成了国共双方力量的消长。”[④] “宋公堤”是检验中国共产党在苏北的新生政权的试金石，它为中国共产党的执政奠定了一块坚实的合法性基石。从“韩小堤”到“宋公堤”的更替，也鲜明地预示了未来国共两党政权更替的轨迹。

范长江在《川灾勘察记》里写到“灾情是让人发现天良的”，地方政

---

① 转引自《阿英全集》第4卷，安徽教育出版社2003年版，第373页。

② 怀砚楼主：《颂陈军长》，转引自《阿英全集》第4卷，安徽教育出版社2003年版，第351页。

③ 阿英：《苏北伟大的水利工程建设——宋公堤》，《阿英全集》第4卷，安徽教育出版社2003年版，第374页。

④ 汪汉中：《灾害、社会与现代化——以苏北民国时期为中心的考察》，社会科学文献出版社2005年版，第326页。

府的一些官员也对国民政府在灾荒中的表现大为不满，“灾情这样大，不知政府干些什么。一切只重形式，毫无内容。每天公文来往几百件，公文到处旅行，谁也没有看过！如果说到禁烟，官家办理吸户管理所，即官办鸦片烟馆，官烟远比私烟贵，逼着人私贩私吸，于是百分之四十的奖励，鼓舞着鸦片缉私人员，揭人屋顶，掘人地皮，往往一桩私烟嫌疑犯，弄得倾家荡产。在这样的社会破产情形下，我还看到仍有公文来催收粮款！”[①]国民政府沉湎于空虚的公文往来之中，上下敷衍塞责，根本没打算去积极救灾。不但不救灾，有的还趁火打劫，逼着灾民吸食鸦片，上交烟款。在农民倾家荡产的情形下，还发公文催收粮款。

李纶的《难民曲》描写了在1943年的河南灾荒中，国民政府与陕甘宁边区政府对灾民的不同态度，在鲜明的对比中反映了民心的向背。1943年，河南农村发生了普遍的大灾荒，贫苦的佃农崔老头一家已经断粮三天了，孙子狗娃饿得不停地哭叫，儿子崔志发和儿媳到外面去寻找食物，走了十几里地也没结果，到处都是剥树皮挖草根的灾民，结果连树皮草根也没找着。在这种情形下，国统区的副官还派崔家交一百斤军草，王保长也来催收地租和卫生捐，逼得他们一家根本没有什么活路。儿媳为了保全崔家一条命根，含泪提出要卖身救家人。无奈之下，他们父子忍痛以三百块钱的价格将其卖给了人贩子。崔志发用卖妻钱买了一小袋糠和一块馍，带着剩下的一百多块钱回家。刚刚到家，副官和王保长就逼上门来。副官拿枪威逼他们，抢走了媳妇的卖身钱和那袋糠。王保长见没有什么可拿就大骂起来，逼着他们以房屋作为抵押，崔家父子只好弃家逃荒。路上遇到的一群难民告诉他们说：“听说在西北方有个什么边区！那个地方政府里照看穷人，有饭吃。”他们就奔西北边区走，在路上遇到国民党军队，崔志发被抓去当壮丁，崔老头和孙子被边区自卫军搭救送往边区。崔老头被妥善地安置到了陕甘宁边区的一个农村，受到热情欢迎，乡长、支书和当地的农民都纷纷前来看望他们祖孙二人，还给他们安排了住处，分了田地，

① 范长江：《川灾勘察记》，沈谱编：《范长江新闻文集·上卷》，中国新闻出版社1989年版，第550页。

送来农具、衣服和粮食，当地的驻军高班长还带着全班战士来帮助他们开荒。崔志发后来也被八路军解救出来，来到了边区与家人团聚。崔老头感叹道："想不到俺受了一辈子苦的人，能到了这个天堂的地方。"他们一家人对政府、人民和八路军都非常感谢，高唱着"共产党就是咱中国人民的太阳"。边区政府最终领导人民战胜了灾荒，粉碎了日伪的经济封锁，为夺取抗战胜利奠定了坚实的物质基础。中国共产党也在救灾中赢得了民心，老百姓都把根据地看成一个"新世界"。据报道，灾荒中"逃向太岳区 20 万的，逃向太行区 5 万的外来灾民，都找到了他们的家"。这 25 万人相当于全边区所有灾民的六分之一。

灾荒发生后，各种政权都采取了相应的救灾措施，但效果却截然不同。国民党漠视民命，救灾完全依赖政府赈济，弊端重生，起不到应有的作用。沦陷区的日伪政权也采取了一定的救灾措施，比如实施战时的"配给制"，但不能从根本上救灾，所起作用也有限。而中国共产党领导的边区政府由于有全面系统、有效得力的救灾方针和措施，把政府赈济与民众生产自救结合起来，取得了近代救荒工作的突破性飞跃。所以，那些说日本人救了河南人的命的无耻谰言便不攻自破。相反，大灾之下倒是日伪统治的地区十室九空，人民争相逃亡。于是，我们眼前就有了这样的画面："灾荒愈发展，三个世界的对照愈清楚，从安阳到玉峡关的封锁线，虽然可以和敌人的封锁沟墙相比拟，但封锁不了饥饿发疯的灾民，沿着美丽的清漳河，褴褛的人群，日以继夜地向根据地内流着，涌着。"[①] 从这不断奔涌的灾民的流向中我们应该不难想见事实的真相。从徐特立的诗歌中也可以看出这种鲜明的对比，国统区的灾民是衣不蔽体，以秕糠充饥，不死即逃；而一水之隔的陕甘宁边区则是另一番景象，家家都有余粮，边区政府与民众共纾时艰。

蒋阎肆虐政，灾民遍吕梁。

---

① 吴宏毅：《从灾荒中站起来》，《解放日报》1944 年 8 月 29 日。

败絮不蔽体，充饥惟秕糠。

老弱转沟壑，少壮半逃亡。

转看警备区，家家有余粮。

黄河一水隔，地狱与天堂。

法币八万万，购棉又购粮。

边区济河东，艰苦与共尝。[①]

1943年苏中地区发生严重的春荒，共产党人以自己的实际行动千方百计地帮助灾民渡过难关，地方的硕耆及民众都深受感动。“他们是为军政当局，当然也就是共产党的真诚所感动了，他们亲切的了解了各方面是真诚的在救灾，是丝毫没有弊端、假借，以及吃人的中饱行为，像过去那些老爷们的救灾。”[②] 共产党人在救灾中奠定了胜利的基石，赢得了民心民意，取得了救灾意义之外的巨大胜利。“今年的春荒灾情，较之过去是更加严重的。而实际上，因为政治影响的深入，救济的努力，现象却极好。死亡率固较之过去少得多，抢劫的事也没有见过，社会秩序一点没有陷于紊乱。且救济，还多带着积极的意义，不是止于抢救若干人命。这也可以说是救荒史上的一个新纪元。”[③]

所以，灾荒就如同一块神奇的试金石，检验着各种政权的执政能力与民意所向。各种政权面对这份特殊的答卷给出了不同的答案，为未来的中国描画出了轮廓分明的政治走向。

---

① 徐特立：《七十客绥，哀吕梁灾民并自寿》，《十老诗选》，中国青年出版社1979年版，第166—167页。

② 阿英：《春荒及其救济的断片》，《阿英全集》第4卷，安徽教育出版社2003年版，第349页。

③ 同上书，第350页。

第八章

现代文学对民国自然灾害的多样性书写

在灾害不断、苦浪叠至的情况下，中国现代作家与人民息息相通，对自然灾害题材格外关注，水、旱、蝗、疫、风等灾害纷纷进入他们的文学视野，生动地反映了自然灾害的灾象与特征，描写了自然灾害给人民带来的痛苦生活，对人民所遭受的苦难抱有深切的同情与关怀，体现了文学关怀社会人生的现实主义精神。作品主题内容丰富，反映了广阔的社会生活；文学作品体裁形式多样，既有小说、戏剧、散文、诗歌等，也有民谣、旧体诗词等；作品风格呈现出多姿多彩的色调，不同类型作家的写作姿态有明显的差异，左翼作家凸显了集体反抗与社会批判的锋芒，京派作家则表现出从容节制的艺术风度；国统区作家在凄苦的陈述中暗含着强烈的社会剖析欲望，而解放区作家则在浓郁幽默的民间风味中表现出昂扬乐观的情调。不同地区作家描写灾害时也有所不同，中原作家与南方作家在表现的题材和风格上也呈现出一定的差异。

第一节　灾害作品体裁形式多样

一　新文学的自然灾害书写

民国时期的自然灾害在诗歌、小说、戏剧、散文等各类文体中都有所体现。小说由于其反映的社会容量较大，能够从容地展开对生活的叙述，在描写灾害的作品中占有很大的比重，在各类体裁中显得较为突出。不但有丁玲、沙汀、沈从文、许杰、鲁彦、台静农、巴人、李季、王统照、吴组缃、蹇先艾、陈荒煤、康濯、靳以、丘东平等一大批名家写过有关灾害的小说，同时也有徐疾、石灵、蒋牧良、田涛、莎寨、罗洪、青雨、方光焘、张铁夫、易巩等不太知名的作家写出过很好的反映灾害的小说，在艺术上取得了很高的成就。例如，沙汀就曾经因为回乡奔丧，有机会接触到地方的灾情，了解到有关地方的赈灾救灾情形，写出了《灾区一宿》、《苦难》、《代理县长》、《为了两升口粮的缘故》、《土饼》等一大批脍炙人口的名篇；吴组缃借灾害对皖南农村30年代的经济萧条与世态人情的变化作了出色的描绘，写出了《樊家铺》、《天下太平》、《一千八百担》、《黄昏》等高水准的小说；徐疾的小说《兴文乡疫政即景》反映了四川的“麻脚瘟”，获得首届茅盾文艺奖的第一名。

诗歌由于其短小精练，能够迅速及时地反映现实生活，因此反映灾害的诗歌是层出不穷，表达了对灾民的深切关注，抒发了诗人同情与悲愤之情。臧克家先生在现实生活中目睹了灾荒下人民的苦难生活，写下了许多首深沉、愤激的诗篇。如描写流民漂泊无定、内心凄惶的诗歌《难民》，流民“人到那里，灾难到那里”，连乌鸦都有巢可归，而他们却被当地人用枪赶走，不让他们留在镇上，到处找不到立足的地方。《水灾》描写了洪水肆虐，席卷一切，不给人以喘息的机会，人们在灾难中苦苦地挣扎求生，侥幸生存下来的人如同秋风中破烂的败叶一般，只能任凭风吹雨打。

大旱在春天揭人一层皮，
夏天的日子又全浸在水里，
村子里倒净了老病的房屋，
夜里倒满了露天的身子。

宇宙几乎霉得要开花，

唯有人身却日渐干巴，
不必说找不到一把柴火，
地里没收凭什么下锅？

一天多少次警人的破锣，
喊人们一齐到河边去，
用决死的心守着大堤，
像守一个闯祸的疯子。

天上的水叫蛟龙驮来，
浪头像猛虎把长堤抓开，
大口里伸出条亮堂的馋舌，
向着当前的一切卷来。

连惊呼也不给一点余地，
先把喉咙给人扼死，
眼里开花，鼻子塞入了真空，
只根根发梢在水皮上波动。

发疯的女子骑着屋脊，
脚像双桨插在水里，
眼看乱摇的小手向她求援，
一转眼，只见浪头见不到自己的孩子！

水上漂着可怜的牲畜，
漂着家具，漂着大小的尸体，
这一群前后追逐着，
永远不愿分离！

水口嗽出来的生命，

脚踏空地头顶一天青，

像破烂的败叶一堆，

偏偏眼前又吹起了秋风！[1]

此外他还就淮河水灾写下了长诗《淮上吟》。臧克家对灾难下的生命给予了高度的尊重，1935 年面对淄川日人经营的煤矿水淹八百矿工的惨事，他愤怒地写下了《吊八百死者》来表达自己诚挚的悼念，并对资本家草菅人命的卑劣行径进行了强烈的谴责。灾荒下流民满地，好多人在冬天来临之际在饥饿中为风雪所掩埋。面对报纸上报道的八百个难童被活活冻死的惨痛消息，诗人愤懑地写下了诗歌《生命的零度》，开篇就引用了报纸上的两句话，"前天一夜风雪，昨夜八百童尸"，直击人心。作者愤怒地斥责这个不公道的社会，这样的消息在报纸上根本就不占多大篇幅，那些死者没有名字和籍贯，对于他们冻死的样子和地点也没有说明，这样的消息引不起多少人的同情与怜悯，因为报纸上多的是美女、凶杀和奇闻。作者用愤激的语言揭露了这个麻木不仁缺乏同情心的社会，对那些无辜的死者寄予了极大的悲哀与同情。

你们的死

和你们的生一样是无声无臭的。

你们这些"人"的嫩芽，

等不到春天，

饥饿和寒冷

便把生机一下子杀死。

你们迷失在洋楼的迷魂阵里，

① 臧克家：《水灾》，臧克家：《今昔吟》，山东人民出版社 1979 年版，第 191—192 页。

你们在珍馐的香气里流着口水，
嘈杂的音响淹没了你们的哀号，
这里的良心都是生了锈的。
……
让这些尸首流血，溃烂，
把臭味掺和到
大上海的呼吸里去。①

王亚平的《农村的夏天》描述了旱灾之下的农村惨景，再加上“催粮吏”逼粮，迫使人们离乡背井，到处都呈现出一片凄惨景象。他的诗歌朴实明快，长于描述，吸取民歌、民谣的营养，语言接近大众的口语，通俗易懂。

夏天真没有夏天模样，
没有人耘田，
也没有人插秧，
大道上奔涌着饥饿的人群，
为了活才撇下自己的家乡。

魏巍的诗歌《重逢》描写了经历一场大水的母子本以为天各一方，不料却意外地获生重逢，相对喜极而泣，但妹妹已经没有了踪影。

一场滔天的黄水吞噬了多少生命
想起那狮吼虎啸的可怕的怪声还令人战栗
他扶着母亲竭力地奔跑
也逃不过洪水的紧逼

① 臧克家：《生命的零度》，中国现代文学馆编：《臧克家文集》，华夏出版社 2000 年版，第 95—98 页。

终于一朵浪花赐给他们一个永久的分离

虽然一支椽木救了他一条生命
那悲哀已经萌芽在心际
想起那茫茫大水里孱弱的母亲
哎！哪里还有母子见面之期？
今儿格，莫非是梦境依稀？

夜旗卷没了一双影子
两对泪眼遥顾身后家道凄迷
意外的喜剧演成对泣
溶和的浪花翻在土层里
去吧！且踏上茫茫的前途
过去了寒夜，眼前总有熙攘的晨曦[①]

此外，也有不少描写灾害的戏剧和散文。钟纪明、李维翰的戏剧《三石粮》描写了边区一对新婚夫妇为了节约度荒，阻止家长卖粮而推行婚事简办的新风尚；张毂生的《桐柏民变》则描写了官逼民反的情形，对河南民变的历史作了迅捷的反应；钧天的独幕剧《卖儿声》则描写了在饥饿的逼迫下，父母为了一点干粮和一块钱狠心地把自己的女儿卖给了伤兵；芷茵的独幕剧《米》写了米行老板在自己儿子的劝导下良心发现，开仓低价售米，稳定了上海的米价，使许多人避免了妻离子散的悲剧命运；洪深的剧本《五奎桥》描写了江南农村大旱之下，农民与乡绅地主之间围绕桥梁而发生的矛盾冲突，展现了农民的觉醒和反抗；章泯的独幕剧《弃儿》描写了灾民无力抚养自己的儿子，只好含悲忍痛地把孩子抛弃掉。柳倩的三幕诗剧《防守》描写灾后乡民奋力抢险救堤，终于遏制了洪水的故事；旅

① 魏巍：《重逢》，《大华晨报》（郑州）副刊《沙漠诗风》第10期，1936年3月20日。

冈的三幕剧《水》描写了湖南洪水泛滥，人们奋力护堤抢险，但最终还是决堤，他们四散流浪逃命。镇长和官府的救灾人员哄骗他们说不久就会有粮食，但等来的却是四处布防的军警。这群饥民终于醒悟过来，一起向地主的粮仓冲去。沈泳清执笔的独幕剧《抢米》描写了灾荒之下，奸商囤积居奇，愤怒的饥民被迫起来反抗，把米店抢劫一空；熊佛西的独幕剧《囤积》也同样描写了在严重的灾荒下，黑心的管家帮局长囤积粮食。

戏剧中涉及灾害的既有话剧，也有歌剧和现代京剧等不同的文体形式，其风格也呈现出各种各样的形态。仲天的独幕剧《赈灾》是历史题材剧，描写了汉武帝建元元年河南遭受旱灾，田里颗粒无收，许多人都饿死了。朝廷对河南的灾情却视而不见，派官员去河东查勘火灾。县官命令本郡官员前去接送，让驿站准备好马匹和宴席。这下子可苦了驿站的官员，因为马匹大都饿死了，派出去的又没回来，没有钱粮宴席更是无法筹办。姓贾的驿官就找自己女儿贾天香商量如何应付难关，女儿若无其事地劝父亲不用准备一切东西，自己只要在墙上画一道符问题就解决了。当朝廷派来的汲黯大人看到墙上的题词就发起怒来，墙上写的是“龙向河东雨，河南隔岸灾！过云不泽物，空白起尘埃！”贾天香就出来说自己无意讽刺大人，只是想告诉河东富庶偶尔失火也无足轻重，倒是河南灾荒严重。朝廷官员到驿外视察了一下，情况果然很严重，贾天香就劝他下令开仓赈济百姓，然后再把情况奏明天子，能够挽救千万百姓的生命，即使牺牲了性命也是值得的。汲黯大人感觉到很有道理，对一个小女子能有如此见识感到非常钦佩。

周彦的戏剧《龙王庙》则以寓言的形式写出了龙王的反复无常，揭露其借灾发财的阴暗心理。大地久旱无雨，人间万物禁屠祈雨，龙王看神案上供奉的全是素菜，勃然大怒，责问蛙仆为何没有荤菜？蛙仆就说了禁屠祈雨之事，龙王娘正生产坐月子要喝蹄膀汤，龙王便吩咐土地爷停止禁屠，自己准备行雨。蛙仆抓到了一只在龙王米仓偷米的老鼠，老鼠哀求龙王饶了他，因为天旱到处都没有庄稼可吃。猪带着一只烧鸡来献给龙王娘，恳求龙王不要降雨，因为降雨后人间就不再禁屠，他们猪族就会遭殃，于是龙王爷就答应暂不降雨。不一会土地爷又来祈求龙王爷降雨拯救生灵，蛙仆便在一旁告发说是因为人们许愿重修土地庙，土地爷才来求情要求降雨的。蛙仆还提醒龙王不要降雨，因为这样一来龙王囤积的粮食就卖不上大价钱了。龙王便斥退了土地爷，不打算降雨。可这时蛙婢来报告说龙王娘不爱吃鸡，非要喝蹄膀汤不可。猪也赶来祈求龙王降雨，因为干旱缺水断粮，日子实在过不下去，还不如被人宰杀了好过。蛙仆便出了一个馊主意，要龙王猛降大雨，把公路、桥梁给冲毁，中断交通，龙王囤积的粮食照样可以大赚一把。龙王一听大悦，就把猪宰了给娘娘做蹄膀，准备降雨。

一些散文也涉及了灾害，如林淡秋的散文《饥饿的古城》就描写了同时遭受水旱灾害的绍兴古城，“向以黄酒出名的绍兴，今年却以灾荒为最出名。由于春季雨水的缺乏，千万亩肥沃的良田荒芜了，一眼望去，都是些缭乱的野草。有些地方勉强插下了秧苗，秧苗也没有完全枯死，到了现在秋收的季节，总算长起了癞痢头一样的稻穗，每一个稻穗大概有那么十颗像压扁了的臭虫一样的干瘪的谷粒。然而连这一点可怜的谷粒都不让人们享受，农民们正预备好镰刀的时候，天空突然下了几天大雨，把干裂的稻田变成了一片水乡，‘癞痢头’钻在水下腐烂或浮在水上发芽，千万人的心血完全落空了！”[①] 秦似的杂文《谈蝗》融形象性与政论性为一体，对蝗虫作了惟妙惟肖的刻画，表达了自己鲜明的政治态度。冯沅君的散文《劫灰》在痛楚的回忆中记述了家乡遭受土匪劫掠的情形，描绘了一幅风声鹤唳、人人自危的乡村骚乱图。

二　传统形式的自然灾害书写

杨义先生认为我国古代的文学观是杂文学观，诗歌、铭文、墓志等都属于广义的文学的范畴，所以古代的文史不分家，经史子集等都可以看做

① 林淡秋：《饥饿的古城》，《林淡秋选集》，浙江文艺出版社 1983 年版，第 297 页。

文学；到了近代随着西方科学思潮的引进，出现了所谓的纯文学观，仅指诗歌、小说、戏剧、散文等文体。他极力提倡一种大文学观，主张把少数民族文学、旧体诗词、通俗文艺、现代戏曲等都纳入现代文学史的考察视野之内。他的大文学观既吸收了纯文学观学科知识的严密性和科学性，同时又兼顾了传统杂文学观的博学深知和融会贯通，把文学生命和文化情态沟通起来，分合相参，内外互证。本书在写作时受到了杨义先生大文学观的极大启发，涉及灾害的不仅有所谓的纯文学作品，还有许多是从大文学观着眼的更为宽泛意义的文学作品，如民谣、新闻与通讯、通俗文艺、日记、旧体诗词等，它们共同参与了对民国时期灾荒的反映与书写。

民谣是农业社会的遗产，是我们走进大众精神世界的一种途径与方式，是书写底层生活和精神记忆的一笔宝贵财富。底层民众在历史的书写中往往处于一种失语的状态，他们的生活和精神风貌是模糊不清的，长期淹没在喧嚣的精英话语之中。民谣对灾荒的描述丰富了我们对历史的理解，因为大众是生活的无意的记录者，里面没有过度的雕饰和润色，从中可以勾勒出民众眼中的灾荒图景。下面是一些反映民国时期瘟疫的民谣，陕北一个名叫染兴庄的村，村民之间流行着一首民谣，反映了当年发生的鼠疫留在民间的记忆："中华民国十九年，秋歌闹到七月天，不为银子不为钱，只为瘟疫带上天。"[①] 1932 年，霍乱在西北地区一度非常猖獗，一开始从河南传入陕西，波及陕西 60 多个县，患者死亡率高达 40%，一下子便夺去了 20 多万人的生命，人人谈虎色变。[②]（虎就是指虎拉列，也即霍乱。）甘肃陇县一个叫做沙岗子的地方原先大约有 700 口人，后来流行霍乱，一下子死了 348 人，所以当时在该地就流行着这样一首民谣："李四早上埋张三，中午李四又升天，刘二王五去送葬，月落双赴鬼门关。"[③] 而在山东馆陶地区则流行着各式各样的民谣，反映了 1943 年该地区霍乱大流

① 中国医学科学院陕西分院流行病学卫生学研究所：《陕北地区鼠疫调查工作总结报告》（内部印行本），1959 年印，第 2 页。

② 陕西省卫生厅：《陕西省预防医学简史》，陕西人民出版社 1992 年版，第 4 页。

③ 文芳：《天祸》，中国文史出版社 2004 年版，第 174 页。

行，造成了人口的大量死亡。“民国三十二年八月二十三，老天爷阴了天，接接连连，昼夜不停，下了七八天。人人受了潮湿，人人得了霍乱，男女老少计算起来，死了一大半，人人打蚂蚱，人人打草籽，回家当饭餐。”“民国三十二年灾荒年，肚子里没有饭，人人得霍乱，男女老少死一半。”“八月二十八日，老天爷阴了天，滴滴连连，连下了七八天，水大着了潮湿，人人得霍乱。”“民国三十二年，灾荒真可怜，提起那个灾荒的人，多有为难，老乡们，提起那个灾荒的人，多有为难。”[①] 从民谣中可以看出霍乱往往在连续的阴雨情况下流行，这和人们的饮食习惯和病菌的传播有极大的关系。平时人们饮用烧开了的水，里面的病菌基本上都被高温杀灭了，而老百姓在连续阴雨之下根本无柴可烧，有时还吃生的食物，造成了病菌的蔓延。另外还有一个更为隐秘的原因，这次霍乱的罪魁祸首是日本侵略者，是他们一手导演了这场细菌战。[②] 由于属于高度机密的作战计划，一些下层的日本士兵也不知情，更别说一般的中国老百姓了，所以当地的老百姓到现在还不大知道当年爆发的霍乱其实另有隐情。

还有一些民谣反映了灾荒下广阔的社会生活内容。例如，米脂县流传着“米价过串，人要死一半”的民谣，形象地显示了灾荒下米价飞涨，造成大批民众无法生存的严酷现实。“年头歉一歉，地主圈一圈”，这首民谣反映了灾荒之下地主趁机压低价格收购农民土地的情形。“男人走口外，女人挖野菜，糠菜半年粮，孩子饿断肠”，[③] 流传在山西的民谣反映了在严重的灾荒下，男人被迫远走口外谋生，而家里靠女人挖野菜过着吃糠咽菜食不果腹的凄惨日子，与那首著名的民歌《走西口》有着同样的凄惨遭遇。“去年干，今年淹，爹爹饿死大路边；姐挖野菜娘讨饭，哭哭啼啼下江南。娃哭饿，囡走瘫，爹爹背着娘手搀。江南咋不见？唵头那片山。”这首民谣典型地反映了旧中国农村在旱涝灾害的袭击下，农民只得历尽艰

① 刘京军：《战争·灾荒·瘟疫——抗战时期馆陶历史之管窥》，山东大学 2007 年硕士学位论文，第 71 页。

② 侵华日军细菌战山东省调查委员会主办：《国际细菌战研究》2003 年第 2 期。

③ 星光、张扬：《抗战时期陕甘宁边区财政经济史稿》，西北大学出版社 1988 年版，第 17 页。

辛到江南富庶之地去乞讨活命。“大水浪滔天，十年倒有九年淹。卖掉儿郎换把米，卖掉妮子好上捐。饿死黄牛打死狗，背着包裹走天边。”这首民歌以凄苦哀怨的声调唱出了1939年海河水灾下人民的艰辛处境。像淮河沿岸流行的“淮河烂肚肠，杀人不用枪”，就写出了淮河肆虐和容易泛滥的特性。河南省流传的民谣“水、旱、蝗、汤，河南四荒”，这里的“汤”其实除了专指抗战期间驻扎在河南的汤恩伯军队外，还指的是大大小小的各路土匪，河南方言里有用“老汤”一词代指土匪的说法，并且这首民谣早在抗战以前就已经广泛流传开了，它反映了水、旱、蝗灾与土匪是造成河南灾荒的四大因素，而天灾也是土匪遍地的直接诱因。有的民谣就反映了灾荒下人民的反抗精神，湘鄂一带的农民高喊着“到武汉吃赈去”的口号，涌进城里去吃大户。一首民谣就反映了农民们这种自发的反抗情绪，“农夫种地不见钱，城里富翁吃不完，哎呀！龙翻身，天连水，水连天，十万农户九万断炊烟！走走走！哎呀！锄头莫离手！哎呀！先吃汉口！哎呀！后吃扬州！哎呀！”[①] 而一首流传在绥德的民间歌谣，则反映了灾荒下的移民过上了幸福的生活，对共产党和边区政府充满着无限感激之情。“咱来边区才一年，赤手空拳把家安：有吃有喝且不讲，还当了自卫军连长……水有源，树有根，麻雀儿还报奶娘的恩：共产党对咱这样好，叫咱八辈子也忘不了。”[②] “吃了封山饼，记住护森林。若要乱砍树，要拖家中猪。”流传在皖南山区的这首民谣写出了人们封山育林、珍爱自然的习俗。

新文学运动以来，传统的旧体诗词并没有淡出舞台，仍在以各种各样的方式参与对现实生活的书写，维系着那屡遭摧残却又从未中断的传统。好多文人墨客甚至金戈铁马的武将也都非常钟情这种传统的抒情方式，用旧体诗词写下了许多抒情言志之作，这之中就有一些作品表达了他们对所发生的灾荒的态度和情感。1931年大水灾之际，《民国日报》记者到九江察访灾情，收集到了10首乞赈诗歌，这些诗歌是用传统的七绝形式写成

① 中国经济情报社：《1935年中国经济年报·第2辑》，上海生活书店1936年版，第153—154页。

② 寒枫：《农民谣》，《解放日报》1943年7月24日。

的，真实地反映了水灾之下人民的困苦和辛酸。

过得凶年望好年，谁知长唤奈何天；
竹枝细唱凭君听，听到伤心想亦怜。
卜居向近木兰洲，十岁难逢一岁收；
兵旱一过堤又溃，个中还有坐湖愁。
大家欢唱插秧歌，满拟今年秀才多；
六月初旬天忽变，稻花头上泛鲸波。
惟芰小草护棉花，冷饭残羹汗当茶；
到底吃余千万苦，到头总是水推沙。
急如星火夜追呼，典尽春衣尚不敷；
私债筑台犹可避，最难人处是官租。
漫云接木可移花，移得花来木便差；
蹙额亲朋相告语，百无一有奈家家。
商量无计倍蹉跎，岁月凭将浩气磨；
一念故乡风景好，其如肠结百愁何？
事到离家实可哀，风餐露宿苦难挨；
伤心最是娇儿女，哭问阿娘几日回。
枵肠难忍泪难收，望到朱门起客愁；
名纸投时知道了，见人无语只低头。
敢云酬得效淮南，仔细思量百不堪；
夏雨春风能风雨，口碑终日总欣含。[①]

这些诗歌是灾民用血泪写成的，诗歌措辞哀苦悱恻，一字一泪，淋漓尽致地展现了他们无枝可依的悲惨景象。大灾之下，也许传统的诗歌形式更能契合自己的心境，他们只能在传统形式中呼天求地，希冀得到政府的

---

① 《民国日报》1931年8月26日。

赈济。其情其景令人不忍卒读，正如诗前附加的小启所云："人非极苦，谁肯离乡？事不伤心，那甘洒泪？吹伍子之箫，即是英雄末路；助范公之麦，妄希前哲高风。本来耕读平人，何堪傍人门户！无奈饥寒迫我，尚期活我旌倪，爰赋短歌，乞君长听。"许世英的《水灾咏事》虽然都是浅显直白的语言，却形象地表现了洪水的肆虐无情。

床上鱼儿帐上蛙，阶所艇子室中车。
更怜草舍沉沦尽，不见流亡不见家。[①]

在黄泛区有一首广泛流传的民谣，揭露了蒋介石以水代兵给人们造成的巨大灾难："蒋介石扒开花园口，一担两筐往外走，人吃人，狗吃狗，老鼠饿得啃砖头。"张爱萍将军在1938年9月就写过一首《黄泛区》的旧体诗，揭露国民党打着抵抗日寇的幌子，扒开花园口给人民带来了沉重的浩劫。

黄河大堤决，一泻千里泽。
御寇美其名，人民遭浩劫。
遍地若汪洋，水天难分界。
村舍断残垣，良田俱湮灭。
尸骨逐水流，人畜喂鱼鳖。
屋顶丧家犬，树梢鸡啼血。
不知谁家猫，见主声凄烈。
敌后黄泛行，扁舟破明月。
悲歌哀生灵，抗日志如铁。
恢复我河山，直捣敌巢穴。[②]

陈毅的旧体诗《过黄泛区书所见》则同样印证了民谣的说法，同时歌

① 政协安徽省文史资料委员会编：《许世英》，中国文史出版社1989年版，第159页。
② 张爱萍：《黄泛行》，《纪事篇》，四川文艺出版社1987年版，第28—29页。

颂了在共产党领导下黄泛区人民翻天覆地的生活变化，写出了两个新旧不同的世界，显示了人民民主政权坚固的合法性基石。

一过黄泛区，水茫茫。
陷泥过膝及腰腹，
人马欲渡川无梁。
二过黄泛区，草黄黄，
芦花飞白，大好牧场。
蒋匪兵来，人民隐藏。
三过黄泛区，走跄踉。
川原水洗，城社荒落，满目凄凉。
内战罪魁，抗敌无能，
不顾人民之死亡。……[①]

有的灾民在草根、树皮都吃光的情况下，只能吃衣服中的棉花，最后在寒冷中死去，释敬安的《江北水灾》就描写了这凄惨的一幕："几日粮又绝，中肠如鸣雷。霜落百草枯，风凋木叶稀。掘草草无根，剥树树无皮。饥啮衣中棉，棉尽寒无衣。冻饿死路隅，无人收其尸。"[②] 1939 年夏，连日暴雨使得海河暴涨，泛滥成灾，淹及天津。一位文人当时就写了一首小诗描述了洪水肆虐的情形："洪水逛名城，小民不安宁，人在房顶睡，船从桥上行。"

在 1931 年的全国性大水灾之中，人人尽力去救灾，就连小学生也不甘示弱，纷纷以自己的实际行动来表达对灾区人民的关怀与帮助。国立北平师范大学附属第二小学开展了赈灾教育周活动，全校师生积极行动起来，利用各门课程的特点把灾情教育渗透其中，并扩展到各自的家庭与亲戚朋友当中去。比如作文课上让学生去写关于救灾的文章，《大公报》上就曾选登了一个 12 岁女孩汪伯玉的作文《我们怎样去救同胞?》。"现在武汉各

① 陈毅：《过黄泛区书所见》，《陈毅诗词选集》，人民文学出版社 1977 年版，第 138—139 页。
② 释敬安：《江北水灾》，《甲寅杂志》1914 年第 1 卷第 2 号。

处不都有水灾吗？你们看我们中华民国被水灾的死了多少啊？有的饿死了，有的见自己的家产房屋被水淹没了，就急死了，唉……好可怕呀！诸位，你们现在在北平是多么快乐享福啊！你们可要想到武汉的灾民现在正在水里浮着呢？你们也可怜可怜他们吧！你们也要知道他们是我们不幸的同胞啊！你们再想那些帝国主义的国家，见了我们这样大的水灾，他们都动了善心，来救我们的同胞，难道我们的人民就看着那些灾胞去死吗？我想也决不可能吧？那么既不愿看着灾胞去死，就要想一个办法去救他们，那么怎样救法呢？难道身上挂着快救灾胞四个字也就算是救了吗？我们还是一天少用些零钱吧！留着这些零钱去救那些可怜的灾胞吧！不然我国的人民更要死得多了呀！诸位赶快施行捐钱吧！”文章传达了一个孩子对水灾中的同胞的关切之情，她用稚嫩的肩膀承担起一份沉重的社会责任感，使我们看到了中华民族的良知与未来的希望。

杨义先生认为世界上不存在着什么纯文学，过度强调文学，就是对文学与文化，对文学与整个人类的生存状态的一种阉割。的确，如果没有萧乾的《流民图》、范长江的《川灾勘察记》以及流萤的《豫灾剪影》等形象生动的通讯，我们便无法具体去想象当时灾情的严重以及灾民生活的不幸，无法了解国民政府在灾情严峻的情形下还出现了诸多腐败不堪的丑闻。在现代文学史上如果没有这些广义的反映灾荒的大文学的存在，那么我们中华民族的生存状态和历史记忆将是多么的贫乏和苍白，整个现代文学史也将变得残缺而不完整。

第二节　灾害作品风格多姿多彩

一　作家主体姿态的多样性

主体姿态是指作家在创作过程中所体现出来的主动行为，是一种直观化、感性化的“现象”，具有浓厚的个人色彩，常常体现在作品的主体视角、语言运用等方面。

许多作品描写的灾害内容虽然相似，但由于作家主体姿态的不同，其风格便也呈现出斑驳的色调。如同样是描写灾害，左翼作家丁玲与京派作家靳以、田涛表现出的却是各不相同的风格特色。

丁玲的《水》备受左翼文坛的推崇，冯雪峰认为《水》采用新的描写方法，“不是一个或二个的主人公，而是一大群的大众，不是个人的心理的分析，而是集体的行动的开展”，“《水》的最高的价值，是在最先着眼到大众自己的力量，其次相信大众是会转变的地方”。由于作者对阶级斗争有了正确的理解，能够以进步的阶级意识去写重大现实题材，“不拘它还有很多的缺点，这无疑的已是我们的艺术的一点小小的现兑。我们所应当有的新的小说的一点萌芽。”[①] 茅盾则从文艺转向的角度高度赞扬了《水》的价值：“这是一九三一年大水灾后农村加速度革命化在文艺上的表现。虽然只是一个短篇小说，而且多用了一些观念的描写，可是这篇小说的意义是很重大的。不论在丁玲个人，或文坛全体，这都表示了过去的‘革命与恋爱’的公式已经被清算！”[②] 这些评论大都是着眼于作品的阶级分析和社会意义，肯定其塑造了人民大众的集体群像，传达了集体反抗与社会解放的先声。

由于作家具有自己的主体性，使得作品虽然在某种程度上符合左翼文学的规范，但却没有囿于一隅，在不经意中流露出了强烈的个性色彩。作品最为鲜明的一点就是能够正视自然灾害，表现了人与自然抗争的紧张激烈的过程。洪水来势凶猛，令人悚然，“模模糊糊一片望不见头的大水，吼着流来，又流去”，“飞速的伸着怕人的长脚的水，在夜晚看不清颜色，成了不见底的黑色的巨流，吼着雷样的叫喊，凶猛的冲击了来。”抢险的人群发狂地吼叫着，无数的火把照耀着，人群慌急地跑来跑去搬运土块和

① 何丹仁（冯雪峰）：《关于新的小说的诞生——评丁玲的〈水〉》，《北斗》2卷1期，1932年1月。

② 茅盾：《女作家丁玲》，《文艺月报》第2号，1933年7月15日。

碎石，每个人的心头都填满了焦急。“在这夜晚，在这无知的，无感觉的天空之中，加重了黑暗，加重了彷徨，加重了兴奋。在那些不知道疲倦的强壮的农人身上，加重了绝望，加重了广大的彻天彻地的号叫，那使鬼神也不忍听，也要流出眼泪来的号叫。时间在这里停住，空间压紧了下来，甚至那些无人管的畜群，那些不能睡，拍着翼四方飞走的禽鸟，都预感着将要开演的惨剧而发着狂，而不知所以的喧闹起来了！”“围着这几十里的远处，渐渐高上去的地方，四方几百里地的人，也从深夜里惊醒起来，在黑暗里，呆呆的透视着这方，倾听着断断续续从风里送去的这方的惨叫。”天上半圆的月亮则“像切开了的瓜，吐着怕人的红色，照着水，照着旷野，照着窸窸响的稻田，照着茅屋的墙垣，照着那些在死的边缘上挣扎着的人群，在这些上面，反映着黔淡的陈旧的血的颜色”。丁玲敢于正视大自然的力量，直面书写洪水的肆虐与淫威，刻画了水灾下人们惶恐不安的心理。秦弓先生在其《荆棘上的生命》一书中对丁玲的《水》的突破作了令人耳目一新的阐释：“洪水滔天的可怕状态，管涌的危害及其表征，洪水给人们带来的原始性恐怖，邻村溃堤缓解了这边的危势所引起的庆幸与同命相怜的悲哀，危机时刻男子汉保护妻子儿女的豪情，农民舍家财顾众生的慷慨胸襟，拼性命保堤垸的无畏精神，回天无力的无奈等等，都得到了生动而准确的表现。”并认为《水》较之丁玲以前的作品，“不只是题材转移了，人物众多了，艺术空间扩大了，有社会矛盾，有农民对当权者的反抗，也有自然灾害，有人对‘天’的抗争；艺术手法也丰富了，除了直接的心理刻画之外，还有大量的、多层次的氛围描写，自然贴切而意蕴丰富的意象描写，等等。”①

作品的后半部分受到了当时流行的左翼思潮的影响，突出了水灾下人民的集体反抗意识。他们虽然拼命地护堤，但最终还是决口，他们成为无家可归的流民。在严峻的现实面前，他们开始团结起来，向官府讨粮济荒。囿于小生产者的狭隘眼光，他们对官府的甜言蜜语尚存幻想，没想到

① 秦弓：《荆棘上的生命：20世纪三四十年代小说叙事》，春风文艺出版社2002年版，第281—283页。

随船运到镇上的并非救济粮，而是镇压他们的弹药。于是有人开始起来历数官府、地主的吃人罪行，号召难民起来反抗，去抢回自己的粮食，于是这群饥饿的难民如同洪水一样凶猛地向镇上扑去。在这群汹涌地扑向镇上的难民身上，我们可以看到30年代左翼文学中流行的反抗身影，丁玲自然也不能例外。

同样是以30年代水灾为背景，京派作家靳以的小说《人间人》却和丁玲的《水》显示出巨大的差异。小说巧妙地选取了一个独特的角度去观照水灾，剔除了左翼文学那些常见的火爆的字眼，富有含蓄的审美意蕴，显示了京派文学淡远闲静的优雅韵致。《人间人》描写了大学教授刘文涵夫妇暑假到山上别墅度假，看到报上赈灾的消息不愿捐一文钱，对灾民的痛苦麻木不仁，却有着很高的对美的事物的鉴赏能力，能够闲情逸致地在大雨中欣赏雾雨茫茫如同米芾山水画般的雨景。小说详细地描写了他如何从肥大的芭蕉叶的空隙间去观赏远近的山峰，看云雾锁住了山腰只露出如画的峰头，而玉带一般的云气蜿蜒尽致地在空中飘浮着、缠绕着尖削的山峰。虽然同是生活在人间，他却不知道仆人家没有高的楼房可以躲避水灾，他的太太不知道农民的茅草屋顶根本经受不住大水的侵蚀，鲜明、深刻地反映了社会的阶级分野，含蓄地照应了题目“人间人”，令人产生无穷的回味。然而就是这样一个陶醉于自然美景中的大学教授，其实不过是一个追逐仕途利禄的庸俗之徒。他沉醉于美景，舒适地坐在沙发里喝着浓咖啡，想着世界上没有大不了的事，即使有二十丈高的洪水冲了来，也还不能沾湿自己的鞋底。而当他得知山洪暴发交通要中断两个星期时，他为不能赶回去为校长太太祝寿而脸色大变，因为这样一来将严重地危及自己院长的地位。他变得焦躁不安，后悔自己的这一度假之行，虽然面对的是同样的雨景，他却再也没有了观赏景物的闲情逸致了。此时对他来说，一切都没有了兴趣，“没有景物，没有诗意，现实的危机把什么都活生生地绞断了。”小说以水灾为社会背景，精心建构审美意象，淡化情节，用含蓄的笔调揭示出人与人之间的巨大差异，批判了上流社会对民间灾情无动于衷的丑恶嘴脸。小说在一种浓郁的田园氛围之中对现实生活进行审美把握与观照，竭力虚化人物，淡化故事，带有写意特征，以一种审美的方式呼应了30年代左翼文学的社会批判色彩。

田涛虽然也属于京派文人，但由于处在灾荒与饥馑的成长环境下，作家的主体姿态带有明显的忧郁色调，其创作风格介于丁玲和靳以之间，既带有京派文学的诗意追求，又带有左翼文学的强烈反抗与批判意识。“那是一个涝灾荒年！黄茫茫的大平原，翠禾倒淹在涝雨黄汤水里，我的神秘的探险境地被毁灭了。我的父亲看见泡在黄汤水里的庄稼谷禾，哭了。我也看见邻居们望着被水淹没倒下去的谷禾伤心地哽咽起来。我有生初次望见成年人们哭泣，哭得那样伤心。我还没有看见过男子汉大丈夫和白发苍然的老爷们哭过，除了妇女们上坟哭祖代。从此，我产生了忧郁感。”①

1936年他发表了描写农村破败荒凉的小说《荒》，这“是一篇题材新颖、文字简洁庄严的好作品”。这篇小说没有什么故事情节，作家仅仅通过两只小雀、古柳、苇塘、被陷害的女尸、七十老娘等场景的描绘，就写出了一种令人惊悚的荒凉。小说带有一种强烈的象征意蕴，两个小孩的闯入毁灭了麻雀家庭的幸福生活，暗示了孩子的身上遗留着人类残暴、野蛮的基因，作者以此想唤起人们省察自我的愿望。小说具有一种诗化特征，传达了作者反对野蛮、暴虐，渴求善良文明的美好心愿。这虽然是一篇诗化小说，但其中也折射了严酷的社会现实，来自作家童年时的沉痛记忆，“我的童年是从兵荒马乱、路有饿殍、荒废农田战场、树木被砍伐、田禾被践踏、土地无人耕种的景况下度过的。在路途上我看到过一个苇塘的岸边，一座古老的庙宇，庙前躲着几具被残害的女尸，惨不忍睹，给我留下了难以磨灭的印象。……离开家乡，进了城市，那片荒凉的苇塘景象、生满荒草的庙宇、秃了头的老树桩，仍然难以忘记。拿起笔来，写出了这篇作品《荒》。”②

面对灾荒下沉痛的社会现实，京派作家田涛已经吟唱不出婉转悠扬的牧歌，只能用笔描绘着一幅幅苦涩凄怆的乡土画卷。他的小说《灾魂》描

① 田涛：《人之初，生活的摇篮》，《新文学史料》1991年第3期。

② 田涛：《记北平公寓生活》，《新文学史料》1990年第1期。

写了春子一家在水灾中苦苦挣扎逃生的情形，通过春子母亲的描述刻画了洪水来临的骇人场面。由于黄河溃口，黄水如千军万马般奔腾，席卷了大地上的一切生命，春子一家在慌乱中爬到了门口的老白杨树上才侥幸逃生。他们一直待在树上好多天，靠吃白杨树的树叶和树皮维生，稍不留意就有可能掉到滚动的黄水里。春子的母亲怀抱年幼的弟弟，结果因疲乏打盹，孩子被黄水冲走了。后来黄水虽然退去了，但母亲却被恐怖的黄水给吓破了胆，夜里不敢睡觉，听到风声就以为是黄水又来了，每天都和丈夫吵闹着要外出逃荒。虽然有骑白马、佩手枪的官员来巡视灾情，对他们的生存颇感意外，答应“过几天会再来救你们”，但这种口头承诺不过是一种空头支票。最后，在野菜都挖不到的情形下，他们一家人只好踏上艰辛困苦的逃荒之路。在饥饿的驱使下，他们去偷人家的麦穗，父亲被人开枪打伤了胳膊。为了养家糊口，他们只好把女儿春子卖给地主刘大爷做小妾，最后连见女儿一面的机会都被凶恶的看门人给剥夺了。这篇小说表现了作家强烈的批判意识，直逼左翼文学的主旨，但其中也还是能见出京派文学的底色。比如小说表现了北方农民为了卑微的生存，付出了极其沉重的道德、伦理以及情感的代价，但也从中显示了他们坚忍顽强的生存意志，犹如那株被剥光了树叶和树皮却依然高高耸立的老白杨树，象征着一种不屈不挠的“灾魂”，代表着北方农民顽强不屈的生存意志，这种象征格调从《荒》到《灾魂》一直贯穿下来。但现实的苦难太多了，使得作家只能远离自己早年倾心的京派创作风格，愈来愈多地把笔投向记忆中多灾多难的乡土，创作了长篇小说《沃土》。“从佝偻的古柳到挺拔的老白杨，作家品尝到天灾人祸，品尝到冷酷、势利和悲惨，京派那种田园风味和世外情调在这个流亡者作家笔下，已经荡然无存，日益增浓着的乃是乱世人生的真况味。”[①]

同样是描写捕蝗运动，国民党政权与共产党政权所采取的对策与效果就有很大的不同，由此带来作家观照蝗灾的主体视角的不同，作品的风格就有很大的区别。有学者借鉴社会学中“社会控制”这一概念和分析视

① 杨义：《中国现代小说史》第三册，中国社会科学出版社 2007 年版，第 83 页。

角，探讨蝗灾与社会之间的互动关系，发现执政者对老百姓的社会控制非常关键。“在战争动乱和灾害频仍的背景下，要动员有牢固地方习俗和信仰的普通民众支援抗战，首先要求执政者有强大的社会控制能力，并能将这种能力转化为对民众的动员能力。共产党在根据地的灭蝗运动之所以能够成功，与其强大的社会控制和动员能力密切相关。而国民政府和日伪政权的失败，也恰在于他们不能对民众实施有效的社会控制和动员。”①

李季的作品《老阴阳怒打“虫郎爷”》与石灵的《捕蝗者》同样写的是蝗灾，但风格大为不同。李季的小说《老阴阳怒打“虫郎爷”》描写了两种截然不同的退蝗方法，反映了共产党人在灭蝗过程中的强大的社会控制和动员能力。1946 年 7 月，陕北三边地区干旱少雨，发生了严重的蝗灾，遍地禾苗都遭了殃。一个名叫水漫凹的村庄围绕如何治蝗，青年人与老年人分成了两派。年轻人在边区政府派来的王区长、董营长的指导下坚决地主张扑灭蝗虫；而以赵阴阳为首的老年人认为蝗虫是神虫，越打越多，只有烧香求神才能退蝗。于是，老年人在赵阴阳的带领下到了西山，跪在虫郎爷的牌位前，烧香并唱读祭文：“……愚民万死，得罪上天。天降蝗虫，民遭劫难。野草吃尽，禾苗将完。民为邦本，以食为天。五谷不收，民运难堪。祈神开恩，救苦救难!”年轻人则唱着董营长教给的打蝗虫的曲儿，越打越有劲，蝗虫也越来越少。过了几天他们之间的较量就有了分晓，东山上的蝗虫是越打越少，几乎被扑灭干净了；而西山上，“越念祭文，蝗虫越厉害”。在事实的教育下，一开始想靠跪求神仙退蝗的老人们一个个地溜走了，加入灭蝗的队伍之中。赵阴阳自己家西山上的那块庄稼也被蝗虫吃光了，于是赵阴阳承认自己“人老骨头硬，越老越没用”，跪求神仙开恩是没有用的。他怒气冲天，把虫郎爷的牌位给扯了个粉碎，把剩下的几块木座也扔到灶火中给烧了。

石灵的小说《捕蝗者》真实地描写了 1933 年夏季严重的干旱和蝗灾给农民带来的一场浩劫，通过李三老爹一家在灾害中的悲惨遭遇，反映 30 年

① 马维强、邓宏琴：《回顾与展望：社会史视野下的中国蝗灾史研究》，《中国历史地理论丛》2008 年第 1 期。

代在天灾人祸的打击下，由于国民党政权不能对民众实施有效的社会控制和动员，农村经济已经处于崩溃的境地。李三老爹是一个善良、勤劳但又愚昧的六旬老人，对于青年人在大旱之中求雨的玩忽表现非常不满，认为没有虔诚之心，才求了十来天就不耐烦了，所以菩萨才不肯开恩。他不顾天热路远，执著地去参加抬龙王的仪式。由于天太热，再加上没有吃饭，李三老爹回家后就生病了。真是祸不单行，随之而来又遭受了巨大的蝗灾。小说详细地描述了蝗虫来临的情景，李三老爹有一天一觉醒来到屋外走动一下，发现在他面前不远的地方有许多小东西在跳跃，“天的本色已给遮掩了，一眼望得到的地方，都是黑压压的。天空像一具沸腾了的锅炉，那里面煮着蜻蜓之类的东西的，成千成万，上下翻滚，因为多，也就看不出是不是在飞动，只听得无数的翼翅鼓着风的声音，就是那声音的汇聚，成了那被疑为落雨的巨响。”枯干的庄稼再也经不起蝗虫的侵袭了，李三老爹明知以人力去驱赶蝗虫于事无补，但还是带着两个儿子在田里苦苦地驱逐蝗虫，与之持续战斗了八九天，直到最后一口气。后来蝗虫渐渐地飞走了，县长这时竟然发下布告，派专员下来监督灭蝗除害的工作，强迫农民殷勤接待，对历经旱灾、虫灾的农民来说无疑又是雪上加霜。

由于作家主体姿态的差异，李季的《老阴阳怒打“虫郎爷”》带有解放区幽默明朗的格调，通过鲜明的对比，讽刺了以赵阴阳为首的老农迷信神虫的荒唐思想，赞颂了边区政府领导农民破除迷信，积极扑灭害虫。小说明显地带有解放区文学那种昂扬乐观的格调，在对老阴阳的善意讽刺之中流露着浓郁的民间文学情调。杨义先生曾对文学发展的动力体系问题作过精彩的揭示，他认为当中原文化因模式化而缺乏发展的活力、动力时，边疆民族所特有的“边缘活力”就会为我们的文学发展灌注虎虎生气。在近百年文学发展的历史上，“边缘活力”同样增强了现代文学肌体的活力，为现代文学的发展注入了健康的血液，输送了新鲜的空气。李季原本来自中原文化腹地的河南，但却醉心于三边地区的民间文化，正是在吸取边缘文化活力的基础上，才创作出了喜闻乐见的文学作品。小说在某种意义上就是一篇时事宣传的手册，但它成功地把边区的民间文化资源所特有的

“边缘活力”转化为政治审美创造，紧密地配合当时捕蝗的政治运动，起到了动员民众的巨大作用。“从文学地理学看来，边缘活力为现代文学发展打了一支强心剂，开辟了新的表现领域，丰富了文学的层次，增加了文学的风格类别，促进了文学的多元格局的形成。”[1] 石灵的《捕蝗者》则带有鲜明的社会剖析的色彩，在凄惨悲哀的叙事氛围中揭露了国民政府不但不积极救灾，反而加紧压榨逼迫农民的罪恶行径。小说打上了左翼文学的鲜明特征，带有左翼文学那种描写苦难、揭露贫困根源的创作模式。但由于作家的主体创造性，小说对抬龙王求雨以及刨旱魃等民间习俗作了形象生动的描述，给我们展示了一幅多姿多彩的地方民俗画卷。特别是小说结尾运用一种民间“犯五七”的迷信习俗，描写儿子虔诚地为死去的父亲祈祷消灾，希望五七之日在阴间的父亲能够跳出困厄。而他们自己在阳间的命运却不是自己所能左右的，县长告示上落款的日期“二十七”几个红色大字发出刺目的光芒，让他们提心吊胆的“五七”是怎么都躲不过去的，含蓄巧妙地揭示了农民的必然归宿。

作家在表现灾害时投射了自己鲜明的主体印记，使得描写同一类型灾害题材的文学作品呈现出繁复多样的风格。陈雨门的诗歌《黄河》直接描写了黄河的雄伟与暴虐，它可以葬送无数的生灵，毁灭人间的繁华，在令人钦佩的勇力下隐藏了多少人的巨大担忧。

是巨灵铺下的万里黄沙，
一声咆哮冲向茫茫天涯；
也许张开血口想把宇宙吞掉，
展开双臂攫尽人间亘古的繁华。

然而，你忘掉了千百万的生灵，
曾为你舍身、葬送了性命；

① 张堂会：《回眸策源地，新序赋宏文》，《文艺争鸣》2008年第5期。

当你仅仅越出防范的土堤，

又留下一份浮尸臃肿的血腥。

生吞活咽了数不尽的田庄，

像条饿蛇永装不满无厌的饥肠；

往昔的繁华刹那变成了无限的凄凉，

不！一切都作了你任意蹂躏的羔羊。

是的，谁不钦佩你勇往直前的巨力，

数千年来，没人敢不用正眼相视；

如果他看到从平空滚下滔滔的洪流，

该会惊奇你日夜奔驰不知疲惫的勇气。①

王任叔则以杂感家的文心笔意来写水灾，使得其小说《勘灾》带有极其鲜明的讽刺色彩。《勘灾》描写一位县知事到农村考察水灾，他厉声斥责地保不打扫被大水漂来的近百具尸体，有碍观瞻；而当灾民穿着破破烂烂的衣服来求“青天大老爷”救命时，他又觉得是简慢和侮辱了自己；他开路的鼓也响着“穷穷穷”的声音，号也吹着“苦得到到底！——苦得到到底”的调子。小说极尽讽刺之能事，在恣肆泼辣的文笔中来显露社会的荒谬，给30年代描写灾害的作品又增添新的色调，汇成了灾害作品多姿多彩的艺术世界。他曾经对文学的讽刺手法有过解释：“讽刺文学却自然地发生于一切现实主义的作家底手里。成其为讽刺文学的，不是作者的主观，而是社会的现实本身。这样的讽刺文学，才是最高的文学形式。”

同样是描写旱灾，人们想方设法地去弄水挽救禾苗，李辉英的小说《旱》与蒋牧良的小说《旱》以及许杰的小说《放田水》各有不同风格。李辉英的小说《旱》只是突出农民王阿兴一家的辛勤劳作，眼光局限在一

① 陈雨门：《黄河》，《河南民报》（开封）副刊《民报副刊》（日刊）第388期，1937年2月16日。

个家庭之中，展开的生活画面不够开阔。除了旱灾之外，对造成他们贫苦悲剧的原因则没有更多的揭示。他们父子为了应对即将到来的饥馑，虽然每天干的是车水的重活，但每餐除了糠麸夹杂的米饭外，只有一碗咸菜汤，尽量压缩开支，引得母亲很心疼并为之不平与丈夫争吵，说儿子不吃饱饭哪来力气去车水。虽然他们父子每夜都要车到后半夜才回家，累得像牛皮糖一样软，但也没有多大起色，到后来脚底下再也没有水上来了，原来是河里的水也都车干了，这时天也完全黑了，这也正预示着他们即将到来的悲惨命运。蒋牧良的小说《旱》则以佃农金阿哥一家所遭受的天灾人祸为基本线索，集中刻画了农民的悲惨命运。金阿哥一家遇上大旱，眼看田里的禾苗即将枯死，想去车水又苦于没钱，到处借贷无门，只好胁迫妻子忍痛卖掉女儿。小说详细地描述了金阿哥被迫卖掉女儿之后的痛楚心理，读来令人感叹不已。当金阿哥带着卖女儿的钱赶回家时，殷实的农户谌太爷却趁他不在家时带领儿孙强车他家的水。小说除了描写旱灾之外，还展示了一幅广阔的农村生活图景，刻画了农村中各阶层人物形象，其中既有一手遮天把持乡里的赵太爷，也有欺软怕硬的谌太爷之流，反映了农村中严重的阶级压迫以及农民身上的劣根性。

许杰的小说《放田水》虽然也描写旱灾下农民放水救苗，但却与上面的《旱》大为不同。与早期的作品《惨雾》、《赌徒吉顺》中那些愚昧、可怜的农民形象大为不同，他在《放田水》中刻画了南方农村中一个坚毅、倔犟的农家妇女阿元嫂的形象，她的身上体现了农民坚忍顽强的一面，带有强烈的反抗精神。张姓地主早就想霸占夹在自家地中间的阿元的一块稻田，可阿元怎么都不肯出卖自己的稻田。于是趁着阿元夜间放水灌溉稻田的时候，地主的儿子张明伙同自家的长工把阿元打成了重伤。阿元嫂并没有因为丈夫的受伤而一蹶不振，反倒激起了她强烈的复仇意识。“丈夫打伤了，还有我!”半夜里，阿元嫂心中怀着愤怒的心情拿着锄头到田里去放水浇田，继续丈夫未竟之事。她克服了对黑夜的恐惧，毅然地走到自家的田地里，并且义正词严地痛斥了想要调戏自己的张家的长工，把对方推倒在泥地里，维护了自己凛然不可侵犯的女性尊严。她还用锄头把张家少爷堵住的水路给扒开，让水流进自家的稻田里。张家少爷来威胁干涉时，她又理直气壮地驳斥说：“这水是公众的，怎么说放了你的水!”“这是靠天的水，天在头上，看得清清楚楚”，“这条‘沸水’，我是有份的，什么人也不能截去。”她以凛然的正气压服了对方，使得对手不敢造次。最终，涓涓的流水被放到自家的稻田里，流满了一寸来深，阿元嫂带着成功的喜悦挺直了腰杆走回了家。小说一扫灾害文学的凄苦色调，一位敢说敢当的农家妇女的形象跃然纸上，读来让人有一种酣畅淋漓之感。

二 自然灾害作品地域的广阔性

我国幅员辽阔，西起阿尔金山，东至乌苏里江，地跨63个经度。北起漠河，南至南海中的曾母暗沙，南北纬度相差49度。地处世界上最大的陆地——欧亚大陆的东南部，面临世界上最大的海洋——太平洋。复杂的地形和辽阔的疆土导致我国气候复杂多样，既有赤道季风气候、热带季风气候，还有寒温带季风气候和高原气候等。各地区的自然灾害也是多种多样，有的地方赤地千里，而另一地方却洪水肆虐；北方经常发生蝗灾，而南方沿海地区则常发生飓风灾害，具有明显的地域特征。因此不同地域的作家在表现灾害时所选择的题材和表现的主题也大不相同，风格呈现出鲜明的地域特色。河南作家群与广东的易巩、四川的徐疾以及台湾的马木枥、赖贤颖等人的创作便表现出不同的旨趣。

民国期间，河南饱受自然灾害的侵扰，其中重大的水旱灾害就有五次，分别是1920年大旱灾、1928—1929年大旱灾、1931年大洪水、1936—1937年大旱灾、1942—1943年大旱荒。中原诗人面对家乡的苦难，写下了大量的表现灾害的诗歌，在文学史上形成了一个璀璨夺目的中原诗歌群落，主要的诗人有魏巍、刘心皇、苏金伞、尹雪曼、程率真、张落蒂、陈雨门、郭伯恭、周启祥、王兆瑞、高天、张因凡、赵清阁、刘晓等。他们成立了许多文学社团，如劲风社、新诗世纪社、澎湃诗社、流沙诗社和青春诗社等，社员数以百计，各自都有自己的宣言。他们创办了许多文学刊物《茉莉》、《山雨》，其中好多是诗歌专刊，如《丁香诗刊》、《诗刊》、《新诗世纪》、《沙漠诗风》、《流沙诗刊》、《海星》等。这些诗人朝气蓬勃，满腔热血，对当时的社会现实进行了大量的书写，使得中原30年代出现了一个繁星满天、灿烂辉煌的诗歌时代。

民国时期河南广泛流传着“水、旱、蝗、汤，河南四荒”的民谣（“汤”指土匪和汤恩伯的军队），河南作家群写了大量的表现水、旱、蝗灾与兵匪祸患的诗篇。蔡一木的《黄汛》描写了黄水来临时，良田变成泽国，人们争相逃难，有的被洪水卷走，幸存下来的人又遭受饥饿的折磨，连树皮都被剥光了，在等不到救济的情况下好多人都被饿死了。

茫茫混浊一片水色，
茫茫然无限也无界，
平坦肥沃的良田阡陌，
瞬刻间变成浪涛泽国。

屋脊上开着朵朵巨大的水花，
树梢头落着群群饥饿的乌鸦，
年壮的人们匆匆向山岭上爬，
小脚妇女与老幼者顺流漂下。

这次水患比前年旱灾还要凶，
房舍什物统统冲个空，
仅留的树木连夜也被剥净，
冈坡上野菜的芽也不能生。

人人的脸上憔悴烙了个印，
冀望迅速发下赈粮与赈银，
一天、一月、……等不及，

饿死鬼拉走了患难的灵魂。

1935 年 3 月于古汴[1]

陈雨门的《水灾里的流民》描写了由于水灾，灾民只好离开家乡过着流离辗转的漂泊生活，遇到一个个难坎儿。虽然侥幸逃生，但他们还是后悔没有一家死在一起。灾民流亡到城镇，丝毫得不到城市的怜悯，还不如做个屈死的水鬼。为了生存，他们只好这样辗转奔波，内心期盼着政府的救济，最终又回到了逃离的家园，可是家乡已经不再是往昔的模样，到处都是大水过后留下的泥沙。灾民希冀着运气的好转，但是望穿了眼还是没有等到放赈。

一大片的银白，
谁能指出来；
哪是家，哪是拔过草的地、哪是汲水的井……
从此，从此浪花上算是洗净了故乡的暗影。
……
他苦苦的哀悔，
不该不把身体也投了水；
那样一家也是团圆的呀！
纵然都当了屈死的水鬼。

可怜，死不了的是一线的希望，
死不了的饥饿，却仍在紧紧地跟随；
于是流亡到乡镇，也容纳不下，
流亡到城市，却张开了噬人的嘴。

呵！城市里也有着他这样不少的人，

---

① 蔡一木：《黄汛》，《河南民报》副刊《诗刊》第 1 卷 10 期，1935 年 7 月 27 日。

何曾得到些城市的怜悯；
希望沉在黄河滚滚的水底了，
像风沙中飞扬着还要渺茫的烟尘。

秋天换了春天的软，秋风也换了冬的阴森；
往何处去，这一群的一群；
好消息，“快要放赈了”，
从风里带来这么一个天给的幸运。

急急地又逃回家，
家是变了；
一片的银白，代替的是水过后的泥沙；
再也找不到他的孩子、他的妻、他的妈妈。……

一天、两天、无数的天，……
等待着运气有个转；
“这消息不是虚假吧?”
他们耐着心而望穿了眼。

1934年11月14日粟园路畔[①]

面对河南严重的灾情，文学史家刘心皇也曾写过许多反映水灾的诗篇，有一首名字就叫《水灾》，描写了洪水泛滥，无情地淹没一切，虽然救济喊得震天响，也不过是望梅止渴，只得在乞讨中苟延残喘。

天连地、地连天，尽是一片汪洋，
眼看着庄稼被湮没了，

① 陈雨门：《水灾里的流民》，周启祥主编：《三十年代中原诗抄》，重庆出版社1993年版，第151—153页。

房屋被湮没了，

牛羊鸡犬全被湮没了！

无情的水呀，

泛滥着，泛滥着，……

忽然间，叫人一贫如洗！

只有逃往他乡。

在他乡仰仗救济，

救济，救济，叫嚷得震天价响，

事实上颇有望梅的叹息，

只有在乞讨中残喘。

老天呀，是你降下的灾难，

那一日才能叫我们重建家园？[①]

面对天灾，人们也不甘坐以待毙，而是群策群力、全力以赴地投入抗洪抢险当中去，希望靠自己的力量战胜天灾。他的《石头列车——黄河堵口记》就描写了人们顽强地与浪涛作斗争，全力以赴地搬运石头堵复了黄河决口。虽然人们用尽了自己的力量与方法去积极地抗灾、救灾，但在那样一个兵荒马乱、政治环境不清明的时代，想要靠自己的力量去战胜天灾是难以想象的。遇到天灾，人们只能是陷入水深火热的苦难之中。《水》描写了水灾中人们的苦难生活，在诗人看来那些被洪水卷走的人是幸福的，幸存下来的没有勇气投水的人要慢慢品味生活的酸苦。作者悲愤地质问上苍为何如此不公，降下诸多灾难于无辜的人们。生活在暴风狂雨中的人们是多么的盼望救济，可看着雨和水，想起去年的赈灾，根本就不敢有

① 刘心皇：《水灾》，《大华晨报》（郑州）副刊《中原文艺》第4卷8期，1936年3月28日。

什么指望，作者在结尾发出了“这汹涌的洪水能否把世界淹完?”的抗议。

昨天还嚷着饥饿的大人们
昨天还哭号着的小儿们
遗失在汹涌的水里

多么快
上月是一个火样的世界
现在……
现在泪水把每人的心，淹坏
……
“只要水潮渐渐地平息
就有方法，把无数的灾民救济!”
看看雨、看看水、想想去年的赈灾
谁会把这梦想放到心里来?

水……
这汹涌的洪水
能否把世界淹完?
听听一声接一声地凄厉的叫喊[①]

旱灾虽然比水灾的发生次数要少，但它带来的危害比水灾甚至更为严重，长时间的干旱极容易引发大面积的灾荒。由于干旱是一个逐渐积累的过程，农民们一开始会积极地去与干旱作斗争，想尽一切办法保住自己的庄稼不受损害。陈雨门的《车水》就描写了人们在晚风中欢愉地车水劳作，可是期待雨水的心情却被骄阳一次次地灼伤。

---

① 刘心皇:《水》,《大华晨报》(郑州)副刊《新诗世纪》第10期，1935年8月1日。

趁晚风要浇遍绿了的稻田，
车歌一高一低在水花上乱飞。
这时颗颗肥粒子在眼底浮起，
每只戽斗踩笑出喜悦的媚眼。

谁料红霞又赶走带雨的长虹，
望雨的心被旱阳灼死一回回。
车杠滚不出来一滴带泥的水，
夜空又开满朵朵放亮的星星。①

王福义的《旱》也描绘了乡村空前的旱荒，小草、禾苗都慢慢枯萎，诗人盼望当前这非人间的世界能来一个颠倒的大回旋。

六月的天，你看多高？
一片彩云，也不在空中漂浮；
青的小草，绿的禾苗，
在烈日下慢慢枯槁；
正午、深夜、村头常有狼嚎！
是谁得罪了上天？
给我们降下这空前的荒旱！
少壮的流落他乡，
衰老的空守着无用的田园；
但愿来这么一个突变，
把当前这古老的世界，
来一个颠倒的大回旋。②

① 陈雨门：《车水》，周启祥主编：《三十年代中原诗抄》，重庆出版社1993年版，第161页。
② 王福义：《旱》，《河南民报》（开封）副刊《诗刊》第1卷11期，1935年8月。

生活在多灾多难的中原地区的诗人，他们对旱灾有着切身的体验。周启祥的诗歌《亢旱》描写了人们对雨水的渴盼之情，灾荒的阴影时刻笼罩在人们的心头。在干旱的打击下，农村到处燃烧着饥饿的烈火，人们时刻面对着死亡的威胁。年轻人为了生计到外面闯荡去了，年老者则盘起发辫要效法当年造反的长毛，农村早已成了涸辙的鲋鱼！

春天悄悄来到广阔田野上
那无雨大地仍是一片荒凉
看不见一丝儿碧绿的影子
干涸的河床和灰色的土壤
听听雨声，早成农民的梦境
黑乌云是望眼欲穿的希望
夜夜都恭行最虔诚的祈祷
天天是一个眩眼的大太阳
让每天那般切热烈的期待
日复一日地又慢慢地枯死
枯死过后，再继续生出希望
那急促紧迫的大灾荒警锣
像一声声地敲在农民心上
庄稼汉扔了锄把，活不下去
从一千只农家大小瓦缶里
都找不出来一丁点儿粮食
……
最后，我有一句话得告诉你：
“农村早就成了涸辙的鲋鱼！”①

① 周启祥：《亢旱》，周启祥主编：《三十年代中原诗抄》，重庆出版社 1993 年版，第 497—499 页。

更有甚者，在干旱的摧残下，人与人之间失去了起码的伦理道德准则，杀食自己的同类，甚至自己的亲人，傅尚普的诗歌《吃人》就描述了这惨绝人寰的一幕。他的另一首诗《灾后》同样描述了干旱造成了严重的饥荒，人们只得以观音土为食，吃尽了树皮草根，逃荒到异乡，可异乡同样遭受着灾荒。漂泊到都市，都市也到处是失业的工人。有的大人含泪结束小孩的生命，一个个吃人肉吃得眼红，遗弃枯瘦的老母，卖掉娇滴的少女，看不到一点生的希望，眼里尽是一条条饿鬼的尸体。

从早到晚吃不上一顿饭，
连井水如今都被旱干；
沿门叫喊本不会讨半碗饭吃，
郊野里早剥尽了树皮草根；
早前，把自己的生命全放在麦苗的生长上，
而田间野草长得比麦苗还长；
勒紧裤带净等着秋收，
秋的天空从没看见过云头；
家乡的世界已成了致命的法场，
枯枝破坍顶着可怕的凄凉；
看来这日子也不会叫你残喘一生，
睁开眼看一看谁是救星？
为了希望才咽着酸泪受苦，
如今的希望只有横在面前的死路。
……
枯瘦的老母遗弃在天涯的路上，
娇滴的少女也只能卖到五块大洋。
这日子何时是止期？
灾荒又是继续降临，
已看不到炊烟在屋角缭绕，

眼帘里尽是饿鬼的尸体一条条。[①]

祸不单行，河南地区往往是水、旱、蝗灾等多灾并发，文学作品对此也多有反映。孙艺秋的诗歌《原野的风》描写了旱灾、水灾交替发生的不平常的年景，人们摇晃着无力的身子，内心失去了往昔的平静。

听不到快乐的田歌声，
原野的风也失去了平静。
往年秋蝉声带满希望，
如今也只能叹息这年景的不平常。

几个月的干旱又接着几个月的水荒，
破旧的房舍，经不起风雨的毁伤。
白天在房里能看见太阳，
夜晚床上洒满了星光。

原野的风每年这样，
从南方吹向北方。
只是人们如今失去了平静，
无力的身子，无力的摇晃。[②]

周启祥的诗歌《农村所见》描写了人们在水、旱、蝗灾接二连三的打击下，已经濒临死亡的境地。干旱中吃草根树皮，食观音土；水灾中爬上大树、屋顶逃生，幸存者相率逃离家乡；蝗虫吃光了仅剩的庄稼，野外到处是饿死者的尸体，被乌鸦和野狗争食，诗歌为我们描绘了一幅人间地狱

① 傅尚普：《灾后》，周启祥主编：《三十年代中原诗抄》，重庆出版社1993年版，第380—383页。

② 孙艺秋：《原野的风》，《河南民报》副刊《诗刊》第2卷2期，1935年8月29日。

般的悲惨图景。

前年，长年无雨，骄阳似火，农村衔在干旱的大嘴里
农民吃草根树皮、吃观音土、一个个脸乌青，像鬼
“光屁股”的村落却向“衣不蔽体”的城市号哭求乞
一向丰茂的大地，颗粒不收，赤地千里，奄奄一息

去年，农村又淹没在一片白茫茫的大水里
男女老幼爬上屋顶、爬上大树、而随水漂去
年轻人一个挨一个相率逃出了死亡的乡土
那逃出的人儿，从此再也没有了消息

今年，漫天蝗虫飞来，又吃光灾后地里的秋庄稼
仁慈的死神来接收一个个赤贫的灵魂
破碎的屋间和饥饿的野外，布满了尸体
贪馋的乌鸦和膘肥的野狗竞相争食不去①

程率真的诗歌《狂风》描写了冻灾、风灾、水灾等连续不断，使得农家的心花枯萎，果实毁坏，人间变成地狱，人们的血流尽了。

冬日的冰雪
曾埋没了他的家
春来的新苗
刚刚发了芽
“狂风”硬着铁腕
整天便不住的刮

① 周启祥：《农村所见》，周启祥主编：《三十年代中原诗抄》，重庆出版社1993年版，第495—496页。

天，蒙上乌黑的面纱
地，留下伤心的黄疤
麦，拜跪在风姨裙下
短短的刹那
枯萎了
——农家的心花
……
有一天，他的心血流尽了
轰然一声
这颗心弹
会震破了宇宙
天堂的门也会坍倒
想想看，这将是一个
怎样的地球？①

刘心皇的诗歌《卖笑的女人》描写了在连续三年的水、旱、蝗灾下，穷人家被迫卖儿卖女来活命。那些被卖掉的女子沦为街头卖笑的女人，只有在别人的羞辱里隐忍着讨生活，追问谁是自己幸福的杀手，准备让他们来偿还自己被蹂躏的屈辱。到底谁是这些善良的人们的幸福杀手？仅仅是天灾吗？不是，有时候人祸比天灾还要剧烈。诗歌《黎明》描绘了农人在遭遇水、旱、蝗等天灾的同时，还被逼缴纳各项捐税。因为实在没有东西可抵捐税，善良的人们被收税的人带走，全村镇都笼罩在一层愤怒的空气之中。在天灾人祸的双重打击下他们开始觉醒，准备勇敢地投入战斗，流血事件开始在乡间疯狂般的演变。刘心皇《故乡的黄昏》中的老爷爷警告小孩末梢年快到了，人心不古。果然不出所料，蝗灾、水灾接踵而至，但人们不再坐以待毙，反而被饥饿之火烧出了人生的信念，想出办法生存下去。

① 程率真：《狂风》，周启祥主编：《三十年代中原诗抄》，重庆出版社 1993 年版，第 185—187 页。

如今爷爷死去了，

前年的秋季喂饱了蝗虫，

今年的大水又浮上命运的巅峰！

这就是爷爷说的："末梢年？"

黄昏的村前聚满了饥饿的人，

饿火烧出了人生的信念：

"不想饿死，

就要想出吃饭的法子"！①

陈雨门的《除夕》描写了除夕之夜家家户户紧闭大门，不敢点油灯，留心着远近的犬吠，时刻担心土匪来袭击与抢劫，"到天明又庆幸着仍是一次虚惊"。② 诗歌通过以前除夕夜热闹的情景，反衬了现今农村的落寞与凄凉。许多人家房屋都上了锁，被迫逃往他乡。刘心皇的诗歌《夕阳——"前夜篇"之九》描写了夜里枪声四起，不知道哪是兵，哪是匪，到处是哭叫的声音，人们在兵匪的骚扰中惊悸不安，"贫弱人失去了住地"。③ 郭伯恭的诗歌《民隐》描写了大兵借剿匪的名义开到镇上，勒索钱粮，为害乡民。④

刘心皇曾在《30年代中原诗抄新编》的序言中对中原诗人的创作进行过概括和总结，年轻的诗人们"为时代画像，为人民的苦难作代言人尽了力量"，水、旱、蝗灾等题材遍布他们的诗作，赞扬了他们面对灾害所表现出的关心社会现实与民生疾苦的创作态度，对他们爱国爱乡的精神致以敬意。

① 刘心皇：《故乡的黄昏》，《大华晨报》副刊《中原文艺》第4卷8期，1936年3月28日。

② 陈雨门：《除夕》，周启祥主编：《三十年代中原诗抄》，重庆出版社1993年版，第156—158页。

③ 刘心皇：《夕阳——"前夜篇"之九》，周启祥主编：《三十年代中原诗抄》，重庆出版社1993年版，第253页。

④ 郭伯恭：《民隐》，周启祥主编：《30年代中原诗抄新编》（豫内资料准印通字汴发第9503号），1995年印，第72—73页。

正当外祸在边境燃烧，
天灾接踵而来使人民痛苦操劳，
旱灾使河水干枯，赤地千里，
水灾又使平地三尺浪湮没房舍田地！

蝗灾是蝗虫遮天盖地而来，
把并行叶脉的植物啃吃得叶碎根开！
那雄厚的虫群使人民惊慌的抵抗变成枉然，
那虫群吞食了人民的粮食造成了大灾难。

如此的人祸，
如此的天灾，使30年代的中原沉入不幸的深渊，
诗人们把这些景象痛苦的织入诗篇。……[①]

河南作家在描写灾害时明显地打上了地域的烙印，选择的题材以水、旱、蝗灾为主，同时也描写了灾荒之下的兵匪祸患，这与河南的地理环境和气候有很大的关联。“民国时期，河南的水旱灾害是相当频繁的。1912—1948年间短短的37年，几乎无年不灾，20世纪20年代以后尤为突出。气象上，河南省处在亚热带向暖温带的过渡地段，气候复杂多变；地势上，西部是山区，东部是平原，河道上下游排泄能力不相称，容易造成水旱灾害。加上战争等人祸的作用，造成了民国时期河南水旱灾害的不断出现。”[②]

南方的一些作家在表现灾害时便表现出与河南作家不同的题旨与意趣，他们描写的灾害则带有南方的特点。台湾作家的作品相应地带有海岛

① 刘心皇：《中原30年代诗歌出土纪念——贺周启祥先生中原文学资料的钩沉工作》（代序），周启祥主编：《30年代中原诗抄新编》（豫内资料准印通字汴发第9503号），1995年印，第1—3页。

② 苏新留：《民国时期河南水旱灾害与乡村社会》，黄河水利出版社2004年版，第42页。

灾害的特点，如马木枥的小说《西北雨》就描写了大旱之下，农民整天盼望能从西北来一场大雨，书写了他们的焦急心情。这就带有明显的台湾海岛的特色，和大陆是从东南海面带来雨水的情形恰好相反。他们无奈之下去偷放沟水，与日伪军警进行顽强的搏斗。台湾是热带地区，农作物以水稻为主，水稻极容易发生稻热病，赖贤颖的小说《稻热病》就反映了这种农作物的灾情。“稻热病”，俗称火烧瘟、吊头瘟、掐颈瘟等，是流行最广、危害最大的世界性真菌病害之一，由于危害部位不同，可分为苗瘟、叶瘟、节瘟、穗颈瘟、谷粒瘟等。稻热病的病菌主要在病稻草上越冬，第二年再从病稻草上侵染到稻田中，其传播主要靠风、雨、水流、昆虫等。稻热病的发生具有许多发病的诱因，其中农民为了提高产量而大量施用肥料，是稻热病发生的主要原因之一。小说中就描写了一个叫黄芋头的农民为此而付出的沉重代价，他借债买了许多肥料施到田里，结果别人家的稻子一点儿没事，只有他家的稻子得了稻热病，败得一点儿不剩，最后赔了三四百块钱。他只好拼命地去还债，一年还一点儿，等债还清了人也被折磨死了。小说中还描写了冻灾，由于天气奇寒，许多地方的禾苗都被冻死了。这些灾害都与台湾的热带气候有关，农作物适应了温热的环境，一旦遇上严寒，便容易引发冻灾。

广东作家易巩的小说《杉寮村》则选取了台风灾害为题材，这与台风经常在广东沿海登陆有关。小说描写了贫苦的张二婆被人骗去了活命的三元钱，一场巨大的台风又毁坏了她全部的稻子，在这些灾难的沉重打击下，她精神失常发疯了。贵州的蹇先艾写过一篇小说《盐灾》，里面描写了一种令人奇怪的“盐灾”，这也是与贵州独特的地理环境有关联的。由于贵州多是崎岖的山路，交通极为不便，再加上厘金局加重盐税，奸商囤积居奇抬高盐价，小贩也没有力量买盐转售给乡下人，使得一些边远的乡村家家缺盐，闹起了严重的盐荒。小说描写许多人家只得吃灰盐度日，有的甚至淡食过了一两个月。村子里笼罩着一种死寂的空气，开小客栈的刘少堂的两个孩子哭闹着要盐吃，父亲却丝毫不为所动，省一点盐巴来招待客人。好多人都害了盐病，这种传染病蔓延得越来越厉害，“虽然一个人也没有死；但是大家都仿佛被笼罩在一种悲观的薄雾中，一点精神没有，全身的骨头都觉得酥软，比没有吃饱饭还难受。肩不能挑了，背也不能驮了，走起路来，提提脚都很费力，只想坐在那里或者躺在那里。有时大路上看不见一个行走的人。农民们有的坐在门槛上发呆，有的睡在床上起不来。”平时非常勤快的农民也因为缺盐，精神变得颓丧，大家都抱怨日子没法过，还不如死了算了。有些人被折磨得快要发疯了，看到哪家有盐就上前去疯抢，整个乡村社会陷入一片混乱之中。

四川作家徐疾（即刘燕荪）则把眼光投向了更为典型的一种地方病“麻脚瘟”，创作了带有鲜明地方特色的小说《兴文乡疫政即景》，这篇小说于1946年获得首届茅盾文艺奖第一名。小说描写了四川一个叫做兴文乡的地方乡民赶场的情形，许多人聚集在访贤茶园的门前听乡长杨宝三和队附周玉福、财务委员雷胖子等人大摆龙门阵，他们正在谈论防止疫病传播的事情。这两天一种叫“麻脚瘟”的瘟疫袭击到了本场，一天就搁下来六七个人，“都是一样的又吐又泻，周身干瘪，两脚麻筋，用不到一个时辰。”这群官老爷们于是就有了生财之道，乡长想出了一个用筹款打醮的方式来驱除瘟疫的主意，“款呢，还是要筹划派齐，瘟症免不了打醮，请菩萨保佑保佑，让瘟神远走他方，他在打一次平安大醮，少不了六七十万，这样吧，还是比照前一次献金办法照派，多者三五万，少者七八千，银钱原本艰难，但这是本场的事嘛。”那些老百姓已经预料到这回又得蚀掉几斤肉才能免却一场灾害，他们已经习惯于接受一切大人物的命令了。所以，那些老百姓在听了乡长的派款命令后，差不多都坠入了苦恼的心境里，也有一两个不知眼色、火炮性子的人叫嚷着：“又是要钱，老子们总有一天量量你的胃口，看你们包袱究竟有多深!”这几个人的声音虽然很大，乡长却只鄙夷地向他们扫了一眼，根本不把这些将来必抓无疑的壮丁放在眼里，随后就移入雅座和周队附、财务委员商量派款后三人如何分赃。就在他们打着如意算盘之际，城里的赵科长打来电话，不许他们向县府报告瘟疫死人之事，说是对本场名誉不好，防疫经费由壮丁费里面加上去，先缴一部分到科里。乡长听完电话，愤愤地把听筒往地上一摔，大声地咆哮起来："这是搞的啥子鸟教？有麻脚瘟说不许报上县去，防疫费照壮丁费加，却还说得过去，啥子要先缴三十万元到科里，由科里一起办，哄鬼，我他妈又不是三岁娃儿、毛桃子，好得很，一钱没落，先他妈锯了这大一节，还好意思说是特别关照，他关照个啊。"因为照他们原先所商定的款子，除去他们的油水，已经所剩无几，只能办一个规模很小、非常寒碜的清醮大会，如果再交一部分到县里去统筹办理，那可真正要"巧妇难为无米炊"了！于是他们又在一起合计，"有啥办法，还不是羊皮出在羊身上，还不是本场的同胞受气，再多筹点款子，对付过去，省得生些什么麻烦。"最终他们还是在有壮丁的人家身上找到了解决的办法。小说中所写的"麻脚瘟"是新中国成立前四川特别是川南一带一种非常流行的疾病，患者一旦染上这种病，脚部就会发麻、发软，所以又称"痹病"，并伴有呕吐、腹泻、发烧等症状，等到"麻"的感觉逐渐蔓延到胸部以上，人即死亡，根本无药可治，所以当地的老百姓谈"麻"色变。其实，这种疾病是由于人们食用了含有氯化钡的食盐所致，而氯化钡会造成慢性中毒。同济医学院的杜公振、邓瑞麟教授经过反复的实验和研究，终于查清了"麻脚瘟"的罪魁祸首，原来是人们食用了食盐中的氯化钡造成了慢性中毒，他们的科研成果获得了国民政府第三届（1943 年）全国应用科学类学术发明一等奖。徐疾的这篇小说生动地描写了地方官吏面对"麻脚瘟"的灾情见死不救，反而想着怎么去从老百姓身上榨取更多的油水，揭露了一群"见猪不振三分罪，千里为官只为财"的大小官老爷们的丑恶嘴脸。小说带有浓郁的四川风味，那种摆龙门阵的情形与地方方言读来让人如临其境。这篇小说以其出色的描写获得了茅盾文艺奖金征文评选甲等首名，1946 年 2 月 28 日重庆《新华日报》、《大公报》特地刊出了其获奖的消息。

同样是写灾荒下的土匪，河南作家与东北作家就表现出各不相同的风格。姚雪垠以自己少年被土匪绑票的亲身经历创作了长篇小说《长夜》，通过一个具有冒险精神的浪漫少年陶菊生的被绑票经历，描写了以李水沫为首的一支土匪的生活，反映了中原农村在兵匪横行下的黑暗生活。小说风格强悍惨厉，但其中又浸透着一种苍茫悲凉之气。小说出色地表现了河南的风土人情，具有浓郁的河南地方色彩，特别是地方语言的运用上别具一格。姚雪垠曾以此为傲，认为《长夜》在语言上很能表现出他的独特成就。“河南的土地和人民哺育过我的童年和少年，在青年时代我又在河南留下了活动的足迹。我熟悉河南的历史、生活、风俗、人情、地理环境、人民的语言。提到河南的群众口语，那真是生动、朴素、丰富多彩。在三十年代，我曾经打算编一部《中原语汇》，如今还保存着许多写在纸片上的资料。我对河南大众口语热情赞赏，而它也提高我对于语言艺术的修养。”[①] 这段话充分表明他的创作与河南大众口语的血肉关联，在《长夜》里中原方言比比皆是，比如把“土匪”称为“蹚将”，“倒霉”称作“打瓦”，断壁残垣称作“房壳廊”等等。姚雪垠对此深有感触地总结道：“如果我丢掉了故乡的人民口语，我在文学创作上将很难发挥力量。”

东北好多作家对土匪题材也都情有独钟，创作过大量的作品，如萧军的《第三代》、骆宾基的《边陲线上》、端木蕻良的《大江》、舒群的《誓言》等。东北缺少中原文化的深厚底蕴，在严酷的自然环境下滋生了彪悍强硬的民风。他们好多人并不像中原地区那样是因为走投无路才去当土匪，相反倒是带着一种欣羡心理投入兵匪的行列。萧军对此有过生动的说明：

> 当时在民间虽然有这样的谚语：“好男不当兵，好铁不打钉”。但在我们的家乡——辽宁锦州、义州一带，人们却并不这样看待的。当兵和当匪不独没有什么严格的区分以至耻辱的意味，相反的，这当兵竟成了那一带某些青年人的一种“正当”出路，一种职业，而且是一种近乎“光荣”的职业。这因为当时统治东三省的大大小小军阀，几乎全是当兵或者当匪出身的。[②]

因为当时统治东北的大大小小的军阀大多是土匪出身，如张作霖、马

---

① 姚雪垠：《为重印〈长夜〉致读者的一封信》，《长夜》，人民文学出版社 1981 年版，第 20 页。

② 萧军：《江城诗话》，《萧军近作》，四川人民出版社 1981 年版，第 133 页。

占山等，所以很多青年人都起而效法也就不足为奇，“这是时代的产物，时代的风气”。

> 我家乡那地方，地属山区，民风是很闭塞、剽悍的，一般并不崇尚读书。当军官或“红胡子”，是一般怀有野心的青年所向往的理想。①

所以东北的胡子一般不甘于人生的猥琐与平庸，身上总是带有一种极其鲜明的倔犟豪放与侠义刚烈之气。不像中原作家笔下的土匪虽不失豪放，但强大的儒家文化时常困扰着他们的人生选择，不时地要对自己的职业生涯抱有一种忏悔或内疚意识。而东北作家主观上则偏爱土匪，往往带着一种欣赏与肯定的态度去描写土匪们的打家劫舍与劫富济贫。逄增玉对东北“胡子”文化与“胡子”精神有过很好的论述：“从社会角度看，东北胡子是在社会政治、经济、道德拆裂后从东北土地上萌生出的野性力量，他们的行为实质上是对一切束缚压迫他们的社会与自然的原始性的顽强反抗和对自身生存权利的奋力争取。”“从生命形态和生命意识的角度来看，东北胡子实质是以扭曲的形式对个体生命以及由个体生命所构成的整体东北生命力的顽强肯定，因此，这种肯定，表现和升华在精神意识的层次上，就是一种与东北生力和东北精神密切相关的‘胡子精神’。”②

① 萧军：《我的文学生涯简述》，《萧军近作》，四川人民出版社 1981 年版，第 280 页。
② 逄增玉：《黑土地文化与东北作家群》，湖南教育出版社 1995 年版，第 144—145 页。

结语

苦难与饥馑：中华民族“文化记忆”深处的隐痛

中华民族一直在与自然灾害不断地斗争，但由于科技生产力低下以及国民经济的衰弱不振等原因，人们无法抗拒强大的自然灾害，默默地承受着自然的风吹雨打，苦难与饥馑成为中华民族文化记忆深处的隐痛。中国现代文学承载着这种苦难与饥馑，对各种自然灾害都作了生动形象的反映，真实地展现了灾害打击下劳动人民的悲惨生活。一些作品敢于正视阴暗的人性与淋漓的鲜血，表现了作家直面苦难的勇气和良知。频发的自然灾害对作家的创作心态与创作风格产生了重要的影响。在自然灾害的影响下，现代作家把眼光更多的投诸农村，使得现代文学版图中乡土文学异常发达，而都市文学则相对较弱，现代文学的整体格局严重失衡。而左翼乡土文学的发达反过来又促进了农村的觉醒与反抗，推动了中国革命的历史进程。当代文学延续了现代文学自然灾害书写的现实主义传统，在新的历史情境中又发生了某些变异。

第一节　饥饿：穿越中国千年历史的“文化记忆”

阅读了那么多描写灾荒的现代文学作品，头脑中留下了各种各样的印象，其中最让人挥之不去的一个印象就是“饥饿”。

张湃舟的诗歌《深夜的叫卖》描写了一种令人为之心痛的饥饿，虽然卖着烧饼、油馍却肚子饿得发慌，不能拿来自食。

“烧饼、油馍”、“烧饼、油馍”……
断断续续地在街头喊着；
仔细地、再仔细地听呵！
声音里充满了可怕的饥饿。

自己的肚子唱得无力再叫喊，
不由自主地把视线移往馍篮；
肚子饿得发慌，又不能拿来自食，
天啊！这到底是个什么日子？①

在灾荒期间，人们想方设法以各种东西来充饥，于是便产生了五花八门的代食品。马罗立在《饥荒的中国》中曾列举了1920年北方大旱时灾民们的食物单：糠、蓟、麦叶、花种、木屑、叶粉、棉子、旱堇菜（一种煮熟的野菜块根）、高粱皮、榆树皮、白杨芽、草木的根、漂白的泥土、花生壳、玉米穗、含有毒素的树籽、极不适口的豆饼，以及认为最可口的红薯。并指出“这种食物，都是不易下咽的；其中有几种东西，尤为难吃，自无怪那些无知的小孩子们哭着号着地不肯下咽，而宁愿受饿了”②。我们在流萤的通讯里便看到了人们挖食蔺草根的一幕，而这千千万万人争食的蔺草根在记者看来是着实难以下咽，并不是什么可口的美食，但对饥民来说却别无选择。

① 张湃舟：《深夜的叫卖》，周启祥主编：《三十年代中原诗抄》，重庆出版社1993年版，第296—297页。

② ［美］马罗立（W. H. Mallory）：《饥荒的中国》，吴鹏飞译，民智书局1929年版，“引言”第3页。

蔺草根这东西，在别处的人听到也许感到很生疏。这种植物，生长在黄河滩上，和做蒲扇的蒲草差不多。它的根子，普通有笔管粗细，深入地层两三尺深。过去，谁也不知道这东西能吃，不知是哪个人发现的，但自从发现之后，过去荒凉无人的黄河滩，简直比市廛还热闹。几十里以外的老头、妇女，都成群结队，到那里去挖掘。因为道程太远，往返困难，他们便露宿在黄河滩上。

这些千千万万的人争着掘取的食物，我也买了一点尝尝，我不愿说谎，着实难以下咽。杏子大小一块馍，便有枣子大小一块无论如何也嚼不动的渣滓。

听他们说，专吃这东西的人，拉不下大便，日子久了，便肚皮膨胀，脸皮浮肿。但他们好像谁也不管这些，因为他们捱过去一天是一天呀！[①]

范长江在《川灾勘察记》里面也记述了四川仪陇南部一带灾民没有粮食可吃，只能以杂草填饱肚皮，所食杂草种类竟然多达70余种，和神农尝百草已经相差无几了！

中华民族对饥饿的感觉太强烈了，可以说贯穿了中国几千年的历史。借用西方流行的文化记忆理论来说，这种“饥饿”已经作为一种文化记忆深烙在中华民族的灵魂之中。

“文化记忆”是近年来盛行于西方学术界的一种研究集体记忆和社会记忆的理论。“文化记忆是一个集体概念，它指所有通过一个社会的互动框架指导行为和经验的知识，都是在反复进行的社会实践中一代代地获得的知识。”[②] 莫里斯·哈布瓦赫（Maurice Halbwachs）是公认的“集体记忆”（collective memory）研究的鼻祖，他创造性地扬弃了记忆的生物学理论，拒绝从生物学角度把集体记忆看做可以遗传的种族记忆，赋予“记

① 流萤：《从巩县到汜水》，《前锋报》1943年4月14日。

② ［德］简·奥斯曼：《集体记忆与文化身份》，陶东风主编：《文化研究》第11辑，社会科学文献出版社2011年版，第4页。

忆”这个概念以社会学内涵，强调记忆的社会性，认为记忆是一种文化建构。为什么我们经历的事情有些能回忆起来，而有些则不能回忆起来。因为个体的记忆必须置身于“集体记忆”的框架之内来理解，特定的记忆能否被刺激出来和以什么方式刺激、讲述出来，都要取决于这个框架。“正是在这个意义上，存在着一个所谓的集体记忆和记忆的社会框架；从而我们的个体思想将自身置于这些框架之内，并汇入到能够进行回忆的记忆中去。”[①] 他关注的是个体的记忆如何在集体互动中塑造，这种通过集体互动而形成的记忆，归根结底还是个人的记忆，其“集体记忆”其实就是许多个体记忆的总和。康纳顿（Paul Connerton）在此基础上则更进一步，其《社会如何记忆》认为一个群体通过各种仪式塑造出来的共同记忆，不仅仅是每一个群体成员的私人记忆相加的产物，更是属于这个群体自身的。集体记忆就从“集合起来的记忆”变成了“集体的记忆”。

德国学者奥斯曼（Jan Assman）重新梳理了上述两者的理论，将哈布瓦赫的集体记忆定义为一种“交往的记忆”或“日常的记忆”（communieativememory）；用“文化记忆”的概念对康纳顿的“社会记忆”进行了升华。“奥斯曼认为，交往记忆的最大特征是时间的有限性，最多不超过80年到100年，大约相当于三代人到四代人的时间跨度。同时，交往记忆不能提供固定点，不能在时间流逝过程中把记忆捆绑于‘不断扩大的过去’。奥斯曼认为，这样的固定性只能通过客观的文化符号的型构才能达到，这种通过文化符号型构、固定的记忆就是文化记忆。”[②] “交往记忆的特点是和日常生活的亲近性，文化记忆的特点则是和日常生活的距离。”“与日常生活的距离（超越）标志着它的时间范围。文化记忆有固定点，它的范围不随着时间的流逝而变化，这些固定点是一些至关重要的过去事件，其记忆通过文化形式（文本、仪式、纪念碑等），以及机构化的交流（背诵、

① ［法］莫里斯·哈布瓦赫：《论集体记忆》，毕然、郭金华译，上海人民出版社2002年版，第69页。

② 陶东风：《主编的话：从集体记忆到文化记忆》，陶东风主编：《文化研究》第11辑，社会科学文献出版社2011年版，第3页。

实践、观察）而得到延续，我们称呼之为‘记忆的形象’（figures of memory），整个犹太人的日历就是以记忆形象为基础的。”[①] 所以，文化记忆以文化体系作为记忆的主体，超越于个人而存在，遗存在博物馆、纪念碑、节日和仪式等各种文化载体之中，特别是语言与文学文本之中。凭借这些文化载体，一个民族或一种文化才能将传统代代延续下来。

毛喻原先生在其文章中认为汉字是一种物欲性极强的文字，即使在那些用以表达世界上最具精神性事物的汉字中，也能轻易地发现其带有明显的物欲性色彩。如“精”是由“米”和“青”组成，“青”在古代作“纯净”、“干净”、“清净”讲。由此看来，“精”在古人眼里就是经过挑选出来的干净的上等的大米，这里充分显示了一种“精”的可食用性，即“唯米主义”色彩。“欲”是由“人”对“谷”（即没有去壳除皮的米）的渴求所导致的，也就是“人”与“米”的关系构成了“欲”。“美”字是“羊”和“大”组合而成，即大的羊就是“美”，这显然是一种食物主义的美学观的表现。为什么我们喜欢用物欲味浓厚的语词来指称精神性极强的事物，在毛喻原先生看来这即使不是荒唐的，至少也是不当的，因为物欲性极强的符号只能让人更容易想到物，它们明显地带有一种体现物欲文化的指向根源。[②] 余世存先生指出中华民族性格中现实与实际的一面，认为饥饿是我们民族的灵魂，中国文化是一种地道的农民文化、饮食文化。饮食成了我们生存的实质内容，也是我们汉语的本位。在日常生活中，人们见面打招呼说“吃过饭没有”；问一个人的工作说“你混的那口饭好不好吃”；羡慕别人则说“吃香喝辣”；指责别人不负责任说“干什么吃的”。此外，还有“吃饱了撑的”、“吃不了兜着走”、“吃亏”、“吃得开”、“吃不消”等和吃有关的日常词语，饮食的语言几乎成为汉语表征事物的全部手段，这一情况只有在原始人群中才普遍存在，但其他民族在其远古时代也并不全部以“吃”

---

① ［德］简·奥斯曼：《集体记忆与文化身份》，陶东风主编：《文化研究》第 11 辑，社会科学文献出版社 2011 年版，第 6—7 页。

② 毛喻原：《汉语的诡谬和险情》，《书屋》2000 年第 9 期。

来喻指一切，很多民族是以身体的感觉移情于对外界的认知，由此可见我们的语言思维还停在原始阶段，中国人还停留在弗洛伊德所说的“口腔期”。[①]

这些其实都与中华民族的多灾多难和生存的艰辛有关，汉语语词过多地指涉饮食，这恰恰验证了西方文化记忆的有关理论。“文化记忆的概念包含某特定时代、特定社会所特有的、可以反复使用的文本系统、意象系统、仪式系统，其‘教化’作用服务于稳定和传达那个社会的自我形象。在过去的大多数（但不是全部）时间内，每个群体都把自己的整体性意识和特殊性意识建立在这样的集体知识的基础上。”[②] 对中华民族来说生存是第一要义，饮食成了中国人的灵魂，从远古时代起人们就知道“饥者歌其食”，汉代就有了“民以食为天”的政治格言。中华民族这种强烈的饥饿感经过一代代的传播，在现实灾荒的境遇中又重新被激发，召唤起现代作家的“集体记忆”，一个又一个的作家用他们的书写来印证这种集体记忆，传达自我的社会认同；同时他们的自我认同通过书写又传播给他人，大大地强化了这种饥饿的集体记忆。许多作家的作品就直接以“饥饿”来命名，智量书写大饥荒年代的长篇小说叫《饥饿的山村》，虹影写三年自然灾害的长篇小说叫《饥饿的女儿》，罗伟章写百年饥饿历史的长篇小说叫《饥饿百年》。杨显惠的《定西孤儿院纪事》更是把一个个惨痛的饥饿故事写得毛骨悚然、直逼人心。这种饥饿的集体记忆逐渐演变成为一种超越于个人的文化体系，存活于当下的语言文字与文学文本之中。

春天本来是个美好的季节，但对于灾民来说却是个难熬的春荒。刘心皇的诗歌《春》描写了春天来临时，饥饿的大手揉着人心，人们瞪着眼睛逼视着它的到来。

---

① 朱竞：《对民族文化的深层透视》，《延河文学月刊》2004 年第 10 期。

② ［德］简・奥斯曼：《集体记忆与文化身份》，陶东风主编：《文化研究》第 11 辑，社会科学文献出版社 2011 年版，第 10 页。

春天来了，
这是一个愉快的季节，
我在回忆着它。

春天来了，
饥饿的大手揉着人的心，
我瞪了眼逼视着它。[①]

刘心皇《慌春——“前夜篇”之二》通过对比的手法，描写了令人战栗的春天，人们饥肠辘辘无法想象去度过这长长的几十天。

“怎样能度过这慌春？”
风这么清，
天这么蓝，
许多人的心里生出这个疑难！
……

现在泪流在脸上，
身上的衣服不能抵御春寒，
又没法拯救肚里熊熊的饿火，
谁想到变的这么快，
“往日”到哪里去了？
现在，谁还有兴致去赏春？
虽然，她的美丽永远是一样，
“慌春”、“慌春”，
这么长长的几十天，

① 刘心皇：《春》，周启祥主编：《30年代中原诗抄新编》（豫内资料准印通字汴发第9503号），1995年印，第311页。

怎样度过?[1]

他的另一首诗歌《是不是在梦中落泪——“生的歌”之二》更是把人们在饥饿的逼迫下无力挣扎的情形描绘得淋漓尽致，饥饿吞食了妻子娇小的气质，米面的铁腕统摄着人们的意志，不讲情理，饥饿的大手使精神在白热的锅上粉碎，连睡梦中都梦见面、柴、米的喧嚷。

菜、面、像饿虎，
吞食了娇小的气质；
苦痛一排排地排在面前，
像乌云昏没了天日。
……
精神是自己的，
饥饿的大手，使精神在白热的锅上粉碎；
在我的眼里：中国的一角、中国的全部，
已经在垂着泪。……

昨天，妻与儿哭嚷的一声霹雳，
我多泪的眼里再没有泪液；
忘记了天、忘记了一切。
只想念着联合人类的面米。

面米的铁腕，
统摄着人类的意志；
它不讲情理、只跪向势力，
也不管你作不作它的叛逆。

---

① 刘心皇：《慌春——“前夜篇”之二》，《大华晨报》副刊《沙漠诗风》第17期，1936年5月8日。

……

妻与儿在白昼里现出苍白的脸，

睡眠里又呼出异样的鼾声；

我凄楚的心跳出了胸膛，

是不是在梦中面、柴、米……喧嚷。[①]

周启祥的诗歌《在祖国赤贫的农村里》写出了农村的凄凉景象，可以说是旧中国劳动人民悲惨生活的形象写照：连年灾荒，苦难与饥馑已经成了中华民族文化记忆深处的隐痛。

在我底祖国赤贫的农村里

天天都上演着饥饿的悲剧

那最好的沃土长满了蒿草

鼠雀狐兔出没着、屋间破碎

在我底祖国赤贫的农村里

时刻都上演着死亡的悲剧

征丁催款如火如荼般进行

尸体遍地，空荡的村庄如洗[②]

对于“饥饿”这种中华民族的集体记忆，鲁迅先生曾用“唯饭史观”的说法作了精辟的论述，“人类有一个大缺点，就是常常要饥饿”，“我总觉得人们的议论不但昨天和今天，即使饭前和饭后，也往往有些差别。”我们只要看看现代文学中那些描写饥饿的文学作品便不难理解这种饥饿的

① 刘心皇：《是不是在梦中落泪——“生的歌”之二》，周启祥主编：《三十年代中原诗抄》，重庆出版社1993年版，第241—244页。

② 周启祥：《在祖国赤贫的农村里》，周启祥主编：《三十年代中原诗抄》，重庆出版社1993年版，第496页。

感觉是多么的强烈与撼人心魄。

第二节 自然灾害对现代文学整体格局的影响

民国时期频发的自然灾害密切了现代文学与乡土的联系，现代文学开始从五四时期的张扬个性主义转向集体主义描写。现代文学始终高唱着乡土文学的主旋律，都市文学较为衰落，都市文学风景线只是时隐时现地飘浮在乡村的烟霭里。多灾多难的农村生活使得左翼作家更多地把创作眼光投向乡村，表现自然灾害的乡土文学异常发达，这种情形反过来又促进了农村的觉醒与反抗，为中国革命添加了强有力的助燃剂，加速了中国左翼革命的历史进程。在灾荒的救济中，不同的政权采取了不同的救济措施，取得了大不相同的救济效果。正是在灾荒的救济中，人民群众一目了然地看清了哪个政权是真心地关心民生疾苦，他们清醒地选择了自己的未来归属，为中国未来的政治走向描画出了一个清晰的轮廓。

现代文学与乡土中国紧密相连，李欧梵对中国小说的发展轨迹下过一个判断："中国现代小说的进展清楚地显示了从二十年代早期以城市为背景的自传体裁转变到三十年代以后描写农村范围的乡土文学。"[①] 因为大多数作家都来自农村，与乡村保持着紧密的联系，即使后来定居在城市的高楼大厦里，也阻断不了他们重返乡村的渴望与冲动，在作品里进行精神的返乡之旅。张天翼曾经说过："做个作家就尤其需要认识农村，作家是要描写多数人的生活的，替大多数人申诉，而中国的绝大多数就是农民大众，离开了农民，那就什么都成了空的，也可以说不成其为一个中国作家了。"[②]

左翼乡土文学的发达与传播反过来又促进了农村的觉醒与反抗，傅尚

① 李欧梵：《论中国现代小说》，《中国现代文学研究丛刊》1985年第3期。

② 蒋牧良：《记张天翼》，《文艺生活》（海外版）第7期。

普的诗歌《灾后》描写了在日益艰难的生存处境中，灾民开始觉悟了，明白自己所遭受的不幸既有天灾，更有人祸的因素在内。他们开始觉醒，于是团结起来，一致向着大众的公敌死拼，准备向着真理的道路迈进。“他们明白了、觉悟了、认清了/……真理在昭示着奋起；/社会是大家的，没有少数人/没有少数人压迫大家伙的道理。”[①] 王兆瑞的诗歌《自伙儿的告语》描写了灾荒下的流民被迫流浪他乡，决心团结起来，给旧有的世界来个翻身。“不要浪费你的眼泪，/过往的伤痛会把心追碎；/谁知道我们的路有多长，/你应该运上全身的力量。/也不要叹说前途的险恶，/辽阔的宇宙下哪里能够驻脚？让我们手扣手、心靠心，/给旧有的世界来个翻身。”[②] 傅尚普的《生命的哀祭》描写月夜郊外遭受灾荒蹂躏的饥民，他们在思考是谁剥夺了他们的血汗结晶，不打算做懦弱的饿死鬼，要用自己的热血去开辟生活的真义。“是谁剥夺了你们的血汗结晶，/让你们饿死在苦难的火坑？/你们不也曾叫喊过吗！/可有谁来应你们一声？/……显然，这生活要把你们推入死亡，/往日工作的下贱都成了现在的梦想；/死去吗？不！鲜血永远是热的，/在热血的澎湃里，去开辟你们生活的真义。”[③]

灾荒如同一块试金石，不同的政权面对人民群众交出了不同的答卷，人民大众也在灾荒中擦亮了眼睛，认清并选择了自己所属的道路，画出了未来中国政治走向的基本轮廓。李纶的戏剧《难民曲》描写了在1943年的河南灾荒中，国民政府与陕甘宁边区政府对灾民的不同态度，在鲜明的对比中反映了民心的向背。1943年，河南农村发生了普遍的大灾荒，贫苦的佃农崔老头一家已经断粮三天，孙子狗娃饿得不停地哭叫，儿子崔志发和儿媳到外面去寻找食物，走了十几里地也没结果，到处都是剥树皮挖草根的灾民。在这种情形下，国统区的副官还派崔家交一百斤军草，王保长也来催收地租和卫生捐，逼得他们一家根本没有什么活路。儿媳为了保全崔

① 傅尚普：《灾后》，周启祥主编：《三十年代中原诗抄》，重庆出版社1993年版，第382—383页。

② 王兆瑞：《自伙儿的告语》，《海星》创刊号。

③ 傅尚普：《生命的哀祭》，《大华晨报》副刊《新垦》第2期。

家一条命根，含泪提出要卖身救家人。无奈之下，他们父子忍痛以三百块钱的价格将其卖给了人贩子。崔志发用卖妻钱买了一小袋糠和一块馍，带着剩下的一百多块钱回家。刚刚到家，副官和王保长就逼上门来。副官拿枪威逼他们，抢走了媳妇的卖身钱和那袋糠。王保长见没有什么可拿就大骂起来，逼着他们以房屋作为抵押，崔家父子只好弃家逃荒。路上遇到的一群难民告诉他们说："听说在西北方有个什么边区！那个地方政府里照看穷人，有饭吃。"他们就奔西北边区走，在路上遇到国民党军队，崔志发被抓去当壮丁，崔老头和孙子被边区自卫军搭救送往边区。崔老头被妥善地安置到了陕甘宁边区的一个农村，受到热情欢迎，乡长、支书和当地的农民都纷纷前来看望他们祖孙二人，还给他们安排了住处，分了田地，送来农具、衣服和粮食，当地的驻军高班长还带着全班战士来帮助他们开荒。崔志发后来也被八路军解救出来，来到了边区与家人团聚。崔老头感叹道："想不到俺受了一辈子苦的人，能到了这个天堂的地方。"他们一家人对政府、人民和八路军都非常感谢，高唱着"共产党就是咱中国人民的太阳"。

现实的情形也的确如此，边区政府领导人民战胜了灾荒，粉碎了日伪的经济封锁，为夺取抗战胜利奠定了坚实的物质基础。中国共产党也在救灾中赢得了民心，老百姓把根据地看成一个"新世界"，灾民纷纷从国统区和敌占区逃往根据地。"灾荒愈发展，三个世界的对照愈清楚，从安阳到玉峡关的封锁线，虽然可以和敌人的封锁沟墙相比拟，但封锁不了饥饿发疯的灾民，沿着美丽的清漳河，褴褛的人群，日以继夜地向根据地内流着，涌着。"[①] 从这不断奔涌的灾民的流向中我们不难见出民心的向背。从徐特立的诗歌中也可以看出这种鲜明的对比，国统区的灾民是衣不蔽体，以秕糠充饥，不死即逃；而一水之隔的陕甘宁边区则是另一番景象，家家都有余粮，边区政府与民众共纾时艰。"蒋阎肆虐政，灾民遍吕梁。/败絮不蔽体，充饥惟秕糠。/老弱转沟壑，少壮半逃亡。/转看警备区，家家有

① 吴宏毅：《从灾荒中站起来》，《解放日报》1944年8月29日。

余粮。/黄河一水隔，地狱与天堂。/法币八万万，购棉又购粮。/边区济河东，艰苦与共尝。”①

国民党作为执政党，面对灾荒不但救灾无力，在文学方面的作为也乏善可陈，倒是处于被压迫地位的左翼知识分子对农村作了丰富的表现。“无论他们的动机如何，中国城乡之间的显著差距——这个20世纪30年代的社会经济危机的根源，被这些与国民党政府格格不入的文学界的知识分子痛苦地观察到，并生动地表现出来。这样，他们的乡村文学无论是讽刺的，田园牧歌式的，现实主义的，或鼓动性的，事实上几乎都成为对那个极少注意改善人民生活的政权，表示抗议和不满的文学。”② 他们作品中流露出对农村大地的强烈的情感，这是与他们敏锐意识到的社会经济危机密不可分的。这个结论不光适用于30年代，同样为后来的表现农村灾荒的文学所证明，好多作品可以说是反抗的文学，传达出作家强烈的批判意识和拯救欲望。

自然灾害也影响了现代文学的艺术品格，频发的自然灾害引发了作家的社会批判意识，一些作家为了鼓动与宣传根本无暇顾及作品的艺术性，因为他们所要面对的受众是大多数不识字的农民，因此许多作品趋于简单直白的暴露与控诉，缺少了一种优美与含蓄，特别是一些思想“左倾”的作家更是在作品中明确地流露出自己的思想倾向，如沙汀在创作《为了两升口粮的缘故》时把杀人犯的身份改变为地主，石灵写《捕蝗者》时揭露了统治者的残暴与无耻，丁玲的《水》表现了集团的力量等。洪深对自己创作《农村三部曲》时的思想作了剖析，“我已阅读社会科学的书，而因参加左翼作家联盟，友人们不断予以教导，我个人的思想，对政治的认识，开始有若干改变。”③ 在明确的政治思想指引下，好多作品就不可避免地带有主题先行的色彩。戏剧评论家张庚也看到了这一点，指出洪深《农

① 徐特立：《七十客绥，哀吕梁灾民并自寿》，《十老诗选》，中国青年出版社1979年版，第166—167页。

② 费正清主编：《剑桥中华民国史》下卷，中国社会科学出版社1993年版，第516—517页。

③ 洪深：《洪深选集·自序》，《洪深文集》(一)，中国戏剧出版社1957年版，第493页。

村三部曲》的不足："最近数年来，他更花了精力，尽他的可能，在我们面前呈现了他所理解的江南农村的疾苦，农村中的思想动摇和激变。在他的世界观中，个人的，小有产者的苦闷是不被重视的。每一个题材，每一个题材中所表现的主题，在他，都有一种必要的价值的衡量：那便是当作一个社会问题、道德问题而提出来；而且在可能范围之内给予解决或者解答。"[①] 在这些创作思想的指导下，一些作品成了宣传指导现实生活的手册，这在戏剧方面表露得尤为明显，如反映边区政府指导群众治虫的《神虫》、《捉害虫》等作品简直就是一份时事的宣传单。

同样是以瘟疫为题材，现代文学与外国文学的一些作品比较起来其艺术品格存在着很大的差异。鲁彦的《岔路》、方光焘的《疟疾》、沈从文的《泥涂》等，这些作品只就瘟疫的表面现象作了描写，反映了瘟疫下群众愚昧迷信的心理，具有一定的批判意义。但它们与国外同类题材的现代主义作品比较起来，却没能穿透事物的表象，上升不到一定的哲理高度。比如同样是写鼠疫，法国作家加缪的长篇小说《鼠疫》表面上描述了人们在疫情之下与世隔绝的那种惶恐不安与焦虑，其实隐含了对法西斯专制与暴虐的抗议；同时在哲理层面也表现出了人类一种普遍的生存困境。葡萄牙小说家萨拉马戈的《失明症漫记》则更具有寓言写作的特征，这部长篇小说描写了一个没有名字的城市里的人们突然患上一种"白色眼疾"，许多人双目失明，疫情迅速蔓延到整个城市，人们一下子陷入了极大的恐慌。后来这种疾病自动消失，人们恢复了视力，但人们平素的道德水准却没能经受住这场疫情的考验。眼科医生无法解释这种不治而愈的现象，那个一直陪伴医生佯装失明的妻子是盲人世界中唯一能看得见的人，她目睹了疫情中人性的冷酷、邪恶与残暴。当她看着恢复视力而欢呼鼓舞的人群时却突然感到恐惧，以致怀疑自己是个瞎子，只不过是一个看得见的"瞎子"。这部小说穿越了疾病的表象描写，直抵生活的本质，寓意人类没有合理地使用理智而导致理智失明，带有强烈的哲理色彩，是一篇富有深刻意蕴的

① 张庚：《洪深与〈农村三部曲〉》，《光明》第1卷5期。

当代寓言。

现代文学与自然灾害紧密地交织在一起，互为影响。一方面现代文学因自然灾害而与乡土中国紧密相连，与中国最广大的农民阶层血脉相连，促进了农民的觉醒与反抗，有力地推动了中国革命的向前发展；另一方面自然灾害也制约了现代文学的多维度发展，使得现代文学囿于乡土而忽略了自身的现代品格。

第三节　自然灾害书写在当代文学中的延续与变异

在现代文学灾害书写传统的影响下，当代的一些作家也直面生活的苦难，创作出了具有鲜明特色的灾害文学作品。李凖的《黄河东流去》直接以1938年黄河花园口决堤为背景，描写了黄泛区灾民的逃荒生活，通过徐秋斋、李麦、海长松、老清、蓝武、王跑等不同性格的农民形象，描绘了一幅幅惨不忍睹的流民图，为历史上那群在饥饿线上苦苦挣扎的灾民塑造了一幅生动的画像。作者一方面写出了中国农民如黄河奔腾不息的生命力，赞扬了他们坚忍顽强的生命意志，就像书中女主人公李麦所说的那样："关天关地一个人来在世上，就得刚强的活下去!"另一方面，作家也挖掘了他们身上沉重的精神负担，这些精神的奴役的创伤就如同沉淀在河床里的黄河泥沙那样深厚和悠久，羁绊着他们觉醒与前进的步伐。李尔重根据自己50年代在武汉领导军民抗洪救灾的经历，写出了长篇小说《战洪水》。钱钢由于当年参加了唐山地震的抗震救灾工作，与灾区人民感同身受，写出了气势恢宏的报告文学《唐山大地震》。他从社会学、人类学、地震学、心理学等角度出发，对猝然而来的自然灾害进行了全景式的书写，揭示了自然的肆虐与暴戾，对浩劫中的人与自然的抗争、人性的复杂等都进行了深入的观察与思考，为我们留下了一份关于大毁灭的"全息摄影图"，给人以强烈的心灵震撼。刘震云的小说

《温故 1942》以历史事实为摹本，描写了 1942—1943 年发生在河南的大饥荒，对那段痛苦的历史记忆展开了文学的想象，对其作了自己特殊的文学性的解读与思考。罗伟章的长篇小说《饥饿百年》以农民何大的一生为缩影，写出了人类坚强不屈的生命力，以一种寓言式的笔法书写了中国百年的饥饿史。作家阿来高度地评价了这部小说，“他庄严、浩大而深情地抒写了土地和土地上的万物，在这里，所有的生命都在无声地奔流，人类为生存而战斗，为粮食而歌哭，但绝不仅止于此。他想证明：如果我们饥饿的情感和思想若不能在苦难丛集又生生不息的大地上变得丰饶和顽健，我们的灵魂就没有资格与世界对话，恐惧和死亡就依然会让我们怯懦，使我们震惊。”虹影的长篇小说《饥饿的女儿》讲述了人们对于 20 世纪 60 年代大饥荒的痛苦记忆，通过主人公“六六”的成长历程，描写出了一个生活在没有粮食也没有爱的饥饿中的形象，揭示了人们深陷物与欲的双重饥饿的困境。2003 年 SARS 病毒肆虐全球 30 多个国家，柳建伟进行了一次“激情燃烧的写作”，仅用 50 多天的时间就创作出了长篇小说《SARS 危机》，反映了中华族面临突发灾难时所表现出来的忧患意识与责任感，忠实地记录了中国人的生存状况，为 SARS 危机留下了一份弥足珍贵的文学记录。2008 年之初，由拉尼娜现象引发了一场雨雪冰冻灾害，使得中国南疆漫天飞雪、千里冰封，春节回家的地平线消失了，车辆寸步难行，本来就十分拥堵的春运更是雪上加霜。陈启文的长篇报告文学《南方冰雪报告》描绘了这一抗击冰冻灾害的悲壮历程，全方位地展示了那一场 50 年不遇的灾难，记录了举国上下惊心动魄的抗灾行动，对灾难背后的天理伦常与世道人心进行了深沉的理性思考，是一本抵抗遗忘的厚重之作。2008 年汶川地震发生后，作家歌兑在第一时间带领医疗队奔赴灾区救援，事后结合自己的救灾经历写出了长篇小说《坼裂》，冷静地审视、剖析了那场灾难与救援中的世间百态。书名意味深长，富有深刻的寓意，作家将大地的坼裂与人心深处的坼裂形象地结合起来，揭示我们日常生活中所隐藏的各种怪诞与荒谬之处，深刻地剖析了灾难中人性的分裂与内心的冲突，直面赤裸的人生真相。此外，新时期好多报告文学也都直击灾难，每次重大灾害都出现了相应的报告文学作品，如《决战决胜——98 荆江抗洪大特写》、《SARS 调查：一场空前灾难的全景实录》、雷铎的《2008 中国惊天大雪灾》等。

当代文学灾害书写接续了现代文学灾害书写的现实主义传统，延续了现代文学对苦难书写的现代性叙事模式。陈晓明认为："苦难一直是文学艺术表现的生活的本质之一。正是在这一意义上，文学艺术对生活的把握具有现代性意义。苦难是历史叙事的本质，而历史叙事则是苦难存在的形式。对苦难的叙事构成了现代性叙事的最基本的一种形式。"[①] 现代文学对灾害书写不仅仅是为了展示灾害，更主要的是一种现实主义的叙事策略，是激发民众抗争的一种手段，所以现代作家以各种方式反复渲染与强调灾害的苦难特性，目的是为了衬托中国共产党所领导的人民斗争的政治合法性。当代文学的灾害书写显然也是以苦难作为底色来表达中国民族—国家的建构与认同。在整个的 20 世纪文学之中，苦难叙事与意识形态都是密不可分的。陈登科的《风雷》一方面描写祝永康带领黄泥乡的群众与水灾进行抗争，组织生产自救，另一方面又要和以黄龙飞、羊秀英等为首的阶级敌人作斗争，因为他们"利用冰雪在地，灾荒当头，煽动群众闹事，从中套购国家粮食"，抗灾救灾故事演变成走社会主义还是资本主义道路的路线斗争。张抗抗 1975 年出版的描写抗洪斗争的小说还以《分界线》为名字，突出两条路线的不可调和。小说描写以耿常炯为首的群体战胜了以霍逦为代表的另一方，抗击洪水，保卫了胜利成果。在现实主义审美意识主导下，这种灾难叙事与革命话语结合，使得灾害文学书写无法逃脱无处不在的意识形态，凸显了自左翼文学运动以来民族国家想象中阶级对抗的合法性。

自然灾害在某种程度上被赋予了"民族危亡"的历史想象，灾害的文学书写变成了"民族救亡"的行动。这在新时期的诗歌中再次得到鲜明的印证，书写民族的灾难和民族的重生成为这些诗歌的最基本的意义倾向。

① 陈晓明：《无根的苦难：超越非历史化的困境》，《文学评论》2001 年第 5 期。

灾害诗歌书写吸纳了现代文学以来的“苦难”的叙事成分，带有民族寓言和神话书写的特征。例如，龚学敏在《汶川断章》中写道：

> 谁点燃了这烛。并且，让烛光成了中国铺满阳光的午后最痛的伤口。
>
> 一只叫做汶川的陶罐，一只被舜用宽仁的手指
> 就着厚厚的黄土与泪一般透明的水焙制成的陶罐
> 被黑色的烛光击中，然后
> 碎了……①

无论是描写冰雪灾害还是刻画地震的诗篇，频频出现了象征民族—国家想象的关键词：雪压中国、南国家园、众志成城、中国告急、国难、大爱等，这种趋同的集体情绪和心理是对民族—国家的重新想象与塑造，是对民族—国家的一种心理期待与自我身份的一种确证。“祖国”成为一个被诗人反复书写的巨大意象，表达了对祖国的重新认识和重新塑造。“我们有一个永不会塌陷的家，名字叫中国!”汤养宗在《瓦砾中的中国》这样深情地写道：

> 2008年5月12日14时28分，中国一震
> 我的祖国被压在自己的瓦砾中
> 许多花朵突然被白云带走，天空中
> 挤满了人群，手机上留下
> 临死的母亲给怀中婴儿的短信：
> “亲爱的宝贝，你要是活着
> 一定要记住，妈妈爱你。”

---

① 龚学敏：《汶川断章》，http：//www.qssgo.com/Show _ Text _ cn _ 1350 _ 212 _ 0 _ 0.html。

中国的废墟从来没有遭到
春天的嫌弃，废墟上的中国
依然有最美丽的春天！
瓦砾中的中国正在站起来，她依旧是
一道巍峨的风景线，她身上有伤
却能把自己的鲜血流成一道
耀眼的彩虹；一个母亲这样说：
“我拥有花朵，所以我也要准备拥有孤儿
但只要我手上还拥有阳光！”
站起来的中国拍了拍身上的尘埃
使她身后的废墟立即改变了废墟的含义
她抚着宽厚的手对所有死去和活着的
儿女说：“一定要记住，妈妈爱你
我们有一个永不会塌陷的家，名字叫中国——”[1]

诚如王干先生所言：“汶川地震发生以后，人们把对灾区的关注，升华为对祖国的关注，把对灾区群众的热爱升华为对民族的热爱。这种升华，是自然的升华，是发自内心的升华。中国在地震诗中，成为一个坚强的、坚固的、庞大的形象。”[2]洪烛的《废墟上的祖国》到处充满了“祖国”的形象。

楼倒了，桥垮了，公路塌陷……
受伤的祖国依然在废墟上站立
就像牧羊人，焦急地等候迷路的羊群
——“别怕，有我呢，我在这儿呢！”

---

① 汤养宗：《瓦砾中的中国》，http：//www. poemlife. com/thread－210020－15－1. html。

② 王干：《在废墟上矗立的诗歌纪念碑——论“5·12”地震诗潮》，《当代文坛》2008 年第 4 期。

它是遇难者的祖国，也是幸存者的祖国
不可能离开，顶风冒雨守望在原地
比塑像还要忠实，比纪念碑还要坚定
今夜，我写下“祖国”这两个字
比往日有着更为复杂的感情
只敢轻轻、轻轻地念出来，生怕
稍微一用劲，就碰着它的伤口
其实它的心，比伤口还要疼
在瓦砾遍地的灾区，轻轻喊了一声“祖国”
为了送去安慰，同时也为了使自己
不显得孤独：我就是祖国，祖国的一分子
祖国就是他，祖国就是你，祖国就是我……
“祖国，救我！”废墟里发出呼唤
“我来救你了，祖国！”①

当代文学的自然灾害书写在对民族—国家的重塑中延续了现代文学那种感时忧国的精神情怀，使新时期文学与现实更加紧密地连接在一起，不至于淹没在个人的呢喃私语与欲望的旗帜张扬中不能自拔。

当然，当代自然灾害文学书写在延续现代文学传统的同时，面对新的历史情境也随之发生了很大的变异。首先是作者参与的广泛性与长篇叙事作品的大量涌现。当代作家对灾害的关注程度远远高于现代作家，每一次巨大的自然灾害事件都会出现相对应的大量的文学作品，弦歌不断，名家辈出，涌现了很多鸿篇巨制，这是现代文学所无法比拟的。现代文学鲜有反映自然灾害的长篇叙事作品，绝大多数是诗歌，小说也多是一些中短篇，还有一些旧体诗词、民谣俚曲、通讯报道等。而当代文学则收获颇丰，一批文坛新锐加盟到灾害文学的书写队伍中来，出现了冲击茅盾文学

① 洪烛：《废墟上的祖国》，http：//hongzhublog. blog. 163. com/blog/static/127229303200989105129189/。

奖、老舍文学奖的灾害文学作品，如刘庆邦的《平原上的歌谣》、黄国荣的《乡谣》、歌兑的《坼裂》等都取得了骄人的成绩。一大批文坛中坚也都写出了很好的灾害文学作品，如张抗抗的《流行病》、池莉的《霍乱之乱》。还有一些作品更接近于纪实文学，为我们揭开了一些鲜为人知的历史真相。杨显惠的《定西孤儿院纪事》、智量的《饥饿的山村》对三年自然灾害所造成的“人为饥荒”作了逼真的还原；杨杨的《通海大地震真相：一个人的回忆与调查》再现了1970年的云南通海大地震，震级是7.8级，是新中国成立以来首次死亡人数超过万人的大地震，但在那个极端年代却被当做绝密的事件，对外严格封锁消息，以致尘封了30多年才为外界所知。除了这些直面现实灾害事件的文学写作之外，也有一批作家把眼光投向历史的深处，透过重重帷幕努力去探寻更为久远的民族灾难。比如迟子建查阅了大量的有关东北鼠疫的资料，从中了解100年多年前的风俗人情，写出了长篇小说《白雪乌鸦》，用她那沉静而饱满的叙述带我们走进灾难笼罩下的傅家甸，展现了鼠疫重压下人们的爱怨情仇和人性爆发，生动地呈现出一百年前的哈尔滨生活。刘震云跑了三个省查阅了当年的《中央日报》、《大公报》、《文汇报》、《河南民国日报》等，搜集了大量的历史史料，写出了再现河南1942年大饥荒的小说《温故一九四二》，为那些300多万饿死的亡灵招魂。老作家李準以黄河花园口决堤造成千里黄泛区为背景，写出了获得第一届茅盾文学奖的长篇小说《黄河东流去》，反映了灾区人民饥肠辘辘、流离失所的悲惨情形以及他们可歌可泣的斗争。

作者参与的广泛性还体现在新传媒时代下一大批业余作者的涌现，网络、博客、手机、黑板、墙壁等都可以变成灾害文学的重要传媒。比如汶川地震期间，出现了一大批业余诗人，既有学生、教师、农民，也有战士、公务员等。面对巨大的灾难，许多人都激情喷发，有的用传统的书写工具钢笔、毛笔、粉笔，也有人运用手机或电脑等，写出了大量的感人肺腑的诗篇，引发了一场声势浩大的地震诗潮。这些诗歌的传播方式多种多样，既有运用专业的诗歌刊物引领示范，也有一些用现场朗诵、舞台朗诵等即兴方式进行传播，还有利用新兴的传媒如短信、MP3、博客、播客进行传播，这群人数量庞大，出现了全民写作的壮观图景。王干把这次地震诗潮称为20世纪中国文学史上的“第四次全民诗歌运动”。“由2008年汶川特大地震引发的中国诗歌大潮，是继‘五四’新诗、抗战诗潮、天安门诗歌运动之后的第四次全民诗歌运动，出现的作品数量之多、感人作品之多，是近二十年来少有的景象。”[①] 当代自然灾害文学的写作参与度达到了历史的最高点。

其次，当代灾害文学创作也出现了一些新质。比如对人的生命的尊重与礼赞，高扬人道主义精神，体现了人类的普世情怀。在一些极端的年代里，几百万的生命可以悄无声息地隐没在历史的黑洞里。随着历史的不断进步与信息的公开透明，人的生命意识逐渐觉醒，人的生命权被赋予了至高无上的地位。“永不言弃”是对人的生命价值的高度尊敬，因为人的个体生命具有唯一性与不可逆性。国家设立国难日降旗哀悼死难同胞，一方面表现了国家对自己国民的尊重，另一方面也折射出敬畏个体生命的理念。和过去的灾害文学作品相对比，一些灾害文学作品在抒发民族豪情、歌颂抗灾英雄的同时，更多地关注个体生命，表现了一个作者所秉持的高远的人文关怀。王家新的诗歌《人民》对过去的那个大写的“人民”进行了去蔽式的书写，不再将那些死难者视作由一个个冰冷的数字相加而得出的抽象名词，去除“人民”身上那些虚幻的光环，把“人民”还原为一个个有血有肉的鲜活生命，对每个逝去的生命致以深挚的哀悼。

山崩地裂之后
“人民”就不再是抽象的了
人民就是那些被压在最下面的人
就是那些在地狱的边缘上惊慌逃难的人

① 王干：《在废墟上矗立的诗歌纪念碑——论“5·12”地震诗潮》，《当代文坛》2008年第4期。

人民，就是那个听到求救声

却怎么挖也挖不出来的人

就是那些不会演讲，只会喊老天爷的人

就是那些连喊也没有喊出口

就和他们的牲口一起

被活活埋在泥石流中的人……

人民，人民就是那些从来不会写诗

但却一直在杜甫的诗中吞声哭的人！①

俞强的《废墟上的书包》也体现了对生命个体的尊重，痛惜那些陨灭于废墟之下的小学生，体现了作者对生命的尊重，对逝者的尊重。

面对一排排整齐叠放的书包，我的泪流下来了！

在废墟前，五颜六色，像一簇开得触目惊心的花苞

仿佛刚刚各自与家人告别，配合着顽皮的蹦跳

被翻过的书页里还夹着童音与小手的热气

铅笔盒传来轻微的声息，收藏了父母的叮咛，老师有些沙哑的声音

现在，它们炫目地被放在这里

软绵绵的体积里

仿佛还保留着童真的形象与体温，一个人生之初的梦。

这些书包的拥有者

她们本来会拥有各自灿烂的明天

也许其中有许多的父母也走了

再也没有谁会来探问她们的姓名回忆起她们的面容

① 王家新：《人民》，http：//www.zgyspp.com/Article/y2/y11/200805/11192.html。

它们齐刷刷地被排放在冰冷的地面，完好无缺
面对这些书包，其中的任何的一只
都和我女儿清晨离家时背在肩上的那一只
有着同样的气质和美好
我无法将废墟，将断裂的横梁与无情的水泥板
与她们活泼可爱的脸蛋
联系起来
我无法将一群小鸟穿行在春天与地上一堆撕裂或折断的翅膀
联系起来
我无法不动容，
我无法不流泪，
我无法面对废墟前这些哀伤的花苞
以及她们的缤纷与完整
在放学回家的女儿的叫唤中
我更无法通过女儿的书包去想象
这群曾经一样活泼与幸福的孩子！

2008.5.16[①]

一些灾害文学作品艺术追求达到了一定的深度，无论是痛惜人的生命的陨灭，还是颂扬人的生命价值，所体现出来的是一种更为深广的人类情怀，已不再仅仅局限于一个民族和一己的悲痛。袁跃兴认为："这些在泪水中，在悲痛中，在坚强中，在生命中凝成的诗句，让我们读到了生命的眼泪、死亡的狰狞、动荡的自然、废墟中的呐喊、民族的伟大、大爱的播撒、人性的光辉、逝者的悲壮、生者的斗争、灵魂的升华、生命的荣誉、悲悯的情怀、人类的情操、心灵不可毁灭的品质、祝福和祈祷……这种艺术，使我们在不知不觉中和人类的命运相联系，它把我们从宁静安乐的环

① 俞强：《废墟上的书包》，http：//www.poemlife.com/showart-47660-1831.htm。

境中拉出来，携我们同行，让我们在诗人所记叙的一切困厄横逆之中甘苦与共，更让我们认识到了我们平素的狭隘自私，让我们日常生活的庸俗和鄙陋一扫而光……还有什么艺术比诗更为可贵呢？”①

再比如沈浩波在《川北残篇》中写出了灾难中自我与他人的关联，有力地诠释了海明威《丧钟为谁而鸣》题记中所引英国诗人约翰·唐恩的话“谁都不是一座孤岛，任何人的死亡都使我受到损失，因为我包孕在人类之中。所以，别去打听丧钟为谁而鸣，它为你敲响。”

我当然热爱这个国度
因为这里有我的同胞
他们使我不孤单
每天都能和同类在一起
像他们一样美好和污秽

当同胞的血
涂抹在我心上
我惟有蘸血写诗②

还有一些作家在巨大的灾难面前对自己的写作也进行了严峻的审视，灵魂煎熬于“写”还是“不写”的伦理考问之下。比如朵鱼的《今夜，写诗是轻浮的》就写出了诗人深深的疼痛和无力之感。

今夜，大地轻摇，石头
离开了山坡，莽原敞开了伤口……
半个亚洲眩晕，半个亚洲
找不到悲哀的理由

① 袁跃兴：《文学在“灾难”中重生》，《河北日报》2008年6月27日。
② 沈浩波：《川北残篇》，http：//blog.sina.com.cn/s/blog_48b6ff2b01009ks4.html。

想想，太轻浮了，这一切
在一张西部地图前，上海
是轻浮的，在伟大的废墟旁
论功行赏的将军
是轻浮的，还有哽咽的县长
机械是轻浮的，面对那自坟墓中
伸出的小手，水泥，水泥是轻浮的
赤裸的水泥，掩盖了她美丽的脸
啊，轻浮……请不要在他的头上
动土，不要在她的骨头上钉钉子
不要用他的书包盛碎片！不要
把她美丽的脚踝截下!!
请将他的断臂还给他，将他的父母
还给他，请将她的孩子还给她，还有
她的羞涩……请掏空她耳中的雨水
让她安静地离去……
丢弃的器官是轻浮的，还有那大地上的
苍蝇，墓边的哭泣是轻浮的，包括
因悲伤而激发的善意，想想
当房间变成了安静的墓场，哭声
是多么的轻贱！
电视上的抒情是轻浮的，当一具尸体
一万具尸体，在屏幕前
我的眼泪是轻浮的，你的罪过是轻浮的
主持人是轻浮的，宣传部是轻浮的
将坏事变成好事的官员
是轻浮的！啊，轻浮，轻浮的医院
轻浮的祖母，轻浮的

正在分娩的孕妇，轻浮的
护士小姐手中的花
三十层的高楼，轻浮如薄云
悲伤的好人，轻浮如杜甫
今夜，我必定也是
轻浮的，当我写下
悲伤、眼泪、尸体、血，却写不出
巨石、大地、团结和暴怒！
当我写下语言，却写不出深深的沉默。
今夜，人类的沉痛里
有轻浮的泪，悲哀中有轻浮的甜
今夜，天下写诗的人是轻浮的
轻浮如刽子手，
轻浮如刀笔吏。[1]

诗人谢宜兴也对灾难中的写作持怀疑态度，他认为地震之后面对废墟的抒情是多余的无病呻吟，当自己写下分行的诗歌时就变成了一个“可耻的人”。

当汶川如破碎的古瓷诗歌能修复什么
当死神在暗自窃笑诗歌能阻止什么
当震区成为孤岛诗歌能打通什么
当“叔叔，救我”从废墟中传来诗歌能救助什么
整整两个星期，我写不出一个字
震区的画面在我心底是残酷的凌迟
当你面对扭曲的路桥和开花的山体

① 朵鱼：《今夜，写诗是轻浮的》，http：//blog. sina. com. cn/s/blog _ 48f729c901017x99. html。

当你面对废墟上那个孩子握笔的小手
当你面对那些失去亲人的茫然与啜泣
你难道不觉得记录这场灾难诗歌多么乏力
当你面对废墟下那些凝固的张开的双臂
当你面对“让我再救一个”的哭喊
当你面对“我们都是汶川人”的心语
你难道不觉得最美的诗歌已经写在那里
汶川地震之后，写诗是多余的
诗歌有了从来没有的轻和无辜的愧疚
面对废墟的抒情是可耻的
哪怕挽歌或颂辞都显得浅薄和轻浮
这一刻，当我写下这些分行的文字
我知道，今夜又多了一个可耻的人
但是上帝啊，我心中也感到山崩地裂的痛
请你原谅一个心痛者的无病呻吟
这场地震还在我们每个人心中留下一个
堰塞湖，诗歌只是个人的导流渠①

诗人赵恺的《我的诗歌骨折了》在反思地震灾害的书写伦理时希冀诗歌能改变自己的无力状态，重新积聚能量去抚慰受伤的心灵。

我的诗歌骨折了，
掩埋于汶川废墟。
已死的截去，
尚存的刨起。
生死之间愈合两个诗行：

① 谢宜兴：《今夜，又多了一个可耻的人》，http：//blog. sina. com. cn/s/blog _ 484c787d0100adhg. html。

一行是“热爱苦难”，
一行是“重温珍惜”。
文学之热血，
是O型的。[①]

这在以往的现代文学灾害写作中是不可能的。那时的诗人更多负有启蒙、引导大众的职责，根本无暇顾及自身的启蒙以及文学的启蒙。

尽管当代灾害文学书写已经取得了不小的成就，但也还存在种种的不足，需要在今后的创作中予以克服，以期能进一步提升灾害文学作品的境界。首先是灾害文学的模式化倾向严重。好多作品的话语表述、情感体验和主旨意蕴都如出一辙，给人千人一面的感觉。比如在2008年汶川地震诗潮中，许多诗歌都缺乏一种抒情主体的介入，没有胡风所提倡的“主观战斗精神”。“对于对象的体现过程或克服过程，在作为主体的作家这一面同时也就是不断的自我扩张过程，不断的自我斗争过程。在体现过程或克服过程里面，对象底生命被作家精神世界所拥入，使作家扩张了自己；但在这‘拥入’的当中，作家底主观一定要主动地表现出或迎合或选择或抵抗的作用，而对象也要主动地用它底真实性来促成、修改，甚至推翻作家底或迎合或选择或抵抗的作用，这就引起了深刻的自我斗争。经过了这样的思想斗争，作家才能够在历史要求的真实性上得到自我扩张，这是艺术创造的源泉。”[②]

我们的心朝向汶川，
我们的双手朝向汶川，
我们阳光般的心朝向汶川，
我们旗帜般的双手朝向汶川，

① 赵恺：《我的诗歌骨折了》，http：//www.zghy.gov.cn/news/news.asp? id=24004。

② 胡风：《置身在为民主的斗争里面》，《胡风评论集》下册，人民文学出版社1985年版，第20页。

我们十三亿双手向汶川去！[①]

像邹静之《我们的心——献给汶川的血肉同胞》中的这类诗句在汶川地震诗潮中比比皆是。在对灾害的“拥入”当中作者没有自己的选择、抵抗，个人话语淹没在集体的喧嚷之中。每个人都从一个独立的“个体”变成了复数的“汶川人”、“四川人”、“中国人”，诗歌的抒情主体让渡给了“祖国”、“人民”、“历史”等抽象的名词，出现了大量滥俗抒情的诗句，从而引发了一些对诗歌抱有敬意与良知的诗人的思考，灾害中诗歌写作的伦理性何在，面对灾难是写还是不写？

其次是灾害文学书写表现出来的浅表性特征。最为明显的是地震诗潮中表现出来的创作的即时性和表达的急切性。面对突如其来的灾难，耳闻目睹那么多悲壮惨痛的灾区情景，心中郁积的感情急于寻找一个突破口，好多人迫不及待地争相拿出自己的诗作，在一种哀伤悲愤中把中国诗歌带入了一种井喷状态。各个出版社也都以最快的速度编辑出版了各种诗歌选集，如人民文学出版社的《有爱相伴：致2008汶川》、岳麓书社的《五月的殇咏》、上海文艺出版社的《天使在泪光中远去》、珠海出版社的《瓦砾上的诗——5·12汶川大地震祭》、华东师范大学出版社的《惊天地泣鬼神——汶川大地震诗抄》、解放军文艺出版社的《感天动地——汶川大地震诗歌记忆》、深圳报业集团出版社的《汶川——“5·12”诗抄》、群众出版社的《汶川诗抄》、上海锦绣文章出版社的《珍藏感动——汶川·生命之诗》、四川人民出版社的《不屈的国魂——汶川大地震诗歌选》、上海外语教育出版社的《让我们共同面对灾难——世界诗人同祭四川大地震》、海峡文艺出版社的《生命之重（中国百位诗人献给汶川的100首诗）》，从中央性的人民文学出版社到地方性的珠海出版社，从专业性的作家出版社到上海外语教育出版社这样的高校出版社，都纷纷加盟到这一出版热潮中来。其中既有各种地震诗歌的选集，也有像尚泽军的《诗记汶川》这样的

① 邹静之：《我们的心——献给汶川的血肉同胞》，http：//blog.sina.com.cn/s/blog_4c6dbc9801009da6.html。

个人诗集。以上这些诗集全都是2008年地震发生当年出版的，以后陆陆续续还出版了很多诸如此类的诗集。虽然不能单纯地以创作的时间和速度来评价作品高低，但这种一哄而上的情形肯定不利于诗歌的精致书写。鲁迅在《记念刘和珍君》中曾说过："长歌当哭，是必须在痛定之后的。"灾难必须要经过作家的心灵的观照与审视，只有经过一段时间的沉潜，才能作出冷静的判断。正如评论家谢有顺所说的那样："苦难是表层的经验，创伤则是一种心灵的内伤，而文学所要面对的，应是一种被心灵所咀嚼和消化过的苦难。只有这样，作家对苦难的书写才不会把苦难符号化、数字化，才能俯下身来体察一个人、一个人的具体创痛。"[①] 不客气地说有些诗集的出版已经背离了文学出版的初衷，带有明显的炒作意图和商业目的。有些出版社没能顾及诗集的实际内容，一味地追求印制的精美与装帧的豪华，在市场利益的驱动下，紧盯着书籍的发行量与码洋。鲁迅认为感情正烈的时候反而不宜作诗，"否则锋芒太露，能把诗美杀掉"。灾害文学书写表达的急切性必然带来灾害文学作品的浅表性，使得许多作品内涵直白浅露，缺乏令人沉思的意蕴。

同时，这种浅表性还表现在对灾害事件的叙述方式和灾害意蕴的传达上有所欠缺。许多作品只是一味地展览灾害中的苦难，歌颂各路救援英雄，书写多难兴邦的民族—国家形象，这与古代的大禹治水、女娲补天等神话所形成的英雄救灾模式没有什么本质的区别。灾害文学除了书写悲天悯人的情怀、英雄主义的颂歌以及国族的认同之外，好像就没有什么可以去思考和表达的了。"意义空间的局促与空乏已经成为灾难写作进一步深化的最大制约因素。"[②] 灾害文学书写如果不能穿越表层迷障，不能透过灾害表层进入更深层次意蕴的开掘，那就永远只能在浅表层次徘徊不前。灾害文学书写尽管都与灾害相关，但其目的并不是为了单纯地记录各种灾难和渲染灾难，如果是这样的话，新闻影像可以比文学做得更好。展现灾难

① 谢有顺：《苦难的书写如何才能不失重？——我看汶川大地震后的诗歌写作热潮》，《南方文坛》2008年第5期。

② 支宇：《灾难写作的危机与灾难文学意义空间的拓展》，《中华文化论坛》2009年第1期。

的真实情景，剖析灾害背后的人祸因素只是文学描写的第一重境界。作家还要透过灾难展现命运重压之下人们的抗争，彰显生命的尊严与高扬人生的理想，这是灾害文学应该去追求的更高一层的境界。而能够像加缪那样通过鼠疫探索人类生存的普遍意义，进行一种寓言式的写作就更为难得了。作家囿于当代文学所形成的规范，受制于深层的文化心理结构，很难突破对灾害的表象书写，即使发生了诸如2003年非典、汶川地震等那么多大灾大难，却无法产生与之匹配的文学作品。

面对严重的灾害，文学何为？文学写作如何才能不失重？谢有顺认为"灾难记忆只有转化成一种创伤记忆时，它才开始具有文学的书写意义。""灾难记忆是一种事实记忆，它面对的是一个一个具体的事实，这种事实之间的叠加，可以强化情感的强度，但难以触及灾难背后的心灵深度；创伤记忆是一种价值记忆，是存在论意义上的伦理反思，它意味着事实书写具有价值转换的可能，写作一旦有了这种创伤感，物就不再是物，而是人事，自然也不仅是自然，而是伦常。"①

"文化创伤"是西方反思集体性创伤记忆的一种理论，耶鲁大学社会学系教授杰弗里·C. 亚历山大（Jeffrey C. Alexander）认为："当个人和群体觉得他们经历了可怕的事件，在群体意识上留下难以磨灭的痕迹，成为永久的记忆，根本且无可逆转地改变了他们的未来，文化创伤（cultural trauma）就发生了。"② 文学是人类文化记忆的一种载体，不能只对突如其来的灾害作出一般性的情感上的应激反应，还要承担抵抗遗忘的责任，保留人类灾难的文化记忆。因为灾害中那些热切的激情随着时间的推移会慢慢减弱，直至烟消云散。试看汶川地震才过去几年，关于汶川的灾难记忆还保存几许。那些遇难的同胞、那些失去亲人的痛苦、那些涕泪滂沱的场面，早已被灾后重建的礼炮轰得一干二净，现如今除了他们的亲人还有几

① 谢有顺：《苦难的书写如何才能不失重？——我看汶川大地震后的诗歌写作热潮》，《南方文坛》2008年第5期。

② 杰弗里·C. 亚历山大：《迈向文化创伤理论》，王志弘译，陶东风等主编：《文化研究》第11辑，社会科学文献出版社2011年版，第11页。

个旁观者能忆及。这就是灾害文学的职责所在，既要抚慰灾时伤痛，更要抵抗对灾难的遗忘，积极地建构灾害的文化创伤，这是文学的良知所在。同时，作为一种自觉的文化建构，灾害文学还要能够指向一种社会责任与政治行动，“借由建构文化创伤，各种社会群体、国族社会，有时候甚至是整个文明，不仅在认知上辨认出人类苦难的存在和根源，还会就此担负起一些重责大任。一旦辨认出创伤的缘由，并因此担负了这种道德责任，集体的成员便界定了他们的团结关系，而这种方式原则上让他们得以分担他人的苦难。”[①] 通过灾害文学书写让我们明白诸如汶川地震之类的大灾难不仅仅是国殇，也是每一个鲜活的受难者的个体之殇，他们的伤痛与我们紧密相连；地震、洪水、瘟疫等不仅仅是自然灾难，也是一种人类生存与发展必须承担的永恒的苦难。通过种种留存于灾害文学作品中的创伤记忆，让我们能够明辨出这些苦难的存在和根源，分担他人的痛苦，维护灾害期间所形成的诸如以人为本、尊重人的生命价值与尊严之类的价值观念，促进人与人以及人与自然之间的相互了解，做好灾后的精神重建工作，承担起我们人类应有的生态伦理责任。这就是灾害文学写作的意义所在。

毕淑敏在一篇随笔中曾对瘟疫作了自己的思考，启示我们要在灾难中学会坚强与明达。“假如我得了非典，我不会怨天尤人。人是一种动物，病毒也是一种生物。根据科学家考证，这一古老种系在地球上至少已经滋生了二十亿年，而人类满打满算也只有区区百万年史。如果病毒国度有一位新闻发言人，我猜它会理直气壮地说，世界原本就是我们的辖地，人类不过是刚刚诞生的小弟。你们侵占了我们的地盘，比如热带雨林；你们围剿了我们的伙伴，比如天花和麻疹。想想看，大哥岂能束手待毙？你们大规模地改变了地球的生态，我们当然要反扑。你们破坏了物种之链，我们当然要报复。这次的非典和以前的艾滋病毒，都还只是我们派出的先头部队的牛刀小试。等着吧，战斗未有穷期……人类和病毒的博弈，永无止

① 杰弗里·C. 亚历山大：《迈向文化创伤理论》，王志弘译，陶东风等主编《文化研究》第11辑，社会科学文献出版社2011年版，第11页。

息。如果我在这厮杀中被击中，那不是个人的过失，而是人类面临大困境的小证据。”[1] 确实，人类与自然灾害的较量还远未结束。自然灾害为我们敲响了警钟，我们不能总是关注人与社会的发展，还要把目光移向自然，注意人与自然的和谐共存。

那么面对自然灾害，现代文学研究又有何可为？我想现代文学研究可以让我们更具体、深入地去观察民国时期的灾害情形，揭示人们面对灾难时的精神影像，加深对自然与历史的理解，促进人与人之间的精神交流，更有利于人类社会的和谐发展。另一方面可以对将来的防灾、救灾提供有益的借鉴和启示；再就是促进人们对环境、灾害以及社会发展之间关系的理解，增强人们的环保意识，善待自然和家园，坚持可持续发展战略。现代文学让我们重新审视了民国时期的灾害史，加深和丰富了我们对生活的理解，使得我们能够正视自身的弱点，对自然灾害时刻保持着一份警醒，使我们面对灾害不再惊慌与怯懦，变得更加的坚韧与顽强。

① 毕淑敏：《假如我得了非典》，《文艺报》2003年5月20日。

附录一

民国时期规模较大的自然灾害记

民国时期自然灾害频发，可以说是年年不断，大的灾害也是屡见不鲜，人民饱受其苦。李文海等灾荒史专家例举了发生在中国近代的十大灾荒，其中民国时期就占了六次，分别是 1915 年珠江流域大洪水、1920 年北方五省大旱灾和甘肃大地震、1928 年至 1930 年西北和华北大旱、1931 年江淮流域大水灾、1938 年花园口决口事件、1942 年至 1943 年的中原大旱灾。另据邓拓的《中国救荒史》统计，从 1912 年民国初建到 1937 年抗日战争爆发，其间共计发生自然灾害 77 次，其中水灾 24 次、旱灾 14 次、地震 10 次、蝗灾 9 次、风灾 6 次、疫灾 6 次、雹灾 4 次、霜灾和雪灾 2 次、歉饥 2 次。现据《中国近代十大灾荒》、《近代中国灾荒纪年（续编）》、《中国救荒史》、《中国灾荒史记》、《中国灾荒辞典》、《百年灾荒史话》、《20 世纪中国灾变图史》、《中国大洪水》等有关资料的记载，简要列举民国时期发生的一些较大的自然灾害。

1915 年 6 月下旬到 7 月上旬，以岭南为中心，珠江流域出现了历史上罕见的三江并涨的局面。西江梧州河段、北江横石河段的洪峰流量，都突破了历史最高纪录，其中西江梧州洪峰流量达到每秒 545000 立方米，北江横石洪峰流量达到每秒 210000 立方米，均为 200 年来最大的洪水。东江也形成了巨大的洪峰，水位高达 13 米之多。整个广东约有半数的县份和 1/3

的民众受灾，总计受灾农田达1022万亩，仅珠江三角洲18个县市受灾面积即达647万亩，受灾人口378万余人，死伤10万余人。

1916年8月，江苏发生大水，江北、淮河、运河一带受灾严重，灾区达3.4万平方里。

1917年，冀、鲁、晋三省发生大水，其中冀为最重，被灾县份共有103县。全国受灾面积达1万平方里，灾民635万人，死者无数。2月，皖、鄂及长江沿岸一带各省发生地震，云南地震长达3小时之久。新疆和田发生瘟疫，造成了大面积的流行。奉天发生水灾，沈阳城内所有街道都可以行舟。

1918年，湘、鄂、豫、闽、浙、赣、粤等省均发生大水。2月，闽、粤、苏、浙四省地震，其中广东南澳地震最为严重，震中地区的屋宇几乎全部夷为平地，居民死伤80%。

1920年，陕、豫、冀、鲁、晋五省大旱，死亡约50万人。总计受灾区域东起海岱，西达关陇，南至襄淮，北抵京畿，包括了河北、山东、河南、陕西、山西等省的广大地区，共有271万余平方里，约占全国面积的1/4，受灾县份总计300多个，至少有3000万灾民陷入了饥饿流离、无以为生的境地。当时的一篇报道曾为我们描述了那令人心酸的一幕，“死之情形，不外下述数端：无衣无食经雪冻死者有之，冷灶无烟合门听死者有之，食秕谷糠结死者有之，食茨梅果肿死者有之，食棉花子榆树皮色瘦黄死者有之，食麻子叶桐树皮毒发病死者有之；有家长见无生路悬梁自缢者，有数日吃食不得刎喉自尽者，有仰不能子俯不能蓄合门饮鸩者；有采食麦禾豆苗死于田而手尚握其物，有行乞讨饭饿死于野而犬已啮其尸；死城镇有家掩埋，死鄙乡无人过问。总之死不一也，其为无食而饿死，则一也。”

1920年12月16日，甘肃海原发生大地震，震级为8.5级，震中烈度为12。东六盘山地区村镇埋没，地面有的隆起，有的凹陷，山崩地裂，黑水横流。海原城全城房屋荡平，全县死73027人，伤者十之八九，牲畜被压毙者41638头，滨河全县死3万人，压毙牲畜6万余头。海原以南的静宁，地裂水涌，城关庐舍倾塌殆尽，有20多个乡村覆没无存，全县共压死9000余人，伤7000余人，压死牲畜37986头。会宁县除房屋大部倒塌外，山崩地裂，整个村庄被埋没，数十里内人烟断绝，全县死亡13942人。通渭县城乡房屋倒塌无余，河流壅塞，平地裂缝，涌水喷沙，有全村覆没者，也有一村只有一二户幸存的，死者达1万余人，伤者3万余人。海原地震影响范围扩及6省，死亡20余万人。华北救灾协会刊发的《救灾周刊》第18期载有《甘肃被震各县灾情略表》，统计甘肃62县共震毙266187丁口，伤76611丁口，震毙牲畜总数为1770340头。甘肃震灾救济会在其刊行的《甘肃震灾救济会概览》的序言中则认为全毙人口在30万以上。灾区人民震后生活惨不忍睹，据当时《陕甘地震计略》记载，人民“无衣无食、无住、流离惨状，目不忍睹，耳不忍闻；若人多依火炕取暖，衣被素薄；一旦失所，复值严寒大风，忍冻受饥，瑟瑟露宿，匍匐扶伤，哭声遍野，不特饿殍亦将僵毙。牲畜死亡散失，狼狗群出伤人……”

1921年，豫、苏、皖、浙、鲁、鄂、冀、直隶发生大水，以淮河流域受灾最重，灾区达2.7万平方里，鲁、豫、晋三省被灾区域148县，灾民981.4332万人。6月至9月，淮河流域叠降大雨，7、8月雨量超过常年100公厘到300公厘，致使淮河干流水位居高不下，泛滥成灾，直到11月才退，形成20世纪历时最长的一次全流域性大洪水。上游河南自6月后阴雨80余日，65个县洪水横流，豫东、豫南灾情奇重。中游皖北10余县、数百里沦为泽国，加之皖南受洪涝等灾，全省被灾49县。下游江苏淮扬徐海一带“平地水深数尺，庐舍倾颓，哀鸿遍野”；沿江又被水、被风，灾区共58个县。淮河干流以北沂沭泗水系暴涨，鲁西南大面积被涝；黄河又在利津、长垣3次决口，山东31个县被水。上述4省仅淮河水患，就淹没农田近5000万亩，灾民760余万人。此外，湖北68个县、江西47个县、陕西46个县、甘肃43个县、四川70个县、贵州60个县、直隶畿南及临黄县乡，遭各种灾害。湖南50余县受旱，饥民200万人。

1922年，苏、浙、皖大水，浙省最重，三省灾民共1200万人。武昌、汉口等处发生飓风，江水汛涨。汕头发生飓风时，海水高出堤岸一丈有余，全区房屋皆被冲没，死伤人口数万。

1923年，水旱灾害遍及12省，受灾面积1万平方英里以上，死亡人数在10万以上，损失财产无数。

1924年，闽、粤、湘、桂、鄂、豫、赣、冀、鲁、川、察、辽等省大水，淹没1325人，灾区面积5000平方里，财产损失1.25亿元，沿黄河各县禾稻漂没。鄂灾奇重，灾区100余县，庐田漂没，民无所依。河北大水，被灾面积5000平方里，损失2500万元。

1925年3月，云南大理先后发生两次地震，灾情奇重，灾区占全省三分之二，房屋倒塌，焚烧无数，压死者不下万余人，冻饿死者三四千人。冀、粤、桂等六省均有虫灾，损失财产达1300万元。蜀省饥歉，被灾达80余县。饿死者3000万人，流离失所者不可胜计。8月，黄河南岸大堤在黄花寺附近决口，被淹区域2000平方里，灾民200多万人。被灾村镇有2000多个，财产损失数千余万元。滇、鲁被灾面积800平方里，财产损失2000余万元，江西附近良田尽成泽国。蜀省疫病流行，患者多达20万人。

1926年，鲁、皖两省发生大水，鲁省南岸，堤坝冲塌，淹没面积800平方里，损失2000万元以上，皖南淹没粮田70多万亩。湘、资、沅江中下游及汨罗江出现特大洪水，洞庭湖泛滥，湖南40余县沦为泽国，长沙被淹。湖北20多县被涝，汉口长江水标高度为48年来的最高纪录，汉口至沙市之间灾情尤重，江西抚、赣沿河堤圩及江北马华堤溃决，灾区一片汪洋，农民多迁徙逃生。

1927年甘肃发生地震，凉州南门城楼震倒、武威县公署受震塌毁、古浪县城椧亦受震倒坏。

1928—1930年西北、华北大旱，发生严重的大饥荒。据电通社西安电：在西安所能调查之限度内，饿死者之数，十七年十二月中为六万零八百十四名，十八年一月中为六千九百六十四名、二月中为二万三百十七名、三月中为五万八千八百九十三名、四月中为十一万八千一百三十六名。从十七年十二月至十八年四月止计五个月间，饿死者合计二十三万余名之多，其未及调查者，当不在内。杂草、树皮、谷壳、昆虫等类，凡无毒质者莫不捕取充饥，而饿殍累累遍地皆是，甚至为维持自己生命杀人而食之强盗，白昼横行恬不为怪。比诸地狱，过无不及，可谓极人间之惨事了。许多人家被迫卖儿卖女，于右任在一次报告中指出陕西灾荒期间卖出大量人口，仅在山西风陵渡一带可查的就有40多万，陕西省军政当局设立人市，从中抽取人头税，共计渔利200多万元。灾民寻找一切可食的东西来充饥，树叶、树皮、草根、野菜、观音土等都成了人们的代食品。许多人因此而中毒，汉中留坝灾民因食野草而中毒，死亡多达5000余人。人吃人的现象屡见不鲜，一些饿毙的人刚刚倒地就被人割食。陕西原有人口1300万人，三年大旱之中死亡高达300多万，流离失所的600多万，两者相加相等于全省人口的70%，留下的灾民中乞丐有20万，生病的达100万。甘肃有600万人口，死亡人数有250万—300万；山西受灾地区达到86县，灾民约600多万人；察哈尔1928年有饥民90万，次年则激增到230万，死亡率占饥民总数的十分之三；河南全省118个县，三年中受灾县份在106个到112个，灾民累计达3550万人，相当于全省人口；绥远全境旱荒，人口约250万，灾民190万，仅1929年一冬就死亡15000人，妇女被贩卖达10万人之多；河北全省129县，三年中受灾县份分别为92、117和70余个，仅冀南19个县，灾民即达200万人；湖北1928年受灾49个县，灾民900万；四川省受灾100多县，灾民800余万人。

1930年，东北遭受水灾，7月中旬至8月上旬，山海关附近发生水灾，灾情奇重，铁路电报为之中断，损失甚巨，街市坍倒颇多，北宁铁路绥中县路桥亦被冲毁，灾民数万，俱赖施粥活命。

1931年，苏、皖、赣、鄂、湘、豫、浙、鲁8省发生大水，被灾区域达32万平方里，灾民1亿人（占全国1/4），死亡人数据官方统计在200万—400万，被淹田亩2.55亿亩，被淹人口26.5154万人，农产品损失4.57亿元，被灾290县。其中以皖省灾情最重，占八省百分之二十二，县份百分之四十四中间，有百分之三十一县大地沉没者达数个月，损失每户平均达457元。自6月下旬到7月中旬，淮河上游的洪水从河南冲入皖北，信阳至五河之间的64处河堤决口，信阳、息县以下沿淮一线水深达数米以上，淮北平原一片汪洋，洪泽湖以上淹没面积达 3.2 万平方公里。河南邓县、南阳、新野三县，淹死 32900 人。

1931 年沿海一带还遭受了飓风的袭击，八月二十五日，强烈的飓风挟带阵雨与怒潮袭击上海沿海一岸，损失不可计算。大东门的房屋多被吹得倒塌，各马路积水成渠，两旁树木及电杆也多被吹倒，一时交通为之断绝。太仓宝山海塘五年未修，八月二十五日受飓风怒潮激荡，冲毁一千六百余丈。香港于九月二日飓风过境，泊岸船只之被摧毁者，不知凡几，交通断绝。

1933 年 8 月，黄河在考城之袁塞、兰封之蔡楼乡等处决口。遭害之巨者，计考城城内外被水尽毁，仅西门城楼孤立水中，沃野田土水后俱成沙墟。兰封、巨野、长坦、东明等县，皆惨遭淹没，悉成泽国，房屋倒塌，人民淹毙，不知凡几。黄河水灾总计造成被灾人数 3642514 万人，死亡 18293 万人，倒塌房屋 1685369 万间，淹没田亩 12742647 万亩，伤害牲畜 63639 万头，损失 232214648 亿元。绥远、山西、河北、河南、湖南等省影响颇巨。河北省各河堤决，淹没数十村庄，农田 4 万余顷，黄河上游堤溃，溺死 2000 人以上。河南滑县尤重，被灾面积达 5000 余平方里，灾民 30 余万人，淹没房屋 45 万间，死亡不计其数，财产损失 3000 余万元。山东被灾区 20 余县，灾民百余万人。8 月，湖南 40 条河流大涨，淹没田庐。扬子江上游水势奔腾而下，江水暴涨，沿江各县被淹没。安徽、江西计有 24 个县遭受水灾，损失数百万元，灾民 10 余万人。甘肃瘟疫流行，疫情扩散到 50 余县，人民损失甚大。晋西中一带，疫病几遍全省。

1934 年江浙遭受严重的旱灾，灾害之残酷更甚于 1931 年之大水灾，南方各省赤地千里，禾稼尽枯，据官方估计，因灾所受损失总数在十万万元以上，灾区面积占全国总面积三分之二，江浙灾民因逃生无路，全家自杀者时有所闻。嘉兴南乡一带亢旱成灾，农民秋收绝望，家中粒食全无，相率成群结队沿沪杭路乞食者络绎不绝，会集于嘉兴南门外，达五百余人，鸠形鹄面，没有归宿。海宁旱灾惨重，河池皆干，为近百年来所未见。驳船停在河中，如在陆地。农田稻苗，悉成枯焦，农民痛恨秋收无望，悉数举火焚之以泄愤闷。吴兴四乡旱灾异常严重，第一区农民进城报荒，请求救济，县政府门前农民拥挤如堵，城内河道全成陆地，居民雇工将河槽挖深，拟引城外大港之水注入以供洗涤之用，其干涸情况可知。湖州河水全部干涸，饮水都没有，居民拆断城垣，设法由城外引水入内。农民虽以牛车日夜转动，然杯水车薪无济于事，无计可施只有求神祈雨而已。南昌久旱不雨，池水渐渐干涸，农民唯有用多数水车接联戽水，以备灌田。湖北旱灾最严重，其范围占全国十分之八。沿江城市赖交通便利，当可接济。唯内地偏僻，灾民祈祷无术，情形更惨。湖北稀水农民车水以救半死之禾苗，然收效甚微，灾民流离道路，其状颇惨。英山灾情尤重，田土龟裂，禾稼颗粒无收。农民捧香祈祷，亦属枉然，以致灾民多逃散他乡以苟延残喘。英山县政府虽加救济，而粥少僧多，实难普济。1934 年 5 月 2 日下午，绥远省城附近忽降冰雹，大如胡桃，历时五十分钟始息，花木悉被摧残，为当地数十年来所未见，幸绥地天寒，五谷虽已播种，尚未抽芽，否则将不堪设想。

1935 年，长江、黄河泛滥，鄂、湘、赣、皖、冀、鲁、豫、苏 8 省受灾，被灾面积 6490.4496 万公里，灾民 2059.5826 万人，财产损失 4.15701905 亿元，按灾民人数计算，每人平均损失 20 元。其中，长江中游再次发生大洪水，自宜都至城陵矶的干流河段及汉江水位超过 1931 年，荆江大堤溃决，长江中下游平原受灾 2264 万亩，毁屋 40.6 万间，灾民 1100 万，死亡 14.2 万人。黄河也于山东临濮集决口，口门刷宽约 2000 余公尺，鲁西 13 县、苏北 10 余县尽遭淹没，灾民至少 340 万人。东北各地大水冲毁桥梁，溺死男女 500 余人，灾民 9000 人，被灾 23 县。另外，浙、闽、粤、黔、陕、晋、甘、宁、辽 9 省也遭受水灾，全国被水灾县份达到 330 县，灾民 2300 余万人，财产损失 8.4 亿元。

1936 年，苏北、淮阴、泗阳等县瘟疫流行，许多人都被传染上了黑热病，患者达 2000 余万人。蜀中连年天灾流行，早已民不聊生，本年复遭春荒，哀鸿遍野，惨不忍睹，草根树皮取食殆尽，乃掘白泥为食，泥土入胃既不滋养又不消化，终至腹胀而死，徒饮鸩止渴，以求苟活一时，其情形令人悲悯。

1937年，皖、陕、蜀、豫、黔、桂、宁、鲁、甘等省发生旱灾，灾民食树皮榆叶等充饥。蜀、豫两省尤重，蜀省仅饿死者就有3000余人，灾民3000余万人，被灾县共41，占全省十分之九。豫灾民男女老幼达千万人，受灾县数10余，占全省灾区三分之一。四川省虫灾甚烈，被灾区域占全省五分之四，灾民2000万人。浙江虫害损失谷物26144万石，值银783.132万元。

1938年，蒋介石以水代兵派军队掘开了黄河花园口大堤，一时间“澎湃动地，呼号震天，其惊骇惨痛之状，实有未忍溯想。间多攀树登屋，浮木乘舟，以侥幸不死，因而仅保余生，大都缺乏衣食，魄荡魂惊，其辗转外徙者，又以饥馁煎迫，疾病侵夺，不为溺鬼，尽为流民。”滔滔黄水漫过皖北、苏北大地，共淹没了三省44个县，受灾人口1250万。人口死亡十分惊人，泛区3省共有89万人在洪流中丧生，其中河南泛区32.5万人，安徽泛区40.7万人，江苏泛区16万人，死亡人数占泛区总人口的4.6%，而受灾较重的县份，死亡率甚至高达25%以上，若加上逃亡人数，各县所余人口已寥寥无几。花园口决口直至1947年3月始合拢，在长达9年的时间中，洪水造成了一片广袤的黄泛区，泛区44个县共有1993万亩的农田被淹，占泛区耕地总面积的35%。大量的村落被巨流无情地吞没了，仅豫东17县，被毁村落就有6141个，占原有村落的45%，其中淹毁比例占50%以上的就有8个县，扶沟竟高达91%。出外逃荒的人数也很多，总共有391万人，占人口总数的五分之一，有的县区高达78%。至于农工各业的经济损失，更是空前惨重，折合战前币值估计为109176万元，泛区民众每人平均负担5—6元，按照当时中国人均国民收入计算，就等于1900多万人一年的劳动所得，全部被汹涌的黄水吞没了。

1939年，全国发生较大面积的水灾，灾情以海河流域最重。7、8月间，海河流域出现3次大暴雨，以海河水系的永定、潮白、大清、滹沱河、南北运河等河流为中心。北至滦河中上游，南抵沁、丹、汾河，发生该地区少见的大洪水，加之侵华日军为破坏晋察冀边区又蓄意决堤，致使冀、豫、鲁、晋4省严重被灾。河北自北平至保定，水势茫无边际，津浦线以西类似大湖，共103个县遭淹，灾民446万。天津市五分之四没于水中达1月之久，塌房1.4万户，灾民80万。豫北内黄、安阳、新乡一带沦为泽国，加之黄泛区沙、颍、京、双诸水会流泛滥，灾区40余县，数十万灾黎栖食无所。鲁西运河、卫河、大清河决口，黄河故道泛滥，鲁东沿海又海啸成灾，各县兼被风雹蝗灾，灾民130余万。

1940年，全国大面积水旱交乘，多灾并发。河南黄泛区发生春荒，“往往数十里内，村无烟火，野绝行人”，“间有少数一息残喘之饥民，则以蓼子蛙卵为食，鸠形鹄面，弱不胜风”；7、8月间又连降大雨，泛区尽成泽国，全省41个县市被水，灾民150万。皖北黄泛区洪流湍急，漫淹20个县；而该区内及皖中、皖南又有23个县遭受旱灾，灾黎600万以上。陕西春夏间有57个县遭受旱、雹、霜、风等灾，而陕南一部又遭涝灾。晋西、晋南遭受水灾，又有7个县遭受虫灾。山东南部12个县遭受水灾，其他地区17县分别遭受雹灾、蝗灾。鄂西北21个县发生回归热病，疫重之县动辄死数万人。

1941年，河南92个县市、甘肃47个县、山西30个县遭水、旱、风、雹、虫、冻等灾。河南灾情尤重，据1941年7月24日的《申报》载：“豫省近半年来，战旱水雹霜蝗各灾，无所不有，灾情惨重，报灾县份，截至6月底止，已达百余县之多。受灾县份，计受战灾者有南阳唐河等二十三县，受霜灾者有灵宝等八县，受旱灾者有内乡等三十七县，受雹灾者有项城等二十四县，受水灾者有潢川等十一县，受蝗灾者有扶沟一县，请赈文电，连日如雪片飞来，省府及省赈济会已分电行政院及中央赈济委员会呼吁赈款，藉拯灾黎。”

1942年，中原地区发生20年代末以来最严重的旱荒。河南自春至秋烈日当空，田地拆裂，风蝗雹灾交相侵袭，旱情以豫西为最；豫东10余县又黄泛为灾，全省饥民1000万，饿殍遍野，旱区波及晋中、晋南和冀南一带；入秋冀中因大雨河决，又洪涝成灾，200里平原一片汪洋。据1942年9月7日的《新华日报》载：“豫省本年灾情惨重之成因，即由于水灾、旱灾、蝗虫灾、风灾、雹灾同时波及，在蝗虫灾区则地无绿色，枯枝遍野……其旱灾区之麦田，高不盈尺。”1942 年 11 月 30 日的《新华日报》引述了河南省主席李培基描述河南国统区灾情的话：“豫省本年麦季，干旱为灾，以致二麦欠收。原冀秋收丰稔，以补麦收之不足，不意入秋以来，雨水失调，晚秋复告绝望，豫省安全区内之六十余县，几无县无灾，无灾不重。加以豫省环境特殊，交通困难，致使灾情更加严重。”日伪统治下的沦陷区的旱象也很严重，据 1942 年 10 月 31 日《解放日报》的报道：“据豫北敌占区来人谈，豫北敌占区今夏旱灾严重，赤地千里，大部土地均没有种上。玉米有的不曾出土，就已干死，豆子颗粒未收，谷子每亩最高收成量是三升多，坏的不过一升。某村一家富户，有一顷多谷地仅收九斗。从 10 月 5 日起小米每斗已涨到百三十元到百四十五元，玉米每斗九十八元到百零六元。米珠薪桂，已使一般中等人家，无法过活，贫苦之家，则成千上万，流离失所，鬻儿卖女的事情，现亦不断在各地发现。……现汲县、浚县等地灾民，已大批逃入我太岳区根据地沁县、安泽、沁源一带开荒山做短工过活。”据《河南善救分署周报——两年业务纪念特刊》的记载，1942 年的大灾，“河南人几乎死得路断人稀。鲁山白果树村竟发现人吃人的惨剧。逍遥、许昌、襄县各地市场，任何物价都比人价贵，长成的少女，只要几个烧饼便可以换来。至于路旁的饿尸，街头的弃婴，更是数见不鲜。侥幸不死的儿童，也都饿得满脸尽是皱纹，两眼泛作灰色，使你不敢相信这是人间。”寥寥数语便描绘出河南人民形同地狱的悲惨生活，令人不忍卒读。

1943 年，一场声势浩大骇人听闻的蝗灾更是夹杂着水、旱灾害向着中原大地滚滚而来。据 1944 年 1 月 24 日的《解放日报》记载，1943 年 5 月 18 日，黄河在“扶沟、西华间决口 16 处，豫东 10 余县几全部陆沉”。1943 年 11 月 4 日的《新华日报》记载，8 月以后，“大雨滂沱，经月未止，伊水、洛水、汝水、颍水和贾鲁、双洎等河，水位陡涨至三公尺以上，各河流大堤坝到处被水侵蚀决溃，以致开封、郑州以南，潼关以东各低凹地，同时成灾。”11 月 4 日《新华日报》报道：“嵩县汝源区浩劫频仍，又遭十天大雨，8 月 10 日夜山洪一齐暴发，一时沿山居民，田庐人畜，都随着大水一齐漂流。汝河的水高到 20 多丈，两岸街市如黄庄、吕屯、沙沟岗、张槐、木植街等 9 处，都化为乌有，被冲去镇公所 1，保公所 3，中心学校 1，保国民学校 5，保长 2，教员 1，学生 20 名，男女民众 500 多口，山地平地计 13000 余亩，绝门灭户的几十家，坍塌房屋，损失物品的不计其数。……南召在 9 月 19 日下午 4 时，暴雨骤作，顷刻之间，冰雹大落，由县西南柴岗乡所属的枣庄、范庄、贾庵、上石凹等处，向东南流去，经过的地点，房屋树木，毁坏无算，秋禾稻豆，一卷而光。东西长几十里的地方，民众哭号震野。陕乡二麦欠收，不足四成，灾后的人民都将希望寄托在早晚二秋，谁知早晚秋禾又被旱魃蝗蝻，摧残净尽。项城旱灾蝗灾后，又遭水灾，贫农忧愤自杀的颇多。水淹区的灾民，都架木为巢，或者站在坟头，饥饿终日，已经有了二十多天。”《民国春秋》1991 年第 1 期王锡朋有一篇文章《1943 年——中原蝗灾录》，对 1943 年河南的蝗灾作了形象的描述：“说起那年的飞蝗之灾，其来势之猛，可谓迅雷不及掩耳，刹那间，象一阵大风似的沙沙作响、嗡嗡有声的飞驰而来了。好似一片黄云，顿时使天空为之色变。大人、孩童纷纷伫立院中、村头、田野，仰望天空，惊诧着、议论着、叹嘘着。当蝗虫低空飞临时，象大风吹顶，呼呼有声，人们只要举起扫帚、竹竿向空中随意挥打一下，便能打掉十数只甚至几十只，其密度由此可想而知了。这股巨大的飞蝗群，也不知从何方而来。只听说从黄泛区飞越黄河，侵袭到豫北，至太行山麓的林县、安阳，又飞袭到黄河南的叶县、舞阳、郾城等地，纵横飞翔，动向莫测。凡飞蝗所经过的原野，禾苗尽被吃光，连树叶也没有幸免。更有甚者，麦场上放的草苫子、席子以及草帽，也都被咬烂了。且看那树上落满了的飞蝗，将树的枝桠也都压弯。村里村外遍地皆是，墙壁上、屋顶上、窗户上也都爬满了飞蝗，连灶房内锅台上也比比皆是，人们不敢掀起锅盖做饭，因一掀锅盖，蝗虫便会盲目的往锅里钻，使人发呕。更为奇怪的是，正在觅食的鸡子，竟也不啄食蝗虫了。”河南省政府主席李培基 8 月 2 日致中央赈委会电报：“本省蝗灾迭经电报有案，蝗虫初瘼，现黄泛区域蔽日盈野，掠河西飞，已据呈报蔓延区域计有：巩县、偃师、洛阳……五十六县，黄谷高粱玉谷多被食损，不数日幼蝻即生，麇集啮食，为害尤巨。……禾之上，常聚数十啮食禾苗，顷刻立尽。”汤恩伯 8 月 14 日也致电中央赈委会孔祥熙委员长、许世英代委员长：“查豫东各县上年荒旱，颗粒未收，蝗虫遗卵，今春孵化蔓延之速，势若燎原，以致鄢陵、扶沟、西华、太康、淮阳、鹿邑、杞县、冕陵、商水、项城、沈邱、太和、临泉等县先后呈报发现蔽薪盖野，禾稼被食殆尽。……迄今各该县秋收绝望，民命堪虞，数百万灾黎鹄待赈济。”由于连续遭受了旱、蝗、风、雹、水等各种灾害，发生了一场惨绝人寰的大祲奇荒，据有关资料估计，在 1942—1943 年两年里，仅河南一省就有 3000 多万人沦为灾民，300 多万人成为饿殍。

1947 年，两广发生大水灾。从 5 月下旬到 9 月，瓢泼大雨持续四个月。东江的河源和韩江的梅县，降雨量都高出了平常同一时期的 2.5 倍，北江的曲江则高出 3.5 倍，珠江的广州高出 4.5 倍，西江的梧州甚至高出 5 倍多。广西的郁江、浔江、柳江及黔水河、红水河，广东的东、西、北、韩四江纷纷暴涨，并且从 6 月初起即渐次进入洪水水位的峰值期。6 月 9 日，韩江梅县最高水位达 75.20 公尺，为历年所少见；6 月 11 日，东江石龙水位为 110.50 公尺，比历年最高水位仅低 0.97 公尺；6 月 19 日，北江清远最高水位达 118.50 公尺，比历年最高水位低 1.02 公尺。据有关统计表明，截至 7 月下旬，广西省共有 62 个县受灾，淹没耕地 630 万亩，灾民 304 万人。广西沿江各地，淹没田地 404 万亩，农作物损失在 701 万市石以上，全省至少有两万多人在洪水中丧生。广东灾情更为严重，全省 103 个县，受灾 80 余县，受灾乡镇 572 个，被淹耕地 1176 万亩，被毁房屋 99303 间，死亡人数 26158 人，受灾人数 415 万。

资料来源：

邓拓：《中国救荒史》，北京出版社 1998 年版。

孟昭华编著：《中国灾荒史记》，中国社会出版社 1999 年版。

孟昭华、彭传荣编：《中国灾荒辞典》，黑龙江科学技术出版社 1989 年版。

刘仰东、夏明方：《灾荒史话》，社会科学文献出版社 2000 年版。

李文海、夏明方等：《中国近代十大灾荒》，上海人民出版社 1994 年版。

夏明方、康沛竹主编：《20 世纪中国灾变图史》，福建教育出版社 2001 年版。

骆承政、乐嘉祥主编：《中国大洪水——灾害性洪水述要》，中国书店 1996 年版。

李文海、林敦奎、宫明等：《近代中国灾荒纪年续编 1919—1949》，湖南教育出版社 1993 年版。

中国历史第二档案馆：《民国以来历次重要灾害纪要（1917—1939 年）》，戴秀荣选编，《民国档案》1995 年第 1 期。

附录二

现代文学描写自然灾害的主要作家、作品编目

（按作家姓名音序排列）

1. 阿英：《春荒及其救济的断片》，《先锋》第4、5期，1943年8月1日、9月1日；《苏北伟大的水利工程建设——宋公堤》，《新知识》第1、2期合刊（1943年10月1日）及第3、4期合刊（1943年11月1日）。

2. 艾明之：《春旱》。

3. 艾青：《死地——为川灾而作》1937年6月30日。

4. 巴人（王任叔）：《灾》、《勘灾》。

5. 冰心：《燕大青年会赈灾专刊》发刊词，1921年12月24日；《旱灾纪念日募捐纪事》，1921年12月24日；《平绥沿线旅行纪》，1935年1月13日。

6. 蔡一木：《黄汛》，《河南民报》副刊《诗刊》（诗歌周刊）第1卷10期，1935年7月27日；《故乡》，《黄流》（文学月刊，开封）第2卷1期，1935年12月。

7. 晁文玲：《别了亲娘》，《河南民报》（开封）副刊《文艺》（周刊）第3卷5期，1935年3月4日。

8. 陈荒煤：《灾难中的人群》。

9. 陈思（曹聚仁）：《米、麦与鸦片》，《涛声》第1卷27期，1932年10月。

10. 陈毅：《过黄泛区书所见》。

11. 陈訔：《绝粮》，《中学生文艺季刊》第1卷1期，1935年5月；《决堤》，《东流》第2卷1期，1935年11月。

12. 陈雨门：《水灾里的流民》，1934年11月14日；《秋》，《河南民报》（开封）副刊《平野》（文学周刊）第8卷7期，1934年11月16日；《春》，1935年6月；《难妇》，1935年10月；《除夕》，1935年；《洋车夫》，1936年10月；《车水》，1936年10月；《黄河》，《河南民报》（开封）副刊《民报副刊》（日刊）第388期，1937年2月16日。

13. 程率真：《歌》，1935年1月10日作于漯河；《狂风》，1935年5月23日作于漯河；《一只神奇的手》，1935年10月18日作于漯河；《收获》，《海星》（文学月刊，开封）第1期，1936年7月16日。

14. 丁玲：《水》1931年。

15. 端木蕻良：《科尔沁旗草原》。

16. 范长江：《川灾勘察记》、《苏北根据地观感》；《饥饿线上的人》，《汗血月刊》第9卷第4期，1937年7月。

17. 方光焘：《疟疾》，《创造季刊》第1卷第3期，1924年2月。

18. 傅尚普：《生命的哀祭》，《大华晨报》（郑州）副刊《新垦》（文学周刊）第2期，1936年1月12日；《更夫》，《大华晨报》（郑州）副刊《晨光》（日刊），1936年1月16日；《吃人》，1936年3月；《灾后》，1936年5月9日。

19. 葛文华：《米》，载《抗战戏剧选集》之五《米·劫》，军事委员会政治部1945年版。

20. 郭伯恭：《民隐》，1933年冬；《放赈》，1933年12月；《小河》，《河南民报》（开封）副刊《平野》第8卷12期，1934年12月8日。

21. 贺敬之：《乡村的夜》。

22. 海若人：《脚夫》，1936年2月作于百泉；《灾民》，《大华晨报》

（郑州）副刊《新垦》（文学周刊）第 11 期，1936 年 4 月 12 日。

23. 韩枫：《农民谣》，《解放日报》，1943 年 7 月 24 日。

24. 韩秀峰：《灾民》，《大华晨报》（郑州）副刊《沙漠诗风》（诗歌周刊）第 9 期，1936 年 3 月 13 日；《无名的死尸》，《沙漠诗风》第 12 期，1936 年 4 月 3 日。

25. 洪深：《五奎桥》、《青龙潭》、《香稻米》。

26. 焦伟真（丽波女士）：《难民底歌》，1932 年 3 月 27 日作于南开。

27. 渐：《江北儿》，《生活》卷一合订本，1933 年。

28. 蹇先艾：《乞丐》、《盐灾》。

29. 靳以：《泥路》，《水星》第 1 卷 2 期，1934 年 11 月；《人间人》，《文学》第 5 卷 4 期，1935 年 10 月；《珠落》。

30. 蒋牧良：《雷》、《旱》、《赈米》。

31. 钧天：《卖儿声》，《时事月刊》第 3 卷合订本，1930 年 7—12 月。

32. 康濯：《灾难的明天》，《解放日报》，1946 年 1 月 18—22 日。

33. 匡卢：《水灾》。

34. 赖贤颖：《稻热病》，《台湾新文学》第 1 卷第 10 号，1936 年 12 月 5 日。

35. 李荷珍《造林！造林！》，《小朋友》第 830 期，1947 年。

36. 李辉英：《旱》。

37. 李季：《老阴阳怒打“虫郎爷”》。

38. 黎锦明：《雹》、《旱魃》，上海光华书局 1927 年版。

39. 李锦明：《复仇》。

40. 李季同：《挑贩》，《河南民报》副刊《秋鹰》（文学周刊）第 18 号，1935 年 5 月 27 日。

41. 李纶：《难民曲》。

42. 李罗梦、卢野马：《难民》，《小学剧本集》，上海儿童书局 1930 年版。

43. 李世昌、靳小三、尚恩宽等集体创作：《神虫》，歌剧选《货郎担》，新华书店1949年版。

44. 李尹实：《卖儿》，1935年11月19日作于开封艺术师范学校；《流浪者的哀歌》，《大华晨报》（郑州）副刊《沙漠诗风》第4期，1936年2月7日；《荒村》，1936年5月18日作。

45. 刘曼茜：《夜缝》，1932年10月作。

46. 柳倩《防守》，上海杂志公司1937年版。

47. 刘如水：《求乞者》，《河南民报》副刊《风雨周刊》第8期，1934年6月2日。

48. 刘心皇：《大雨之夜》，《大华晨报》（郑州）副刊《晨光》，1934年7月26日；《卖柳须的孩子——"春天诗抄"之二》，1935年3月20日作；《死神》，《大华晨报》（郑州）副刊《中原文艺》（文学周刊）第1卷3期，1935年3月21日；《卖榆钱的人——"春天诗抄"之三》，1935年4月1日作；《是不是在梦中落泪——"生的歌"之二》，1935年6月1日作；《灾民》，《大华晨报》（郑州）副刊《新诗世纪》第6期，1935年7月4日；《水》，《新诗世纪》第10期，1935年8月1日；《老乞妇》，《新诗世纪》第13期，1935年8月22日；《我》，《大华晨报》（郑州）副刊《新诗世纪》第20期，1935年10月10日；《嘱咐》，《黄流》第2卷第1期，1935年12月1日；《第一天》，1935年12月24日作；《卖笑的女人》，《沙漠诗风》第3期，1936年1月31日；《雨夜的叫卖者》，《沙漠诗风》第4期，1936年2月7日；《春》，1936年2月15日作；《冷的街心》，《中原文艺》第4卷8期，1936年3月2日；《车夫（1）》，《沙漠诗风》第9期，1936年3月13日；《车夫（2）》，《沙漠诗风》第9期，1936年3月13日；《家》，1936年3月作；《水灾》、《故乡的黄昏》，《中原文艺》第4卷8期，1936年3月28日；《冬荒》，《中原文艺》第5卷2期，1936年4月1日；《犬吠——"前夜篇"之七》，1936年4月3日作；《西门外——"前夜篇"之八》，1936年4月8日作；《慌春——"前夜篇"之二》，《沙漠诗风》第17期，1936年5月8日；《乞丐》，《沙漠诗风》第18期，1936年5月15日；《石头列车——黄河堵口记》，《中原文艺》第5卷9期，1936年6月6

日；《无题》，1936 年 6 月 12 日作；《黎明》，《海星》创刊号，1936 年 7 月；《难忘》，《海星》第 2 期，1936 年 10 月 10 日。

49. 刘暄：《打花鼓》，《河南民报》副刊《风雨周刊》第 9 卷 8 期，1935 年 4 月 3 日。

50. 流萤：《豫灾剪影》，前锋报社 1943 年版。

51. 刘哲生：《“燕支”》，《大华晨报》副刊《沙漠诗风》第 20 期，1936 年 5 月 29 日。

52. 林淡秋：《散荒》、《饥饿的古城》。

53. 林漫：《家庭》，《晋察冀画报》1944 年第 6 期。

54. 鲁迅：《水灾即建国》、《理水》、《我要骗人》。

55. 鲁彦：《岔路》。

56. 旅冈《水》，载《打回老家去》，戏剧出版社 1936 年版。

57. 吕之芜：《末路》，1936 年 3 月 18 日作于百泉。

58. 罗洪：《饿》、《稻穗还在田里的时候》、《倪胡子》。

59. 骆文、张凡：《米》，东北书店 1949 年版。

60. 马木枥：《西北雨》，《台湾新文学》第一卷第十号，1936 年 12 月 5 日。

61. 茅盾：《水藻行》、《霜叶红似二月花》。

62. 欧阳山：《崩决》。

63. 萍草：《泛滥的黄河》，上海国际文化服务社 1946 年版。

64. 秦似：《谈蝗》、《祈雨和掘水》、《吃草和“宪法”》。

65. 青雨：《三个真命天子》。

66. 丘东平：《火灾》，上海潮锋出版社 1937 年版。

67. 赛珍珠：《大地》。

68. 沙汀：《土饼》、《苦难》、《为了两升口粮的缘故》、《代理县长》、《灾区一宿》。

69. 莎寨：《四月的苜蓿风》。

70. 邵子南：《青生》。

71. 沈从文：《泥涂》，北平星云堂书店 1932 年版。

72. 沈起予：《难民船》。

73. 沈泳清：《抢米》，《戏剧杂志》第 4 卷 2—3 期，1940 年 3 月。

74. 石灵：《捕蝗者》。

75. 苏东风：《捉害虫》，哈尔滨东北书店 1949 年版。

76. 苏金伞：《春荒》，《山雨》第 1 卷 4 期，1935 年 6 月。

77. 随梦醒：《车夫》，《大华晨报》（郑州）副刊《沙漠诗风》第 9 期，1936 年 3 月 13 日；《乞丐》，《沙漠诗风》第 18 期，1936 年 5 月 15 日；《不要》，《沙漠诗风》第 24 期，1936 年 6 月 26 日。

78. 孙艺秋：《原野的风》，《河南民报》副刊《诗刊》第 2 卷 2 期，1935 年 8 月 29 日。

79. 台静农：《被饥饿燃烧的人们》、《蚯蚓们》。

80. 田汉：《旱灾》、《洪水》。

81. 田间：《中国农村底故事》。

82. 田涛：《灾魂》、《荒》、《沃土》，文化生活出版社 1947 年版。

83. 汪伯玉：《我们怎样去救同胞?》1931 年 9 月。

84. 王福义：《旱》，《河南民报》副刊《诗刊》第 1 卷 11 期，1935 年 8 月；《春耕》，1935 年 4 月作于百泉。

85. 王统照：《沉船》、《山雨》。

86. 王亚平：《黄河英雄歌》、《农村的暮》、《流民》、《撒河桥》、《新年》、《农村的春天》、《动荡的夜》、《死亡线上》、《两歌女》、《破旧的机杼》、《农村的夏天》。

87. 王兆瑞：《异乡》，1935 年 5 月 6 日作；《寒鸦》，《大华晨报》副刊《沙漠诗风》第 10 期，1936 年 3 月 20 日；《没有春天》，《沙漠诗风》第 15 期，1936 年 4 月 24 日；《自伙儿的告语》，《海星》（开封）创刊号，1936 年 7 月 16 日。

88. 魏巍：《重逢》，《大华晨报》副刊《沙漠诗风》第 10 期，1936 年 3 月 20 日。

89. 闻一多：《荒村》。

90. 吴组缃：《黄昏》、《樊家铺》、《天下太平》、《一千八百担》。

91. 向培良：《救荒》，《大时代的插曲》，商务印书馆1941年版。

92. 萧乾：《流民图》。

93. 熊佛西：《囤积》。

94. 徐疾（刘燕荪）：《兴文乡疫政即景》，《文联》第1卷6期，1946年4月15日。

95. 许杰：《放田水》。

96. 许世英：《赈灾纪事》、《廿四年视察黄河水灾》、《水灾咏事》。

97. 徐特立：《七十客绥，哀吕梁灾民并自寿》。

98. 杨村彬：《龙王渠》，《民间》半月刊2卷5、10、16、17期，1935年12月10日—1936年1月10日。

99. 杨骚：《乡曲》，东华书局1936年初版，编入"国防诗歌丛书"。

100. 姚雪垠：《长夜》，上海怀正文化出版社1947年初版。

101. 叶丹枫：《清明时节的哀思》1935年7月1日作。

102. 叶圣陶：《晓行》、《饭》、《火灾》。

103. 叶紫：《丰收》，《无名文艺月刊》创刊号，1933年5月。

104. 易巩：《杉寮村》1943年。

105. 尹雪曼：《大水冲了家》，《河南民国日报》副刊《中原》第219号，1935年8月18日。

106. 于右任：《斗口村扫墓杂诗（二）》。

107. 袁静编剧：《减租》。

108. 沅君：《劫灰》，《语丝》第60期，1926年1月4日。

109. 臧克家：《胜利把他们留住了》、《吊八百死者》、《穷》、《潮》、《自己的写照》、《难民》、《天火》、《穷》、《生命的零度》、《冬天》、《卖孩子》、《年关》、《淮上吟》。

110. 张爱萍：《黄泛区》。

111. 张毂生：《桐柏民变》，《大众报》1945年12月18日。

112. 张恨水：《燕归来》。

113. 张洛蒂：《卖女》。

114. 章泯《弃儿》，《妇女生活》第 2 卷 4 期，1934 年。

115. 张湃舟：《深夜的叫卖》1936 年春。

116. 张铁夫：《荒年》，《草叶》（延安）第 4 期，1941 年 1 月 10 日。

117. 张因凡：《荒村》，《大华晨报》副刊《沙漠诗风》第 4 期，1936 年 2 月 7 日。

118. 赵文甫：《祭灶》，1936 年 1 月 17 日作于新安县；《采蒿》，1936 年 4 月 2 日作于百泉。

119. 芷茵：《米》，《戏剧杂志》第 3 卷 1 期，1939 年 7 月。

120. 仲天：《赈灾》，《杂志》第 10 卷 1 期，1942 年 10 月。

121. 钟纪明、李维翰：《三石粮》，《解放日报》1945 年 6 月 21 日、22 日。

122. 周启祥：《农村所见》、《在祖国赤贫的农村里》、《亢旱》，1936 年春作于洛阳；《农村夜曲》，《诗场》第 1—3 期，1937 年。

123. 周楞伽：《旱灾》。

124. 周彦：《龙王庙》，《戏剧岗位》第 3 卷 3—4 期，1941 年 11 月。

125. 佚名：《流离声》，《广播周刊》第 55、56 期，1935 年 10 月。

参考文献

一 民国时期的报纸、期刊

1.《申报》，1872 年 4 月 30 日创刊于上海。

2.《新闻报》，1893 年 2 月 17 日创刊于上海。

3.《大公报》，1902 年 6 月 17 日创刊于天津。

4.《东方杂志》，1904 年 3 月 11 日创刊于上海。

5.《时事新报》，原名《时事报》，1907 年 12 月 5 日创刊于上海，1911 年 5 月 18 日改名为《时事新报》。

6.《救灾会刊》，1912 年创刊于北京。

7.《甲寅杂志》，1914 年 5 月创刊于东京。

8.《晨报》，1916 年 8 月创刊于北京，原名《晨钟报》，1918 年 12 月改称为《晨报》。

9.《小朋友》，1922 年 4 月 6 日创刊于上海。

10.《向导》，1922 年 9 月 13 日创刊于上海。

11.《生活》，1925 年 10 月 11 日创刊于上海。

12.《河南民报》，1927 年 7 月 1 日创刊于开封。

13.《中央日报》，1928 年 2 月 1 日创刊于上海。

14.《新民报》，1929 年 9 月 9 日创刊于南京。

15.《时事月报》，1930 年 7 月 1 日创刊于上海，后搬迁到南京。

16.《北斗》，1931年9月20日创刊于上海。

17.《红色中华》，1931年12月11日创刊于江西瑞金。

18.《独立评论》，1932年5月22日创刊于北平。

19.《风雨周刊》，1932年7月1日创刊于开封。

20.《新创造》，1932年7月创刊于上海。

21.《斗争》，1933年2月4日创刊于江西赣州。

22.《汗血月刊》，1933年4月创刊于上海。

23.《文艺月报》，1933年6月1日创刊于北平。

24.《河南民报》副刊《平野》，1933年6月18日创刊于开封。

25.《秋鹰》，1934年10月12日创刊于开封。

26.《河南民国日报》副刊《中原》，1934年11月创刊于开封。

27.《劳动季报》，1934年创刊于上海。

28.《大华晨报》副刊《晨光》，1934年创刊于郑州。

29.《江西农讯》，1935年1月创刊于南昌。

30.《中原文艺》，1935年3月6日创刊于郑州。

31.《河南民报》副刊《诗刊》，1935年5月13日创刊于开封。

32.《新诗世纪》，1935年5月23日创刊于郑州。

33.《黄流》，1935年6月创刊于开封。

34.《文艺》，1935年创刊于开封。

35.《新垦》，1936年1月5日创刊于郑州。

36.《沙漠诗风》，1936年1月10日创刊于郑州。

37.《光明》，1936年6月10日创刊于上海。

38.《海星》，1936年7月16日创刊于开封。

39.《戏剧杂志》，1936年创刊于成都。

40.《晋察冀日报》，1937年12月11日创刊于河北阜平。

41.《新华日报》，1938年1月11日创刊于汉口。

42.《解放日报》，1941年5月16日创刊于延安。

43.《前锋报》，1942年1月1日创刊于南阳。

二 资料汇编

1. 中国经济情报社：《1934 年中国经济年报（第一辑）》，上海生活书店 1935 年版。

2. 中国经济情报社：《1935 年中国经济年报·（第二辑）》，上海生活书店 1936 年版。

3. 上海申报年鉴社：《申报年鉴》，上海申报年鉴社 1936 年版。

4. 中华年鉴社：《中华年鉴》，中华年鉴社 1948 年版。

5. 中国科学院地震工作委员会历史组编：《中国地震资料年表》，科学出版社 1956 年版。

6. 李文治编：《中国近代农业史资料第一辑（1840—1911)》，生活·读书·新知三联书店 1957 年版。

7. 章有义编：《中国近代农业史资料第二辑（1912—1927)》，生活·读书·新知三联书店 1957 年版。

8. 国家档案局明清档案馆编：《清代地震档案史料》，中华书局 1959 年版。

9. 王嘉荫编：《中国地质史料》，科学出版社 1963 年版。

10. 许道夫编：《中国近代农业生产及贸易统计资料》，上海人民出版社 1983 年版。

11. 河南省财政厅、河南省档案馆编：《晋冀鲁豫抗日根据地财政经济史料选编》，档案出版社 1985 年版。

12. 河南省地方史志编纂委员会主编，陈传海等编：《日军祸豫资料选编》，河南人民出版社 1986 年版。

13. 唐沅等编：《中国现代文学期刊目录汇编》，天津人民出版社 1988 年版。

14. 孟昭华、彭传荣编：《中国灾荒辞典》，黑龙江科学技术出版社 1989 年版。

15. 李文海、林敦奎、周源、宫明编：《近代中国灾荒纪年》，湖南教育出版社 1990 年版。

16. 马宗晋主编：《自然灾害与减灾 600 问答》，地震出版社 1990 年版。

17. 王仰清、许映湖标注：《邵元冲日记》，上海人民出版社 1990 年版。

18. 韩建勋主编：《盐城人物志》，江苏教育出版社 1991 年版。

19. 徐州民政局编：《徐州民政志》，中国文史出版社 1992 年版。

20. 李文海等著：《近代中国灾荒纪年续编》，湖南教育出版社 1993 年版。

21. 贾植芳主编：《中国现代文学总书目》，福建教育出版社 1993 年版。

22. 周启祥主编：《中原新文学史料钩沉》，豫内资料准印通字汴发第 9503 号，1995 年印。

23. 骆承政、乐嘉祥：《中国大洪水——灾害性洪水述要》，中国书店 1996 年版。

24. 郭强：《灾害大百科》，山西人民出版社 1996 年版。

25. 王文彬：《中国现代报史资料汇编》，重庆出版社 1996 年版。

26. 范宝俊主编：《人类灾难纪典》，改革出版社 1998 年版。

27. 安徽省地方志编纂委员会编：《安徽省志·民俗志》，方志出版社 1998 年版。

28. 河南省水利厅水旱灾害编辑委员会编：《河南水旱灾害》，黄河水利出版社 1999 年版。

29. 席会芬、郭彦森、郭学德等著：《百年大灾大难》，中国经济出版社 2000 年版。

30. 李文海、夏明方主编：《中国荒政全书》第一辑，北京古籍出版社 2003 年版。

31. 董健主编：《中国现代戏剧总目提要》，南京大学出版社 2003

年版。

32. 李文海、夏明方主编：《中国荒政全书》第二辑（1—4卷），北京古籍出版社2004年版。

33. 于德源编著：《北京历史灾荒灾害纪年：公元前80年—公元1948年》，学苑出版社2004年版。

34. 徐泓编著：《清代台湾自然灾害史料新编》，福建人民出版社2007年版。

35. 天津图书馆编：《水道寻往——天津图书馆藏清代舆图选》，中国人民大学出版社2007年版。

36. 古籍影印室编：《民国赈灾史料初编》，北京图书馆出版社2008年影印。

三 研究著作

1. 马罗立：《饥荒的中国》，吴鹏飞译，民智书局1929年版。

2. 陆精治：《中国民食论》，启智书局1931年版。

3. 朱其华：《中国经济危机及其前途》，新生书局1932年版。

4. 上海太平洋书店编：《中国民食问题》，上海太平洋书店1933年版。

5. 冯和法：《今年的灾荒》，生活书店1933年版。

6. 黄泽苍：《中国天灾问题》，商务印书馆1935年版。

7. 胡适：《胡适论学近著》，商务印书馆1935年版。

8. 蒋杰：《关中农村人口问题》，国立西北农林专科学校出版委员会1938年版。

9. 齐武编著：《一个革命根据地的成长——抗日战争和解放战争时期晋冀鲁豫边区概况》，人民出版社1957年版。

10. ［巴西］约绪·德·卡斯特罗著：《饥饿地理》，黄秉镛译，上海三联书店1959年版。

11. 中国医学科学院陕西分院流行病学卫生学研究所：《陕北地区鼠疫

调查工作总结报告》1959 年印。（内部发行）

12. 周始：《皖志述略》，安徽省地方志编纂委员会 1983 年版，（非出印字第 136 号）。

13. 中共河南省委党史资料征集编纂委员会：《河南抗战史略》，河南人民出版社 1985 年版。

14. 邢汉三著：《日伪统治河南见闻录》，河南大学出版社 1986 年版。

15. 应国靖：《现代文学期刊漫话》，花城出版社 1986 年版。

16. 陈廉编写：《抗日根据地发展史略》，解放军出版社 1987 年版。

17. 杜一：《灾害与灾害经济》，中国城市经济社会出版社 1988 年版。

18. 星光、张扬：《抗战时期陕甘宁边区财政经济史稿》，西北大学出版社 1988 年版。

19. 郭涛：《四川城市水灾史》，巴蜀书社 1989 年版。

20. 王子平等：《地震社会学初探》，地震出版社 1989 年版。

21. 政协安徽省文史资料委员会编：《许世英》，中国文史出版社 1989 年版。

22. 张水良：《中国灾荒史（1927—1937）》，厦门大学出版社 1990 年版。

23. 延军平：《灾害地理学》，陕西师范大学出版社 1990 年版。

24. 马宗晋主编：《灾害与社会》，地震出版社 1990 年版。

25. 吴福辉：《沙汀传》，北京十月文艺出版社 1990 年版。

26. 李乔：《中国行业神崇拜》，中国华侨出版公司 1990 年版。

27. 李文海、周源：《灾荒与饥馑》，高等教育出版社 1991 年版。

28. 延军平：《灾害地理学》，陕西师范大学出版社 1992 年版。

29. ［英］贝思飞：《民国时期的土匪》，徐有威、李俊杰译，上海人民出版社 1992 年版。

30. 陕西省卫生厅：《陕西省预防医学简史》，陕西人民出版社 1992 年版。

31. 蔡少卿：《民国时期的土匪》，中国人民大学出版社 1993 年版。

32. ［美］彭尼・凯恩著：《1959—1961 中国的大饥荒》，毕健康等译，中国社会科学出版社 1993 年版。

33. 范炯主编：《叩问上苍——面对天灾的人类》，中原农民出版社 1993 年版。

34. 费正清主编：《剑桥中华民国史》下卷，中国社会科学出版社 1993 年版。

35. 李文海等：《中国近代十大灾荒》，上海人民出版社 1994 年版。

36. 孙艳魁：《苦难的人流——抗战时期的难民》，广西师范大学出版社 1994 年版。

37. 朱玲、蒋中一著：《以工代赈与缓解贫困》，上海三联书店、上海人民出版社 1994 年版。

38. 温彦主编：《河南自然灾害》，河南教育出版社 1994 年版。

39. 袁林：《西北灾荒史》，甘肃人民出版社 1994 年版。

40. 张泉：《沦陷时期北京文学八年》，中国和平出版社 1994 年版。

41. 《马克思恩格斯选集》，人民出版社 1995 年版。

42. 逄增玉：《黑土地文化与东北作家群》，湖南教育出版社 1995 年版。

43. 李向军：《清代荒政研究》，中国农业出版社 1995 年版。

44. ［美］杜赞奇著：《文化、权力与国家——1900—1942 年的华北农村社会》，王福明译，江苏人民出版社 1996 年版。

45. 王红旗：《灾祸与生存——超越灾祸的智慧》，中国国际广播出版社 1996 年版。

46. 李向军：《中国救灾史》，广东人民出版社、华夏出版社 1996 年版。

47. 陆德阳：《流民史》，上海文艺出版社 1997 年版。

48. 朱玉湘著：《中国近代农民问题与乡村社会》，山东大学出版社 1997 年版。

49. 郭琦、史念海、张岂之：《陕西通史（民国卷）》，陕西师范大学出版社 1997 年版。

50. 蒋梦麟：《现代世界中的中国》，学林出版社 1997 年版。

51. 杨义、张中良、中井政喜：《中国新文学图志》，人民出版社 1998 年版。

52. 王子平著：《灾害社会学》，湖南人民出版社 1998 年版。

53. 郑成功著：《灾害经济学》，湖南人民出版社 1998 年版。

54. ［美］明恩溥著：《中国乡村生活》，午晴、唐军译，时事出版社 1998 年版。

55. 邓拓：《中国救荒史》，北京出版社 1998 年版。

56. 罗祖德、徐长乐：《灾害科学》，浙江教育出版社 1998 年版。

57. ［美］白修德著：《中国抗战密闻——白修德回忆录》，崔阵译，河南人民出版社 1998 年版。

58. 邱国珍：《三千年天灾》，江西高校出版社 1998 年版。

59. ［美］波伊曼编著：《生死一瞬间——战争与饥荒》，陈瑞麟等译，广州出版社 1998 年版。

60. 吴天镛主编：《河南水旱灾害》，黄河水利出版社 1999 年版。

61. 李原、黄资慧：《20 世纪灾祸志》，福建教育出版社 1999 年版。

62. 孟昭华编著：《中国灾荒史记》，中国社会出版社 1999 年版。

63. 夏明方：《民国时期的自然灾害与乡村社会》，中华书局 2000 年版。

64. 刘仰东、夏明方：《灾荒史话》，社会科学文献出版社 2000 年版。

65. 池子华：《流民史话》，社会科学文献出版社 2000 年版。

66. ［美］柯文著：《历史三调：作为事件、经历和神话的义和团》，杜继东译，江苏人民出版社 2000 年版。

67. 张晓等著：《中国水旱灾害的经济学分析》，中国经济出版社 2000 年版。

68. 段华明、刘敏：《灾害社会学研究》，甘肃人民出版社 2000 年版。

69. 曾维华、程声通：《环境灾害学引论》，中国环境科学出版社 2000

年版。

70. 宋应离主编：《中国期刊发展史》，河南大学出版社 2000 年版。

71. 池子华：《流民问题与社会控制》，广西人民出版社 2001 年版。

72. 池子华：《中国流民史——近代卷》，安徽人民出版社 2001 年版。

73. 夏明方、康沛竹主编：《20 世纪中国灾变图史》，福建教育出版社 2001 年版。

74. 冯并：《中国文艺副刊史》，华文出版社 2001 年版。

75. ［印度］阿马蒂亚·森著：《贫困与饥荒——论权利与剥夺》，王宇、王文玉译，商务印书馆 2001 年版。

76. 复旦大学历史地理研究中心主编：《自然灾害与中国社会历史结构》，复旦大学出版社 2001 年版。

77. 池子华：《中国流民史——近代卷》，安徽人民出版社 2001 年版。

78. 秦弓：《荆棘上的生命——二十世纪三四十年代中国小说叙事》，春风文艺出版社 2002 年版。

79. 杨义：《重绘中国文学地图：杨义学术讲演集》，中国社会科学出版社 2003 年版。

80. 梁长根：《功罪千秋——花园口事件研究》，兰州大学出版社 2003 年版。

81. 蔡勤禹：《国家、社会与弱势势体——民国时期的社会救济》，天津人民出版社 2003 年版。

82. 安德明：《天人之际的非常对话——甘肃天水地区的农事禳灾研究》，中国社会科学出版社 2003 年版。

83. 桑林等：《瘟疫：文明的代价》，广东经济出版社 2003 年版。

84. 陈继会：《二十世纪中国小说的文化精神》，东方出版社 2003 年版。

85. 陈业新：《灾害与两汉社会研究》，上海人民出版社 2004 年版。

86. ［澳大利亚］费约翰：《唤醒中国：国民革命中的政治、文化与阶级》，李恭忠、李里峰等译，生活·读书·新知三联书店 2004 年版。

87. 孙绍聘：《中国救灾制度研究》，商务印书馆 2004 年版。

88. 王林：《山东近代灾荒史》，齐鲁书社 2004 年版。

89. 苏新留：《民国时期河南水旱灾害与乡村社会》，黄河水利出版社 2004 年版。

90. ［美］P. R. 桑迪著：《神圣的饥饿：作为文化系统的食人俗》，郑元者译，中央编译出版社 2004 年版。

91. 余新忠、赵献海等著：《瘟疫下的社会拯救：中国近世重大疫情与社会反应研究》，中国书店 2004 年版。

92. 陈平原：《文学的周边》，新世界出版社 2004 年版。

93. 苏智良等编：《去大后方——中国抗战内迁实录》，上海人民出版社 2005 年版。

94. 徐昕著：《论私力救济》，中国政法大学出版社 2005 年版。

95. 宋致新编著：《1942：河南大饥荒》，湖北人民出版社 2005 年版。

96. 魏朝勇：《民国时期文学的政治想像》，华夏出版社 2005 年版。

97. 蔡勤禹：《民间组织与灾荒救治——民国华洋义赈会研究》，商务印书馆 2005 年版。

98. 汪汉忠：《灾害、社会与现代化——以苏北民国时期为中心的考察》，社会科学文献出版社 2005 年版。

99. 陈桦、刘宗志：《救灾与济贫——中国封建时代的社会救助活动（1750—1911）》，中国人民大学出版社 2005 年版。

100. 余凤高：《瘟疫的文化史》，新星出版社 2005 年版。

101. 张崇旺：《明清时期江淮地区的自然灾害与社会经济》，福建人民出版社 2006 年版。

102. 朱浒：《地方性流动及其超越——晚清义赈与近代中国的新陈代谢》，中国人民大学出版社 2006 年版。

103. 卜风贤：《农业灾荒论》，中国农业出版社 2006 年版。

104. 朱光潜：《谈美》，安徽教育出版社 2006 年版。

105. 杨义：《通向大文学观》，安徽教育出版社 2006 年版。

106. [印度] 让・德雷兹、阿马蒂亚・森著:《饥饿与公共行为》，苏雷译，社会科学文献出版社 2006 年版。

107. 王宏斌、孙克强主编:《诗说中国五千年》，河南人民出版社 2006 年版。

108. 曹树基、李玉尚:《鼠疫战争与和平：中国的环境与社会变迁(1230—1960)》，山东画报出版社 2006 年版。

109. 孟庆琦、岳梁编著:《诗说中国五千年（民国卷)》，河南大学出版社 2006 年版。

110. 李文海、夏明方:《天有凶年：清代灾荒与中国社会》，生活・读书・新知三联书店 2007 年版。

111. 湖南善后协会编纂:《湘灾纪略》，中华书局 2007 年版。

112. 杨义:《中国现代小说史》，中国社会科学出版社 2007 年版。

113. 杨义:《重绘中国文学地图通释》，当代中国出版社 2007 年版。

114. 曹树基:《田祖有神——明清以来的自然灾害及其社会应对机制》，上海交通大学出版社 2007 年版。

115. 孙语圣:《1931・救灾社会化》，安徽大学出版社 2008 年版。

116. Tiomthy Richard, *Forty Five Years in China*, London: T. Fisher Unwin Ltd., 1916.

117. W. H. Mallory, *China: Land of Famine*. New York: American Geographical Society, 1926.

118. Rutherfordh. platt, *Disasters and democracy - the politics of extreme natural events*, Island press, 1999.

119. XinZhang, *Social Transformationin Modern China: The State and Localin Henan*, 1900—1937. Cambridge University Press, 2000.

四　期刊论文

1. 沙汀:《谈谈人物的创造》,《西南文艺》1953 年 6 月号。

2. 罗尔纲：《清道光年间长江水患的原因》，《江海学刊》1961 年第 9 期。

3. 萧廷奎：《河南省历史时期干旱规律初步探讨》，《开封师院学报》1961 年第 11 期。

4. 张水良：《第二次国内革命战争时期国民党统治区的灾荒问题》，《厦门大学学报》1964 年第 1 期。

5. 李欧梵：《论中国现代小说》，《中国现代文学研究丛刊》1985 年第 3 期。

6. 王志法：《二十世纪二十年代河南的灾荒》，《许昌师专学报》1988 年第 4 期。

7. 李文海：《论近代中国灾荒史研究》，《中国人民大学学报》1988 年第 6 期。

8. 王方中：《1931 年江淮大水灾及其后果》，《近代史研究》1990 年第 1 期。

9. 田涛：《记北平公寓生活》，《新文学史料》1990 年第 1 期。

10. 李文海：《中国近代灾荒与社会生活》，《近代史研究》1990 年第 5 期。

11. 张水良：《二战时期国统区的三次大灾荒及其对社会经济的影响》，《中国社会经济史研究》1990 年第 4 期。

12. 郑云飞：《中国历史上的蝗灾分析》，《中国农史》1990 年第 4 期。

13. 陆传海：《1942 和 1943 年河南严重灾荒》，《郑州大学学报》1991 年第 1 期。

14. 田涛：《人之初，生活的摇篮》，《新文学史料》1991 年第 3 期。

15. 江沛：《三四十年代的灾荒与华北农村社会》，《北京档案史料》1992 年第 2 期。

16. 吴德华：《试论民国时期的灾荒》，《武汉大学学报》1992 年第 3 期。

17. 李文海：《晚清诗歌中的灾荒描写》，《清史研究》1992 年第 4 期。

18. 叶飞鸿：《河南省的灾荒》，《国史馆馆刊》（复刊）1992年第13期。

19. 孙艳魁：《试论抗战时期国民政府的难民救济工作》，《抗日战争研究》1993年第1期。

20. 孙子文：《1942—1943年国民党政府救济豫灾述评》，《许昌师专学报》1993年第2期。

21. 戴秀荣选编：《民国以来历次重要灾害纪要（1917—1939年）》，《民国档案》1995年第1期。

22. 柳陆、涛松：《走西口之一》，《东方艺术》1995年第4期。

23. 曹峻、翟伟：《试论1927—1937年间中国的灾荒》，《学海》1996年第2期。

24. 刘五书：《论民国时期的以工代赈救荒》，《史学月刊》1997年第2期。

25. 李文海、夏明方：《邓拓与〈中国救荒史〉》，《中国社会工作》1998年第4期。

26. 叶舒宪：《洪水神话与生态政治》，《天涯》1999年第1期。

27. 张俊英：《抗日战争时期河南沦陷区农民徭役负担考》，《史学月刊》1999年第3期。

28. 曹峻：《试论民国时期的灾荒》，《民国档案》2000年第1期。

29. 金磊、李沉：《全民科学减灾呼唤"灾害文学"》，《当代建设》2000年第1期。

30. 夏明方：《抗战时期中国的灾荒与人口迁移》，《抗日战争研究》2000年第2期。

31. 金磊：《新世纪文学的出路：科学文学——兼论灾害文学的创立及发展思路》，《劳动安全与健康》2000年第2期。

32. 金磊：《科学文学：新世纪中国文学发展的希望——浅谈灾害文学的创立及发展思路》，《科学学与科学技术管理》2000年第4期。

33. 毛喻原：《汉语的诡谬和险情》，《书屋》2000年第9期。

34. 阎永增、池子华：《近十年来中国近代灾荒史研究综述》，《唐山师范学院学报》2001 年第 1 期。

35. 赵朝峰：《中国共产党对灾荒的认识（1912—1949）》，《石家庄经济学院学报》2001 年第 3 期。

36. 田萱：《一篇关于生存的诗话寓言——评马玉琛的长篇小说〈风来水来〉》，《小说评论》2001 年第 5 期。

37. 彭家贵、王玉娟：《抗战前夕四川大旱灾的报灾与查灾》，《社会科学研究》2002 年第 2 期。

38. 李德民周世春《论陕西近代旱灾的影响及成因》，《西北大学学报》2002 年第 3 期。

39. 苏全有：《论晚清灾荒的成因及其影响》，《甘肃教育学院学报》2002 年第 3 期。

40. 周长松：《国民政府时期华北平原灾荒概述》，《商丘师范学院学报》2002 年第 3 期。

41. 刘玉梅：《简论 1928—1949 年国民政府的荒政》，《河北大学学报》2003 年第 2 期。

42. 苏全有：《有关近代河南灾荒的几个问题》，《殷都学刊》2003 年第 4 期。

43. 池子华、刘玉梅：《民国时期河北灾荒防治及成效述论》，《中国农史》2003 年第 4 期。

44. 敖文蔚、李翔：《民国时期的巫术救荒》，《纵横》2003 年第 11 期。

45. 朱德东、袁艳：《走出饥饿——〈犯人李铜钟的故事〉、〈饥饿的女儿〉、〈粥宴〉之现代解读》，《重庆工商大学学报》2004 年第 2 期。

46. 洛保生、张伟丽：《〈聊斋文集·康熙四十三年记灾前篇〉浅探》，《蒲松龄研究》2004 年第 1 期。

47. 邵永忠：《二十世纪以来荒政史研究综述》，《中国史研究动态》2004 年第 3 期。

48. 李勤：《民国时期的灾害与巫术救荒》，《湘潭大学学报》2004 年第 5 期。

49. 苏新留：《1929 年河南灾民移垦东北述论》，《史学月刊》2004 年第 9 期。

50. 朱竞：《对民族文化的深层透视》，《延河文学月刊》2004 年第 10 期。

51. 苏全有、李风华：《民国时期河南灾荒史研究述评》，《南华大学学报》2005 年第 1 期。

52. 王卓慈：《“灾难”与“抗争”——评长篇小说〈风来水来〉》，《陕西教育学院学报》2005 年第 3 期。

53. 杜玉俭、李莉：《唐代文学中灾异观念的表现》，《广州大学学报》2006 年第 5 期。

54. 苏全有、闫喜琴：《20 年来近代华北灾荒史研究述评》，《南通航运职业技术学院学报》2005 年第 3 期。

55. 马维强、邓宏琴：《回顾与展望：社会史视野下的中国蝗灾史研究》，《中国历史地理论丛》2008 年第 1 期。

56. 贺仲明：《责任与偏向——论 20 世纪 30 年代农村灾难题材文学》，《人文杂志》2008 年第 3 期。

五 学位论文

博士学位论文

1. 蔡勤禹：《国家、社会与弱势群体——民国时期的社会救济（1927—1949）》，博士学位论文，南京大学，2001 年。

2. 苏新留：《民国时期的自然灾害与河南乡村社会》，博士学位论文，复旦大学，2003 年。

3. 汪志国：《自然灾害重压下的乡村——以近代安徽为例》，博士学位论文，南京农业大学，2006 年。

4. 孙语圣：《民国时期自然灾害救治社会化研究——以 1931 年大水灾为重点的考察》，博士学位论文，苏州大学，2006 年。

5. 赵艳萍：《民国时期的蝗灾与社会应对》，博士学位论文，华南师范大学，2007年。

6. 向常水：《民国北京政府时期湖南慈善救济事业研究》，博士学位论文，湖南师范大学，2009年。

7. 何旭娟：《张钫慈善事业研究》，博士学位论文，湖南师范大学，2010年。

硕士学位论文

1. 喻林：《三十年代江西荒政初探》，硕士学位论文，江西师范大学，1999年。

2. 陈冬生：《建国初期河北省救灾工作述评》，硕士学位论文，河北师范大学，2000年。

3. 刘玉梅：《民国时期河北灾荒研究》，硕士学位论文，河北大学，2001年。

4. 冯圣兵：《陕甘宁边区灾荒研究（1937—1947）》，硕士学位论文，华中师范大学，2001年。

5. 王国庆：《近代中国社会慈善家群体研究》，硕士学位论文，湖南师范大学，2002年。

6. 章博：《武汉一九三一年水灾救济研究》，硕士学位论文，华中师范大学，2002年。

7. 王卫红：《20世纪二三十年代华北乡村危机浅析》，硕士学位论文，山西大学，2003年。

8. 袁滢滢：《近代山东灾荒研究》，硕士学位论文，山东师范大学，2004年。

9. 张一平：《自然灾害、政治斗争与苏北民生——以1946至1949年国共救荒为考察中心》，硕士学位论文，南京师范大学，2004年。

10. 王虹波：《民国时期自然灾害对乡村民生的影响》，硕士学位论文，吉林大学，2004年。

11. 侯艳兴：《河北省难民问题及难民救济初探》，硕士学位论文，河北师范大学，2004 年。

12. 王晓卿：《20 世纪华北地区的水旱灾害及防救措施研究》，硕士学位论文，中国农业大学，2005 年。

13. 钟启顺：《民国时期湖南自然灾害及社会变迁（1912—1949）》，硕士学位论文，湖南师范大学，2005 年。

14. 谢秀珍：《灾荒、环境与民国山东乡村社会》，硕士学位论文，山东大学，2005 年。

15. 温艳：《20 世纪 20—40 年代西北灾荒研究》，硕士学位论文，西北大学，2005 年。

16. 邓峰：《明末山东灾荒与社会应对——以〈醒世姻缘传〉展现的山东地方社会为中心》，硕士学位论文，北京师范大学，2005 年。

17. 苑书耸：《华北抗日根据地的灾荒与救济研究》，硕士学位论文，山东师范大学，2006 年。

18. 王小静：《1942—1943 年河南灾荒研究》，硕士学位论文，山东师范大学，2006 年。

19. 付春锋：《20 世纪 20 年代甘肃灾荒救济》，硕士学位论文，兰州大学，2006 年。

20. 刘冬：《北洋政府时期（1912—1927）荒政研究》，硕士学位论文，南京农业大学，2006 年。

21. 马国喜：《自然灾害与移民冲突——咸丰同治年间苏鲁湖团案》，硕士学位论文，山东大学，2006 年。

22. 李强：《民国时期西北民族地区灾荒引发的社会问题研究》，硕士学位论文，兰州大学，2006 年。

23. 董媛媛：《论灾害报道的新闻价值与社会效果》，硕士学位论文，中央民族大学，2006 年。

24. 朱琳琳：《论华北抗日根据地的救灾运动》，硕士学位论文，郑州大学，2006 年。

25. 葛凤：《〈大公报〉与近代灾荒救济》，硕士学位论文，山东师范大学，2007年。

26. 蔡虹：《〈申报〉与晚清灾荒救济》，硕士学位论文，山东师范大学，2007年。

27. 王颖：《自然灾害与地方民生——以1923—1932年陕北地区为例》，硕士学位论文，陕西师范大学，2007年。

28. 刘京军：《战争·灾荒·瘟疫——抗战时期馆陶历史之管窥》，硕士学位论文，山东大学，2007年。

29. 钟丽：《民国时期山东疫病传播与卫生防疫》，硕士学位论文，山东大学，2007年。

30. 廖武振：《民国时期（1931—1935年）江西灾荒救济研究》，硕士学位论文，南昌大学，2009年。

31. 安少梅：《陕西民国十八年年馑研究》，硕士学位论文，西北大学，2010年。

六 作品、文集

1. 杨骚：《记忆之都》，商务印书馆1937年版。

2. 流萤：《豫灾剪影》，前锋报社1943年版。

3. 马骊：《生死路》，收入小说集《太平愿》，新民印书馆1943年初版。

4. 臧克家编选：《中国新诗选》（1919—1949），中国青年出版社1956年版。

5. 《洪深文集》，中国戏剧出版社1957年版。

6. 林寒、王季选注：《于谦诗选》，浙江人民出版社1958年版。

7. 靳以：《靳以文集》，人民文学出版社1964年版。

8. 《陆游集》，中华书局1976年版。

9. 陈毅：《陈毅诗词选集》，人民文学出版社1977年版。

10. 沙汀：《沙汀短篇小说选》，人民文学出版社1978年版。

11. 斯诺著：《西行漫记》，董乐山译，生活·读书·新知三联书店1979年版。

12. 《十老诗选》，中国青年出版社1979年版。

13. 臧克家：《今昔吟》，山东人民出版社1979年版。

14. 顾学颉校点：《白居易集》，中华书局1979年版。

15. 王安娜著：《中国：我的第二故乡》，李良健、李布贤校译，生活·读书·新知三联书店1980年版。

16. 荒煤：《荒煤短篇小说选》，人民文学出版社1980年版。

17. 范长江：《塞上行》，新华出版社1980年版。

18. 沈文倬校点：《王令集》，上海古籍出版社1980年版。

19. 姚雪垠：《长夜》，人民文学出版社1981年版。

20. 端木蕻良：《端木蕻良小说选》，湖南人民出版社1981年版。

21. 沙汀：《沙汀选集》，四川人民出版社1982年版。

22. ［美］洛易斯·惠勒·斯诺：《斯诺眼中的中国》，王恩光、乐山等译，中国学术出版社1982年版。

23. ［美］斯诺：《红色中国杂记》，党凡英译，群众出版社1983年版。

24. 田涛：《沃土》，花山文艺出版社1983年版。

25. 蒋牧良：《蒋牧良小说选》，湖南人民出版社1983年版。

26. 丘东平：《沉郁的梅冷城》，花城出版社1983年版。

27. 林淡秋：《林淡秋选集》，浙江文艺出版社1983年版。

28. 许钦文：《许钦文小说集》，浙江文艺出版社1984年版。

29. 台静农：《地之子建塔者》，人民文学出版社1984年版。

30. 福建师范大学中文系古典文学教研室选注：《清诗选》，人民文学出版社1984年版。

31. 冯光廉、刘增人编：《臧克家集外诗集》，陕西人民出版社1984年版。

32. 田涛：《田涛小说选》，人民文学出版社1985年版。

33. ［美］福尔曼：《来自红色中国的报告》，解放军出版社1985年版。

34. 丁力选注、乔斯补注：《清诗选》，湖南人民出版社 1985 年版。

35. 顾炎武：《日知录》（卷 10），上海古籍出版社 1985 年版。

36. 卞孝萱编：《郑板桥全集》，齐鲁书社 1985 年版。

37. 史沫特莱：《史沫特莱文集》，袁文、梅念等译，新华出版社 1985 年版。

38. 萧乾：《萧乾选集》，四川人民出版社 1986 年版。

39. 沙汀：《沙汀文集》，上海文艺出版社 1986 年版。

40. 陈新、杜维沫选注：《欧阳修选集》，上海古籍出版社 1986 年版。

41. （清）吴自牧、吕留良、吴之振选，蒋光煦、管庭芬补：《宋诗钞》，中华书局 1986 年版。

42. 张恨水：《燕归来》，安徽文艺出版社 1986 年版。

43. 庞齐编：《于右任诗歌萃编》，陕西人民出版社 1986 年版。

44. 王亚平：《王亚平诗选》，中国文联出版公司 1986 年版。

45. 刘济献编：《徐玉诺诗文选》，人民文学出版社 1987 年版。

46. 苏一平、陈明主编：《延安文艺丛书 · 秧歌剧卷》，湖南文艺出版社 1987 年版。

47. 张爱萍：《黄泛行》，《纪事篇》，四川文艺出版社 1987 年版。

48. 顾嗣立编：《元诗选》，中华书局 1987 年版。

49. 钱仲联、钱学增选注：《清诗精华录》，齐鲁书社 1987 年版。

50. ［美］格兰姆 · 贝克：《一个美国人看旧中国》，朱启明、赵叔翼译，生活 · 读书 · 新知三联书店 1987 年版。

51. ［美］贾安娜著：《中国的惊雷——外国人看中国抗战》，端纳译，新华出版社 1988 年版。

52. 陈友琴选注：《千首清人绝句》，浙江古籍出版社 1988 年版。

53. ［美］白修德：《中国抗战秘闻——白修德回忆录》，崔陈译，河南人民出版社 1988 年版。

54. 林默涵主编：《中国抗日战争时期大后方文学书系 · 诗歌卷》，重庆出版社 1989 年版。

55. 沈谱编：《范长江新闻文集》，中国新闻出版社 1989 年版。

56. 钱仲联主编：《清诗纪事》，江苏古籍出版社 1989 年版。

57. 杨匡汉主编：《黄河吟》，海燕出版社 1989 年版。

58. 阎豫昌主编：《黄河恋》，海燕出版社 1989 年版。

59. ［美］谢伟思：《在中国失掉的机会——美国前驻华外交官约翰·S. 谢伟思第二次世界大战时期的报告》，罗清、赵仲强译，国际文化出版公司 1989 年版。

60. 张明非等编注：《古诗类编》（第三册），广西人民出版社 1990 年版。

61. 陈宏天、高秀芳校点：《苏辙集》第一册，中华书局 1990 年版。

62. 茅盾：《茅盾全集》，人民文学出版社 1990 年版。

63. 赵超构：《延安一月》，上海书店 1992 年版。

64. 金芝山校点：《戴复古诗集》，浙江古籍出版社 1992 年版。

65. 周启祥主编：《三十年代中原诗抄》，重庆出版社 1993 年版。

66. 陈田辑撰：《明诗纪事》，上海古籍出版社 1993 年版。

67. 周启祥主编：《30 年代中原诗抄新编》，豫内资料准印通字汴发第 9503 号，1995 年版。

68. 沈瑞主编：《刘震云文集》，江苏文艺出版社 1996 年版。

69. 肖凤主编：《萧乾名作欣赏》，中国和平出版社 1998 年版

70. 钱钢、耿庆国主编：《二十世纪中国重灾百录》，上海人民出版社 1999 年版。

71. 中国现代文学馆编：《臧克家文集》，华夏出版社 2000 年版。

72. ［美］乔伊斯·霍夫曼：《新闻与幻象——白修德传》，胡友珍等译，新华出版社 2001 年版。

73. 周振甫译注：《诗经译注》，中华书局 2002 年版。

74. 陈铁民撰：《高适岑参诗选评》，上海古籍出版社 2002 年版。

75. 文芳：《天祸》，中国文史出版社 2004 年版。

76. ［美］伊格内修斯·唐纳里：《亚特兰蒂斯：海底大西洋城的秘

密》，余瀛波、刘东屏译，新世界出版社 2004 年版。

77. 范沛潍编著：《诗说中国五千年·明清卷》，河南大学出版社 2006 年版。

78. 孟庆琦、岳梁编著：《诗说中国五千年·民国卷》，河南大学出版社 2006 年版。

79.《中国新文学大系续编》第八集，香港文学研究社 1968 年版。

80. 赵家壁主编：《中国新文学大系》，上海良友图书印刷公司 1935—1936 年版，上海文艺出版社 1981 年影印。

81.《中国新文学大系》（1927—1937），上海文艺出版社 1987—1989 年版。

82.《中国新文学大系》（1937—1949），上海文艺出版社 1990 年版。

83.《中国新文艺大系》（1927—1937），上海文艺出版社 1985 年版。

84.《中国新文艺大系》（1937—1949），中国文联出版公司 1996 年版。

（此外，涉及自然灾害的各位作家的文集或选集以及回忆录等从略。）

七　文史资料及地方志

1. 政协河南省文史资料委员会编辑出版：《河南文史资料》（内部发行），第 1—104 辑。

2. 文史资料选辑编辑部：《文史资料选辑》，中国文史出版社。

3. 政协郑州文史资料委员会编辑出版：《郑州文史资料第二辑——黄河花园口掘堵专辑》（内部发行），1986 年印。

4. 政协开封文史资料委员会编辑出版：《开封文史资料第五辑》（内部发行），1987 年印。

（其他各地的文史资料及地方志从略）

后 记

本书是国家社科基金青年项目“民国时期自然灾害与现代文学书写”的结项书稿，部分内容曾在《文学评论》、《中国现代文学研究丛刊》、《中国社科院研究生院学报》等杂志发表，并被人大复印资料《中国现当代文学研究》、《中国文学年鉴》、《高等学校文科学术文摘》、中国人民大学“中国灾荒史论坛”、南京师范大学“南京大屠杀研究中心”等全文转载或收录，论文《现代文学对民国自然灾害的多样性书写》获2009—2010年度安徽省社会科学文学艺术出版奖三等奖。

选择“自然灾害”这个沉重的话题作为选题，或许是冥冥之中自有天意，或许是童年记忆激活与召唤的结果。本人虽然没有遇上大的灾荒，但由于出身贫寒，加之家庭人口众多，小时候吃不饱挨饿的酸痛记忆还是深植于心，特别是乡邻们三年灾害期间逃荒乞讨的见闻更让我欷歔不已。所以一遇到有关灾荒的书写就特别留意，总觉得自己应该做些什么，对那些惨痛的历史有所记忆。这个选题早在2006年秋张中良先生主持的“现代文学研究问题与方法”的讨论课上就已经在心中萌芽，张老师经常跟我们谈及他的一个心愿，想完成一篇关于1931年大水灾方面的论文，可惜无暇于此。后来我就开始留意水灾在现代文学中的表现，结果发现民国时期的灾害频仍，好多作家都写过关于自然灾害的作品，在反复的交流与讨论中这个选题逐渐清晰。所以我的选题初衷和2008年南方雪灾和“5·12”地震没有多大的关联，我也无意把自己的选题建立在千万人的血泪与痛苦之上，去博得别人的赞赏说选题有“眼光”，只不过这些灾难促使我更加坚定了自己的选择，决意要从文学的角度考察人们面对灾难时的精神影像，为历史上的自然灾害立下精神的存照。

书稿的完成首先要感谢我的导师杨义先生和张中良先生。杨义先生往往以其恢弘的眼光帮我解决一些方法论上的难题，书稿便吸收了先生的“大文学观”，把新闻与通讯、民谣、旧体诗词、通俗文艺、现代戏曲等也纳入考察的视野，先生还建议我把不同作家如左翼作家和国统区作家对自然灾害的表现进行比较。在交流书稿意见的过程中，先生曾经神采飞扬地谈及汉武帝发动官员背柴堵复黄河决口的事迹以及太史公悲《瓠子》之诗而作《河渠书》，认为治理江河是中华民族的基本国策。每次闲聊总能领略到先生那种开阔的视野和博大精深的治学境界，吾辈虽不能至却心向往之。张中良先生素以严谨认真著称，做事一丝不苟。还清晰地记得交给先生的第一篇作业，看着那密密麻麻的批语既感到汗颜又备受感动，每当自己有所松懈时就能感觉到先生目光里的棒喝。书稿从选题到写作的每一个步骤都凝聚着先生的心血，给予了细致切实的指导与建议。先生还细心地留意与我选题有关的材料，每当发现对我有用的材料时都会立即通知我去查看。先生不但治学严谨，而且对人体贴关心，现在又慨然允诺为本书赐序。总之，多年来受先生的关怀与教诲颇多，不能一一列举，只能默默铭记在心。在今后的人生旅程中当以先生为范，时刻鞭策自己不断进取。

本书的写作曾得到许多老师的教诲和帮助，在此谨向刘勇、解志熙、孙郁、黎湘萍、赵稀方、赵京华、黄开发等诸位先生致以谢意。责任编辑郭晓鸿女士为本书的出版付出了辛勤的劳动，本书得安徽省省级重点学科阜阳师范学院古代文学学科以及阜阳师范学院文学院省级精品课程“中国现当代文学”、安徽省教育厅教研项目（20100652）的资助，在此一并致谢。最后，我还要对我的家人表示歉意和感谢，特别是妻子彭广梅女士多年来默默承担了所有的家务，为我撑起一片宁静的天空，使我能够心无旁骛以一种澄明的心态进入自己所喜欢的学术领域。

本书的出版只是对现代文学的灾害书写作了一些探讨，随着当代大批实力派作家加盟灾害文学，灾害文学研究还有很大的拓展空间。感谢陈思和先生的厚爱，使我能够进入复旦大学中国语言文学博士后流动站继续进行当代灾害文学书写的研究。我将在灾害文学研究的道路上不断前行，开拓创新，争取新的突破。

张堂会

2012年4月10日于颍州西清河畔